U0535950

大家小书

古代文学入门

王运熙 著

北京出版社

图书在版编目（CIP）数据

古代文学入门 / 王运熙著. — 北京：北京出版社，2025.3
（大家小书）
ISBN 978-7-200-15025-4

Ⅰ.①古… Ⅱ.①王… Ⅲ.①中国文学—古典文学研究—文集 Ⅳ.①I206.2-53

中国版本图书馆CIP数据核字（2019）第096423号

总 策 划：高立志		责任编辑：王铁英	
责任印制：燕雨萌		责任营销：猫 娘	
装帧设计：白 雪			

·大家小书·

古代文学入门
GUDAI WENXUE RUMEN
王运熙 著

出　　版	北京出版集团
	北京出版社
地　　址	北京北三环中路6号
邮　　编	100120
网　　址	www.bph.com.cn
总 发 行	北京出版集团
印　　刷	北京华联印刷有限公司
经　　销	新华书店
开　　本	880毫米×1230毫米　1/32
印　　张	12.375
字　　数	225千字
版　　次	2025年3月第1版
印　　次	2025年3月第1次印刷
书　　号	ISBN 978-7-200-15025-4
定　　价	68.00元

如有印装质量问题，由本社负责调换
质量监督电话　010-58572393

总　序

袁行霈

"大家小书",是一个很俏皮的名称。此所谓"大家",包括两方面的含义:一、书的作者是大家;二、书是写给大家看的,是大家的读物。所谓"小书"者,只是就其篇幅而言,篇幅显得小一些罢了。若论学术性则不但不轻,有些倒是相当重。其实,篇幅大小也是相对的,一部书十万字,在今天的印刷条件下,似乎算小书,若在老子、孔子的时代,又何尝就小呢?

编辑这套丛书,有一个用意就是节省读者的时间,让读者在较短的时间内获得较多的知识。在信息爆炸的时代,人们要学的东西太多了。补习,遂成为经常的需要。如果不善于补习,东抓一把,西抓一把,今天补这,明天补那,效果未必很好。如果把读书当成吃补药,还会失去读书时应有的那份从容和快乐。这套丛书每本的篇幅都小,读者即使细细地阅读慢慢地体味，也花不了多少时间，可以充分享受读书的乐趣。如果把它们当成补药来吃也行，剂量小，吃起来方便，消化起来也容易。

我们还有一个用意，就是想做一点文化积累的工作。把那些经过时间考验的、读者认同的著作，搜集到一起印刷出版，使之不至于泯没。有些书曾经畅销一时，但现在已经不容易得到；有些书当时或许没有引起很多人注意，但时间证明它们价值不菲。这两类书都需要挖掘出来，让它们重现光芒。科技类的图书偏重实用，一过时就不会有太多读者了，除了研究科技史的人还要用到之外。人文科学则不然，有许多书是常读常新的。然而，这套丛书也不都是旧书的重版，我们也想请一些著名的学者新写一些学术性和普及性兼备的小书，以满足读者日益增长的需求。

"大家小书"的开本不大，读者可以揣进衣兜里，随时随地掏出来读上几页。在路边等人的时候，在排队买戏票的时候，在车上、在公园里，都可以读。这样的读者多了，会为社会增添一些文化的色彩和学习的气氛，岂不是一件好事吗？

"大家小书"出版在即，出版社同志命我撰序说明原委。既然这套丛书标示书之小，序言当然也应以短小为宜。该说的都说了，就此搁笔吧。

自　　序

上世纪四十年代后期，我毕业于复旦大学中文系，留任为该系教师，从此一直在复旦中文系与复旦中国语言文学研究所，担任教学、研究工作，重点放在中国文学史、中国文学批评史的中古阶段，即汉魏六朝唐代时期，既教大学本科生，又教研究生（包括硕士生、博士生）。在半个多世纪的研究生涯中，先后写过不少研究论著和论文，还写了少量谈中国古典文学的学习、研究的体会、方法的篇章。本书大部分就是这方面篇章的结集，可供爱好古典文学的读者参考。全书共分六辑，下面分别略作说明。

第一辑是学习、研究、撰述方法概论。这是根据我对研究生的讲课笔记整理而成的。我认为，要对古典文学具有深入学习、研究的能力，必须培养这方面的独立工作能力。具体说来，就是在确定课题后，能找得到有关材料，能读懂这些材料，能对它们进行分析，能把研究结果写成论文。为此必须懂得一点目录学，了解有关图书目录与研究成果概况；能具有较好的古文阅读水平与较丰富的历史文化知识，能读得懂有关材料；具有较好的理论素养，能对有关材料进行分析，形成自己的见解；具有较强的写作水平，能把研究情况和结果写成论文。本辑中的前面三篇，就是对上述具体要求和方法做了较为详细的阐述。本辑中的第四篇，指出古典文学研究领域广阔，可从不同角度和方面加以探讨，主要可分语言的、历史的、文学的、文献学的四块，各有其特点和价值。研究者可根据自己的兴趣和精力，选择一两种作为主攻方向。

第二辑着重介绍自己的研究情况和体会。第一篇是简单的自述，第二篇则做了较为细致的介绍，二者均是就个人研究的总体情况而谈的。我研究古典文学，先是研究汉魏六朝诗歌，重点在乐府诗，后来研究重点转移到中国古代文论、中国文学批评史方面。本辑中的第三、第四两篇分别就以上两方面研究谈谈情况和体会。我感到要深入了解文学史，必须对有关的历史状况（包括政治、社会、文化等方面）具有相当的认识；要深入了解古代文论，必须对有关的文学创作有相当的认识。本辑中的第五篇，结合自己的若干论文为例，着重谈这方面的体会。

第三辑谈古代散文。中国古代文学，其主要体裁有诗歌、散文、辞赋、戏曲、小说、讲唱文学等类。在封建时代，散文特受重视，因为它便于发表政治主张和伦理道德观念，是论政、载道的重要工具，在许多有社会地位的人士心目中，散文在诸体作品中其重要性位列第一。近代以来，特别是"五四"以后，人们的文学观念受西方影响，认为大量散文议论内容特多，缺少文学性，因而对散文轻视、忽视，形成另一种偏向。平心而论，我们今天对古典散文（包括古文、骈文），应予以足够的重视。在古典散文中，有许多抒情深入、叙事写景生动的佳篇，其艺术性较之优美的诗歌毫不逊色。即使是偏重议论的作品，也有不少在辞句、声调方面富有文学作品的语言美。我们不能依据某些文学概论一类书籍对文学作品设定的框框，笼统否定这类作品的文学性。对于打算深入学习、研究中国古典文学的人们来讲，更应重视学习古典散文。散文篇幅一般较诗歌为长，其用词造句方式丰富；多读古典散文，有利于掌握古汉语的规律，提高文言文的阅读能力。当我们研究古典作家作品，接触到大量文字资料，包括许多史籍、笔记等等，大抵都是文言文；要读懂这类文字资料，一定要具有较高的古汉语理解水平。再则，因为散文在古时各体作品中居于领先地位，其语言风格对其他各体作品影响巨大。例如魏晋南北朝时代，骈文昌盛，诗歌、辞赋等作品也多用骈体。宋元明清时代，清雅的古文流行，诗歌、辞赋以至通俗文学的语言大抵平易流畅，风貌与古文相近。可以说，要了解各时代各体作品的风格特色，须首先了解该时代散文的风格特色。本辑上面两篇论述古典散文的重要性，下面三篇则就骈文、古代散文发展大势、唐宋八大家散文做简要介绍，以期读者对各时期散文的发展与特色获得概括性的认识。

第四辑谈我研究古代文论的体会。前面两篇着重谈研究古文论时应当注意的方法。后面两篇则强调必须重视古文论中的作家作品评价。"五四"以来直至二十世纪末叶，曾有多种中国文学批评史出版，还有大量研究古文论的论文发表。它们往往重视古文论的理论原则、理论概括，而忽视其对作家、作品的评价。这里存在着很大的片面性。事实上，古文论中包含着大量精彩的作家作品评价，有些评价鲜明地体现着作者的理论主张和文学思想倾向，应当予以充分的重视；把文论家的理论主张和作家作品评价结合起来分析探讨，大有利于准确全面地把握文论家的思想观点。我在与杨明合著的《中国文学批评通史·魏晋南北朝卷》中，就是本着这种认识来分析《文心雕龙》《诗品》两部重要著作的，读者可以参看。

第五辑谈总集。总集、别集构成集部的两大类，总集包含多人的作品，别集是个人的专集。总集是面，专集是点。我觉得在学习某一专集之前，应当先学习与该专集同时期的一两种总集，对该时期的文学（主要是诗、文、辞赋）有一个较为全面的认识，之后学习专集，方能理解得准确深入。譬如学习《陶渊明集》，最好先读一下清代沈德潜所编《古诗源》和一两种今人所编的汉魏六朝诗选，这样对陶诗的特点和成就容易认识清楚。总集按其性质又分为两大类：一类广收博取，网罗散佚，旨在求其全，如《全唐诗》；另一类采撷英华，旨在求其精。对于多数读者来说，宜先读总集中的好选本。如读唐诗，宜先读《唐诗别裁》（沈德潜编）、《唐诗三百首》一类较好选本（包括今人所编选本），不必急于读《全唐诗》。《全唐诗》卷帙浩繁，精粗不分，初学者阅读会有茫无头绪的感觉。本辑后面三篇，分别论述《文选》《乐府诗集》两部重要专书。《文选》选录战国至南朝的辞赋、诗歌、各体骈文，选择精审，是学习、研究汉魏六朝文学的经典性选本。《乐府诗集》搜集汉魏至唐五代各类乐府诗，收罗宏富，分类编次妥善，解说按断精审，是汉魏至唐五代乐府诗全集中最翔实允当的本子。

第六辑是古文论专著评介。前面四篇，分别论述《文心雕龙》《诗品》《沧浪诗话》三部名著。对上述三书，我都有一些与时下流行观点有所不同的看法。我认为《文心雕龙》一书的宗旨是指导写作，全书围绕宗旨，可分为总论写作原则、各体文章写作指导、写作方法统论、杂论四个部分。由于书中对不少文学理论问题做了系统深入的分析，故此书仍具有重大的理论价值。《诗品》，除序文外，正文着重品第汉至南朝前中期五言诗人的作品特征与优劣得失；研究《诗品》，须把序文、正文二者结合起来，进行全面分析。《诗品》评价诗人，着重指陈其总体风貌特征，并据此探索其继承关系。《沧浪诗话》评价诗歌的标准，如作者自述，有体制、格力、气象、兴趣、音节五项。探讨该书的思想，对此五者均应重视，不宜仅强调兴趣一项。全书首章《诗辨》提出基本主张，固然最为重要，但后面四章，也有不少重要的议论，须加以参照。对上述三书内容，我是力图加以全面的客观的分析，真实地描绘出它们的本来面貌。刘师培的《中国中古文学史》，是一部优秀的文学史著作。它不但对汉魏六朝文学的发展和作家作品，有不少精辟的分析和评价，而且在编写文学史的体例和方法方面，也富有启发意义。

我因长期重点研究汉魏六朝唐代文学，故本书所收篇章，所论大多数对象为汉至唐代诗文，但就研究的态度、原则、方法而言，对于研究其他阶段、其他文体的人们来说，仍有相通之处，故可供多数学人参考。只是除第一辑外，其他各辑篇章，均撰于不同时间，写作时没有通盘考虑，因而各篇在体例、详略方面不大一致，并有重复之处，请读者鉴谅。

2009年12月

目 录

第一辑 学习、研究、撰述方法概论

003 / 打好基础,培养独立工作能力
016 / 拓展视野 深入钻研
030 / 谈古代文学论文的写作
043 / 古典文学研究领域的几块园地

第二辑 研究情况和体会

057 / 学术自述
062 / 我研究古典文学的情况和体会
087 / 研究乐府诗的一些情况和体会

094 / 我与中国古代文论研究

109 / 历史、文学史、文学批评史

第三辑　关于古代散文

127 / 应当重视我国古典散文的研究工作

136 / 散文在中国文学史上的重要地位及其文学性

140 / 骈文、骈体文学

144 / 中国古代散文鸟瞰

160 / 唐宋八大家散文

第四辑　关于中国古代文论

169 / 怎样学习中国古代文论

180 / 谈谈中国古代文论的研究方法

197 / 古文论研究应当重视作家作品的评价

205 / 研究《文心雕龙》应全面了解其作家作品评价

第五辑　总集专书评介

215 / 总集与选本

226 / 应当重视对《文选》的研究

243 / 《文选》简论

270 / 郭茂倩与《乐府诗集》

第六辑　古文论专著评介

281 / 《文心雕龙》的宗旨、结构和基本思想

307 / 钟嵘《诗品》是怎样评价作家的

313 / 钟嵘《诗品》论诗人的继承关系及其流派

328 / 全面地认识和评价《沧浪诗话》

357 / 刘师培的《中国中古文学史》

361 / 谈谈中国文学史的编法
　　　——从《中国中古文学史》想到的

第一辑 学习、研究、撰述方法概论

打好基础,培养独立工作能力

一、过好古汉语阅读关

中国古代文学,数量非常丰富,其中除宋以后的白话小说和戏曲中的说白外,一般都是用文言文写的。这种文言文,虽然程度上有深有浅,但都同现代汉语有很大的距离。还有许多研究文学作品时需要看的文献资料,一般也都是用文言文写的。因此,要学好中国古代文学,必须首先过好古汉语阅读关,即能够读懂文言文。如果我们对文言文读不懂,或者理解不确切,那么,我们所做的对作品的分析评论,好像建筑在沙滩上的房屋,是很容易倒塌的。

要读懂文言文,主要依靠多读多看。要经常阅读,多读作品,选择一部分好作品反复熟读。通过多读多看,才能逐步掌握文言文的丰富词汇和文法规律。在大量阅读的过程中,可以结合看一些介绍古汉语规律的书籍，帮助我们提高阅读能力。但是，主要靠多读多看；如果作品念得很少，着重去看介绍古汉语知识的书，是不能解决问题的。

王力先生主编的《古代汉语》大学文科教材，编得相当好。该书介绍了古汉语的常用词、各种文体和一些重要的古代文化知识，对提高古汉语阅读水平颇有帮助。书中还选注了三百多篇诗、文、词、赋等名篇，但数量还不够。由于书中选录了许多文体，显得各体作品数量均不多。俗语说："熟读唐诗三百首，不会作诗也会吟。"这话很有道理。通过熟读数百首唐诗，初步掌握了旧体诗常用的词汇、句法、格律，就能写作旧体诗。此中关键在于熟读许多具有典范性的作品。在这方面阅读和写作之理是相通的，要真正提高古汉语阅读能力，必须阅读大量古典作品，还要熟读其中的许多篇章。许多优秀的散文名篇，往往具有丰富的抒情性和强烈的声韵节奏之美，如同诗歌那样。对它们，我们最好能像吟诗般进行朗读，通过反复朗读，方能领会其情感的深度和语言之美，并进一步掌握古汉语的语言规律。

现在有不少青年同志喜欢古代文学，常常是从爱好唐诗、宋词开始的。唐诗宋词中的许多优秀篇章，的确是我国古代文学中的精华，应该诵读和研究。但是，为了培养古文阅读能力，必须多读些散文；因为，散文的文法结构比诗词更正规，不像诗词那样多倒装、省略等现象，从打基础讲，多读些散文效果更好。我想，阅读散文，可以先读一些比较浅近的作品，像唐宋传奇、《聊斋志异》等，再进一步，就可以看《古文观止》《史记》《汉书》《春秋左传》等了。一般说来，如果能够读懂《史记》《汉书》《春秋左传》等书，古汉语阅读能力，可说是基本解决了。当然，如果你研究先秦两汉文学，那在这方面的要求就要更高些，为了能读懂深奥的《尚书》、一部分诸子书等，需要仔细阅读《说文解字》《尔雅》等专书，把语言文字的基础打得更深厚些。

培养古汉语阅读能力，可以先读读唐宋传奇、《聊斋志异》等，它们故事性强，语言比较浅显，容易入手。从提高一步讲，要注意多读些具有文学性的历史著作，像《春秋左传》《史记》《汉书》《资治通鉴》等。这些历史著作，写人叙事生动，引人入胜，也有利于培养阅读兴趣。此外，历史著作提供了大量历史文化知识，读者这方面的知识丰富了，对产生于古代具体历史背景中的古典作品，也就容易认识和理解。古文阅读过程中的障碍，除来自古汉语的词汇、句法等语言因素外，还往往来自历史文化知识方面的因素。通常所谓典故，有语典、事典之分，语典来自语言，事典来自历史事实。再则，历史著作往往文备众体。它们本身虽是记叙体，但登录了不少游说之辞、奏疏、书信以至辞赋等，因而有论说体、抒情体等。阅读多种不同体式、风格的文章，其所经常运用的词汇、句法也有所不同，这样也有利于提高阅读能力。还有，《汉书》中多用通假字、异体字，熟悉《汉书》，对于多识文言词汇、增强文字训诂的知识和能力大有好处。总之，我认为，要提高古汉语阅读水平，应当多读文言散文，尤其应多读历史散文。

要培养好古汉语阅读能力，如同学习外语一样，一定要下苦功，要花几年的时间多读多看，老一辈的先生们，他们年轻时古书读得多，所以根底好；现在的青年同志们，由于条件不同，一般古书念得较少，甚至很少，因此根底浅薄。如果你今后准备研究中国古代文学，那就得下定决心，安排时间，集中精力，多读一些作品和有关文献资料，过好古汉语阅读关。否则，对所研究的对象，不甚了解，是很难深入的。

着重研究元明清时代通俗文学戏曲、小说的人，是否也要培养高水平的文言文阅读能力？我看也要。且不说戏曲中许多文雅的曲词，实际和诗词差不多。通俗白话小说，有的会有许多文言文诗歌，如《红楼梦》。有的小说作者有诗文集，如《西游记》作者吴承恩有《射阳先生存稿》，《儒林外史》

作者吴敬梓有《文木山房集》，研究《西游记》《儒林外史》时也应参阅。何况许多通俗文学及其作者的参考文献，都是用文言文写的呢！

二、读一些四部经典书籍

中国古代图书，隋唐以来一直分为经、史、子、集四大部分，简称四部。四者学科分部虽相区分，但互有关联，深入学习古典文学（集部）的人们，对于经、史、子三部中一些最重要的典籍，也应有所了解甚至熟悉。这是古典文学工作者基本功的一部分，不容忽视。

经部先是《周易》《尚书》《诗经》《礼》《春秋》五经；其后讲"礼"的分为《周礼》《仪礼》《礼记》三种，《春秋》分为《春秋左传》《春秋公羊传》《春秋穀梁传》三种，加上《易》《书》《诗》，成九经；再加上《论语》《孟子》《孝经》《尔雅》，便成十三经。在长期的中国古代社会中，经书受历代统治者的提倡，被视为至高无上的权威，经书是人们（特别是士人）学习文化知识、谋求出路的必读书。人们不论做人、办事、写文章，都要依据经书中的言论作为准则，它们是当时社会的统治思想。古代大量的文学作品，不论思想内容还是文辞形式，都蒙受经书的巨大影响。经书对古代文化、文学的深广影响，有如《新旧约圣经》和希腊神话对欧洲文化、文学的浸润。对经书有所了解，对于理解许多文学作品思想、文辞的渊源，大有好处和必要。

十三经加上注疏，字数浩瀚，不必全读。大致说来，《周易》《尚书》《诗经》《论语》《孟子》《孝经》应通读，《礼记》《春秋左传》分量大，可以选读其中的一部分。其他的不一定读，有余力者可以浏览。注释可看简明扼要的，如《诗经》可看朱熹的《诗集传》。《十三经注疏》和清代学者不少高水平的经书新疏，内容太繁重，不必通读。如对某经或经书中的某些问题、辞句求得透彻理解，可细读其有关部分。一般的基本功和专题研究要求不同。以《诗经》为例，基本功要求熟悉《诗经》本文，读简注本即可；研究《诗经》，则应读后代的不少重要注本和研究成果。《论语》《孟子》，加上《礼记》中的《大学》《中庸》两篇，宋代朱熹编为"四书"，又编了《四书章句集注》（简称《四书集注》），影响很大，也应熟悉。今人编撰的经书新注新译，初学困难时可以拣质量较高者参读，但应以读原著、旧注为主。

史部的"廿四史"中，《史记》《汉书》《后汉书》《三国志》四部产生时代早，文笔又好，最受前人重视，称为"四史"。"四史"中《史记》《汉书》两书（简称"史汉"）为古时士人的必读书，影响尤大。"史汉"中许多历史事实，常为后人所称引，成为流行的故实。北宋苏舜钦常常一边饮酒，一边读《汉书》，以作助酒之下物，传为佳话（见宋龚明之《中吴纪闻》卷二）。后来《桃花扇·余韵》中提及苏昆生、柳敬亭两位艺人会晤饮酒时，也以《汉书》为下酒物，于此可见《汉书》影响之大。《史记》记载先秦至西汉史实，上下数千年，知识更加广泛丰富。从艺术上看，"史汉"又是后代散文的典范。《史记》句式长短错落，语言雄奇奔放，被唐宋以至明清古文家奉为圭臬。《汉书》句式较整齐，接近骈文，风格渊雅，在魏晋南北朝骈文流行时代特受重视。熟悉"史汉"，对认识、掌握汉以后散文（包括骈文）的语言、风格特色及其渊源很有裨益。读"史汉"后，有余力者可以读《后汉书》《三国志》等。"史汉"中的书、志以及像《孔子世家》《孟子荀卿列传》《儒林列传》等，包含了丰富的文化学术史料，宜重点研读。读其他史书也是如此。研究文学，应注意其历史背景，一定要读有关史书。比如研究先秦西汉文学，要用心读"史汉"等；研究唐代文学，要用心读《旧唐书》《新唐书》等。但读"史汉"又有其特殊意义。它们像"五经""四书"一样，在古代广泛被人们学习和取资，因而影响深远，所以我们应把它们作为打好文史基础的经典书籍来认真阅读。

子部书中，儒道两家影响最大，最宜注意。古代士人，大抵奉行"穷则独善其身，达则兼济天下"的主张，仕宦得意时，以儒家入世思想为指导；失意退隐时，往往宗奉道家隐遁避世的主张，所以儒道两家思想，对众多士人的世界观、人生观影响最为深远。儒家思想，主要见于"五经""四书"，孔孟之书已入经部，次则《荀子》较为重要。道家之书，以《老子》《庄子》最为重要，宜细读；次则《列子》。儒道两家外，法家的《韩非子》一书，集法家思想的大成，文辞亦富美，宜加注意。小说家中的《世说新语》一书，记载魏晋名士言行，隽永有味，对后世影响深远，也应阅读。

集部之书，自《楚辞》以下，分别集、总集两大类。从打好基础看，应着重读一些重要总集。一些重要总集，选录了某一阶段或某一方面的代表性作品，宜于精读。别集收集单个作家的全部作品，往往精粗杂陈，宜于作为研究对象，不宜作为打基础的读本。《诗经》《楚辞》其实是先秦诗、赋的总集。两书以后，汉魏六朝文学总集，宜读萧统《文选》。该书选录战国至齐梁时赋、诗、各体骈散文（*以骈文为主*），基本上代表了汉魏六朝文学的精华。李善注详赡准确，价值也高。关于唐宋古文，宜读姚鼐《古文辞类纂》，该书以唐宋八大家古文为主体，上溯战国秦汉，下逮明清，体现了明清古文家的主张和标准。中国古代诗、赋、文等正统文学，大抵分为骈体、散体（古体）两派，两派有斗争起伏，也能同时并存。《文选》《古文辞类纂》两书分别是两派文学的代表。《古文观止》一书为清代前期吴楚材、吴调侯所选的通俗选本，所选文章，大多精美，且篇幅较短小，便于诵读。所选以散体的古文为主，但又夹杂少量骈文，如《陈情表》《北山移文》《滕王阁序》，体例不纯，学术品格不高，故为一部分学者所轻视。唐宋诗文词的较好总集，尚有沈德潜《唐诗别裁集》、朱彝尊《词综》和高步瀛《唐宋诗举要》《唐宋文举要》、龙榆生《唐宋名家词选》等，宜于阅读。元明清时代，戏曲小说发展，诗文缺少创造性，从打基础角度看，可以从缓阅读。

史、集两部是文学历史。子部包括哲学、社会科学、自然科学，而以哲学、社会科学为主。经部各书，按其学科性质，可以分别归入文、史、哲三类。文学和历史、哲学、社会科学关系密切，读一些四部经典之书籍，不但有利于了解文学的渊源，而且有助于从历史的文化背景中更深刻地理解文学。

以上所举四部基本典籍，是最基本的，读者可以根据自己的具体情况，订立计划和进度，坚持阅读。少则二三年，多则四五年，便可读完。关键是要下决心，具有持之以恒的毅力。

阅读中遇到的不少无关紧要的字、词、句、名物等方面的疑难，不妨采取不求甚解的态度。对不少细碎的问题，一一求甚解，花时很多，收获不大，而且影响进度。经历一段时间后，读的书多了，整个理解力提高，回过头来看一些疑难问题，便往往容易理解了。

三、读一些目录学基本书籍

培养对古代文史的独立工作能力，读一些目录学基本书籍很是必要。过去一些研究文史的著名学者，对目录学都十分重视。清代中期的汉学家王鸣盛说："目录之学，学中第一紧要事。必从此问途，方能得其门而入。"（《十七史商榷》卷一）许寿裳曾经说起，他的儿子许世瑛读大学中国文学系，请教鲁迅应该看些什么书。鲁迅为他开列了《唐诗纪事》等十二种，其中有一种是《四库全书简明目录》（见《亡友鲁迅印象记》第二十三节）。现代著名史学家陈垣在与北师大历史系毕业生谈话中，认为目录学能使人们了解"祖遗的历史著述仓库里有什么存货"。又说："目录学就好像一个账本，打开账本，前人留给我们的历史著作概况，可以了然。古人都有什么研究成果，要先摸摸底，到深入钻研时才能有门径，找自己所需要的资料，也就可以较容易的找到了。"（《与毕业同学谈谈我的一些读书经验》)陈氏的话非常中肯。他是史学家，因此从历史著作角度讲，对于研究古代文学、哲学的人来说，道理是一样的。

优秀的目录学著作，不但分门类、按次序有系统地介绍历代重要书籍，而且对各门类学科常有叙说，概括介绍某学科的渊源流变，像章学诚所说的"辨章学术，考镜源流"（《校雠通义叙》），因而具有学术史性质。至于有各书提要的目录书，内容就更详赡了。读了这类目录书，对于我们所要了解的某些书籍，它在某一门类学科的历史发展过程中，其地位和价值怎样，就容易获得一个概括的印象，起了重要的引导作用。

中国古代的目录学，有十分丰富的遗产。如果专门研究它们，可以花上毕生的精力。对于一般古典文学研究者来说，目录学不是专门研究对象，而是作为向导和工具，不需要许多时间。从打基础的角度讲，只要读少数最基本的书籍。我以为以下四部著作尤为重要。一是《汉书·艺文志》，是班固根据西汉后期刘向、刘歆两大图书整理家的著作删节而成，系统叙录了先秦至西汉的典籍和学术，是目录学之祖。其中六艺、诸子、诗赋三略，系统介绍经、子、文学三部门著作，尤应精读。二是《隋书·经籍志》，是唐初所编《隋书》中的一篇，承《汉书·艺文志》之后，系统介绍汉魏两晋南北朝隋代的著作。它确立了经、史、子、集的四部分类法，对后来影响深远，与《汉书·艺文志》同为目录学的奠基著作，应当精读。三是《四库全书总目提要》，它是对《四库全书》所收各书的提要，除各门类有叙说外，各书均有较详提要，说明其特点、价值、得失等，各部提要均出自专家之手，内容大体精审，备受学人重视，为研治古籍者的必读书。但全书达二百卷，卷帙浩繁，不必全读；在了解全书的体例、结构后，可以选读一部分，日后结合自己研究方向，可以精读其中部分，并参读今人余嘉锡《四库提要辨证》、胡玉缙《四库全书总目提要补正》等书。四是《书目答问补正》，此书原传为清末张之洞编，后经民国范希正补正。此书胪列四部重要书籍，迄于清代后期，下延较《四库提要》为长，可补其不足。全书无叙说、提要，分类列书目，便于检阅、精读。各书下注明版本，便于读者寻检原书。以上四种著作，除《四库提要》可浏览、选读外，其余三种均可精读，分量不大，约花半年时间即可通读完毕。熟悉了它们，对目录学就有了一定基础，找古代典籍就方便了。以后打算研究某一方面，再找有关的目录书看。如研究唐代文学，就看《旧唐书·经籍志》《新唐书·艺文志》等。

现代学者还有一类提要式的专著。它们选择少数重要古籍，做详细的题解，便于初学。如梁启超《要籍解题及其读法》、吕思勉《经子解题》、周予同《群经概论》、张舜徽《中国古代史籍举要》等，均可参考阅读。若要了解戏曲、小说等方面的目录，则应当参考传为黄文旸编的《曲海总目提要》、孙楷第《中国通俗小说书目》等。在阅读以上目录学著作时，可以参阅今人所编的目录学概论一类著作，借以了解中国古代目录学的大概情况。如余嘉锡《目录学发微》，汪辟疆《目录学研究》，程千帆、徐有富《校雠广义·目录编》，来新夏《古典目录学浅说》等，选读其中的一二种即可。

掌握了中国古典目录学的基本知识，我们就能较方便地找到自己所需要的图书，并且能获得一个轮廓的了解。如果我们已经具有较高的古文阅读能力和较广泛的古代历史文化知识，就容易读懂找到的图书。能找到古文献的材料，又能读懂它们，这样就具有了较良好的文史基础和独立工作能力，为此后深入学习和研究提供了有利的条件。当然，我们还应当使用字典、辞书、索引等一些重要的工具书。这通过实践，也是不难掌握的。

（原载《古典文学知识》一九九七年第五期）

拓展视野　深入钻研

一、注意几个关系

学习、研究中国古代文学，要注意处理好几个关系。

一是通与专的关系。通指总揽全局。就中国古代文学来说，就是指能够纵贯各个朝代、横贯各种文体，对文学遗产有一个全面的了解。中国古代文学有诗、文、赋、词、散曲、戏曲、小说、讲唱文学等诸多体裁，它们从古代到近代，各有其历史发展变化过程和杰出作家作品，内容异常丰富。对它们有一个简要的全面了解是必需的，这样才能胸罗全局，目光清晰；在认识和评价单个作家作品时，能够把它放在整个文学流程中去考察和衡量。现在高等学校中文系都设有"中国古代文学作品选""中国文学史"一类课程，系统地对中国古代文学作品及其发展历史进行讲授。这对了解中国古代文学是必需的。对于自学者来说，找一部中国古代文学作品选和中国文学史来仔细阅读，也能认识中国古代文学的大概面目。

中国古代文学遗产异常丰富，一个人的精力有限，不可能全部熟悉；因此，在掌握了简要的通史知识以后，应该向专的方向发展。这可以从时期分，如先秦、两汉、魏晋南北朝、唐代等，专研一个阶段；也可以从一种文体分，如诗歌、散文、词、小说等，专研一种文体。从深入研究的角度讲，上面的区分范围还嫌太大，还应当缩小，研究某一时期的某种文体，如先秦散文、汉赋、唐诗、宋词等等；还可以再行缩小，如中唐大历诗歌、宋代江湖诗派以至于单个作家作品。大抵题目愈小，在材料发掘和论述分析方面就能愈加深入细致。新中国成立以前，中国文学通史一类著作出版数量很多（恐怕有上百种），但高质量的极少。几种最负盛名的著作，如刘师培《中国中古文学史》、王国维《宋元戏曲史》、鲁迅《中国小说史略》等，都是分时期或分体论述的。新中国成立以后，个人编写的中国文学通史著作出得很少，几部有分量的中国文学史，除刘大杰的《中国文学发展史》（旧作改编）外，都是集体编写的。当然，个别学者，如果他在中国古代文学方面具有渊博的知识、卓越的眼光，对中国文学的历史发展有独到的看法，也仍然有可能编撰出成一家之言的通史类著作。

二是点和面的关系。中国古代文学是一个大范围的面，它可以分为先秦、两汉、魏晋南北朝、唐宋、元明清等各个历史时期，每个历史时期又有诗歌、散文、小说等各种体裁的作品。唐代文学、唐诗、初唐诗、盛唐诗等是局部缩小的面。至于初唐四杰、李白、杜甫、王维等，那就是一个个点了。要深入理解点，理解某一些重要作家作品，必须放在他所处时代的文学环境中来考察，还要放在文学历史的发展过程中来考察；因此，不能孤立地研究一个个点，必须把点和面结合起来。当然，面的范围广，不能全部要求像点一般了解得深入，但是必要的知识应该具备。对于研究工作开始不久的同志来说，研究的范围应狭小一些；如果对许多重要的点情况没有了解，就把面作为研究对象，那是很容易蹈空的。

要掌握面上的知识，读一些选本或总集十分必要。举例说，萧统《文选》编选了自战国至南朝齐梁时代的七百多篇辞赋、诗歌、骈散文，汉魏六朝文人文学的优秀作品，大多数入选。你要研究该时期某一作家（例如曹植、陶渊明），总得对该时期文学有一个大概的了解，把单个作家放在该时期的文学环境中进行考察，那就得仔细读《文选》。再如要研究唐代的某个诗人，总得对唐诗有一个大概的了解，那就应选择一两种较有分量的唐诗选本通读，例如沈德潜的《唐诗别裁集》（选了近两千首诗歌）。当然，许多选本的选篇，都受到编选者文学观念的指导，往往带有某些偏见和局限，我们阅读时应予注意，不要被编选者的偏见所支配。但好的选本，能够较客观地选录某一时期、某一方面具有代表性的优秀作品，对于学人了解掌握面上的知识，是很有裨益的，不宜忽视。

三是左右前后的关系。所谓左右关系，就是指一个作家同时代的与之比较密切的人物，他们在创作上常常彼此互相启发，互相影响，因而应当把他们联系起来研究。例如白居易，他与元稹、张籍、刘禹锡等诗人友谊很深，具有某些共同的创作倾向，就应当联系起来研究。这种在创作上关系密切的作家，经常形成一个流派，我们要把研究单个作家和他所属的那个流派放在一起来考察。所谓前后关系，是指某个作家对前代文学的继承和对后代文学的影响。比较说来，了解与前代文学的关系尤为重要；因为我们评价作家的一个重要标准，就是看他比过去时代的文学家提供了什么新的东西，如果对过去的文学家不了解，我们就不能在这方面做出判断。我在研究李白诗歌以前，曾经有一个时期学习研究汉魏六朝文学，仔细阅读了《文选》和《乐府诗集》，因此对李白诗歌如何继承了汉魏六朝文人诗作和乐府民歌的优良传统并有所发展，就理解得比较清楚。再如研究王维的田园山水诗，那不但得了解六朝时代陶渊明、谢灵运、谢朓等的一些田园山水诗歌，以探明王维诗对它们的继承和发展；还得了解王维同时代储光羲、孟浩然、李白等人的田园山水诗，比较其同异，这样方能显示王维诗的艺术特色和创新。

学习和研究，有广度，有深度，二者有区别又有联系，没有一定的广度，深度就要受到限制。但广度有时浩无涯际，要根据自己的条件和目的要求进行控制。上面说的三种关系，大体说来，通、面、前后左右等与广度关系密切；而专、点等则与深度关系密切。

四是博览和精读的关系。阅读古代作品和有关文献资料，必须区别博览和精读，不能平均使用力量。重要的书籍要多下功夫仔细读、反复读，一般的可以采取浏览的方法略观大概。一个研究对象，总有少数几种重点书籍。譬如《诗经》，历代注释著作，少说也有数百种，但真正重要的、代表一个时期的研究水平和成果的，不过《毛诗正义》《诗集传》《诗毛氏传疏》《诗三家义集疏》等几种。历来关于乐府诗的注释研究著作，也有几十种，但最重要的还是郭茂倩的《乐府诗集》。研究时必须把主要精力放在这些重点书上。我研究乐府诗时，仔细地读了《乐府诗集》，因而对乐府诗的分类、体制、源流等获得比较清楚的认识，仿佛抓到了纲，许多问题就容易识别和掌握了。《乐府诗集》的许多小序、题解，内容翔实，引证丰富，我反复读了多遍，并根据它们提供的线索，再去查阅有关资料，对乐府诗的理解就逐步得以深入。元明清人所编的乐府总集，如《古乐府》《古乐苑》等等，大体上都根据《乐府诗集》略加变化，出入不大；因此，熟悉了《乐府诗集》，这些集子一般只要采取翻阅方式，就能知其有何特色和价值了。博览也很重要。上面说过，许多同研究的点有关的面上知识必须了解。这一般可以采取博览方式，浏览的面要广些，但可以读得快一些、粗一些，中间遇有同研究对象关系密切的问题则须仔细推敲。我在研究汉魏六朝乐府诗过程中，翻阅了丁福保《全汉三国晋南北朝诗》、严可均《全上古三代秦汉三国六朝文》，碰到与乐府有关的诗文，就仔细读。就专题研究讲，要尽可能广泛地浏览、涉猎各种文献，从各方面获取有关资料。

五是文学创作和文学批评的关系。文学批评是文学创作经验的总结和理论概括。又回过来影响创作，二者相互依存，关系密切。中国古代有许多文人，既是杰出作家，又是重要批评家。对于他们的创作和理论批评，更应当结合起来研究。过去不少学者常认为《文选》《文心雕龙》两部典籍，须配合起来阅读，这很有道理。《文选》选录了汉魏六朝骈体文学昌盛时期的许多作品，而《文心雕龙》所研讨的也是骈体文学的写作方法，它所涉及的众多作品，有许多见于《文选》。因此，把两书配合起来读，不但能了解《文心雕龙》的批评对象，而且能帮助了解《文选》选篇的艺术特色、价值以及《文选》编者的选文标准。我在教学和研究工作中，先是读《文选》，其后读《文心雕龙》，后来把两书结合起来反复比较阅读，感到相得益彰，收获甚多。

二、扩大文化知识领域

文学作品不是一种孤立的现象，它们和政治、经济、社会、哲学、宗教、艺术等现象均有联系。因此，要深入认识某些作家作品，不但要了解这些作家作品本身和与之有关的作家作品，而且还应了解与之有关的政治、哲学等种种现象。

举例来说，研究嵇康、阮籍，他们两人身处曹魏后期，当时统治阶级内部斗争剧烈（司马氏企图篡夺帝位），杀戮频繁，两人常恐惧遭受灾祸。又当时老庄思想流行，玄学开始抬头。嵇、阮两人作品中弥漫着忧患意识和出世思想。研究两人作品，就必须了解当时的政治和思想界情况。此外，嵇康的《养生论》又与道教的长生术有关，他的《声无哀乐论》《琴赋》又与音乐有关，欲求深入了解，也须了解与之有关的道教、音乐史料。再以研究唐代文学为例。唐代以诗赋取士，科举考试和士人活动、文学创作关系密切。傅璇琮的《唐代科举与文学》一书，搜集大量资料，详细说明唐代文学与科举制度的关系，在这方面对学习和研究唐代文学者很有好处。程蔷、董乃斌的《唐帝国的精神文明》一书，着重介绍唐代的社会风俗。它从岁时节日、都市民俗、妇女生活与习俗、文人士子风貌、神灵崇拜与巫术禁忌、民间文学与技艺等方面进行剖析，它们在不同程度上都与文学发生联系，了解这些社会现象和风尚，对了解唐代文学也很有帮助。

以上举例是就专题研究而言，要深入了解与研究对象有关的政治、社会和种种文化现象。就古典文学学习和研究者的平时素养来说，则平时应注意多读一些重要典籍，了解与文学关系密切的政治、社会、学术文化等现象。

要重视多读些历史书。中国历来文史二者的关系一直非常密切。文学作品在一定的历史环境中产生，其内容反映了各种各样的历史社会现象；因此，要能比较准确深入地了解文学作品的思想内容，必须熟悉历史。像杜甫、白居易、陆游、辛弃疾那些伟大诗人的许多作品，与当时国家大事紧密相关，阅读时尤非熟悉历史不可。我在大学学习时，初读《文选》，感到很难懂；大学毕业工作后，系统读了《汉书》《后汉书》《晋书》《南史》，对汉魏六朝的历史有了较为具体的认识，回过头来再读《文选》，在理解方面就有了很大的进展。应当系统地读几部史书，对一个时期的历史现象有比较完整的认识；这样，阅读文学作品时，对它们产生的历史背景，在头脑中就浮现出具体的印象。如果只是结合文学作品临时找一点材料看看，看问题就容易流于浮浅。读历史的面也应当广一些，除掉读"二十四史"（*读有关部分*）、《资治通鉴》外，记载典章制度和各种文化现象的"三通"（《*通典*》《*通志*》《*文献通考*》）及其续编、历代会要也应当择要浏览。"三通"等分量大，比较难读，可以读一些今人编著的文化史著作。商务印书馆于二十世纪三十年代曾出版过一套"中国文化史丛书"，共分二辑四十种，内容广泛，有政党史、民族史、田赋史、交通史、婚姻史、妇女生活史、道教史、经学史、理学史、伦理学史、骈文史、散文史、绘画史、音乐史等等，其质量有高有低，但写得比较简明扼要，每部史书对了解某一方面的历史发展，颇为方便。我在学生时代浏览了其中的一部分，觉得在扩大历史文化知识方面，得益不小。这套书二十世纪八十年代上海书店曾予重印，容易找到。上海人民出版社在二十世纪八十年代出了一套新编的"中国文化史丛书"，有《*中国彩陶艺术*》《*中西文化交流史*》《*禅宗与中国文化*》《*方言与中国文*

化》等等，也值得一读。可惜只出了十多种。以上两套丛书共有五十多种，还有一些单行的文化专史，如风俗史、游侠史、娼妓史等等，读者均可根据自己的需要和兴趣，选择阅览。文化的范围异常广泛，除政治、军事外，其他大抵都可归入文化范围。其中社会风俗、哲学思想、学术、艺术等与文学的关系尤为密切，学习研究古典文学者对古代上述方面的现象应优先注意。

学习、研究古典文学，宜打通文史哲三方面，因此除注意多读史书外，还要注意多读一些子书与哲学思想的书。儒道两家思想，对中国古代士子、文人的世界观、人生观影响最大。儒家思想，渊源于"五经"、《论语》、《孟子》，道家思想典籍以《老子》《庄子》为最要，这些书应精读，其中"三礼""春秋三传"分量大，可泛读或选读。古代各历史时期各有其突出的哲学思想与学术思潮，先秦诸子学以后，有两汉经学、魏晋玄学、唐代佛学、宋明理学、清代朴学（*经学与语言文字学*）等等，均与文学有这样那样的联系，对它们宜有一个大概的了解。

三、向前辈和前代学者学习

现代和前代的不少著名学者，他们有关古代文史的优秀学术著作和论文，应当重视学习。从这些研究成果，我们不但可以学到许多渊博的知识、精湛的见解，而且在做学问的方法方面，从读书、找材料、观察和分析问题等诸多方面获得无穷的启示。不少优秀的研究成果，为我们提供了一个个范例，教导我们如何深入认识并解剖种种纷纭复杂的历史现象。

二十世纪以来，由于接受西方文化的影响，接受西方和日本学者的启发，关于中国古代文史的研究，方法趋于科学化，视角也趋新颖，陆续涌现了一些杰出的学者与学术著作。学习、研究古代文史，首先应注意向这些学者及其研究成果学习。

王国维、陈寅恪是两位史学大师，兼治古代文学，王氏有《人间词话》《宋元戏曲史》等，陈氏有《元白诗笺证稿》等，都是精辟深入的论著。两人的不少史学论文，常有石破天惊的见解，开创历史研究的新篇章，也宜选读。王氏长于博综多方面史料，缜密分析，提出精辟的看法，令人信服。陈氏独具只眼，长于从寻常史料中发现问题，提出己见，令人有耳目一新之感。他目光敏锐，议论风发，给人启发甚多。他的诗歌研究著作，常用诗、史二者互相证明之法，内容十分博赡。胡适对《水浒传》《红楼梦》等若干著名章回小说进行考证，开创了对古代小说作家作品进行深入研究的风气，成绩也颇突出。他的《白话文学史》着重发掘介绍古代口语化的文学作品，也能独树一帜，可惜仅写到唐代。鲁迅的《中国小说史略》是一部有系统的小说史专著，功力甚深，对许多作品的特点及其历史背景，常有扼要精到的论断。闻一多有《神话与诗》《唐诗杂论》等古代文学研究论文集。闻氏视野开阔，思路活跃，善于运用神话学、民俗学等理论解释古代文学现象，议论新颖。他的旧学根底又好，所以能新而不流于架空。钱锺书有《谈艺录》《管锥编》《七缀集》等。钱氏博闻强记，于中西文学均甚谙熟，善于将二者进行比较阐发。其论著常采用笔记式，不作长篇大论，但取材宏富，议论精辟，尤长于语言艺术分析，对读者启发良多。

以上略举几位突出的古典文学研究大家，其著作限于论说性的，注释、笺证一类此处不论。此外，如朱自清、朱东润之于《诗经》和文学批评，游国恩之于楚辞，萧涤非之于汉魏六朝乐府诗和杜甫诗，王瑶之于中古文学，任半塘之于唐代音乐文学，夏承焘之于唐宋词，余嘉锡、郑振铎之于小说，郭绍虞、罗根泽之于文学批评均有精到的论著，可以参阅。以上所举，限于已故学者，囿于见闻，不能备列，请读者从多种渠道加以注意。上海古籍出版社于八十年代曾出版数十种现代名家古典文学论文集，读者可以自行选择阅览。

古代学者自宋至清，也有不少值得重视的著作。《书目答问》子部儒家类考订之属部分，列举了不少书目，它们大抵均采取札记形式，其内容涉及经史子集各方面。就我浏览所及，觉得宋代洪迈《容斋随笔》、王应麟《困学纪闻》，明代杨慎《丹铅总录》、胡应麟《少室山房笔丛》，清代顾炎武《日知录》、俞正燮《癸巳类稿》《癸巳存稿》、赵翼《陔馀丛考》等，均有部分内容涉及文学，作者均为饱学之士，议论有见地，读后得益颇大。此外考订史实的著作如王鸣盛《十七史商榷》、赵翼《廿二史札记》，考订阐释文学的著作如明胡应麟《诗薮》、胡震亨《唐音癸签》、清赵翼《瓯北诗话》、潘德舆《养一斋诗话》等都值得重视。以上所举著作的内容，以考订解释各种历史现象（**包括文学历史**）为主，还有不少有价值的著作，以文字训诂和文学评论为主的，这里就不谈了。以上这类著作，有的卷帙颇大，涉及对象广泛复杂，不必读全书，可采取选读或泛读方法。

清代朴学兴盛，清代学术著作往往材料翔实，论断谨严，对于文史研究者培养实事求是的优良学风，大有帮助，尤宜重视学习借鉴。我在学习过程中，感到受赵翼《陔馀丛考》《廿二史札记》《瓯北诗话》诸书影响特别大。赵氏每论一事，常常胪列有关史实和证据，平心静气地加以归纳分析，提出比较客观通达的看法,使人首肯。在搜集运用材料,分析评论问题方面,态度较客观全面,方法的科学性较强。多读其著作,感到受益良多。清代学者在文史研究领域比前代有长足进展,有多方面的丰硕成果,不但表现在对各种历史现象的考订解释方面,更突出地表现在训诂注释方面。清儒的学术研究成果,今天应注意吸收继承。梁启超的《中国近三百年学术史》书中的《清代学者整理旧学之总成绩》一部分于此有系统介绍,可以参阅。梁氏的《清代学术概论》一书写得比较简明扼要,也值得一读。

(原载《古典文学知识》一九九八年第二期)

谈古代文学论文的写作

一、搜集、积累材料

搜集、积累材料,根据汇集的材料对研究对象与问题进行分析,得出自己的看法,这是写作论文最重要的准备工作。做好这方面的准备工作,论文有了充分的思想内容,下笔就方便了。这里先说搜集和积累材料。

搜集、积累材料的情况大致有两种。一是先有了一个研究对象和目标,就根据它来有系统地搜集有关材料。二是事先没有确定的研究对象,那么可以划定一个范围(**不宜太大**),在此范围内有系统地阅读有关文献,留心考察,积累有价值的材料和心得体会,然后从中获得并确定论文的题目。我在二十世纪四十年代后期刚开始做研究工作时,以汉魏六朝诗歌为范围有系统地读书,在阅读中于六朝乐府诗吴声歌曲、西曲歌方面，发现材料、问题较多，于是就以它为专题研究对象，后来写成了我的第一本著作《六朝乐府与民歌》。

搜集材料，要力求广泛，旁搜博采，不怕麻烦，肯下功夫，要有竭泽而渔的毅力。我在研究汉魏六朝乐府诗时，除读有关诗歌集子和正史音乐志外，通读了《汉书》《后汉书》《晋书》《南史》等正史，翻读了"三通"、《西汉会要》、《东汉会要》、《唐会要》等，浏览了丁福保《全汉三国晋南北朝诗》、严可均《全上古三代秦汉三国六朝文》，还读了一部分有关地理志、类书、笔记小说等，从各方面得到不少有价值的材料。我研究汉魏六朝乐府诗，重点放在相和歌辞、清商曲辞方面，其中多民歌，现在一般称作乐府民歌。我研究它们，注意联系其历史文化背景来广泛搜集材料，所以获得了不少为前此研究者所忽视的有价值材料。

阅读文献时，要注意利用前此有价值的研究成果。例如我读《汉书》等正史时，就翻读王先谦《汉书补注》《后汉书集解》，吴士鉴《晋书斠注》。碰到与研究对象有关的文字，就细心查看这些较详注本中提供了什么材料或线索，再跟踪追查，颇多收获。要多方面地阅读有关文献，搜集材料，须借助于目录学。我研究乐府诗阅读有关地理志、类书时，就是根据《四库提要》《书目答问补正》等书的指引，一部部地翻读。一些杰出文史学家的著作、论文,往往善于从多方面搜集、综合材料,并从中提出自己的独到看法。我们要注意在这方面向他们学习。从这些优秀的著作、论文中,可以学习到许多写论文的方法。我在四五十年代进行研究和写作时,从王国维、陈寅恪、闻一多、杨树达、余嘉锡、萧涤非诸前辈的著作中,获得很多启发和教益。

搜集、审读材料时要仔细谨慎。有些重要的材料要一字一句地细心读,反复读,方能获得透彻的了解并从中发现问题。我在研究乐府诗时,感到《宋书·乐志》、郭茂倩《乐府诗集》(**特别是它包含着丰富资料的小序、题解**)是最重要的资料,细心反复阅读,并参证其他有关文献,由此认清了不少现象。后来研究《文心雕龙》,为学生开设"《文心雕龙》研究"专题课,对该书反复研读多遍,对全书五十篇逐步融会贯通,对其中不少问题有了新的认识和体会。俗话说,熟能生巧,对研究的对象也是如此。对过去学术著作中引用的材料,有原书存在的,要尽可能加以复核。古代不少学者引用材料,往往仅凭记忆下笔,因而引文与原文时有出入。古代编纂的不少类书,引文常有删节。如果不查核原书,仅仅根据这些引文,那会影响理解、立论的精确程度。现代学人引用材料,一般说来比古代要严谨些,但作者众多,学风各异,还是尽可能查核原书为好。还有一些伪书伪作，前此学者有辨伪论著的，要注意吸取。有些伪书伪作，反映了作伪者那个时代，也仍然有其历史文献价值。

搜集材料，要注意获得一些对研究问题性质具有关键作用的材料。我在读唐代高仲武所编《中兴间气集》时，看到有一条编者评孟云卿诗的评语，其中说起他根据孟云卿的诗歌复古主张，写了《格律异门论》及《谱》两文来加以阐发。孟云卿的诗论和高仲武这两篇文章均失传。但从《格律异门论》这一题目，可知该文是阐述格诗（即古体诗）与律诗（即近体诗）二者门径不同，由此可知以沈千运、孟云卿为首的中唐前期的这一复古诗派，是以提倡古体诗、反对近体诗为主要宗旨。又如唐传奇《虬髯客传》，过去多认为系出自唐末文人杜光庭之手。我在读唐末苏鹗所撰笔记《苏氏演义》时，发现苏鹗曾说："近代学者著《张虬髯传》（即《虬髯客传》），颇行于世。"唐宋人所谓近代，常指时间上比较接近的前代。苏鹗与杜光庭都是唐代末叶人，他不可能称杜光庭为近代学者，因而认为《虬髯客传》的作者不可能是杜光庭。我们阅读材料时一定要细心，培养一种敏锐的观察力，于古人行文的细小处发现对解决问题具有关键作用的材料。

搜集材料，不能一蹴而就，要靠长期的积累。于此要有恒心和耐心。要花功夫有系统地阅读有关文献，记下有价值的材料和自己的心得体会。积累的材料、心得丰富了，分析问题、写作论文就有了坚实的基础。如果要写一部长篇的论著，更是应该如此。过去不少著名学者的不朽著作，在材料积累上往往会花去数十年的时间。

二、分析、论证问题

在搜集积累材料过程中，我们逐步涌现出自己的一些看法。到一定阶段，搜集的材料比较丰富、充分了，便可对某些现象、问题进行较深入的分析论证。

分析问题，一定要照顾全面，切忌片面性。鲁迅曾说过："我总以为倘要论文，最好是顾及全篇，并且顾及作者的全人，以及他所处的社会状态，这才较为确凿。"（《题未定草七》）他以陶渊明诗歌为例，指出陶诗并不都是浑身静穆，还有金刚怒目的一面。他劝告人们不要只读选本，因为选本经过编者的选择，往往不能看出作者的全人。的确，某些选本（特别是一些分量小的选本），往往只能显示作者的某一方面。我们进行研究，一定要注意照顾全面。例如李商隐，他不但擅长写情意缠绵的《无题》一类爱情诗，还写了一部分关心国事、政治性颇强的诗篇，像《行次西郊作一百韵》《有感》《重有感》等。他还重视李白、杜甫关心政治、社会的诗篇，说过"推李杜则怨刺居多"（《献侍郎钜鹿公启》）的话。这后一方面比较容易被忽视。又如白居易对诗歌的看法，其名篇《与元九书》，强调讽喻诗的意义和重要性，其次则肯定闲适诗，而对感伤诗、杂律诗评价不高。但在他的其他诗文中，不少场合对感伤诗、杂律诗做了赞美与肯定。如果仅就《与元九书》分析，是不能看出白居易诗论的全貌的。

在分析指出某个作家、批评家的多种现象时，也应当进行具体分析，分别其主次。例如陶潜诗的思想内容，确有关心现实、金刚怒目的一面，但表现宁静的田园生活和诗人恬淡的心境，毕竟是其主要方面。再如《文心雕龙》一书对汉魏六朝时代昌盛的骈体文学的态度。我们看到，刘勰对此时期诗歌、辞赋、各体文章的重要作家作品都做了不同程度的肯定，他重视声律、对偶、辞藻、用典等骈文修辞因素，并细加研讨；《文心雕龙》全书又是用精美的骈文写成。由此可见，刘勰对此时期的骈体文学是支持和肯定的，这是其主导方面。另一方面，刘勰对晋、宋、南齐时代浮诡靡丽的文风进行严厉的抨击，并提倡宗经，企图参酌经书朴实的文风来挽救时弊。总之，他是在肯定骈体文学的前提下主张变革的改良者，不是骈体文学的反对者。

分析问题，一定要掌握前此已有的重要研究成果，并在此基础上提出新见，方能把研究工作推向前去。如果不了解前此研究成果，自以为提出了新见，可能人家早已讲过的，也可能是已经被否定的看法，这样就不好。例如《木兰诗》的产生时代，过去有多种说法。后经现代学者考证，此诗曾被释智匠的《古今乐录》记载，释智匠是南朝陈代人，《隋书·经籍志》已有记载，宋王应麟《玉海》引《中兴书目》，更具体指出此书智匠撰于陈光大二年。这是过硬的证据。因此，说《木兰诗》产生于隋唐时代，无疑是靠不住了。又如李白《蜀道难》的主旨，过去也有不同说法。经现代学者考订，此诗被收入殷璠《河岳英灵集》，而该集编定于唐玄宗天宝十二载，《蜀道难》必作于此年以前。这也是相当硬的证据。因此，如果再说此诗是为唐玄宗因安史乱起奔蜀（**事在天宝十二载以后**）而作，也就不可能了。

分析问题，提出自己的看法，要力求有较充分的证据，避免孤证与证据薄弱，这样始有较强的说服力。上文提到中唐沈千运、孟云卿一派诗歌的创作倾向为重视写作古朴的五言古诗，除掉高仲武为他们的主张写了《格律异门论》及《谱》以外，还有其他证据：这派诗人作品，除孟云卿有少数近体外，均为五古；杜甫《解闷》诗说孟云卿论诗主张师法李陵、苏武,世传苏、李诗均为五古;擅长五古的韦应物称赞孟云卿诗"高文激颓波"(《广陵遇孟九云卿》);晚唐张为《诗人主客图》以孟云卿为"高古奥逸主",其上入室一人即为韦应物。这些证据合起来,就比较有说服力了(参见拙作《元结〈箧中集〉和唐代中期诗歌的复古潮流》)。又如关于《虬髯客传》的作者,除上文述及的《苏氏演义》称作者为"近代学者"外,还有其他证据:一些较早的典籍如《太平广记》《崇文总目》《通志·艺文略》均不署《虬髯客传》的作者名氏,洪迈《容斋随笔》始署为杜光庭;杜光庭是一位编辑家,其所编《神仙感遇传》(此书收录《虬髯客传》,但文仅节录)、《墉城集仙录》等大抵辑录他人文字成书。这些证据合起来看,说杜光庭并非《虬髯客传》的作者,就较有说服力了(参见拙作《〈虬髯客传〉的作者问题》)。在证据不充分时,不要急于下论断,要采取存疑的态度和假设的语气。

分析问题,不但要阐述历史现象的真实面貌,而且应进一步指出其形成原因,即不但要明其然,而且要明其所以然。这后一方面的工作做得好,就使论文更具有深度。这里举若干例子。例如汉乐府诗《雁门太守行》叙述的不是雁门太守的事迹,而是歌咏东汉洛阳令王涣,原来现存古辞只是利用原来曲调歌咏另一位地方长官。这种利用原来曲调描写其他题材内容，叫作因声作辞，在汉乐府相和歌辞、六朝乐府清商曲辞中是比较多见的。这类汉魏六朝乐府中一部分现存歌辞内容与曲名及其本事不相符合的现象，过去曾引起不少读者的误会；但我们只要掌握因声作辞这把钥匙，不少疑难便可解决了。这里需要理解乐府诗的体例特点。后世的词（长短句）也多有这种情况。再如钟嵘《诗品》评阮籍诗，说它"其源出于小雅"。这引起一些读者的疑问，阮籍诗内容颇多涉及求仙，与楚辞接近，为什么说它源出小雅？原来《诗品》说某家诗源出某集，是从"体"（着重指语言风格）立论。阮籍的诗语言很质朴，不像国风、楚辞那样有文采，所以说它源出于质朴的小雅。如果我们认清了《诗品》评述诗人继承关系的关键在于体制风格，问题就容易讲清了。这里需要了解《诗品》全书的评价义例。

上面说的是应了解掌握作品的体例、义例，方能认清表面看来似乎矛盾欠通的现象。还有一类疑难现象，需要了解作品产生的时代背景诸如社会风气、士人心态、创作风尚等情况才能认识清楚。例如《诗品》评述汉魏至齐梁诗人，把陶潜置于中品，这引起了后世不少人的非难，有的甚至随便认为传世的《诗品》版本文字有误，陶潜原在上品。实际《诗品》著者钟嵘身处南朝，当时骈体文学昌盛，文人写作，绝大多数崇尚华美的辞藻。《诗品》把辞采华美的曹植、陆机、谢灵运等置于上品，把"世叹其质直"的陶潜置于中品，正反映了当时大多数文人的创作风尚和文学批评标准。南朝大多数文人对陶诗的评价是不那么高的。唐宋以来，创作风尚、批评标准起了巨大变化，陶诗的地位才崇高起来。再如元稹在《唐故工部员外郎杜君墓系铭序》提出他的李杜优劣论，认为李白的长律（五言排律）较杜甫远远不如，其成就还没到杜诗的藩篱，何况堂奥。这也引起后人的非议和疑问。原来，唐代中后期文人喜作五言长律，以此炫耀作者的才华和学问，形成风尚，擅长长律的人不少，中期有杜甫、元稹、白居易、张祜等人，连古文家刘禹锡、柳宗元均喜写长律，直到晚唐温庭筠、李商隐，此风不衰。明了了中晚唐时期的这种诗歌创作风尚，那么对于元稹用是否擅长长律为标准来衡量李杜诗的成就和优劣，就不至感到奇怪了。上面说的对许多乐府诗的体例要有所了解，需要在诗歌领域有比较广阔丰富的知识；这里说的要了解文学作品的历史背景（不是泛泛的一般历史书上所提供的背景，而是具体细致的背景），就需要更为广阔丰富的知识。探讨文学史上的某些具体问题，如果把它放在历史（特别是文化史）的大背景中加以深入考察和分析，就较能获得中肯甚至精辟的看法。这也是微观和宏观相结合的一种研究方法。

三、写作论文

搜集了较充分的材料，并且经过分析，有了自己的看法，便可进入写作。在写作过程中，还会碰到原来准备、酝酿不够的地方，需要进一步搜集补充材料和构思分析。

论文先要确定题目，明确论述的主题。我的体会，一段时间内最好划定一个范围，进行系统阅读，积累材料和心得体会，这方面的积累丰富了，酝酿成熟了，在此基础上就某一或某些问题进行论述，提出己见，往往能写出较扎实深刻的论文。如果平时没有积累，先定一个题目，匆忙找一些材料写成文章，大抵不能写成颇有深度的论文。平时积累愈深，就愈能写出好论文。这正像一位作家，具有长期的丰富深入的生活体验和思索酝酿，而不是先定一个主题，走马看花地找些材料，就比较容易写出好作品。论文题目和论述范围，一般不宜太大、太广，对于学识准备不足的人来说，尤应如此。题目不大，较易掌握充分的材料，进行较全面深入的论述。如果对于一个个的点缺乏清楚的认识，缺少扎实的微观基础，匆忙地做宏观分析和研究，往往容易蹈空。宏观的研究和把握也需要，但要注意有较好的准备和较坚实的基础。如上所说，有的论文，虽然研讨的是一些具体问题，但要把它放在广阔的历史背景中来考察和分析，需要有开阔的视野和结合宏观把握。这样看来，宏观需要微观作基础，微观往往要结合宏观的背景来考察和分析，二者是相辅相成的。文章要写得精警，写两三篇论文可以解决问题的，不要勉强拉成一本书。勉强拉成书，水分增加，精警反被冲淡了。当然，一些讲义和普及性的读物等，须有系统地向读者介绍某方面的知识，不在于发表创见，那也是需要的，可以别论。过去一些著名学者，如王国维《观堂集林》、陈寅恪《金明馆丛稿》中的不少论文，都非常精辟，篇幅不长，但解决了重要问题。

一篇论文下笔之前，要有一个通盘考虑。论文分为几节或几个部分，每节讲些什么，包括使用的主要材料和自己的看法，最好写一个简单大纲，做到胸有成竹，就能顺利地写下去。短论文可以不写大纲，但通篇如何安排，也要动笔前胸中有数。

论文的观点，不但要有创见，而且要表述得明确。一篇论文特别是短论文，不能解决许多问题，要注意论点的集中和单纯，不要纷繁枝蔓。如果谈几个问题，要注意有步骤地分别谈清楚。观点要力求客观合理，通过掌握大量材料，进行实事求是的分析、论证得来，才具有说服力。有些新看法，虽证据尚不足，如果持之有效，言之成理，也不妨提出来供进一步研讨，这时宜采用推测口吻。时下有些论文，竭力追求新奇，缺乏有力的论证，立论片面甚至荒唐，这是不可取的。采用别人的看法，除普及性的读物与教材等外，一般应注明出处，不要掠人之美。

论点要有充分的论证，才具有说服力。证据要有力、充分，上文已经述及。论证问题，要分清层次，一步步地进行，使读者印象清晰，易于接受。拥有丰富充分的材料，要精心组织安排，哪些在前说，哪些在后说，要注意步骤和层次，一切服从于讲清问题，阐明看法。这方面的组织安排是构成论文逻辑力量的重要因素，需要匠心经营，需要通过不断实践来磨炼，同时注意向前辈优秀的论文学习经验。材料固宜充分，但也不宜堆积过多。不少次要的基本内容重复的材料如果引用过多，使文章显得累赘，反而影响文风的鲜明性和可读性。对于诸多次要的但也有一定价值的材料，可以运用附注、附录、另编资料汇编等方式来解决。

论文的语言，应当明朗、准确、流畅，有可读性，学术论文不是文学散文，宜于客观冷静地进行论说，使读者明白情况和事理；不宜于抒发作者主观的感情，或表现丰富的文采。由于性格、兴趣的差异，有的作者的论文写得生动而有文采，自可别具一格，但要注意避免因追求文采生动反而使观点不够明朗准确，以辞害意。

（原载《古典文学知识》一九九八年第六期）

古典文学研究领域的几块园地

中国的古典文学研究，领域广阔，对象繁富，所以从不同的角度、方面进行探讨研究，从而形成性质不同的成果。许多研究成果，从其不同角度加以区别，其中最重要和常见的，可以分为四块园地，即语言的、历史的、文学的、文献学的。下面试分别略加说明。

一、语言的（古汉语的），即对古代文学作品的词、语、句予以注释、校勘，使读者通过注释对作品获得理解。校勘为词语等提供准确的文本材料和重要异文，是注释的重要辅助。

在中国古代，对古典文学作品的研究工作，主要便是注释、校勘一类。文学古籍方面，早期的有汉代的《毛诗郑笺》、《楚辞章句》（王逸注），以后历代络绎不绝，成果丰富。几种重要文学古籍，如《诗经》、楚辞、《文选》、杜甫诗、韩愈诗文等，均有数十种以至百种以上的注释本。清代学者学风朴实，重视笺注工作，但其致力重点在经部，于集部用力较少。因此在文学古籍方面，除《诗经》《文选》各有数种高水平的著作外，其他如倪璠《庾子山集注》、王琦《李太白集注》、仇兆鳌《杜诗详注》、冯浩《玉溪生诗集笺注》等，固然功力颇深，但为数不多。少数现代学者也致力于注释文学古籍，如黄节，对汉魏乐府、曹植诗、阮籍诗、谢灵运诗，各有笺注，内容翔实，功力颇深。中国古代集部书品种繁富，重要者也有许多，前人虽然有过出色的成绩，但需要注释或新注的对象还很多，有待今人、后人的继续耕耘。最近二十年来，新注本出现不少，有的是补空白，有的是整理汇集旧注，各有成绩。注释中有一种便于广大读者阅读的选注本，这在古代即有，但注释质高者甚少。新中国成立以后，对普及工作更为重视，普及性的文学选注本纷纷出版，质量也参差不齐，但大致上的确起了滋养广大读者的作用。其中人民文学出版社出版的一套数十种中级选注本，自《诗经》、楚辞、李白、杜甫、白居易、苏轼以至元人杂剧、话本等都有，对象广泛，品种多样，体现出古典文学的丰富多彩局面。选注者或为专家，或用力较勤，一般质量都较高。近年来，适应广大读者阅读古汉语困难的需要，出版了许多古籍（**包括不少文学古籍**）今译读物，这可说是注释的延伸。

语言角度的研究，除校注、今译古籍（这是大量的）外，还有一部分论著、论文值得重视。它们也是对文学古籍中的词语加以研究探讨。著作如张相《诗词曲语辞汇释》、蒋礼鸿《敦煌变文字义通释》、顾学颉《元曲释词》等均是，还有学者写了古代小说词语汇释的专书。中国古代重要的训诂专书《尔雅》《广雅》《方言》等，解释先秦两汉的语言现象。实际从魏晋南北朝以至明清时代，各时期都不断产生新的词语，需要学者予以归纳整理和解释；以上这类著作在这方面做了有价值的工作。还有一些论文，解释文学古籍中的词语，也很值得注意。如王国维的《肃霜涤场说》，解释《诗经·豳风·七月》中的两个词语，丁声树的《何当解》，解释汉魏六朝以至唐代诗歌中常常出现的"何当"一词，意见均很中肯精辟。

二、历史的，即对作家的生平、身世与作品的历史背景、题材来源等进行考订、研究，这对读者理解作品（特别是其思想内容）有很大裨益。中国古代学者对于作品，长期以来一直重视知人论世，因为只有对作者的生活及其所处的时代背景有了深切的了解，才能准确把握作品的内容。

传记、年谱是这方面的主要成果。历代正史从《史记》开始即有不少文人传记，元代辛文房的《唐才子传》是一本唐代诗人传记专书。"五四"以后，受西方影响，学界更重视传记（包括文人传记）的写作，由过去的一人一个篇章演为专著，如冯至《杜甫传》，朱东润《梅尧臣传》《陆游传》等。傅璇琮主编的《唐才子传校笺》五册，搜集了大量材料，并进行仔细考订，为研究唐诗提供了很大方便。文人传记方面今后还有许多工作可做。文人年谱出现也较早。唐代大文豪杜甫、韩愈、柳宗元等宋人均已写了简谱，此后陶渊明、李白、苏轼等都有（往往附在集子注释后面）。近代，文人年谱更有发展，出现更详细的专著，如张采田的《玉溪生年谱会笺》。"五四"以至近二十多年来，这方面的成果方兴未艾，一部分大作家如陶渊明、李白、杜甫、白居易、韩愈、陆游等都有了详细的年谱专书。夏承焘的《唐宋词人年谱》，汇集其所著唐宋词人的年谱、系年十种，功力颇深。前年刘跃进、范子烨两同志编辑《六朝作家年谱辑要》一书，汇集今人所著自陶渊明至徐陵、庾信年谱近二十种，对六朝文学研究亦甚有裨益。

探究作家作品的时代背景、探究作品的题材内容与历史事实的关系，是从历史角度研究文学作品的一个重要部分。陈寅恪的《元白诗笺证稿》是这方面的一部力作。它以大量篇幅，论述了元、白诗（特别是白居易的新乐府）与当时史实的关系，充分发展了前人已肇端的诗史互证方法。他的《柳如是别传》（原名《钱柳因缘诗释证稿》）一书，主要内容也是以柳如是、钱谦益诗作与史事互相证释。胡适的《红楼梦考证》一文，考证《红楼梦》内容是以作者曹雪芹的家庭情况为题材内容，贾宝玉即是影写作者自己。这篇论文成为"新红学"的开端，影响很大。此外，如傅璇琮的《唐代科举与文学》一书，对唐代科举制度与文学的关系，进行深入细致的研究，也是属于这方面的著作。

三、文学的，即对作品的思想内容、艺术特色与成就、体制形式等进行分析评价，帮助读者深入理解作品的内容、形式特色，获得思想启迪与美感享受。

以王国维的著作为例，就分别具有上述三方面的内容。他的《红楼梦评论》运用叔本华的哲学思想来解释《红楼梦》的悲剧内涵，属于分析思想内容方面；其《人间词话》，着重分析唐宋各家词的艺术成就，比较其特色与优劣，属于艺术分析方面；其《宋元戏曲史》一书，着重探讨宋前以至宋元时代戏剧体制形式的发展演变，属于体制形式方面。中国古代文学样式繁多，特别是韵文领域，如律诗、律赋、词、曲、戏曲（杂剧、传奇）等等，各自在体制形式方面有其独特的规定与格式，对这类作品要获得全面深入的认识，必须认识它们这方面的特点。

对作品的思想内容、艺术特色，可以从不同角度、运用不同方法进行研究。"五四"以后，有的学者采用西方民俗学、神话学、宗教学的理论研讨中国上古文学，如闻一多对《诗经》、楚辞的研究，取得了令人瞩目的成绩。此后特别是近二十多年来，有些学者在这方面继续耕耘，也获得可观成绩。新中国成立以后，有不少论著，对古代著名诗人诗作、小说、戏曲等，运用历史唯物论与马克思主义的文艺理论对其社会意义进行分析论述，在作品思想内容的探索上，较过去有长足的进展。

宋代以来，出现了不少诗文评点书籍，明清两代，小说、戏曲评点也趋发达。但评点均依附于原作，文字一般简短，有的还颇零碎。评点内容也较广泛，但重点在指陈其艺术特色。其中诗歌选本如清代陈祚明《采菽堂古诗选》、张玉穀《古诗赏析》等，金圣叹的章回小说评点等，在艺术分析方面颇多精辟之见。还有古人的许多诗话、词话、文话等著作，内容也广泛，但往往偏重艺术分析，也时有精见。"五四"以后，学界对作品的艺术更加重视，陆续出现了不少论著、论文。如俞平伯的《读词偶得》《清真词释》，分析词艺颇为细致。近二十多年来，在刘逸生《唐诗小札》、沈祖棻《宋词赏析》的倡导下，古诗词鉴赏的篇章大增，自上海辞书出版社的《唐诗鉴赏辞典》以后，各地纷纷出现不少同类著作，还延及古文、小说等其他文体。它们起到了普及古典名著、帮助读者获得美的享受等积极作用，但质量参差不齐，有的不免流于庸滥。新中国成立前后，学术界还出现不少古典作品中的人物论一类著作，如《水浒传》人物论、《红楼梦》人物论等，它们剖析古典小说名著中的人物形象，重点大抵在艺术技巧方面，但也涉及思想内容。不少古典作品的文学分析论文，往往兼及思想、艺术两方面，人物论就是如此。

上面分别就古典文学研究中语言、历史、文学三块园地的成果，各举若干例子，略加说明。对这三块园地研究工作的发展演变情况与代表性论著，只是略述一二，因限于篇幅和本人见闻，不可能做全面系统的介绍。需要说明的是，有一部分论著论文，涉及不止一块园地的内容。如有些注释，除注释词句外，还包含说明历史背景、文学评论。如詹锳主编的《李白全集校注汇释集评》一书就是，但其主要成分为词语注释。又如陈寅恪的《元白诗笺证稿》，主要成分为历史考订，但其中尾部《论元白诗之分类》《元和体诗》两节，辨析元白诗的体制特色，则又属文学分析。因此，严格说来，说某一论著属于某一块园地，只是就其主要成分而言。也有一部分论著，兼跨两块甚至两块以上园地，而且难分主次。

现在高等院校中的古典文学课程，多数开设"古代文学作品选""中国文学史"两门，前者着重在解释词句基础上进行文学分析，后者介绍作者身世、历史背景，更着重文学分析。这说明上述三块园地的基础知识，都是现代中国大学生应当掌握的。这跟现当代文学的学习情况颇不相同。"现代文学作品选"一类课程，不需要在词句解释上多花时间，历史背景也因时间接近或贴近，较易了解，而不像古典作家作品那样复杂，因而研究力量大抵花在文学分析方面。

四、文献学的。所谓文献学的，是指材料的搜集整理、古籍的内容提要与目录版本介绍、作品真伪的考订等。这些都是重要的基础工作。

关于古代文学材料的搜集整理，明清时代学者就已颇为重视。如明代冯惟讷《古诗纪》、张溥《汉魏六朝百三家集》，明末清初，更有胡震亨、季振宜分别整理唐诗，清康熙时终于在此基础上完成了《全唐诗》的编辑。清代还编成了《全唐文》、《全上古三代秦汉三国六朝文》（严可均）等大型总集。民国时代，唐圭璋编辑了《全唐词》《词话丛编》。新中国成立后，特别近二十多年来，这方面工作更见兴旺，已经出版的大型总集即有《全宋诗》《全宋文》《全元戏曲》《全元散曲》等等，逯钦立在《古诗纪》基础上完成的《先秦汉魏晋南北朝诗》也告出版。其他总集、别集的整理成果众多，难以备举。有关研究资料的辑集也成果可观，中华书局出版了一套《古典文学研究资料汇编》，有系统地搜集有关评论研究资料，已出的有三曹、陶渊明、李白、杜甫、白居易、韩愈、柳宗元、欧阳修、黄庭坚与江西诗派、范成大、杨万里等多种。陈伯海主编的《唐诗汇评》《唐诗论评类编》，吴文治主编的《宋诗话全编》《明诗话全编》等资料也很丰富。作品与研究资料的汇辑，为学界研究古代文学提供了极大方便。还有一些论文，如探讨《全唐诗》《全唐文》编辑过程的，也值得注意。

关于内容提要与版本目录介绍方面，前人已有不少成果。清代的《四库全书总目提要》《书目答问》是大家熟知的名著。新中国成立后出版的有姜亮夫《楚辞书目五种》、崔富章《楚辞书目五种续编》、万曼《唐集叙录》、周采泉《杜集书录》、孙琴安《唐诗选本六百种提要》等，皆有可观。整理研究古籍，必须去伪存真，因此辨伪工作也很重要，特别对先秦古籍为然。前人对《尚书》、《列子》、李白诗词等均做过不少辨伪工作。"五四"以后，史学界的疑古风气一时颇为流行，对文学古籍研究也产生影响。如对宋玉辞赋、苏武李陵五言诗、李白一部分诗词真伪问题，均有论著论文涉及。近年来，关于司空图《二十四诗品》真伪问题的争辩，也颇为热烈。

除上述四块园地外，须提及的还有文学工具书。文学工具书也有各种性质。上面提到的《诗词曲辞语汇释》《元曲释词》等属语言领域；谭正璧《中国文学家大辞典》、吴文治《中国文学史大事年表》等属历史领域；不少诗词鉴赏辞典属文学领域。还有一些属综合性的，如周勋初主编的《唐诗大辞典》、郁贤皓主编的《李白大辞典》，兼及诸块内容。

古典文学研究园地广阔，成果丰富，本文仅做粗略的描述，读者恕其不备。

面对古典文学研究领域的几块园地，作为有志于深入研究古典文学的年轻同志们，应当采取怎样的态度、选择怎样的途径呢？下面拟概括地提两点意见。

（一）结合自己的志趣与偏长，确定主攻方向。上述几块园地，各有其特点，性质有所不同。大致说来，文学分析一块，多理论分析，要虚一些；其他诸块，偏重说明考证，要实一些。研究者可以根据自己的气质、志趣与偏长，选择一到两块园地作为主攻方向。结合自己的条件确定主攻方向，就容易扬长避短，取得好成绩。现当代一些古典文学知名学者，其成果也往往表现在一至两块园地内。园地确定后，选择什么具体项目，除结合自己条件考虑外，还要考察项目的意义、价值如何，前人、今人是否已做过什么工作，还有什么工作可继续发展，等等。一般说来，要做好学术工作，在本专业方面，都得具有良好的基础，较广阔丰富的有关历史文化知识，较强的分析判断能力。决定着重在哪一块园地耕耘的同志，更要注意加强某一块专业的基础与专业修养，或为古汉语的，或为历史的、文艺理论的、文献学的。要注意培养敏锐的观察力与分析力，发现并解决问题，在学术上获得创新。要沉下心来，克服浮躁之风。要肯下功夫，平时注意系统深入地学习钻研，注意积累心得体会，向前辈专家学习做学问的功夫和方法，不断提高自己的研究能力。

（二）各块之间要互尊互补，不要相轻相讥。各块园地的工作都是必要的。词句注释、历史考察是理解作家作品的基础，是重要的；文学分析帮助读者从古典作品获得思想启迪和美感享受，体现了人们阅读古典作品的最终目的；文献研究引导人们全面掌握材料，也十分重要。从事文学分析的学人，需要利用词句注释、历史考察的主要成果作为自己工作的基础（如果没有牢靠的基础，文学分析会陷入误说），也需要文献学的引导。从事语言、历史、文献等块园地工作的学人，如果对作品的思想艺术意义有所了解，眼界开阔了，就可以更好地在各自的园地内做好古为今用的工作。何况他们也需要像一般读者那样，从古典作品那里获得思想启迪和美感享受。由于务实、务虚的偏重不同，各块之间有时发生不相理解以至互轻互讥的现象，做文学分析的同志认为基础工作过于烦琐零碎，无关宏旨；而做基础工作的同志则认为文学分析显得空疏浮泛。其实许多学科的众多研究成果，往往有其弱点与不足，质量也是参差不齐的，我们在进行评价时，要避免以偏概全。要注意开阔眼界，了解不同园地学术成果的特点和价值，这样就容易互尊互补。还要注意，研究的问题、对象，有大小之分，有重要次要之分，有全局性、局部性、枝节性之分；研究成果的价值，不但要看作者用力是否深入精细，还要看研究对象本身的重要性如何。要避免过高地估计自己的成绩，从而自高自大。总之，要正确对待自己，正确对待别人，这样就容易做到互尊互补。

（原载《古典文学知识》二〇〇二年第一期）

第二辑 研究情况和体会

学术自述

我于一九四七年夏季毕业于复旦大学中文系，留校担任助教。当时除担负教学工作外，打算在汉魏六朝文学领域进行一些专题研究。经过一段时间摸索，把研究重点放在该时期的乐府诗方面。先是研究六朝乐府清商曲辞中的吴声歌曲与西曲歌，写出一系列论文，后来结集成《六朝乐府与民歌》一书。稍后又扩大到汉魏乐府，以其中的相和歌辞为重点，兼及乐府官署、清乐的沿革等问题，写成若干论文，后来结集为《乐府诗论丛》一书（一九九六年我把这两本研究乐府诗的小书益以其他篇章，合成《乐府诗述论》一书问世）。二十世纪五十年代中期，乐府诗研究告一段落，研究工作转移到唐代文学方面，至"文革"前夕，陆续写出了十多篇论文。这些论文，于八十年代前期，加上一些新作与若干汉魏六朝文学论文，编成《汉魏六朝唐代文学论丛》一书出版。五十年代末至六十年代初，还与复旦中文系的两位年轻教师、一部分学生编写了《李白诗选》《李白研究》两书。六十年代初，我在复旦中文系教中国文学批评史课程，同时参加高校文科教材《中国文学批评史》的编写工作。该书由刘大杰先生主编，其中上卷先秦至隋唐五代部分，大多数是由我执笔写作的。这样，我的研究领域又扩展到中国古代文学理论批评方面。我研究中国古代文论，以过去研究汉魏六朝唐代文学史为基础，重点放在魏晋南北朝、隋唐五代阶段。七十年代末至八十年代，我为复旦中文系本科生、研究生讲授《文心雕龙》，写出一系列论文，编成《文心雕龙探索》一书，同时又把其他研究古文论的篇章编成《中国古代文论管窥》一书，两书均于八十年代中期出版。一九八三年起，我与顾易生教授共同主编国家重点科研项目"中国文学批评通史"（七卷）。该丛书于一九九六年竣工出齐，我参与编写了其中的《魏晋南北朝》《隋唐五代》两卷（均与杨明合作）。近十多年来，我除着力编写、审读"中国文学批评通史"稿件外，还写了一部分单篇论文，大多数还没有结集出版。

从二十世纪四十年代末到如今，我在中国古代文学研究的道路上已经整整走了半个世纪了。我研究中国古代文学，包括古代文学创作和古代文学理论批评，一贯的宗旨是求真，从大量文献资料出发，尊重事实，实事求是地进行考订和分析，力求阐明所研究对象的真实面貌。对过去的许多典籍记载，对前人与现代学者的重要看法（包括一些权威性的看法），既不轻易怀疑否定，也不盲从；而是通过全面冷静的考察分析来加以取舍。对古代文学（特别是其中的文学理论批评）中的不少现象，我主张充分尊重中国固有的文化传统和民族特色，并从这方面注意加以阐述；不赞成随意运用现成的理论框架或引进国外的理论来勉强比附。"五四"以来，中国文史哲研究界从治学态度、方法看，有所谓信古、疑古、释古等派的区别。我比较赞同释古一派的做法，学风也与之相近。

为了探索、阐明所研究对象的真实面貌，我研究某一现象或问题，总是首先注意占有充分的材料，从材料出发，经过全面的考察和缜密审慎的分析，得出自己的看法。材料不足、证据不够时，不轻易下论断。对不少现象或问题，注意把它们放在学术文化的历史大背景下、放在文学历史发展的长河中加以观照和认识，使微观考察与宏观把握互相结合。对不少现象或问题，不但注意说明其真实面貌，而且注意说明这种面貌形成的原因，即不但知其然，而且探索所以然，这种做法往往与宏观把握有着紧密的联系。举例来说，六朝乐府吴声、西曲许多歌词内容何以与有关作者、本事的记载不相符合，陶渊明诗的内容局限与陶诗在南朝评价不高，李白诗歌的不同思想倾向及后世的分歧评价，盛唐气象的含义与形成原因，《旧唐书》文学观的倾向性，等等，对这类问题，我都重视在说明真相后把它们放在广阔绵延的大背景中加以阐述。

我先是研究中国文学史，后来又着重研究中国文学批评史，因此在研究过程中，较自然地把二者结合起来。中国古代的文学理论批评，是对文学创作现象的检讨和总结，又回过来对创作发生影响，二者关系密切。中国古代许多杰出文人，往往既是作家又是批评家，其作品与文论往往互相印证。我感到把文学创作现象与文学批评现象联系起来考察分析，更容易说明不少问题。我研究古代文学批评，由于以过去的文学史研究为基础，因此不但重视批评家提出的概括性的理论原则和主张，而且重视其对作家作品的评价。我感到，概括性的理论原则、主张往往显得虚，不易确切地把握；作家作品评价则显得实，容易显示出批评家的批评宗旨与倾向。把二者结合起来考察分析，往往容易说明问题，避免分歧和误会。举例说，《文心雕龙》与风骨问题，刘勰对汉魏六朝文学的评价，元结《箧中集》的文学观，韩愈散文的风格特征，严羽的诗歌理论，等等，我都注意把文学史与文学批评史联系起来研究，注意把批评家的理论概括与作家作品评价结合起来研究，或者同时采用这两种内容沟通而接近的方法。

《礼记·中庸》说："博学之，审问之，慎思之，明辨之，笃行之。"《史记·五帝本纪赞》说："好学深思，心知其意。"我服膺这两句话，把它们当作平时治学的座右铭。但这只是追求的目标，并不能完全做到。我从年轻时起即患眼疾，视力衰弱，不能多看多写。二十余岁时晚上灯光下即不能做文字工作。七十年代以来，随着年龄增长，白内障加重，视力更趋衰退，白天能读写的时间也越来越少。如果我的眼睛正常，研究工作当能做得更多一些、好一些。但这是无可奈何的事，徒自惋叹而已。

（原为《当代学者自选文库·王运熙卷》的自序，本文仅节录其首尾两部分。该书于一九九八年十二月由安徽教育出版社出版）

我研究古典文学的情况和体会

一、研究历程、方向简介

我于一九四七年毕业于复旦大学中文系,留任为该系教师,此后一直在复旦中文系做教学和研究工作。一九八一年复旦成立中国语言文学研究所,又兼任该所的研究工作。半个多世纪以来,我一直从事中国古典文学的研究工作,重点放在中古时期的汉魏六朝隋唐五代时期。大致说来,可分为三个阶段,第一阶段是从二十世纪四十年代末到五十年代中期,着重研究汉魏六朝文学,重点在乐府诗方面;第二阶段是五十年代中后期,着重研究唐代文学,重点在李白诗、唐人选唐诗方面;第三阶段六十年代初期以及"文革"后的八十年代以至九十年代前期,着重研究中国文学批评史,重点在魏晋南北朝隋唐五代文学批评方面(我是以文学史为基础来研究批评史的）。九十年代中期，我与顾易生教授主编的《中国文学批评通史》（七卷本）全部出版，我于一九九六年退休。从此以后，因年老体衰，以在家休息为主，只是零敲碎打地做一些力所能及的撰写工作。

五十年代，我的《六朝乐府与民歌》《乐府诗论丛》两书先后出版，结集了这方面的研究成果。九十年代，又把以后撰写和前此未及收入的乐府论文编成《乐府诗再论》，与前两书共为三编，合为《乐府诗述论》一书出版。八十年代前期，出版了《汉魏六朝唐代文学论丛》一书，它结集了汉魏六朝乐府诗以外的该阶段的文学史论文，今年又增补此后写的论文，出版了该书的增补本。八十年代后期，出版了《文心雕龙探索》《中国古代文论管窥》两书，结集了有关《文心雕龙》与其外的古文论论文。此后又写了若干这方面的论文，尚待结集。九十年代后期，出版了《当代学者自选文库·王运熙卷》《望海楼笔记》两书，前者选录了我自四十年代末到九十年代的重要论文五十余篇；后者是短论选编，其中多数是旧作或旧作摘录，少数是新作。内容包括治学方法、乐府诗、唐诗、散文辞赋、古文论诸方面。

还有若干我主编并撰写一部分的著作。六十年代初期，出版了《李白诗选》（署"复旦大学古典文学教研组"编）、

《李白研究》两书,是我与少数同事、部分学生合编。《李白诗选》,我修改全书注释并写了前言和各篇题解。《李白研究》,全书由我修改定稿并写了一章。六十年代前期,出版了高校文科教材《中国文学批评史》(上卷),主要由我执笔。八十年代出版了该书的中、下卷,均由我与顾易生教授主编。二〇〇一年,此书又由我们修订改写,出版了《中国文学批评史新编》(两卷本)。六十年代初期,我还协助朱东润教授策划编注高校文科教材《中国历代文学作品选》(六卷本),负责前两卷(先秦汉魏六朝阶段)的统稿工作,并注释了小部分作品。八十年代中期至九十年代前期,与顾易生教授主编《中国文学批评通史》(七卷本),此书近四百万字,由复旦中国语言文学研究所中国文学批评史研究室全体成员分工协作,历时十多年,至一九九六年全部出齐。除主编统稿外,我参加了魏晋南北朝、隋唐五代两卷的撰写,其中论述《文心雕龙》、《诗品》、唐代中后期诗论各章节由我执笔。此书出版后,曾先后获国家教委优秀教学成果一等奖、全国优秀图书奖、上海市哲学社会科学成果特等奖、文学艺术优秀成果等奖项。此外,七十年代末,参加了《辞海》编纂工作,担任中国古代文学分科主编。八十年代前期,参加了《中国大百科全书》的编写工作,担任中国文学卷编委、隋唐五代文学分支副主编。

我还做过若干古典文学的普及工作。六十年代初，与顾易生、徐鹏两教授编注了《古代诗歌选》四册（署名王易鹏），该书针对少年读者的需要，选篇比较得当，注释明白晓畅，因而销路甚广，颇有影响。此书于一九九九年由我与顾、徐两位稍作修订，增删了少数作品，改名《历代诗歌浅解》，出版了新版本。还有中级选本《李白诗选》，上文已经述及。此外，还与我的学生编写了若干关于古诗、乐府诗、李白等作品的选注与介绍，我只是做少量策划工作，或备顾问，这里就不一一列举了。

二、主要著作、论文及其观点

本节分类介绍我在古典文学研究方面的主要成绩与观点。

（一）汉魏六朝乐府诗《汉魏两晋南北朝乐府官署沿革考略》一文，系统叙述分析了这段时期中央政府的乐府官署沿革，它有助于对该时期乐府诗分类及其性质的了解。《汉魏六朝乐府研究书目提要》一文，把该时期有关乐府诗研究著作，分为正史及政书乐志、歌辞之编集选录注释、乐府研究专著、一部分论述乐府之著作四类，自汉代以至现代学者著述，共五十八种，分别加以评述。《清乐考略》一文，对清商旧曲（相和歌辞）、清商新声（清商曲辞）的类别、发展过程做了比较细致的叙述与考订。

关于汉乐府方面。《说黄门鼓吹乐》一文，考明了汉乐四品中的黄门鼓吹乐，是指黄门倡优演唱的通俗乐曲，包括相和歌和杂舞曲，辨正了《宋书·乐志》《乐府诗集》等书长期以来对它的误解。《相和歌、清商三调、清商曲》一文，对现代学者梁启超、陆侃如等认为汉魏乐府中的清商三调不属于相和歌这一论点加以辩驳，指出相和歌包括了相和曲、清商三调，并概述了清商曲的历史发展。《汉代的俗乐和民歌》《论〈孔雀东南飞〉的产生时代、思想、艺术及其问题》二文，对汉乐府无名氏古辞与长诗《焦仲卿妻》的文学特色与成就，联系其历史社会背景，做了较为具体深入的分析。

关于六朝乐府方面。《六朝乐府与民歌》一书，对六朝通俗乐曲清商曲辞中的吴声歌曲、西曲歌两部分，做了系统深入的探究。《吴声西曲的产生时代》一文，说明吴声、西曲主要产生于东晋、宋、齐时代，阐述了它们在六朝时代的发展过程及其与当时贵族上层阶级人士文娱享乐生活的密切关系。《吴声西曲的产生地域》一文，说明吴声、西曲产生的中心地区分别是当时的京城建康（当时又叫扬州）和江陵，并进一步阐述了这一地域条件与歌辞内容、情调的关系。《吴声西曲的渊源》一文，就吴声、西曲的体制形式特点，探讨它们与歌谣与相和歌辞乐曲分解的承传关系，并指出当时七言诗一句在音乐节拍上相当于三、四、五言的两句。《吴声西曲杂考》一文，考证了《前溪歌》《子夜歌》《碧玉歌》等十多种曲调，以作者、本事为主，钩稽多方面史料，证实了《宋书·乐志》《旧唐书·音乐志》等旧籍关于这方面的记载是可信的，如沈充作《前溪歌》，人们为汝南王作《碧玉歌》等等，从而澄清了现代有的学者认为此类记载均不足置信的误解。《论六朝清商曲中之和送声》一文，更通过乐曲中和送声性质、作用的阐明，解释了现存许多吴声、西曲歌辞内容与旧籍有关作者、本事记载不相符合的疑问。《论吴声西曲与谐音双关语》一文，详细分析了吴声、西曲歌辞中出现的双关语达五十三种，并从当时民谣隐语、上层阶级谈吐两方面论述了当时普遍运用谐音双关语的社会风气。还附带介绍了六朝清商曲以外寺歌、唐代诗词运用谐音双关语的例子。《论吴声与西曲》一文，对吴声、西曲做全面概述，除上面介绍的内容外，还就其文学成就、特色与发展过程做了较多补充。吴声、西曲歌辞，在过去封建时代常被人们视为淫辞鄙曲，很少措意，"五四"以后，又被不少学人视为纯粹的民歌俗曲，很少注意它们与当时上层阶级人士的密切关系。我在这方面的研究，填补了空白，创获较多。

（二）《文心雕龙》研究。这方面的研究论文，大多数见于《文心雕龙探索》一书，少数尚未结集。《〈文心雕龙〉的宗旨、结构和基本思想》一文，认为《文心雕龙》一书的宗旨是指导写作，全书可分为总论、各体文章写作指导、写作方法统论、杂论四个部分，提出了与时下不同的看法；指出全书的基本思想是宗经酌骚、执正驭奇。《〈文心雕龙〉产生的历史条件》一文（与杨明合作），从该时期文学评论、学术著作与学术风气情况具体剖析了它们对《文心雕龙》的影响，篇末着重指出了宋齐时代朝廷提倡儒学对《文心雕龙》一书宗经思想产生影响的历史条件。《〈文心雕龙·原道〉和玄学思想的关系》一文，指出《原道》篇的观点，兼受儒学、玄学两方面的影响，把自然之道、圣人之道合而为一。《刘勰为何把〈辨骚〉列入"文之枢纽"》一文，论证刘勰因为把楚辞作为文学的源头，他的基本思想是宗经酌骚，所以把《辨骚》列入文之枢纽。关于风骨，是我论述《文心雕龙》的一个重要方面。我认为风骨是指作品明朗刚健的风貌。《〈文心雕龙〉风骨论诠释》一文，就《文心雕龙》全书各篇对此进行证释。《〈文心雕龙·风骨〉笺释》一文，对《风骨》篇全文词句做笺释，注意对一部分容易误解的词句进行疏解。《从〈文心雕龙·风骨〉谈到建安风骨》一文，联系六朝的人物品评、书画评论、汉魏至唐的诗歌创作，上挂下连，纵横结合，多角度地阐述了风骨的含义、价值、提倡风骨的历史背景等问题。《刘勰的文学历史发展观》一文，指出《文心雕龙·时序》以"质文代变"（质朴与文华文风随时变化）的基本观点来论述历代文学的变化发展，并指出该篇中的"世情""时序"是指政治盛衰、社会治乱、学术思想状况、帝王提倡等各种条件。《〈物色〉篇在文心雕龙中的位置问题》一文，指出《物色》篇次在《时序》篇下面，位置并不错，两篇分别论述了文学与时代、文学与自然风景的关系，《物色》篇是南朝写景文学充分发展后在文学理论领域中的反映。《刘勰论文学作品的范围、艺术特征和艺术标准》一文，指出刘勰所谓文章的范围很广，包括了缺乏文学性的应用文字，但其重要对象首先为诗赋，其次是富有文采的骈散文；文学的艺术特征，主要表现在语言形态色泽和声调之美方面；作品的语言应当华实结合，文质彬彬。《刘勰论宋齐文风》一文，指出刘勰对南朝前期的宋齐文学，除对其艺术描写细致有所肯定外，对其为文造情、繁富冗长、新奇诡异、缺乏风骨等批评较多，此类批评有得有失。《释"楚艳汉侈，流弊不还"》一文，指出刘勰《宗经》篇中此二句，认为南朝过于华艳的文风是由楚辞艳丽、汉赋侈靡的文风极度发展形成的,所以他要大力提倡宗法儒家经典,来改变文风。《〈文心雕龙〉为何不论述汉魏六朝小说》一文,指出《文心雕龙》不论述此类作品,其客观原因是当时包容笔记小说的史部、子部图书十分丰富,笔记小说位居末品,不遑论述;主观原因则是刘勰认为此类作品内容艺术均缺乏价值。以上论文大多数已收入《文心雕龙探索》一书。《魏晋南北朝文学批评史》中的《文心雕龙》一章,对该书做了全面介绍,其中许多看法即是根据《探索》一书中的篇章。

(三)其他汉魏六朝文学研究。除上述乐府诗、《文心雕龙》外,我在其他方面也做过若干研究。比较重要的有《文选》、四言七言诗体、陶渊明、钟嵘《诗品》等。《〈文选〉选录作品的范围和标准》一文,说明《文选》选录作品的范围是集部之文,而其选录标准则是侧重辞藻、对偶、音韵等语言之类,并就"事出于沉思,义归乎翰藻"二句提出解释。《〈文选〉所选论文的文学性》一文,指出《文选》选录论文(包括史论)颇多,它们大抵富有文采,即重视对偶、辞藻(比喻、夸张等)、音韵、用典等语言美;这种语言美成为当时人们衡量作品文学性的主要标准。《从〈文选〉选录史书的赞论序述谈起》一文,指出中国古代诗文批评,在衡量作品文学性方面,其主要标准是语言美,而不是人物形象的描写,这是我国古代文论的一个特色。《从文论看南朝人心目中的文学正宗》一文，分析归纳南朝批评家对前代作家作品的评价，赞美哪些人，不赞美哪些人，并指出当时流行的骈体文学崇尚语言美的审美标准是他们立论的根据。以上几篇论文，其共同特点都是就南朝文人重视骈文语言美这一主要审美标准来展开论述的。

《七言诗形式的发展和完成》一文，着重说明后世流行的隔句用韵的七言诗，渊源于汉魏，完成于南朝，七言近体诗亦滥觞于南朝。《汉魏六朝的四言体通俗韵文》一文，阐述在汉魏六朝时代，通俗性的四言韵文颇为流行，遍布于辞赋、隐语、乐府诗等文体中间，并指出它们与唐代敦煌文学中的俗赋有渊源关系。《论建安文学的新面貌》一文，说明建安时代，诗歌、辞赋、散文均有新的发展，小说等俳谐文也开始抬头，建安文学的显著特点是重视抒情和文采，文学性加强，标志着文学在该时代进一步趋向自觉和独立。《陶渊明田园诗的内容局限及其历史原因》一文，指出陶渊明虽然长期居住农村，但其作品却不写农民，这是因为建安以后的整个魏晋南北朝时期，作家们远离下层人民，并认为写他们是鄙俗不雅，形成风气，陶诗也不能超越这一历史局限。《陶渊明田园诗的语言特色和当时诗风的关系》一文，指出陶诗语言朴素平淡，是受东晋末年仍然流行的玄言诗风的影响。《孔稚圭的〈北山移文〉》一文，经过史实考辨，指出旧说此文系作者讽刺周颙为欺世盗名的假隐士之说不可信，实际它是作者对其好友开玩笑的一篇游戏文章。《钟嵘〈诗品〉陶诗源出应璩解》一文，指出钟嵘品评诗人，系依据作家作品的总体体貌进行考察分析，确定其风格特征与承传关系，从而解释了过去对《诗品》观点的一些误会。之后又在《钟嵘〈诗品〉与时代风气》一文（与杨明合作）和《魏晋南北朝文学批评史》的《钟嵘〈诗品〉》一章中，对这一问题做了进一步的阐述。以上所举论文，大致收入《汉魏六朝唐代文学论丛》《中国古代文论管窥》《当代学者自选文库·王运熙卷》三书。

（四）李白研究。我主编的《李白诗选》，选诗两百多首，分为编年、不编年两部分；编年部分又依据李白一生经历分为五个时期，各时期前有一段小序，说明李白在该时期中的生活简历与诗歌的成就特色。此书由于选篇得当，编排新颖，解释简明通俗，深受读者欢迎，印数达数十万册。同时主编的《李白研究》共分六篇，分别论述李白的生平思想、李诗的思想艺术特色、积极浪漫主义精神，以及李诗与唐以前乐府民歌、文人作品间的继承关系。此书是新中国成立后较早运用新观点对李白进行系统研究的著作，因此受到学界重视，但在内容上也受到五六十年代"左"倾思潮的影响。

五十年代，我写过《谈李白的〈蜀道难〉》一文，通过选录该诗的《河岳英灵集》编集年代的考订，指出该诗当作于天宝十二载之前，并认为前此学人说该诗为讽刺章仇兼琼跋扈、讽劝唐玄宗不要久居蜀地等说均不足信。七十年代后期到九十年代，我又陆续写了十来篇研究李白的论文，今择其要者介绍于下。《李白的生活理想和政治理想》一文，分所说明李白的生活理想是功成身退，其政治理想是统治者无为而治，社会安定，人民生活和平宁静。其思想渊源来自儒家、道家及纵横家，而不是法家。《并庄屈以为心》一文，分析指出李白诗歌的思想内容，兼受屈原、庄周两家影响，既有屈原执着地爱国的一面，又有庄周鄙夷富贵、蔑视权贵的一面，因而构成了他诗歌内容复杂而独特的境界。《李白〈古风·其一〉中的两个问题》一文，着重对该诗中"自从建安来，绮丽不足珍"两句进行剖析，认为李白因受当时文学界的一股复古思潮影响，强调《诗经》的风雅传统，对楚辞、汉赋以至建安诗歌均表不满，言论偏激，而在其他场合并不如此。其后在《隋唐五代文学批评史》的李白一节中，对李白的文学思想及其社会历史条件做了较为全面的论述。《论李白的平交王侯思想》一文，认为李白的平交王侯作风，其思想渊源于隐士、隐逸文人等各种类型的历史人物；其时代背景则与唐玄宗通过各种途径、广开招贤之路的措施有关。《李白诗歌的两种思想倾向和后人评价》一文，指出李白诗存在着出世、入世两个方面，后人往往仅注意其中的一面，因而产生不同评价。又因李白不少艺术性突出的诗篇流露出明显的出世思想，因而被后来不少人误认为是一位超尘脱俗的诗仙。以上所举论文，大抵见于拙著《汉魏六朝唐代文学论丛》《当代学者自选文库·王运熙卷》。

（五）其他唐五代诗文研究。除李白外，我还研究其他诗文，主要有唐人选唐诗、白居易、韩愈等。唐人选唐诗，先是写了《释〈河岳英灵集序〉论盛唐诗歌》一文，就该集的议论，阐明盛唐诗歌具有风骨、声律兼备的特征，并对唐玄宗时代朝廷提倡儒学对诗风所起影响做了具体论证。稍后《〈河岳英灵集〉的编集年代和选诗标准》一文（与杨明合作），分析该集所选诗篇，指出其下限不可能是天宝四载，而应是十二载；并论证其选诗标准是风骨、兴象二者，指出它更强调风骨，故选篇以古体居多。《元结〈箧中集〉和唐代中期诗歌的复古潮流》一文，阐述唐代中期存在着一个以沈千运、孟云卿、元结为代表的复古诗派，该派诗人注意规仿汉代古诗，反对写作近体诗。之后又在《隋唐五代文学批评史》的高仲武、韦縠两节中，分别论述《中兴间气集》《才调集》二集的选诗标准,指出《间气集》推重从容闲雅的酬赠、送别诗,推重宗法王维的钱起、郎士元等作者,推重清雅工致的五言律诗,反映了大历诗人的创作风尚;指出《才调集》偏爱声调和谐、词采华艳的律体,尤爱长律。

关于个别作家研究方面。《陈子昂和他的作品》一文,前面论述了陈子昂的生平、思想和冤死原因,后面着重分析了他的《登幽州台歌》等代表作品的产生背景和艺术特色。《略谈〈长恨歌〉内容的构成》一文,分析白居易对唐玄宗既有讽刺又有同情的复杂感情,该文后部分论证方士入仙山会见杨妃幽灵这一情节,出自民间传说,赋予李杨故事以丰富的想象和同情。《讽喻诗与新乐府的关系和区别》一文,阐述讽喻诗、新乐府这两个名称既有联系又有区别:讽喻诗可以运用多种诗体写作,新乐府只是其中的一种主要体裁;唐代新乐府除表现讽喻内容外,还有不少篇章表现非讽喻性的内容。《〈旧唐书·元稹白居易传论〉、〈新唐书·白居易传赞〉笺释》一文,指出白居易在唐五代被许多人认为是时文(骈体诗赋文)的规范性作家,《旧唐书》编撰者站在骈文家立场,故对他称誉极高;《新唐书》编撰者站在古文家立场,评价就大不相同。《韩愈散文的风格特征和他的文学好尚》一文,探讨韩文风格特征与其诗相近,力反庸弱,追求奇崛,与唐代流行的一般骈文或骈句较多的散文相比，反而显得深奥；韩愈对前代和当代文学，也往往推崇奇崛艰深之作。韩愈作品及其文学主张与当时大多数文人崇尚平易流美的骈体文的主体相背，故其古文运动在唐五代开展并不顺利，这一局面到北宋才得到改变。

在参与编写《隋唐五代文学批评史》的基础上，我写了两篇综合性的论文。一是《唐代诗文古今体之争和旧唐书的文学观》，论述唐代诗、文两体长期存在着古体、今体（即近体）并表现在理论上的争论，《旧唐书》编者在总结这一问题时，明显地表现出偏袒今体、扬元白抑韩愈的态度。另一是《唐人的诗体分类》，探讨唐人对五七言诗分类与宋元以后不同，大致分为古体诗、齐梁体、歌行、律诗、乐府五类，钩稽史料作具体论证。以上论文，大抵见于拙著《汉魏六朝唐代文学论丛》《当代学者自选文库·王运熙卷》。

（六）唐代小说研究。这方面论文写得不多，但也有若干自己的看法。《试论唐传奇与古文运动的关系》一文，针对现代的两种看法——唐传奇由古文运动的推动而发展，古文运动由于古文家用古文试作小说获得成功而发展，进行驳难；认为唐传奇文体源于汉魏六朝的志怪小说，到唐代接受变文等影响更趋通俗化。《简论唐传奇和汉魏六朝杂传的关系》一文，则补充论述唐传奇的内容和文体，受到汉魏六朝杂传作品的颇大影响。《〈虬髯客传〉的作者问题》一文，考证《虬髯客传》不是杜光庭所作，很可能出自中唐时人之手；并阐述了张说与唐代小说的关系。《读〈虬髯客传〉札记》一文，则补充论述此传当出于中唐时期，传末指斥的"人臣之谬思乱者"当指德宗朝的叛臣朱泚；并分析了传中几个人物与历史、传说的关系。《唐代诗歌与小说的关系》一文（与杨明合作），说明唐代不少诗歌与小说配合，有诗歌直接与传奇互相配合、小说中穿插诗歌等三种方式；此外还有不少诗歌虽不配合小说，但叙述爱情、神仙、历史等故事，富有小说情趣，它们对后代通俗文学也产生影响。以上论文均见于拙著《汉魏六朝唐代文学论丛》。

（七）古文论研究。上面已经提到不少属于或涉及古代文学理论批评的论文，这里再做若干补充。一是通论性的范围超越汉魏六朝唐五代的论文。我颇注意文论概念的辨析，有一组文章，分别对体、文气、文质、风骨、比兴等概念进行分析。《文质论与中国中古文学批评》一文，又进一步指出因特别重视语言的文与质，因而文质论成为中国中古文学批评的一个核心问题，它在南朝以至唐前中期文学批评中尤为鲜明。二是有两篇着重论述有关严羽文学批评的文章。《全面地认识和评价〈沧浪诗话〉》一文，阐述严羽论诗，除重兴趣外，还重视体制、格力、气象、音节等因素，力求全面地认识《沧浪诗话》的全貌；并指出严羽最推崇的盛唐诗人是李白、杜甫，而不是王维。《说盛唐气象》一文，探讨盛唐气象这一概念源出严羽，其意义是指盛唐诗歌的风貌特征，具体说就是浑厚、雄壮，接着阐述盛唐气象形成的两个原因，一是盛唐时代人们特定的心理状态和精神面貌，二是对前代诗歌优秀传统的继承与发扬。此外，我参与写作《魏晋南北朝文学批评史》的《文心雕龙》《诗品》两章，除阐述刘、钟两书理论外，注意介绍其对作家作品的评价，各列专节仔细分析，以求全面地掌握两书的思想全貌。我写《隋唐五代文学批评史》中的唐中晚期诗论，对一些重点批评家杜甫、白居易、司空图等都做了较为全面的分析，皎然一节论述尤详，对其《诗式》后四卷的内容也予重视，对其中分五格品诗的内容，做了较细致的剖析。以上所提到的论文，大抵见于拙著《中国古代文论管窥》。

三、关于研究方法的体会

我研究中国古代文学，包括古代文学创作和古代文学理论批评，一贯的宗旨是求真，从大量文献资料出发，尊重事实，实事求是地进行考订和分析，力求阐明研究对象的真实面貌，并注意联系与文学有关的种种条件，说明该文学现象形成的原因，即不但知其然，而且探索所以然，这与宏观把握有着紧密联系。"五四"以来，中国文史哲研究界从治学态度、方法看，有所谓信古、疑古、释古等派的区别，我比较赞同释古一派的主张，学风也与之相近。下面略述我在研究方法方面的若干主要体会。

（一）对重要原著注意认真钻研，做到融会贯通。我研究汉魏六朝乐府诗，注意阅读《乐府诗集》，特别是包含大量通俗歌曲的相和歌辞、清商曲辞两部分，不但精读其歌辞，而且细读各项题解，其中引用了许多重要材料（有些原书后世已经亡佚），往往一字一句细读不轻易放过，从而逐渐对原著融会贯通，并找出可贵的材料。后来研究《文心雕龙》也是如此。当然，在精读这些原著时，也要注意参照重要的有关著作比照细读。例如读《乐府诗集》，注意读《宋书·乐志》，它保存了丰富的原始材料，其中著录的汉魏相和歌辞，保存了原来的分解节拍格式，对研究乐府诗体制特别珍贵。在研究《文心雕龙》时，注意细读《文选》、钟嵘《诗品》，二书产生于同一时代，不少看法互相沟通，比较对照，《文心雕龙》的不少观点就容易获得理解。

（二）注意广泛全面地发掘并掌握有关史料，开阔视野以期对原著获得确切深入的了解。文学作品产生于一定的历史社会背景中，它们与有关的历史社会条件关系密切，息息相通；因而对有关的历史社会情况掌握得愈多愈充分，就愈能认识文学现象的真相。例如我研究六朝乐府吴声、西曲时，除重视读正史、政书、类书中的有关音乐部分，丁福保《全汉三国晋南北朝诗》，严可均《全上古三代秦汉三国六朝文》外，还注意读汉魏六朝的笔记小说，有关的地理志书（如《太平寰宇记》）等，各获不少有价值的史料，帮助说明吴声、西曲中的一部分问题。研究其他对象也是如此。例如研究《河岳英灵集》，注意盛唐诗风特点与当时政治措施、学风转变的联系。对陶渊明诗的内容局限与陶诗在南朝评价不高，注意它与当时文人创作与批评标准的联系。对不少文学现象或问题，注意把它们放在政治与学术文化的历史大背景下，放在文学发展的历史长河中加以观照和认识，使微观考察与宏观把握相结合，力求确切深入地认识所研究的文学现象。

（三）评论作家作品（**包括文论家及其论者**），要注意掌握全面情况，统观全人，不要以偏概全。古代作家作品的情况往往不是单纯直线，而是丰富复杂多方面的，不同时间的心态变化、不同场合的需要等因素，往往使他们说出观点色彩颇不相同的话。我们研究时一定要注意这类复杂现象，顾及各个方面，避免以偏概全，导致分析评价的偏颇。例如《文心雕龙》，既有反对南朝柔靡文风，提倡明朗刚健文风的积极一面，又有反对南朝文学技巧细致新巧、片面提倡简古的保守一面。又如李白诗歌，既有追求自由、求仙出世的一面，又有渴求建功立业的一面，这两种思想倾向在其作品中表现都很鲜明。又如严羽的诗论，既有提倡兴趣，要求诗歌意趣深远的一面，又有提倡格力、气象，要求诗歌风格雄浑的一面。过去有些研究者对刘勰、李白、严羽等作品，往往只强调其某一方面，因而导致认识上的片面性，我们一定要注意避免重蹈覆辙。过去有的作者，在某种情况下为了突出某种主张，往往发出片面之词。例如白居易在其《与元九书》中，为了强调讽喻诗的价值和作用，故意贬低其感伤、杂律诗；但统观白氏文集，可以看出他对其感伤、杂律诗实际是颇钟爱的。李白少数篇章中大力提倡复古、贬低楚辞以后作品的言论，也是一时片面之词。某些文学家感情丰富，在某种情况下好发片面夸张之论，对此应注意细加辨认。

（四）把作家的创作与其文学主张联系起来研究，把文论家的理论原则与其对作家作品的评价联系起来研究。中国古代不少著名作家，除创作许多作品外，还发表过不少文学主张，把二者联系起来探讨，就可以更加全面准确把握研究对象的真实面貌。例如中唐诗人元结，作品力求古朴，在理论上也是大力主张复古,并以此思想为指导编选《箧中集》,二者可谓同声相应。又如韩愈,诗风奇崛,其古文与当时流行的平易流畅的骈文相比,也显得古奥,他在理论上也推重像元结、李观、孟郊乃至樊宗师等风格古奥的作家。把二者联系起来考察,就能认识韩文的主要特色及其在唐代影响不大的原因。同时,我们还要注意把文论家的理论原则与其对作家作品的评价结合起来研究。古代文论家提出的理论,往往比较概括,有时还要说些冠冕堂皇的门面话,使人不易捉摸,其文学观念,往往在作家作品评价中表现得更为鲜明突出。例如唐代《中兴间气集》的编者高仲武,在该书序言中声称诗歌应"著王政之盛衰,表国风之善否""体状风雅",似乎着重提倡反映政治社会现实的诗,实际该集所选篇章大多数是描写诗人日常生活及其感受,最推重宗法王维闲雅诗风的钱起、郎士元等作者。还有严羽的诗论,过去不少评论者对他有一种误解,认为他提倡兴趣,是着重推崇王维一派隐遁山林、宁静闲逸的志趣;实际不是如此,他所谓兴趣,是指诗歌要有抒情性、形象性等艺术特征,用以反对宋代江西诗派着重说理的弊病。他并不推崇王维,《沧浪诗话》中无一处提及,他最推崇的乃是李、杜的雄浑诗风。本项所言,意思也是力求全面观照,可说是对上一项的一点补充。

（五）论点要创新，论据力求坚实有力。写论文不像编写教材那样着重传授必要的知识，而贵在有新意。我的体会是：只要肯下功夫，细心耐心地阅读原著及有关资料，实事求是地客观地进行全面的考察和分析，往往能提出前此学人未注意到甚至误解的问题，提出新观点。这里应注意摒弃浮躁和急于求成的心理。如果不从大量的实际情况出发，刻意标立新说，或以某种外来的学说为依据，勉强找一些事实比附，这样得出的看法大抵经不起考验，是缺乏生命力的。研究的对象有生有熟，一般说来，熟的题目对象过去开掘的人多，不容易出新意；好在中国古代文学领域异常广阔，遗产丰富，过去没有染指或染指很少的作家作品还十分繁富，我们今后有着广阔的研究空间。即使是熟对象，也还是有继续开掘的余地。新的论点，一定要有坚实的论据来支持，否则就缺乏说服力。例如李白《蜀道难》一诗的产生年代和主旨，过去有一种说法，认为作于安史之乱以后，是为讽刺唐玄宗出奔蜀地而作，表面看去颇有道理，后来经过学人考证（我也参与其中），因为此诗被收入殷璠所编《河岳英灵集》，而该集的编定，肯定在安史之乱前，因此讽刺玄宗奔蜀之说肯定不能成立了。再如《虬髯客传》的作者，过去一般常署为杜光庭，但是有疑问：唐末苏鹗所撰笔记《苏氏演义》说此篇系"近代学者"所作，按当时行文习惯,近代是指时间上比较接近的前代,不可能指晚唐的杜光庭;一些较早的典籍如《太平广记》《崇文总目》《通志·艺文略》对此篇均不署作者名氏,洪迈《容斋随笔》始署作杜光庭;杜光庭是一位编辑家,其所编《神仙感遇传》(此书收录《虬髯客传》,但对原文有简化)、《墉城集仙录》等大抵辑录他人文字成书。把这些证据合起来看,说杜光庭并不是《虬髯客传》的作者,就颇有说服力了。有时候,可能酝酿出一种颇有价值和可能性的观点但又缺少充分的证据时,不妨暂时保留着等待日后进一步搜集证据,或者用推测的口气提出来启发别人的思考也可。在提出新观点时,如果证据有有利于自己的,也有不利于自己的,千万不要只撷取有利于自己的证据,抛弃掩盖不利于自己的证据。文学史研究也是一种科学,凭主观臆测是行不通的。

(六)注意考察古代作品的体制、形式、语言特点。文学作品是以语言为手段,通过一定的形式表现出来的。中国古代文学种类繁多,各有其体制特色。因此我们研究古代作品,除重视其内容外,一定要注意其体制、形式、语言方面的特色,否则有些问题就会弄不明白,甚至形成误解。例如乐府相和歌辞中的《雁门太守行》,南朝清商曲辞中的《丁督护歌》《乌夜啼》等曲,现存歌辞内容均与史籍所载本事不相符合,引起后人不少误会。其实按照乐府诗体制，后来的歌辞，往往只是利用原来曲调的声调，其内容不一定要与本事相符。这就是郭茂倩所谓"但因其声而作歌"（《乐府诗集》卷八七）的现象。这是理解许多乐府诗篇的一个关键问题。中国古代文学创作，自东汉开始，骈体文学形成并发展，在魏晋南北朝达到全盛，在文坛占据主导地位。该时期不但文章，而且诗歌、辞赋均崇尚骈体，要求对偶工整，辞藻华丽，音韵和谐，乃至用典精密，这些成为创作风尚与审美标准的主流。我们看萧统《文选》选录史书，选录了《后汉书》《宋书》等的若干论赞，因为它们具有骈体文学之美；不选《史记》生动的人物传记，因为它们不具有这种文学美。刘勰、钟嵘评论文学，均崇尚文采，要求文采与风骨相结合。其所谓文采，即指上述对偶、辞藻、音韵、用典等语言、修辞之类。钟嵘《诗品》对曹植评价最高，誉为诗中之圣，即因其诗风骨、文采兼备，"骨气奇高，词采华茂"；同时置陶潜于中品，置曹操于下品，即因两人诗作缺少文采。这种创作风尚与审美标准，到北宋古文运动取得胜利之后，才有了明显的转变。再如诗歌有多种样式，五古、七言歌行、律诗、绝句等，各有不同的体制特色与主导风格。就大体说，许多文人往往认为，五古欲其古雅，七言歌行欲其驰骋奔放，律诗欲其精严，绝句求其自然活泼。许多作家往往各有偏长，如王维特长五律，李白特长七言歌行和绝句，李商隐特长七律，等等。批评家也往往各有偏爱，以唐人选唐诗而论，则殷璠《河岳英灵集》更重古体，元结《箧中集》偏嗜五古，高仲武《中兴间气集》钟爱清丽的五律，韦縠《才调集》重视华美的律诗，尤嗜富赡的长律。总之，中国古代文学创作和文学批评的不少现象，如果注意从体制、形式、语言方面加以考察和分析，就容易获得合理的解释。

（原载《贵州文史丛刊》二〇〇三年第一期）

研究乐府诗的一些情况和体会

我于一九四七年夏季毕业于复旦大学中文系，留任该系助教。大学学习期间，兴趣比较广泛，古今中外的文学、历史、哲学书籍，都涉猎一些，还喜欢写短篇小说。当了教师后，感到自己生活经验不丰富，也缺少创作才能，决定今后从事古典文学的研究工作，并打算先以汉魏六朝文学为探索对象。当时中文系主任是陈子展先生，我帮他做一些教学工作，时常到他家里谈谈，听他讲治学的经验。他劝我系统阅读史书，并介绍我读王闿运编的《八代诗选》。《八代诗选》末尾有一卷"杂体诗"，专选双声诗、离合诗、回文诗一类作品，陈先生认为它们虽是游戏文学，但也反映了当时文人的艺术爱好和创作风尚，值得探讨。我接受了他的意见，陆续读了前后《汉书》、《晋书》、《南史》等正史，并阅读《八代诗选》《乐府古题要解》等书，就杂体诗作一些研究。杂体诗中有一项叫"风人诗",其特点是利用谐音双关词语来表现思想感情（多数是男女的爱情）。这种谐音双关词语,在六朝乐府清商曲辞的吴声歌曲和西曲歌辞中特别多,因此我就去仔细阅读《乐府诗集》中的清商曲辞。开头,我写了一篇《论吴声西曲与谐音双关语》；后来,又从《晋书》《宋书》《南史》及其他史籍中发现不少有关吴声、西曲的材料,因此扩大兴趣,对这两类歌辞进行较全面的探索,写出了《吴声西曲杂考》等五篇论文,后来集成《六朝乐府与民歌》一书出版。这本小书主要是在一九四八到一九五〇年期间写成的。稍后,我又对汉魏六朝的清乐和汉乐府做了一些探索,陆续写出了《清乐考略》《说黄门鼓吹乐》等十来篇论文,集成《乐府诗论丛》一书出版,它们大体上是五十年代前期写的。此后,学习、研究的重点就转移到唐代文学和古代文论方面去了。

大学毕业论文,我写的是《秦观评传》。题目确定后,临时找了一些有关材料阅读,对北宋婉约派词,缺少系统的理解,所以论文写得很肤浅。这次写乐府诗的论文,比过去有了明显的进步,这首先得归功于懂得一点目录之学。大学念书时,虽然也看过《书目答问》,但当时由于种种因素,接触古籍不多,对目录书的作用也缺乏认识。做了教师后,看书、买书的条件都大为改善。当时认真读了《隋书·经籍志》《郡斋读书志》《直斋书录解题》等目录书，还买了一部《四库全书总目提要》，经常翻阅。《四库提要》成书较晚，介绍最详明，对我的启发帮助尤大，我感到从它那里得到的教益，比学校中任何一位老师还多。每门学科，每个专题，都有它的若干重要原始材料，有或多或少的前人研究成果。我们进行研究，必须掌握这些资料，以此为出发点，才能向前推进。读了《四库提要》等目录书后，在自己从事研究的范围内，应当系统地阅读哪些书籍，重点放在哪里，仿佛找到了一个最好的向导。当然，一些后出的、新的研究成果，还没有来得及在目录书上得到反映，也要随时留意。

系统地阅读有关史书，获益很大。文学作品总是产生在一定的历史环境中，又表现了一定的历史现象；因此，对它们产生时代的政治、经济、社会、文化各方面的情况，知道得愈全面，愈仔细，对作品的认识也就能更准确、更深入。我当时读了《晋书》《宋书》《南史》等史籍后，发现不少记载，表明六朝的贵族上层阶级人士，在日常生活中喜欢听吴声、西曲这类通俗乐曲，爱用谐音双关的隐语进行酬对和嘲谑，这为我理解吴声、西曲的历史背景和思想艺术特色，打开了一扇大门。数百首吴声、西曲歌词，内容绝大部分是谈情说爱，在过去封建时代被认为是淫靡之词，不受学者们的重视。清代朱乾的《乐府正义》笺释乐府诗，比较注意探究历史背景与诗歌本事，对汉乐府古辞也提供了若干有价值的资料，但仍未注意到吴声、西曲的有关史实。萧涤非先生的《汉魏六朝乐府文学史》（二十世纪四十年代由中国文化服务社在重庆出版），首先对六朝乐府的历史背景予以重视，发掘了一些值得重视的史料。此书对我启发很大，我在这方面所做的一些工作，正是沿着它的路子继续走下去的。吴声、西曲的不少曲调，如《子夜歌》《前溪歌》《丁督护歌》等，据《宋书·乐志》等记载，在产生时往往有一个本事和作者，其作者多为贵族文人。"五四"以后的一些文学史研究者，因现存歌辞内容往往与这些记载不合，对所载的本事、作者常不予理会，甚至认为虚诞不可信。他们把吴声、西曲歌辞视为纯粹出自下层的民歌，同当时贵族文人的生活和创作没有多少联系。这是一种脱离历史具体条件的看法。我从正史和其他文献中搜集到不少材料，写了《吴声西曲杂考》一文，证明《宋书·乐志》等的记载还是可靠的。我国古代许多文学作品，特别是诗文，所记大抵是真人真事，与历史的关系最为密切。把文学和历史结合起来研究，以历史释文学，以文学证历史，可以相得益彰。清代学者研究杜甫、李商隐诗，在这方面取得了很显著的成绩。现代学者陈寅恪、岑仲勉，结合唐代历史和文学进行研究，也获得有价值的成果。我国古代文学和历史的遗产都非常丰富，这方面还有大量问题存在着，等待着我们去挖掘和探讨。

我研究乐府诗，重点放在汉魏相和歌辞、六朝清商曲辞上面，都是当时的通俗乐曲。在所阅读参考的文献资料中，感到《宋书·乐志》《乐府诗集》两种最为重要。《宋书·乐志》根据西晋荀勖《荀氏录》（今已亡佚），著录了一部分魏晋时演唱的清商三调歌诗，不但保存了一部分重要篇章，而且各篇均注明解数，对了解乐府歌辞体制，很有帮助。它对俗乐的叙述也比较具体，对一部分吴声歌曲重要曲调的本事作者，首先做了介绍，以后《晋书·乐志》《通典·乐典》《旧唐书·音乐志》关于这方面的介绍，大抵沿袭《宋书·乐志》。郭茂倩的《乐府诗集》，编集汉魏以迄唐五代乐府诗，搜罗完备，编排精当，可以考见各类歌辞、各个曲调的源流和发展变化。书中的小序、题解，征引浩博，考订精审，以后元明清时代的各种乐府总集，都不能出其范围。我在钻研熟悉了两书的有关内容以后，好像抓到了纲领，其他一些资料的价值和得失，便容易掌握了。一门学科或一个专题，文献资料往往颇多，但主要的往往不会很多，有时只有几种；钻研时也不能平均使用力量，要把力量集中在主要的资料上。

要理解乐府诗，必须懂得乐府诗的体例。乐府诗的一个曲调，除原始古辞（*有时古辞亡佚*）外，以后产生不少同题之作。这些作品的内容，往往与曲名与曲调本事不相符合，但在题材、主题或声调上仍保持或多或少的联系。不理解这种情况，容易对某些乐府篇章产生误会。朱乾《乐府正义》、余冠英先生的《乐府诗选》，都注意从乐府特殊体例上来进行注释，因此持论往往比较客观中肯。我在细读《乐府诗集》过程中，发现吴声、西曲歌辞中的和送声非常重要，排比材料，写了《论六朝清商曲中之和送声》一文，指出吴声、西曲许多曲调的后出歌辞，主要是利用该曲调的和送声来进行新的创作，所以其思想内容往往与本事不相符合，从而解释了这方面的疑问。

除细读若干重要典籍外，当时还广泛浏览、检阅了许多有关资料。除注意读正史中的《音乐志》外，还读了政书、会要、类书中的音乐部分和若干古地理志。读了丁福保的《全汉三国晋南北朝诗》，注意读其中的"杂歌谣辞"，因其与乐府关系较密切。翻阅了严可均的《全上古三代秦汉三国六朝文》，注意读其中与音乐有关的文章（*如马融《长笛赋》*）。注意利用《文选》李善注、王先谦《汉书补注》等注文中所提供的丰富材料。还把汉魏六朝的古小说读了一遍，从中也获得若干有价值的材料。例如南朝志怪小说中颇多鬼唱吴歌的记载，表面虽属荒诞，但联系看，却能说明鬼唱《子夜歌》这种男女恋爱不自由的社会现象。又如刘宋戴祚《甄异传》中有"金吾司马义妾碧玉善弦歌"的记述,结合《晋书·汝南王亮传》等的记载,可以考明《碧玉歌》中的碧玉确是汝南王之妾,旧说不错。有许多历史文献,乍看似无多大关系,但如果认真考察,往往能够联系起来说明一些问题。

(原载《与青年朋友谈治学》,中华书局一九八三年版)

我与中国古代文论研究

我长期以来在复旦大学中文系教书和从事中国古典文学的研究工作。从四十年代后期到五十年代,一直着重做文学史教学和研究工作,重点放在汉魏六朝、隋唐五代阶段。六十年代初,开始教"中国文学批评史"课程,同时参加高校文科教材《中国文学批评史》的编写,从此工作重点转移到古代文论方面来了。当时《中国文学批评史》教材只出了上册(**先秦到隋唐五代**),尚未编完,后因"文革"而中断。"文革"以后,我们继续编写这部教材。因原主编刘大杰先生病逝,由我和顾易生同志负责主编,中、下册于八十年代前中期出版。这项任务完成后,我和易生同志又主编了七卷本的"中国文学批评通史",该丛书已出版《先秦两汉》《魏晋南北朝》《明代》《近代》四卷,其他《隋唐五代》《宋金元》《清代》三卷今后将陆续出版。其中《魏晋南北朝》《隋唐五代》两卷是由我和杨明同志分工编写的。除编写上述"批评史"外，我还就古文论的某些作家、专著、专题，写了数十篇论文，已经结集出版的，有《文心雕龙探索》《中国古代文论管窥》两书。两书中大多数的文章，是近十余年来写的。

我研究中国古代文学，不论是属于文学史范围的还是属于文学批评史范围的，都注意把研究对象放在一定的历史背景中，联系有关的文学、学术、文化、政治、社会等有关情况，阐明研究对象原来的真实面貌，必要时在此基础上做出适当的评价。这是我治学的基本原则和方法。

下面拟谈几点在研究古代文论中的主要体会。

一、对研究对象进行全面考察

古代文论家的思想言论常常是复杂的，他们往往从不同方面、多种角度发表诸种不同言论。他们的言论，既有主要的方面，又有次要的其他方面。在某种场合下，为了某种需要，他们会强调某种主张，而在另一种场合下就会有所变化。我们研究他们的文学观，就应当掌握诸种情况，求得全面的认识，而不应以偏概全。

例如李白，他曾经大言道："自从建安来，绮丽不足珍。"（《古风》其一）对魏晋南北朝诗赋采取了笼统否定的态度。在唐代中期，有一股文学思潮，竭力反对南朝以至唐初的华靡文风，要求恢复雅正的文风，使文学创作关心政治、社会现实，具有比兴寄托。这种思想在当时李华、贾至、独孤及等文人的言论中都有鲜明的表现。李白处身在这一文学思潮中，他写《古风》诗数十首，目的也是用五言古体诗样式来表现对政治、社会的关心，他讲话又容易夸张，因此遂有"自从建安来，绮丽不足珍"的片面言论了。而在另一方面，我们可以看到，李白对南朝诗人谢灵运、鲍照、江淹、谢朓等都曾加以推崇，对谢朓更是屡屡称道，有"蓬莱文章建安骨，中间小谢又清发"（《宣州谢朓楼饯别校书叔云》）的诗句。这表明了李白文学批评的另一重要方面，说明他除掉要求诗歌关心政治社会现实外，还认为它们可以表现广泛的思想内容（**其中表现日常生活、抒情写景题材占了很大比重**），还表明他重视诗歌的艺术美，向南朝诗人吸取优秀的艺术技巧。看来，只有把恢复风雅传统和向魏晋南北朝文人学习这两个方面结合起来，才能比较全面地认识李白的文学观。

再如白居易，大家知道他大力提倡讽喻诗。他曾把自己的诗歌分为讽喻、闲适、感伤、杂律四类。在《与元九书》中，他称道自己的讽喻、闲适两类诗，认为二者分别表现了自己的"兼济之志"和"独善之义"，表现了出处之道。他对杂律诗则比较轻视，认为它们是"或诱于一时一物，发于一笑一吟，率然成章，非平生所尚者，但以亲朋合散之际，取其释恨佐欢"。然而白居易对杂律诗实际上是很喜爱的。即在《与元九书》后部，他叙述自己某年春日和元稹同游长安城南时，于马上各自吟诵"新艳小律"，"迭吟递唱"，其乐有如登仙。还认为在"偶同人，当美景，或花时宴罢，或月夜酒酣"之际，吟咏律诗，使人"不知老之将至"，其乐趣虽游仙境者也无以过之。在其他场合，他还对元稹、刘禹锡的律体诗大加赞美。他屡屡赞赏元稹的律诗，有"声声丽曲敲寒玉，句句妍辞缀色丝"（《酬微之》）等句。他对刘禹锡《金陵五题》等律体诗也十分赞赏。由此看来，当白居易作为一个政治活动家，企图使诗歌创作对政治社会有所裨益时，他就大力创作并提倡讽喻诗；当他作为一个具有丰富感情和爱好艺术美的诗人，在亲朋聚散等日常生活活动中，就大量写作新艳律体诗，并对它们表现出深深的爱好。只有综合上述不同情况，才能较为全面地认识白居易的诗论。

再如晚唐诗人吴融，在为僧人贯休所作的《禅月集序》中，指出诗歌所贵者在于"善善则颂美之，恶恶则风刺之"，如果缺乏颂美、风刺之道，那诗歌"犹土木偶不主于气血，何所尚哉"！他强调诗歌应具有美刺，否则不足称道。但他在《赠方干处士歌》中，又大力赞美方干的隐逸生涯和作风，并称誉其诗云："把笔尽为诗，何人敌夫子？句满天下口，名聒天下耳。"方干的那些表现隐逸生活和情趣的诗，当然无关美刺。由此可见，吴融《禅月集序》的那段话，只是一时夸张之论。中国古代许多文人，受儒家思想影响，往往把济时行道作为第一义，因而在谈诗歌创作时，常是强调美刺讽喻，有时流于片面夸张。我们研究他们的文学观，要注意不受此类言论的限制，要进行全面的考察。

二、重视对作家作品的评价

研究古代文论家的理论批评，除应注意他提出的理论原则以外，还应重视他对作家作品的评价。理论原则往往是在作家作品评价的基础上提出来的，二者的关系十分密切。例如严羽《沧浪诗话》大力提倡兴趣，就是针对江西诗派着重以文字、才学、议论为诗而发。此点为大家所熟悉。再则，理论原则比较笼统抽象，结合对作家作品的评价来考察，就容易掌握其精神实质。有时候，古文论家受到传统的束缚，在理论原则上不免说一些冠冕堂皇的话，而在作家作品的评价方面，却真正显示出他的爱好所在。因此，我们研究古代文论，必须重视对作家作品的评价，并且通过对它们的分析来认识理论原则的真正内涵。

钟嵘在《诗品序》中大力主张诗歌应写得自然。他举出前人的一些佳句，都是写即目一类，不用典故；他同时批评了南朝宋、齐时代颜延之、任昉等若干大量用典的诗歌。他提出了诗歌应有"自然英旨"。由于《诗品序》所举的"思君如流水""高台多悲风"等四个佳句，都是以平易的语言写目前的景物、情事，容易使读者误会，钟嵘所谓"自然英旨"，仅是指这类诗句。实际不然。钟嵘提倡自然，主要是反对大量用典的诗风。至于魏晋南北朝文人作诗重视辞藻、对偶的风气，他并不反对。《诗品》评价很高的曹植、陆机、谢灵运三位诗人，钟嵘认为他们分别是建安、太康、元嘉三个时代的诗坛领袖，而三人的诗歌都是大量运用辞藻、对偶的。在南朝文人看来，文学作品的文学美，主要表现在语言的辞藻、对偶的运用和声韵和谐方面，它们是并不违反自然的。《文心雕龙·情采》有曰："辩丽本于情性。"即是说重视辞藻是出自人的情性自然。《文心雕龙·丽辞》又指出，文章之骈偶，犹如人的"支体必双"，即具有双手双足，也是自然。南朝时代，骈体文学盛行，因而人们普遍认为注意辞藻、对偶的语言美是合乎自然的。到唐宋时代，古文运动开展并逐步取得胜利，骈文势力削弱，人们才认为骈文注意辞藻、对偶是不自然的。谢灵运的诗,南朝鲍照评为"如初发芙蓉,自然可爱"(见《南史·颜延之传》),而《沧浪诗话·诗评》却说:"康乐之诗精工,渊明之诗质而自然耳。"认为谢诗不及陶诗自然。反映了两个不同历史时期文人对"自然"一词内涵认识的不同。由此可见,对钟嵘所提倡的"自然英旨"的主张,应当结合他对作家作品的评价,并把问题放在一定的文学历史背景中来考察,才能获得确切全面的理解。

要理解文论家对作家作品的评价,必须熟悉文学史。研究中国古代文论,要求得深入,应当有较扎实的中国文学史基础。郭绍虞先生致力于中国文学批评史研究,他生前有一次和我谈起用一段时间学习文学史,然后学习文学批评史,这样更容易学好。他的意思也是学文学批评史应以文学史为基础。老一辈的学者,对汉魏六朝文学,往往主张要同时学习萧统《文选》和《文心雕龙》两部书。因为《文选》着重选录汉、魏、两晋、宋、齐、梁各代的诗、赋和各体文章,而《文心雕龙》评论作家作品,也以汉、魏、晋、宋为主;《文心雕龙》肯定的作品,常见于《文选》;两书的文学观有不少相通之处。《文选》中的作品熟悉了,就会给理解《文心雕龙》带来很多方便;反过来,《文心雕龙》熟悉了,也会对理解《文选》中作品大有裨益。这一例子,说明研究古代文论,和多读有关古代文学作品结合起来，可收相得益彰的效果。我自己在四五十年代着重研究汉魏六朝、隋唐五代文学史，也花功夫学了《文选》，以后研究魏晋至唐五代的文学批评史，研究《文心雕龙》，就感到方便得多。当然，要学好中国古代文论，熟悉作家作品，熟悉文学史，只是一个重要条件，还有其他条件，例如文艺理论、中国思想史、中国文化史的修养等，都是不可缺少的。

三、抓关键性的问题

研究古代文论，要注意抓住一些关键性的问题。它们仿佛是一把钥匙，把它们抓住了，一些疑难问题就容易说明，甚至可以迎刃而解。

这里以钟嵘《诗品》对陶渊明诗的评价为例。陶渊明是魏晋南北朝时期最杰出的诗人，《诗品》却把他列入中品。这引起了后代许多人的非议，认为陶潜屈居中品，《诗品》评价不公。这个问题其实不难解释。《诗品》评价作品的一条主要标准是"干之以风力（即风骨），润之以丹采"，即要求作品在艺术上以爽朗刚健的风骨为基干，再以美丽的文采润色之。《诗品》对曹植诗评价最高，认为他犹如诗人中的周公、孔子（即诗圣），《诗品》称誉曹植诗"骨气（即气骨、

风骨）奇高，词采华茂"，即风骨、词采二者均臻上乘，达到了极高水平。而陶潜的诗，《诗品》认为，风骨还较好，能"协左思风力"；但"笃意真古"，"世叹其质直"，文采却很不足。《诗品》举出陶诗少数诗句，认为它们"风华清靡，岂直为田家语"，这从侧面反映了陶诗大部分语言鄙质如农家日常话语。北齐阳休之《陶集序录》也说陶诗"辞采未优"。因此，从钟嵘《诗品》的评价标准看，陶潜不可能列入上品。《文心雕龙》评价作品，也主张风骨与文采二者兼备（**见《风骨》篇**），《文心》全书中没有一处提及并肯定陶诗，当亦是由于其文采较差。《诗品》还把曹操列入下品，认为其诗"古直"，也是贬其缺少文采。这一评价也引起后代文人的指责。《诗品》对陶潜、曹操的评价，在骈体文学盛行，崇尚辞藻、对偶等语言美的时代，实际代表了大多数文人的看法。唐宋以后，文风有了巨大变化，大多数文人不再崇尚艳丽的辞藻，因而对陶潜、曹操的评价也产生了巨大的变化。

再说《诗品》对陶潜诗渊源的看法。《诗品》认为陶诗源出曹魏诗人应璩，应璩诗艺术成就不高，远逊于陶诗，《诗品》这一看法引起了后来不少人的疑难和猜测。对于这个问题，我认为首先应弄清楚《诗品》所谓某家之诗源出某家，是根据什么标准立论。《诗品》一开头评《古诗》①曰："其体源出于国风。"之后评张协曰："其源出于王粲，文体华净，少病累，又巧构形似之言。"评谢灵运曰："其源出于陈思，杂有景阳（张协）之体，故尚巧似，而逸荡过之。"由此可见，《诗品》分析诗人间的渊源关系，是从文体着眼，体，指作品的体貌、风格，如华净、尚形似、逸荡等等，而不是指内容题材而言。《诗品》评应璩诗有曰："祖袭魏文，善为古语。"古语指语言古朴，正与陶诗的"真古""质直"相同，所以说陶诗出于应璩。《诗品》评魏文帝有曰："百许篇率皆鄙质如偶语（偶语是指俚俗的对话）。"认为曹丕六部分诗歌语言风貌鄙俚质朴。《诗品》说陶潜诗源出应璩，应诗祖袭曹丕，这三家诗歌，其体貌特征都是质朴而缺少文采，故均列入中品。从体貌角度来说明三家诗的渊源关系，从《诗品》全书的义例来说，是完全讲得通的。诚然，对诗人的渊源关系，《诗品》有时候不免说得过于简单化，往往仅说某家出于某一家，实际一个诗人的创作风貌常从多方面接受影响，但我们不能因此否定《诗品》这方面言论的合理内容。

在南朝，创作界和评论界都很重视作品的体貌。作家学习

---

① 一般指《古诗十九首》，但《古诗十九首》具体所指有多种观点。本书以后涉及此诗不再一一说明。——编者注

前人诗，往往标明学某某体。例如鲍照有《学刘公幹体》五首，模仿刘桢诗；又有《学陶彭泽体》一首，模仿陶潜诗。江淹有《杂体诗》三十首，分别学习汉代至刘宋各家之诗，他所谓"杂体"，是指被模仿的对象广泛复杂而言。在评论界，沈约《宋书·谢灵运传论》评论历代文学，指出汉魏四百余年中，"文体三变"，也是就诗赋等作品的体貌立论。萧子显《南齐书·文学传论》把南齐时代的文章分为三体，指陈其体貌风格特色，并认为这三体分别由前代谢灵运、鲍照等名家所开创，和钟嵘同样具有流派观念。在南朝文人广泛重视文学体貌的氛围中，《诗品》具体指陈了汉魏以至南朝许多诗人的渊源继承关系，归纳出源出国风、源出小雅、源出楚辞三个诗歌流派，其论述的广度和深度远非萧子显所及。《诗品》这方面的论述，为中国古代的文学流派论奠定了基础，是中国文学批评史上的一个重要贡献。而对"体"的认识和掌握，则是理解《诗品》这方面论述（包括对陶潜的评价）的一把钥匙。

四、注意民族特色

世界各个民族，由于生活环境、心理状态等条件不同，其文化往往各具特色。中国古代文论也具有它的特色，我们研究时须细心加以整理归纳，阐明其特色所在，而不宜移用西方的文学理论框架、术语等加以比附。

这里举一个例子。中国古代的诗文理论,在讨论作品的艺术性时,首先注意的常是作品的语言之美。这在魏晋南北朝时代尤为显著。《文心雕龙》在这方面谈得很多,指出语言之美表现在形态色彩和声韵两个方面。《附会》篇说,文章必以"辞采为肌肤,宫商为声气",意思即是说文辞色彩和宫商声韵是作品艺术形式的主体,犹如人体表现于外部的肌肤、声气那样。《文心雕龙》下半部有不少篇章专门研讨语言的运用,《声律》篇专论声韵,《丽辞》《比兴》《夸饰》《事类》《练字》《隐秀》诸篇,分别论述骈偶、比喻、夸张、用典、字形、含蓄和警句等修辞手段,都属于形态色彩范围。于此可见刘勰对语言的高度重视。上文提到,刘勰、钟嵘评价作品,都强调风骨和文采相结合,这虽是从作品整体风貌上提出要求,但仍以语言为基础。因为风骨是指以质朴劲健语言为基干的爽朗刚健的风格,文采则指美丽和谐的语言色彩和声韵。萧统《文选序》指出《文选》选录史书中的一些赞、论、序、述,是由于它们富有"辞采""文华""翰藻",也即是富有语言之美,这实际是《文选》考虑作品艺术性的首要标准。到唐宋古文兴盛而骈文势力渐衰,文人虽然不像过去那样强调语言的对偶和艳丽,但仍然从不同角度重视语言之美。列如韩愈说:"愈之志在古道,又甚好其言辞。"(《答陈生书》)柳宗元说:"言道讲古穷文辞以为师,则固吾属事。"(《答严厚舆秀才论为师道书》)也是从言辞、文辞着眼立论。直到清代古文家姚鼐编选《古文辞类纂》,提出衡量文章艺术性的八个字"神、理、气、味、声、色、格、律",主要也是从风格、语言着眼。

在魏晋南北朝时代,文论家对作品的艺术性首先注意的是语言之美。此外,他们也重视抒情的真挚深入,写景状物的具体生动,到唐宋时代,论诗者更进一步要求情、景二者的配合交融问题。值得注意的是古代诗文批评长期以来不重视人物形象的描绘问题。先秦两汉时代的某些史传文学作品,像《左传》《史记》《汉书》中的一部分篇章,刻画人物形象颇为生动突出。魏晋南北朝时期,志怪志人小说颇为流行,其中也包含不少生动的人物描写。可是,南朝文论家大抵把史传、小说归入无韵之笔,认为它们缺乏骈体文学所崇尚的语言之美和诗赋等韵文所具有的抒情性,因而缺乏文学作品的艺术美。范晔写作《后汉书》,其中有的人物传记描绘也颇生动,可是他在《狱中与诸甥侄书》中,自诩传记前后的序、论、赞等写得好,而只字不提传记。后来《文选》于史书即仅选赞、论、序、述而不选传记,并在序言中提出"综缉辞采"等重视骈体文学语言美的选录标准。《文心雕龙》论述作品，于诗，《乐府》篇不提以叙事写人见长的汉乐府《陌上桑》《焦仲卿妻》《东门行》等篇章；于文，《史传》篇不提《左传》《史记》等书描绘人物的成就，它赞美《汉书》"赞序弘丽"，与范晔、萧统的观点相通。对志怪志人等小说，《文心雕龙》全书也是只字不提。《文心雕龙》下半部《镕裁》以下十来篇，评论写作方法和技巧，偏重在用辞造句、结构剪裁方面；《比兴》《夸饰》《物色》诸篇，谈到自然景色和宫殿等外界事物的刻画，仍然没有涉及人物描写。只有徐陵《玉台新咏》，选录了少量描写人物的乐府民歌和许多描写妇女体态的宫体诗，但这种选诗倾向，基本上没有体现到当时的理论批评中来。到了唐代，文人爱写新乐府诗反映社会现实，重视学习《史记》写人物传记，二者都注意到人物描绘，但在理论批评中间仍没有获得鲜明的反映。

如上所述，中国古代的诗文理论批评，在谈论作品的艺术性时，长期以来着重点在于语言之美和情景交融等方面，而不重视人物形象描写，直到明清时代戏曲、小说创作大量涌现，过去长期不重视人物形象的理论批评，才产生了明显的变化。这可说是中国古代文论的一个重要特色。因此，我们今天研究、总结古代文论，就要从实际出发，着重总结这类特色，而不宜生硬地搬用外来的文学理论框架。同时，对某些古代文学作品（*例如论说文*），也要结合当时文人对文学特征的认识和品评标准，注意从语言美的角度来理解它们的艺术成就，而不宜因为它们缺少形象特别是人物形象，把它们摈斥于文学作品之外。

  以上略述我学习、研究中国古代文论的几点主要体会，供同道们参考。如有谬误不妥之处，请批评指正。

（*原载《古典文学知识》一九九四年第一期*）

历史、文学史、文学批评史

我于一九四七年夏毕业于复旦大学中文系，留任为该系教师。之后决定专心从事中国古代文学的研究工作。先是研究汉魏六朝文学，重点放在乐府诗方面，继而拓展到唐代文学，重点放在唐诗方面。二十世纪六十年代初，在中文系教"中国文学批评史"课，并参与《中国文学批评史》教材（全国高校使用）的编写工作，研究方向的重点由文学史转移到文学批评史方面。八十年代初，复旦成立中国语言文学研究所，内设中国文学批评史研究室，我参与该室工作，此后十多年更是把主要精力投入古代文学理论批评的研究，直至九十年代中期退休。半个多世纪以来，我一直在中国古代文学创作与理论批评研究领域耕耘，先是着重研究创作与文学史，后是着重研究理论与文学批评史。在研究过程中也有不少体会，其中很重要的一点便是感到要深入理解古代文学创作与文学史，应当深入认识古代历史；要深入理解古代文学理论与文学批评史，应当深入认识古代文学创作与文学史。

一

古代作家生活在一定的历史环境中，依据他们的经历和感受写成的文学作品，具有它们产生时特定的历史背景，在不同程度上以不同方式反映了古代社会的各种情状与打着时代烙印的作者的思想感情，构成了文学作品的历史内容。诗文辞赋类作品，大多数写真人真事，与历史关系尤为密切。因此，多读一些与作家作品有关的史书与提供史实的文献资料，多了解一些作品产生时代的政治、社会、文化等情况，对于准确深入地认识作品（*特别是其思想内容*），无疑是大有裨益的。

一九四八年，经过一段时间的摸索，我打算先在汉魏六朝诗文领域进行钻研。当时把这打算征求中文系主任陈子展先生的意见。他很是赞成，建议我可在杂体诗方面先行钻研，并劝我要多读该阶段的史书。我于是仔细读了王闿运《八代诗选》中的杂体诗部分，阅读丁福保的《全汉三国晋南北朝诗》，同时注意读《晋书》《宋书》《南史》等史书。在杂体诗方面，先是写了一篇《离合诗考》，后来对其中的风人诗（*以含有谐*

音双关词语为特征）产生兴趣，注意阅读《乐府诗集》中富含谐音双关词语的吴声歌曲、西曲歌，发现有不少问题值得探究，陆续写了若干篇章，后结集成《六朝乐府与民歌》一书。结合史书资料，我对乐府清商曲辞中的吴声、西曲，主要阐明了两方面的问题。一是关于曲调的作者与制曲本事。如沈充作《前溪歌》、王廞作《长史变歌》，《宋书·乐志》等虽有记载，但语焉不详，前此研究者都没有注意到其他地方尚有证据。我据《晋书》、《宋书》、《资治通鉴》、笔记小说《世说新语》、地方志《太平寰宇记》等史籍，从多方面挖掘有关资料，对其作者、本事找到了具体可靠的证据。对《碧玉歌》中碧玉为晋汝南王爱妾一事，据《晋书》、笔记小说《甄异传》，也获得了较具体可信的证据。上述考证澄清了"五四"以后有的学者在疑古思潮影响下，认为《宋书·乐志》等有关吴声、西曲作者、本事的记载不可信的错误看法[①]。二是吴声、西曲产生的历史环境。指出吴声、西曲主要产生于东晋刘宋时代，它们虽有一部分渊源于民歌，但其发展则与当时贵族上层阶级人士文娱享乐生活有着密切的关系。又指出吴声、西曲产生的中心地区是当时的京城建业和西部重

---

① 王运熙：《吴声西曲杂考》，《乐府诗述论·上编·六朝乐府与民歌》，上海古籍出版社1996年版。

镇江陵，歌辞中常常提到的扬州，实指建业。这些都有确凿的史籍记载。吴声、西曲歌辞，因其内容写男女之情大胆赤裸，词语俚俗，在过去常受学人轻视。清代朱乾的《乐府正义》一书，解释乐府诗较注意引证史籍，但对吴声、西曲也很忽视。"五四"以后，由于通俗文学的抬头，吴声、西曲也受重视，但又被认为是一般的民间情歌，没有注意到它们与贵族上层阶级生活的密切关系。出版于二十世纪四十年代的萧涤非先生的《汉魏六朝乐府文学史》一书，颇注意吴声、西曲的历史背景，包括它们与贵族上层人士的联系，提供了不少有价值的材料。我在这方面的考订与说明，即是在萧著基础上的进一步发展[①]。

我研究汉乐府，重点放在通俗性的相和歌辞、杂曲歌辞方面。当时仔细阅读了《汉书》《后汉书》，注意利用王先谦《汉书补注》《后汉书集解》两书所提供的丰富材料，以及现代学者的有关著作，如杨树达的《汉代婚丧礼俗考》等。汉乐四品之一的黄门鼓吹乐，其内容究竟是什么，自宋郭茂倩《乐府诗集》以来，一直没有说清楚。我发掘史书与文集中提供的各种有关材料，指出黄门鼓吹乐是汉代的通俗乐曲，其主要部分是相和歌，还有杂舞曲。汉代的鼓吹曲情况比较复

---

① 王运熙：《吴声西曲杂考》，《乐府诗述论·上编·六朝乐府与民歌》，上海古籍出版社1996年版。

杂，除用于军中外，常常施用于朝廷会议仪式与帝皇贵族的出行仪仗，以壮声威。我搜集《汉书》、《后汉书》、卫宏《汉旧仪》等史书的有关资料，考证鼓吹曲的内容、用途及其与黄门鼓吹、横吹曲、骑吹曲的关系和区别。另外，结合史籍所提供的材料，我对汉乐府中的不少民歌（包括《焦仲卿妻》）的社会内容与历史背景，也都做了较为深入的分析[①]。

我研究唐代文学，也注意联系有关史实进行分析阐释。如在解释殷璠《河岳英灵集序》论盛唐诗歌时，我根据两《唐书》、《资治通鉴》、《唐诗纪事》、徐松《登科记考》等史籍的记载，指出唐玄宗、张说在提倡质朴之风、转变唐初靡丽文风活动中的倡导作用[②]。对李白平交王侯的思想作风，列举大量史实，指出其思想作风，一方面受到不少历史人物（隐士、傲世不恭的文人等）的影响，另一方面也由于当时朝廷重视从各方面提拔人才，不拘一格的时代背景[③]。对高适《燕歌行》，据《旧唐书》和高适其他诗篇，指出该诗内容是歌咏当

[①] 王运熙：《说黄门鼓吹乐》《汉代鼓吹曲考》《汉代的俗乐和民歌》，《乐府诗述论·中编·乐府诗论丛》，上海古籍出版社1996年版。

[②] 王运熙：《释〈河岳英灵集序〉论盛唐诗歌》，《汉魏六朝唐代文学论丛（增补本）》，复旦大学出版社2002年版。

[③] 王运熙：《释〈河岳英灵集序〉论盛唐诗歌》，《汉魏六朝唐代文学论丛（增补本）》，复旦大学出版社2002年版。

时张守珪镇守东北幽州时抗击契丹、奚部族的情事①。对唐传奇《虬髯客传》的作者，我根据目录著录情况、苏鹗《苏氏演义》笔记等有关资料，推断这篇传奇当出自中唐时代军阀朱泚叛乱称帝后的一位无名氏文人之手②。

回顾数十年来我所写有关作家作品与文学史的论文，在内容方面大多数得力于了解历史，联系历史情况来分析说明。吴光兴同志在评述我的学术成果时，其文章题目为《王运熙历史学风格的文学研究述论》，突出了"历史学风格"，是很有见地的③。

我虽然重视联系历史来阐释作家作品的时代背景与思想内容，但反对把作品与历史做牵强的比附。在过去封建社会，一些文人为了抬高作品的政治意义，往往牵强地把不少作品与政治事件加以比附，突出作者的忠君爱国思想，所谓以美刺比兴说诗。其看法也有部分是合理可取的，但很多流于主观臆测。其风至今不绝。我认为一篇作品是否与政治事件有关系，是否

---

① 王运熙：《释〈河岳英灵集序〉论盛唐诗歌》，《汉魏六朝唐代文学论丛（增补本）》，复旦大学出版社2002年版。
② 王运熙：《释〈河岳英灵集序〉论盛唐诗歌》，《汉魏六朝唐代文学论丛（增补本）》，复旦大学出版社2002年版。
③ 吴光兴：《王运熙历史学风格的文学研究述论》，《文学评论》2000年第5期。

表现了作者的忠君爱国情怀，要根据事实进行客观的实事求是的考察分析，而不应当主观臆测。例如李白《蜀道难》诗篇，过去注释者有的认为是规劝唐玄宗不要久留蜀地的，有的认为是讽刺剑南节度使章仇兼琼的专横跋扈的，我根据史实予以考辨，认为上述两说均不可信，而胡震亨《唐音癸签》"海说事理，故包括大而有合乐府讽世立教本旨"的主张比较平实合理[①]。

二

中国古代的文学理论批评与古代的文学创作经常有着密切的联系。理论批评总是以过去以至评论者当时的文学作家作品为对象进行评论，并归纳出若干理论原则来。只有对古代的作家作品具有比较清晰的认识，才能对古代的文学理论批评的内涵和思想实质获得准确深入的了解。因此，我认为研究中国古代文论和文学批评史，应当多读古代有关的重要作家作品，熟悉中国文学史。在考察文论家的文学思想时，既要重视他们提出的理论概括与理论原则，更要重视他们对作家作品的评论。

[①] 王运熙：《释〈河岳英灵集序〉论盛唐诗歌》，《汉魏六朝唐代文学论丛（增补本）》，复旦大学出版社2002年版。

许多古代文论著作理论表述往往分量很少，而且谈得很简括，意思不大明白；而大量的却是对作家作品的具体评价，它们体现了文论家的理论主张、文学思想倾向。因此，如果把上述两方面的意见配合起来考察研究，就能较准确深入地把握文论家的文学观念。再则，中国古代文论家不但擅长理论批评，又擅长创作，既是理论家又是作家。一般说来，一个人的理论主张总是和他的创作实践一致，其作品在很大程度上体现了他的理论主张。因此，联系文论家的创作特征来考察研究其理论批评内涵，也是值得重视的一种方法。下面举若干我体会较深的例子来说明。

阅读研究南朝文学批评巨著《文心雕龙》，须与萧统《文选》参照阅读。因为《文选》所选作品，大多数在《文心雕龙》中得到评述，二书参照阅读，作家作品与评论互相印证，可收相得益彰之效。此点前人孙梅、黄侃等已经指出。友人穆克宏教授在其《昭明文选研究》一书的后记中曾说："参阅《文选》，可以证实《文心雕龙》许多论点的精辟。揣摩《文心雕龙》之论断，可以说明《文选》选录诗文之精审。因此，将二书结合起来研究，好处很多。"这是深造有得之语。从我自己的体会讲，我在二十世纪六十年代深入钻研《文心雕龙》之前，已经读过《文选》，对《文心雕龙》书中提到的许多作家作品已有一定认识,因而研读《文心雕龙》就感到比较顺利。后来我带博士生,着重攻读魏晋南北朝文学批评,我要求学生把《文心雕龙》《诗品》《文选》三部书参照学习,效果也比较良好。

《文心雕龙》书中有大量的作家作品评论,研读时必须注意,如此方能全面准确地掌握刘勰的文学思想。如他对辞赋的评价,《情采》篇有曰:"辞人赋颂,为文而造情……为文者淫丽而烦滥。"如果孤立地看此数语,似乎刘勰对辞赋采取笼统否定态度。但看《诠赋》篇,他对自西汉枚乘、司马相如以至东晋郭璞、袁宏的辞赋,都不同程度地加以肯定,可见刘勰只是对辞赋创作中一部分内容虚浮矫饰、文辞片面追求繁艳的不良倾向予以谴责而已。再如对"风骨"这一概念含义的理解。《文心雕龙》有《风骨》一篇,研究者众说纷纭。《风骨》篇举司马相如《大人赋》认为其风好,举潘勖《册魏公九锡文》认为其骨好,结合作品实例,风骨的含义,还应理解为风貌清明,骨力(指文辞)劲健,所谓"风清骨健"[①]。《文心雕龙》全书用工致的骈文写成,其中不少篇章写得文辞优美,富有文学性。无怪他对汉魏六朝时期许多骈体文学作品都

[①] 王运熙:《〈文心雕龙·风骨〉笺释》,原载《中华文史论丛》1983年第二辑,后收入拙著《文心雕龙探索》,上海古籍出版社1986年版。

在不同程度上加以肯定。《体性》篇列举贾谊、司马相如、扬雄、刘向、班固、张衡、王粲、刘桢、阮籍、嵇康、潘岳、陆机等十二位大家,说明他们个性与作品风格的关系。这十二人擅长骈体辞赋、诗歌、文章,在刘勰心目中他们是自西汉至西晋各阶段最突出的作家,代表了各阶段文学创作的最高成就。从《文心雕龙》全书看,刘勰无疑是一位骈文的改良者而不是反对者。这一点,如果结合《文心雕龙》的文体、文辞看,将会获得有力的证据。

钟嵘《诗品》全书重点在于分三品品评诗人,指陈其总体风貌特征和渊源关系。他对诗歌总的艺术标准是"干之以风力,润之以丹采",这与《文心雕龙·风骨》所谓风骨与丹采兼备的要求相一致。他认为曹植诗成就最为卓越,"骨气奇高,词采华茂",即风力、丹采二者均臻上乘。刘桢诗"真骨凌霜,高风跨俗。但气过其文,雕润恨少",即认为刘诗风骨很高,但文采不足。王粲诗则是"文秀而质羸",即文采秀发而质不足。此处质指质朴刚健的文辞风貌,与风骨内涵相通。南朝文论中提到文质,绝大多数是指作品语言的文华与质朴。《文心雕龙·通变》指出,应当以风骨救济魏晋以至刘宋初年文学绮艳柔弱之病,"斟酌乎质文之间"。可见刘勰、钟嵘两人都认为作品应当风骨与文采相结合,文质兼备[①]。以上倒说明研究《诗品》,应当充分重视其作家作品评价。现代有些研究《诗品》的论著,重视《诗品序》的理论概括,忽视它对许多诗人及其作品的评价,因而其分析往往显得不全面。这是值得深思的。

中唐时代元结所编选的诗歌总集《箧中集》选篇与元结为该书所写的序,同时鲜明地体现了元结的文学思想。《箧中集》选了元结友人沈千运、王季友、于逖、孟云卿、张彪、赵微明和他从弟元季川等七人的诗歌共二十四首,均为风格淳朴古雅的古体诗。其中沈千运是领袖,元结《箧中集序》称赞其诗"独挺于流俗之中",与时风迥异。孟云卿也以写五言古诗著名,杜甫《解闷·其五》称道其诗竭力追摹西汉苏、李古诗。《箧中集序》还指责唐代许多作者喜写近体诗,声调流易,"丧于雅正"。从《箧中集》选篇与元结序文看,清楚地表明元结提倡古雅的五言古体,反对当时流行、崇尚声律的近体诗。元结自己的诗作,也努力实践了他的复古主张。他的诗,《全唐诗》著录两卷近百首,绝大部分是古体诗,有四言、五言、楚辞体歌行,五言最多。其中有少数五言、七言绝

---

① 王运熙:《文质论与中国中古文学批评》,《文学遗产》2002年第5期。

句，也往往平仄不调。其诗语言也质朴古雅。可见元结在理论批评与创作两方面，都属崇尚五古的复古派①。

中唐后期的元稹，与元结不同，推崇律体诗。元稹在为杜甫所作的墓志铭中称赞杜甫的五言长律艺术成就极高，认为在这方面李白创作"尚不能历其藩翰"，从长律成就来品评李杜优劣，引起了后人的非议。原来元稹、白居易两人，特别爱写五言长律。今存元稹文集中有长律四卷，百韵律诗有《代书诗》等三首，此外自二十韵至六十韵者尚有二十多篇。白居易的长律也不少。元稹在《上令狐相公诗启》一文中称道两人的长律在文辞上具有"驱驾文字、穷极声韵"之美。又说自己写作律诗的艺术追求是："思深语近，韵律调新，属对无差，而风情自远。"这实际上也是对他所作律体诗（**包括长律**）的自我赞美。值得注意的是，当时还有一些文人，虽不像元、白那样大写长律，但各有一至数首长律传世。作者有权德舆、张籍、李绅、杨巨源、李贺等，甚至还有古文家韩愈、柳宗元、刘禹锡等。这是当时律体诗盛行背景下的一种创作风尚②。

---

① 王运熙：《释〈河岳英灵集序〉论盛唐诗歌》，《汉魏六朝唐代文学论丛（增补本）》，复旦大学出版社2002年版。

② 王运熙、杨明：《隋唐五代文学批评史》，第二编第三章第五节，上海古籍出版社1994年版。

韩愈在中唐时代是一位崇尚文风奇崛的作家，他的许多诗歌写得古奥奇崛，在评论方面也表现出这种倾向。他重视孟郊、卢仝、李贺等诗风奇崛的诗人，赞美孟郊诗"横空盘硬语，妥帖力排奡"（《荐士》），是其明证，他的散文有一部分文辞流畅通达，但也有一部分较为古奥奇崛，显示出与其诗歌尚奇的相同倾向。他评论古文家也具有这种特色。他推重怪僻艰涩的樊宗师的散文，是其显例，在《送孟东野序》中，他除推重陈子昂、李白、杜甫外，还提到苏源明、元结、李观三人。元结文风古奥，已如上述。苏源明文风崇尚古雅，并推重元结。李观之文，《四库提要》称为"大抵雕琢艰深"。对汉代作家，韩愈最推重司马迁、司马相如、扬雄三人，于扬雄作品，兼重其辞赋与艰深的文章，故柳宗元《答韦珩书》说："退之所敬者，司马迁、扬雄。"了解到韩愈散文评论方面的这一特色，对认识其一部分古文创作崇尚古奥奇崛的倾向是有帮助的[①]。

宋代严羽的《沧浪诗话》一书，对后代影响深远。严羽论诗强调兴趣，意谓诗歌应着重抒发情性，有诗人的真实感受与外物的具体形象。在这方面盛唐诗表现得最为突出，因此严羽

[①] 王运熙：《释〈河岳英灵集序〉论盛唐诗歌》，《汉魏六朝唐代文学论丛（增补本）》，复旦大学出版社2002年版。

大力推尊盛唐诗。自北宋后期至南宋，江西诗派盛行，其诗喜欢发议论，掉书袋，逞才学，严羽对此很不满，认为它们破坏了抒情诗的艺术特征与魅力，因此大力提倡兴趣，企图矫正时弊。严羽在强调兴趣时，运用了若干禅宗的语言做比喻，说什么"不落言筌"，"羚羊挂角，无迹可求"，"透彻玲珑，不可凑泊"等等，意在譬喻诗歌应写得自然浑成，含蓄不露痕迹，意味深长。他只是以禅理喻诗，不似皎然、司空图那样要求以禅理入诗。严羽论诗又主张诗歌应笔力雄壮，气象浑厚，音节响亮，总体风格应当雄壮浑成。他最推崇李白、杜甫两家，因为其诗风格雄浑阔大。王维、孟浩然、韦应物诗，虽颇浑成，但大多数并不雄壮，所以严羽并不着力推崇。《沧浪诗话》于李、杜屡屡赞扬，于王维却无一处提及。严羽有诗集《沧浪先生吟卷》，存诗一百多首，其中大部分是学习李、杜，风格雄壮豪放，有些篇章表现出很关心国事。风格清雅、接近王维、韦应物一路的诗仅约五首。清代王士禛把严羽诗论归入神韵一派，与司空图相提并论，此后《四库提要》以至近现代不少论著均持这一看法，实是一种误会。我们如能细心研读严羽的全部诗论，注意把他的理论与他对作家作品的评论以及他本人的诗歌创作联系起来考察，就不难跳出前人的误区，对其诗论获得全面确切的认识①。

上面列举刘勰、钟嵘以至韩愈、严羽等的例子,说明要了解古代文论家的思想内涵,必须把他的理论主张与其对作家作品的评论联系起来考察,还应和他的创作特征联系起来考察,方能获得准确的认识。

我在高小、中学学习阶段,父亲即教我选读《左传》《史记》的一部分篇章,浏览《纲鉴易知录》,培养了爱读古代史书的兴趣和习惯。大学学习期间,广泛阅读了现代名家王国维、陈寅恪、柳诒徵、顾颉刚、钱穆、郭沫若、范文澜等人的古史研究著作,开阔了眼界,在积累材料、发现问题、提出新见等方面深受启迪。复旦大学毕业留任为中文系教师后,打算先研究汉魏六朝文学,在陈子展先生教导下,注意阅读该阶段的重要史书,收获很大,从此走上了文史结合的研究道路。在复旦中文系,二十世纪四十年代后期至五十年代,有十多年时间研究作家作品,教文学史方面课程。六十年代以来,由于工作需要,研究和教学重点转移到文学批评史方面。因为原来对文学史比较熟悉,所以研治文学批评史就有得心应手之感。老一辈专家往往强调文史二者应当结合,读《文心雕龙》应结合

---

① 王运熙:《全面地认识和评价〈沧浪诗话〉》《严羽和他的诗歌创作》,《中国古代文论管窥》,齐鲁书社1987年版。

读《文选》，我在这些方面的体会实际并非新见，只是自己在实践中感受很深，因而举若干实例写下来。希望能对年轻的同行们提供一些借鉴。

（原载复旦大学中国古代文学研究中心编：《中国文学研究》第八辑，中国文联出版社二〇〇四年版）

第三辑 关于古代散文

应当重视我国古典散文的研究工作

我国古典散文具有悠久的传统和丰富的遗产，它是我国整个古典文学库藏中的一个组成部分。远在先秦时代，就已出现了优秀的历史散文《左传》《国语》《国策》等作品，描绘了不少鲜明生动的人物形象；出现了优秀的哲学、政治论文《孟子》《庄子》《荀子》《韩非子》等，说理透辟具体，富有说服力和感染力。汉魏六朝时代的散文，继承先秦散文的优良传统，叙事更趋具体生动，富有小说意味（如《洛阳伽蓝记》），说理也更趋周密（如《论衡》《抱朴子》）。而且，除掉叙事、论说文外，随着社会情况和思想潮流的发展变化，又出现了不少抒情文和写景文，使散文的表现范围更为扩大，题材、风格更为丰富多彩。唐宋时代，除著名的所谓唐宋八大家外，还有不少优秀的散文作家，如唐代的刘禹锡、孙樵、皮日休等，宋代的叶适、陈亮等。这时期的散文形式更趋完整，语言更趋规范化。自先秦到唐宋，散文和诗歌在长时期中一直是我国古典文学的两个主要部分。唐宋以来，小说、戏曲发展，诗文在整个文学创作中的地位相对地显得不及过去重要，但宋以后各代，散文和诗歌一样，仍然继续发展着，表现出新的时代精神和文学特色，出现了归有光、张岱、龚自珍以至梁启超等比较突出的作家。在长达三千年的时间里，我国古典散文不断成长和发展着，一方面继承、学习前人的成果，另一方面又有革新和创造；不但艺术上各有特色，而且从不同角度反映了社会面貌，在不同程度上体现了各时代的先进思想，因而具有或多或少的民主性和历史进步性。

我国古典散文的遗产是非常丰富的。打开《四库全书总目提要》一看，诗文别集的数量真是多得惊人。过去一些分量比较大的总集，如《昭明文选》《唐文粹》《宋文鉴》等等，虽然出自封建时代的文人之手，其去取标准带有很大的局限性，但其中也保存不少今天看来仍然是优秀的作品。即以过去非常流行的《古文观止》来说，它总共选了二百二十二篇文章，数量不多，但脍炙人口的作品还是不少。认真地发掘、整理我国古典散文的丰富遗产，运用马列主义、毛泽东思想来加以分析，使之古为今用，是文学研究工作者重要任务之一。

五四运动以后，古典散文一直受到许多人的歧视。一些文学史著作把散文排斥于文学范围之外。有的虽然谈到了,也是一鳞半爪,偏而不全。例如刘大杰先生的《中国文学发展史》,只谈了先秦散文、唐宋古文运动、明清散文几个点(**该书解放后修订版增加了"司马迁与史传文学"一章**),根本看不出古典散文在长时期中的历史发展线索。新中国成立十多年来,这种现象也还没有多大改变。北京大学中文系一九五五级同学集体编写的一百多万字的《中国文学史》,接触的古典散文的面虽比较广,但谈得一般都很简略,和诗歌、小说、戏曲相比,显得分量不相称。古典散文方面的其他编著工作,如散文专史、专题研究、作品选注等等,也是相当稀少。迄今为止,我们还没有一本比较像样的《中国散文史》。

尽管我国古典散文中有许多是实用文章,缺乏文学性,有不少虽有文学性而价值不大,但是,我们也不应该不问具体情况,对整个古典散文另眼相看,不作为古典文学的研究对象,或者虽谈而语焉不详。这样做,人们不但对我国古代优秀的文学散文发展过程及其丰富遗产缺乏认识,而且对我们现代的新散文是如何继承古典散文的优良传统发展而来的事实,也会懵然无知,仿佛现代散文是无祖无宗凭空产生的东西了。

开展我国古典散文的研究工作,对于我们当前社会主义的文教建设事业,具有一定的现实意义,不容我们忽视。

首先，它们可以帮助推动新文学创作的繁荣和发展。优秀的古典散文，往往主题明确，结构严密，语言精练优美，风格丰富多彩。有批判地加以继承，是可以获得不少养料，推动现代散文的发展的。在这方面，鲁迅先生的富有民族特色的散文，是最有说服力的例子。其次，它们可以使我们在思想上获得启发和教育。优秀的古典散文跟其他体裁的好作品一样可以在思想上启发和鼓舞我们，丰富我们的历史知识，帮助培养优美的情操和品德。我国古代的作家和批评家常常强调"文以载道"，把它和"言志"的诗有所分工。在这种思想指导下，诗歌往往容易倾向于抒发个人日常生活情感，而散文则更多地与当时的政治社会现实发生直接的联系，更多地反映当时政治社会生活的重大问题。其中固多歌功颂德、粉饰太平的作品，存在着大量封建性的糟粕；但也有很多热爱祖国人民、表现先进理想的作品，含有丰富的民主性的精华。只要我们善于辨识，分别加以剔除和吸取，就能获得不少有益的养料。例如《史记》中的《廉颇蔺相如列传》、韩愈的《张中丞传后叙》、柳宗元的《段太尉逸事状》，其中正面人物光明磊落的行动，在今天对我们还有深刻的启发作用。

古典文学研究工作者应该对古典散文这份丰富的遗产，进行广泛的发掘、认真深入的整理和研究，做出正确的分析和估价，把其中的精华部分交给广大读者，帮助我们的作家、语文教师、一般读者从中吸取营养。在这方面，我们必须深入学习，坚决贯彻批判继承的原则，才能做到去芜存菁，古为今用；反对盲目崇拜和美化古人的倾向。

过去，大家对古典散文注意得少，形成古典文学遗产研究领域的一个薄弱环节，是由于思想上对散文不重视或者不够重视，对它存在一些偏见。今后，要很好地改变情况，开展这方面的研究工作，我想必须破除一些偏见。我初步想到以下几点。

第一，应该破除散文不及其他体裁作品的偏见。古典散文当作文学作品看，其总的成就不能位于诗歌、戏曲、小说之上，这是肯定的；但是不管具体情况，认为所有古典散文不及诗歌、戏曲、小说，那就是一种偏见。各种体裁的文学作品除有着共同的特征外，还有各自不同的特色。小说、戏曲以塑造人物性格、开展故事情节见长，对于抒情诗和说理抒情散文，就不能从人物、故事的标准来衡量，而应该从整个风格、抒情色彩、语言运用这些方面来考察。假如纯从人物、故事标准来衡量，那不但许多散文会被排斥于文学领域之外，连抒情诗也会发生问题。

我国过去一直诗文并重，不少作者常是诗人兼散文家。这一点是跟许多外国文学史的情况不一样的。我们在这方面不应该机械地按照外国文学史的习惯不谈或少谈散文，而应该从实际出发。优秀的古典散文常常感情强烈，色彩鲜明，语言抑扬顿挫，富有诗的意味和节奏感，简直可以当诗歌看待。不少优秀的古典散文，拿来和题材相同的诗歌比较，毫不逊色。例如陶潜的《桃花源记》不比他的《桃花源诗》差；郦道元《水经注》描绘山水的成就不在谢灵运、谢朓山水诗之下；柳宗元《段太尉逸事状》《捕蛇者说》《童区寄传》在反映中唐社会现实的黑暗方面，其深刻性也可与白居易的《秦中吟》《新乐府》相比；文天祥的《指南录后序》等散文的爱国思想的动人程度也不低于他的诗作。诸如此类的例子，是可以找到不少的，有什么理由一定要重诗轻文呢？"五四"以后的某些中国文学史著作，抱着严重的形式主义文艺观点，把任何古典散文排斥于文学史范围之外，一笔不提，这是不顾历史事实的做法。这种做法的影响迄今仍然存在，例如新编的一些文学史著作，对一些二三流的诗人介绍很具体，对第一流的散文家则"语焉不详"。

第二，应该破除后不如前的偏见。我国过去的散文有所谓秦汉派和唐宋派之分。秦汉派提倡"文必秦汉"，认为秦汉以下的散文不足观；唐宋派宗奉八家之文，亦步亦趋。这些都是复古主义者迂腐的看法和做法。我们认为，秦汉和唐宋时代的散文固然有辉煌的成就，但绝不是后来不能逾越的高峰。事实上，魏晋六朝时代嵇康、葛洪的论文，其说理的透辟绵密，既有胜于先秦诸子之处，杨衒之《洛阳伽蓝记》写人叙事的具体生动，也有超过《左传》《史记》的地方。柳宗元的山水游记，比起《水经注》固然是青出于蓝，明代张岱、刘侗等人的写景文章，其动人处较柳文又有过之。唐宋以后，散文界一部分流派和作家强调复古、拟古，缺乏创造性，成就不大；但从总的情况看，古典散文是不断发展着的。

"五四"以后的不少文学史研究著作有一种偏见，认为宋代以后戏曲、小说才是新兴的有价值的文学，诗文是"传统文学"，没有价值。一顶"传统"的帽子一戴，就算完事，因此对宋以后特别是明清两代诗文，根本没有进行过比较认真的调查研究工作，当然谈不上对它们有正确深入的认识了。晚唐罗隐、皮日休、陆龟蒙等的散文，因为鲁迅先生说过几句话（见《小品文的危机》《南腔北调集》），大家就比较重视，其实有价值的古典散文还很多，我们应善于学习鲁迅先生的犀利的目光和认真的治学精神，进行深入的发掘。认为唐宋以后散文不及前代的有一项标准——雅洁，那是桐城派的论调。桐城派首领方苞曾经说："南宋元明以来，古文义法不讲久矣。吴越间遗老尤放恣，或杂小说，或沿翰林旧体，无一雅洁者。"（见沈廷芳《书方先生传后》）有些人反对桐城派的拟古主义，但在这个具体问题上却不自觉地和桐城派持有相类似的看法，这是很可笑的。

第三，应该破除骈文毫无价值的偏见，对它进行实事求是的分析和评价。骈文是我国一种独特的文体，它讲求对仗、辞藻、音律，但不叶韵，和古文同属于广义的散文范围。古典散文的研究应该包括骈文在内。骈文过于考究形式，容易流于形式主义，但不能因此认为任何骈文都是形式主义的作品。格律诗的形式非常严格考究，但也产生许多好诗，就是一个例子。胡适否定一切律诗，那是极端荒谬的议论。《文心雕龙》和《史通》都是用骈文写的，但大家公认是伟大的文学理论批评和史学理论批评著作，因为两书见识卓越，内容充实。我们可以肯定一部分律诗和用骈体写的学术著作，为什么不可以肯定一部分有价值的骈文作品呢？

五四运动时期，因为提倡新文学反对旧文学，彻底与旧的决裂，提出"桐城谬种、选学妖孽"的口号，这在当时是具有革命性的。但是后来的不少文学史著作，正如毛主席在《反对党八股》中所指出，对于历史事物"没有历史唯物主义的批判精神，所谓坏就是绝对的坏，一切皆坏"。因而把一切骈文都否定了，比如胡适的《白话文学史》。对骈文估价过低的偏见迄今仍然存在，例如北京大学中文系同学的二版《中国文学史》对骈文只介绍了南朝的吴均、丘迟、孔稚圭、庾信诸人，清代只介绍了汪中。人们不禁要问：在一百多万字的大书中，可以肯定而做出介绍的骈文，难道只能占这么一点吗？

以上三点，都是我初步想到的学术界对于古典散文的偏见，应该破除，思想才能解放，研究空气才能活跃。说得是否对，还请大家指教。最后，我希望在今后不长的时间内，古典散文的研究工作能够改变过去的落寞情况，和诗歌、小说、戏曲的研究工作能够并驾齐驱。希望有一本质量较高的《中国历代散文选注》出版，代替过去流行的《古文观止》之类的选本，满足一般读者的要求；同时有不少断代的、专家的散文选注本和古典散文专题研究论文出来。希望在做好若干必要的基础工作之后，有一本比较像样的《中国散文史》编写出来。

（原载《文汇报》一九六一年三月二十二日）

散文在中国文学史上的重要地位及其文学性

在中国古代，诗、文、赋是三种重要的文学体裁，它们区别于通俗的戏曲、小说、讲唱文学等，更加受到上层文人的重视。人们经常把诗、文并提。中国骈散文有着大量的优秀遗产，引人瞩目。在先秦时代，即有以叙事为主的历史散文、以议论为主的诸子散文，二者均有许多脍炙人口的佳篇，传诵人口。到汉魏两晋南北朝时代，除叙事、议论文继续发展外，抒情、写景文也告崛起和发展，在骈散文中都有不少精品。唐以后的宋元明清时代，古文代替骈文在文坛占据主导地位，散文的样式和风貌又有不少新的创造和变化。除唐宋八大家一类被视为规范的正宗古文外，短小精悍、趣味横生的小品文也日趋繁盛，成为散文园地中的一丛丛奇花异卉。总之，中国古典散文源远流长，品种多样，绚烂多姿，是中国古典文学中的一宗重要遗产。西欧各国，散文在文学发展过程中不占重要地位，和中国情况不一样。我们不宜套用西方的框框,漠视中国古代散文。

由于散文在中国古代文坛占据重要地位,因此,各时期不但产生不少优秀作家和作品,而且影响一代文风,影响其他文学样式。例如魏晋南北朝时代,骈文最为发达,在各体文学作品中,骈文是先导,在其影响下,辞赋产生了骈赋,诗歌重视对偶、辞藻等,形成绮丽之风。到了唐代,古文逐渐抬头,但骈文仍占据优势,因此产生了崇尚对偶、声律的律赋和律诗,甚至通俗的传奇变文中也存在不少骈偶词句。北宋时代,由欧阳修、苏轼等领导的第二次古文运动获得胜利,从此古文代替骈文在文坛占据主导地位。此后各体文学都趋向散体化:古文兴盛;辞赋是散体的文赋较为发展;诗歌方面除古体诗有所发展外,律诗也由过去的重浓丽变为重清雅,风貌发生了显著变化。这种不同历史时期不同文学样式风貌的变化,当然彼此互相影响,但其中骈散文往往起着带头作用。因此,要理解中国古代不同历史时期文风的发展变化,必须加深对中国古典散文的研究和认识。

对于中国古代散文的文学性,我以为也需要有一个正确的认识。人们谈到作品的文学性,总是指形象性、抒情性,即要求具有鲜明的形象和真实动人的感情,进一步则要求典型性。

在中国古代散文中，有大量的应用文和学术文，它们大多数不具有什么文学性，这是毋庸置疑的。对于文学散文，其文学性除表现于形象和抒情外，常常体现在语言的艺术美上面。特别是一部分论说文，它们不像以叙事、写景为主的文章那样富有形象，也不像以抒情为主的散文那样富有感情，其文学性更是往往体现在语言的色泽鲜明、音调和谐方面。对散文应当注重语言的艺术美，这一点前代文论家早就指出过了。例如萧统在《文选序》中，说明该书所以采录一部分史传评论，是由于它们"事出于沉思，义归乎翰藻"，"翰藻"即是美丽的文辞。姚鼐在《古文辞类纂序目》中，提出剖析古文艺术美的八个字：神、理、气、味、声、色、格、律。其中后面四个字，主要也是就语言而言。举例来说，如《孟子》中的《齐人有一妻一妾》章固然比喻巧妙，具有形象；其《有为神农之言者许行》章则主要以语言雄辩、气势奔放取胜。又如《文选》所选的论说文，像贾谊的《过秦论》固然具有形象，但像范晔的《后汉书·逸民传论》、沈约的《宋书·谢灵运传论》，则主要以文辞优美、音韵和谐引人喜爱。再如韩愈的《原道》、柳宗元的《封建论》两个名篇，其艺术美主要也是体现于语言，前者雄奇，后者峭拔，各自表现出韩文、柳文的显著特征。前人对学习骈散文，如同学习诗歌那样，很重视讽诵（朗读），因为只有经过讽诵，对骈散文语言的艺术美，才能获得更充分更深入的体会。因此，对于中国古代骈散文的文学性，应在语言美方面给予充分的注意（即如现代散文，像鲁迅的许多杂文，其艺术美恐怕在很大程度上也体现在语言的精练泼辣方面）。

（原载拙著《望海楼笔记》卷四，东方出版中心一九九九年版）

骈文、骈体文学

骈文又叫骈俪文、骈体文,指大量运用对偶句甚至通篇运用对偶句的文章,它与多用奇句的散体文或古文体式不同,骈体文与散体文是中国古代文章的两大类型。先秦各种作品中骈偶句已常有出现,至汉代,散文、辞赋中骈句逐渐增多,东汉不少文章更是大量运用骈句,骈文正式形成,是为骈文的萌芽成长期。魏晋南北朝隋唐五代是骈文的昌盛期。北宋古文运动进一步开展,取得压倒优势,以迄元明,是为骈文中衰期。清代骈文复盛,与古文抗衡,是为骈文复兴期。

骈文除重视大量运用工致的对偶句外,还重视辞藻、用典、声律等语言美。辞藻指运用华美的词语和修辞手段,增加文章诉诸视觉的色彩美。用典指运用古语古事,增加文章的艺术含蕴,同时显示作者丰富的才学。声律指文辞音韵和谐之美,南齐永明年间,沈约等提倡声律论,要求把飞扬的平声字与沉着的上去入声（后代把三者合称为仄声）字间隔运用，以取得文辞声律的变化与和谐。声律论不但适用于诗歌，也适用于辞赋、骈文。南齐孔稚圭《北山移文》中的"还飙入幕，写雾出楹""秋桂遣风，春萝罢月"等句，声律是很严整的。刘勰《文心雕龙》下半部中有不少篇章，专门研讨骈文的形式和语言运用，如《声律》《丽辞》《事类》三篇，分别论述声律、对偶、用典问题，《练字》《比兴》《夸饰》《隐秀》四篇，分别论述字形美与比喻、夸张、含蓄与警策等修辞手段，均属辞藻范围。刘勰生当骈文昌盛之南朝，他正是以这些篇章来总结骈体诗文的创作经验。

南朝后期，骈文句式进一步趋向整齐，多用四言句、六言句，庾信、徐陵的骈文于此尤为突出。唐代此风更盛，因而有四六文的名称。四六文不但词句工致，声律亦严，可谓是格律严整的律体文。唐代王勃的《滕王阁序》、骆宾王的《为徐敬业讨武曌檄》都是四六文名篇。宋元明时代，古文虽占优势，但骈文（主要是四六文）仍然流行，只是因受古文影响，词句色彩较为清淡，不像汉魏至唐五代时期那样浓丽。

有一种看法认为，骈文竭力追求形式美、语言美，缺乏思想内容。这种认识很片面。诚然，骈文中确有许多应酬性作品，只追求形式美；但许多优秀的骈文并不如此。如陆机的《辩亡论》、干宝的《晋纪总论》，分别论述东吴、西晋两王朝的兴亡问题，政治性很强。上述骆宾王的《为徐敬业讨武曌檄》，声讨武则天代唐称帝之罪行，亦是如此。此外，骈文中还有许多抒写作者日常生活及亲朋间友谊等题材、不涉及重大政治社会现象的作品，也自有其真挚动人的思想内容。

骈体文学范围较广，除骈文外，兼指大量运用骈偶句的赋和诗歌。前人曾把汉至唐代的赋区分为古赋、骈赋、律赋三阶段，其发展步骤与形式特点大致与古文、骈文、四六文相当（*律赋也大量运用四言句、六言句*）。诗歌方面，从汉代开始，先有古体诗。魏晋以下，曹植、陆机、谢灵运等人的诗，大量运用骈句，体制已入骈体文学范围，但也有不少诗篇虽用骈句而不多，故人们仍笼统称此时期诗为古体诗。至沈约、谢朓等自觉运用声律论于诗歌，于是有新体诗之称。至唐代格律更严密，遂在古体诗外另立今体诗（*或称律诗、近体诗*）一大类。也是经历着由散趋骈、趋律的发展过程。

魏晋南北朝时期，一部分著名作家，对于骈体的诗、赋、文三者，往往同时擅长，或兼擅二体。如曹魏的王粲、曹植，西晋的陆机、潘岳，刘宋的颜延之、鲍照，齐梁的江淹、沈约，以至由南入北的庾信，等等，均是如此。一个作家的二至三体作品中间,思想艺术上常有相通之处。我们研究这类作家,应注意他们诸方面的成就。

(原载拙著《望海楼笔记》卷四,东方出版中心一九九九年版)

中国古代散文鸟瞰

中国古代，自先秦至清代数千年来，散文一直很发达，名家辈出，作品繁富。中国古代文学作品的体裁，就其大类而言，大致有诗歌、散文、辞赋、词、散曲、戏曲、小说、讲唱文学等诸种，其中以诗歌、散文两类尤为发达，在文坛上占据正统地位，在社会上广泛传播。诗、文二者，诗歌一般篇幅简短，宜于抒情，散文则抒情写景，叙事议论，内容更加广泛丰富，形式大多数自由灵活，少受拘束。散文以其内容广泛、形式灵活的优点，便于广大人士欣赏和写作，因而长期以来除产生不可胜数的实用性散文外，还产生了大量优美的具有文学性的散文。

中国古代散文，题材广泛，内容和形式丰富多彩。古代优秀散文表现了众多历史人物（包括散文作者本人）的美好品格和崇高的思想境界，展示了祖国绚烂多姿的山川草木，有利于培养读者的道德情操和爱国精神，启发他们积极向上；它们包容着各方面的大量历史文化知识，蕴藏着丰富深邃的智慧，使读者在认知方面获得取之不尽的营养；其丰富多彩的形式技巧，优美生动的语言文采，还能够使人陶醉于美的享受之中。总之，在今天的社会主义精神文明建设中，古代优秀散文仍然能够发挥积极有益的作用。

中国古代散文，自其体制而言，又可分为散体文、骈体文两大类。散体文是狭义的散文，又称古文，是广义散文中的主要样式。它的体式语言最为自由灵活，句式长短错落，用语自然，和口语较为接近。它是先秦两汉时代流行的文体，唐宋以来，人们以此为学习对象，因先秦两汉时代古远，就把它唤作古文。作为文学样式的古文，其含义与现在一般以古文指古代文章的意义有所区别。骈体文简称骈文，它讲究形式的整齐工致。要求句子两句相对，如四字句对四字句，六字句对六字句；上下句词语要对称，虚词对虚词，实词对实词。骈文滥觞于东汉，至魏晋南北朝大盛，唐以后稍衰，但仍有不少作者作品。除古文、骈文外，人们常把辞赋归入"文"的范围。辞赋实际上是韵文（**押韵脚之文**）。辞赋的体制结构、用词造语，接近古文、骈文，但又像诗歌那样押韵脚，其性质介于诗文之间。明清时代文人编集作品时，往往把辞赋归入文一类，如《古文观止》《古文辞类纂》都收有辞赋。除辞赋外，韵文还有颂、赞、铭、箴、诔、碑等体，其正文常用四字句，押韵脚，前面往往有一段散体的序，后代也常把它们归入文一类。散文中有一部分短小精悍的作品，或长于抒情写景，或长于讽世劝俗，显得精警动人。这种作品，自魏晋至明清不绝，明代后期特盛。现代编选者往往称之为小品文。按其体式，它们大抵属于古文，也有少数是骈文。

从先秦到清代，中国古代散文具有数千年的悠久发展历史。大致说来，它可以分为先秦两汉、魏晋南北朝、唐宋元明清三个时期。下面分别略作概述。

一、先秦两汉时期

《尚书》（又叫《书经》）是中国最古的散文集子。它包含了唐尧、虞舜两帝和夏、商、周三代的政治文献，有的记载重大事件，有的是帝王、宰相发布的公文、诰、命、训、誓等等，以说教为主。据学者研究，商代中后期和周代的文件确系原作，商代中期以前的则大抵出于后人的追记。《尚书》各篇文辞均颇质朴，但其中既有记叙文，又有论说文，实为后代散文的滥觞。

到周代后期（东周）的春秋、战国时代，随着整个社会文化的发展和思想界的活跃，散文也获得很大发展和辉煌成就。它主要有历史散文、诸子散文两大类。历史散文以《左传》《国语》《战国策》为代表。《左传》《国语》两书相传系孔子学生左丘明所编，记载春秋时各国的政治、军事事件，贤能之士的嘉言懿行，谋臣辩士的谋略和说辞。它们总体上是记叙性的历史散文，但其中包含不少言论、说辞，则属论说文一类。《左传》的文学性尤强。它不论写事件发展或人物的言谈举止，都很简练生动，语言温雅有味，成为后代文家学习的典范。《战国策》由西汉刘向汇集了战国时代许多谋臣辩士和纵横家的谋略和辩说，因而论说文成分更浓重。《战国策》文辞较之《左传》更为流畅，句子长短错落，富有气势，标志着历史散文在该时的进一步发展。

战国时代，学术思想界趋向活跃，形成了诸子百家争鸣的局面。他们各自发表其有关政治、军事、社会、人生、经济等各方面的见解，撰成专著。其中文学性颇强的有属于儒家的《孟子》《荀子》，属于道家的《庄子》，属于法家的《韩非子》诸书。就文辞和艺术表现看，《孟子》雄健流畅，《荀子》浑厚缜密，《庄子》汪洋恣肆而富于想象，《韩非子》博辩富赡，各具特色，为后世文家所称道和取法。诸子散文旨在发表议论见解，以论说为主，但作者为了说服读者，往往多方取譬，运用不少寓言故事来说明事理，由此增强了文章的形象性和感染力，也使以论说为主的诸子散文增添了不少叙事成分。先秦时代的历史散文和诸子散文，旨在记载历史，发表有关政治、社会等方面主张，原本都是实用性文章，由于一部分著作和篇章，记人记事生动，语言富有文采，因而具有文学价值，并对后代散文产生深远影响。

两汉散文，就其主要方面讲，也是以记叙为主的历史散文和以说理为主的论说文两大类。历史散文以《史记》《汉书》为代表。司马迁的《史记》，内容以记叙先秦至西汉武帝时各方面的历史人物为主，它记人叙事活泼生动，语言流畅雄健，达到了中国古代传记文学的高峰。作者笔端常带感情，把满腔爱憎倾注在历史人物的描绘上面，因而被鲁迅称为"史家之绝唱，无韵之《离骚》"（《汉文学史纲要》）。班固的《汉书》，文学性虽不及《史记》，但一部分篇章也颇动人，其文辞整饬渊雅，自具特色。后人往往《史》《汉》并称，把它们视为纪传体史书和传记文学作品的双璧。《史》《汉》以后，历代产生了大量历史著作，文学性大抵不及《史》《汉》，但仍有一些较好的作品，如南朝范晔的《后汉书》、宋代司马光的《资治通鉴》等。南朝刘义庆的《世说新语》，性质介于历史和小说之间，它以简练隽永的文笔，刻画魏晋名流的言谈举止和风貌，栩栩如生，其中许多脍炙人口的篇章，赢得了后代许多读者的爱好。

两汉子书也产生不少,著名者如刘安《淮南子》、王充《论衡》、王符《潜夫论》等,但文学价值均不高。两汉论说文很具特色和成就者,表现在单篇文章,特别是臣僚给皇帝的奏议、奏疏一类文章。它们大抵结合当前实际,陈述治国安邦之道;文辞一般比较质朴,但剖析事理,剀切明白,因而被后人视为论说文的楷模。其代表作家有贾谊、晁错、董仲舒、刘向等。两汉的少数散文,抒情因素增强,如司马迁的《报任安书》、杨恽的《报孙会宗书》,在记叙议论中包含了浓厚的抒情成分,读来富于艺术感染力。这是很值得注意的。

汉代辞赋十分发达,有大赋,有小赋。大赋多铺陈帝皇功业及其生活,以规模阔大、气魄宏伟胜。小赋则上承屈原《卜居》《渔父》和宋玉《风赋》《对楚王问》的传统,多抒情述志、讽世砭俗之作,很值得重视。张衡《归田赋》、蔡邕《述行赋》、赵壹《刺世疾邪赋》等是其代表作品。

两汉散文,已由先秦的以著作为主转变为著作、单篇并重,这说明单篇文章的逐渐发展和丰富。

二、魏晋南北朝时期

这是骈体文章发达盛行的时期。骈体文(简称骈文)首先重视文辞的骈偶或骈俪，要求文句整齐匀称，两两相对，骈偶句句式长短要一律，句子中的词语，动静虚实，也要互相对称。此外，还要求辞藻美丽，音韵和谐，长于用典。骈偶、辞藻、音韵、用典可说是该时期骈文语言四项比较普遍性的要求。从艺术上看，骈文主要是要求文章具有诸种特定的修辞美。由于古汉语单音词多的特点，容易形成骈偶句。在先秦散文中，已经出现不少骈偶句。汉代，辞赋散文中的骈偶成分逐步增多，以致到东汉时，通篇骈偶或以骈偶为主的文章多起来，因此后人常把东汉、魏晋南北朝视为骈文盛行时期，把此时期文学称为八代文学。八代指东汉、魏、晋、宋、齐、梁、陈、隋八个朝代，这里以魏代表三国，以南朝宋、齐、梁、陈四代代表南北朝。

从此时期骈体文历史变迁看，也有一个发展过程，东汉骈文开始抬头；魏晋进一步重视骈偶工整、辞藻美丽；南朝则更强调音韵和谐，用典精切。骈文的修辞美要求，一步步地加强。这种修辞美要求，不但体现于骈文、辞赋，还体现于诗歌。其代表作家有曹魏的曹植、王粲，西晋的陆机、潘岳，南朝前期的鲍照、江淹，后期的庾信、徐陵等，他们都兼长骈文和诗赋。庾信、徐陵的骈文在对偶、辞藻、音韵和用典诸方面都十分精美，达到了此时期骈文艺术的高峰。后代把两人的骈文称为"徐庾体"。骈文发展到南朝,句式更趋整齐,大量运用四字句、六字句,甚至通篇运用四字句、六字句,这种骈文在唐宋时代被称为"四六文"。

先秦两汉时代主要是记叙文和论说文。此时期的散文则出现了许多着重抒情写景的作品。曹魏时曹丕、曹植、应璩的若干书札已流露出浓厚的抒情倾向,还包含了一些写景的片段,为这类作品开了先河。此后两晋南北朝这类作品不断产生,如南朝骈文名篇鲍照《登大雷岸与妹书》、孔稚圭的《北山移文》、丘迟的《与陈伯之书》等,都长于抒情写景。还有像地理著作《水经注》,写景篇章更为繁富,文笔优美。抒情本是诗歌着重表现的内容。过去的散文绝大多数偏重记事说理,此时期散文中抒情成分的明显增加,标志着散文脱离了偏重实用性的轨道,向诗歌靠拢,形成文章的诗歌化。这种现象可以说是此时期文学趋向独立和自觉的一个重要表现。此时期的辞赋也产生不少,以小赋居多。在形式上,它们也注重骈偶、辞藻、音韵等的运用,即用骈体来写作,故后人称为骈赋;在内容上,它们往往着重抒情写景,如鲍照《芜城赋》,谢庄《月赋》,江淹《恨赋》《别赋》,庾信《小园赋》,等等,都是这方面的代表作。辞赋中抒情写景成分的显著增加,可说和骈文是同步进行的,共同标志着文学自觉性的增强。不少优美的骈文、骈赋，感情真挚，语言精美，读来确有如同读好诗一般的感觉。

南朝文人于作品有所谓文笔之分。文指押韵的作品，其中最主要的是诗歌、辞赋，还有颂、赞、箴、铭等体裁，都要求句尾押韵。"文"实际即是韵文。"笔"指不押韵的文章，包括以史书为主的记叙文，以子书为主的论说文，还有像奏疏、书札等其他不押韵的文体。以诗赋为主的韵文，除着重抒情写景外，人们一般都注意运用骈体来写作，注意对偶、辞藻等修辞之美。梁元帝萧绎曾称赞"文"的特点是抒情性强，辞藻美艳，音韵谐调（见《金楼子·立言》）。"笔"大多数用散体文写作，不讲求骈偶、辞藻等，是偏重实用性的文章。在当时骈文盛行的时代，人们一般认为"笔"的写作难度不及"文"，也缺少文学价值。由于骈文占统治地位，当时一部分文人写作记事说理文也采用骈体，例如西汉贾谊的《过秦论》，已多用对偶、排比句，西晋陆机的《辩亡论》规仿《过秦论》，成为通篇骈偶工致的论文。刘勰的《文心雕龙》也采用工整的骈体。这类论说文由于采用骈体写作，在当时被人们认为具有文学性，因而受到重视。再者，当时的不少着重叙事说理的文章虽用散体文写作，但因受骈文的影响，句子也常常显得较为整齐，多四字句，中间还常夹杂骈偶句，风格与骈文相近，譬如《水经注》《洛阳伽蓝记》《颜氏家训》等，都是如此。这可说是该时期骈文鼎盛局面下散体文语言的一个特色。唐宋以来，古文复兴，骈文失势，人们不再重视文笔的区别，常常把作品分成诗、文两大类，将除诗歌外的韵文和散文笼而统之地归入"文"的范畴。

先秦散文，或为史书，或为诸子，都是学术性著作。两汉散文，除史书、子书外，又出现了不少单篇文章，像奏疏、书札等，可说是著作和单篇文章并行的时代。魏晋南北朝时期的散文，则以各种单篇文章为主，史书、子书退居次位，这种现象也标志着文学独立性的增强和文学散文的发展。此后唐宋元明清时期散文也以单篇文章为主。

三、唐宋元明清时期

此时期是古文复兴、骈文退居次要地位的时期。唐代中期，一部分文人对当时仍流行的骈文的华辞丽藻甚为不满，认为它们不利于对国家政治和社会生活起积极作用，从而提倡先秦两汉时代的古文。唐代古文家中，以韩愈、柳宗元的成就最为杰出。到北宋中期，不少文人继承韩柳的传统，进一步提倡古文，形成了浩大的声势，终于使古文取代了骈文在过去长时期统治文坛的局面。宋代古文家，以欧阳修、苏轼的成就最突出，其次还有王安石、曾巩、苏洵（苏轼之父）、苏辙（苏轼之弟）等。这六人和韩柳一起被后世称作唐宋八大家，代表了唐宋古文的辉煌业绩。唐宋古文继承了先秦两汉古文的优良传统，其语言形式比较自由，冲破了骈文的种种束缚，增强了散文的表现力，从而在记叙、议论、抒情和写景等诸方面都产生了许多名篇佳作。苏轼曾称誉韩愈的作品"文起八代之衰"（《潮州韩文公庙碑》），就是说韩愈的古文改变了八代骈文文风绮靡、气骨衰弱的局面。这里必须指出，唐宋古文家固然反对骈文，但对过去骈文中的不少文学因素也有所吸取和借鉴。如上文所指出的，魏晋南北朝散文长于抒情写景，开辟了散文题材的新领域，唐宋古文在这方面即加以继承和发展。唐宋古文中有一类称为"赠序"的文章，如韩愈的《送董邵南序》，着重表现和朋友分手时的离别之情，往往写得淋漓酣畅，感人至深。再如，为诗文集所作序文，改变了过去时代那种纯粹学术文章的性质，像欧阳修的《梅圣俞诗集序》《苏氏文集序》，都表现了作者对朋友坎坷不遇的深切同情，感情真挚，动人肺腑。又如，唐宋古文中的一些杂记，像柳宗元的《永州八记》，欧阳修的《醉翁亭记》，苏轼的《放鹤亭记》《石钟山记》等，也吸取了魏晋南北朝骈文和散文的精髓，着重抒情写景，文采焕发。此外，对魏晋南北朝骈文在谋篇布局和精细的艺术表现技巧方面，唐宋古文也多有吸取。

唐宋时代，辞赋也出现了新面貌。唐宋古文家运用古文形式来写作辞赋，语言形式比较自由流动，产生了杜牧《阿房宫赋》、欧阳修《秋声赋》、苏轼《赤壁赋》等著名篇章。人们把这类作品称为文赋。研究者把先秦两汉时代的赋称作古赋，魏晋南北朝时代的赋称为骈赋，唐宋以来这类自由流动的赋叫文赋。此外，唐代还有一种律赋，用于科举考试。律赋运用格律严密的骈体文写法，故有此名。律赋形式过于拘束，表现力大受限制，缺乏佳作。

元代时间短促，散文成就不突出。明代古文家颇多，早期有宋濂、刘基等。刘基的散文长于通过寓言形式讽世砭俗，很有特色。明代中后期产生了不少文学流派，有以李梦阳、何景明为首的前七子，以李攀龙、王世贞为首的后七子。他们都兼长诗文，在散文方面主张学习秦汉古文，声称"文必秦汉"，文风比较艰深，表现出明显的拟古主义流弊。同时，还有以归有光、唐顺之为代表的唐宋派，取法唐宋古文，文风比较平易流畅，亦多佳作。明代后期，又出现了袁宗道、袁宏道、袁中道三兄弟组成的公安派，钟惺、谭元春组成的竟陵派。两派在散文创作方面都主张自由地抒发性灵，公安派文风自由活泼；竟陵派文风则崇尚幽深奇峭。明代后期的一部分文人喜爱写作短篇散文，形式自由，富有风味，内容以表现士人的日常生活情趣为主，后人称为晚明小品。其代表作家除公安、竟陵两派作者外，还有张岱、王思任等。清代初期，著名古文家有侯方域、魏禧、汪琬等，其后又出现了一些古文流派。最著名的是以方苞、姚鼐为首的桐城派，沿袭明代唐宋派的轨迹，重视取法《史记》、唐宋八大家之文，强调文风雅洁，气格比较狭小。稍后又出现了以恽敬、张惠言为首的阳湖派，以曾国藩为首的湘乡派。两派都接受桐城派的影响，但取径较宽，文风较为雄健。至鸦片战争前夕，著名文家有龚自珍、魏源等，他们旨在挽救国势衰颓，文章内容多关心现实，成为近代散文的前驱。龚自珍的散文奇崛而富有特色。到清末民初，梁启超提倡流畅奔放的新文体，打破了传统古文的格局，使散文文风起了很大变化，它在中国文言散文史的末叶闪烁着耀眼的光芒。

此时期总的来说，古文占主导地位，但骈文仍继续流行，只是势力较为削弱。唐代科举制度规定，士人应试写作的诗、赋、文都用骈体，政治界、社会上不少实用性文章，也运用骈体或多参骈句。唐代骈文名家、名篇产生不少。如王勃的《滕王阁序》、骆宾王的《为徐敬业讨武曌檄》都是其例。唐中叶陆贽（宣公）的奏议和为皇帝拟写的制诏，都用骈体，往往写得情辞恳切，为后人所赞赏和模仿。宋代科举考试改用散体文，欧阳修、苏轼等一些古文名家，又大力提倡古文，反对骈文，从此散体文盛行，取代了过去骈体文的主导地位。唐中期到宋代的不少骈文，虽讲求对偶，但大约是受到古文文风的影响，词语比较清澄，不尚华丽，句调也较为疏朗，形成了骈文的新风貌。清代中后期骈文复兴，名家辈出，有胡天游、洪亮吉、汪中等，其理论代表则为阮元。阮氏著《文言说》等文，声称只有讲求对偶、辞藻、声韵之类的骈体文，才是文章正宗。

以上说的是三个时期的一些代表作家作品和重要流派。此外，还有不少作品，作者虽不是散文名家，但其个别作品却成为广泛流传的名篇佳作，如诸葛亮的《出师表》、李密的《陈情表》（骈文）、范仲淹的《岳阳楼记》等，都是值得重视的。

如上所述，中国古代散文有古文、骈文两大类，辞赋也由此而有古赋、骈赋、文赋等区别。大概说来，古文语言较为朴素和自然顺畅，便于表现各方面的内容；骈文重视骈偶、音韵等修辞类，更长于写作抒情写景一类文学散文。为了便于读者鉴赏和学习散文，古代即产生了许多散文选本，其中以《文选》《古文辞类纂》两种最有影响。这里做一些简要介绍。

《文选》系南朝梁代萧统所编，共选作品七百余篇，分为辞赋、诗歌、文（多为骈文）三大部分。其中辞赋九十余篇，诗歌四百余篇，文两百余篇。文部分又按样式分为诏、册、令、教、文（策文）、表、上书启等三十余小类。萧统生于南朝骈文盛行之际，故所选偏重骈体作品。汉魏至南朝辞赋、骈文的许多代表作品，大致都被采入。只有南朝末年庾信、徐陵等少数名家名作，因时间关系，不及选录。《文选》编录了骈文鼎盛时期的许多优秀作品，成为后人学习骈文的范本。隋唐以来，研究《文选》的人颇多，注本迭出，被后人称为"文选学"或"选学"。清代中期，李兆洛编有《骈体文钞》，编选自战国至隋代骈体文，数量颇多，便于研习。清末许梿所编的《六朝文絜》，专选晋代南北朝的短篇骈文、骈赋，选篇仅数十，但均是情文并茂之作，是学习骈文、骈赋的入门好书。

《古文辞类纂》是清代桐城派首领姚鼐所编。共编选古文、辞赋七百一十五篇，分为论辨、序跋、奏议、书说、赠序、诏令、传状、碑志、杂记、箴铭、颂赞、辞赋、哀祭等十三类。所选以先秦两汉古文和唐宋八大家文章为主，下及明、清归有光、方苞等少量篇章。该书体现了桐城派古文家的文学标准。刊刻后流传广泛，影响颇大，是古文家奉为圭臬的散文选本。其后曾国藩编《经史百家杂钞》，仍宗奉唐宋八家，但扩大取材，多选经书、史书、诸子书中的篇章，流行也广。另有清前期吴楚材、吴调侯所编《古文观上》一书,选录《左传》《国语》以至明代归有光、张溥等人的文章两百余篇,所选大抵均为篇幅短小、文辞精练之作,便于欣赏阅读,迄今流传不衰。其选文大多数属散体,但也选录若干骈文名篇,如《陈情表》《北山移文》《滕王阁序》等;故其所谓"古文",是指古代之文,而非指散体文。

"五四"时期,新文学运动兴起,参与运动的一些人士,大力提倡新文学和白话文,主张打倒旧文学和文言文。有人在批判旧文学时,更喊出了"桐城谬种、选学妖孽"的口号,矛头针对当时一些桐城文派的传承者和以《文选》为典范的骈文作者。这种激烈的口号,在当时运动高潮期曾经起过积极作用。今天,我们应当冷静全面地来对待许多文化遗产。古代丰富的散文作品,其中有许多属民族优秀文化之列,我们应当采取批判继承的态度,吸取其中有益的营养,使之为建设社会主义精神文明服务。

(本文系《中国古代散文精粹类编》序言。该书由上海文艺出版社一九九七年出版)

唐宋八大家散文

唐代的韩愈、柳宗元，北宋的欧阳修、曾巩、王安石、苏洵、苏轼、苏辙等八位作者，均以擅长散文著名，被后世称为"唐宋八大家"。唐宋八大家的散文，不但是唐宋时期散文创作的高峰，而且在中国古代散文发展史上占据着十分重要的地位。

明代初期人朱右，非常推崇韩、柳等八家之文，编选了一部《八先生文集》。这是把八家文合在一起，相提并论的开端。明代中期，归有光、王慎中、唐顺之、茅坤等一批文人出来，大力推崇并学习以八家为主的唐宋散文，形成一个流派，世称"唐宋派"。唐顺之选录先秦至唐宋散文为《文编》，于唐宋时代也是着重标举八家之文。茅坤编选了一部《唐宋八大家文钞》，流播遐迩，影响广泛，从此唐宋八大家遂被认为是散文作者的楷模，其作品在许多文人士子心目中具有崇高地位，"唐宋八大家"这一名称也在文学史中被确定下来。

中国古代的散文，在先秦西汉时期，词句一般朴素自然，句式长短错综。至东汉，崇尚骈偶的骈文抬头。此后魏晋南北朝隋代，骈文愈益发展昌盛，在文坛占据了主导地位。骈文除要求词句两两相对、句式整齐外，还讲究辞藻、声律、用典等语言美，追求辞藻华美、声律和谐、用典富丽等。在这段历史时期内，骈文固然也产生了不少名篇佳作，但因过分重视语言形式，常见雕琢，束缚过大，影响了散文挥洒自如的表达功能。唐代前中期，出现了若干古文运动的先驱者陈子昂、萧颖士、李华、独孤及、梁肃、元结等，他们反对华艳的骈体文风，提倡写朴实的散文。但因才力不足，认识上也有偏差，因而成就不很突出。直到韩愈、柳宗元出来，才初步动摇了长期以来骈文在文坛的统治地位。

韩愈、柳宗元两人是好友，在文学上是同道，都主张学习先秦西汉的文章（因为时期较古，所以称为古文），反对东汉以降盛行的骈文。他们提倡比较朴素自然的古文，使文章能够顺利地叙事达意，有利于政治教化。但韩、柳也很重视散文的文学性。两人注意广泛地向前代遗产学习，先秦的经传、史书、诸子、楚辞，汉代的史传、上书奏议、辞赋均有涉猎和吸取，因而文章不但写得清朗有力，而且文采斐然，不但扭转了骈文雕琢柔靡的文风，而且克服了古文运动前驱者过于追求朴实、流于干枯的弊病，以其有力的创作成果显示出古文运动的辉煌业绩。韩、柳两人还注意奖掖、培养后进，在两人周围，团结了一批古文作家，如李翱、皇甫湜、刘禹锡、吕温等，使古文运动颇具声势。然而骈文统治文坛毕竟已有数百年之久，根深蒂固；加上唐代科举取士，考试的诗、赋、判文等均用骈体，影响甚深，因而唐代政治界、社会上日常使用的文体大抵还是骈文。韩愈的一些后辈如皇甫湜、孙樵等，还有意发展了韩文崇尚奇险的一面，文风流于艰涩，使古文失去了号召力。晚唐五代，骈文仍然昌盛，古文又告衰落。

至北宋，遂有第二次古文运动出现。北宋前中期，文人有柳开、王禹偁、穆修、石介等提倡古文，推崇韩愈、柳宗元的作品，但成就都不大。直至中期欧阳修、苏轼出来，才奠定了古文高奏凯歌的局面。欧阳修继承韩愈的传统，大力提倡儒学和古文。他不但本人文学成就卓越，而且注意提携后进，培养了一批人才，曾巩、王安石、三苏父子都经过他的提拔。宋王朝为了改变风气，科举取士不再沿袭唐代考律诗、律赋等，改用散体的策论。欧阳修曾知贡举，管理科举取士，他大力提倡平正文风，黜落写怪僻文章的士人。这些都对文风改变起了不小作用。苏轼在当时影响也大。他才华横溢，创作成就杰出，还团结提携了一批文人，如黄庭坚、秦观、张耒、晁补之等，擅长诗词散文，世称"苏门学士"。其余曾巩、王安石、苏洵、苏辙四人，于古文均各有建树。北宋中期，以欧阳修、苏轼为首，人才辈出，成绩辉煌，终于取得了古文运动的彻底胜利。以后元明清各代，古文一直在文坛保持主导地位。鉴于唐后期古文崇尚奇险怪僻之风的不良后果，欧阳修、苏轼等特别重视提倡明白流畅的文风，反对怪僻，取得了明显效果。比较说来，宋代的古文较之唐代更为平易流畅，彻底摒弃了雕琢的痕迹。这种文风容易为广大士人所接受，也是宋代古文运动取得胜利的一个重要原因，并在此后散文界长期占据主导地位。

韩愈、柳宗元、欧阳修等人都提倡儒学，强调孔子、孟轲所宣传的仁义之道，主张通过写作古文来宣扬儒家之道。但他们主张明道，不像宋代道学家（**即理学家**）那样偏重修身养性的内在功夫，而是关注政治社会状况，着重在治国安民之道。他们都积极参与政治活动，虽然具体政治主张并不相同，但都热爱祖国，希望国家强大昌盛，社会安定，人民安居乐业；他们敢于揭露种种政治弊端，提出改革主张，希望君主加以采纳；他们希望中央朝廷的巩固，或反对地方割据势力，或反对外来的侵扰。这些思想表现于文学，就使其文章具有鲜明的现实性和进步倾向。唐宋八大家大抵为人正直，博闻多识，学养深厚，其文章除议论政治社会外，还广泛涉及各种社会现象和学术问题，显示出他们博赡的学识和聪明睿智。他们热爱人生，热爱祖国河山和美丽的风景，对亲戚朋友富于情谊，这方面的美好真挚的情感在许多篇章中获得广泛表现。

八大家很重视文章的艺术性。他们主张文以明道，既重道又重文。他们虽然反对魏晋南北朝雕琢的骈文，但并不全然排斥骈偶，在一部分文章中仍然采用对偶、排比，而运以灵活之气；还注意吸取骈文的结构章法和表现技巧。他们兼长论说、记叙、抒情各体散文。其论说、记叙文大抵继承先秦汉代文章的优良传统而又有所发展创造。抒情写景文章，魏晋南北朝相当发达，佳作纷呈。八家文注意吸取它们清雅隽永的特色，而化骈为散，化整齐为流宕，创造出许多优美动人的名篇佳作。他们不赞成骈文的华丽辞藻和追求声律，但其朴素的语言自有另一种声调、色泽之美。八大家的古文，不是简单的复古，而是在先秦汉代散文的基础上，部分地吸取了骈文在题材、文体、语言、表现技巧等方面的优秀成果和营养，融化改造，形成了鲜明生动的新散文，因而具有强大的艺术魅力。八大家中的韩、柳、欧阳、王、苏轼五人，不但是卓越的散文家，还是杰出的诗人，他们往往使用诗歌化的语言来写作散文，使不少篇章洋溢着诗情画意，增强了作品的文学性。

八大家的散文，由于作者性格、才能等条件差异，具有各自的风格特色。大体说来，韩愈之文雄奇浑灏，柳宗元之文渊深峻洁，欧阳修之文委婉纡徐，苏轼之文闳肆奔放。宋代李涂以水比喻四家之文有曰："韩如海，柳如泉，欧如澜，苏如潮。"(《文章精义》)其品评颇有道理。此外，曾巩之文平正绵密，王安石之文峭拔劲健，苏洵之文豪爽骏发，苏辙之文洗练疏宕，各擅胜场，引人瞩目。

八大家在后世产生深远影响，长期以来被许多文人奉为散文的正宗。明代初年著名散文家宋濂、刘基，明中期以归有光、唐顺之为首的唐宋派古文家，都以八大家之文为宗。清代最著名的文学流派桐城派也是如此。桐城派中坚人物姚鼐编选了一部《古文辞类纂》，流传广泛，人们把它与选录骈体诗文的名选本萧统《文选》相提并论。该书选录古文辞（即古文）有两个重点，一是先秦汉代，一是唐宋八大家。清代初期吴楚材、吴调侯所编选的《古文观止》，迄今流传极广。该书选录自先秦至明代散文，八大家之文约占全书三分之一。这些例子都足以说明八大家散文受后人的重视程度。上面说过，八大家散文具有高尚的政治理想、美好的人生旨趣，形式优美，表现鲜明生动，这些对于今天新时代作家的创作，也将产生一定的启发、借鉴作用。

一九九七年

第四辑 关于中国古代文论

怎样学习中国古代文论

中国古代的文学理论批评，有着两千多年漫长的历史发展过程，积累了丰富的遗产。早在先秦时期，孔子、孟子、庄子、荀子等都发表了一些有关文艺的言论，虽然只是片断的议论，但对后代产生了深远影响。到两汉时代，陆续产生了若干短篇论文，像《诗大序》、班固《两都赋序》、王逸《楚辞章句序》等，大抵就一部书或一篇作品、一种文体进行评论。由先秦的言论片段到有专篇论文，是一个进展。魏晋南北朝时期，文论趋于成熟。专篇论文如曹丕《典论·论文》、陆机《文赋》，或广泛评论若干作家和文体，或着重探讨创作构思和创作技巧，涉及范围都比汉代的论文为广。除不少单篇论文外，此时期还出现了系统性颇强的专著，这就是刘勰的《文心雕龙》和钟嵘的《诗品》，形成了古代文论的一个高峰。唐宋元明清，文论进一步发展，品种多样，数量繁富。诗文理论方面，有大量单篇论文和诗话、诗格。诗格着重研讨诗歌格律作法，诗话内容丰富多彩：讲理论，评作家作品，讲作法，记逸闻故事，等等，无所不包。还有不少诗文选本，往往附有评语，也值得重视。宋代以来，随着词体创作的发达，出现了许多词论著作，其体例大致和诗论著作相近似。明清时代，戏曲、小说繁兴，又出现了许多戏曲和小说理论批评，其中有不少采取了评点的形式。面对大量的古代文论，需要加以辑集汇编，以利阅读。清代人编了一部《历代诗话》，近人又编集了《历代诗话续编》《清诗话》《清诗话续编》《词话丛编》《中国古典戏曲论著集成》等。单这几部丛书，数量已颇庞大，但还只是古文论的一部分重要对象，远不是它的全部。

爱好文学的同志，学一点中国古代文论很有好处，可以帮助提高文学修养。具体说来则是：一、有助于加强文学理论修养。我们现代的文学理论，是在马克思主义指导下，从古今中外的文学创作和理论中归纳总结出来的。古文论中有不少精当的见解，和今天的文论相通，值得我们重视和吸取。譬如文学作品内容是否深刻动人，和作者的生活体验密切相关，这在宋代大诗人陆游的诗作《示子遹》《九月一日夜读诗稿有感走笔作歌》等篇章中有所阐述，对我们认识文学与现实生活关系这一问题很有启发。对作品内容与形式关系这一问题，古文论中有大量言论指出形式是为表达内容服务的，必须选择适当的形式来表现内容。这在今天也是很中肯的。对于专业文学理论工作者来说，多学习一些中国古代文论，全面总结一下它的特点和历史发展，为建立今天需要的民族化的马克思主义文学理论体系服务，尤为必要。二、有助于阅读、理解古典作家和作品。古代许多文论，都是直接评论作家作品的，学习这类文论，可以帮助我们欣赏理解古典作家作品的特色与成就。例如读钟嵘《诗品》、殷璠《河岳英灵集》，对我们分别理解汉魏六朝诗歌和盛唐诗歌就很有好处。读白居易《与元九书》，对理解元白一派讽喻诗的特点和历史背景，也很有好处。三、有助于增强写作修养。古代诗词散文理论，有许多是着重谈写作艺术的；对用词造句、谋篇布局等等，往往研讨得很细致。戏曲小说理论，对刻画人物、安排情节等写作技巧也有许多分析评论。这些意见，不但有助于我们欣赏理解古典作品，对我们今天从事创作，也有或多或少的启发和借鉴意义。至于对要写作旧体诗词的一些同志来说，这方面的帮助就更为直接了。周振甫同志编的《诗词例话》《文章例话》两部书，引用了许多古文论的材料，做了比较通俗的分析和讲解，对阅读欣赏古代作品和写作都有裨益，可以参考。

关于学习古文论的基本条件，一般说来，应掌握基本的马克思主义文学理论,作为认识、分析古文论的武器;要具有中国古代文学的基本知识,并具有较好的古文阅读能力,这样才能读懂古文论。在学习步骤和方法上,提出下列四点供大家参考。

一、要由浅入深,点面结合

初学古文论,宜对富有代表性的原著和文学批评史的发展过程有一个大概的了解。关于原著,可以先读郭绍虞主编的《中国历代文论选》一卷本,再进而读同一人主编的《中国历代文论选》四卷本。近来有的出版社又出版了一些古文论的注释本,更为浅显,也可以参考。关于批评史,可以先读敏泽《中国古代文学理论批评史》和复旦大学中文系编著的《中国文学批评史》。两书都是新中国成立后编写的,观点比较新颖,材料也较充实,宜于初学。新中国成立以前,郭绍虞的《中国文学批评史》、朱东润的《中国文学批评史大纲》、罗根泽的《中国文学批评史》(仅编至宋代),都是用力之作,材料丰富,各有独到见解,深入学习者可以拿来阅读。三书有一个共同的缺陷是详述诗文理论,对戏曲小说理论介绍甚少甚至空缺,这在新中国成立后新编的文学批评史中有所改进。

读了古代文论选和文学批评史以后,对中国古文论的面上知识有一个大概的了解，如需深入学习钻研，就可以选择一些点专门攻读。中国古代文论，有的理论性较强，如《文心雕龙》、严羽《沧浪诗话》、叶燮《原诗》等；有的系统评论历代作家作品，带有文学史性质，如胡应麟《诗薮》、沈德潜《说诗晬语》、翁方纲《石洲诗话》等；有的偏重讨论作法，如皎然《诗式》、张炎《词源》、王骥德《曲律》等。我们可以根据自己的兴趣和要求加以选择。选择的重点，可以从多方面考虑。可以专攻一段（如唐代文学批评），可以专攻一体（如戏曲批评），如范围缩小，可以攻断代的一体（如明代戏曲批评）或一个流派、一个人、一部书。还有一些专题，如文气说、意境说、神韵说、性灵说等等，在批评史上都有一个产生发展过程，值得探讨。我们大致上可以以文论选、批评史的介绍为线索来确定进一步学习的重点。一些重要的专著（如《文心雕龙》《诗品》《沧浪诗话》等），今人也都有注释本，应当阅读参考，还应参阅一些有关的研究论文和论著。今人关于古文论的注释和论著、论文，由于著者的功力、写作态度不尽相同，同时不少古文论的难度较大，某些问题一时不易有明确一致的解释；因此，今人关于古文论的解释评论，有些地方还可商榷，甚至也有错误的，阅读时遇到疑问，宜多看一些有关资料，以期获得准确或比较准确的理解。

二、要多读一些古代作品，把阅读文论和阅读有关作品配合起来

古代文论大抵由总结古代创作经验而来，反过来又指导创作实践，文论的许多内容，是批评古代作家作品，因此，古文论与古代作品二者关系非常密切，必须配合起来参照阅读。熟悉了有关作品，就能知道古文论如何针对创作有的放矢，掌握其精神实质；反之，如果脱离有关作品，对古文论中的一些理论原则做抽象的理解，就会隔靴搔痒，得出不符合古文论原来面貌的看法。拿《文心雕龙》《诗品》两书来说，它们着重论述了汉魏以至南朝的许多作家作品，其中不少富有代表性的篇章，为萧统《文选》所采录。如果熟悉《文选》，再学习这两部古文论名著，就要方便得多。大家知道，"五四"以来关于《文心雕龙》的研究著作为数不少，其中黄侃的《文心雕龙札记》、范文澜的《文心雕龙注》、刘永济的《文心雕龙校释》三部书，成绩都较突出。这三部书所以好，一个重要原因是著者旧学根底好，熟悉汉魏六朝文学，熟悉《文选》，因此对《文心雕龙》所作的不少诠释就显得深入中肯。我们今天当然不容易达到这些著名学者的水平，但要吸取他们的经验，多学习以至熟悉一些古典作品，争取对古文论有准确的理解。有

一些《文心雕龙》的研究论文，认为刘勰是进步的现实主义文论家，他对流行于魏晋南北朝的形式主义的骈体文学采取对立的态度。如果我们细读《文心雕龙》全书，结合读有关作品，不难发现刘勰对汉魏六朝时期许多骈体文学家及其作品，是加以肯定或基本肯定的。《文心雕龙》全书也用精致的骈文写成。看来上述论点并不符合《文心雕龙》的原来面貌。《文心雕龙》的原貌是，它拥护支持骈体文学，只是批评骈体文学创作中一部分过于华艳的作风（*笼统说骈体文学是形式主义也是不对的*）。再如《沧浪诗话·诗辨》，严厉批评了江西诗派的以文字、才学、议论为诗的创作倾向，又批评了南宋四灵诗派、江湖诗派的纤巧诗风；对此，我们得读一些江西等诗派的诗歌创作，了解其特点，这样，对严羽诗论的实质，就容易理解得确切和深入。总之，要学好古代文论和文学批评史，必须有一定的古代创作和文学史知识做基础。

三、要仔细体察原著的观点，求得确切的理解

古文论内容丰富，涉及面广，文字有时又比较深奥简练，一定要仔细阅读体会，才能有确切的理解。那些分量大、自成体系的专著，更要注意全面阅读考察，把握其思想原貌；切忌抓其一点，不及其余，或者望文生义，随便发挥。上面讲到的

联系文学创作现象来考察,是求得对古文论观点确切理解的一个重要途径;此外,还要注意考察文论家的全部言论,考察其他有关资料,如同时代的文论以至有关的音乐、绘画、书法理论等等。这里不妨仍以《文心雕龙》作例子。有人认为刘勰很重视人民的生活和利益,重视作品反映人民生活,这是一种缺乏根据的看法。诚然,刘勰对中国古代文论做出了卓越贡献,在不少重要文学理论问题(*如创作与时代的关系、作家个性与作品风格的关系、文学批评的态度和方法等等*)上提出了精辟的、系统的意见。他也很重视文学的社会功能,强调文章要为政治教化服务,要善于向统治者进行讽谏,以收补偏救弊的作用。但他并不关心广大人民的生活状况,也没有要求作品反映人民的痛苦。他对汉乐府民歌中那些深刻反映人民生活的篇章,诸如《东门行》《妇病行》《孤儿行》《焦仲卿妻》等,在《文心雕龙》全书中均只字不提,反而把汉乐府民歌笼统斥为淫辞艳曲(见《乐府》篇)。对魏晋南北朝志怪小说中反映人民生活的篇章,刘勰也从未齿及。《文心雕龙·祝盟》篇有"利民之志,颇形于言"的话,那是赞美虞舜的祠田辞关心农业,用以歌颂古代"圣君",也不是重视作品反映人民生活。其实,这种不关心下层人民生活、不重视作品反映人民生活的思想局限,在贵族文人垄断文坛的局面下,在南朝文人（包括文论家）中是具有相当普遍性的。试看上述《东门行》等汉乐府佳篇，钟嵘《诗品》没有提及和肯定，萧统《文选》也不予选录，这是很值得我们联系起来考察、发人深思的现象。要求作品反映广阔社会现实、反映下层人民生活的言论，在南朝文论中不曾出现过，到唐代大诗人杜甫、白居易的作品中才有明确的表述。有人或许会问：刘勰对《诗经》大力推崇，《诗经》的国风中有不少篇章反映人民生活，这怎样解释？其实南朝人对《诗经》各篇作者和题旨的理解，大抵根据《毛诗》的小序，国风中不少篇章，宋代以后学者往往认为是里巷歌谣，《毛诗》却经常认为是周代贵族的作品。在刘勰看来，国风大致上不是反映人民生活的民间作品。所以，我们不能因为刘勰是一位有卓越贡献的文学理论批评家，抓住其只言片语，就强调他关心人民，以至重视文学反映人民生活。如果我们不仔细体察，这种缺乏根据、似是而非的看法是很容易产生的。当然，要做到仔细体察，全书考察，以求达到确切的理解，这要求比较高，主要应当是深入学习者和研究工作者的事。但对初学者来说，在这方面树立起一种严谨的态度，不随便下判断或轻易跟着别人的论点跑，也是很必要的。

四、既要注意运用新的文学理论来解释评价古文论,又要注意避免生搬硬套

我们研究古文论,目的是古为今用,使古文论对今天的文化生活和文化建设产生积极作用。由于时代不同,古文论使用的一些术语和今天所用的术语也不相同。对此,我们必须互相参照,适当运用今天的名词术语进行分析解释。例如,古人用"情""志""道"指作者的思想感情,他们讲情、志、道与文的关系,就是讲作者思想感情(表现为作品的思想内容)与作品文采的关系,大致上也就是讲文学的内容与形式的关系。又如古人讲"体""体势",是指文章的体貌,大致上就是今天所谓风格。这类情况,都应当用今天的名词术语分析阐明。但是,这种以今释古的工作一定要慎重,要实事求是;不能生搬硬套,违背古文论的原意,不要拔高、美化古人。例如古人常强调文章要写"真","真"是指真挚的感情和可信的事实,他们往往强调写事实要真实可信,不理解生活真实与艺术真实的区别,因此对虚构的神话传说常常表示不满。如果我们把这种"真"和今天文论中的艺术真实等同起来,就不对了。对典型化、艺术真实这种问题的认识和注意,是在明清时代叙事性文学(戏曲、小说、讲唱文学)发展繁荣之际才

反映到文论中来，前此的诗文评论中是缺乏的。又如古人常用"奇""正"这对概念来分别指奇特和典正的文风；今天的某些研究论文，就用浪漫主义创作方法解释"奇'，现实主义创作方法解释"正"，这也是不妥当的。"奇"，就其指想象丰富、文辞瑰丽纵逸、善于夸张而论，固有与浪漫主义作品的常见手法相通之处；但古人所谓"奇"，一般不指浪漫主义作品最本质的特征，即表现理想。又古人所谓"奇"，有时指用词造句不合常规，如故意颠倒字句，采用误字（**参考《文心雕龙》的《定势》《练字》两篇**），这种现象，很难说是浪漫主义创作方法。我们只能说，古文论的"奇"，只是部分内容与浪漫主义创作方法相通，而不能笼统地说"奇"就是浪漫主义。至于古文论中的"正"，一般指雅正的文风，其思想内容要以儒家的伦理道德观念为准绳，文辞风格要求典雅；这种特色与现实主义创作方法概念内涵就更少联系了。新中国成立以来，许多人都努力尝试运用新的文学理论来解释和评价古文论，这是令人欣喜的好现象。在这过程中，产生这样那样的偏差，也是难以避免的事。但是，我们一定要实事求是，争取把这方面的工作做得细致准确，具有较强的科学性。

（原载《文学知识》一九八五年第二期）

谈谈中国古代文论的研究方法

　　我国古代的文学理论批评，有着丰富的遗产。先秦时代文论即已萌芽，至南朝而有巨著出现。唐宋以后，随着文学创作的发展，文论也品种繁多，诗话、词话、曲话、小说评点等等，呈现出绚烂多姿的局面。面对这份丰富的遗产，"五四"以来，学人们就开始重视和研究。从二十世纪二十年代到四十年代，出现了几部颇有分量的中国文学批评史，像《文心雕龙》《诗品》等专著，也有质量较高的注释本问世。新中国成立三十五年来，古代文论的研究又有进一步的发展。其主要表现是：一、努力运用马克思主义来进行分析研究。在正确理论的指引下，许多论文和论著的观点比较鲜明，分析比较深入。二、研究领域扩大了。新中国成立以前，学人们侧重研究诗文理论，戏曲小说等通俗文学批评不受重视，现在情况有了改变。诗文理论方面，研究范围也有所扩大，一些不太著名、过去不受重视的批评家也得到了重视和研究。一些专门问题，如风骨、意境、比兴等等，都有不少探讨文章发表。三、讨论空气活跃了。发表了不少论文，对若干批评家及其著作、若干专题进行了认真热烈的讨论。通过讨论，对不少问题的认识深化了。成立了全国性的古代文学理论学会和《文心雕龙》学会，定期举行学术讨论会，并出版了《古代文学理论研究》《文心雕龙学刊》两种专刊。四、重视资料的建设工作。已经有了比较系统的《中国历代文论选》和《中国近代文论选》（**前者还有较详的题解、注释**）。人民文学出版社出版了郭绍虞同志主编的"中国古典文学理论批评专著选辑"，已出了数十种。有的单位编辑了古代文论类编、古代曲论类编一类资料。这方面的工作越来越受到学术界的重视。五、研究成果大大增加。上述诸种情况结合起来，形成了研究成果的大量涌现。仅关于《文心雕龙》的注释研究专著，即有十余种。其他如《文赋》《诗品》《二十四诗品》《沧浪诗话》等均有专著问世。新的中国文学批评史又出版了好几种。单篇论文更是数量繁多。

在新中国成立以来的古代文论研究中，大家几乎有着一个共同的认识，那就是要以马克思主义为指导，整理、分析这份文化遗产，使之古为今用，特别是有助于建立民族化的马克思主义理论。大家朝着这个方向努力，并且已经做出了成绩。当然，在前进过程中，也还存在着一些问题需要解决。其中一个比较突出的问题是：对古代文论的解释分析流于主观片面，甚至曲解，不符合古代文论的原来面貌；而在此基础上做出的分析和评价，就往往会产生使古代人现代化的现象。这种现象，虽然有的同志已经提出，但仍然广泛地存在着。这里我想从方法论角度提出几点值得注意的原则，其目的是确切地理解古代文论的意义，弄清其原来的面貌。

一、统观全人，避免以偏概全

古代不少文学理论批评家，其言论内容往往丰富复杂而不是很单纯的。在某种场合，文论家为了某种原因，往往强调某一点而不及其余。碰到这种情况，我们一定要统观文论家的全部言论，全面考察，如果抓其一点片面地加以夸张，就会背离文论家的原意。鲁迅先生说："我总以为倘要论文，最好是顾及全篇，并且顾及作者的全人，以及他所处的社会状态，这才较为确凿。要不然，是很容易近乎说梦的。"（《题未定草七》）又说："倘有取舍，即非全人，再加抑扬，更离真实。"（《题未定草六》）他劝告研究古代文学的人不要只读选本，因为选本经过编选者的选择，不能看出作者的全人。下面试举两个例子。

例如刘勰对魏晋以来盛行的重视辞藻、对偶、声韵之类的骈体文学（包括诗、赋、骈文）的态度如何？《文心雕龙·序志》云："去圣久远，文体解散，辞人爱奇，言贵浮诡，饰羽尚画，文绣鞶帨，离本弥甚，将遂讹滥。"这段话很重要，说明刘勰写作《文心雕龙》，是为了矫正这种浮诡文风。如果孤立地片面地去理解这段话，就很容易认为刘勰对魏晋以迄南朝宋齐时代崇尚辞藻的骈体文学持强烈的批评态度。但从《声律》篇，我们看到刘勰对沈约等提倡的声病说大力支持；从《丽辞》《事类》两篇，又看到他非常重视并肯定对偶和用典。《文心雕龙》全书也用精致的骈文写成。因此应当说，在理论上和实践上，刘勰都是骈体文学的拥护者而不是反对者，他只是不满当时过于浮靡的骈体文风，要求加以改良和节制。因此，如果说魏晋以来的骈体文学是形式主义文学（**这种提法是不对的**），那刘勰就不可能是这种形式主义文学的反对者。《文心雕龙》是一部规模宏大、内容特别丰富的巨著，近年来，有的同志提出要研究《文心雕龙》的理论体系，这是一种很好的意见，因为它注意从整体上来探讨刘勰的文学思想。对《文心雕龙》的理论体系是怎么样的这一问题，尽管研究者目前还不能有一致的看法；但只要大家都重视从整体上去认识刘勰的文学思想，就有可能较快地探明《文心雕龙》中的许多问题。

再如，严羽在《沧浪诗话》所揭示的艺术标准是什么？有些研究者往往认为是兴趣，这也是片面的。《沧浪诗话·诗辨》云："诗之法有五：曰体制，曰格力，曰气象，曰兴趣，曰音节。"提出了评价诗歌艺术成就的五项标准。他提倡兴趣，要求诗歌具有真实感受和具体形象，抒情要自然浑成，意味深长，有一唱三叹之音；这是针对宋代江西诗派"以文字为诗、以才学为诗、以议论为诗"的弊病而发。除兴趣外，严羽还要求诗歌写得格力雄壮，气象浑厚，音节响亮，具有盛唐诗的雄浑刚健的风貌；这是针对南宋四灵诗派的清苦纤巧的弊病而发。至于体制，那是兴趣、格力、气象等诸种艺术特征的综合表现。总之，严羽揭示并重视的诗歌艺术标准有两个方面，一是兴趣深远，一是风格雄浑，后来清代王士禛发展其前一方面而有神韵说，明代李东阳、前后七子以至清代沈德潜等发展其后一方面而有格调说。南宋时代，江西诗派的势力和影响特别大，严羽针对现实情况，在批评江西诗派方面多说了几句话，我们不能因此片面地认为严羽对诗歌的艺术标准只是强调兴趣。

二、把理论原则和具体批评结合起来考察

这其实也可以概括在上面第一点里面，不过因为很重要，单独提出来谈一下。一个文论家所提出的理论原则或理论概括，同他对具体作家作品的批评关系十分密切。他的理论原则或理论概括，是总结了对不少作家作品的评价而提出来的，又回过来指导他的批评实践，必须联系起来进行考察。有时候，理解某个文论家的思想实质，看他的具体批评较之理论原则更为重要。这是因为：（一）表述理论原则的文字一般总是比较简约，其内容也容易显得笼统而不够明确。（二）由于传统的评价标准等因素的约束，一个文论家在谈理论原则时容易说一些冠冕堂皇的话，反不如在对具体作家作品评价中显示出他真正的爱好和兴趣所在。不妨举几个例子。

例如，刘勰对辞赋的评价如何？是彻底批判还是在肯定的前提下批判？《文心雕龙·情采》云："昔诗人什篇（指《诗》三百篇），为情而造文；辞人赋颂，为文而造情。……故为情者要约而写真，为文者淫丽而烦滥。"这段话概括了我国历史上两种不同的创作倾向，前一种以《诗经》为代表，具有要约真实的优良文风；后一种以辞赋为代表，具有淫丽烦滥的弊病。如果孤立地看这段话里的概括，就会认为刘

勰对辞赋采取了彻底批判的态度。其实不然。他对辞赋很重视，在诗歌、乐府后即列《诠赋》一篇对两汉魏晋辞赋加以评述。自先秦荀卿、宋玉和汉代枚乘、司马相如、班固、张衡等十家，他誉为"辞赋之英杰"。对魏晋王粲、徐幹、郭璞、袁宏等八家，也加以赞美，称为"魏晋之赋首"。《诠赋》对汉代那些描写京城、宫殿、帝王狩猎的大赋，也加以肯定，称为"体国经野，义尚光大"。刘勰是一位封建统治的拥护者，他对那些歌颂帝王声威、描摹帝王生活的大赋也是基本肯定的。他甚至还肯定颂扬帝王登封泰山的封禅文，《文心雕龙》有《封禅》专篇论述这类作品。他还赞美辞赋发展的汉武帝时代为"遗风余采，莫与比盛"（《时序》）。由此可见，刘勰虽然不止一次地借用了扬雄"辞人之赋丽以淫"的话，但他对辞赋的态度，在根本上是与扬雄不同的，他不像扬雄那样悔其少作，彻底批判辞赋，而是在肯定辞赋的成就、历史地位的前提下，对其过分华艳的缺点进行批判。

再如刘勰所提倡的风骨的含义问题。这是《文心雕龙》研究中意见最为分歧的一个问题，这里不拟做详细考辨。我只想说明一点，就是我们如果结合刘勰对具体作家作品的评价来考察，问题就会看得全面一些，也容易解决一些。《文心雕龙·风骨》篇在论述风骨时，举司马相如《大人赋》作为"风力遒"的例子，举潘勖《册魏公九锡文》作为"骨髓峻"的例子。如果像有些研究者所说，风好是指内容充实、健康、进步，那《大人赋》并不具有这种内容。如果风好是指风貌清明爽朗，那《大人赋》倒确有这种艺术特色。潘勖的《册魏公九锡文》在当时很著名，被选入《文选》。其文代汉帝立言，叙述曹操功德，宠以九锡。潘文用词造句，竭力模仿《尚书》，语言刚健有力，故《风骨》誉为"骨髓峻"。用潘文作为"骨峻""结言端直"即语言刚健有力的例子是很恰当的①。有的同志认为骨峻是指事义充实允当，就讲不通了。

再如钟嵘对诗歌用典的态度。《诗品序》强调诗歌吟咏情性，不贵用事，对宋齐时代颜延之、谢庄、任昉等人作诗大量用事的风气深致不满。如果孤立看这段文字，很容易认为钟嵘坚决反对诗歌运用典故。但联系钟嵘对作家的品评来考察，认识就会不同。谢灵运诗用典颇多，但《诗品》列入上品，评价很高。即使大量用典的颜延之，也仍然列在中品。可见钟嵘虽然提倡写诗不必用典，但不是一概反对用典，只是对用典繁密，"文章殆同书钞"的风气深为不满罢了。

再如唐代高仲武《中兴间气集》的选诗标准。《中兴间气

---

① 参考拙作《〈文心雕龙·风骨〉笺释》，原载《中华文史论丛》1983年第二辑，后收入拙著《文心雕龙探索》，上海古籍出版社1986年版。

集序》说:"言合典谟,则列于风雅。"又说:"著王政之兴衰,表国风之善否。"又说:"体状风雅,理致清新。"强调的是《诗经》风雅的传统,似乎高仲武很重视诗歌的政治社会内容,但该集所选诗歌,实际内容和序言所宣称的却颇有距离。《中兴间气集》专选大历时代诗人的作品,其内容大多数是描写日常生活并抒发诗人的感受;反映社会现实、思想性较强的作品,像孟云卿的《伤时》、刘湾的《云南曲》、苏涣的《变律》等篇章,在全书中只占很小比重。高仲武特别推重钱起、郎士元的作品,把两人之诗分置于上下两卷之首,并认为两人是王维以后最杰出的诗人。从这些具体评价中,可以看出《中兴间气集》的选诗标准,实际偏重在王维一派的雍容闲雅方面。上面说到了解某个文论家的思想实质,有时候看他的具体评价较之理论原则更为重要,高仲武就是一个例子。

三、与同时代文论联系起来考察

一个时代的文论家,彼此之间常常有其个性,同时又有其共性。在一个时代,多数文人在文学创作倾向和审美标准方面,由于时代风气的影响,常常有着某些共同点,形成了这一时代的文学风尚。因此,当我们研究某一文论家的时候,如果把他和同时代的文论联系起来考察,就能把问题看得更为清楚。譬如魏晋南北朝时代是一个骈体文学发展、在文坛占主导地位的时代。这个时代的多数文人（包括文论家）在衡量作品的艺术性时，总是着重看它们是否具有骈体文学的语言之美，即辞藻绮丽、对偶工整、音韵和谐等等，而不是其他。文论家对不少作家作品的取舍和品第高低，往往首先从这方面着眼。试举三例。

一是南朝文论家对楚辞的看法。楚辞中的屈原、宋玉作品，不但产生时代较早，而且文学成就卓越，在汉代即受到人们的高度评价。南朝时代，人们常是《诗经》、楚辞并提，简称"诗骚"。刘宋檀道鸾《续晋阳秋》云："自司马相如、王褒、扬雄诸贤，代尚诗赋，皆体则风骚。"（《文选·宋书谢灵运传论》注引）沈约《宋书·谢灵运传论》在叙述汉魏时代的文体三变后，接着说："是以一世之士，各相慕习，源其飙流所始，莫不同祖风骚。"都把《诗经》、楚辞二者作为诗赋的祖宗看待。刘勰正是本着这种认识，把《辨骚》列入其书的"文之枢纽"，提出要"倚雅颂""驭楚篇"。《文心雕龙》全书中"诗骚"并提之处屡见，如"六言七言，杂出诗骚"（《章句》）、"诗骚适会"（《练字》）、"诗骚所标，并据要害"（《物色》），都可见出他对楚辞的重视程度。又《定势》云："模经为式者，自入典雅之懿；效《骚》

命篇者，必归艳逸之华。"更把学习典雅的"五经"和学习艳逸的楚辞的作品区分为两大不同风格。当时钟嵘《诗品》评述汉魏以迄宋齐诗人，指出这些诗人在作品体制上的远源，大抵是国风、小雅、楚辞三者，实际也是"同祖风骚"的意思。楚辞产生时代早在先秦，文采艳丽，成就卓越，对后代的辞赋、骈文产生深远影响，所以南朝文人把它与《诗经》都视为文学创作的祖宗。《辨骚》在《文心雕龙》中属"枢纽"还是文体论，目前研究者意见尚未一致；我以为如能联系同时代的文论来考察，问题就较易解决。

二是南朝文论家对史传文的看法。萧统《文选》不收史籍中的传记篇章，他认为传记篇章写人物事实，缺少辞藻文采，即缺少骈文的语言之美。但《文选》选了若干班固《汉书》、干宝《晋纪》、范晔《后汉书》、沈约《宋书》中的赞、论、序、述，认为它们"综缉辞采"，"错比文华"，"事出于沉思，义归乎翰藻"，即具有文采。原来这部分篇章不是叙述史事，而是就史事发表评论，多骈偶句，音韵和谐（其中赞是韵文），多用典故，语言华美，具有骈文之美。萧统的这种选录标准完全是骈文家的标准，史传文中许多描写人物生动的传记，尽管它们的文学性很高，但因为是散体文而非骈体文，他就认为缺乏文采而不加选录。萧统的这种看法，在南朝文论中有其广泛性。写《后汉书》的范晔，在他的《狱中与诸甥侄书》中，自诩其《后汉书》的序论"皆有精意深旨"，"实天下之奇作"，又说其赞是"文之杰思"；一点也不提到其传记写人物如何出色。再看刘勰的言论。《文心雕龙·史传》篇对《史记》《汉书》有具体评述，但没有称道两书叙事写人的杰出文学成就。篇中说《汉书》"赞序弘丽"，更与萧统选录《汉书》若干首赞序的做法声气相通。东汉是骈体文学开始抬头的时代，《汉书》的赞、序多用骈语韵语，而《史记》的序、论则多用散体，因此刘勰、萧统在这方面都重视《汉书》。这样联系起来看，南朝文论家在对史传文文学性的评价中，着重骈文语言之美这一点，就看得更为明白了。

三是南朝文论家对陶诗的评价。在魏晋南北朝诗人中，陶渊明的成就最为杰出。钟嵘《诗品》置陶潜于中品，这引起了后来宋元明清许多人的异议和批评。这个问题，也可联系南朝其他文论来考察。《文心雕龙》全书称述了大量作家作品，但没有一处提到陶潜（《隐秀》篇提到陶潜之处，是伪文）。《宋书·谢灵运传论》《南齐书·文学传论》两文，列举了不少重要作家作品，也没有提及陶渊明。陶诗语言质朴自然，不尚藻饰，故在南朝不为崇尚骈文文采的人们所重视。《诗品》说陶诗"笃意真古""世叹其质直"，北齐阳休之《陶集序录》说他"辞采未优",都是认为他的作品文采不足。《诗品》说曹丕诗"鄙质如偶语",应璩诗"善为古语",诗风都是质直古朴,故为陶诗所自出。在崇尚骈文辞藻的南朝,这类诗歌是难以得到高度评价的。萧统对陶潜评价较高,称誉他"文章不群,辞采精拔"(《陶渊明集序》)。《文选》选陶诗七题八篇,文《归去来辞》一篇,数量虽较多,但上比陆机、潘岳,下比谢灵运、颜延之诸家,少则二十来篇多则六十篇者,还是瞠乎其后。说明萧统尽管对陶潜有特殊的好感,但仍然受到了时代风尚的约束。只是在古文运动取得全面胜利、文学风尚有了巨大变化的宋代,陶诗的评价才发生了明显的变化[①]。

四、把批评史研究和文学史研究结合起来

文学理论批评,或是直接批评作家作品,或是总结创作经验,把它概括成理论原则;文学理论批评形成后,又回过来对创作起指导、推动的作用。二者关系非常密切,因此把批评史研究和文学史研究结合起来,既有利于弄清理论批评的实质和价值,也有利于理解文学创作的倾向和特色。中国历史上有不

---

① 参考钱锺书《谈艺录·二四·陶渊明诗显晦》,中华书局1984年版。

少著名作家，同时又擅长理论批评，如唐代的白居易、元稹、韩愈、柳宗元，宋代的欧阳修、苏轼、黄庭坚、陆游等都是。文学史在介绍他们的作品时，常常涉及其理论批评，这的确有利于说明他们的创作特色。我觉得，我们应当把这方面的工作做得更扩大一些，有意识地发掘一些前此未被注意的材料，更广泛地把批评现象和创作现象结合起来考察，使我们的分析评价更加确切和深入。下面试举三例。

例如刘勰对宋齐时代山水文学（*以山水诗为主*）的评价问题。刘宋初期，谢灵运写了大量富有特色的山水诗，彻底改变了东晋玄言诗统治诗坛的局面，影响深远，宋齐两代许多人都学习谢灵运，产生了许多山水诗文。刘勰在《文心雕龙》中指出，山水诗的特色是以华美新奇的文辞去细致地描绘景物，所谓"情必极貌以写物，辞必穷力而追新"（《*明诗*》）；山水文学写景物时令逼真生动，使读者"能瞻言而见貌，即字而知时"（《*物色*》）。这是他对山水文学的肯定评价。同时，他也批评山水文学的一些缺点，大致是：（一）缺乏比兴讽喻的政治内容（见《*比兴*》）；（二）感情虚假，所谓"志深轩冕，而泛咏皋壤"（《*情采*》）；（三）文辞繁冗，有"辞人丽淫而繁句"之病，他主张"物色虽繁，而析辞尚简"（《*物色*》）。这三点对山水文学的批评是否中肯合理，看来应结合作品实际做具体分析。第一点，山水文学的确缺乏比兴讽喻内容，但刘勰对作品思想内容的要求也狭窄了一些；第二点，基本正确；第三点，不少山水篇章文辞繁富，与细致描写密切相关，不能笼统斥为繁冗。刘勰在这方面着重以《诗经》为标准来批评山水文学，他以《诗经》的美刺比兴来要求山水诗，以《诗经》写景"以少总多，情貌无遗"（《物色》）的特色来批评山水诗。如果结合文学史对南朝山水文学的分析评价来看，我认为刘勰对山水文学的态度保守了一些，对它的批评过分了一些[①]。

再如杜甫的文学思想。杜甫于创作，既重视思想内容，要求反映政治弊害、民生疾苦；又重视艺术技巧，主张博采众长。这两方面在他的批评中都有表现，前者以《同元使君舂陵行》为代表，它通过对元结《舂陵行》《贼退示官吏》两诗的高度赞美，大力提倡写作新乐府诗来表现民生疾苦，显示出他写"三吏""三别"等诗篇的指导思想。后者以《戏为六绝句》为代表，通过对庾信、初唐四杰的肯定性评价，表现出他在艺术上转学多师的气魄。过去研究杜甫的文学批评，往往重视《戏为六绝句》而忽视《同元使君舂陵行》，不免失之片

[①] 参考拙作《刘勰论宋齐文风》，原载《复旦学报（社会科学版）》1983年第5期，后收入拙著《文心雕龙探索》，上海古籍出版社1986年版。

面。《同元使君春陵行》这首诗不但对理解杜甫自己写作的许多内容进步的诗篇很重要，而且显然对其后元稹、白居易的创作也产生了深刻影响。白居易的《读张籍古乐府》一诗，赞美张籍写乐府诗反映各种社会现象，就是学习杜甫这诗的。

再如元结、孟云卿一派作家的文学思想。他们两人都提倡写高雅古体诗。元结在《箧中集序》中批评近世作者喜欢写作近体诗，"拘限声病"，"与歌儿舞女生污惑之声于私室"。孟云卿的论文今不存，但由杜甫《解闷》"李陵苏武是吾师，孟子论文更不疑"句，可见孟云卿主张学习苏李的五言古诗。又高仲武《中兴间气集》赞美孟云卿五言古诗写得好，高氏在孟的启发下写了《格律异门论》及《谱》二篇（见《唐诗纪事》卷二五）。所谓"格律异门"，意思是说桎诗（古诗）与律诗门径不同，不能相混，旨在阐发孟云卿提倡古体诗的主张。我们再看他们的作品：元结自己的诗都是古体，元结在《箧中集》中所选沈千运、王季友、孟云卿等七人的二十四首诗均为五古。这七位诗人的其他诗篇除个别外，也均为古体诗。他们的诗风格质朴古雅，接近汉代古诗，的确同元结、孟云卿的理论相一致。这样结合起来看，对《箧中集》一派诗人的创作特征和文学主张,就可以看得更为明白了①。

上面第一例是把文论家的批评与被批评者的具体情况结合起来考察,第二、第三例是把文论家的主张与他及其同道的作品结合起来考察,这样做,对于理解理论批评的实质和文学作品的特征,都可以更加全面深入一些。

综上所述,我认为研究古代文论,要尽可能全面地了解有关的东西,不但要了解所研究的某个文论家的全部言论,注意把他的理论原则和具体批评结合起来考察,还应该联系同时代的文论和有关创作进行考察。毛泽东同志说:"研究问题,忌带主观性、片面性和表面性。"(《矛盾论》)注意上述诸种联系,有助于减少我们在研究工作中的主观性、片面性和表面性。列宁说:"要真正地认识事物,就必须把握、研究它的一切方面、一切联系和'中介'。"(《再论工会、目前局势及托洛茨基和布哈林的错误》)上述诸种联系,只能说是研究文论对象中的某些重要联系,还不是一切联系。还应该注意其他的联系,例如文学理论与当时政治状况、学术思想的联系,有时也是很重要的,这里不拟论述了。

(原载《复旦学报(社会科学版)》一九八四年第五期)

---

① 参考拙作《元结〈箧中集〉和唐代中期诗歌的复古潮流》,载拙著《汉魏六朝唐代文学论丛》,上海古籍出版社1981年版。

古文论研究应当重视作家作品的评价

中国古代的文学理论批评，包括两个主要方面：一是就某些文学现象、文学问题提出的理论原则、理论概括；二是对作家作品的评价，二者往往互相印证，相辅相成，均颇重要。遗憾的是，过去的中国古文论研究著作，包括不少中国文学批评史以及许多专题论著、论文，往往重视理论主张部分，忽视作家作品的评价。如论述《文心雕龙》，往往重视前五篇总纲中提出的原则以及论风格、通变、批评原理等篇章，忽视书中大量的作家作品评价。研究钟嵘《诗品》，重视其序言中提出的理论主张，而对分三品评论作家的部分，反而不甚注意。研究者们可能认为，理论主张概括性强，比较重要；而作家作品评价则显得繁杂不成系统。我认为，研究中国古代文论，应当充分重视作家作品的评价。许多古代文论著作，理论表述往往分量很少，而且谈得很简括，而大量的却是对作家作品的具体评价。这类评价体现了文论家的批评标准和理论主张、文学思想倾向;对它们有了具体的了解,才能准确深入地掌握文论家的文学观念。再说,不少文学理论主张,由于表述比较简括,意思不甚明确,如果不结合作家作品评价来考察,很容易形成片面的错觉,使研究者得出不确切的论断,这就很不好了。下面试举一些例子加以说明。

《文心雕龙》对楚辞以后日益注意语言华美新奇的文风常有指责,说什么"楚艳汉侈,流弊不还"(《宗经》);"楚汉侈而艳,魏晋浅而绮,宋初讹而新"(《通变》);"辞人赋颂,为文而造情……为文者淫丽而烦滥"(《情采》),等等。如果局限在这些简约的理论概括去分析,就会认为刘勰一概反对汉魏六朝崇尚形式美的文学创作。实际不然,从《明诗》以下至《书记》二十篇,以及《时序》《才略》等篇,我们看到刘勰对许多汉魏六朝时代的重要作家作品,在不同程度上给予肯定和赞美。在《体性》篇中,他更列举了两汉魏晋的十二位大家作为各时代的代表作家来论列,其中即有十分注意辞采的司马相如、王粲、潘岳、陆机等人。准确地说,刘勰对汉魏六朝昌盛的骈体文学创作(**包括诗赋各体文章**)是在基本肯定的前提下对其弊病进行抨击,企图予以改良。通过讨论,这一认识现在已为不少《文心雕龙》研究者所接受。

关于风骨的含义，是《文心雕龙》研究中一个分歧较大的问题。据《风骨》篇，风的特点是清、明，骨的特点是精、健，风骨实指明朗、精要、刚健的文风。这一问题，结合《风骨》篇所举两个实例来看，也较易理解。《风骨》篇认为司马相如的《大人赋》风好，潘勖的《册魏公九锡文》骨好。按《大人赋》文辞较为简练（**不似《子虚赋》《上林赋》文辞繁富艳丽**），风貌清明爽朗，有飞动之致，故刘勰认为风好。《册魏公九锡文》竭力规仿《尚书》典诰之文，词语质朴刚健，故刘勰认为骨好。《大人赋》讲游仙之事，《册魏公九锡文》歌颂曹操功德，从思想内容的政治社会意义看，并不足取[①]。南朝、唐代文人往往赞美建安诗歌具有风骨，称为建安风骨，建安文人诗充分吸收了汉代乐府民歌和无名氏《古诗》的长处，具有语言风格明朗刚健的特征，所以具有风骨。有的研究者认为建安风骨是指那些具有社会内容的作品，像曹操的《薤露行》《蒿里行》，陈琳的《饮马长城窟行》，等等，这是一种误会。南朝评论家对这类作品评价不高，在《诗品序》中称道"建安风力"的钟嵘，置曹操于下品，不提陈琳。《文选》

---

① 参考拙作《〈文心雕龙·风骨〉笺释》，收入拙著《文心雕龙探索》，上海古籍出版社1986年版。

也很少选这类诗①。建安诗人中刘桢最以风骨著称。《文选》选其诗五题十首，其中除《赠从弟》三首歌颂刚正不阿的品格较有进步内容外，其他《公宴诗》、《赠五官中郎将》四首、《赠徐幹》等诗，其内容都是"怜风月，狎池苑，述恩荣，叙酣宴"（《文心雕龙·明诗》）一类，但语言比较质朴刚健，风格爽朗，代表了建安风骨的特征。盛唐诗人大力提倡建安风骨，正是企图以这种风格特征来改革南朝以迄初唐时代柔靡不振的诗风。严羽《沧浪诗话·诗评》认为元稹、白居易诗不及顾况诗歌"稍有盛唐风骨处"。元、白诗大抵叙述周详，语言缺乏精要刚健的特色，所以严羽认为不具有盛唐风骨之美。若论诗的社会内容，那元、白的讽喻诗是十分突出的。《文心雕龙》全书用工致的骈体文写成，重视词语的变换和句式的匀称，往往表述不够明确，并易使读者产生误解，对《风骨》篇的理解更是如此。我认为，关于风骨的含义，如果我们注意结合作家作品的评价来考察分析，当能有助于取得共识。

再如唐代高仲武《中兴间气集》的选诗标准。《中兴间气集序》曰："著王政之盛衰，表国风之善否。"又曰："体状

---

① 参考拙作《从〈文心雕龙·风骨〉谈到建安风骨》，收入拙著《文心雕龙探索》，上海古籍出版社1986年版。

风雅，理致清新。"从这些话看，似乎高仲武很重视诗的政治社会内容，其说与白居易《与元九书》提倡风雅比兴相近。实际不然。该集专选大历诗人作品，内容大多数描写日常生活和诗人的感受，反映社会现实、思想性强的作品，像孟云卿《伤时》、刘湾《云南曲》、苏涣《变律》等篇章，在全书中仅占很小比重。高仲武最推重钱起、郎士元的作品，把它们分别置于上下两卷之首，并认为钱、郎是王维以后最杰出的诗人。从这些具体评价可以看出，高氏的选诗标准，实际偏重在王维一派的雍容闲雅风格。其序言中所谓"体状风雅"，指的是诗的语言风格。

再说严羽的《沧浪诗话》。该书的特点是以禅喻诗，而不是要求以禅理入诗。严氏强调兴趣，是要求诗歌具有抒情性、形象性等诗的艺术特征。他所谓"不落言筌"，'羚羊挂角，无迹可求"，是主张诗应写得含蓄和自然浑成，不露斧凿痕迹，用以挽救宋代苏、黄与江西诗派以文字、议论为诗之弊。清代王渔洋等认为严羽推崇王维、孟浩然一派表现田园山水和闲逸趣味的诗，实是一种误会。严羽于唐代诗人，最推崇李白、杜甫，赞美两人之诗雄伟深厚，具有"金鹢擘海、香象渡河"的雄壮气象。他并不赞美王、孟一派的田园山水诗。《沧浪诗话》中没有一处提及王维。有两处提及孟浩然，一是赞美孟浩然作诗懂得妙悟,能领会掌握抒情诗的艺术特征,不像韩愈诗在学问文字上下功夫(见《诗辨》);另一处是赞美孟浩然有些诗音节响亮,"有金石宫商之声"(《诗评》),都不是肯定孟诗中怡情于田园山水的闲逸之趣。对于着重表现隐逸情趣、接近王维诗风的贾岛之诗,严羽讥为气局狭小,与李、杜的雄浑诗风相比,有如"虫吟草间"。对于严羽的诗论,长期存在着一种片面的认识。我想,如果我们注意严羽对不少作家作品的评价言论来考察分析,就会获得比较客观准确的理解[①]。

以上略举数例,说明研究中国古代文论,应当重视批评家对作家作品的评价。此外,批评家本人的创作,也值得重视,这方面也可以帮助说明一些问题。例如刘勰是一位骈文家,其《文心雕龙》全书用工致的骈文写成,不少篇章文笔很优美。这和他肯定汉魏六朝的许多骈体文学名家是合拍的。《文心雕龙·史传》称司马迁有"博雅弘辩之才",特别称道班固《汉书》"赞序弘丽",《文选》史论类选《汉书》而不选《史记》。这是因为《汉书》的赞序富有辞藻,句式整齐,为东汉骈文的先驱。又如唐代元结选《箧中集》,提倡风格高

[①] 参考拙作《全面地认识和评价〈沧浪诗话〉》,收入拙著《中国古代文论管窥》,齐鲁书社1987年版。

古的五言古诗。元结自己的诗,《全唐诗》著录两卷,约近百首,绝大部分是古体诗,有四言、五言、楚辞体歌行,五言最多。其中有少数五言、七言绝句,也往往平仄不调。可见他的创作倾向和主张相一致。再说严羽,他的《沧浪先生吟卷》存诗一百多首,其中大部分是学习李白、杜甫,风格比较雄壮豪放,有一部分篇章表现他很关心国事。他诗歌风格接近王维、孟浩然、韦应物田园山水一路的只有五首左右,为数很少,不能构成创作的明显倾向。《四库提要》、陈衍《宋诗精华录》说严羽属王、孟一派,是不符合实际情况的偏见[①]。

要透彻了解批评家对作家作品的评价,必须具有丰富的文学史知识;至于批评家本人的创作,更是属于文学史范围,这就要求我们结合中国文学史来研究中国文学批评史。文学创作和文学理论批评二者关系密切,批评是对创作现象的总结和评论,又回过来影响创作,把二者联系起来考察分析,可以相得益彰。我们前一辈的优秀学者在这方面做出了良好成绩。例如黄侃、范文澜、刘永济诸家研究《文心雕龙》,都重视联系汉魏六朝文学创作、联系《文选》选篇,往往有精辟的见解。而刘师培的《中国中古文学史》,则又着重搜集、排比许多重要

[①] 参考拙作《严羽和他的诗歌创作》,收入拙著《中国古代文论管窥》,齐鲁书社1987年版。

的文学批评资料来阐述魏晋南朝的文学史,成为中国文学史著作中的一颗硕果。我希望我们能够继承前辈学人的这一优良传统,重视把文学史和文学批评史联系起来考察分析,促使这两个学科的研究更加发展和深入。

(原载《江海学刊》一九九八年第一期)

研究《文心雕龙》应全面了解其作家作品评价

　　研究中国古代文学理论批评，我一直认为应当重视其中的作家作品评价。这不但因为古文论中的作家作品评价分量相当大（不少论著这类评价还占主要部分），具体地体现了著者的文学观念与思想倾向，必须加以重视；而且还因为不少论著的理论概括比较简约笼统，意思不大明白，只有结合作家作品的评价来考察，方能获得全面确切的理解。《文心雕龙》（以下简称《文心》）一书中的作家作品评价部分比重也很大。《原道》等五篇对"五经"、纬书、楚辞等做了具体分析。《明诗》至《书记》二十篇，分论各体文章，各篇中的"原始以表末""选文以定篇"部分都是作家作品评论。下半部《神思》以下十九篇，着重论述文章的风格和修辞手段，也是结合许多作家作品的例子来说明。最后六篇中的《时序》《才略》两篇，更是着重论述各时代的作家作品与文学风尚。可以说，对历代文学发展与作家作品的评述，在全书分量中占一半左右，对此我们应给予充分的注意。《文心》对不少作家作品的评价，常常散见于各篇中，因而考察时又必须全面留意，综合起来分析，而不能抓住一点，不及其余。本文于此不拟进行全面论述，仅就刘勰评论历代作家作品与其评论文风的总原则二者的关系略加说明。

刘勰评价历代作家作品与文风的总原则，是要求文采与风骨相结合，即要求作品文质兼备，文质彬彬。《风骨》篇强调作品应兼具风骨与文采，即作品应兼有明朗刚健的风貌与美丽的文采。它以禽鸟为喻，指出作品应像凤凰那样，既有美丽的羽毛，又有能翱翔高空的气力，才是理想的境界。否则如雉鸟那样羽毛艳丽而不能高飞，鹰隼那样能高飞而羽毛缺乏文采，均不符合理想。《通变》篇在总论历代文学发展时说：

> 榷而论之，则黄唐淳而质，虞夏质而辨，商周丽而雅，楚汉侈而艳，魏晋浅而绮，宋初讹而新。从质及讹，弥近弥澹。何则？竞今疏古，风昧气衰也。

这里认为，商周时代的文章（主要为"五经"）既丽且雅，文质彬彬，最为理想。商周以前的作品偏于质朴，商周以后的作品日趋绮艳，文有余而质不足。楚汉以后之文，尽管绮艳新奇，读起来却是乏味，是因为"风末气衰"，缺少明朗刚健的风骨。为了矫正此弊，刘勰认为必须学习经书刚健明朗的文风，所谓"矫讹翻浅，还宗经诰"，达到"斟酌乎质文之间"，即质文兼备、文质彬彬的境界。《文心》全书即以此为总原则来指导写作并评价历代文学。它在评价历代文学及作家作品时，也常常涉及思想内容，但在以儒家思想为准则的前提下，它讨论的主要问题还是文质情况，即作品是否文质兼备，还是二者有所偏胜。它对楚辞以至南朝文学的批评，主要是认为它们文采偏胜，而风骨不足；但对它们在艺术上的创新和发展，又往往做出适当的肯定。

自《原道》至《辨骚》五篇，为《文心》全书总纲，提出了宗经酌骚、执正驭奇的纲领性主张，也体现了要求文质兼备的意思。刘勰认为写作必须以"五经"为规范，说"圣文雅丽，衔华佩实"（《宗经》），即具有文质彬彬之美。但实际"五经"中有不少文章偏于质朴而缺少文采，《尚书》《仪礼》《春秋》诸经中大部分篇章均偏于质朴。楚辞的崛起，以其艳逸的文采，标志着中国古代文学作品在艺术上的巨大创新和发展，《文心》誉为"奇文郁起"，"惊采绝艳，难与并能"（《辨骚》），"笼罩雅颂"（《时序》），认为楚辞的文采超越了《诗经》的雅颂，因而必须加以吸取。《文心》还指出尽管纬书的内容荒诞不足取，但其"事丰奇伟，辞富膏腴"（《正纬》），也有助于文章写作。可见刘勰提出文必宗经，并不是要求人们简单回归到"五经"的风貌，而只是以经书为旗帜，要求作品文质彬彬，矫正当时文有余而质不足的弊病。这正是他的高明之处；否则一味复古，将使作品写得枯燥而缺乏文学的生动性。唐代元结《箧中集》一派诗人，唐代中期一些古文运动的前驱者，其作品即是如此。

《文心》对楚辞也有批评。《辨骚》指出楚辞运用不少神话传说，属于"诡异之辞""谲怪之谈"，它们涉及内容题材和文辞两方面。它对宋玉的辞赋，指责尤为厉害，认为是开辞赋淫丽之风的始作俑者。有曰："宋（玉）发夸谈，实始淫丽。"（《诠赋》）所谓"淫丽"，指文辞过于艳丽繁富，形成了文有余而质不足的现象。《文心》提出"酌骚""驭奇"，意思是适当酌取楚辞的奇辞异彩，并以经书为准则来驾驭，不能完全循着楚辞的路子走下去。

对于汉代及其以后的辞赋，《文心》也是有褒有贬。汉赋（特别是其中的大赋）沿着楚辞的路子，描写细腻，文辞繁艳，《文心》认为它们发展了淫丽的文风。汉赋家中，司马相如在这方面尤为突出，《文心》颇多批评，有曰："繁类以成艳"（《诠赋》）；"理侈而辞溢"（《体性》）；"及长卿之徒，诡势瑰声，模山范水，字必鱼贯，所谓诗人丽则而约言，辞人丽淫而繁句也"（《物色》）；"洞入夸艳，致名辞宗，然核取精意，理不胜辞，故扬子以为文丽用寡者长卿，诚哉是言也"（《才略》）。可见《文心》是把司马相如的辞赋作为汉赋淫丽之风的代表来加以批评的。另一方面，我们看到《文心》对汉代著名赋家往往给以肯定。《诠赋》篇对枚乘、贾谊、王褒、班固、张衡、扬雄、王延寿的作品均有好评，如说扬雄的《甘泉赋》"构深玮之风"，班固的《两都赋》"明绚以雅赡"，等等。即使对司马相如的赋也有所肯定，如说他的《大人赋》具有风貌清明的优点（见《风骨》）。汉赋常常运用夸张手法来描写事物，《文心·夸饰》对此也是有褒有贬，不是笼统肯定或否定。它既指出汉赋的夸张描写存在着诡滥而违背事理之病，但又承认它们在描写山海宫殿时，显得逼真生动，具有"光采炜炜而欲然，声貌岌岌其将动"的优点。可见《文心》对汉赋采取一分为二的态度，既有批评，也有肯定。曹丕《典论·论文》即标举"诗赋欲丽"，突出"丽"。《文心·诠赋》也说赋"词必巧丽"，"丽词雅义，符采相胜"；可见也肯定辞赋应写得丽，只是反对过分的淫丽罢了。《宗经》慨叹"楚艳汉侈，流弊不还"，只是不满楚辞、汉赋及其以后文风的淫丽之病，显然不是对楚辞、汉赋的笼统否定。《情采》篇把《诗经》与辞赋相比照，认为前者"为情而造文"，后者"为文而造情"，这里也是针对一部分缺乏真情实感、文辞"淫丽烦滥"的作品而发。如果执此认为《文心》全书把《诗经》、辞赋当作两种对立的创作倾向来理解，就失之片面了。

对于汉魏六朝的五言诗，《文心》也是有褒有贬。五言诗是汉魏新兴的诗歌样式，它逐步取代《诗经》四言体、楚辞长短句体而广泛流行，成为汉魏六朝诗歌的主要样式。《明诗》篇有"四言正体""五言流调"的提法，说五言诗是时俗流行的格调，不是传统的正体，还流露出尊重旧传统的一点偏见；但《明诗》对汉魏以至南朝诗歌，用了更多篇幅来评述五言诗，其中对汉代《古诗》、建安诗歌均做了很高评价。之后对正始之诗、太康之诗、东晋玄言诗、宋初山水诗均有具体论述。这说明刘勰正视到五言诗自汉魏以来已占据诗坛主要地位，成就突出，因此也着重评述五言诗。刘勰不满东晋玄言诗，与钟嵘态度相同，这反映了南朝大多数文人对枯燥乏味的玄言诗的厌恶。对刘宋初期开始流行的山水诗，则采取一分为二的态度。《明诗》在评述山水诗的艺术特色时曰："俪采百字之偶，争价一句之奇，情必极貌以写物，辞必穷力而追新，此近世之所竞也。"最后一句寓有贬义，对山水诗刻意追求文辞繁富新奇表示不满。谢灵运的山水诗，往往篇幅较长，文辞较繁。故《诗品》评曰："颇以繁芜为累。"萧纲《与湘东王书》曰："学谢（灵运）……但得其冗长。"[1]但刘勰对山水诗的描绘艺术又有所肯定。《物色》篇曰："故巧言切状，如印之印泥，不加雕削，而曲写毫芥，故能瞻言而见貌，即字而知时也。"对其描写景物的生动逼真功力给予肯定，正像《夸饰》篇肯定辞赋的夸张描写那样。刘勰主张文辞应精要简约，认为繁富冗长，易流于淫丽。《物色》赞美《诗经》的景物描写能"以少总多，情貌无遗"，而对楚辞以下诗赋的淫丽之风常致不满。但他又看到后代诗赋在描写事物的细致与生动逼真方面有超过前人之处，而不能不给予适当的肯定。

上面就《文心》对楚辞、汉赋、汉魏至刘宋五言诗的评述做了分析，它们代表了战国至南朝初期文学主要样式的发展和成就，因而也可以看出刘勰对"五经"以后历代文学评价的倾向。从以上分析可以看出，刘勰对楚辞、汉赋、汉魏至刘宋五言诗，都认识到它们在艺术上具有创新与发展，并给予不同程度的肯定。另一方面，他又对楚辞、汉赋、汉魏以来五言诗中一部分作品过分追求文辞繁艳新奇之病，表示不满和批评，这

---

[1] 参考拙作《刘勰论宋齐文风》，收入拙著《文心雕龙探索》，上海古籍出版社1986年版。

就是所谓"楚艳汉侈，流弊不还"（《宗经》），也就是淫丽之病。为了矫正这种文风，刘勰大力提倡文必宗经，主张向"五经"雅丽之风学习，使文章能做到执正驭奇，华实兼备，风骨与文采兼备，也就是达到有文有质、文质彬彬的理想境界。通过以上对《文心》、楚辞、汉赋、汉魏以来五言诗评价的分析，又反过来证明要求文质兼备、文质彬彬，的确是刘勰评价文学的总原则，它贯彻在各方面作家作品的评论中间。把《文心》的作家作品评价与理论原则结合起来研究，阐明刘勰批评文学的总原则是文质彬彬，固然是很重要的，但其作用不仅限于此点。如风骨这一概念的内涵究竟如何，学术界迄今尚有不同意见，如果我们能结合《文心》的作家作品评价来考察，就比较容易取得共识了[1]。再说，一个批评家对作家作品的评价，往往表现出他的审美趣味和倾向，表现出他的文学史观。即使不一定和他的理论主张有紧密的联系，也是文学批评史需要研究的方面，也是值得重视的。

（原载镇江《文心雕龙》国际学术研讨会论文专辑《论刘勰及其〈文心雕龙〉》，学苑出版社二〇〇〇年版）

---

[1] 参考拙作《〈文心雕龙·风骨〉笺释》，收入拙著《文心雕龙探索》，上海古籍出版社1986年版。

第五辑　总集专书评介

总集与选本

总集与选本二者，是既有区别又有交叉的两个名词。中国古代文集一般分为总集、别集两大类，总集是包含多人（至少不止一人）的集子，别集则是一个人的。选本（即选集）是选录作品的集子，总集中既有全集（如《全唐诗》），也有选本（如《唐诗三百首》）。别集也是如此，如《剑南诗稿》是陆游诗歌的全集，而《剑南诗钞》则是其选本。总集与别集中都包括选本，因而目录书中就不另立选本一类。

一、总集内容的历史嬗变

据《隋书·经籍志》（以下省称《隋志》）记载，总集肇始于西晋时代。《隋志》总集类小序曰：

> 总集者，以建安之后，辞赋转繁，众家之集，日以滋广；

> 晋代挚虞，苦览者之劳倦，于是采摘孔翠，芟剪繁芜，自诗赋下各为条贯，合而编之，谓为《流别》。是后文集总钞，作者继轨，属辞之士，以为覃奥而取则焉。

《隋志》认为总集始于西晋挚虞所编的《文章流别集》（四十一卷），它是从众家文集选择精华、芟剪繁芜而成的选本。《隋志》又指出，选本的兴起是由于建安之后作者作品日益繁多，读者难以通览，于是选本适应这种需要而产生。大抵前期的总集大都是选本（或以选本为主流），所以我们看《隋志》所录总集卷帙都不大，大多数是几卷至几十卷。当然，有些文体本身数量不多，可能尽编者所见收录，不一定经过选择。

这种以选本为主的总集编纂现象，到后代有所发展变化。唐代有分量巨大的总集出现。初唐时，许敬宗等编有《文馆词林》一千卷，又编有《芳林要览》三百卷，可惜今均亡佚（《文馆词林》残存小部分）。它们分量虽大，但还是属于大型选本。至北宋，李昉等编有《文苑英华》一千卷，今传世，亦属大型选本。宋代由于雕刻印刷业的发展，大中型的总集产生较多，并得以流传。如郭茂倩《乐府诗集》一百卷，是汉魏至唐五代的乐府诗全集；洪迈《万首唐人绝句》一百卷，是唐人绝句的全集。又有陈起《江湖小集》九十五卷，录南宋人诗六十余家；陈思《两宋名贤小集》三百八十卷，录两宋人诗一百五十余家，二书虽非全集，但均是规模较大的选本。至明代，总集中的全集，出现更多。冯惟讷《古诗纪》汇编先秦至隋代诗，共一百五十六卷。梅鼎祚汇编历代文章，分为皇霸（先秦）、西汉、东汉等十余编，合计约有两百卷。明末，张溥编有《汉魏六朝百三家集》一百十八卷，则汇编该时期一百零三名家的全部作品。明人对唐诗的辑集汇编也颇重视。先是吴琯编有《唐诗纪》（刊出初盛唐部分）一百七十卷。其后胡震亨编《唐音统签》一千余卷，搜集了全部唐诗。张之象按题材分类纂辑《唐诗类苑》二百卷，虽非全部唐诗，但网罗亦较广泛。汉魏六朝唐代作品，至明代历时久远，屡经战乱，散佚甚多，客观上有搜集、整理、刊刻的需要。此外，明代文学界复古思潮活跃，前后七子等提倡"文必秦汉、诗必盛唐"一类主张，重视学习取法唐代及唐以前的作家作品，再加上当时雕刻印刷业的进一步发展，出书方便，这些都是促使这类大中型总集（包括较多全集）纷纷出现的重要原因。清人对总集中全集的编纂，循着明人的轨迹继续前进。在帝王的倡导下，即有《全唐诗》《全唐文》《历代赋汇》等大型总集（全集）出现。而严可均的《全上古三代秦汉三国六朝文》搜辑唐以前文章，一一注明出处，体例更趋完善。这些图书为大家所熟悉。辛亥革命直至近二十多年来，学界继续重视总集中全集的纂辑，出现了《全宋词》《全宋诗》《全宋文》《全元散曲》等多种图书，以网罗一代文献为目的，这方面的工作正方兴未艾。

由上可见，明清时代直至当今，出现了众多大中型的总集中的全集。如果说，由晋至唐宋，总集以选本为主，则明代以来，则是选本、全集并驾齐驱，而由于全集网罗宏富，篇帙浩繁，更具有壮阔声势，因而更吸引学界的注意。这可以说是总集内容在历史发展中的一大变化。

二、总集中选本的功用与价值

总集中的全集与选本，各有其功用与价值，不可偏废。全集网罗某一领域的全部资料，有利于学人深入探究，也可作为完整的工具书供人们查检。选集选录某一领域中优秀的作品供读者揣摩学习，便于人们认识文学作品的精美，获得思想上艺术上的启发和帮助。下面拟具体谈谈总集中选本对今天读者的功用与价值。

对一般读者来说，要想初步了解古典文学中某一领域的大概情况，应该首先选择一两种较好的选本阅读。比如读唐诗，可以选《唐诗三百首》或其他选本阅读，对初唐至晚唐诗人的一部分名篇佳作，获得大概的认识。如读古文，不妨先读一下《古文观止》（选文两百余篇）。我曾经遇到少数对唐诗有兴趣的读者，一开始就想读《全唐诗》，我劝他们不要这样做，劝他们先读选本。全集所录作品，但求完备，作品精粗杂陈，初学读之，往往事倍功半。大家知道，《诗经》楚辞是中国古代诗歌的两大瑰宝，是先秦时代留下来的中国古诗的优秀选本。《诗经》存录商代至周代诗三百余篇，作品出于众手（大多数作者已不可考），这段时期的诗歌数量远超过三百篇，所以它实际上是一个总集中的选本。楚辞由汉代文人编集，存录屈原、宋玉、汉代文人的骚体作品数十篇，以屈原、宋玉作品为主体。屈原弟子宋玉、景差、唐勒等人的作品，还有不少未被收入。宋玉作品见于萧统《文选》者即有若干篇。近数十年来发掘汉墓，发现有残存的唐勒赋。这些说明楚辞实际也是总集中的选本。古时人们对《诗经》、楚辞这两位诗歌老祖宗特别尊重，《诗经》被列为"六经"之一，楚辞在目录书中特列一类，位居集部之首，与别集、总集并列为集部的三大类。《诗经》、楚辞由于选录了商、周（包括春秋、战国）时代诗歌的优秀作品，便于人们吟诵学习，所以广泛流传，成为古代诗歌的经典选本。

对于研究者来说，在进行专题或个案研究之前，读一些总集中的选本也是必要的。这里涉及一个点面关系的问题。须知要想在某一点上钻研得深入，必须有一定的面上知识做基础。要深入理解某一作家及其作品，必须放在他所处时代的文学环境中来考察，还要放在文学历史的发展过程中来考察，才能认识该作家作品的特色、价值、创造性及其继承发展情况。譬如要深入理解唐代大诗人李白、杜甫诗歌的突出成就与价值，就得与他俩同时的一些诗人如王昌龄、王维、孟浩然、高适、岑参等的作品做比较，还得与其前后即初唐、中晚唐的诗歌做些比较，有比较才有鉴别，才有深入的认识。这种面上的关于众多唐代诗人作品的认识，就得通过阅读大中型的唐诗选本（如《唐诗别裁集》）来解决。再说，李、杜诗是前代优秀诗歌的继承与发展，要理解两大诗人在这方面的特色与成就，就得认识唐前诗歌状况，阅读《诗经》《文选》等重要选本。当研究工作进一步深入、感到这种选本所提供的作品还不够丰富时，那就再去阅读总集中的全集，例如《全唐诗》、《先秦汉魏晋南北朝诗》（逯钦立编校）。

总集中的一部分选本，表明了编选者鲜明的、有价值的文学观念，这对于研究古代文学理论批评和思想的学人来讲，也是值得注意的。总集中有些选本，附有编选者的评语，如唐代殷璠所编《河岳英灵集》专选盛唐诗，高仲武所编《中兴间气集》专选中唐大历时代诗，评语均有真知灼见，还有序言，因而成为人们研究唐代诗论的重要对象。有些选本虽然没有评语，但其选篇有鲜明的倾向性，结合其序文，也能考知其文学观念。在唐人所编唐诗选集中，元结的《箧中集》注重选古雅的五言古诗，韦縠的《才调集》注重选华丽的近体诗，结合其序文及其他有关材料看，编选者的文学观念也是颇为鲜明并值得重视的。明代初期，高棅编了一部大型的唐诗选本《唐诗品汇》一百卷，按时代分体选诗，对作家区分等第，有总叙，有分论，大力推崇盛唐诗。此书在明代影响巨大，明代前后七子等倡言"诗必盛唐"的复古主张，并在诗歌创作方面努力模仿唐人，高棅是他们的前驱者。《唐诗品汇》是研究明代诗歌史的一个非常重要的选本。

由上可见，总集中的选本，对于一般爱好古典文学的读者，对于有志于进行深入研究古典文学的人们，为他们提供必要的面上知识，获得一个大概的认识，都有其不容忽视的作用。一部分总集中的选本，表现了有价值的文学观念，是研究中国古代文学思想的重要或比较重要的对象。因此，我们对于总集中的选本，应予以充分的注意并加以利用。

三、选择好的总集中的选本

为了掌握古典文学必要的面上知识,我们应注意选择良好或较好的总集中的选本率先阅读。

对于一般读者(特别是初学者),宜先选择分量不大、有现代汉语注释的选本,这样便于接受。新中国成立以后,人民文学出版社除出了不少名家别集选本(如《杜甫诗选注》)以外,还出了一部分质量较高的总集中的选本,据我阅读所及,以下这些选本都较好:

《诗经选》(余冠英选注)、《乐府诗选》(同上)、《汉魏六朝诗选》(同上)、《唐诗选》(中国社科院文学研究所选注)、《唐文选》(高文等选注)、《宋诗选注》(钱锺书选注)、《唐宋词选释》(俞平伯选注)、《唐宋传奇选》(张友鹤选注)、《话本选》(吴晓铃等选注)、《元人杂剧选》(顾肇仓选注)。

上海古籍出版社(其前身为古典文学出版社、中华书局上海编辑所)也出版了若干较有质量的总集中的选本,据个人所见,有:

《中国历代文学作品选》(朱东润主编)、《古文观止新编》(钱伯城主编)、《楚辞选》(陆侃如等选注)、《汉魏六朝散文选》（陈钟凡选注）、《汉魏六朝赋选》（瞿蜕园选注）、《汉魏六朝小说选》（徐震堮选注）、《唐诗选》（马茂元等选注）、《唐五代词选》（黄进德选注）、《宋词选》（胡云翼选注）、《宋诗三百首》（金性尧选注）。

以上所列只是根据个人浏览所及，因见闻有限，并不完备。读者可以据所见所需，自行选择补充。一般说来，一些信誉好的出版社所出的选本，质量大抵也较高。此外，上海辞书出版社出版了一套历代作品鉴赏辞典，汉魏六朝诗、唐诗、宋诗、元明清诗、唐宋词、元曲、古文等都有，它们以鉴赏分析文章代替注释，质量也较好，所以可当作选本阅读。新出的选本，有不少在二十世纪五六十年代编选出版，受当时社会上"左"倾思潮影响，有的选本在选篇上存在重思想性轻艺术性的缺点，这种缺点八十年代以来逐步得到克服。再则，"五四"以后，因受西方文学影响，人们对各体文学往往重视诗歌、戏曲、小说，轻视散文，这在文学史叙述和古代作品编选方面均有明显反映。实际上，中国古代不少散文（包括骈文）文学性很强，可以与诗歌比美，而且在文学史上颇有影响；我们应当从中国文学的实际情况出发，尊重本民族文化传统，加以重视。幸好近十多年来这一情况已有改变，在选本方面，原来散文选本少，现在多起来了。

对于古代以至新中国成立前的旧选本，我们也应重视。当然，旧选本的编者因受时代环境与个人偏好的影响，大抵存在这样那样的局限性，但应当看到，其中不少好的选本，的确选录了许多各时期各种体裁的优秀作家作品，长时期一直受到人们重视喜爱，成为历久不衰的经典选本，我们自应重视。旧选本数量繁多，这里只能介绍少数比较流行、便于大多数读者阅读参考的选本。一是兼选诗文的。以萧统《文选》最为重要，它选录先秦至南朝梁代富有代表性的作品，成为后代学习汉魏至南朝文学的主要读本，影响深远。二是诗词选本。《诗经》可读《诗集传》（宋朱熹注），楚辞可读《楚辞补注》（宋洪兴祖注）、《楚辞集注》（朱熹注），唐以前的，可读《古诗源》（清沈德潜编选）；唐宋的可读《唐诗别裁集》（沈德潜编选）、《唐宋诗举要》（民国高步瀛编注）、《花间集》（后蜀赵崇祚编）、《词综》（清朱彝尊编选，兼及金元词）、《唐宋名家词选》（民国龙榆生编选）。三是散文（包括古文、骈文）选本。古文选本可读《古文辞类纂》（清姚鼐编选）、《经史百家杂钞》（清曾国藩编选），骈文选本可读《骈体文钞》（清李兆洛编选）、《六朝文絜》（清许梿编选）。古代文章选本中常选录辞赋，如《文选》《古文辞类纂》等都是，所以专选辞赋选本可不必再列。四是戏曲选本，可读《元曲选》（明臧懋循编选）。五是短篇小说选本，可读《今古奇观》（明抱瓮老人编选）。以上所举选本，除《六朝文絜》外，分量均比较大，可供读过今人小型选注本以后的读者进一步研读。唐宋八大家的散文，《古文辞类纂》选录特多，所以这里不再列八大家文选一类选本。这些选本，近二十年来大抵都有标点新印本，容易找到买到。新中国成立以前，中华书局曾编印一套丛书"四部备要"，所收四部书大体都较实用。上举总集中的选本，该丛书中大部分都收录，读者可以从其中寻阅。该丛书在图书馆中也容易找到。

最后还要声明一下，本文强调读总集中的选本，并不是说总集选本比别集选本更重要。以唐诗为例，像李白、杜甫、王维、白居易、李商隐诸大家选本，都颇重要，值得精读。我只是认为，从程序上讲，在读这些大诗人的选本以前，宜选读一本选录多家的唐诗选，这样效果会更好罢了。

（原载《古典文学知识》二〇〇四年第五期）

应当重视对《文选》的研究

萧统的《文选》,所选作品,除屈原、宋玉等少数作家外,绝大多数是汉、魏、两晋以至南朝宋、齐、梁朝的作家作品。入选作品七百余篇,选录面相当宽广,大致包括辞赋、诗歌、骈散文三个方面,是研究汉魏六朝文学最重要的一个选本。《文选》纂成后不久,即受到文坛的重视,被奉为学习汉魏六朝文学的范本。隋唐之际,出现了不少专门研究《文选》的学者和注释本,其中以李善的《文选注》最为著名。北宋第二次古文运动开展以后,骈文势力趋衰,《文选》也相对不受重视。清代骈文复兴,《文选》学又告昌盛。"五四"之后,在"桐城谬种、选学妖孽"的口号中,人们把辞赋(**特别是汉大赋**)和骈文视为雕琢章句的贵族文学。从此,一方面是对民歌、戏曲、小说等古代通俗文学的研究日趋旺盛;另一方面则是对辞赋、骈文的贬抑和轻视,同时伴随着对《文选》的冷漠态度。新中国成立以后，这种情况并没有多大变化。近年来情况稍有转变，出版了标校本《文选》李善注和高步瀛的《文选李注义疏》，但上比《诗经》、楚辞的研究，下比唐诗、宋词的研究，仍显得瞠乎其后。

我并不认为骈体诗文、辞赋具有很高的文学价值，但仍应给予恰当的评价。我国古代文学，在内容和形式上都是丰富多彩的。骈体诗文和辞赋，是构成丰富多彩现象的一个重要方面，应当对它们做出客观的实事求是的分析和估价，而不应当笼统地加以贬抑。历代骈体诗文和辞赋，的确存在着许多庸俗的、片面追求形式美的作品，但也包含着一定数量的优秀或比较优秀的作品。《文选》所选的骈体诗文和辞赋，就有不少是优秀或比较优秀的；有的即使不那么好，但在当时创作界具有代表性，对后代发生影响，也应作为值得注意的文学史现象来加以探讨。

一

《文选》所选汉魏六朝作品，是该时期文人文学的主要成果，具有很大的代表性。

从辞赋看，汉晋著名的大赋，几乎全部入选了。此外还选了许多抒情状物的小赋，从贾谊《鵩鸟赋》、司马相如《长门赋》，中经建安、太康等时期，直至南朝鲍照的《芜城赋》、江淹的《恨赋》《别赋》等，名篇佳作，络绎不绝。从诗歌看，这时期主要是五言诗发展时期。从汉代《古诗》开始，《文选》对各阶段名家的五言诗，都选了不少，其中包括了曹植、王粲、刘桢、阮籍、陆机、潘岳、左思、张协、郭璞、陶潜、谢灵运、颜延之、鲍照、江淹、谢朓、沈约等人，从中可以比较完整地看出此时期文人五言诗的发展过程。有的作家，尽管所选篇章不多，但也选了他们的代表作品，如刘琨、谢混、殷仲文等。《文选》所选文章，兼有骈散文，但以语言华美的骈文为主。选文大抵是抒情文、议论文两类，都选录了历代不少富有代表性的作品。如果拿《文心雕龙》《诗品》两书的评论来和《文选》的选篇相比较，我们看到，《文心雕龙》所评述的诗赋和各体文章中富有代表性的名篇佳作，《文选》大部分都入选了；《诗品》评价较高的诗人，《文选》大抵选录其篇什较多。通过这种比较，也可以看出《文选》所选作品具有很大的代表性。范文澜同志在《中国通史简编》中评述《文选》时曾说："《文选》取文，上起周代，下迄梁朝。七八百年间各种重要文体和它们的变化，大致具备，固然好的文章未必全得入选，但入选的文章却都经过严格的衡量，可以说，萧统以前，文章的英华，基本上总结在《文选》一书里。"这一估价是相当有理的。

当然，也应当指出《文选》在选篇上的不足之处，有的甚至是严重的缺点。萧统身处骈文昌盛的南朝，他强调文章应沉思翰藻，实际即是把骈体诗文、辞赋所讲求的辞藻、对偶、声韵等语言艺术，当作衡量作品的主要标准，因而忽视甚至轻视一部分有价值的作品。举其要者：一是民间诗歌。汉乐府民歌和六朝民歌基本上没有入选。二是少选或不选文采不足的文人作品。如曹操的诗仅选两首，陈琳、徐幹、傅玄的诗都不选，即因他们的诗作风格接近乐府民歌。陶潜的诗也选得不够多（数量远逊于曹植、陆机、谢灵运等人），同样是受当时风气影响。三是不选优秀的叙事写人的篇章，如《史记》《汉书》中的杰出人物传记。这虽然部分地格于不选经、史、子等专书的体例，但同时却选了若干史书中的赞、论、序、述。也是从文采之美出发作选录标准的。此外，由于《文选》编集于梁代，南北朝末期尚有少数重要作家作品，如庾信的辞赋、骈文和徐陵的骈文等，还来不及收入。尽管《文选》存在着上述缺点，但它仍然是选录汉魏六朝文学作品最重要的一部总集，是我们研究该时期文学创作的一部要籍。

二

《文选》所选作品，大多数在思想内容和艺术形式上具有价值和特色，标志着该时期文学创作新的发展和创造。

《文选》中有部分作品，涉及并批评了当时较重大的政治、社会现象，具有较强的现实意义。诗歌如王粲《七哀诗》歌咏了汉末的大动乱和人民的苦难，阮籍的《咏怀诗》讥刺了魏晋之际上层社会的虚伪腐败，左思《咏史诗》抨击了贵族门阀制度的不合理。这些诗篇还都表现了有才能之士在不良环境中的失意和悲哀。散文如潘岳《马汧督诔》对抗敌将领的歌颂，干宝《晋纪总论》对于西晋时代政治、社会腐败现象的评述，范晔《后汉书·宦者传论》对危害东汉政治的宦官的批判等，都是其例。但这类内容在《文选》选篇中毕竟只占少数。《文选》中还有相当数量的作品，涉及当时的政治现实，如一部分大赋，文章中的诏、册、令、教、文、表、弹事、檄、颂、符命等各类选篇，虽然在不同程度上具有文采，但内容大抵直接为封建统治者歌功颂德或传达政治要求，今天看来较少积极的思想意义。

《文选》中的大多数作品，是人们在日常生活中的抒情、写景、状物之作,表现了更加广泛的生活情景。例如辞赋部分的纪行、游览、物色、鸟兽、志、哀伤、音乐、情等类中的篇章,其中小赋的绝大多数都属于这类作品。它们抒情委婉深挚,写景状物细微巧妙,在艺术表现上达到很高的境界,与诗歌共同构成该时期文学创作的重要业绩。诗歌部分更为大家所熟悉。其中如祖饯、赠答两类篇章,着重表现亲戚朋友间真挚深厚的感情;游览、行旅两类篇章,着重描绘山水风景和旅途感受;咏史、咏怀两类篇章,着重表现对现实生活的感慨和对历史人物的评述;杂诗一类,则是抒情写景兼重。这几类诗歌,构成了汉魏六朝文人五言诗的主要部分。各体骈散文中也有不少抒情述怀的佳作。特别值得重视的是"书"这一类。通过书信这一体裁,作者很好地倾吐了自己的情怀,加上动人的文采,使文章带上浓厚的抒情诗味道。这类作品较早的有司马迁《报任少卿书》、杨恽《报孙会宗书》,至曹魏而盛,曹丕、曹植、吴质、应璩、嵇康等都有佳篇,它的发展与文人五言诗的发展可说同一步调。以后佳作历代不绝,丘迟《与陈伯之书》、孔稚圭《北山移文》则是其中的佼佼者。此外,在表、笺、诔、祭文等类中,也有少数抒情佳作。总的来说,这种以抒情、写景、状物为重点的作品,在辞赋、诗歌中数量均达一半以上,在骈散文中也有一定数量。它们是文学性很强、富有艺术感染力的作品，可以说是魏晋南北朝时期文学的主流。我们知道，在魏晋南北朝时代，儒家传统思想较汉代大为衰落，对文学的约束力也明显削弱。当时许多文人不再强调文学要为封建政治和教化服务，而重视表现个人日常生活中的见闻和情志，因而涌现出大量抒情、写景、状物的作品。它标志着文学不再依附于政治和儒学，走上了独立发展的道路，标志着文学创作进入自觉的时代。对于构成中国文学发展史上这一重要现象的具体作品，自应给予充分的注意和估价。

自东汉以来，骈体文学逐步发展，中经魏、晋、宋、齐、梁、陈以迄隋朝，后世称为八代文学，即骈体文学盛行的时代。骈体文学除要求文句的对偶外，还重视藻采、音韵、用典等语言因素之美。一般说来，骈体文学所追求的艺术形式美，主要即表现在对偶、藻采（或*辞藻*）、音韵、用典等方面。由于中国语言单音节的特征，作品中很早就出现了对偶句，至八代而极盛。恰当地运用骈偶，能够加强作品的艺术对称美；唐宋以来大量律诗受人喜爱，就是明证。我们肯定律诗，为什么不能肯定骈赋、骈文呢？文学批评巨著《文心雕龙》全书是用骈文写成的，这说明骈文这一形式也能表现丰富、进步的内容。诚然，对偶句的大量运用，容易造成呆板、凝滞的缺点，后世的许多四六文、五言排律就是这样。但是，不少优秀的骈文、骈赋能避免这一缺点，它们除多用四言、六言句外，还参错以三言、五言、七言等句式，并在文章头尾和中间承接关合处，穿插少数奇句，这样就使作品于整齐中见变化，于匀称中见流动，取得动人的艺术效果。此外对辞藻、音韵、用典等因素，都应当做具体分析，而不宜笼统否定。当然，骈体文毕竟不及散体文流畅自然，优秀作品数量远逊于散体文，但骈体文学中也有不少好作品。而《文选》所选佳作颇多，它们代表着魏晋南北朝文人文学的最高成就，更应加以重视和研究。

考察《文选》中所选作品的艺术形式美，要充分注意对偶、辞藻等语言因素以及通过这种语言表现的细致的抒情写景技巧，不能简单套用形象性、典型性的理论框架。固然，《文选》中不少史论、史述赞、论等类中的篇章，缺乏或很少具有感情强烈、形象鲜明的特征，但它们在运用对偶、辞藻、音韵等方面却是很见功力，具有"事出于沉思，义归乎翰藻"之美。我们今天对这类篇章的评价，当然不会与萧统相同，但不能不承认它们也具有不同程度的文学性。我以为，对于中国古代的许多骈文和散文，都要从实际情况出发，着重从语言运用这方面来考察和分析它们的艺术美。

三

《文选》所选作品,对后代产生了深远影响。

汉魏六朝文学对唐代文人的影响尤为直接和巨大。李善在《上文选注表》中说:"后进英髦,咸资准的。"反映了唐代文人重视学习《文选》的实际情况。唐代以后,由于骈文势力趋衰,更由于唐代在诗文方面产生了李、杜、韩、柳等巨匠,成为后人学习的典范,因此《文选》的影响不及唐代直接和巨大,但人们仍然把它当作学习汉魏六朝文学的最重要的读物,《文选》对宋元明清文学仍然发生了不同程度的影响。鲁迅先生在《选本》一文中认为,在历代选本中,"至今尚存,影响也最广大者","一部是《世说新语》,一部就是《文选》",说的也是实际情况。

汉魏六朝辞赋对唐代辞赋发生了直接的影响,这时期的一些著名赋家,是唐代文人崇拜和学习的对象。《酉阳杂俎》有"李白前后三拟《文选》,不如意,悉焚之,惟留《恨》《别》赋"的记载。杜甫自称"赋料扬雄敌,诗看子建亲"(《奉赠韦左丞丈二十二韵》)。韩愈列举历代文学名著名家时,也总是忘不了司马相如和扬雄,有"子云、相如，同工异曲"(《进学解》)之语。他们学习汉赋，主要通过《文选》。唐代沿着南朝骈赋发展的道路，产生了格律更为严整的律赋，犹如南朝新体诗发展成唐代律诗一样。要了解律赋，必须了解它的前身骈赋。从唐代开始，宋代又有所发展的文赋，在文句上变骈体为散体，表面看来与汉魏六朝赋是两个路子，但在某些方面仍然蒙受着前人的启发和影响。拿鲍照《芜城赋》与苏轼《赤壁赋》相比较，拿谢惠连《雪赋》、谢庄《月赋》与欧阳修《秋声赋》相比较，不难看出彼此间在立意谋篇、布局设色方面的相似之处。文学发展上的继承革新现象，有时是颇为微妙的。

《文选》所选诗歌，对后世影响尤为巨大和明显。从唐代开始，诗歌形成了五古、七古、五律、七律、五绝、七绝六种基本样式。其中五古、七古从汉魏六朝承袭而又有新的发展，五律、七律、五绝、七绝则从南朝新体诗和乐府民歌变化而来。唐诗在体制风貌上融合了建安风骨、六朝骈偶声律、汉魏六朝乐府民歌清新自然等三方面长处，兼收并蓄，推陈出新。这三者中对于前两方面的学习，主要也是通过《文选》，从表现题材看，则《文选》中的不少类别诗对唐诗分别产生明显影响。如咏史、咏怀、游仙等类，为陈子昂《感遇》、张九龄《感遇》、李白《古风》等诗做了前驱者；招隐、游览、行旅等类，是唐代许多山水写景诗的学习对象；祖饯、赠答等类，更为唐人大量的亲朋间酬赠之作提供了广泛的启发和借鉴。《文选》所选五言古诗，风格大致较为雅致，宋代文人往往把这类风格的古诗称为"选诗"或"选体"。宋代以来爱好古雅风格的人们，常常喜欢写作选诗。

《文选》选录的骈文，对后世影响也颇深远。唐宋以来的四六文，是直接从骈文发展而来的。唐宋古文运动兴起，骈文在文坛失去了过去的统治地位；但人们在日常应用文章中，仍然大量使用骈体以显示文采，加上科举考试要考律赋、试帖诗、八股文一类，注重对偶和排比，所以骈文在社会上仍然保持势力，《文选》也一直成为人们学习骈文的主要读本。到清代，骈文和文选学复兴，出现了一批著名的骈文家和选学家，《文选》的影响就更大了。唐宋以来的古文家，尽管以反对六朝骈文甚至八代文学相标榜，但他们的一部分作品，仍然在不同程度上受到八代骈文的影响。柳宗元、欧阳修、苏轼、王安石诸家，都擅长写四六文。即以古文而论，韩愈的有些论说文（如《原道》《争臣论》），多用排比句，富有气势，也明显受到贾谊《过秦论》、陆机《辩亡论》的影响。欧阳修的《新五代史》人物传论，感情洋溢，评价与咏叹相结合，文笔跌宕，则又上承范晔《后汉书》传论的端绪。再说抒情文，唐宋以来不少古文家的书札，往往写得饶有情韵，妙趣横生，虽然其语句尚散避偶，但在情趣格局上却是继承了八代抒情书信的传统。至于祭文、哀诔等，因为多用四字句，格局与八代的哀祭文就更接近了。汉代作品除诗赋以外，逐步出现了各体文章，至魏晋南北朝而盛，故《文选》选录这方面篇章颇多。具有文采的各体文章（**以骈文为主**）的发展，是八代文学的一个重要现象。可以说，各体文章的体制规格和写作特色，是在八代逐步建立起来的，《文心雕龙》上半部《颂赞》以下诸篇曾加以总结。对于这种长期积累起来的写作原则和方法，后世古文家不能不有所继承。对于唐宋以来古文与八代骈体文学的关系，我们既要看到它们批判变革的一面，也要看到其因袭继承的一面。

四

结合《文选》的选篇来研究南朝文学理论批评，可以帮助我们对其获得更深入的认识。

南朝文学理论批评非常发达，产生了《文心雕龙》《诗品》两部卓越的专著，还有不少重要的专篇。文学理论批评，常常是总结历史上和当代的文学创作经验，又回过来指导创作实践。因此，把文论和有关创作联系起来研究，就能更好地认识文论产生的背景、针对性、理论实质、思想倾向等等，对文论获得较为准确深入的理解。南朝文论和《文选》产生于同一历史时期，《文心雕龙》《诗品》所推崇的重要作品，大多数见于《文选》。因此，结合《文选》的选篇来研究南朝文论，是非常必要的。在过去有关《文心雕龙》的研究著作中，黄侃《文心雕龙札记》、范文澜《文心雕龙注》、刘永济《文心雕龙校释》几部著作所以比较深入，为人称道，一个重要的原因，就是因为它们的著者对汉魏六朝文学创作熟悉，对《文选》熟悉。

上面提到，《文选》所选作品，日常的抒情写景咏物的篇章，占有很大比重，它们成为自魏晋以迄南朝文学创作的主流。重视抒情写景，在南朝文论中有着广泛鲜明的反映。《文心雕龙》有《物色》一篇，专门阐述创作与自然风景的关系。刘勰评论历代诗赋，对其抒情写景成就，往往颇为注意。如赞美屈宋辞赋，有"叙情怨则郁伊而易感""论山水则循声而得貌"（《辨骚》）等语。评诗歌，对汉代《古诗》、建安诗、宋初山水诗抒情写景的特色和成就，分析都较为具体，把它们当作诗歌发展过程中的重点对象。钟嵘对抒情写景也非常重视。《诗品序》中"若乃春风春鸟、秋月秋蝉"一小段文字，就是专门论述节候景物与诗歌创作的关系。《诗品》对擅长抒情写景的诗人曹植、刘桢、潘岳、张协、谢灵运等人，评价都很高，置于上品。重视抒情写景的言论，在萧统《答湘东王求文集及诗苑英华书》、萧纲《答张缵谢示集书》、萧子显《自序》等文中都有表现，成为梁代文论中经常涉及的一个重要问题。

以骈体辞赋和诗文为主的艺术形式注重语言之美，其中声韵是语言的声音美，诉诸听觉；骈偶、辞藻、用典是语言的色彩美，诉诸视觉。《文选序》所揭示的"辞采""文华""翰藻"等等，就是指这种语言之美。这种把骈体文学语言作为衡量作品艺术性的重要标准甚至是首要标准的现象，在南朝文论中也有着鲜明的表现。《文心雕龙》下半部《声律》以下诸篇专门研讨用词造句，其中《声律》专论声韵，《丽辞》专论骈偶，《事类》专论用典，《比兴》《夸饰》《练字》《隐秀》诸篇则分别从不同角度论辞藻。这些论述骈体文学语言美的篇章，在《文心雕龙》全书中占了相当大的比重。钟嵘也很重视这种语言美。他认为诗歌应当"润之以丹采"，赞美张协诗"词采葱蒨，音韵铿锵"，都表明他重视语言的辞藻、对偶、声韵之美。萧绎《金楼子·立言》强调文学作品应当"绮縠纷披，宫徵靡曼"，上句指语言色彩之美，下句指语言声韵之美。他还把这种语言美作为文笔之分的一个重要标志。

内容上着重抒情写景，形式上注意骈体文章的语言美，成为南朝大多数文人衡量文学作品（诗赋和一部分骈文）的主要尺度。由于尺度相同，南朝文论家对作家作品的评价也显得比较一致和接近。《诗品序》曾指出，在建安、太康、元嘉三个诗歌发达的时代中，杰出的代表人物是曹植、刘桢、王粲、陆机、潘岳、张协、谢灵运、颜延之。这些诗人在《文选》中所选诗作，其数量为：曹植十六题二十五篇，刘桢五题十篇，王粲八题十三篇；陆机十九题五十二篇，潘岳六题九篇，张协二题十一篇；谢灵运三十二题三十九篇，颜延之十五题二十篇。数量在该时期诗人中均占突出地位。这些作家，在沈约《宋书·谢灵运传论》、刘勰《文心雕龙》等著作中都是评价很高，被作为一个时代的代表人物。另外，对有的成就很高但骈体文采不足的作家则评价偏低，如曹操，《诗品》列于下品，评为"古直"，《文心雕龙》评价也不高。《文选》仅选曹操乐府两篇。又如陶渊明，《诗品》列入中品，称"世叹其质直"。《文心雕龙》书中竟只字不提陶诗。萧统比较重视陶渊明，曾为陶集作序加以赞扬，《文选》选陶诗七题八篇，稍多，但数量比起曹植、陆机、谢灵运诸家，仍难相比。

《文选》不重视汉魏六朝的乐府民歌。《文选》选汉乐府无名氏古辞三篇，为《饮马长城窟行》（"青青河边草"篇）、《伤歌行》（"昭昭素明月"篇）、《长歌行》（"青青园中葵"篇）。其中第一首《玉台新咏》署蔡邕作，第二首《玉台》署魏明帝作。第三首文辞也较为雅致，恐怕也是文人仿民歌体的作品。此外六臣注本《文选》多《君子行》（"君子防未然"篇）一首，又见于《曹子建集》。对南朝乐府民歌《文选》均不选。此外，对受汉乐府民歌影响较深的作品，如曹操的《薤露》《蒿里》，徐幹的《室思》，陈琳的《饮马长城窟行》，傅玄的《豫章行·苦相篇》，都没有入选。刘勰、钟嵘也轻视这类乐府民歌。《文心雕龙·乐府》把那些着重表现男女情爱的乐府民歌斥为"淫辞"。《诗品》对无名氏作品，仅品列汉代《古诗》，乐府民歌概不品第。曹操、徐幹、傅玄三人，《诗品》均列入下品，陈琳甚至不入品。从萧统等人看来，乐府民歌语言质朴俚俗，缺乏骈文文采之美，其内容又多表现下层人民的生活和爱情，不高雅，因此不予重视。只有徐陵的《玉台新咏》，因为专录有关男女之情的诗歌，才选录了若干汉魏六朝的乐府民歌。

《文选》选篇与南朝文论在评价标准上有不少共同之处，如互相印证，可收相得益彰之效。上面举的只是少数几个比较突出的例子，我另外写有《从文论看南朝人心目中的文学正宗》[1]、《刘勰论文学作品的范围、艺术特征和艺术标准》[2]两文，较多地涉及这方面的问题，请读者参照。

以上就是我认为应当重视研究《文选》的理由。新中国成立以来，学术界对汉魏六朝文学不大重视，除《史记》《焦仲卿妻》《陶渊明集》《文赋》《文心雕龙》《诗品》等少数作品和文论外，许多作家作品缺少深入研究，甚至尚未涉及。近年来情况略有改变，但尚待进一步努力改进。重视对《文选》的研究，必将有利于整个汉魏六朝文学研究工作的开展与深入。

（原载《江海学刊》一九八八年第四期）

---

[1] 载《文学遗产》1984年第4期。
[2] 载拙著《文心雕龙探索》，上海古籍出版社1986年版。

《文选》简论

梁代萧统编纂的《文选》，是我国现存最早、影响最深广的一部总集。《文选》所选作品，上起周代，下迄南朝梁代，约八百年，时间跨度颇长；共选作品七百余篇，有辞赋、诗歌、各体文章等，体裁样式众多。其中除屈原、宋玉、李斯等少数作家外，绝大多数是汉、魏、晋以及南朝宋、齐、梁各代的作家作品。自东汉到南北朝，骈体文学盛行，《文选》所选作品，大多数属于骈体。《文选》编成以后，由于其内容丰富，选录精审，长期受到人们的重视，流行广泛，成为人们学习汉魏六朝文学、学习骈文的主要读物。注释、研究《文选》的人也不少，产生了若干有分量的注释本。人们把关于《文选》的研究称为"选学"。在中国古典文学领域，关于一个作家、一部书的研究，被称为某某学，这在过去是不多见的。

一、编者和体例

《文选》是由萧统和他门下的文士共同编纂的。

萧统（501—531），字德施，南兰陵（今江苏常州市）人。梁武帝萧衍长子。被立为皇太子，不及继帝位而卒，谥曰"昭明"，后世称为昭明太子。《梁书》（卷八）、《南史》（卷五三）均立有萧统传。据史书记载，萧统为太子时，生活较为俭朴，较能关心百姓疾苦。普通年间，梁军北伐，京城米价昂贵时，自己损衣减膳。"每霖雨积雪，遣腹心左右，周行闾巷，视贫困家，有流离道路，密加赈赐。"（《梁书》本传）大通二年春，他上疏谏止征发吴郡、吴兴、义兴三郡民丁开凿河道的工役。他帮助武帝断狱，也相当宽厚。萧统早年通习儒家经典，在《七契》末段，他通过文中人物的话，主张君人应该尊用儒学之士，躬行节俭，"行仁义之明明"，可见他接受了儒家仁政爱民的思想。

萧统喜欢文学，重视有文学才能的人士。史称他"引纳才学之士，赏爱无倦。恒自讨论篇籍，或与学士商榷古今，闲则继以文章著述，率以为常。于时东宫有书几三万卷，名才并集，文学之盛，晋宋以来，未之有也"（《梁书》本传）。在萧统门下的知名文学之士，有王锡、张缵、陆倕、张率、谢举、王规、王筠、刘孝绰、到洽、张缅、殷芸、徐勉等人。《文心雕龙》作者刘勰，亦曾为东宫通事舍人，受到萧统的礼遇。

当时一般贵族和上层阶级人士，很爱好女伎声乐的享受（主要是听乐府清商曲中的吴声歌曲和西曲歌），萧统却不爱。《梁书》本传记载，他"性爱山水，于玄圃穿筑，更立亭馆，与朝士名素者游其中。尝泛舟后池，番禺侯轨盛称此中宜奏女乐，太子不答，咏左思《招隐诗》曰：'何必丝与竹，山水有清音。'侯惭而止。出宫二十余年，不畜声乐。少时敕赐太乐女妓一部，略非所好"。这种比较高雅的生活情趣，在他的《与何胤书》《答晋安王书》《七契》等文中都有所流露。这种情趣使他在文学上爱好典雅的文章而不喜欢浮艳的作品。

萧统著述颇多，除今存《昭明太子文集》（已非原本，有残缺）和《文选》三十卷外，尚编有《正序》十卷、《古今诗苑英华》二十卷，今均不传。《文选》的编纂，多得力于萧统门下的文人学士。日本僧人空海《文镜秘府论·南卷·集论》引唐元兢《古今诗人秀句序》有曰："梁昭明太子萧统与刘孝绰等撰集《文选》。"刘孝绰是萧统很器重、亲信的文人，当是参与编纂《文选》的一位主要人物①。《文选》不录存者之文，书中录有陆倕文二篇，陆倕卒于普通七年（526）。故一般研究者认为，《文选》的纂成，当在普通七年到萧统死前的四年左右的时间内。

《文选》所选周至梁代的作品，共分三十八类，它们是：赋、诗、骚、七、诏、册、令、教、文（**策文**）、表、上书、启、弹事、笺、奏记、书、移、檄、对问、设论、辞、序、颂、赞、符命、史论、史述赞、论、连珠、箴、铭、诔、哀、碑文、墓志、行状、吊文、祭文。分类颇为繁多，大致可以归纳为辞赋、诗歌、各体骈散文（**绝大多数是骈文**）三大部分。辞赋部分包括赋、骚、七、辞等类，其他除诗外，都属各体骈散文。各体骈散文所以类别很多，是由于它们用途各不相同。魏晋南北朝时代，文学发展，文体日趋繁富，故在总集、诗文评中的分类也往往繁密。《文心雕龙》上半部论述各种文体，在篇目中提到的文体即有三十三类，大多数和《文选》相同。《文选》所选赋、诗两类作品特别多，又按题材分设项目，如赋分为京都、郊祀、耕籍、畋猎、纪行等十五项，诗分为补亡、述德、劝励、献诗、公宴、祖饯等二十三项，作者共

---

① 参考曹道衡、沈玉成：《有关文选编纂中几个问题的拟测》，收入《昭明文选研究论文集》，吉林文史出版社1988年版。

一百三十人（无名氏不计）。从数量讲，计辞赋九十余篇，诗歌四百余篇，骈散文二百余篇，共七百余篇。诗歌中一题数篇的较多，如果一题以一篇计，则为五百余篇。同一类或同一项中的作品，则按作者的时代先后排列。

汉魏以后，文学日趋发展，作家作品繁富，出现了大量个别作家的别集。为了读者学习的方便，编选各家精粹的作品成选本（古时称为总集），已成为迫切的需要，于是总集应运而兴。西晋时有挚虞编集各体文章，成《文章流别集》四十一卷，被后世认为是总集的滥觞，惜已亡佚。其后编总集者颇多，有汇编各体文章的，也有专收一体的（如赋或诗）。这类总集据《隋书·经籍志》记载，数量颇多，今存者只有萧统《文选》和徐陵的《玉台新咏》。《文选》以其内容之丰富、选录之精审，经历了时间的磨炼而流传至今，不是偶然的。萧统本人知识广博，具有良好的文学修养；他门下有一批优秀文人帮助选择纂辑；东宫藏书丰富，有大量可资取材的对象：这些是《文选》取得成功的主要条件。挚虞的《文章流别集》已经亡佚，但据配合《文章流别集》的《文章流别论》残存的片段，可知其书也是分体编选的。我国古代的各体文章，各自有其体制风格特征和写作方面的基本规格要求。《文心雕龙》书中自《明诗》至《书记》二十篇，就是分别论述各体文章的特征、源流和写作要求的，受到《文章流别论》的影响。按体裁编选作品，把同一体裁的作品集中在一起，对于读者进行比较欣赏，学习规仿，都是很方便和有裨益的。《文选》在后代广泛流行，成为人们学习写作辞赋、诗歌、骈文的重要范本，分体编选也是一个原因。《文选》以后，一些编选各体文章的重要总集，大抵也是分体编选，如《文苑英华》、《唐文粹》以至《古文辞类纂》，都是如此。

南朝人所谓文，广义的泛指诗、赋和各体文章，狭义的仅指有韵之文。《文选》所谓文，取的是广义。南朝目录书把集部或称为"文翰"（王俭《七志》），或称为"文集"（阮孝绪《七录》），可见广义之文，大抵是指集部书中收录的诗、赋和各体文章。

《文选》是一部总集。按照当时的总集体例，是编录各家别集（个人文集）中的单篇文章。这就是《文选》选录作品的范围。《隋书·经籍志》解释总集的特点说：

> 总集者，以建安之后，辞赋转繁，众家之集，日以滋广。晋代挚虞，苦览者之劳倦，于是采摘孔翠，芟剪繁芜，自诗赋下各为条贯，合而编之，谓为《流别》。是后文集总钞，作者继轨，属辞之士，以为覃奥而取则焉。

它指出汉末以来，文学日趋发展，作家作品众多，别集繁富，读者难以通读。挚虞从各家别集中采择英华，分体编纂，合成《文章流别集》。此后仿效《文章流别集》的总集遂纷纷出现，为学习写作文章的人们当作范本。《文选》就是两晋到南北朝时期总集中最为优秀并被保存流传至今的一部。

把图书分为经、史、子、集四大部类的分类法，在南朝已经形成。一般说来，经、史、子三部的图书都是专门性的著作，自成体系，与集部书的由单篇合成者不同。经、史、子部当然也分篇章，具有相对的独立性，但毕竟与集部中文章各自独立、不相联系者不同。《文选》继承《文章流别集》的体例，选录别集中的作品，即萧统《文选序》所谓篇章、篇翰、篇什，不选经、史、子三部之文。对此，《文选序》分别作了一些说明。

《文选序》解释不选经部之文的理由道："若夫姬公之籍，孔父之书，与日月俱悬，鬼神争奥，孝敬之准式，人伦之师友，岂可重以芟夷，加之剪截。"意思是经书经过圣人周公、孔子的编订，地位崇高，不可随便剪截选取。从实际情况看，经书固然大部分都是学术著作，缺少文学性，但其中也不乏文采斐然的作品。《诗经》是古代的诗歌集子，不用说是文学作品。南朝文人大抵认为《诗经》、楚辞是诗、赋的两大源头。沈约《宋书·谢灵运传论》指出后代许多诗赋,"莫不同祖风骚"。刘勰《文心雕龙》的《辨骚》《定势》篇,钟嵘《诗品》均有类似看法。《易传》中的《文言》《系辞》,颇多骈偶语句,《文心雕龙·丽辞》加以赞美,认为是俪偶文之祖。再如《左传》一书中,也不乏《文选序》所赞美的贤人、谋夫的美辞辩说,像《烛之武退秦师》《王孙满对楚子》《吕相绝秦》等节都是其例。因为格于体例,上述《诗经》《易传》《左传》的富于文采的篇章,《文选》都没有收。萧统对经书是很尊重的。《文选》选诗,一开始就选了晋代束皙《补亡诗》六首,相传《诗经》中《南陔》《白华》等六诗,有其义而亡其辞,束皙为此作了六首《补亡诗》。各体文章的"序"一类中,《文选》还选了相传为卜商所作的《毛诗序》、孔安国作的《尚书序》和杜预的《春秋左氏传序》。三篇序文文辞都较质朴,不尚藻采,《文选》都加收录,可能是为了弥补不录经书文章的缺憾吧。

《文选序》接着说明不选子书的理由是:"老、庄之作,管、孟之流,盖以立意为宗,不以能文为本。"说《老子》《庄子》等子书以发表主张为宗旨,不注重文采。但不能因此说萧统认为子书一概缺乏文采。实际上《文选》也选了个别子书中的篇章。贾谊《过秦论》,原为贾谊《新书》中的一篇，曹丕《典论·论文》是其所著《典论》中的一篇，二者都属子书。《过秦论》辞藻富丽，排偶句多，开了八代论说文重文采的先河，成为后代文人学习的范本。陆机《辩亡论》、干宝《晋纪总论》都是学《过秦论》的。左思《咏史诗》有"著论准《过秦》"之句。范晔在《狱中与诸甥侄书》中自诩其所著《后汉书》的序、论，"笔势纵放"，"其中合者往往不减《过秦》篇"。看来晋代、南朝文人已把《过秦论》当作模范的单篇论文学习规仿，它影响深远，《文选》自不能不选。

《文选序》接着又指出，典籍中还载有不少贤人、忠臣的献纳谏诤之辞，谋夫、辩士的策划辩论之说，如田巴、鲁仲连、郦食其、张良、陈平等的言论，"语流千载"，往往富有文采。它们多数见于史部（如《战国策》《史记》《汉书》），也有见于经部的（如上举《左传》的《烛之武退秦师》等），也有见于子部的（如《汉书·艺文志》记有苏秦《苏子》、张仪《张子》）。这些言辞虽有文采，但毕竟不是单篇之文，所以没有采录。今考《文选》的"上书"类，所选李斯《上书秦始皇》、邹阳《上书吴王》、司马相如《上书谏猎》、枚乘《上书谏吴王》等篇，其性质亦属贤人、谋夫等的辩说，因它们不仅见于史乘，而且还以单篇文章流传，故遂被《文选》收录。

《文选序》还指出，记事、系年的史书，重在"褒贬是非，纪别同异"，和重视文采的篇翰不同，所以不选。但史书中的一部分赞、论、序、述，富有辞采、文华，"事出于沉思，义归乎翰藻"，故特别破例收入。这就是收在《文选》"史论""史述赞"两类中的《汉书》《晋纪》《后汉书》《宋书》中的十多篇文章。南朝文人对这类史文十分重视。如《宋书》由沈约领衔，出于众手，但《谢灵运传论》则由沈约本人精心撰写。考《隋书·经籍志》史部正史类，有范晔《后汉书赞论》四卷，把赞、论从《后汉书》全书中摘录出来单独成书，目的当是便于读者的学习揣摩。《隋志》又载有范晔《汉书缵》十八卷，今已佚。范晔对其《后汉书》的序论十分自负，已见上文。

上面分析说明《文选》选录文章的范围是集部中的单篇文章，萧统也承认经、史、子部书中有具文采的部分，或因出自圣人之手不能选，或因不是单篇文章，不予选录。破例收录的只有子部的个别篇章、史部的少数议论文字；它们大抵富有文采，为当时文人所普遍重视，有的已被摘出单行，所以作为特例加以选录。后代总集有多选经、史、子部的章节的，如清曾国藩的《经史百家杂钞》，那是后来总集的内容体例有所发展变化了。

二、选录标准

本节谈《文选》的选录标准。关于这个问题，除掉看《文选序》和《文选》选文情况外，还宜注意萧统其他文章中的有关言论。

萧统受儒家思想影响颇深，因此在作品的思想内容方面，他颇重视政治教化内容及其功能作用。《文选序》论诗三百篇有曰："《诗序》云：'诗有六义焉，一曰风，二曰赋，三曰比，四曰兴，五曰雅，六曰颂。'"又曰："诗者，志之所之也，情动于中而形于言。《关雎》《麟趾》，正始之道著；桑间濮上，亡国之音表。故风雅之道，粲然可观。"由此可见他接受了先秦、汉代儒者从政教立场对诗三百篇的解释。论屈原，赞美他"含忠履洁"，"深思远虑"，能向楚王进逆耳之言。论汉赋，赞美扬雄《长杨赋》《羽猎赋》含有"戒畋游"的规讽寓意。可见《文选序》对文学的政治教化功能特别是讽喻内容相当重视。萧统在《答晋安王书》中说："况观六籍，杂玩文史，见孝友忠贞之迹，睹治乱骄奢之事，足以自慰，足以自言。人师益友，森然在目。嘉言诚至，无俟旁求。"说明他在阅读文史时最关心的是孝友忠贞的封建伦常道德和国家的治乱兴亡，这种思想和上述《文选序》的内容是相通的。

从《文选》选文看，《文选》选赋，前面列京都、郊祀、耕籍、畋猎诸项题材，都与帝皇活动及其环境有关，这些作品歌颂了皇朝的声威和最高统治者的功业、气派，篇末往往规劝帝王注意节约，修明政治，其内容有歌颂也有讽喻。班固《两都赋序》称汉赋"或以抒下情而通讽喻，或以宣上德而尽忠孝"，"抑亦雅颂之亚也"。此种特色在上列诸项赋中最为突出。看来萧统是同意班固对汉赋的评价的。于楚骚，《文选》选了屈原《离骚》《九章·涉江》《卜居》《渔父》，宋玉《招魂》等系念君国的篇章。诗歌部分前面补亡、述德、劝励、献诗诸项题材，所选束皙《补亡诗》，谢灵运《述祖德诗》，韦孟《讽谏诗》，曹植《责躬诗》《应诏诗》，潘岳《关中诗》等篇，其内容都与忠君孝亲有关。在各体骈散文中，前面的诏、册、令、教、策文等类，都是统治者发布意旨的公文。在接着的表、上书两类中，也有一些篇章，如诸葛亮《出师表》、刘琨《劝进表》、李斯《上书秦始皇》等和国家大事密切相关。再看论说文。史论、史述赞两类选文，大抵与国家大事、高级臣僚相关。论中的《过秦论》《四子讲德论》《王命论》《六代论》《辩亡论》《五等诸侯论》等，均与政治教化、皇朝命运攸关。由此可见，《文选》选文，注意政治教化内容的篇章，不但数量相当多，而且在排列方面往往放在显要的位置上。

另一方面,萧统也重视日常生活中写景抒情之作。他在《答湘东王求文集及诗苑英华书》中,说到自己从小爱好文学,碰到四时气候变化,感物兴怀,常有吟咏。"或夏条可结,倦于邑而属词;冬云千里,睹纷霏而兴咏"。又遇亲人朋友分离聚会,也常命笔写作,"手为心使,墨以亲露","并命连篇"。说明他对于这类抒写日常情景、用以陶冶性灵的作品也颇为喜爱,并在这方面多有创作。此类作品,体裁大致为诗、小赋、书信,魏晋以来逐渐发展,南朝更盛,成为文人们吟咏情性的主要方式。《毛诗序》说"吟咏情性,以风其上",要求把抒情和政治结合起来;南朝文人谈及吟咏情性,则常指抒写个人日常生活中的感受和情趣,大抵和政治教化无关。这是当时文学趋向独立、自觉的一个重要标志。

这类作品,《文选》的确选得颇多,如赋类中的游览、物色、哀伤、音乐等项,诗类中的招隐、游览、赠答、行旅、杂诗等项,以及各体文的笺、书、诔、哀、吊文、祭文等类中,都有不少。此类作品,《文心雕龙》《诗品》也往往给予好评。如《文心雕龙》赞美曹丕、曹植、王粲、徐幹等人的诗歌云:"并怜风月,狎池苑,述恩荣,叙酣宴,慷慨以任气,磊落以使才"(《明诗》)。又分别赞美汉司马迁、杨恽、扬雄、孔融，魏阮瑀、应璩，晋嵇康、赵至等人的书札，如曰："杨恽之酬会宗，子云之答刘歆，志气盘桓，各含殊采。"（《书记》）《诗品》所评论的一些著名诗人，大多数篇章属于此类。原来，用诗赋来抒写个人的日常情怀，已是魏晋以后文学创作的普遍风气。

由上可见，在思想内容的选录标准方面，萧统既承袭传统的儒家标准，重视政治教化内容及其功能；又吸取魏晋以来文学发展的新现象和成果，重视选录抒写个人日常情怀的作品，其选录面还是相当宽广的。

在艺术上，萧统主张文质兼顾，要求文质彬彬。他在《答湘东王求文集及诗苑英华书》中说："夫文典则累野，丽亦伤浮。能丽而不浮，典而不野，文质彬彬，有君子之致。吾尝欲为之，但恨未逮耳。"刘孝绰《昭明太子文集序》称赞萧统的文章"典而不野，远而不放，丽而不淫，约而不俭"，可见这确是萧统在创作上所追求的。文质彬彬，本是孔子提出来的（见《论语·雍也》），后代论文者常常予以承袭发挥。南朝文论中文和质在大多数场合指作品的语言风貌，文指藻饰，质指质朴（重质的作品一般也重内容）。太文则伤于淫丽，太质则伤于朴野。文质彬彬，则不偏于淫丽或朴野。《文心雕龙》论文风，主张"斟酌乎质文之间"（《通变》篇），主张风骨（与质相通）与文采相结合（见《风骨》篇），《诗品》也主张"干之以风力（即风骨），润之以丹采"，并赞美曹植诗"骨气奇高，词采华茂，情兼雅怨，体被文质"，都体现了主张文质彬彬的意思。

南朝文人非常重视文采，它主要表现在作品语言的辞藻、骈偶、音韵、用典诸方面，也就是语言的形态色泽和声律音节之美。辞藻、骈偶、用典为形态色泽之美，诉诸视觉；音韵为声律音节之美，诉诸听觉。它们都是骈体文学的语言要素。《文选》选文也很重视文采。以诗歌为例，南朝文人往往最推重曹植、陆机、谢灵运三位诗人，因为其作品辞藻富美，骈偶句多，音调较和谐，用典也不少。《诗品序》认为曹植、陆机、谢灵运三人是建安、太康、元嘉三个时代最杰出的诗人。《文选》选三人的诗也最多，计曹植二十五首，陆机五十二首，谢灵运四十首，在其他诸家之上（只有江淹选三十一首是例外）。反过来看，曹操诗风古直，《诗品》列在下品，《文选》选其诗仅二首。应璩《百一诗》颇为著名，但质朴少文，《文选》仅选一首。晋代玄言诗缺乏文采，淡乎寡味，故不入选。陶潜诗在当时一般文人看来，也嫌质直，《诗品》列在中品。萧统对陶诗颇为欣赏，所作《陶渊明集序》对陶诗评价甚高。《文选》选陶诗八首，算是不少了，佀比起上面曹、陆、谢诸人来，数量还是瞠乎其后。这里明显表现出南朝文人以骈体文学语言美作标尺来衡量作品艺术性的严重局限。

上文提到，《文选》不选史部之书，但破例选录了若干史书中的议论篇章。其理由是："若其赞论之综缉辞采，序述之错比文华，事出于沉思，义归乎翰藻，故与夫篇什，杂而集之。"认为史书中的一部分赞、论、序、述，具有辞采、文华，能沉思翰藻，故把它们选入《文选》。辞采、文华、翰藻，意思差不多，均指骈体文学语言的文采，即辞藻、对偶、音韵、用典等要素。事指史实事例，义指评论观点。史书中的赞、论、序、述篇章，往往约举史事，发表评论。"事义"二句互文见义，意为这类篇章不论叙事评议，都通过作者深沉的思考（构思），用美丽的骈文语言表现出来[1]。这段话也鲜明地反映了萧统选文的艺术标准。"事出"二句，虽然说的是选取史书中赞、论、序、述的根据和艺术标准，但对《文选》全书选篇标准，具有普遍意义。我们不妨说，不论叙事、议论、抒情、写景、状物等内容，都要通过深沉的思考，用美丽的语

---

[1] 参考拙作《〈文选〉选录作品的范围和标准》，载《复旦学报（社会科学版）》1988年第6期；日本清水凯夫《昭明太子文选序考》一文，译文收入其所著、韩基国译《六朝文学论文集》，重庆出版社1989年版。

言表现出来,这就是《文选》选文的主要艺术标准。按照我们今天的看法,史书中的一些人物传记,人物形象鲜明,事件情节曲折,富有文学价值;但在南朝文人看来,这类传记篇章,乃是记事之笔,缺乏沉思翰藻即骈文文采之美,因而不具有多大文学价值,不能与某些赞、论、序、述相比。这里又一次表现了他们艺术标准的局限。

萧统很重视文采,还表现在他对近现代即齐梁文学的重视上。刘勰、钟嵘两人对近代文学颇有不满之辞。《文心雕龙》对宋齐文学较少具体评论,说刘宋文风"讹而新"(《通变》篇),对山水文学有褒有贬(见《物色》《明诗》)。《诗品》反对永明声病说,把谢朓、沈约均列入中品。萧统对近现代文学比较重视,谢灵运、颜延之、谢朓、沈约、江淹等人的作品均选得较多。

南朝作品在文采、技巧方面更趋华美、细致,刘勰、钟嵘不赞成新变太甚,故多批评,萧统则认为踵事增华,变本加厉,是文学发展的必然现象(见《文选序》),所以于近现代选篇颇多。

萧统一方面重视文采,另一方面又反对华艳。他主张文风应"丽而不浮,典而不野",要求典雅而不浮艳。当时,为宫体诗先导的追求轻绮的诗风已经初露端倪,沈约、谢朓均有咏美人、咏物的诗，《文选》一篇也未入选。浮艳与俚俗二者往往伴随在一起。六朝乐府清商曲辞中的吴声歌曲、西曲歌，多咏男女之情，浮艳俚俗兼而有之，《文选》均未选录。南朝七言诗有颇大发展，鲍照的《拟行路难》等作尤为杰出。从正统观点看来，七言诗显得俚俗，傅玄《拟四愁诗序》曾说七言诗"体小而俗"。《文选》选七言诗甚少，仅取张衡《四愁诗》、曹丕《燕歌行》，不选以后的七言诗；鲍照诗仅取五言不取七言。刘宋诗人汤惠休，在当时颇为著名。江淹《杂体诗》曾有拟惠休的诗，可见其地位。其诗受吴声歌曲影响，诗风比较浮艳俚俗，《诗品》评为"淫靡"，《文选》也未加选录。反之，颜延之、任昉的作品（任昉尤长骈文），典雅庄重，又富文采，《文选》选篇颇多。由此可见，《文选》固然重视近现代文学，但也有鉴别取舍，所取者为雅丽之作，所舍者为浮艳俚俗之篇，泾渭还是很分明的。如果拿《玉台新咏》来比较，《文选》崇尚典雅的标准就显得更加清楚。《玉台新咏》收录了大量宫体诗及其先导之作，风格大多数属浮艳。《玉台新咏》卷九专收七言歌行一类；卷十专收五言古体绝句，包括吴声歌曲、西曲歌和不少文人受吴声、西曲影响的小诗。这些作品都比较浮艳俚俗，《文选》均未入选。这是很能说明问题的。《玉台新咏》选萧纲诗甚多，还选了萧衍、萧

纶、萧绎、萧纪诗各若干首,萧统诗一首不选,这也是发人深思的。今人骆鸿凯有曰:

> 昭明芟次七代,荟萃群言,择其文之尤典雅者勒为一书,用以切劘时趋,标指先正。迹其所录,高文典册十之七,清辞秀句十之五,纤靡之音,百不得一。以故班、张、潘、陆、颜、谢之文,班班在列,而齐梁有名文士若吴均、柳恽之流,概从刊落。崇雅黜浮,昭然可见。(《文选学》第二章《义例》)

这一评价基本上是中肯的。

三、选文价值

《文选》所选作品,以汉、魏、晋、宋、齐、梁各朝作品为主,它集中了这一段时期文人文学的主要成果,具有很大的代表性。

从辞赋看,汉晋著名的大赋,从枚乘的《七发》、司马相如的《子虚赋》《上林赋》以至左思的《三都赋》,都入选了。这些大赋的文学价值,人们可以有不同的评价,但它们代表了辞赋创作(特别是汉赋)的一个重要方面,则是毋庸置疑的。《文选》还选了许多抒情状物的小赋,从贾谊《鵩鸟赋》、司马相如的《长门赋》，中经建安、太康等时期，直至南朝鲍照的《芜城赋》，江淹的《恨赋》《别赋》等，名篇佳作，络绎不绝。还值得一提的是，宋玉的一些赋作，如《风赋》《高唐赋》《神女赋》等，《楚辞章句》均未收录，也赖《文选》得以保存和流传。从诗歌看，这时期主要是五言诗发展时期。从汉代无名氏《古诗》开始，《文选》对各阶段名家的五言诗，都选了不少，其中包括了曹植、王粲、刘桢、阮籍、陆机、潘岳、左思、张协、郭璞、陶潜、谢灵运、颜延之、鲍照、江淹、谢朓、沈约等人，从中可以比较完整地看出此时期文人五言诗的发展历程和主要成果。有的作家，尽管所选篇章很少，但也选了他们的代表作品，如刘琨、谢混、殷仲文等。《文选》还选了若干四言诗和少量七言诗，大抵也是比较优秀之作。再看各体文章，虽兼有骈散文，但以语言华美的骈文为主。选文大抵是抒情文、论说文，均选录了历代富有代表性的作品。如果拿《文心雕龙》《诗品》两书的评论来和《文选》的选篇相比较，可以看到《文心雕龙》所评述的诗赋和各体文章中富有代表性的名篇佳作，《文选》大部分都入选了。《诗品》评价高和较高的诗人，《文选》选录其篇什也较多。通过这种比较，也可以看出《文选》所选作品具有很大的代表性。范文澜在其《中国通史简编》中评述《文选》时曾说:"《文选》取文,上起周代,下迄梁朝,七八百年间各种重要文体和它们的变化,大致具备,固然好的文章未必全得入选,但入选的文章却都经过严格的衡量。可以说,萧统以前,文章的英华,基本上总结在《文选》一书里。"这一估价是相当有理的。

《文选》对汉魏以迄齐梁文学,的确有一部分有价值的篇章未能入选。比较突出的例子是,汉乐府中有不少优秀的民间诗歌,其中如《陌上桑》《孤儿行》《焦仲卿妻》等,形象鲜明,语言生动,但《文选》均未入选。在萧统看来,这类诗篇俚俗不雅,缺乏骈体文学的语言之美。吴声、西曲歌辞,在他看来就更是等而下之了。不少文人如陈琳、徐干、傅玄等若干受民歌影响显著的优秀篇章,因此也未获入选。此外,由于《文选》编集于梁代,南北朝末期尚有少数重要作家作品,如庾信的诗、赋、骈文,徐陵的骈文,还来不及收录。尽管如此,《文选》仍然是选录汉魏六朝时期文学作品最重要的一部总集,是我们今天阅读、研究该时期文学的一部要籍。

《文选》所选作品,大多数在思想内容和艺术形式上具有价值和特色,标志着该时期文学创作新的发展和创造。

《文选》中所选部分作品,涉及并批评了当时较重要的政治、社会现象,具有较强的现实意义。诗歌如王粲《七哀诗》

歌咏了汉末的大动乱和人民的苦难，阮籍《咏怀诗》讥刺了魏晋之际上层社会的虚伪腐败，左思《咏史诗》抨击了贵族门阀制度的不合理。这些诗篇还都表现了有才能之士在不良环境中的失意和悲哀。骈散文如潘岳《马汧督诔》对抗敌将领的歌颂，干宝《晋纪总论》对于西晋时代政治、社会腐败现象的评述，范晔《后汉书·宦者传论》对危害东汉政治的宦官的批判等，都是其例。但这类内容在《文选》选篇中毕竟只占少数。《文选》中还有相当数量的作品，涉及当时的政治现实，如一部分大赋，各体文章中的诏、册、令、教、文、表、弹事、檄、颂、符命等各类选篇，虽然在不同程度上具有文采，但内容大抵直接为封建统治者歌功颂德或传达政治意图，今天看来较少积极的思想意义。

　　《文选》中的大多数作品，是人们在日常生活中的抒情、写景、状物之作，表现了广泛的生活情景。例如辞赋部分的纪行、游览、物色、鸟兽、志、哀伤、音乐、情等项中的篇章，其中绝大多数属于此种篇章。它们抒情委婉深挚，写景状物细致巧妙，在艺术表现上达到很高的境界，与五言诗均属该时期文学创作的重要业绩。诗歌部分更为大家所熟悉。其中如祖饯、赠答两项篇章，着重表现亲戚朋友间的深挚情谊；游览、行旅两项篇章，着重描绘山水风景和旅途感受；咏史、咏怀两项篇章，着重表现对现实生活的感慨和对历史人物的评述；杂诗一项，则是抒情写景兼重。这几项诗歌，构成了汉魏六朝文人五言诗的主要部分。各体骈散文部分也有不少抒情写景的佳作。特别值得重视的是"书"类。通过书信这一样式，作者痛快地倾吐了自己的情怀，加上动人的文采，使文章具有浓厚的抒情诗味道，这类作品，较早的有司马迁《报任少卿书》、杨恽《报孙会宗书》。至曹魏而盛，曹丕、曹植、应璩、嵇康等都有佳篇，其发展与文人五言诗的发展可说同一步调。以后佳作历代不绝，丘迟《与陈伯之书》就是其中的佼佼者（*南朝此类佳作，《文选》未选或不及选者尚有不少，可参看许梿《六朝文絜》*）。此外，在表、笺、诔、祭文等类中，也有少数抒情佳作。

总的来说，上述以抒情、写景、状物为重点的作品，在辞赋、诗歌中数量均达一半以上，在骈散文中也有相当数量。它们是文学性很强、富有艺术感染力的作品，可以说是魏晋南北朝时期文学的主流。我们知道，在魏晋南北朝时代，儒家传统思想较汉代大为衰落，对文学的约束力也明显削弱。当时许多文人不再强调文学要为封建政治和教化服务，而重视表现个人日常生活中的见闻、感受和情意，因而涌现出大量抒情、写景、状物的作品。它们显示了文学不再像过去时代那样常常依附于政治和儒学，走上了独立发展的道路，标志着文学创作进入自觉的时代。对于形成中国文学发展史上这一重要现象的许多作品，自应给予充分的注意和估价。

自东汉以来，骈体文学逐步发展，中经魏、晋、宋、齐、梁、陈、隋，后世称为八代文学，即骈体文学盛行的时代。在这段时期内，除各体文章外，辞赋、诗歌也重视骈偶。辞赋由古赋发展为骈赋；诗歌也大量运用骈句，曹植、陆机、谢灵运诸人之诗所以评价特高，骈偶成分多是一个重要因素。骈体文学除要求文句的对偶外，还重视辞藻华美、音韵和谐，有一部分文人还很重视用典精密。一般说来，骈体文学的艺术美，从其覆盖面之广来说，首先表现在骈偶、辞藻、音韵、用典等语言因素方面，也就是《文选序》所说的"翰藻"。它对于各种体裁、样式的诗、赋、文章都是适用的。对于以抒情、写景或状物为主的作品，则还要看感情表现的深挚和外界风景、事物描写的具体生动等，其覆盖面就比较小。至于人物形象的描写，在当时大抵不受文人的重视，所以像《史记》、《汉书》、汉乐府民歌中的不少优秀叙事篇章，就没有得到应有的肯定。

对于骈体文学，过去有很不相同的评价。骈文家认为骈文讲究对偶、音韵等文采，才具有文学美，朴实的古文不具有文学美。古文家则讥讽骈文矫揉造作，好像俳优唱戏，违反自然。这都是一偏之论。由于中国语言单音节的特征，作品中很早就出现了对偶句,至八代而极盛;对字音的轻重抑扬(四声区别),也很早受到注意,至齐梁就形成永明声律论。文学创作是语言的艺术,恰当地运用骈偶,能够加强作品的对称美;注意音韵和谐、辞藻富丽,能够加强语言的声、色之美。用典是一种重要修辞手段,它可说大抵是一种特殊的比喻方式,适当运用,也能增强作品的表现能力。因此,对于大量运用这些语言因素,我们应当进行具体的分析和估价,不应当笼统地加以否定或盲目抬高。中国古代文学,在内容和形式上都是丰富多彩的。骈体诗文和辞赋,是构成丰富多彩现象的一个重要方面,应当对它们做出客观的实事求是的分析和估价。历代骈体诗文和辞赋,的确存在着许多庸俗的、片面追求形式美的作品,但也包含着一定数量的优秀或比较优秀的作品。《文选》所选的骈体诗文,就有许多是优秀或比较优秀的;有的即使不那么好,但在当时创作界具有代表性,对后代发生影响,也应作为值得注意的文学史现象来加以探讨。

南朝两大文学批评著作《文心雕龙》和《诗品》,均产生于齐梁之际,和《文选》基本上属于同一时代。三书所评论或采录的文学作品,均以汉魏下迄南朝为重点。刘勰、钟嵘和萧统的文学观点也比较接近。他们都主张文质并重,既重视骈体文学的语言文采,又重视文风的典雅,反对浮靡。由于批评标准的接近，他们所赞美、肯定的作家作品，颇多相同或相通之处。把《文心雕龙》《诗品》两书和《文选》参照起来阅读，可以收相得益彰之效。

《文选》对后代产生了深远的影响。由于它收录了汉魏以迄南朝文人文学的大量富有代表性的作品，因此一直成为后人学习这段时期作家作品特别是骈体文学的范本。唐宋古文运动兴起后，骈文在文坛失去了过去的统治地位；但人们在日常应用文章中仍然大量使用骈体，以显示才学和文采，加上科举考试要考律赋、试帖诗、八股文一类，注重对偶、排比，所以骈文在社会上仍然保持相当势力，《文选》也长期为文人所重视和研读。清代骈文复兴，更出现了不少著名的骈文家和《文选》学家。"五四"时期，有的提倡新文学的人，提出打倒"桐城谬种、选学妖孽"的口号，意思是当时旧文学的代表，一是宗奉桐城派的古文派，一是学习《文选》的骈文派。从此也可以看出《文选》影响的深远。"五四"时期提出的打倒旧文学的任务已经成为历史，今天，我们需要运用批判继承的原则来对待《文选》。

《文选》历代注本很多。唐高宗时李善所完成的《文选注》是现存最早也是最重要的注本。李善注吸收了前此《文选》注释的研究成果，着重注明词语来源和典故出处，引书近一千七百种，内容赡博，考核审慎。《文选》原为三十卷，李善注由于分量很大，析为六十卷。稍后唐玄宗时代，吕延济、刘良、张铣、吕向、李周翰五人又作新注，世称《五臣注文选》。五臣注内容简陋且多谬误，不及李善注远甚；但在疏通文义方面，也有可补李善注不足之处，宋代有人把李善注、五臣注合刻为一书，称《六臣注文选》。清代，写作骈文和研究《文选》的人都不少。清代学者重视钻研文字、音韵、训诂之学，用以治《文选》，收获不小，比较重要的著作有朱珔《文选集释》、梁章钜《文选旁证》、胡绍煐《文选笺证》等。现代学者高步瀛有《文选李注义疏》，内容最为详博，可惜全书只完成了小部分。《文选》所选辞赋和骈体诗文，使用的词汇异常丰富，有许多生僻字，运用典故又多，对今天读者来说，显得难度尤大。为了适应今日广大读者的需要，择要吸收旧注作新注，同时加上白话翻译，是十分必要和有益的。

（本文原为贵州人民出版社版《文选全译》前言，载该书卷首。该书一九九四年出版）

郭茂倩与《乐府诗集》

一、郭茂倩事迹

《乐府诗集》的编纂者郭茂倩，生平事迹不大清楚，主要生活在北宋后期。清陆心源《仪顾堂续跋》卷一四跋元刊本《乐府诗集》有曰：

> 愚按茂倩字德粲，东平人。通音律，善篆隶。元丰七年，河南府法曹参军。祖劝，翰林侍读学士、给事中，赠吏部尚书。父源明，字潜亮，初名元赓，字永敬。嘉祐二年进士，官至职方员外郎、知单州军州事。苏颂志其墓，见《苏魏公集》卷五十九。

按苏颂《苏魏公文集》卷五十九有《职方员外郎郭君墓志

铭》一文,详述郭源明事迹,上引陆心源跋文中所述郭源明事迹,即本之苏颂墓志。

苏颂墓志记载郭源明五子有曰:

> 子男五人:曰茂倩,河南府法曹参军;次曰茂恂,奉议郎、提举陕西买马监牧司公事;次曰茂泽,承事郎;次曰茂曾,次曰茂雍,未仕。

苏志仅云郭茂倩是郭源明长子,为河南府法曹参军,不及其他。陆心源跋说"茂倩字德粲,通音律"云云,当别有所据,惜未详其出处。今考《乐府诗集》一书,于乐府之分类、源流等,考核甚为精审,非"通音律"者不能致此。陆跋又谓其"善篆隶",可见郭茂倩兼长文学、音乐、书法,是一位多才多艺的人物。苏颂墓志撰于宋神宗元丰七年(1084)郭源明安葬时,故陆跋谓茂倩于该年任河南府法曹参军。

郭茂倩的籍贯是东平(今山东省东平县),其祖先原籍则为山西太原。苏颂墓志称:"君之先世,自阳曲(属太原)徙东土。"志铭又云:"本朝甲族,太原东平。"可见至北宋时太原、东平两地的郭氏都是望族。《乐府诗集》刻本卷首署"太原郭茂倩编次",盖从其郡望而言。

郭茂倩的祖父郭劝，为北宋名臣，《宋史》卷二九七有传。《宋史》载：郭劝字仲褒，郓州须城（即东平）人。官至翰林侍读学士、同知通进银台司。传末简单地提及其子源明。源明之子茂倩等，《宋史》无记载。

宋陈振孙《直斋书录解题》卷一五总集类曰：

> 《乐府诗集》一百卷，太原郭茂倩集，凡古今号称乐府者皆在焉。其为门十有二，首尾皆无序文。《中兴书目》亦不言其人本末。今按，茂倩，侍读学士劝仲褒之孙，昭陵名臣也。本郓州须城人。有子曰源中、源明。茂倩，源中之子也。但未详其官位所至。

可见南宋时人对郭茂倩仕履已不甚清楚。按茂倩是源明之子，此误云源中之子。

《四库提要》卷一八七《乐府诗集》条述郭茂倩事迹曰：

> 《建炎以来系年要录》，载茂倩为侍读学士郭褒之孙，源中之子。其仕履未详。本浑州须城人。此本题曰太原，盖署郡望也。

按此段叙述粗疏多误。郭褒当作郭劝（字仲褒），源中当作源明，浑州当作郓州。按《建炎以来系年要录》实际并未提及郭茂倩，仅提及其弟茂恂。该书卷一〇有曰："（建炎元年十一月）辛亥，朝奉大夫郭太冲行尚书吏部员外郎。太冲，茂恂子也。"今人李裕民《四库提要订误》亦曰："《建炎以来系年要录》并未提及郭茂倩及其父祖。"《提要》所言，当系馆臣一时误记。陆心源《乐府诗集》跋文在述及《四库提要》所载与苏颂墓志所载不同后曰：

《要录》从《永乐大典》录出，恐有传写之讹。《苏集》从宋本影写，当可据。惟郭源中亦有其人，累官都官员外郎、充广陆郡王申王院教授、职方员外郎，见《苏魏公集·外制》。或源明与源中弟兄，而茂倩嗣源中欤？

陆氏推测郭源中或是源明弟兄，茂倩过继给他，可备一说。

宋葛立方《韵语阳秋》卷四称："郭茂倩《杂体诗》载《百一诗》五篇，皆（应）璩所作。"是郭茂倩尚编有《杂体诗》一书，惜今已佚。杂体诗与乐府诗体制较近，吴兢《乐府古题要解》在叙述乐府诗后，附述杂体诗。杂体诗中的风人诗，以运用谐音双关语为修辞特色，其体受六朝乐府吴声、西曲歌辞影响。郭茂倩编《杂体诗》一书，当是把它当作《乐府诗集》的附编看待的。

根据以上材料及考订，对郭茂倩事迹可做以下概括：

> 郭茂倩，字德粲，郓州东平人。祖劝官至翰林侍读学士。父源明，官至职方员外郎。茂倩为源明长子，通音律，善篆隶，元丰年间任河南府法曹参军。编有《乐府诗集》一百卷传世。

以上陆心源跋文和苏颂墓志，根据日本学者中津滨涉《〈乐府诗集〉之研究》一书提供的资料转引。该书昭和五十二年（1977）汲古书院印行。

二、《乐府诗集》之价值

《乐府诗集》一百卷，汇编自汉至五代乐府诗，分为十二大类：郊庙歌辞、燕射歌辞、鼓吹曲辞、横吹曲辞、相和歌辞、清商曲辞、舞曲歌辞、琴曲歌辞、杂曲歌辞、近代曲辞、杂歌谣辞、新乐府辞。其中郊庙、燕射两类，封建朝廷用于隆重的礼仪场合，为帝皇所重视，故列于各类之首。鼓吹、横吹两类，均为雄壮的军乐，但二者来源、用途、乐器等有所区别，故分为两类。相和、清商二类均为丝竹伴奏的通俗乐曲，但二者体制、流行时期与地域亦有区别，故亦列为两类。舞曲歌时兼舞，琴曲专以琴弦谱奏，性质较特殊，故各为一类。杂曲大多数是文人模仿通俗歌曲的案头之作，杂歌谣是不入乐的民间歌谣，体制与乐府相近，可供参照，故各列一类。近代曲、新乐府均产生于隋唐时代，近代曲配合燕乐演唱，新乐府不入乐，体式与相和、清商、杂曲相近，但自制新题，故各列为一类。凡自汉至五代乐府诗，收罗宏富，分类妥善，后世治乐府诗者，莫能出其范围。

全书体例处理得当。大类中有小类者则分小类编次，如相和歌又分相和六引、相和曲、吟叹曲、四弦曲等十小类。其无小类而歌辞繁富者则按其题材内容相近者以类相从。如杂曲歌辞存诗十八卷，数量繁多，即以题材相近编次，便于读者检阅。各曲调歌辞，先列原作与古辞，之后按作者时代先后列各家仿作，可以由此考见各曲调歌辞的渊源演变。编者于乐府诗的体制特色，极为重视，著录歌辞，参照《宋书·乐志》《南齐书·乐志》《古今乐录》等书，务存原貌，使读者便于理解乐府诗的体制特色。例如鼓吹曲辞，缪袭《魏鼓吹曲·旧邦篇》、韦昭《吴鼓吹曲·克皖城篇》，《宋书·乐志》把其中七言句均分为上四下三两句，还有其他类似的例子。《乐府诗集》均照录不改，于此可以考见当时七言诗一句在音乐节拍上相当于三言、四言、五言的两句，对读者研究七言诗的形成与发展很有裨益。又如相和歌辞瑟调曲中之大曲，其篇章除分若干解外，往往曲前有艳，曲后有趋，《乐府诗集》亦据《宋书·乐志》照录，可以考见大曲比较繁复的结构。又如南北朝时代，南北乐府诗区分解数情况不同，南方以一章为一解，北方少数民族乐歌则以一句为一解。横吹曲中之梁鼓角横吹曲实为北歌，《乐府诗集》根据《古今乐录》，一一注明其以一句为一解，可考见当时北方乐歌的体制特色。又如清商曲辞中的吴声歌曲与西曲歌中许多曲调的歌辞，往往中间有和声，末尾有送声，《乐府诗集》据《古今乐录》一一加以注明，这对读者认识吴声、西曲歌辞的体制特色颇为重要，对后来不少歌辞仅属因声制辞，因而内容往往与本事不合的情况，提供了解决疑问的线索。郭茂倩对此种后来乐府拟作因声作辞的情况深有认识，《乐府诗集》卷八七《黄昙子歌》题解曰："凡歌辞，考之与事不合者，但因其声而作歌尔。"这话为读者理解许多后起的乐府拟作提供了指导性的意见。

《乐府诗集》于各大类小类歌辞，均有序说，于各曲调有题解，对各类歌辞、各曲调之名称、内容、源流等各方面情况，均广泛征引有关材料做出说明，堪称解释详明，考核精审。其所征引的材料，除正史音乐志外，尚有不少乐府专书，其中有的已经失传，赖郭氏此书保存重要片段，弥足珍贵。如南朝陈代释智匠《古今乐录》一书，有十二卷，评述各类乐府诗，对正史音乐志所忽视的、语焉不详的通俗乐曲相和歌、清商曲、鼓角横吹曲等，介绍具体，其史料价值很高。该书宋以后亡佚，幸赖《乐府诗集》大量征引其文，保存大半，极堪重视。例如相和歌辞在晋宋时代分哪些小类，各小类包含哪些曲调，其兴歇存亡情况，《古今乐录》引录宋张永《元嘉正声伎录》、南齐王僧虔《大明三年宴乐伎录》两书（后代均佚），做了详明的记载。张永、王僧虔两人以同时代人所记南朝前期相和歌演奏情况，实为可靠的第一手材料，对后人研究相和歌十分重要。《乐府诗集》把相和曲、清商三调（平调、清调、瑟调）等小类均归入相和歌辞大类，即据《古今乐录》所引张、王两氏之书，灼然有据。现代学者梁启超等谓清商三调不属于相和歌，非是。又如清商曲辞中吴声歌曲与西曲歌的不少曲调，常有和声、送声，其体制颇为重要，郭氏书引《古今乐录》一一注明。此点上文已述及。郭茂倩在征引有关材料后，附加按语，见解甚为精当。如《乐府诗集》卷四四吴声歌曲序说，在引录《晋书·乐志》的记载后，加按语曰："盖自永嘉渡江之后，下及梁陈，咸都建业，吴声歌曲，起于此也。"指出吴声歌曲大抵产生在六朝时代的京城建业（今南京市）一带，意见中肯，符合历史事实。郭氏全书之序说、解题，在翔实材料的基础上做出客观允当的解释与论断，科学性很强，不似明清时代的一些乐府诗选本，对诗题、诗意等往往以意妄测，流于穿凿附会。

综上所述，可见《乐府诗集》收罗宏富，分类妥善；编次体例，精审合理；征引资料，丰富翔实；解说按断，客观允当，实为乐府诗总集中最完备精当之作，《四库全书总目提要》卷一八七称为"乐府中第一善本"，良非过誉。当然，由于乐府诗数量繁富，此书卷帙甚多，不免存在若干遗漏、讹误之处。明梅鼎祚《古乐苑》凡例尝摘此书以古诗混入乐府等谬误若干条，说颇中理，但究属枝节之病，无关宏旨，所谓大醇中之小疵也。

此书原来通行之版本为毛氏汲古阁本（*局刻本、《四部丛刊》本均据毛本*），毛刻本系采用元刻本为底本再据宋本雠正者。五十年代文学古籍刊行社影印宋本行世，为读者提供了此书的最早刻本，有利于雠校。一九七九年中华书局又出版标校本《乐府诗集》。该书以宋本为底本，参校汲古阁本及其他有关图书，有新式标点，有简要校记，颇便读者使用。书后附有《作者姓名篇名索引》，亦便于检阅。

（*原载《学术集林》卷十四，上海远东出版社一九九八年版*）

第六辑 古文论专著评介

《文心雕龙》的宗旨、结构和基本思想

人们一提到《文心雕龙》,总认为它是我国古代最有系统的一部文学理论书籍,其性质相当于今天的文学概论那样。我过去也是这样看的。诚然,《文心雕龙》对不少重要的文学理论问题,如文学与现实的关系、内容与形式的关系、文学批评的标准和方法等,都做了系统的论述,发表了精到的见解,理论性相当强,不妨把它当作一部文学理论专著来研究;但从刘勰写作此书的宗旨来看,从全书的结构安排和重点所在来看,则应当说它是一部写作指导或文章作法,而不是文学概论一类书籍。

《文心雕龙·序志》一开头说:"夫文心者,言为文之用心也。"明确指出其书是讲如何用心作文章的。下文解释"雕龙"两字的含义说:"古来文章,以雕缛成体,岂取驺奭之群言雕龙也?"按《史记·孟子荀卿列传》:"谈天衍,雕龙奭。"《史记集解》引刘向《别录》解释说：驺奭发挥驺衍谈天之说，修饰得非常细致，有如"雕镂龙文，故曰雕龙"。"岂取驺奭"句与《杂文》篇"岂慕朱仲四寸之珰乎"句一样，都是用反诘语气表示肯定；句末"也"字作疑问助词用。刘勰用"雕龙"名书，似是说此书论述作文之法，像雕龙那样非常精细。关于这一点或许大家看法不尽一致；但《序志》篇开头那段话表明此书宗旨在讲为文之法，则是没有疑问的。

《序志》篇更指出作者撰写《文心雕龙》，是为了针对当时流行的不良文风，为写作指出一条正确的道路："唯文章之用，实经典枝条……详其本源，莫非经典。而去圣久远，文体解散，辞人爱奇，言贵浮诡，饰羽尚画，文绣鞶帨，离本弥甚，将遂讹滥。盖《周书》论辞，贵乎体要；尼父陈训，恶乎异端；辞训之异，宜体于要。于是搦笔和墨，乃始论文。"也鲜明地表述了此书的宗旨是指导写作。范文澜同志说："《文心雕龙》的根本宗旨，在于讲明作文的法则。"（《中国通史简编》第二编第五章第三节）这话说得很中肯，可惜范氏对此没有展开论述。

《文心雕龙》这一宗旨，贯穿全书，许多地方都扣紧宗旨，论述如何把文章写好；而且在全书的结构安排上也体现出来，经纬交错，把如何写好文章的道理讲得很周密。《文心雕龙》共五十篇，除《序志》为自序外，此外四十九篇现在多数研究者认为大致可分为四个部分，下面就对这四个部分逐一进行分析。

一

自《原道》至《辨骚》五篇为第一部分，刘勰自称这是在讲"文之枢纽"，是全书的总纲。这五篇中，《原道》《征圣》《宗经》为一组；《正纬》《辨骚》为另一组。

《原道》等三篇关系非常密切，道、圣、经是三位一体，所谓"道沿圣以垂文，圣因文而明道"（《原道》），而其归宿则在于说明圣人之文（即"五经"）是文章的楷模。刘勰认为：文章是道的表现，古代圣人创作文章来表现道，用以治理国家，进行教化。圣人的文章很雅丽，"衔华佩实"，为后人树立了榜样。他更指出，如果作文能宗法"五经"，则有六种优点（即"六义"之美）：一是"情深而不诡"，即感情深挚而不浮诡；二是"风清而不杂"，即风貌清明而不芜杂；三是"事信而不诞"，即记事信实而不荒诞；四是"义直而不回"，即思想正直而不邪曲；五是"体约而不芜"，即体制要约而不杂乱；六是"文丽而不淫"，即文辞美丽而不淫艳。情深、事信、义直三点是就思想内容说的，风清、体约、文丽三点是就艺术形式和风格说的。如果不宗法"五经"，就会追随楚辞、汉赋的流弊而不能自拔。所以《原道》等三篇的主旨就在强调作文必须宗经。

刘勰虽然强调宗经，反对片面学习"楚艳汉侈"，但他对"五经"以后文学方面的新创造，并不笼统地加以排斥，而是主张在宗经前提下适当吸收。《正纬》篇从四个方面指责纬书多伪，与经背谬，但也肯定纬书"事丰奇伟，辞富膏腴，无益经典，而有助文章，是以后来辞人，采摭英华"，指出它们在题材、文辞方面均有可取之处，并为后人所采摭。《辨骚》篇对楚辞各篇的思想艺术做了具体分析，指出它们有"同于风雅"的四事，也有"异乎经典"的四事。但总的来说，他对楚辞的评价很高，认为《离骚》是"奇文郁起"，"其文辞丽雅，为词赋之宗"，楚辞各篇是"气往轹古，辞来切今，惊采绝艳，难与并能矣"。还指出了楚辞对后代产生深远影响，"其衣被词人，非一代也"。最后，刘勰认为作文必须"凭轼以倚雅颂，悬辔以驭楚篇，酌奇而不失其真（一作"贞"，意同"正"），玩华而不坠其实"。所谓"真""实"，兼指规正的内容和朴实雅正的语言风格；所谓"奇""华"，兼指奇特的内容和华美奇丽的语言风格。因此，"真""实""奇""华"也可指综合内容和形式的艺术风格，即体制。刘勰认为作文应以雅、颂等经典为根本，同时尽量采取楚辞的优长，做到奇正相参，华实并茂，这是他总结了"五经"、纬书、楚辞等书的文学特色以后对创作提出的一个总原则或总要求。

自汉末建安年代以迄南朝，诗赋和各体骈文日益发展，作家们大量写作诗赋，注意抒情写景，忽视儒家所倡导的文学的政治教化作用；注意语言形式的华美，缺乏朴实的文风。对此，李谔在《上隋文帝书》中曾加以猛烈攻击。所谓"贵贱贤愚，唯务吟咏"，"竞一韵之奇，争一字之巧"，"连篇累牍，不出月露之形；积案盈箱，唯是风云之状"，"指儒素为古拙，用词赋为君子"。刘勰对这种"楚艳汉侈，流弊不还"的现象也有所不满，因此强调征圣宗经来加以纠正。在《征圣》篇中，他指出圣人之文在政治教化、外交、修身各方面的积极作用，指出"圣文雅丽，衔华佩实"，在《宗经》中，他指出宗经才有"六义"之美，都具有补偏救弊的意义。

但另一方面，刘勰也非常重视文采，重视文学的创新和变化。"五经"之文，除《诗经》《左传》的许多篇章富有文采外，其他各经的绝大部分都是质朴少文的，刘勰却称道"圣文雅丽"，《通变》篇也说"商周（主要指"五经"）丽而雅",强调其丽,这实际上是片面夸大了"五经"的文采,来适合他所树立的艺术标准。他对楚辞奇丽之文,给予极高的评价,认为其"气往轹古",《时序》篇也大力赞美屈宋辞赋,以为"观其艳说,则笼罩雅颂",这实际上是肯定楚辞在艺术上超越雅颂,有着重大的创新。

《辨骚》实际上是酌骚。在对骚赋与"五经"进行具体比较、剖析其同异以后,刘勰认为在不违背"五经"雅正文风的前提下,应当尽量酌取楚辞的奇辞丽采,做到奇正相参,华实并茂。这种不囿于经书的旧传统、大胆肯定艺术上的发展与创新,是刘勰对文学创作总要求的一个重要方面,也是他善于总结历代文学发展经验的一个重要成果。它不但是刘勰对文学创作提出的一个总原则或总要求,也是他评价历代作家作品的一个总标准。刘勰把《辨骚》列入"文之枢纽",而不是归于《明诗》《诠赋》一类,正是由于通过《辨骚》,与《宗经》等篇联系起来,才完整地表明了他这个基本思想。

二

从《明诗》到《书记》二十篇为第二部分。这部分一般研究者称为文体论,我认为更确切地说,应称为各体文章写作指导，因为其宗旨是阐明写作各体文章的基本要求。《序志》篇介绍全书上半部内容云：

> 盖《文心》之作也，本乎道，师乎圣，体乎经，酌乎纬，变乎骚，文之枢纽，亦云极矣。若乃论文叙笔，则囿别区分，原始以表末，释名以章义，选文以定篇，敷理以举统，上篇以上，纲领明矣。

"论文叙笔，则囿别区分"两句，是说把文章分为有韵之文和无韵之笔两大类，分别加以论述。《明诗》至《谐讔》十篇论述有韵之文（其中《杂文》《谐讔》两篇兼有无韵之笔），自《史传》至《书记》十篇论述无韵之笔。"原始"以下四句，指出各篇内容大致分为四项：原始以表末，是叙述该体文章的源流；释名以章义，是说明该体文章名称的含义与性质；选文以定篇，是列举该体文章的代表作家作品加以评述；敷理以举统，是论述该体文章的体制特色和规格要求。四项内容，从次序和分量看，一般是：先是释名，很简括，分量最小；次讲始末，再次选文，这两项有时合在一块讲，提及不少作家作品，分量最大；最后敷理举统，分量较始末、选文两项为小，但它是各篇的结穴所在，前面三项内容，归结起来都为阐明各体文章的体制特色和规格要求服务，所以它的地位最为重要。上引《序志》篇说："上篇以上，纲领明矣。"这"纲领"指什么？它既可指《原道》等五篇，更着重指此处二十篇中的"敷理以举统"这一项。请看例证：

> 故铺观列代，而情变之数可监；撮举同异，而**纲领之要**可明矣。若夫四言正体，则雅润为本；五言流调，则清丽居宗。华实异用，惟才所安。（《明诗》）

> 凡说之**枢要**，必使时利而义贞，进有契于成务，退无阻于荣身。自非谲敌，则唯忠与信。披肝胆以献主，飞文敏以济辞，此说之本也。（《论说》）

> 故其大体所资，必枢纽经典，采故实于前代，观通变于当今，理不谬摇其枝，字不妄舒其藻。……然后标以显义，约以正辞。文以辨洁为能，不以繁缛为巧；事以明核为美，不以深隐为奇。此**纲领之大要**也。（《议对》）

上面的引文，均出自各篇的"敷理以举统"项内。很明显，所谓"纲领之要""枢要"，就是《序志》篇所说的"纲领"。又上引《明诗》篇自"故铺观列代"到"而纲领之要可明矣"这几句话，意为考察了历代的作家作品，因而明白了作诗的"纲领之要",即诗歌的体制特色和规格要求,也正好说明原始表末、选文定篇两项内容归结起来是为敷理举统服务的。刘勰在这部分的首篇《明诗》明确指出敷理以举统是作文的"纲领之要",而且指出研讨历代作家作品是为了懂得"纲领之要",可说是起了提挈以下十多篇的作用的。

还有,各篇中的敷理以举统部分,常常把各体文章基本的体制特色和规格要求,称为"体""大体""体制","要""大要"等等,让我们举一些例子:

> 原夫登高之旨,盖睹物兴情。情以物兴,故义必明雅;物以情观,故词必巧丽。丽词雅义,符采相胜,如组织之品朱紫,画绘之著玄黄。文虽新而有质,色虽糅而有本,此立赋之大体也。(《诠赋》)
>
> 箴全御过,故文资确切;铭兼褒赞,故体贵弘润。其取事也必核以辨,其摛文也必简而深,此其大要也。(《铭箴》)
>
> 夫属碑之体,资乎史才。其序则传,其文则铭。标序盛德,必见清风之华;昭纪鸿懿,必见峻伟之烈。此碑之制也。(《诔碑》)
>
> 凡檄之大体,或述此休明,或叙彼苟虐……虽本国信,

实参兵诈。谲诡以驰旨,炜晔以腾说。……故其植义飏辞,务在刚健。插羽以示迅,不可使辞缓;露板以宣众,不可使义隐。必事昭而理辨,气盛而辞断,此其要也。(《檄移》)

所谓"大体""大要"中的"大"字,也就是纲领的意思,大体、大要等等,就是指各体文章基本的体制特色和规格要求。它包括思想内容和文辞形式两个方面(《诠赋》篇所谓"丽词雅义",《檄移》篇所谓"植义飏辞",都明确表明了这一点),以及由这两方面综合而成的风格特征。《附会》篇说:"夫才童学文,宜正体制:必以情志为神明,事义为骨髓,辞采为肌肤,宫商为声气。"这就清楚地表明了体制是情志、事义、辞采、宫商诸因素的综合表现,也就是思想和艺术的综合表现。

由于这个"体"或"大体"性质非常重要,所以刘勰不但在《明诗》以下二十篇中着重予以论述,而且在《文心雕龙》下半部也常常提及。这在《镕裁》篇中表现尤为突出。《镕裁》篇说"规范本体谓之镕","镕则纲领昭畅"。本体就是大体,本体或大体抓好了,就是抓到了文章的"纲领之要",当然就能取得"纲领昭畅"的效果。《镕裁》篇又论作文次第云:"是以草创鸿笔,先标三准:履端于始,则设情以位体;

举正于中，则酌事以取类；归余于终，则撮辞以举要。"这里"位体"的体，也就是大体或本体；因为它是文章的基本体制特色和规格要求，所以在依据思想感情进行写作时，必须首先加以经营设计，这就是"设情以位体"的意思。

　　大抵古人作文，除诗、赋外，就是各体骈散文，它们在体制上都各自有其特点。作者写作时，首先得依据其特点从总体上经营设计，进行适当的安排。《文心雕龙》把《明诗》到《书记》这部分诗、赋和各体骈散文作法紧放在"文之枢纽"后面进行论述，特别重视诗、赋和各体骈散文的体制特色和规格要求，结合对于历代作家作品的评述对它们做了明确的规定，为写作者树立了规范，指明了方向。如果我们明白了《文心雕龙》的宗旨在于指导写作，那么，对刘勰非常重视这个部分的二十篇，并把各篇核心"敷理以举统"一项称为纲领之要，就不难理解其用心所在了。

　　刘勰在"文之枢纽"中提出了写作的根本原则，即要求把儒家经典的雅正文风和楚辞的奇丽文风相结合，宗经和酌骚相结合，做到奇正相参，华实并茂。这一基本思想，在下半部《神思》以下十多篇中表现特别鲜明，在《明诗》以下二十篇中也时有表露。如《明诗》云："若夫四言正体，则雅润为本；五言流调，则清丽居宗。华实异用，惟才所安。"他认为以《诗经》为典范的四言诗风格雅润，偏于朴实；汉魏以来新起的五言诗风格清丽，偏于华美。他虽然尊四言诗为正体，但又正视建安以来五言诗已居诗坛主要地位的事实，所以《明诗》篇用了较多的篇幅来评价五言诗的作家和作品，结合《定势》篇"赋颂歌诗，则羽仪乎清丽"的话来看，实际上他已承认五言诗是诗歌创作的主要样式了。在《诸子》篇中，刘勰一方面从宗经立场出发，指摘《列子》"移山跨海之谈"、《淮南子》"倾天折地之说"为"踳驳之类"，认为内容不正；另一方面又赞美《列子》"气伟而采奇"、《淮南子》"泛采而文丽"，肯定其富有文采，鲜明地表现了酌奇玩华的思想。又如《章表》篇云："至于文举之荐祢衡，气扬采飞；孔明之辞后主，志尽文畅：虽华实异旨，并表之英也。"下面敷理以举统部分又云："必雅义以扇其风，清文以驰其丽……繁约得正，华实相胜。"也是华实并重。又如《书记》篇赞汉代司马迁《报任安书》等书札为"志气盘桓，各含殊采"，赞美嵇康的《与山巨源绝交书》为"志高而文伟"，肯定他们的文章有奇采壮辞。刘勰在《征圣》篇中虽然认为圣文"雅丽""衔华佩实"，但如上文所指出，他对经文的丽是片面夸大了的，而且上面所举的不少作家作品，《列子》、《淮南子》、司马迁、孔融、嵇康等等，其丽辞异采，明显地超出了经书的传统，只有结合《辨骚》提出的酌奇玩华的原则来理解，才能够解释得通。只有在个别篇章中，刘勰强调了实的一面。如《史传》篇主张"务信弃奇"，批评"俗皆爱奇，莫顾实理"，那是历史内容必须真实的缘故。即使这样，他还是称赞司马迁有"博雅宏辩之才"，《汉书》的"赞序弘丽"，《三国志》"文质辨洽"，仍然没有忽视文采。

三

从《神思》到《总术》十九篇为第三部分。这部分一般研究者称为创作论，我认为更确切地说，应称为写作方法统论，是打通各体文章，从篇章字句等一些共同性的问题来讨论写作方法的。第二部分分体谈作法，第三部分打通各体谈作法，一经一纬，相辅相成。二者宗旨都是讨论写作方法，区别只是角度不同罢了。

第三部分十九篇的结构次序，大体上先是谈谋篇，讨论文章的整体风格；次是谈用词造句，讨论具体的修辞手段和写作技巧；最后呼应前文，重复强调了谋篇的重要性。

第一篇是《神思》，谈作文的构思和想象。这是创作过程中的第一步，故首先予以论述。陆机《文赋》论创作，也是首先论述构思和想象，刘勰在这方面大约受到陆机的影响。下面《体性》《风骨》《通变》《定势》四篇都是着重讨论风格问题。《体性》篇指出由于作者才性学养的不同，形成了典雅、远奥等八种不同的文体（即风格）。《风骨》篇提倡明朗刚健的优良文风：述情必显，析辞必精，风清骨峻，文明以健。《通变》篇指出文风随着时代而变化，由质朴趋于华丽，降及晋宋，文风"浅而绮""讹而新"，即有浮浅奇诡之病。《定势》篇指出章表奏议、赋颂歌诗等不同体裁的文章，应具有典雅、清丽等不同的"势"（即风格）。文章的风格，是就整篇说的，所以论述风格实际上就是谈的谋篇问题。《文心雕龙》书中屡有"篇体""篇制"字样用以指风格，如"江左篇制，溺乎玄风"（《明诗》）、"风清骨峻，篇体光华"（《风骨》）、"正始余风，篇体轻澹"（《时序》），充分证明《体性》等篇着重谈风格，实际是讲谋篇，只是并非讨论整篇的安排结构，而是讨论如何获得整篇的优良风格。

下面是《情采》《镕裁》两篇。《情采》讨论情思与文采实即思想内容与运用语言的关系问题，指出必须为情造文，批判为文造情者的"淫丽而烦滥"的文风。《镕裁》篇讨论剪裁问题，指出必须"剪截浮词"。这都是针对当时过于浮靡的文风而发。《镕裁》后面《声律》等九篇着重研讨用词造句，敷设文采；在此前面，刘勰强调必须为情造文，剪裁浮词，指出敷设文采必须服从于情思，避免浮靡烦滥，是具有深意的。

下面是《声律》《章句》《丽辞》《比兴》《夸饰》《事类》《练字》《隐秀》《指瑕》等九篇，除《章句》篇兼论章（指小段）法外，其他各篇都是研讨用词造句和修辞手段等具体问题，也就是如何敷设文采。

后面《养气》《附会》《总术》三篇，又回过头来，呼应前文，补充论述有关情思、篇制问题。《养气》与《神思》遥相呼应。《养气》指出，"精气内销"，则"神志外伤"；为了做到写作时思路畅通，必须注意"清和其心，调畅其气，烦而即舍，勿使壅滞"。《神思》强调"陶钧文思，贵在虚静"；《养气》也宣称"水停以鉴，火静而朗，无扰文虑，郁此精爽"。《附会》讨论"附辞会义"，把文章的内容形式安排得当，做到"首尾周密，表里一体"。刘勰认为这是"命篇之经略"，也就是谈谋篇问题。不同的是，前面《体性》等篇是谈篇的风格问题，这里是谈篇的结构组织问题。《总术》强调作文必须通晓"术"，并批评许多作者追求新丽，"多欲练辞，莫肯研术"。从篇中"执术驭篇""务先大体"等语句看，这"术"就是《明诗》以下二十篇中屡屡提及的"大体",就是《体性》以下四篇论述的体制,也就是《镕裁》中所说的"位体",这是刘勰认为作文必须首先注意的问题。在这部分的末尾,在研讨了声律、丽辞等许多具体的用词造句问题后,刘勰生怕作文的人片面注意练辞,而忽略了这个"大体",所以特列一篇,反复申述体制的重要性,以示其郑重叮咛之意。

刘勰在《辨骚》中提出的"酌奇而不失其贞,玩华而不坠其实"的思想,明显地贯穿在《神思》以下的十多篇中。《风骨》指出文章应当做到风骨与文采二者兼备,即既有明朗刚健的风格,又有华美的文采。《通变》指出作文应当"斟酌乎质文之间",即质朴与华美结合得好,不要过于质朴,也不要过于华艳。《定势》指出,正与奇、典与华,必须"兼解以俱通",即都要掌握,不可偏废。在这几对概念中,风骨、质、正、典,指的是质朴雅正的文风;采、文、奇、华等,指的是华美奇丽的文风。在"文之枢纽"中,刘勰使用了正与奇这对概念来概括这两种不同的文风;在其他篇章中,按照不同情况,他分别使用了质与文、典与华等内容接近的概念。

《定势》说:"模经为式者,自入典雅之懿;效《骚》命篇者,必归艳逸之华。"指出了两种不同的风格分别来自"五经"和楚辞,与《辨骚》篇意旨相同(**上文曾指出刘勰**

说"圣文雅丽",片面夸大了"五经"的文采;这里表明,他认为"五经"毕竟是以典雅质实见长的)。刘勰认为,逐奇失正的文风,始于辞赋,所谓"宋(玉)发夸谈,实始淫丽"(《诠赋》),到汉赋有进一步的发展。南朝文学沿着这条道路愈走愈远。所谓"后之作者,采滥忽真,远弃风雅,近师辞赋,故体情之制日疏,逐文之篇愈盛"(《情采》)。为了纠正这种近师辞赋、华而不实的文风,刘勰强调向文质兼备的儒家经典学习。《风骨》指出要"镕铸经典之范,翔集子史之术",《通变》批评晋宋文风"浅而绮""讹而新",认为要"矫讹翻浅,还宗经诰",都是这个意思。他还提出了新旧今古的问题。《定势》说:"旧练之才,则执正以驭奇;新学之锐,则逐奇而失正。"旧练之才,就是懂得宗法经诰的人;新学之锐,则是远弃风雅、近师辞赋的人。《风骨》说:"跨略旧规,驰骛新作,虽获巧意,危败亦多。"也是对弃旧法而专事趋新者的批评。他要求新旧或今古相结合,所谓"望今制奇,参古定法",实际上也就是《辨骚》篇提出的"酌奇而不失其贞,玩华而不坠其实"的意思。稍后于刘勰的颜之推,也有这种古今结合的思想,《颜氏家训·文章》说:

  古人之文,宏材逸气,体度风格,去今实远;但缉缀疏朴,

> 未为密致耳。今世音律谐靡，章句偶对，讳避精详，贤于往昔多矣。宜以古之制裁为本，今之辞调为末，并须两存，不可偏弃也。

这段话的内容，同刘勰的主张非常接近，是可以互相参照的。

颜之推认为应该把古之制裁（即体制）同今之辞调结合起来，学古以学习体制风格为主，采今以采择文辞声调为主。刘勰也是这样看法。《通变》说：

> 夫设文之体有常，变文之数无方。何以明其然耶？凡诗赋书记，名理相因，此有常之体也；文辞气力，通变则久，此无方之数也。名理有常，体必资于故实；通变无方，数必酌于新声。

这里所谓"设文之体"，不仅指诗、赋等体裁，更主要的是指体制或大体，即上面所说的各体文章的体制特色和规格要求。所谓"名理相因"，是指根据各体文章的名目（如诗赋）来规定写作要领。以《诠赋》为例，"赋者铺也，铺采摛文，体物写志也"，这是释赋之名义。"原夫登高之旨，盖睹物兴情。情以物兴，故义必明雅；物以情观，故词必巧丽。丽词雅义，符采相胜。"这就是根据赋的"铺采摛文,体物写志"的名义提出的作赋之理,即赋的体制或大体。这种体制是有常规的,必须以古人之文为法,所以说"体必资于故实"。至于文辞(即颜之推所说的辞调),那是变化无方的,就应该多酌新声了。《总术》批评许多作者"各竞新丽,多欲练辞,莫肯研术",只注意新丽的文辞,不肯重视研讨体制。

刘勰主张奇正结合,古今结合,在体制上宗法古人(以儒家经典为主),在文辞方面则崇尚新变。《风骨》《通变》《定势》诸篇,着重讨论体制风格,所以议论比较着重宗法经典,自《声律》至《隐秀》诸篇,讨论用词造句和修辞,议论就着重研讨文辞的华美了。东汉以来,骈体文学日趋发达,南朝益盛。南朝文人作骈体诗文辞赋,不但注意对偶和辞藻色泽之美,而且还注意用典和声律。从《声律》篇,我们看到刘勰完全拥护和支持沈约他们所提倡的声律论。在《丽辞》篇中,刘勰强调"体植必两,辞动有配",认为对偶犹如人体的四肢,是必然的现象。《事类》篇指出运用成语典故,是"圣贤之鸿谟,经籍之通矩",也是来自经典的不可或缺的手段。在这些篇章中,刘勰还细致地讨论了如何把声律、对偶、典故等运用得恰当和美妙。他还分别用专篇讨论了比兴、夸张、含蓄与警策等修辞手段,讨论了字形的美观问题(《练字》)。这些，充分表现了刘勰对骈体文学的语言形式之美，不但没有忽视和排斥，而且做了细致的研讨，充分体现了他那"数必酌于新声"的主张。对于文学创作上的新奇华美之风，他是主张参酌采用的；他反对的只是片面追求新奇、抛弃古法的风气。他要的是"执正驭奇"，"望今制奇，参古定法"；反对的是"逐奇失正"。《体性》说："新奇者，摈古竞今，危侧趣诡者也。轻靡者，浮文弱植，缥缈附俗者也。"片面追求新奇轻靡、投合俗好的文风，才是他所贬责的。

黄侃《文心雕龙札记》解释《序志》篇"古来文章以雕缛成体"一句时说："此与后章'文绣鞶帨、离本弥甚'之说，似有差违；实则彦和之意，以为文章本贵修饰，特去甚去泰耳。全书皆此旨。"这话说得很中肯。因为刘勰主张"文章本贵修饰"，所以他对于汉魏六朝骈体文学的许多代表作家作品及其重要修辞手段，都加以肯定，《文心》全书也以精美的骈文写成。因为他主张"去甚去泰"，所以反对创作中那种"逐奇失正""玩华坠实"的文风。这是了解刘勰文学思想的核心所在。

四

自《时序》以下为全书的第四部分。其中《序志》为全书的自序，故这部分实际是《时序》以下五篇。其中《时序》论述各个朝代文学与时代的关系，各时期文学的发展与特色；《物色》论述文学创作与自然风景的关系；《才略》论述历代重要的作家；《知音》论述文学批评的态度和方法；《程器》论述作家的品德修养与政治才能。这些篇章，除《物色》一部分直接谈到写作方法外，其他四篇都没有谈到。它们在全书是杂论性质，在前面三部分分别论述了写作总原则、各体文章作法、写作方法统论以外，刘勰感到还有一些问题虽然非直接论作法，但从创作修养看，也颇重要，因而写下了这些篇章。

《时序》《才略》两篇都是评述历代文学，前者着重分析各时期文学创作总的趋势，后者着重评论重要作家，二者相辅相成，都带有文学史性质。值得注意的是，这两篇评述历代许多作家作品，虽然涉及面颇广，但还是以诗歌、辞赋二体及其作家为主。这就说明刘勰在全书中论列了许多文体，但毕竟认为诗、赋二体是文学创作的主要样式。这种看法同当时的一般主张，同沈约、萧子显、萧统等人的看法也是一致的。刘勰在书中虽然屡屡批评汉魏以来的某些作品淫丽过度，但从这两篇再结合《明诗》《诠赋》等篇来看，他对汉魏以至南朝的不少著名诗赋家，都是肯定或基本肯定的。这就说明，刘勰虽然宗经，但与扬雄晚年的态度很不相同。扬雄晚年笼统否定辞赋，认为只有写质朴的学术著作才有价值；刘勰则强调圣文雅丽，并主张酌取楚辞的奇文异彩，使文学创作有所创新和变化，所以他对汉魏六朝的骈体文学给予充分肯定，并对其主要样式诗赋的成就与地位，也给予充分的重视。

《物色》一篇，内容着重谈了自然景色的描写，现代一些《文心雕龙》研究者往往主张此篇应移入第三部分，有的同志还认为《物色》现在次于《时序》之后，是后来编次错乱或传写之误。这种主张有一定道理，因为此篇谈到如何写好自然景色，内容与第三部分诸篇接近，但论据还不足。因为：第一，说《物色》篇编次错乱，纯属推测，在版本上缺乏依据。第二，如前所述，第三部分诸篇，讲构思、篇的体制风格、用词造句，不但内容，就是篇名如《神思》《声律》等等，都是从写作方法角度着眼的，而"物色"却是指激发创作冲动的因素和文学描写的对象，与第三部分诸篇角度不同，移到前面，并不相称。第三，从第四部分的结构看，《时序》讲文学与时代（政治社会环境）的关系，《物色》讲文学与景物（自然环境）的关系，连在一起，也讲得通。两篇开头云：

> 时运交移，质文代变，古今情理，如可言乎！（《时序》）
> 春秋代序，阴阳惨舒，物色之动，心亦摇焉。（《物色》）

二者词句非常对称，内容都是说明环境对文学的影响，看来不是偶然的巧合，而是表明刘勰认为这两篇有着密切的关系。

《知音》篇专门论述文学批评，指责了常见的贵古贱今、崇己抑人、知多偏好等不合理现象，强调应当博观圆照，进行全面的理解和公正的批评。

刘勰认为，批评者必须通过作品的艺术形式进而理解作者的思想感情，所谓"观文者披文以入情"，怎样披文入情呢？他提出了"六观"的方法：

> 是以将阅文情，先标六观：一观位体，二观置辞，三观通变，四观奇正，五观事义，六观宫商。斯术既形，则优劣见矣。

"位体"是指经营整篇的体制风格。刘勰认为写作时应首先注意"设情以位体"（《镕裁》），阅读时也应首先注意它。"置辞"是指运用辞采，包括《丽辞》《比兴》《夸饰》《练字》《隐秀》等篇中所论列的各种用词造句方法，再加上观事义（见《事类》）、观宫商（见《声律》）。当时写作骈体文字必须注意的辞藻、对偶、用典、声律诸因素，都包括进去了。"奇正"是指作品风格的奇正形势，"通变"是指作品能否折中古今，"斟酌乎质文之间"（《通变》）。刘勰要求作品的体制和语言都能做到"执正以驭奇"（《定势》），要求"望今制奇，参古定法"（《通变》）。这是他全面讨论创作的基本思想，因此在讨论文学批评时，也把它作为应当考察的重要方面。

在《程器》篇中，刘勰认为文人不但应当注重道德修养，还应有政治才能。他强调说："摛文必在纬军国，负重必在任栋梁，穷则独善以垂文，达则奉时以骋绩。"把建功立业、报效国家放在生活理想的首要位置来强调，鲜明地表现出儒家传统思想的影响。

《序志》篇称《明诗》以下二十篇为"纲领"，是因为全书宗旨在讲作文之法，其重点在端正各体文章的体制，所以称之为纲领。至于它把下半部称为"毛目"（细目），那大约是因为下半部有不少篇章讨论用词造句，相对来讲是比较细小的问题，所以叫作毛目了。

综上所述，可见《文心雕龙》是一部详细研讨写作方法的书，它的宗旨是通过阐明写作方法，端正文体，纠正当时的不良文风。《原道》至《辨骚》五篇是总论，提出写作方法的总原则和总要求，也就是全书的基本思想。《明诗》至《书记》二十篇，是各体文章写作指导，结合介绍各体文章的性质、历史发展、代表作家作品，分别阐明写作各体文章时所应注意的规格要求和体制风格。《神思》至《总术》十九篇，是写作方法统论，泛论写作各体文章都应注意的写作要求和方法，其中前面几篇着重谈体制风格，后面几篇着重谈用词造句。《时序》至《程器》五篇为第四部分，是附论，大抵不直接谈写作方法，讨论了文学同时代及景色的关系、文学批评的态度和方法等问题。

刘勰的文学基本思想是宗经与酌骚相结合，即主张雅正的"五经"文风与奇丽的楚辞文风相结合。刘勰身处南朝，当时诗赋和各体骈文日益发展，语言华美，刘勰对于汉魏以迄南朝骈体文学持肯定的态度，他处处强调文辞应当美丽，甚至片面夸张"五经"之文都是雅丽的。《声律》《丽辞》《事类》诸篇，分别肯定了骈文讲求声律、对仗、用典等艺术要素。这种文风，主要是从楚辞、汉赋发展而来的，刘勰虽然基本肯定它们，但又认为当时一部分作家作品片面追求华辞丽藻，缺少雅正的体制，故企图以圣人的"五经"为旗帜，提倡雅正文风与奇丽文风相结合，做到奇正相参，华实并茂，来矫正当时的某些不良文风。《文心雕龙》全书语言优美，富有文学性，可说就是实践了他的主张、风格雅丽的一部创作。

刘勰宗经、酌骚的基本思想，不但提挈于总论，而且贯穿于全书，成为全书思想的核心。这种思想，我们今天看来，意义倒不大。我们今天所特别重视的，不是他对写作各体文章的总的要求和分别的要求，而是其他方面，如他对楚辞艺术成就与特色的分析（《辨骚》），对五言诗发展的评述（《明诗》），对创作构思的描绘（《神思》），对内容与形式关系的论列（《情采》），对文学与时代关系的认识（《时序》），对文学批评正确态度与方法的总结（《知音》），等等。那是因为我们同刘勰所处的时代大不相同了，我们今天已不需要写作他所提倡的雅丽的骈文。《文心雕龙》原来的核心何在、重点何在，与我们今天认为此书的价值何在、精华何在，二者不是一回事，应当区别开来。

（原载《复旦学报（社会科学版）》一九八一年第一期）

钟嵘《诗品》是怎样评价作家的

南朝梁代钟嵘所著《诗品》，一名《诗评》，是我国现存最早的一部诗歌评论专著。它系统评论了汉魏以迄南朝的一百二十多位五言诗作者，指出其特色和优缺点，分为上中下三品。汉末建安时代以后，文人写作五言诗的风气盛行，五言诗这一样式在诗坛占据了主要地位。在这段时期内，由于政治上九品中正制的推行，品藻人物、区分等第的风气也颇为流行，并且从人的德行才能评论扩展到文艺领域，在绘画、书法、弈棋等方面，分别产生了《古画品录》《书品》《棋品》等专篇。钟嵘《诗品》就是在这种时代风气下诞生的。

《诗品》共分三卷，评论自汉至梁的五言诗作者一百二十二人。其中上品十二人（*内汉代《古诗》作者为无名氏*），列在上卷；中品三十九人，列在中卷；下品七十二人，列在下卷。各品中前后次序，按作者年代前后排列。只品评已逝作者，存活者不予论列。对比较重要的诗人，是一人专论；对次要作者，则往往两人或数人合论。三卷前各有序文一篇，后人把它们全部移置全书之首，称为《诗品序》或《总论》。《诗品序》内容颇为丰富，论述了五言诗的历史发展，诗歌的产生、功能和表现手法；说明了《诗品》的体例、特色；批评了南朝诗歌多用典故、崇尚声律的风气等等。读钟嵘《诗品》，必须把序文和正文配合起来看，始能了解其全貌。

评价作家作品，钟嵘有他的审美和批评标准。

在思想内容方面，钟嵘注意到诗歌内容的多样性，不强调要表现某一类题材。他重视阮籍、左思等批判现实、政治性较强的作品，但也重视《古诗》、潘岳、张协、谢灵运等抒写日常情景甚至流连山水的作品，这些作者都列在上品。他颇重视诗歌表现哀怨之情，但对怨情的内涵看得也较为宽广，既肯定王粲、刘琨的悯时伤乱的愀怆感恨之词，也肯定班姬、徐淑的自伤身世的凄怨之作。这里反映了南朝文人在评论诗歌时，已经摆脱了汉儒美刺讽喻的传统，对诗的思想内容没有画下一个狭窄的圈子，而是允许内容题材的多样性。这种观点对诗歌的发展是有利的。

《诗品序》鲜明地提出了他评诗的艺术标准。他认为，写诗应当恰当运用赋、比、兴三种表现方法，使诗意深婉而不晦昧。他要求作品做到"干之以风力，润之以丹采"。风力即风骨。关于风骨这个概念的含义，目前学术界尚有不同看法。我认为据刘勰《文心雕龙·风骨》篇的具体分析，风骨是指作品表现思想感情显豁爽朗、语言精要劲健，形成一种鲜明生动、刚健有力的文风。丹采，指华美的辞藻。钟嵘主张写诗应以明朗刚健性为基干、润以华美辞藻，与刘勰兼重风骨与文采的观点相一致，表现了他们要求作品应当质朴刚健性与华美性互相结合的观点。它对于当时片面追求华辞丽藻的文风，具有补偏救弊的积极意义。钟嵘认为如果赋、比、兴三法运用得当，风力与丹采结合得好，诗歌就能产生滋味无穷的艺术感染力。

《诗品》评价诗人，在不少场合即从风骨、丹采两方面考察立论。《诗品》对曹植评价最高，认为其诗歌成就犹如人群之有圣人。评语有云："骨气奇高，词采华茂。"骨气，即气骨、风骨。这两句是说曹植诗在风骨、文采两方面成就都很高；正由于此，钟嵘给予曹植以最高评价。《诗品》评刘桢云："真骨凌霜，高风跨俗。但气过其文，雕润恨少。"真骨二句，是说刘桢诗风骨很高；雕润恨少，则指"润之以丹采"不足。钟嵘很推重刘桢，认为其诗在建安作者中仅亚于曹植；但对其诗文采不足，毕竟有些不满。《诗品》评左思云："其源出于公干……虽野于陆机，而深于潘岳。"认为左思的诗渊源于刘桢，风骨颇高；但文采稍逊，所以野于陆机。"野"字取"质胜文则野"（《论语·雍也》）之意，指文采不足。《诗品》评王粲云："文秀而质羸"，认为其文采秀出而质朴刚健性弱，即风骨不高。总之，钟嵘认为刘桢、左思、王粲三家诗成就虽颇高（均列在上品），但在风骨、文采两方面有所偏胜，所以评价不及曹植之高。《诗品》评曹操诗为"古直"，置于下品；评陶潜诗为"真古""世叹其质直"，置于中品。在当时崇尚骈体文学华美词采的人们（包括钟嵘）看来，曹操、陶潜的诗，文采不是一般地不足，而是太缺少了，所以评价不高。唐宋以来，由于古文运动的开展和胜利，人们在文学方面的审美标准起了很大变化，曹操、陶潜诗的评价才高起来。宋代以来的一些诗论者，往往批评钟嵘品第不当，特别在曹操、陶潜等作家方面意见较多，这实在是由于他们不了解钟嵘有他受当时风气制约的批评标准。

《诗品》评论作者时，很注意考察其"体"，即体制风貌。作品的体制，是内容和形式综合形成的艺术风貌，相当于今天所谓风格。体，标志着某一作家的风格特征。南朝江淹写有《杂体诗》三十首，即是学习过去三十位作家不同的体制风格。钟嵘还注意从前后作家体制风格的比较上，分析其渊源关系，例如他认为《古诗》是"其体源出于国风"，李陵诗"其源出于楚辞",阮籍诗"其源出于小雅"。他认为汉魏以来诗人的远祖是国风、小雅、楚辞三系,这和南朝文人大抵主张后代诗赋均源出《诗经》、楚辞之说相吻合。至于后代诗人,也可成为更后诗人的渊源,如说班姬源出李陵、刘桢源出《古诗》;但其远祖仍属国风、楚辞。在钟嵘标举渊源关系的作家中,源出小雅的只有阮籍一人,其他均源出或远源于国风、楚辞。在国风一系名家中,居上品的颇多,曹植、刘桢、陆机、谢灵运诸人,评价尤高。楚辞一系名家中,则是列上品者少,中品者多。钟嵘认为源出国风者诗风比较雅正,源出楚辞者诗风比较华艳。他对国风系诗人评价高,寓有崇雅抑华的意思,和刘勰强调宗经的观点是相通的。一个作家体制风格形成的因素是比较复杂的,就接受过去作家的影响而言,也常常是多方面的;《诗品》只是说某家源出于某家,提法不免简单化,因而招致后人的非议。但钟嵘原意,大约只是说某家体制风格的主要倾向和过去某家接近,某家诗风偏近于国风或楚辞,也是根据比较得出来的论断。例如他说陶潜诗源出应璩,就两家诗歌均颇质直古朴来看,风格的确较为接近。总之,我们对钟嵘这方面的意见,固然不能一味盲从,但也不宜一概否定,要实事求是地进行分析。

《诗品》评论作者,着重在显优劣,定等第,溯渊源,辨流派。如上文所述,他在评论作者成就优劣高下时,主要根据风力与丹采相结合的标准;他在论述诗人的流派时,则分为国风、小雅、楚辞三系,从体制上溯其渊源,明其流变。

(原载《古典文学三百题》,上海古籍出版社一九八六年版)

钟嵘《诗品》论诗人的继承关系及其流派

钟嵘评诗,着重分析诗人作品的总的体貌特征,并往往指出其渊源所自。如评曹植,指出"其源出于国风";"骨气奇高、词采华茂"则指其体貌特征。

《诗品》在指陈作家体貌特征时,在一部分场合明确使用了"体"字,例如:

评《古诗》:"其体源出于国风。……文温以丽,意悲而远。"

评王粲云:"其源出于李陵。发愀怆之词,文秀而质羸。在曹、刘间别构一体。"

评张协云:"其源出于王粲。文体华净,少病累,又巧构形似之言。"

评谢灵运云:"其源出于陈思,杂有景阳(张协)之体。故尚巧似,而逸荡过之,颇以繁芜为累。"

评魏文帝云："其源出于李陵。颇有仲宣之**体则**①。所计百许篇，率皆鄙质如偶语。惟'西北有浮云'十余首，殊美赡可玩。"

评张华云："其源出于王粲。其**体**华艳，兴托多奇②。巧用文字，务为妍冶。"

可见，《诗品》所谓体，是指诗人作品的体貌特征，其含义与《文心雕龙·体性》篇的"体"相同，相当于今天所谓风格。一个诗人的作品风格，也往往不是单一的，如魏文帝的作品，既有鄙质的一面，又有美赡的一面。《诗品》所谓其体貌，则大抵指其主要特征而言。《诗品》即根据一个诗人的体貌特征，指出其渊源所自。如张华诗体"华艳"，故源出"文秀"的王粲；张协诗"巧构形似之言"，谢灵运诗亦"尚巧似"，故"杂有景阳之体"。《诗品》论诗人渊源继承关系，大多数场合称其源出于某某，少数场合则运用其他词语，如评应璩"祖袭魏文"，评沈约"宪章鲍明远"，其意思也是源出魏文、源出鲍照。

---

① 体则，即体制，体貌法度之意。刘宋檀道鸾《续晋阳秋》说汉代司马相如、扬雄等赋家均"体则诗骚"，亦"体则"二字连用，不过钟嵘用作名词，檀道鸾用作动词。

② "多奇"，一作"不奇"，此据宋何汶《竹庄诗话》卷三、魏庆之《诗人玉屑》卷十三引文。

建安以后，五言诗名家辈出，并各自形成独持的体貌，南朝文人常称之为某某体，并加以仿效。如鲍照有《学刘公干体》五首，模仿刘桢诗；又有《学陶彭泽体》一首，模仿陶潜诗。江淹有《杂体诗》三十首，上起汉《古诗》、李陵，下迄刘宋鲍照、汤惠休，广泛模拟前代名家，其自序称"今作三十首诗，效其文体"，因为模仿对象广泛复杂，故名《杂体诗》。当时还有不少诗篇，虽不标明学某某体，实际也是仿效前人的体貌风格。如鲍照的《拟古》八首、《拟青青陵上柏》、《拟阮公夜中不能寐》等，鲍令晖的《拟青青河畔草》《拟客从远方来》等，江淹的《效阮公诗》十五首等都是。《文选》所选诗中有"杂拟"一项，选录陆机、张载以至范云、江淹十家诗六十余首，大抵都是这类作品。又《南齐书·武陵昭王晔传》载：萧晔"与诸王共作短句诗，学谢灵运体，以呈高帝"。由此可见，学习仿效前代名家诗歌的体貌风格，已经成为南朝文人诗歌创作中的普遍风气。

这种重视前代名家作品体貌特征的现象，在南朝文论中也有明显的反映。如《宋书·谢灵运传论》评论汉魏文学变迁云："自汉至魏，四百余年，辞人才子，文体三变：相如巧为形似之言，二班长于情理之说，子建、仲宣以气质为体，并标能擅美，独映当时。"《文心雕龙》的《体性》篇，专门探讨作家的才情学问和作品体貌风格的关系。篇中把作品分为典雅、远奥等八体,并指出由于作家的才性不同,作品的体貌也不一,如"贾生俊发,故文洁而体清,长卿傲诞,故理侈而辞溢"等等,逐个指明了汉魏两晋十二位著名作家的风格特征。再如萧子显《南齐书·文学传论》,把当时文章分为三体,分别指出其特色,并认为这三体是分别由谢灵运、鲍照等名家所开创。沈约、刘勰所论,兼重诗赋,萧子显则侧重于诗。由此可见,从作品的体貌来分析探讨作家和文学流派的特征,是南朝文学评论界的一种流行风气。《诗品》正是在这种风气中产生,着重从作品体貌来探讨许多诗人的创作特征及其渊源继承关系的。

《诗品》中指出源出某某的诗人,共有三十多位,大多数是重要或比较重要的作家。他把诗歌的远源分为国风、小雅、楚辞三个,后来的诗人都是由这三个源头分别发展而来的。其意见可列成右页之表。

《诗品》把五言诗作者分为三系,分别源出国风、小雅和楚辞,概括言之,实际只是《诗经》、楚辞两个源头。汉代以来,《诗经》、楚辞同受尊重和被模仿学习,"诗骚"是历代诗赋之祖的看法,在南朝文论中屡屡出现。刘宋檀道鸾《续晋阳秋》云:"自司马相如、王褒、扬雄诸贤,世尚赋颂,皆体则诗骚,傍综百家之言。"(《世说新语·文学》注引)《宋

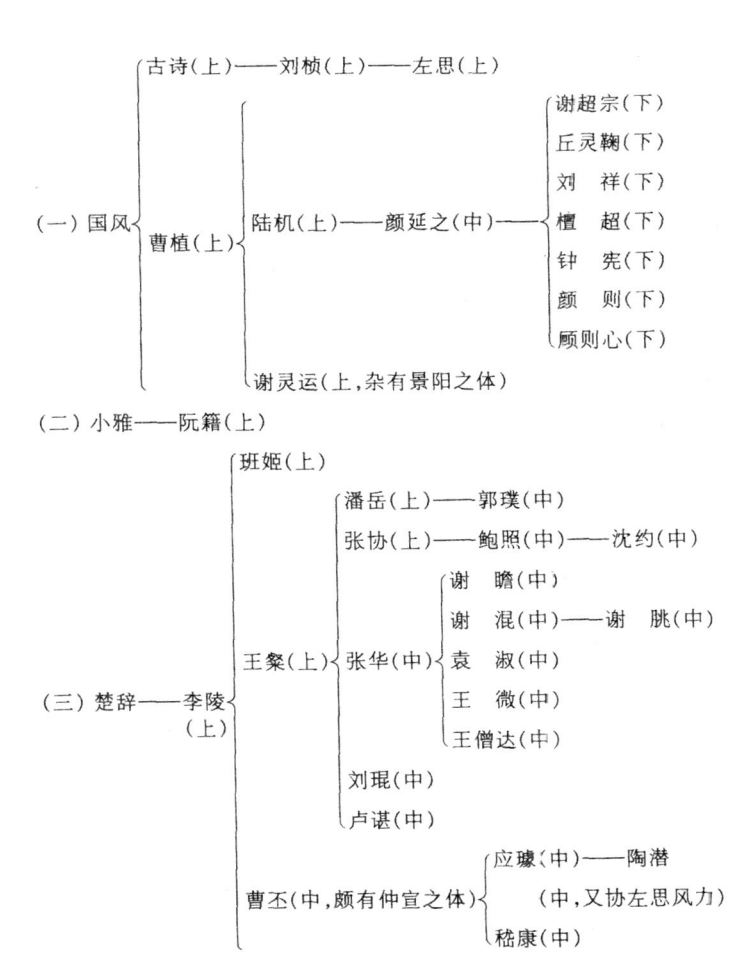

$$
\text{(一)国风}\begin{cases}\text{古诗(上)}\longrightarrow\text{刘桢(上)}\longrightarrow\text{左思(上)}\\ \text{曹植(上)}\begin{cases}\text{陆机(上)}\longrightarrow\text{颜延之(中)}\longrightarrow\begin{cases}\text{谢超宗(下)}\\ \text{丘灵鞠(下)}\\ \text{刘 祥(下)}\\ \text{檀 超(下)}\\ \text{钟 宪(下)}\\ \text{颜 则(下)}\\ \text{顾则心(下)}\end{cases}\\ \text{谢灵运(上,杂有景阳之体)}\end{cases}\end{cases}
$$

(二)小雅——阮籍(上)

$$
\text{(三)楚辞}\longrightarrow\text{李陵}\atop\text{(上)}\begin{cases}\text{班姬(上)}\\ \text{王粲(上)}\begin{cases}\text{潘岳(上)}\longrightarrow\text{郭璞(中)}\\ \text{张协(上)}\longrightarrow\text{鲍照(中)}\longrightarrow\text{沈约(中)}\\ \text{张华(中)}\begin{cases}\text{谢 瞻(中)}\\ \text{谢 混(中)}\longrightarrow\text{谢 朓(中)}\\ \text{袁 淑(中)}\\ \text{王 微(中)}\\ \text{王僧达(中)}\end{cases}\\ \text{刘琨(中)}\\ \text{卢谌(中)}\end{cases}\\ \text{曹丕(中,颇有仲宣之体)}\begin{cases}\text{应璩(中)}\longrightarrow\text{陶潜}\\ \quad\text{(中,又协左思风力)}\\ \text{嵇康(中)}\end{cases}\end{cases}
$$

书·谢灵运传论》在论述了汉魏时代文体三变以后接着说:"源其飙流所始,莫不同祖风骚。"都是其例。《文心雕龙》在"文之枢纽"部分中提出了宗经酌骚的原则,指出作文应"凭轼以倚雅颂,悬辔以驭楚篇"(《辨骚》),虽然不像檀道鸾、沈约那样着重论述文学发展,而是从指导创作的角度立论,但也同样表达了祖述"诗骚"的意思。刘勰的创作原则,正是从总结文学历史发展的经验中得出来的。《诗品》把五言诗作者分为源出国风、小雅、楚辞三系,实际也是"莫不同祖风骚"思想的一种表现。

钟嵘在《诗品序》中提出了"干之以风力,润之以丹采"的艺术创作原则,要求诗歌在体貌上既有爽朗刚健的风力,又有华美的辞采,作品风格应做到质朴有力与文采华美的二者结合。他最推崇曹植,因为其诗兼有"骨气奇高"与"词采华茂"之美,即文质兼备[①]。《诗品》区分诗歌流派,基本上也是根据这一原则来进行,按照文质兼备、偏于质、偏于文这几种不同情况来划分和归纳。

---

① 关于风力(或风骨)和文质的含义,目下尚有不同看法。我主张风骨是指风清骨峻的风格,质在多数场合指文风的质朴。详见拙作《从〈文心雕龙·风骨〉谈到建安风骨》和《魏晋南北朝唐代文学批评中的文质论》两文,均收入拙著《文心雕龙探索》(上海古籍出版社1986年版)。

在源出国风的一系中，又分两支。一支是《古诗》、刘桢和左思，其特点是富有风力，而文采稍不足。刘桢是："贞骨凌霜，高风跨俗，但气过其文，雕润恨少。"左思是"野于陆机"，文采稍逊，但富有风力（陶潜评中有"又协左思风力"语）。《古诗》实际是文质兼具的，《诗品》评为"文温以丽"，《文心雕龙·明诗》评为"直而不野"；但其风格与民歌接近，毕竟质胜于文，故《诗品》视为刘桢、左思一支的祖宗。

国风系中另一支以曹植为大宗。陆机、谢灵运两大家都源出于曹植。钟嵘认为曹植诗是文质兼备的典范，曹植是"建安之杰"，陆机是"太康之英"，谢灵运是"元嘉之雄"，分别是三个诗歌繁荣时代的主帅，代表着诗歌的最高成就，所以这一支在各流派中是最重要的。陆机与谢灵运诗风又有差异。陆机诗"尚规矩，不贵绮错"，诗风雅正，但有平板而缺少奇警的缺点。后来颜延之诗源出陆机，其诗特点也是雅正而乏奇警。《诗品》评颜延之云："喜用古事，弥见拘束，虽乖秀逸，是经纶文雅才。"此处"秀逸"之"逸"与奇警含义相通。《诗品序》批评沿袭颜延之诗风的任昉、王融云："词不贵奇，竞须新事。"可以参证。颜延之当时声名甚高，但缺点也较突出，所以列入中品。后来源出于他的谢超宗等人，成就更差，故列于下品。谢灵运诗与陆机诗均出自曹植，都是文质结合得好的，特别在文辞华美上继承发展了曹植诗风的特色。但谢诗体貌与陆诗又有不同。谢诗逸荡无拘束，不似陆诗"尚规矩"；谢诗"名章迥句，处处间起"，较多奇章警句。陆诗比较规正，谢诗则比较奇警。

小雅一系最简单，只有阮籍一人。阮籍诗长于怨悱，语言比较质朴，"无雕虫之巧"①，风格确与小雅为近。

在楚辞一系中，《诗品》认为李陵影响最大，班姬、王粲、曹丕各支均源出于他。按颜延之《庭诰》云："李陵众作，总杂不类，原是假托，非尽陵制。至其善篇，有足悲者。"（《太平御览》卷五八六引）这反映当时署名李陵的诗篇颇众，假托亦多，说明它们在当时影响相当大。《诗品》视李陵为一大家，当是出于此种原因。班姬一支仅她一人。王粲一支则影响深远，大部分楚辞系的两晋南朝诗人，都属于这一支。《诗品》说李陵诗"文多凄怆，怨者之流"，班姬诗"怨深文绮"，王粲诗"发愀怆之词"。国风、小雅系中的《古诗》、曹植、阮籍、左思等作家作品都具有哀怨特色，但到楚辞系的作者们，凄怆的特色更鲜明了。班姬"文绮"，王

---

① 巧，一作功，此据《竹庄诗话》卷三、《诗人玉屑》卷十三引文。

粲"文秀",文辞绮丽,又是楚辞系中班姬、三粲两支诗人的特色。王粲一支中又分几个小支。潘岳、郭璞为一小支。潘诗"烂若舒锦",郭诗"彪炳可玩",都颇为绮艳。张协、鲍照(兼受张华影响)、沈约为第二小支。张诗"词采葱蒨,音韵铿锵",鲍诗"诐诡""靡嫚",沈诗"工丽",也都有绮丽工巧的特色。张华、谢混、谢朓等为第三小支。这一支作者的特色为文辞绮丽而骨力软弱,王粲"文秀而质羸"的特点在他们作品中表现得很鲜明。张华诗"其体华艳","务为妍冶",但"风云气少"。谢瞻、谢混等五家"殊得风流媚趣",但"才力苦弱"。谢朓诗"末篇多踬",也是才力不足的表现。比较说来,鲍照诗虽也受张华影响,但有骨节和驱迈的气势,文秀而质不弱。第四小支是刘琨、卢谌两人,"善为凄戾之词",风格确近李陵、王粲。其诗"自有清拔之气",风力也不弱。

楚辞系中第三支作家有曹丕、应璩、嵇康、陶潜等人。其特色是风格质朴,语言甚至流于俚俗。《诗品》称曹丕诗百许篇"率皆鄙质如偶语",只有十余篇"美赡可玩"。应璩诗"祖袭魏文,善为古语",古语即古朴的语言。嵇康诗"讦直"而文采不足。陶潜诗也是"笃意真古","世叹其质直",被目为"田家语",即朴野的农家语言。旧时文论家和现代《诗品》研究者对陶潜源出应璩一点，往往有所怀疑，其实从文辞的质朴通俗、口语化这方面看，陶诗风貌与应璩诗的确有不少相类似的地方。

大致说来，楚辞的文风比较国风、小雅更为艳逸。《文心雕龙》对此点常有论述，其《辨骚》篇把《诗经》文风归结为贞（正）、实，楚辞文风归结为奇、华。《定势》篇云："模经为式者，自入典雅之懿；效骚命篇者，必归艳逸之华。"都是此意。刘勰还认为楚辞、汉赋艳丽之风，深深影响南朝文学，使大批作者为文造情，片面追求文采之美，文风萎靡无力。所谓"楚艳汉侈，流弊不还"（《宗经》），所谓"竞今疏古，风末气衰"（《通变》），都是这层意思。为了矫正时弊，刘勰提倡作文应宗法经书，以经书质朴刚健又有文采的文风挽救时弊，使文章能有文有质，风骨与文采互相结合。在这方面，钟嵘的看法和刘勰相当接近。在三系中，钟嵘评价最高的是国风一系。上面说过，建安、太康、元嘉三个时代的主帅曹植、陆机、谢灵运三人都属于国风系，属于楚辞系的王粲、潘岳、张协等人则都是辅帅。这与刘勰宗经酌骚的思想是相通的。《诗品序》云："昔曹刘殆文章之圣，陆谢为体贰之才。"突出四个作家，除上述曹植等三人外，加上一个刘桢，也属于国风系。楚辞系中，如上所述王粲影响最大，下面潘岳、张协、张华诸小支诗人风格都较绮艳，继承了楚辞艳丽的文风，这也与刘勰"效骚命篇者，必归艳逸之华"的看法相通。王粲诗"文秀而质羸"，文采秀丽而风力较弱，后来源出于他的诗人在不同程度上存在着这种缺点。钟嵘对这种现象是不满的。王粲虽列上品，但其位置次于以气骨偏胜的刘桢，《诗品序》论述中也更重刘桢；其实王粲诗成就不在刘桢之下，《诗品》这种态度，大约即寓有以质朴刚健矫浮靡之意。南朝诗人，只有谢灵运一人列上品，其实鲍照、谢朓两家成就杰出，也可居上品。钟嵘把这两家抑居中品，不但表现了一般文人崇古抑今的偏见，更重要的是他认为两家源出楚辞系的王粲、张协、张华等人，存在着诗风过于靡丽、追逐新奇的缺点，鲍照诗险俗而不够清雅，谢朓诗则是他所批评的永明声律论的实践者。《诗品序》批评当时轻薄文人，"笑曹刘为古拙，谓鲍照羲皇上人，谢朓古今独步"，更明显地指出了鲍照、谢朓两家与当时不良诗风的联系。

奇怪的是：楚辞的文风特征既然是艳丽，为什么曹丕、应璩等风格古朴质直的一支也是源出楚辞呢？这个问题《诗品》没有明说。推想起来，曹丕一支作家诗风质直，还有俚俗之病。俚俗不高雅之病，在钟嵘看来，当然不可能源出典雅的《诗经》。楚辞好用楚地方言俗语，《招魂》《大招》等篇描写也较为通俗。汉魏以来,辞赋作品中有通俗一类。现存的如曹植《鹞雀赋》、束皙《饼赋》等都是颇为通俗的(荀卿《赋篇》《成相辞》也较为通俗,可见此类俗赋渊源于先秦)。应璩、陶潜的部分诗篇,富有诙谐风趣,也与俗赋的俳谐作风接近(《文心雕龙》在《谐谑》篇中述及这类俗赋)。以上这些现象,说明《诗品》认为曹丕一支的诗风,是渊源于楚辞中的通俗篇章。曹丕的诗歌大多数是乐府诗。他诗篇语言质朴通俗的特色,实际主要来源于汉代无名氏的乐府诗(其中包括不少民歌)。钟嵘轻视汉乐府诗,《诗品》不予品第,在论述诗歌源流时也没有涉及;他把曹丕一支诗风,归源于以艳丽为主导倾向的楚辞,因而显示出很大的片面性。

根据上列表格和分析说明,《诗品》论诗歌的继承关系及其流派,大致可分三个层次。第一层次是国风、小雅、楚辞三类先秦作品,是诗歌的远祖。第二层次是《古诗》作者、刘桢、曹植、阮籍、李陵、班姬、王粲、曹丕等汉魏时代的作家,他们分别渊源于国风、小雅或楚辞,在五言诗形成和初步发展中成就显著。第三层次是晋、宋、齐、梁诗人,他们主要从李陵、曹植、王粲、曹丕等汉魏作者渊源而来,使五言诗得到进一步的发展。从风格特征和艺术成就看,钟嵘认为,曹植一支风力与丹采、文与质结合得最好,成就也最高;国风系《古诗》与刘桢分支、小雅系阮籍分支、楚辞系曹丕分支都是偏于质朴,在不同程度上存在着文采不足甚至俚俗的缺点;王粲分支中的多数作家,则又富于文采而风力不足,有文胜于质之病。左思、王粲、潘岳、张协等人,创作成就都颇高,均列上品,但比起曹植、陆机、谢灵运等文质兼善的诗人,毕竟要逊色一些。楚辞系的多数作者,作风华艳,不但风力不足,而且不及国风、小雅两系作者的风格雅正。这些可以说是钟嵘论诗人继承关系及其流派的最概括性的看法。

对于《诗品》探讨诗人源流关系的做法,清代章学诚曾给予极高的评价,其中《文史通义·诗话》篇云:

> 《诗品》之于论诗,视《文心雕龙》之于论文,皆专门名家,勒为成书之初祖也。《文心》体大而虑周,《诗品》思深而意远;盖《文心》笼罩群言,而《诗品》深从六艺溯流别也。论诗论文而知溯流别,则可以探源经籍,而进窥天地之纯、古人之大体矣。此意非后世诗话家流所能喻也。

章学诚盛赞《诗品》能够区分流派,溯其渊源。六艺是指儒家"六经",《诗品》探讨汉魏诗人渊源,上溯国风、小雅,故章氏称为"深从六艺溯流别"。章氏是史学名家,论学特别重视探究历史发展，他在《校雠通义叙》中强调指出，目录校雠之学，应当"辨章学术，考镜源流"，"条别学术异同，使人由委溯源"。《诗品》论述汉魏六朝诗人的继承关系，区分流派，上溯《诗经》、楚辞，符合他的上述原则，因而受到他的盛赞，誉为"思深意远"，而非后世许多诗话家琐屑谈艺者所能企及。章氏是从具有历史发展眼光和区分流派这一角度来充分肯定《诗品》的。但《四库全书总目提要》（卷一九五）于此则有不满之词，云："惟其论某人源出某人，若一一亲见其师承者，则不免附会耳。"在这方面的评价上，章学诚的看法与《四库提要》编者距离颇大。

我们认为，对钟嵘这方面的探讨工作，应实事求是地进行分析和评价。他论述好几个朝代中许多诗人的继承关系，当然不可能一一亲见其师承。但他看到《诗经》、楚辞、汉魏名家对后代诗人的巨大影响，看到晋宋以来诗人重视学习前此名家体制的流行风气，根据对各家诗歌体貌风格的比较考察，探究其继承关系，溯其流别，其议论具有大量的事实依据，虽有不尽合理处，但不能笼统地斥为附会。这种溯流别的工作，的确具有历史发展眼光，在探讨诗歌的继承和发展变化方面是很有意义的。结合刘勰、萧子显等的著作看，这种工作也是反映了南朝评论界的时代风气，但钟嵘做得更为具体、细致和有系统，因而显示出较大的创造性。但同时应当指出，钟嵘这方面工作的确存在着明显缺点，主要是把源流关系简单化。一个作家学习吸取前代作家作品，常常是多方面的，很少是单一的。《诗品》于谢灵运、鲍照、陶潜三人，也指出兼受两家影响，但论其余多家的继承关系，都是单一的，这就往往显得不大合理。例如曹植、阮籍的有些诗篇，或言涉游仙，或托喻美人香草，受楚辞影响，单纯说源出国风、小雅，就显得片面。又如王粲的诗，或悯时伤乱，或颂美曹操，风格与"风雅"为近，也不能单纯说源出楚辞、李陵。不少诗人常常是兼受"诗骚"沾溉，《诗品》把他们截然划分为国风、小雅、楚辞三系，就显得简单化。或许《诗品》所谓"其源出于某某"，只是就体貌的主要倾向立论，这样就讲得通些，可惜钟嵘于此没有说明。再有上文提到，《诗品》抹杀汉乐府诗在五言诗发展过程中的重要地位和影响，也使这方面的分析说明失去了一个重要环节，增加了不合理的成分。

（选自王运熙、杨明：《魏晋南北朝文学批评史》，上海古籍出版社一九八九年版）

全面地认识和评价《沧浪诗话》

在宋代的诗话中，对后代影响最大的是严羽的《沧浪诗话》。关于它的评价，明清两代就产生了很分歧的意见。解放以来，学术界对《沧浪诗话》也很重视，曾发表过专著和不少单篇论文进行探讨，或贬或扬，主张也颇不相同。我认为要比较全面确切地评价《沧浪诗话》，必须注意以下三点。其一，《沧浪诗话·诗辨》云："诗之法有五：曰体制，曰格力，曰气象，曰兴趣，曰音节。"这是书中提出的评价诗歌艺术成就的五项标准，严羽对它们都是很重视的。分析他的诗论，如果只注意"兴趣"一项而忽视其他，就容易产生片面的论断。其二，《沧浪诗话》全书分《诗辨》《诗体》《诗法》《诗评》《考证》五章。《诗辨》提出基本主张，固然最为重要。但《诗体》《诗法》《诗评》三章，分别谈诗的体制、写作方法以及评论历代诗人及其作品，也有不少重要意见。《考证》一章，虽多枝节问题的考订，但少数条目，也可取以参证。结合这些篇章中发表的对许多具体问题的议论，特别是对许多具体作家作品的评论，就更容易看出严羽诗论的精神实质。如果仅就《诗辨》一章考察，就使人感到他的议论很玄虚，不可捉摸。这点在研究方法上也是值得注意的。其三，严羽诗论矛头所指，重点固在苏、黄诗和江西诗派，但同时也抨击了当时流行的永嘉四灵诗派。南宋后期，四灵诗派兴起，刻意模仿晚唐贾岛、姚合的作品，诗风纤弱不振。严羽对此颇不满，他说："近世赵紫芝、翁灵舒辈，独喜贾岛、姚合之诗，稍稍复就清苦之风。江湖诗人多效其体，一时自谓之唐宗；不知止入声闻、辟支之果，岂盛唐诸公大乘正法眼者哉！"他提出五项标准，与反对四灵诗风也有紧密联系。这又是在考察严羽诗论的文学历史背景时必须注意的。根据上面的认识，以下试从兴趣、气象、格力、音节、体制五个方面分别进行考察，看看《沧浪诗话》各章发表过哪些言论，力求对他的诗论获得比较全面的了解，然后在此基础上给予历史评介。

一、兴趣

严羽在书中大力抨击了江西诗派"以文字为诗、以才学为诗、以议论为诗"的弊病，同时强调诗歌必须有兴趣，企图昔以纠正不良诗风。所谓兴趣（书中有时称为"兴致"或"意兴"），是指抒情诗所以具有感染力量的艺术特征。具体说来，这里面大致包含着三个要素。一是抒情，所谓"诗者，吟咏情性也"。严羽并不排斥诗中之理，但他要求"不涉理路"，即不直接说理，理应该藏在情性的后面，让读者自己体会，所以他称赞"唐朝人尚意兴而理在其中"。这种主张，正是针对苏、黄诗风而发。因为以文字、才学、议论为诗，势必湮没性情。刘克庄《后村诗话》批评黄山谷一派诗"锻炼精而性情远"，是一针见血之谈。二是要有真实感受和具体形象。严羽强调兴，兴是诗人对外界事物有所感触而发生出来的，所谓感物起兴。如杜甫诗云，"云山已发兴"（《陪李北海宴历下亭》）、"东阁官梅动诗兴"（《和裴迪登蜀州东亭见寄》）。这里包含着作者的真实感受，也必然接触到外界的具体事物，跟专以才学议论为诗的作风是不同的。三是要含蓄和自然浑成。所谓"不落言筌""羚羊挂角，无迹可求"，意在譬喻诗歌要写得自然浑成，不露斧凿痕迹。《诗评》评王安石《胡笳十八拍集句》云："浑然天成，绝无痕迹。"其说可以参照。所谓"透彻玲珑，不可凑泊，如空中之音，相中之色，水中之月，镜中之象"，意在譬喻说明诗歌要写得语言精炼含蓄，意味深长，有"言有尽而意无穷"的妙处。《诗法》

云："语忌直，意忌浅，脉忌露，味忌短。"也是要求写得含蓄不露，意味深长，其议论可以互相参照。

严羽论诗，针对江西诗派流弊，强调诗歌要有兴趣，实际就是要求它具有抒情诗的艺术特征和感染力量。诗歌具有这种艺术特征，就是所谓"当行本色"；从它区别于其他文体而言，就是所谓"别材别趣"。"当行本色"和"别材别趣"实际指的是一回事。

严羽提倡兴趣，提倡抒情诗的艺术特征的意见，可以明显地看出受到过去诗论家钟嵘、殷璠、释皎然、司空图、姜夔等人的影响。钟嵘《诗品》论诗强调滋味，他认为"五言居文词之要，是众作之有滋味者"。他反对晋代的玄言诗专门谈玄说理，结果"理过其辞，淡乎寡味"。反对刘宋颜延之、谢庄一派的诗喜欢用事用典，结果"文章殆同书钞"，"句无虚语，语无虚字，拘挛补衲，蠹文已甚"；认为诗歌"吟咏情性，亦何贵于用事"（均见《诗品序》）。可以看出，严羽提倡兴趣，反对以文字、才学、议论为诗，正是继承了钟嵘的这些论点。钟嵘又说："文已尽而意有余，兴也。"这种关于"兴"的解释对严羽的提倡兴趣和"言有尽而意无穷"，显然也有启发作用。盛唐殷璠在其《河岳英灵集》评语中常以"兴"或"兴象"赞美诸家。如评常建云："其旨远，其兴僻，佳句辄来，唯论意表。"评刘眘虚云："情幽兴远，思苦语奇。"评陶翰云："既多兴象，复备风骨。"评孟浩然云："至如'众山遥对酒，孤屿共题诗'，无论兴象，兼复故实。"评贺兰进明云："又《行路难》五首，并多新兴。"可见殷璠对诗的兴或兴象的重视。严羽推崇盛唐诗，在这方面当然受到专选盛唐诗的《河岳英灵集》的影响。稍后释皎然《诗式》有云："两重意已上，皆文外之旨。若遇高手如康乐公，览而察之，但见情性，不睹文字，盖诣道之极也。"（卷一"重意诗例"条）这种议论大约对严羽的"不落言筌"说也有启发。唐末司空图的诗论则强调韵味。司空图《与李生论诗书》认为诗歌应有一种醇美之味，在酸咸之外。诗歌要做到"近而不浮，远而不尽，然后可以言韵外之致耳"。这里强调诗歌的含蓄不尽和意味深长，显然也给了严羽不小的启发。严羽的前辈姜夔也很重视含蓄不露和意味深长。《白石道人诗说》云："三百篇美刺箴怨皆无迹，当以心会心。"似为严羽"无迹可求"论的先导。又云："语贵含蓄。东坡云'言有尽而意无穷'者，天下之至言也。山谷尤谨于此。清庙之瑟，一唱三叹，远矣哉！……句中有余味，篇中有余意，善之善者也。"这里对苏黄的看法与严羽不尽相同，但他强调含蓄和意味深长的议论，则显然为严羽所承袭。

殷璠提倡的兴，多数是作家从自然景物中感发而来的。他所赞美的常建、刘眘虚、孟浩然诸家，都擅长山水田园之作，司空图更是大力赞美王维、韦应物的作品。严羽既然在提倡兴趣方面受到殷璠、司空图的影响，是否证明严羽也是提倡王孟一派田园山水诗的呢？过去有些评论者在这方面都给出了肯定的答案。黄宗羲《张心友诗序》说："沧浪论唐，虽归宗李杜，乃其禅喻，谓'诗有别材，非关书也，诗有别趣，非关理也'，亦是王孟家数，与李杜之海涵地负无与。"《四库提要》评《沧浪集》时也有"羽则专主于妙远"的看法。后来许印芳在《沧浪诗话跋》中更明确地说："严氏……名为学盛唐，准李杜，实则偏嗜王孟冲淡空灵一派。"今人评论严羽常常接受这种看法。我认为这种看法实际是难以成立的，理由是：

第一，从理论上看，严羽并没有像司空图那样提倡歌咏隐逸的生活和情趣。诗家之兴，虽常从自然景物感触而来，但不限于自然景物。殷璠评贺兰进明的《行路难》有"新兴"，即是一例。严羽说"盛唐诸人，惟在兴趣"，又说："唐人好诗，多是征戍、迁谪、行旅、离别之作。"这里透露着唐诗作者的感兴常常是从社会生活中得来的。严羽提倡兴趣，是提倡抒情诗的艺术特征；这种艺术特征，严羽认为盛唐许多诗人都具有，不限于田园山水一派。事实也确是这样。"空中之音、相中之色、水中之月、镜中之象"云云，说得的确比较玄虚，仿佛在宣传表现方外之情和禅理，其实不然，它的本意不过在以禅喻诗，用它们来说明诗在艺术上的"言有尽而意无穷"的高超境界而已。综览《沧浪诗话》全书，严羽只是以禅喻诗，他并不要求以禅理入诗，像皎然《诗式》那样。在诗的风格方面，严羽是颇重视雄壮一路的（此点下节再详谈），假如他最重王孟一派悠闲的田园山水诗，就不会这样。

第二，从对具体作家的评价看。严羽最推重的是李白、杜甫，认为两家之诗已达极致，臻于"入神"之境，"至矣尽矣，蔑以加矣"。书中没有一处赞美王维。于韦应物，只有在赞美权德舆时说他"或有似韦苏州、刘长卿处"（《诗评》）。对孟浩然诗有好评，《诗辨》云："孟襄阳学力下韩退之远甚，而其诗独出退之之上者，一味妙悟故也。"这里赞美孟浩然懂得抒情诗的艺术特点，尽管学力不及韩愈，诗反而写得好。苏轼曾批评孟浩然诗"韵高而才短，如造内法酒手，而无材料耳"（见《后山诗话》）。苏黄诗是师法韩愈的，韩诗喜欢逞才学，发议论，严羽强调孟襄阳诗在韩退之之上，正是针对苏黄"以才学为诗"的倾向而发。所以这里赞美孟浩然，主要意图是在抨击苏黄一派不懂得抒情诗的艺术特色，并不见得对孟浩然的诗特别推重。在《诗评》中，严羽固然赞美了陶渊明、谢灵运、柳宗元的诗，但也赞美了阮籍、左思的古诗和张籍、王建的乐府，并不能说他最推重田园山水一派的作家作品。严羽对这些作家的赞美，大抵是从风格立论，而不是从思想内容和题材立论（对其他诗人的褒贬也常常如此）。

第三，从严羽本人的诗歌创作看。一个作者的理论和创作可以有距离，但基本倾向一般说来总是一致的。司空图推崇王维、韦应物，他的诗作确实走的王韦一路。严羽推崇李杜，他的诗主要学习李杜，理论与创作倾向也是一致的[①]。严羽是理论家，他的创作可以赶不上理论，但二者不可能背道而驰。如果事情真像不少评论者那样认为严羽阳尊李杜、阴奉王孟，那么对《沧浪吟卷》中许多学习李杜的作品（它们构成《沧浪吟卷》的主要倾向）将如何解释呢？难道可以说沧浪为了使人相信他阳尊李杜的议论，才写了这么许多学习李杜的作品吗？

由此可见，对于严羽诗论的这种颇为流行的看法是并不中肯的。

二、气象、格力、音节

严羽标举"诗之法有五"，除兴趣之外，他对于体制、格

---

① 参考拙作《严羽和他的诗歌创作》，收入拙著《中国古代文论管窥》，齐鲁书社1987年版。

力、气象、音节各项都是很重视的。本节拟谈气象、格力和音节三者。南宋吴子良在理宗淳祐三年所作的《石屏诗后集序》云:"盖尝论诗之意义贵雅正,气象贵和平,标韵贵高逸,趣味贵深远,才力贵雄浑,音节贵婉畅。若石屏者,庶乎兼之矣。"这里所说的"趣味"相当于严羽的"兴趣",所说的"才力"接近于严羽的"格力"。由此可见,从气象、兴趣、格力、音节等几个方面来品评诗歌,在当时不是严羽一人的主张。

严羽诗很重视气象。诗的气象是呈露于外的诗的精神面貌,不同的诗有不同的气象。吴子良认为"气象贵和平",严羽不然,他要求的是浑成、浑厚的气象。《诗评》云:

> 汉魏古诗,气象混沌,难以句摘。晋以还方有佳句,如渊明"采菊东篱下,悠然见南山"、谢灵运"池塘生春草"之类。谢所以不及陶者,康乐之诗精工,渊明之诗质而自然耳。

> 建安之作,全在气象,不可寻枝摘叶。灵运之诗,已是彻首尾成对句矣,是以不及建安也。

严羽推许汉魏古诗和建安作品,由于它们气象浑成,不在字句上雕琢以表现精巧，通篇无斧凿痕迹①。这里实际上是在提倡浑朴天然的风格。这种主张跟他在提倡兴趣时强调"无迹可求"的意见是沟通的。《诗评》说："汉魏之诗，词理意兴，无迹可求。"也是赞美汉魏古诗浑然天成的意思。《白石道人诗说》云："气象欲其浑厚。"严羽在这方面大约受到姜夔的影响。

严羽对唐诗（实际是盛唐诗）的气象也很加赞美。《诗评》云："唐人与本朝人诗，未论工拙，直是气象不同。"唐诗气象的特色何在呢？《答吴景仙书》认为"盛唐诸公之诗，如颜鲁公书，既笔力雄壮，又气象浑厚"，所以好。苏黄之诗，"虽笔力劲健"，但有子路剑拔弩张的气象，不浑厚，所以不好。他反对提倡用"健"字评诗，因为它容易使诗的面目剑拔弩张而失去浑厚。《诗评》又云："盛唐人有似粗而非粗处，有似拙而非拙处。"盛唐诗这种"似粗非粗""似拙非拙"的妙处，正是在于气象的浑成。清代陶明濬《诗说杂记》卷十解释沧浪这段话时有云："粗之反面曰精，拙之反面曰工……拙则近于古朴，粗则合于自然。"这意见是很中肯的。严羽认为陶渊明胜于谢灵运，就是由于陶诗古朴自然而谢诗精工。

---

① 实际建安时代的一部分作品已经颇讲求字句的工巧，与汉代古诗不同。

《诗评》中提到苏武诗"幸有弦歌曲"等十句，严羽认为"今人观之，必以为一篇重复之甚"，但他认为"古诗正不当以此论之也"。又提到《古诗》"青青河畔草"等，"一连六句，皆用叠字。今人必以为句法重复之甚"，但他认为"古诗正不当以此论之也"。这两则评语说明严羽认为汉魏古诗由于浑朴自然，不像后人讲求字句工巧，所以不避重复。《诗评》又云："唐人七言律诗，当以崔颢《黄鹤楼》为第一。"崔颢的《黄鹤楼》诗，不严格讲究对偶和声律，语句比较浑成自然，所以获得严羽的激赏。《考证》云："'迎旦东风骑蹇驴'绝句，决非盛唐人气象，只似白乐天言语。"因为这首绝句的语言比较浅俗，不浑成含蓄，所以严羽认为决非盛唐人气象。《考证》又认为柳宗元《渔翁》一诗删去最后两句就更好，谢朓"洞庭张乐地"诗如删去中间"广平听方籍"两句，全诗只留下八句，"方为浑然"。这也是从诗的浑成含蓄的艺术效果说的。

严羽提倡气象浑成或浑厚，实际是要求诗歌具有浑朴天然的风格；他反对刻画字句，呈露痕迹。这种主张一方面针对苏黄诗派好逞才、爱发议论、诗歌缺乏含蕴之风而发，另一方面也是针对四灵诗派等学晚唐浅露之风而发的。

清代潘德舆《养一斋诗话》很推重严羽，不少议论深受沧浪影响。他也非常重视诗的浑成和浑厚。书中赞美王昌龄《从军行》"大漠风尘日色昏"一首写得"用意深至","盖讥主将于日昏之时始出辕门,而前锋已夜战而禽大敌也。较中唐人'死是征人死,功是将军功'二语,浑成多矣"。又说:"龙标'玉颜不及寒鸦色,犹带昭阳日影来',与晚唐人'自恨身轻不如燕,春来犹绕御帘飞',似一副言语,而厚薄远近,大有殊观。"又说:"龙标《朝来曲》云:'日昃鸣珂动,花连绣户春。盘龙玉台镜,唯待画眉人。'看似细写娇丽之景,不知用意全在'日昃'二字,此'俾昼作夜'者也。玩渠运意,何其浑然,岂中晚人所能窥见?"(均见卷二)这种推重盛唐诗的浑厚而贬低中晚唐诗的言论,可说是严羽论点的发挥。

严羽在诗法五项中标举格力。他在具体评论中没有运用这一名词,而用了与此相近的一个词——风骨。诗歌的格力主要是指语言说的,指它的雄壮有力的特色。严羽在诗论中颇重视风骨。《诗评》云:"黄初之后,惟阮籍《咏怀》之作,极为高古,有建安风骨。"又云:"顾况诗多在元白之上,稍有盛唐风骨处。"[①]《诗评》又推重左思云:"晋人舍陶渊明、阮

---

① 此条通行本《沧浪诗话》脱去,此据《诗人玉屑》卷二引文。

嗣宗（案阮是魏人）外，惟左太冲高出一时。"按左思的诗，风骨遒劲，钟嵘《诗品》认为其源出于"贞骨凌霜，高风跨俗"的刘桢，又说陶渊明诗"协左思风力"，《诗评》此条次序即在赞美阮籍《咏怀》高古有建安风骨之后，用意在赞美左思诗有风骨，是无可怀疑的。关于风骨这个概念的含义，我认为是指思想感情表现得鲜明爽朗，语言遒劲有力所形成的明朗刚健的风格[①]。目前学术界对风骨含义还没有一致的看法，但它含有风格雄壮有力这一点，却是一般所同意的。所以，从严羽推重风骨的话，可以看出他要求"笔力雄壮"的主张。《答吴景仙书》赞美盛唐诗"笔力雄壮"，大致也就是这个意思。

严羽对元稹、白居易诗颇不满意。他认为元白诗不及顾况有风骨。元白的诗歌，语言比较繁冗，有好尽之累（此点白居易在《和答诗十首序》中做过自我批评），而缺乏雄壮有力的风格。沈德潜《说诗晬语》云："大历十子后，刘梦得骨干气魄，似又高于随州。人与乐天并称，缘刘白有《倡和集》耳。白之浅易，未可同日语也。"所谓"骨干气魄"，即骨气或气骨，也就是风骨。这是说白居易诗缺少风骨，不及刘禹锡。严羽《答吴景仙书》说："柳子厚五言古诗，尚在韦苏州之上，

---

① 参考拙作《〈文心雕龙〉风骨论诠释》一文，收入拙著《文心雕龙探索》，上海古籍出版社1986年版。

岂元白同时诸公所可望耶？"在严羽看来，柳宗元的五言高古似陶潜，非元白诗的作风浅俗所可比拟。他是很反对浅俗的，《诗评》曾讥"薛逢最浅俗"。元白的诗歌，语言繁而浅，比较缺乏风骨和"一唱三叹"的韵味，所以招来严羽的不满。有人认为严羽批评元白，是轻视诗歌的思想内容，这是误解。《诗评》云："大历后，刘梦得之绝句，张籍、王建之乐府，吾所深取耳。"张王乐府诗语言比较简练含蓄，不似元白的发露，所以获得严羽的赞美。假如严羽反对元白讽喻诗的思想内容，为什么又要赞美思想倾向与元白讽喻诗一致的张王乐府呢？为什么又要赞美杜甫的《兵车行》《垂老别》呢？严羽并不提倡新乐府和讽喻诗一类作品，但也没有笼统贬抑。

关于音节，严羽发表了一些具体看法。《诗法》说："下字贵响。"又说："音韵忌散缓，亦忌迫促。"他要求音节响亮悠扬。《诗评》说："孟浩然之诗，讽咏之久，有金石宫商之声。"宫声是最响亮的音调，明代最重声调的诗人李东阳在《怀麓堂诗话》中讲到有人说李白、杜甫的诗是宫声，其友人潘桢赞美他的诗得宫声，他由此很自负。孟浩然有一部分诗篇，的确写得气象开阔，音节响亮。如《晚泊浔阳望香炉峰》有云："挂席几千里，名山都未逢。泊舟浔阳郭，始见香炉峰。"《临洞庭上张丞相》有云："八月潮水平，涵虚混太清。气蒸云梦泽，波撼岳阳城。"都是其例。值得注意的是，在《诗评》这一条的上一条中，严羽批评孟郊诗道："孟郊之诗，憔悴枯槁，其气局促不伸，退之许之如此，何耶？诗道本正大，孟郊自为之艰阻耳。"孟郊的诗，语言比较艰涩枯窘，音节缺乏响亮悠扬之美；严羽说孟诗"憔悴枯槁，其气局促不伸"，虽然主要是批评他气象局促，但也是含有对音节上缺点的不满之意。音节响亮跟风骨也有联系。《文心雕龙·风骨》篇曾说："捶字坚而难移，结响凝而不滞，此风骨之力也。"[①]诗歌的格力雄浑和音节响亮二者是常常联系着的，明清诗论家把二者结合起来谈，遂形成了格调说，其理论实滥觞于严羽。

根据上面对气象、格力、音节的意见，可知严羽要求诗歌气象浑厚、笔力雄壮、音节响亮，具有遒劲的风骨。他喜爱风格偏于壮美一类的诗歌，这跟他本人诗歌的风格也是一致的。这个标准在严羽的诗论中很重要。他特别推崇李杜的作品，后来明代前后七子推重严羽的诗论，都跟严羽对李杜的推崇有密切的联系。《诗评》说："李杜数公，如金鹍擘海，香象渡

---

① "结响凝而不滞"句，黄侃《文心雕龙札记》释为"声律畅调"。

河,下视郊岛辈,直虫吟草间耳。"李白、杜甫的诗壮美[①],孟郊、贾岛的诗则反是,严羽在这方面表现了明显的褒贬态度。严羽提倡气象浑厚,笔力雄壮,音节响亮,其矛头同时指向江西诗派和四灵诗派。江西派雕琢字句,破坏浑厚气象,讲究拗句,使音节不能响亮悠扬,这是严羽所不满的。四灵诗派在这方面的问题也很大。他们专门刻意学习贾岛、姚合的五律,规模局促,语言风格柔弱纤巧,真是所谓"虫吟草间"。严羽对贾岛的讥评,实际上间接反映了对四灵诗派的批判。

从严羽格力、音节方面的标准,可以帮助理解严羽不会大力推重王孟一派田园隐逸的诗歌,因为它们的风格大抵偏于阴柔而不是阳刚。从严羽对四灵诗派的不满,更可以理解严羽不会特别推重王维。四灵的祖师是晚唐的贾岛和姚合。姚合编有《极玄集》,专选王维、祖咏和大历才子一派的诗。集中首列王维,并说所选各家诗都是"诗家射雕手"。四灵诗派喜以五律描写山水和隐逸情趣,溯其远源,还从王维来。严羽既然大力批评四灵诗派的柔弱纤巧之风,假如同时又大力推重王维,不是要使人感到在打自己的嘴巴吗?

王孟一派的田园山水诗以至四灵派的作品,从兴趣这一项

---

① 郭绍虞《沧浪诗话校释》说:"金鳷擘海"是"喻笔力雄壮","香象渡河"是"喻气象浑厚"。

标准说来，还是不差的。它们重抒情、有兴致、讲含蓄，具有抒情诗的艺术特点。但它们在格力、音节的壮美方面，却往往存在很大的弱点，使严羽不能满意。在强调兴趣时，严羽会说孟浩然的诗胜过韩愈；在提倡格力时，他又会说贾岛之诗远逊于李杜。由此可见，单纯从兴趣这个标准来看严羽的诗论，是非常不全面的。清代王渔洋赞美严羽，实际只撷取严羽提倡兴趣的一面，来为自己的神韵说作理论根据，而没有注意到严羽要求壮美风格的意见。我们今天不能仅仅根据王渔洋的看法来理解和评价严羽，而应该根据严羽原来的面目来进行评价。

三、体制

严羽论诗非常重视体制。他提出的五项诗法中第一就是体制。《沧浪诗话》第二章为《诗体》。专门区分并说明历代诗歌的各种体制。《答吴景仙书》对辨明体制的重要性更有具体的说明：

> 作诗正须辨尽诸家体制，然后不为旁门所惑。今人作诗差入门户者，正以体制莫辨也。世之技艺，犹各有家数，市缣帛者，必分道地，然后知优劣，况文章乎？仆于作诗不敢自负，至识则自谓有一日之长，于古今体制，若辨苍素，

甚者望而知之。

《诗法》也说："辨家数如辨苍白，方可言诗。"所谓"家数"，是指各个作家的不同体制，所以本条下严羽自注云："荆公评文章，先体制而后文之工拙。"这些意见，都说明严羽把辨别体制和家数放在非常重要的地位。

严羽所说的体制，不仅指作品的体裁、样式，而且是指体貌，犹如《文心雕龙·体性》篇所说的体，相当于今天所谓风格。它标志着作家作品在艺术表现上的总的特色。我国古代文论中常常用"体"字来指作家作品的艺术特色。如沈约《宋书·谢灵运传论》说："自汉至魏，四百余年，辞人才子，文体三变。相如工为形似之言，二班长于情理之说，子建、仲宣以气质为体，并标能擅美，独映当时。"萧子显《南齐书·文学传论》把当时的诗歌分为三体，对它们的艺术风格都做了具体说明，并指出这三体分别发源于谢灵运、鲍照等诗人。到钟嵘《诗品》，更根据体制来系统探讨作家的继承关系及其流派。如评谢灵运云："其源出于陈思，杂有景阳之体。"意思是说：谢灵运诗的体制出于曹植，又受到张协的影响。由此可见，体或体制标志着作家作品在艺术表现上的总的特色，大作家的体制产生深远影响，形成文学史上的流派，所以它是很重要的①。严羽所提倡的兴趣、气象、格力、音节诸种艺术因素，都可以包含在体制之内；因为体制既然标志着作家作品艺术表现上的总的特色，它就是由诸种艺术因素构成的统一体。从这里可以了解严羽所以非常重视体制的道理。

《沧浪诗话》中《诗体》一章，专论诗的体制和体裁样式。其中头上两类是按时代区分和按名家区分的体（*后者即所谓家数*）。这两类体制最重要，在文学史上影响最大。严羽重视体制，主要是就这两类而言。关于时代的体制，严羽最推重汉魏晋（*实际下延到宋初谢灵运*）和盛唐的诗。《诗辨》章中以禅为喻，指出汉魏晋与盛唐之诗是最上乘，是第一义，应该作为学习的对象。但由于汉魏晋只有古体诗没有近体诗，为体不备，所以他又特别推尊盛唐。

汉魏晋与盛唐之诗为什么最好呢？就是由于它们在兴趣、气象、格力、音节诸方面符合严羽的标准。"汉魏之诗，词理意兴，无迹可求。""气象混沌，难以句摘。"（《诗评》）在意兴、气象上都臻上乘。"阮籍《咏怀》之作，极为高古，有建安风骨。""陶渊明之诗，质而自然。"（《诗评》）这两位魏晋名家在格力、气象上有很高造诣。晋以后，南朝人追

---

① 参考拙作《中国古代文论中的"体"》一文，收入拙著《中国古代文论管窥》，齐鲁书社1987年版。

求艳丽辞藻，雕琢柔靡，气象、格力都不行，所以说："汉魏、晋宋、齐梁之诗，其品第相去，高下悬绝。"（《答吴景仙书》）至于盛唐之诗，与汉魏晋诗有同样的好处。"盛唐诸人，惟在兴趣，羚羊挂角，无迹可求"（《诗辨》），"盛唐诸公之诗，如颜鲁公书，既笔力雄壮，又气象浑厚"（《答吴景仙书》），兴趣、格力、气象等诸方面都很出色。

严羽把唐诗按时代区分为五体：唐初体、盛唐体、大历体、元和体、晚唐体（见《诗体》）。后来关于唐诗分为初、盛、中、晚四期的主张，实滥觞于此，其影响是很深远的。严羽对于盛唐与中晚唐诗，辨别颇为严格。《诗评》云："大历以前，分明别是一副言语，晚唐分明别是一副言语。"又云："大历之诗，高者尚未失盛唐，下者渐入晚唐矣。晚唐之下者，亦堕野狐外道鬼窟中。"他看轻中晚唐体，跟反对四灵派有关，因为中晚唐诗是四灵的祖宗。中晚唐诗，除韩愈这样个别作家喜欢炫才学、发议论因而缺乏兴趣外，一般诗人的作品还是有兴趣的，不像宋代许多诗人"尚理而病于意兴"，但它们大抵气象不浑厚，格调不雄壮，所以为严羽所不取。

在盛唐诸家中，严羽最推尊李杜。他说："诗之极致有一，曰入神。诗而入神，至矣，尽矣，蔑以加矣，惟李杜得之，他人得之盖寡也。"（《诗辨》）《诗辨》认为诗的反格

"大概有二：曰优游不迫，曰沉着痛快"，这两大类型或许就是从李杜诗的基本风格概括出来的。宋人论诗，多喜推尊李杜。严羽的推尊李杜，并不是人云亦云，作门面语，而是出自衷心，成为他整个诗论中的一个重要部分。因为从家数讲，李杜的诗，最全面地符合于他所提出的兴趣、气象、格力、音节各项标准，严羽自己的诗歌着重学李杜，更是一个有力的旁证。后来明代前后七子一派诗人推尊李杜，提倡格调，就是严羽这方面理论的一脉相承。

宋人论诗，喜欢借用佛家禅宗的术语和理论，用"悟"及"妙悟"言诗，这种风气开始于北宋，到南宋很流行。严羽在提倡学习汉魏晋与盛唐诗时，也借禅为喻，提倡妙悟。什么是妙悟或透彻之悟呢？这是指作者在创作上下过功夫后所得到的洞晓诗歌创作诀窍的认识。有了这种认识，便能写出好诗，而且写作时有得心应手、左右自如的乐趣。严羽认为汉魏古诗是天籁之音，自然生成，所以根本"不假悟"；谢灵运和盛唐诸家，已经讲究形式技巧，但他们懂得兴趣，掌握了抒情诗的艺术特征，不至于以文字、才学、议论为诗，所以是"透彻之悟"。孟浩然诗胜过韩愈，其理也在于此，汉魏的"不假悟"是无法学习的，所以严羽提倡透彻之悟。他认为透彻之悟必须建立在熟读古代优秀作品的基础上，这些古代优秀作品主要是指楚辞、汉魏古诗和李、杜两集。所以，要达到透彻之悟，必须首先辨别体制家数，明确取法对象。从这里更可以看出他非常重视体制家数的道理所在。

四、严羽诗论的评价

上面三节，我们就严羽的诗论做了考察，介绍了它的主要内容，并且做了一些必要的辨正，企图澄清一些片面的认识，使严羽诗论的原来面目，能够为我们确切地理解。这里不妨把上面的意见再扼要地叙述一下。

严羽提出了衡量诗歌的五项标准，那就是体制、格力、气象、兴趣、音节。他要求诗歌格力雄壮，气象浑厚，兴趣深远，音节响亮；他所推重的体制是在这些方面做得有成就的艺术风格。

根据这些标准，严羽推重汉魏晋和盛唐的诗，特别推重各种体裁样式比较完备的盛唐诗。于盛唐诗中，又最推重李白、杜甫两家。

他认为要写出好诗，必须熟读汉魏和盛唐的诗，参透其中的诀窍，懂得抒情诗的艺术特征和优美风格，就是所谓妙悟。

严羽的诗论，是针对当时流行的苏黄诗风、江西诗派和四灵诗派而发的。前者以文字、才学、议论为诗，破坏了诗的兴趣，气象也不浑厚。后者格调柔弱纤巧，缺乏浑厚雄壮的风格。

我们应该怎样来评价严羽诗论的历史功过呢？

严羽诗论的成就，我认为主要有以下三点：

第一，它比较中肯地指摘了苏黄诗风、江西诗派和四灵诗派的弊病。苏黄和江西派的许多诗歌，卖弄才学，雕琢字句，弊病很突出。至于四灵诗派，专学中晚唐贾岛、姚合，作风纤弱。这两个诗派，在宋诗的历史发展上都是落后的流派，不但思想内容在基本倾向上脱离现实，而且艺术上流弊也很大。严羽对它们做了尖锐的抨击，是具有针砭时弊的意义的。

第二，它比较细致地探讨了抒情诗的艺术特征和风格，其中包含了若干合理的意见。他指出诗歌应该具有与文章不同的别材别趣，诗人应该多读书多穷理，但表现时应该"不涉理路"，"尚意兴而理在其中"，即通过具体感性的形象来打动人。他要求诗歌注意含蓄，兴趣深长。这些意见，在阐发抒情诗的艺术特征上都包含着合理的成分；它继承总结了过去钟嵘、殷璠、司空图以至姜夔各家的意见，说理更为透彻和有系统，不能不说是一个贡献。他提倡气象浑厚、格调雄壮的诗风，在纠正江西派、四灵派的流弊方面，也具有一定的意义。

第三，它较有系统地探讨了历代诗歌的风格特色和艺术成就，把诗歌的历史研究推向前进。严羽论诗，最重体制和家数的辨别。《诗体》一章，综合前人意见，对各代诗歌和名家体制，做了详细的分类。《诗评》一章，对楚骚、汉魏古诗以至唐诗的特色与成就，做了较有系统的评述。其中有不少中肯意见，对我们研究古典诗歌有参考价值。对前代诗歌做出这样很有系统的评述，范围又比较广，这在钟嵘《诗品》以后是首屈一指的。宋代许多诗话的内容一般都比较琐碎，《沧浪诗话》的出现，为诗话内容可以做有系统的论述树立了一个榜样。明代王世贞《艺苑卮言》、胡应麟《诗薮》、许学夷《诗源辩体》、胡震亨《唐音癸签》这些较有系统的诗话著作，显然都在这方面受到《沧浪诗话》的深刻影响。

《沧浪诗话》具有重要的历史地位和较大的价值，它的某些论点，在今天也还值得我们借鉴，这些都是我们应该肯定的。然而，同时更应该指出，它在理论上存在着根本的缺陷和错误，绝对不容忽视。这种缺陷和错误主要有下列三点：

首先，严羽论诗，只重艺术形式和风格，不注意进步的思想内容。他虽也说"诗有词理意兴"，但只是说明诗中有理，并不表明提倡什么理，并以此作为评价作家作品的标准。他衡量作家作品的体制、格力等五项标准，都是从艺术形式和风格着眼的。他推重汉魏晋的古诗和盛唐诗，就是因为它们在兴趣、气象、格力等方面表现得好。他虽推重建安诗歌的风骨和气象，但并没有指出它们的思想意义。他虽也赞美杜甫的《北征》《兵车行》《垂老别》等现实性很强烈的诗篇，但他赞美杜甫的仍是"入神""沉郁""集大成"等艺术上的成就。他不满元白诗的浅俗显露，但又赞美张王乐府的蕴藉含蓄。由此可见，严羽并不排斥某些现实性强烈的诗篇，但他肯定它们，首先由于它们的艺术成就。他中肯地指责了江西派、四灵派诗在艺术上的缺陷，但没有能指出它们思想内容的贫乏。他评价诗歌，经常是把艺术性放在首要地位来考虑的。我国古代文论具有悠久的重视思想内容的传统。唐代进步诗人陈子昂、杜甫、元结等都提倡风雅比兴，要求诗歌关心现实。到白居易提倡"惟歌生民病"，在当时更富有进步意义。严羽提倡唐诗，他的诗歌创作学习杜甫，表现了一定的爱国思想，在理论上却不能吸收唐代诗人进步的创作主张。南宋初年张戒的《岁寒堂诗话》，也很重视诗的思想内容，他强调诗的兴、观、群、怨作用，大力赞美杜甫诗的思想意义，严羽在这方面的见解显然落在张戒的后面。

其次，严羽错误地把前人遗产当作诗歌创作的源泉，并强调机械模仿前人。严羽论诗不能注意到社会现实生活对作家产生的巨大作用。他评论历代作家作品，一般都没有谈到社会现实的影响。《诗评》中有一则云："唐人好诗，多是征戍、迁谪、行旅、离别之作，往往能感动激发人意。"算是接触到了现实生活，但仅此一例，而且寥寥数语，没有具体发挥。相反，在《诗辨》中，他却强调要熟读楚辞、汉魏古诗、李杜二集，"博取盛唐名家，酝酿胸中，久之自然悟入"。把学习遗产当作创作的首要条件和源泉，这在理论上就陷入唯心主义。实际上楚辞、汉魏古诗、李杜诗等所以卓越，首先来源于丰富的生活和进步的思想。严羽赞美汉魏古诗浑然天成，正是由于其作者在生活中"感于哀乐"，直抒胸臆，而不是刻意学习、模仿遗产。严羽推崇楚辞、汉魏古诗、李杜诗等是对的，但也不明白这类作品所以卓越的原因，对如何能创作出继承这类优秀遗产的好作品，却指错了道路。南宋的著名诗人杨万里、陆游都谈到悟。杨万里从自然景物中有所悟（见《诚斋荆溪集序》），陆游从南郑的军伍生活中悟得"诗家三昧"（见《九月一日夜读诗稿有感走笔作歌》）。两家都从客观外界获得悟，不像严羽那样只从遗产悟入，其主张显然要进步得多。特别是陆游，懂得了从现实生活中汲取创作源泉，更是难能可贵。陆游诗歌所以具有充实的思想内容，跟这种认识有着紧密的联系。在这个问题上，严羽的见解是瞠乎其后了。严羽不但把前人遗产当作创作的源泉，而且强调机械模仿前人。《诗法》云："诗之是非不必争，试以己诗置之古人诗中，与识者观之而不能辨,其真古人矣。"这真是很荒谬的复古主义。严羽自己的一部分诗作,就是与古人面目不分的假古董。明代前后七子一派诗人的复古主义,就是这种理论的恶性发展。严羽标举汉魏晋和盛唐诗来反对江西派的形式主义,结果自己又走到另一种形式主义的道路上去。

最后,严羽探讨抒情诗艺术特征的意见,尽管很有价值,但也表现出一定的片面性和神秘色彩,产生不良影响。严羽探讨抒情诗艺术特征的意见,比较细致,包含较多合理的因素,已如上述,但另一方面应该看到,在这些尽管是较有价值的意见中也包含着很大的片面性。严羽反对诗歌说理、发议论,当然,抒情诗一般不宜于直接发议论,但也不能绝对化地看问题。诗中的有些议论,如果饱含着作者的感情,不但不会破坏诗的形象性,而且可以加强它的感染力量。何况诗的领域很广阔,优秀的哲理诗也是具有艺术生命力的。宋诗(*特别是苏东坡诗*)好言理,固然常常带来概念化的毛病,但也有说理说得好的,表现出与唐诗不同的明快机智的特色,不能笼统否定。严羽推重杜甫,杜诗事实上很爱发议论,严羽所称道过的《北征》,其中即包含了不少议论的成分。在反对发议论的同时,严羽提倡诗要含蓄不露,反对"叫噪怒张"的作风,这也具有一定的片面性。钱谦益《唐诗英华序》提到了《诗经》中的"胡不遄死","投畀有北","赫赫宗周,褒姒灭之"等例子,驳斥严羽反对发露指陈的意见,是颇为中肯的。严羽的这种理论,要求诗歌的风格束缚在委婉含蓄、温柔敦厚的圈子里,势必大大削弱诗歌的暴露功能和批判作用。严羽提倡气象浑厚,推重高古的风格,也容易把诗歌带向模仿古人的道路。严羽大力提倡兴趣深长,要求诗歌含蓄不露,已经限制了诗歌的风格,他的某些话更说得很玄妙,如什么"不落言筌","无迹可求","透彻玲珑,不可凑泊,如空中之音、相中之色、水中之月、镜中之象"等等,带有浓厚的神秘色彩,很容易被人误解为要求诗歌超脱现实追求纯艺术美的境界。尽管严羽推重李杜,并不提倡王孟的田园山水流派,但他的这些带有很大片面性和浓厚神秘色彩的议论,仿佛与司空图的主张如出一辙,使人产生阳尊李杜、阴奉王孟的看法。清代王渔洋吸取严羽的意见来宣传自己的神韵说——王渔洋对于严羽诗论的认识和发挥固然是片面的,所谓"各取所需":但严羽诗论本身的片面性和模糊影响,也不能辞其咎。当然,针对江西诗派的弊病,严羽强调抒情诗的艺术特征,在这方面其功绩还是主要的。

综上所述,可见严羽《沧浪诗话》虽然在抨击当时不良诗风、探讨抒情诗的艺术特征、系统评述历代作家作品方面做出了较大的理论贡献，但它在内容与形式的关系、文学和现实的关系这些问题上所呈现出来的缺陷，却也是很明显的。把严羽跟南宋张戒、杨万里、陆游诸家的主张相比，更可看出严羽诗论在这些重要问题上的落后性，并且不能用什么历史条件的限制来为他辩护。严羽诗论在明清两代产生了深刻影响，明代前后七子和清代王渔洋都非常推尊严羽，但他们的创作倾向基本上都是不健康的。产生这种现象的一个原因，即在于严羽理论本身存在缺陷和错误。

（原载《古典文学论丛》第二辑，齐鲁书社一九八一年版）

刘师培的《中国中古文学史》

刘师培的《中国中古文学史》是刘氏二十世纪前期在北京大学授课时所编的讲义。全书仅七八万字，薄薄的一本小册子，却以其充实的内容、精辟的评论而为学术界所珍视，迄今仍是研究汉魏六朝文学史的一本重要参考书。

本书的一个显著特点是大量征引有关史实和评论资料，用以说明各历史阶段文学的特色和发展变化。如第三课"论汉魏之际文学变迁"部分，摘引了《三国志》王粲、卫觊、潘勖、曹植等传记中有关文人及其创作的叙述，引用了曹丕、曹植、杨修等人的文学评论文章，引用了《宋书·谢灵运传论》和《文心雕龙》书中《时序》《才略》《体性》《明诗》等许多篇章中关于该时代文学的评论。这些材料，都是原始的或早期权威性的记载，是富有价值的第一手资料，不似后代诗话、赋话等著作多泛泛之论。它们原来散在各处，编著者经过细心钩稽，把它们集中起来，分类归纳，各加简明按语分析说明，并提出自己的看法，这就使这种材料的排比和分析获得史的性质，而非一般的资料汇编。书中下面论述魏晋文学、宋齐梁陈文学两部分，体例大抵也是如此。读者只要仔细阅读和体会，便会对建安以迄南朝文学获得比较深刻的认识，受益不尽。

除分类排比材料并加分析说明外，刘氏对某一历史时期文学变迁的大势，也提出一些概括性的论断。如论汉魏之际文学变迁部分末尾，分析建安文体与前此汉代文体的不同，分别从书檄、论说、奏疏、诗赋四方面指出其发展变化，分析扼要而颇中肯。又如论宋齐梁陈文学部分后面总论，指陈南朝文学的特色，提出四点：矜言数典，以富博为长；梁代宫体，别为新变；士崇讲论，语悉成章；谐隐之文，斯时益盛。这些分析也确实道出了南朝文学内容形式上的一部分显著特色。这些概括性的评论，鸟瞰全局，具有宏观性质，它们和各小部分的按语相配合，表现了刘氏对中国中古文学的深入理解和文学史家所应具有的通览全局的见识。

统观全书的特点和长处，我认为有以下几点：（1）征引材料丰富翔实，在充分占有材料的基础上提出论断，言必有据，议论扼要而复精当，不作空论。（2）注意搜采当时或稍后的第一手记载和评论,把文学创作和文学批评结合起来考察分析,因而使许多文学史现象获得透辟的阐述。(3)不但对许多作家、许多文体多做评论,对各时期文学的变化创新注意阐述,而且对某一时代文学大势注意归纳概括,重视点面结合、纵横结合,在某种程度上体现了微观和宏观的统一,符合于文学史著作所应具有的体制。我认为,这些特点和长处,对于我们今天编写新的中国文学史一类书籍,仍然富有启发和借鉴意义。

清代骈文复兴,在桐城、阳湖等古文派名家外,还出现了不少骈文名家及其理论代表阮元。刘师培属骈文派,他对骈文昌盛的自东汉至南朝文学特别喜爱谙熟,因而能够写出如此功力深厚的《中国中古文学史》。但他继承乡先辈阮元(江苏仪征人)的言论,认为骈体文学是文章正宗,只有骈体才称得上是文学作品,这种主张显然表现了骈文家强调骈文、反对散体文的偏颇。再如古代文章中,存在着大量议论政治社会现象和学术、应付公务等的实用性文章,它们一般不具有或很少具有文学性。如本书论汉魏之际文学时所提及的论说之文、奏疏之文,论魏晋文学时所提及的傅嘏、王弼、何晏等人的哲理文,都很少具有文学性。刘氏对这类实用性文章也做具体论述,说明他对于文学作品特征的认识,还是沿袭着封建时代的传统观念。在充分肯定此书的价值时,不能不指出它存在着若干缺点和局限。

一九九六年

谈谈中国文学史的编法
——从《中国中古文学史》想到的

刘师培的《中国中古文学史》，论述魏晋六朝文学发展，由于取材丰富，排比有条理，并有不少自己的精到见解，出版后受到人们的重视，并得到鲁迅先生的好评。我觉得，这本书单就它的编写体例和方法来说，对我们今天编写文学史也很有启发和借鉴作用。

本书的一个特点，是它对各历史时期文学创作的主要倾向和特色比较注意，常常眉目清楚地概括出几点突出现象。例如论述建安文风时，联系当时的政治、学术环境，一开始就归纳出清峻、通脱、骋词、华靡四点特色，使读者对这时期的文学大势有一个相当明晰的总的认识。又如论述南朝文学，在分别介绍宋、齐、梁、陈四朝文学后，也归纳出四个重要现象："一曰矜言数典，以富博为长"；"二曰梁代宫体，别为新变"；"三曰士崇讲论，语悉成章"；"四曰谐隐之文，斯时益甚"。这样就把南朝贵族文人垄断文坛时期文学创作的一些共同倾向做了扼要概括，条理分明。当然，由于作者的文学观点基本上是封建的，他所概括的一些特色，今天看来不一定都是重要的，只能作参考。但是，这种注意各时期文学的主要倾向和特色，对文学发展的总的趋势分析得比较概括明白的论述方法，能使读者获得鲜明的印象。新中国成立后我们看到的几部新编文学史，着重于重要作家作品的分析介绍，对各时期文学创作主要倾向、特色讲得简略，对文学发展的总趋势缺少概括的有条理的论述，在这方面给人以不足之感。因此，刘氏此书，在写法上对我们今天编写文学史还是值得重视和借鉴的。

　　本书的另一个特点是它辑集了大量原始资料，把关于文学创作的记载和文学理论批评打成一片。本书所辑原始资料，有史书的作家传记和文学传论，有作家（**曹丕、曹植以至沈约、萧绎**等）的文学论文，还有批评家（**刘勰、钟嵘**等）的专门论著，搜集得相当完备。根据这些资料，不但可以看到作家的简历、创作成果概况，而且可以了解各时期文学发展趋势、主要倾向和重要作家的创作特点、历史地位等等。我国古代许多作家常常身兼批评家，其创作实践和文学主张，常常息息相通。史书中的文学传论，《文心雕龙》《诗品》等专著，更是常常较系统地总结了各时期的文学发展和创作成果，有不少深刻的见解。本书把这些重要资料辑集在一起，排比很有条理，并加上扼要的分析说明，对我们深入理解文学史很有帮助。特别对于作家作品艺术特色的分析评论，常常颇为细致深刻。我们今天的某些古典文学研究论著或论文，在分析作品艺术性时，往往是列成人物形象、结构情节、语言等几点，给人以用一种模式往作家作品头上套去的感觉。在这方面，刘氏此书对我们也很有启发和借鉴作用。

解放以来，中国文学史的研究工作，取得了丰富的成果。"文革"前出版的几部《中国文学史》总结了新中国成立十多年来广大古典文学工作者的研究成果，它们对今天读者了解中国文学的历史发展，吸收优秀的文学遗产，无疑仍有很大的参考价值。当前，中国文学史研究工作也应该有进一步的发展。品种固然应该多样，除掉中小型的文学史外，还应该有大型的多卷本的文学史、各种断代文学史和分体文学史。写法上也应该多样化一些，可以把重点放在重要作家作品的分析上，也可以把重点放在各时期文学的主要倾向和文学流派的分析上，还可以试试把文学史和批评史打成一片，写出别具一格的文学史。衷心希望不久的将来，中国文学史研究园地里，能出现百花齐放的繁荣景象。

（原载《光明日报》一九七八年十一月二十八日）

国家新闻出版广电总局
首届向全国推荐中华优秀传统文化普及图书

大家小书书目

国学救亡讲演录	章太炎 著	蒙 木 编
门外文谈	鲁 迅 著	
经典常谈	朱自清 著	
语言与文化	罗常培 著	
习坎庸言校正	罗 庸 著	杜志勇 校注
鸭池十讲(增订本)	罗 庸 著	杜志勇 编订
古代汉语常识	王 力 著	
国学概论新编	谭正璧 编著	
文言尺牍入门	谭正璧 著	
日用交谊尺牍	谭正璧 著	
敦煌学概论	姜亮夫 著	
训诂简论	陆宗达 著	
文言津逮	张中行 著	
经学常谈	屈守元 著	
国学讲演录	程应镠 著	
英语学习	李赋宁 著	
笔祸史谈丛	黄 裳 著	
古典目录学浅说	来新夏 著	
闲谈写对联	白化文 著	
汉字知识	郭锡良 著	
怎样使用标点符号(增订本)	苏培成 著	
汉字构型学讲座	王 宁 著	
诗境浅说	俞陛云 著	
唐五代词境浅说	俞陛云 著	
北宋词境浅说	俞陛云 著	

南宋词境浅说	俞陛云 著
人间词话新注	王国维 著　滕咸惠 校注
苏辛词说	顾　随 著　陈　均 校
诗论	朱光潜 著
唐五代两宋词史稿	郑振铎 著
唐诗杂论	闻一多 著
诗词格律概要	王　力 著
唐宋词欣赏	夏承焘 著
槐屋古诗说	俞平伯 著
读词偶记	詹安泰 著
词学十讲	龙榆生 著
词曲概论	龙榆生 著
唐宋词格律	龙榆生 著
楚辞讲录	姜亮夫 著
中国古典诗歌讲稿	浦江清 著
	浦汉明　彭书麟 整理
唐人绝句启蒙	李霁野 著
唐宋词启蒙	李霁野 著
唐诗研究	胡云翼 著
风诗心赏	萧涤非 著　萧光乾　萧海川 编
人民诗人杜甫	萧涤非 著　萧光乾　萧海川 编
钱仲联谈诗词	钱仲联 著　罗时进 编
唐宋词概说	吴世昌 著
宋词赏析	沈祖棻 著
唐人七绝诗浅释	沈祖棻 著
道教徒的诗人李白及其痛苦	李长之 著
英美现代诗谈	王佐良 著　董伯韬 编
闲坐说诗经	金性尧 著
陶渊明批评	萧望卿 著
穆旦说诗	穆　旦 著　李　方 编
古典诗文述略	吴小如 著

诗的魅力		
——郑敏谈外国诗歌	郑　敏　著	
新诗与传统	郑　敏　著	
一诗一世界	邵燕祥　著	
舒芜说诗	舒　芜　著	
名篇词例选说	叶嘉莹　著	
汉魏六朝诗简说	王运熙　著	董伯韬　编
唐诗纵横谈	周勋初　著	
楚辞讲座	汤炳正　著	
	汤序波　汤文瑞　整理	
好诗不厌百回读	袁行霈　著	
山水有清音		
——古代山水田园诗鉴要	葛晓音　著	
红楼梦考证	胡　适　著	
《水浒传》考证	胡　适　著	
《水浒传》与中国社会	萨孟武　著	
《西游记》与中国古代政治	萨孟武　著	
《红楼梦》与中国旧家庭	萨孟武　著	
红楼梦研究	俞平伯　著	
《金瓶梅》人物	孟　超　著	张光宇　绘
水泊梁山英雄谱	孟　超　著	张光宇　绘
水浒五论	聂绀弩　著	
《三国演义》试论	董每戡　著	
《红楼梦》的艺术生命	吴组缃　著	刘勇强　编
《红楼梦》探源	吴世昌　著	
史诗《红楼梦》	何其芳　著	
	王叔晖　图	蒙　木　编
细说红楼	周绍良　著	
红楼小讲	周汝昌　著	周伦玲　整理
曹雪芹的故事	周汝昌　著	周伦玲　整理

《儒林外史》简说	何满子 著	
古典小说漫稿	吴小如 著	
三生石上旧精魂		
——中国古代小说与宗教	白化文 著	
中国古典小说名作十五讲	宁宗一 著	
中国古典戏曲名作十讲	宁宗一 著	
古体小说论要	程毅中 著	
近体小说论要	程毅中 著	
《聊斋志异》面面观	马振方 著	
曹雪芹与《红楼梦》	张 俊 沈志钧 著	
古稗今说	李剑国 著	
我的杂学	周作人 著	张丽华 编
写作常谈	叶圣陶 著	
中国骈文概论	瞿兑之 著	
谈修养	朱光潜 著	
给青年的十二封信	朱光潜 著	
论雅俗共赏	朱自清 著	
文学概论讲义	老 舍 著	
中国文学史导论	罗 庸 著	杜志勇 辑校
给少男少女	李霁野 著	
古典文学略述	王季思 著	王兆凯 编
古典戏曲略说	王季思 著	王兆凯 编
鲁迅批判	李长之 著	
唐代进士行卷与文学	程千帆 著	
说八股	启 功 张中行 金克木 著	
译余偶拾	杨宪益 著	
文学漫识	杨宪益 著	
三国谈心录	金性尧 著	
夜阑话韩柳	金性尧 著	
漫谈西方文学	李赋宁 著	

周作人概观	舒芜 著	
古代文学入门	王运熙 著	董伯韬 编
中国文化与世界文化	乐黛云 著	
新文学小讲	严家炎 著	
回归,还是出发	高尔泰 著	
文学的阅读	洪子诚 著	
中国文学1949—1989	洪子诚 著	
鲁迅作品细读	钱理群 著	
中国戏曲	么书仪 著	
元曲十题	么书仪 著	
唐宋八大家 ——古代散文的典范	葛晓音 选译	
辛亥革命亲历记	吴玉章 著	
中国历史讲话	熊十力 著	
中国史学入门	顾颉刚 著	何启君 整理
秦汉的方士与儒生	顾颉刚 著	
三国史话	吕思勉 著	
史学要论	李大钊 著	
中国近代史	蒋廷黻 著	
民族与古代中国史	傅斯年 著	
五谷史话	万国鼎 著	徐定懿 编
民族文话	郑振铎 著	
史料与史学	翦伯赞 著	
秦汉史九讲	翦伯赞 著	
唐代社会概略	黄现璠 著	
清史简述	郑天挺 著	
两汉社会生活概述	谢国桢 著	
中国文化与中国的兵	雷海宗 著	
元史讲座	韩儒林 著	
魏晋南北朝史稿	贺昌群 著	

汉唐精神	贺昌群 著
海上丝路与文化交流	常任侠 著
中国史纲	张荫麟 著
两宋史纲	张荫麟 著
北宋政治改革家王安石	邓广铭 著
从紫禁城到故宫	
——营建、艺术、史事	单士元 著
春秋史	童书业 著
史籍举要	柴德赓 著
明史简述	吴晗 著
朱元璋传	吴晗 著
明史讲稿	吴晗 著
旧史新谈	吴晗 著 习之 编
史学遗产六讲	白寿彝 著
先秦思想讲话	杨向奎 著
司马迁之人格与风格	李长之 著
历史人物	郭沫若 著
屈原研究（增订本）	郭沫若 著
考古寻根记	苏秉琦 著
舆地勾稽六十年	谭其骧 著
魏晋南北朝隋唐史	唐长孺 著
秦汉史略	何兹全 著
魏晋南北朝史略	何兹全 著
司马迁	季镇淮 著
唐王朝的崛起与兴盛	汪篯 著
南北朝史话	程应镠 著
二千年间	胡绳 著
辽代史话	陈述 著
考古发现与中西文化交流	宿白 著
清史三百年	戴逸 著
清史寻踪	戴逸 著

走出中国近代史	章开沅 著		
中国古代政治文明讲略	张传玺 著		
艺术、神话与祭祀	张光直 著		
	刘　静　乌鲁木加甫 译		
中国古代衣食住行	许嘉璐 著		
辽夏金元小史	邱树森 著		
中国古代史学十讲	瞿林东 著		
历代官制概述	瞿宣颖 著		
中国武术史	习云泰 著		
小平原　大城市	侯仁之 著	唐晓峰 编	

黄宾虹论画	黄宾虹 著		
中国绘画史	陈师曾 著		
和青年朋友谈书法	沈尹默 著		
中国画法研究	吕凤子 著		
桥梁史话	茅以升 著		
中国戏剧史讲座	周贻白 著		
中国戏剧简史	董每戡 著		
西洋戏剧简史	董每戡 著		
俞平伯说昆曲	俞平伯 著	陈　均 编	
新建筑与流派	童寯 著		
论园	童寯 著		
拙匠随笔	梁思成 著		
中国建筑艺术	梁思成 著		
野人献曝			
——沈从文的文物世界	沈从文 著	王　风 编	
中国画的艺术	徐悲鸿 著	与小起 编	
中国绘画史纲	傅抱石 著		
龙坡谈艺	台静农 著		
中国舞蹈史话	常任侠 著		
中国美术史谈	常任侠 著		

说书与戏曲	金受申 著	
书学十讲	白　蕉 著	
世界美术名作二十讲	傅　雷 著	
中国画论体系及其批评	李长之 著	
金石书画漫谈	启　功 著	赵仁珪 编
中国山水园林艺术	汪菊渊 著	
故宫探微	朱家溍 著	
中国古代音乐与舞蹈	阴法鲁 著	刘玉才 编
梓翁说园	陈从周 著	
旧戏新谈	黄　裳 著	
中国年画十讲	王树村 著	姜彦文 编
民间美术与民俗	王树村 著	姜彦文 编
长城史话	罗哲文 著	
中国古园林六讲	罗哲文 著	
现代建筑奠基人	罗小未 著	
世界桥梁趣谈	唐寰澄 著	
如何欣赏一座桥	唐寰澄 著	
桥梁的故事	唐寰澄 著	
园林的意境	周维权 著	
皇家园林的故事	周维权 著	
乡土漫谈	陈志华 著	
中国古代建筑概说	傅熹年 著	
中国造园艺术	曹　汛 著	
简易哲学纲要	蔡元培 著	
大学教育	蔡元培 著 北大元培学院 编	
老子、孔子、墨子及其学派	梁启超 著	
新人生论	冯友兰 著	
中国哲学与未来世界哲学	冯友兰 著	
春秋战国思想史话	嵇文甫 著	

晚明思想史论	嵇文甫 著	
谈美	朱光潜 著	
谈美书简	朱光潜 著	
中国古代心理学思想	潘菽 著	
新人生观	罗家伦 著	
佛教基本知识	周叔迦 著	
儒学述要	罗庸 著	杜志勇 辑校
老子其人其书及其学派	詹剑峰 著	
周易简要	李镜池 著	李铭建 编
希腊漫话	罗念生 著	
佛教常识答问	赵朴初 著	
维也纳学派哲学	洪谦 著	
逻辑学讲话	沈有鼎 著	
大一统与儒家思想	杨向奎 著	
孔子的故事	李长之 著	
西洋哲学史	李长之 著	
哲学讲话	艾思奇 著	
中国文化六讲	何兹全 著	
墨子与墨家	任继愈 著	
中华慧命续千年	萧萐父 著	
儒学十讲	汤一介 著	
汉化佛教与佛寺	白化文 著	
传统文化六讲	金开诚 著	金舒年 徐令缘 编
美是自由的象征	高尔泰 著	
艺术的觉醒	高尔泰 著	
中华文化片论	冯天瑜 著	
儒者的智慧	郭齐勇 著	
中国政治思想史	吕思勉 著	
市政制度	张慰慈 著	
政治学大纲	张慰慈 著	

民俗与迷信	江绍原	著	陈泳超	整理
政治的学问	钱端升	著	钱元强	编
从古典经济学派到马克思	陈岱孙	著		
乡土中国	费孝通	著		
社会调查自白	费孝通	著		
怎样做好律师	张思之	著	孙国栋	编
中西之交	陈乐民	著		
律师与法治	江 平	著	孙国栋	编
中华法文化史镜鉴	张晋藩	著		
新闻艺术（增订本）	徐铸成	著		
中国化学史稿	张子高	编著		
中国机械工程发明史	刘仙洲	著		
天道与人文	竺可桢	著	施爱东	编
中国医学史略	范行准	著		
优选法与统筹法平话	华罗庚	著		
数学知识竞赛五讲	华罗庚	著		
中国历史上的科学发明（插图本）	钱伟长	著		
创造	傅世侠	著		
数学趣谈	陈景润	著		
科学与中国	董光璧	著		
易图的数学结构（修订版）	董光璧	著		

出版说明

"大家小书"多是一代大家的经典著作,在还属于手抄的著述年代里,每个字都是经过作者精琢细磨之后所拣选的。为尊重作者写作习惯和遣词风格、尊重语言文字自身发展流变的规律,为读者提供一个可靠的版本,"大家小书"对于已经经典化的作品不进行现代汉语的规范化处理。

本书中,国风、小雅、楚辞、吴声、西曲等专词有时指文体,有时指篇名,有时兼而有之,所以本书中这类专词一般不加书名号和引号,请阅读时根据文意自行体会。书名、篇名亦时用简称。

提请读者特别注意。

北京出版社

东线外编 EXTRA
EASTERN FRONT

切尔卡瑟钢铁包围圈

朱世巍／著

重庆出版集团 重庆出版社

图书在版编目(CIP)数据

东线外编:切尔卡瑟钢铁包围圈/朱世巍著. —重庆:重庆出版社,2021.12
ISBN 978-7-229-16071-5

Ⅰ.①东… Ⅱ.①朱… Ⅲ.①纪实文学—中国—当代 Ⅳ.①I25

中国版本图书馆CIP数据核字(2021)第195415号

东线外编:切尔卡瑟钢铁包围圈
DONGXIAN WAIBIAN: QIE'ERKASE GANGTIE BAOWEIQUAN
朱世巍 著

责任编辑:何 晶
责任校对:刘 艳
封面设计:胡耀尹

重庆出版集团 出版
重庆出版社

重庆市南岸区南滨路162号1幢 邮政编码:400061 http://www.cqph.com
重庆出版社艺术设计有限公司制版
重庆市国丰印务有限责任公司印刷
重庆出版集团图书发行有限公司发行
E-MAIL:fxchu@cqph.com 邮购电话:023-61520646
全国新华书店经销

开本:720mm×1000mm 1/16 印张:17.75 字数:270千
2021年12月第1版 2021年12月第1次印刷
ISBN 978-7-229-16071-5
定价:58.00元

如有印装质量问题,请向本集团图书发行有限公司调换:023-61520678

版权所有 侵权必究

> 目录

第一章　第聂伯河防线
　　一、曼施坦因的困局　/ 003
　　二、第聂伯河防线崩溃　/ 020

第二章　切尔卡瑟突出部
　　一、战役准备　/ 043
　　二、进　　攻　/ 066

第三章　双层包围圈
　　一、加固包围圈　/ 093
　　二、"万达"行动　/ 125

第四章　死或生
　　一、最后的救援行动　/ 157
　　二、突　　围　/ 175
　　三、大战之后　/ 205

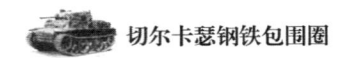

特别附录　东线德军
　一、高层架构　/223
　二、东线德国陆军和武装部队　/230
　三、空军和辅助部队　/272

第一章

第聂伯河防线

一、曼施坦因的困局

1. 东线战场的新战略

1943年，德国陆军元帅曼施坦因56岁。这一年他是苏德战场，也就是所谓东线的中心人物。他的经历更是跌宕起伏、大起大落。年初，他未能救出被包围在斯大林格勒的德国第6集团军，只能亲眼目睹二战爆发以来德军最大的惨败。但紧接着，曼施坦因就动用大量新锐装甲部队，在哈尔科夫挫败了苏军，得以重获希特勒的宠爱和信任。夏季，在曼施坦因的积极推动和亲自指挥下，德军以空前规模的兵力和装备，发动了代号"城堡"的库尔斯克战役，企图一举扭转东线战局。可是"城堡"行动却完全失败了。此后一直到秋季，曼施坦因率领南方集团军群不断败退。他所防守的第聂伯河天险也在多处被突破。但曼施坦因仍以重兵盘踞在具有重大战略意义的乌克兰，激烈攻防战还在继续。

希特勒以半真半假的豁达态度接受了曼施坦因的一系列惨败和不断的撤退。他的宽宏大量建立在如下战略思考的基础上：尽管俄国人取得了重大胜利并且重返乌克兰，但德军在东部前线仍占据着辽阔的地盘。依托这一巨大地理空间，德军可以凭借坚强防御不断消耗苏军的人力和物力，直至战局再度转向有利于德国的方向。

事实上，自苏德战争爆发以来，苏联红军和红海军在两年半时间里损失近2000万人（包括非战斗损失）[①]，其中870万人是所谓"纯减员"（死亡、被俘、失踪）。与之相对，德军同期在苏德战场只损失了约500万人（其中约400万人是战斗损失，包括近200万人是"纯减员"）。单纯从账面上考虑，用防御消耗战拖垮苏联的战略，似乎有可能奏效。

可是德军究竟需要守住哪些地盘？又该放弃哪些地盘呢？曼施坦因掌控的乌克兰战区争议尤其复杂。曼施坦因和德国陆军大部分将领一样，强调战术而极度缺乏战略头脑。他们的知识结构非常单一，缺乏军事以外的社会经济知识，而且都顽固保持着"军队比地盘更重要"的思想。因此，他们不能理解希特勒对乌克兰粮食和工矿资源的重视，更无法预见一旦苏联夺回乌克兰，就不仅能拿回这些资源，还可以得到大量兵员。这意味着即将耗尽战争潜力的苏联将获得巨大补充，而德军的消耗战略将完全失败。事实上，虽然德国人无法有效利用占领下的乌克兰的工矿资源，这一地区对苏联工业和农业却是至关重要。更糟糕的是，一旦德国失去乌克兰，在国际上还可能引发连锁负面反应。特别是德国的关键盟友罗马尼亚，其本土将直接面临苏军的威胁。而罗马尼亚是德国最重要的天然石油来源，是德国战争机器的供血源头所在。到时候，德国阵营内心生动摇的将不仅仅是罗马尼亚。而苏军通过乌克兰，则可以进攻波兰、巴尔干，甚至德国本土。失去乌克兰，完全可能导致德国满盘皆输。

2. 战力：技术差距

毋庸置疑，乌克兰对苏联和德国都极为重要。可是，德军的战力是否足够守住乌克兰呢？库尔斯克攻势失败以来，德军虽然在苏德战场蒙受了一系

[①]《苏联在二十世纪的损失和战斗伤亡》，第97页。

运往东线的"黑豹"坦克

列惨重失败，军力规模有所萎缩，却继续维持有强大的作战实力。德国国防军统帅部的统计资料显示，在 1943 年 10 月，部署在苏德战场的德国武装部队共有 408 万人（另有近 60 万人的仆从军）[1]。其中有约 280 万人属于德国陆军部队。这是非常庞大的战略重兵集团。可是同期已经有超过 635 万名苏军官兵部署在苏德战场，其中有 550 万人属于苏联陆军[2]。显而易见的是，德军的兵力处于劣势状态。

苏德战争并非单纯靠人力取胜。两军都以坦克部队为核心，都喜欢把大量坦克集中起来突破对手的防线，进而包围对手的重兵集团。现代化战争条件下，大型军团一旦被包围，就会很快丧失弹药和燃料补给，战斗力就会急剧减弱，变得很容易被消灭。所以防守的一方，也会出动自己的坦克部队，去击退敌方的坦克，阻扰敌人进行突破和包围。总之，坦克的数量和质量，对苏德战争的进程和胜负起着至关重要的作用。

1943 年夏季到 1944 年初，德国陆军在苏德战场投入比过去更多也更好的装甲战车。库尔斯克战役开始前，德军在东线共有 3434 辆战车[3]。包括

---

[1]《德意志帝国与第二次世界大战》卷八，第 247 页。
[2]《第二次世界大战史》卷八，第 70、833 页。
[3]《库尔斯克数据研究》，第 195 页。

东部前线的德军"虎"式坦克

德军的"黑豹"重型坦克

147辆"虎"式坦克和204辆"黑豹"式坦克。这是当时全世界范围内最强大的两种重型坦克，单车重45～57吨（相当于两辆苏联T-34坦克的重量）。东线德军还有862辆长管炮四号坦克、916辆强击炮。此后半年（7—12月）内，又有3951辆新坦克和强击火炮送往东线[①]，其中有278辆"虎"和867辆"黑豹"[②]。同一时期，东线德军丧失（不可恢复损失）了3841辆坦克和强击火炮[③]，账面上大体"收支相抵"。到1943年12月31日，在东线仍有3356辆坦克和强击炮，数量规模与夏季差不多。而且重型坦克比率更高："虎"式增加到232辆、"黑豹"有349辆。同时还有822辆长管四号和1441辆三号强击火炮。

1943年7—12月　东线德军新增战车（坦克与强击炮）构成

1197辆补充坦克、673辆补充强击火炮、以营连建制调来的526辆坦克、以营连建制调来的655辆强击火炮、随6个装甲师调来的900辆战车。

---

① 《库尔斯克数据研究》，第147页；《装甲部队(2)》，第109、117页。
② 《"虎"Ⅰ重型坦克1942—1945》，第41页；《坦克力量18："黑豹"在行动》，第33页。
③ 《库尔斯克数据研究》，第148页。

对德国人来说，尤其值得庆幸的是，直到1944年春，装甲战车的技术优势依然牢牢掌握在德军手中。俄国人在1943—1944年进行了一系列实弹测试①，结论令他们感到沮丧。德军"虎"式坦克可

德军第1装甲师丢弃在日托米尔附近的一辆"黑豹"坦克

在1500米距离击穿苏军T-34坦克和KV坦克最坚固部位的装甲；"黑豹"坦克甚至远在近2000米外，就能打穿T-34坦克的正面装甲（最坚固部位）。

与之相比，苏军的76毫米坦克炮（T-34坦克和KV坦克的主要武器），即使逼近到200米距离，还是无法击穿"虎"式坦克的侧面装甲，更无法击穿"虎"和"黑豹"的正面装甲。事实上，76毫米炮型的T-34坦克，非但无法从正面对抗"虎"和"黑豹"，甚至对比安装长管火炮的德国四号坦克都要逊色一筹。德军的新型四号坦克和三号强击炮虽不如"虎"、"黑豹"那么强大，却也可以在500～1000米距离摧毁T-34和KV。苏联坦克却要到500米以内才能击毁新型四号坦克。

俄国人为了挽回坦克技术的劣势，在1943年冬季开发出安装85毫米炮的新式T-34坦克（T-34/85）。新T-34坦克可以在800米距离击穿"虎"式的正面装甲，但还是无法击穿"黑豹"的正面装甲。更糟糕的是，即使是这种差强人意的T-34/85坦克，还得等到1944年3月才能交付给前线部队②。在此之前，俄国人只能继续硬着头皮使用T-34/76型坦克。如果发生坦克战，他们必须最大限度利用T-34速度快（炮塔转速也快）的优点，绕到德国坦克的侧后方进行射击。但这往往要付出很大代价，还需要非常大胆老练的坦克手。由于苏联坦克被击中后成员生还率太低，苏军坦克部队很难培养

①《苏联历史档案汇编》第16卷，第377—382页。
②《Osprey丛书：T-34/85中型坦克1944—1994》，第7页。

出老手——当然到了 1943 年和 1944 年，历经战火而幸存下来的老手还是变多了。

除了 T-34/76，同期苏军还有一些 85～152 毫米口径的重自行火炮，以及少量安装 85 毫米炮的 KV 坦克。苏联自行火炮是模仿德国强击炮的产物，很多型号直接使用坦克底盘。自行火炮（强击炮）优点是外形比坦克更低矮、更容易隐蔽、造价也更低廉，而且往往可以安装比同量级坦克更大口径的火炮。可是苏联坦克部队无论官兵，都不太喜欢自行火炮，甚至将其讽刺为"出毛病的坦克"。理由是自行火炮没有炮塔，火炮转动不够迅速，遇到坦克战容易吃亏。但在得到 T-34/85 和"斯大林 2"坦克之前，苏军也只有重自行火炮才能从正面击毁"虎"和"黑豹"。可惜这类战车数量太少。某些坦克军有时可以分到 1 辆或几辆。

苏联坦克手偏爱 T-34 坦克，并不只是因为其速度快。T-34 还有续航远、易修理、故障率相对较低等优点——至少比德国的"虎"和"黑豹"更容易修复、更不容易出故障。这意味着苏联坦克比德国坦克更容易控制住战场。而在坦克战中，谁控制了战场，谁就更容易回收和修复己方受损坦克，同时缴获敌方受损坦克。

苏军的 T-34 坦克和 Su-85 自行火炮正在渡河，河中有很多德军丢弃的装甲车和履带拖车等

德国统帅们也没太多理由为东线装甲部队的现状欢庆，反而是忧心忡忡。库尔斯克战役前夜，东线德军的坦克和强击炮有89%处于战备状态。到1944年新年伊始，东线德军虽然还有3303辆战车（1875辆坦克和1423辆强击火炮），却只有1285辆处于战备状态（551辆坦克和734辆强击火炮）[1]。其他战车或遭受战斗损伤或出现机械故障，都需要修理。德军赖以耀武扬威的"虎"和"黑豹"，因为机械构造过于复杂，更需要大量修理和维护。300多辆"黑豹"，一度只有80多辆可以出战。

希特勒对此非常失望，甚至把"黑豹"当成"瘫痪"的代名词[2]。1943年11月1日，希特勒干脆下令把60辆没法开动的"黑豹"送到北方集团军群当阵地炮台（11月5—25日间，60辆"黑豹"运往北方集团军群，其中一部分可以开动[3]）。也正因如此，希特勒更不能允许德军随便撤退，否则将有大量在修坦克和难以机动的重炮丢给俄国人（恰如俄国人在1941—1942年也丢弃了大量坦克和重炮）。坦克和重炮是德军战力的核心，而生产补充却很困难。

实际上，虽然德国人更喜欢夸耀他们的坦克和步兵，但德国陆军最基础战力却是炮兵。在苏德战场，德军的火炮总数比苏军要少，可是德军的单位火力却往往更强。自第一次世界大战以来，德军步兵师装备的榴弹炮就总比对手的火炮口径更大、威力更强。二战时也依然如此。德军借此获得了很大的战术火力优势。

1943年的苏德战场也是如此。按标准编制，一个德国步兵师的炮兵团应该装备48门105～150毫米榴弹炮，配发的炮弹重达14.8～43.5公斤。这样的炮兵团，一次就可以齐射约1吨炮弹。在1943年夏季，一些德国装甲师的炮兵团有54门野战炮（包括18门自行火炮），比步兵师炮团更多。与之相比，苏联步兵师的炮兵团按编制只有32～36门76～122毫米炮[4]。这些

---

[1]《德国陆军的武器和秘密武器》卷二，第253页。
[2]《希特勒与战争》，第732页。
[3]《德国"黑豹"坦克　对战斗霸权的追求》，第139页。
[4]《红军手册1939—1945》，第27页。

德军的一门75毫米反坦克炮

火炮的炮弹只有 6.5～21.7 公斤重。苏联步兵师炮兵团齐射量只有 400 多公斤，不到德国炮团的一半。

1943 年夏季以来，满员的德国步兵师约有 60 门反坦克炮，其中半数是 75 毫米重型炮，炮弹重 6.8 公斤，足以摧毁任何一种苏联主力坦克。而苏联步兵师只有 48 门 45 毫米小炮（炮弹重 1.4～2 公斤），几乎威胁不了德军主力坦克。这一时期，德军还把一些 75 毫米反坦克炮安装在履带车上，相当于简化版的强击炮。但德军把它们列为自行反坦克炮，与强击炮分开统计。

苏德步兵师炮团火力对比

型号	弹重（公斤）	型号	弹重（公斤）
德国团（齐射量1055公斤）		苏联团（齐射量390～416公斤）	
150毫米榴炮×12	43.5	122毫米榴炮×12	21.7
105毫米弹炮×36	14.8	76毫米师炮×20-24	6.5

步兵火力方面，德军步兵团有 8 门 75～150 毫米步兵炮，炮弹重 6.5～38 公斤；苏联步兵团有 4 门 76 毫米团炮和 7 门 120 毫米迫击炮，弹重 6.2～

15.9公斤。在1943年，部分德国步兵团也装备了120毫米迫击炮。苏联步兵营有9门82毫米迫击炮，而德国步兵营也有6~9门80毫米迫击炮。综合来说，德国步兵团（没有装备120迫击炮的团）火炮和迫击炮齐射量为178~210公斤，而苏联步兵团是220公斤。虽然发射量差不多，但德国步兵团火力核心是可做精准直瞄射击的步兵炮，苏军却多为精度很差的迫击炮。因而德军步兵团火力的射击效率要高于苏军。一些德国装甲师把步兵炮发给装甲步兵营，有些还安装在履带底盘上，成为机动性更强的自行步兵炮。

苏德步兵团火力对比

（一个步兵团的装备量）

型号	弹重（公斤）	型号	弹重（公斤）
德国步兵团（齐射量178~210公斤）		苏联步兵团（齐射量220公斤）	
150毫米步兵炮×2	38	120毫米迫击炮×7	15.9
75毫米步兵炮×6	6.5	76毫米团炮×4	6.2
80毫米迫击炮×18-27	3.5	82毫米迫击炮×27	3.1

综合来说，一个苏联师各种炮总数可能和德国师相当甚至更多。但就齐射威力和射击效能而言，一个德国师能对抗2~3个苏联师。德国师的兵员人数也比苏联师更多。一般来说，满员的老式德国步兵师（九营制）有15000~17000人，包括8000名广义步兵（内含5700名前线步兵和2300名步兵火力支援人员）；缩编后的新型满员师（六营制或七营制）有12000~13000人，包括6500名广义步兵（内含近3300名前线步兵和3200名步兵火力支援人员）。与之相比，1943年的苏联满员师也只有9000多人，其中约有3500名前线步兵（按德国标准计算）；缩编后的所谓中等满员师只有6000人，包括约2000名前线步兵。

当然，以上谈的是标准编制，与前线部队的实际情况之间存在相当差异，有时差异还很大。在曼施坦因不断败退的乌克兰战区，苏德两军就没有

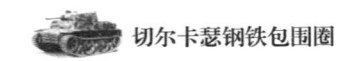

多少部队可以做到员额充实。当然这是秋季以来的状况。此前的夏季，两军的阵容却相当充实。

3. 战力：作战兵团

在库尔斯克会战前，预定参加"城堡"行动的很多德国步兵师几乎补足了兵员和武器，阵容华丽耀眼。举个例子说，第106步兵师总员额约有13600人，其中有6577名步兵作战人员（不含步兵团等的勤务人员），榴弹炮的配备量达到100%满额。可是经过"城堡"战役，整齐华丽的阵容却被打得七零八落，凋零残缺。近2个月激战期间，第106师损失了6080人，得到的补充却只有2782人。全师仅残剩1万余人，步兵不到原有人数的一半；榴弹炮和反坦克炮从111门减少到54门；步兵炮和迫击炮只剩下30门，不到编制额的一半。德第320师在库尔斯克战役损失了6469人，步兵作战人员从5995人减少到1515人，伤亡比第106师更为惨重。但第320师残留的重武器稍多，到1943年8月30日保有武器细目如下[1]：

24门105毫米榴弹炮、8门150毫米榴弹炮、42门反坦克炮（中型和重型各有21门）、10门75毫米步兵炮、4门150毫米步兵炮、69门80毫米迫击炮、495挺机枪、9858支步枪和冲锋枪。

第106师在"城堡"行动中遭受重创后，随南方集团军群穿越乌克兰大地不断败退。其间虽然也得到一些补充，但伤亡太可怕了。自1943年3月至1944年1月20日，不到一年时间内，第106师的战斗损失多达15005人，等于丧失了全师原有人员。其中阵亡2617人、负伤10858人、失踪1530人[2]。1月22日，第106师减少到6000余人，留下的重武器只有31门

---

[1]《库尔斯克数据研究》，第192页。
[2]《第106步兵师损失报告 自1943年3月至12月及自1944年1月1日以来》。

榴弹炮和 7 门反坦克炮（步兵炮和迫击炮无统计资料）。

德第 106 步兵师战力变化[①]

1943/1944年	总人数	步兵（步兵单位）数（人）	150毫米榴弹炮（门）	105毫米榴弹炮（门）	反坦克炮（重型）（门）	步兵炮（门）	80毫米迫击炮（门）	机枪（挺）
7月4日	约13600	6577*	12	36	63(33)	?（编制26）	?（编制54）	?（编制656）
8月25—26日	10328	2752~3172*	6	21	27(17)	9	21	251
1月22日	6028	2005**	4	27	7(5)	?	?	?

注：* 6577 和 2752，指各步兵营（不含团火力连等）、侦察营、野战补充营的作战人员数。但不包括各步兵团、侦察营和野战补充营所辖的非作战人员（营团所辖运输队、医疗、勤务等）。3172 指各步兵团、侦察营、野战补充营的作战人员数。
**此处指第 106 师的 3 个步兵团、1 个工兵营、1 个侦察营的总人数。

第 106 师的情况比较严重，但德军多数部队情况也好不到哪里去。1943年秋，东线各野战师在前线的实际兵员（不含休假休养人员），平均只有 8500 人（含 5000 名作战人员）[②]。曼施坦因手下很多步兵师只有不到 2000 名前线步兵。和莫德尔（以及稍后得到提拔的舍尔纳）不同，曼施坦因似乎不喜欢采取强硬措施从勤务部队和机关里搜罗冗员，把他们硬塞到步兵连里。曼施坦因和他的俄国对手一样，主要是靠坦克和大炮在打仗。但俄国人可以毫不在意地把没有任何训练的老头儿、小孩弄来当步兵，曼施坦因却没有这种魄力。他对手下的步兵连继续保持宁缺毋滥的苟且态度，眼看战斗队形越来越稀疏却没什么积极的解决办法。曼施坦因手下的部将也大都如此。

曼施坦因手下的野战师，火力倒是比人力更为充实。1944 年初，南方集团军群一些步兵师的平均装备水准为：30 多门 105~150 毫米榴弹炮、10~20 门 75 毫米重反坦克炮（这一时期的统计资料，轻型和中型反坦克炮

[①]《库尔斯克 德国视野》，第 300、302 页；《库尔斯克数据研究》，第 42、44、192 页；《科尔松口袋 德国陆军在 1944 年东线战场的被围和突围》（以下简称《科尔松口袋》），第 346—347 页。
[②]《德意志帝国与第二次世界大战》卷八，第 253 页。

往往被忽略不计)、20~30 门步兵炮和迫击炮。换言之，这些师保持着约 70% 满员率的野战炮战力和 25%~38% 的步兵炮及迫击炮战力。

库尔斯克战役以来，曼施坦因手下的装甲师虽然遭到严重削弱，但战力还算相对完整。1944 年 1 月，东线南部战场的德国装甲师平均有 12000 人（包括约 1000 名前线步兵）、39 门野战炮、23 门反坦克炮。步兵炮和迫击炮缺少全面统计，一些装甲师平均拥有 20~30 门步兵炮和迫击炮。也就是说，在 1944 年初，德军装甲师的火炮反而要多于步兵师。

德国装甲师　火力构成及变化例举①

(单位：门)

1943年	野战炮	反坦克炮	步兵炮	80迫击炮
第6装甲师				
7月1日	41	36(自行重炮14+摩托化重炮22)	?	?
8月30日	45(105榴23、150榴12、150自行榴6、105加4)	30(重炮17+88炮6)	31(150步炮15、75步炮16)	12
9月1日	55	35(自行重炮16+摩托化重炮19)	?	?
第1装甲师				
7月1日	54(105榴24、150榴8、150自行榴6、105自行榴12、105加4)	44(自行重炮20+摩托化重炮24)	?	?
9月1日	62	44(自行重炮20+摩托化重炮24)	?	?
第3装甲师				
8月30日	35(105榴23、150榴8、105加4)	40(重炮26+88炮8)	21(150步炮7、75步炮14)	10

注："榴"为榴弹炮的简称；"加"为加农炮的简称。

和德军一样，苏军作战单位的实力也严重衰退，普遍缺额严重。原本在

---

① 《库尔斯克数据研究》，第 192 页；《救火队装甲师 1943—1945》(以下简称《救火队》)，第 89、293 页。

1943年夏末，苏军步兵师常见规模尚有5000~6000人。可是经过秋季的一系列恶战，每个苏联步兵师平均只剩下3600人和328挺机枪[1]。远比德军师团更为虚弱。经过2年多的惨烈战争，苏联后方的人力近乎枯竭，已经无法提供足够兵员。

但是俄国人很幸运。库尔斯克战役后，曼施坦因不断后撤，放弃了乌克兰地区的大片地盘。尽管德军逃跑时带走和杀死了很多居民，却还是有数百万人留下。他们为斯大林日渐枯竭的军队提供了新的兵力源泉。下面就是一个代表性的实例：

德军在撤退前焚毁村庄

攻入第聂伯河两岸的近卫第49步兵师自1943年11月15日到12月15日得到2211人的补充，其中大部分来自新解放区[2]。这些新兵有老有小，也未经训练。即使用这些人凑数后，近卫第49师到12月16日也只有5986人（标准编制为9380人[3]）、3348支步枪（标准编制为6274支）、155挺机枪（标准编制为605挺机枪）。所辖每个步兵连只有70~75人。按德国标准，近卫第49师大概有2000名前线步兵。

在1943/1944年冬季的乌克兰战区，近卫第49师的情况远谈不上糟糕。事实上，近卫第49师已经算是很强的师了。即使在仓促补充了大量当地农民之后，苏联各步兵师还是只有2600~6500人。很多师的战斗员额更空虚。

---

[1]《希特勒的报应》，第81页。
[2]《伟大卫国战争步兵师战例汇编》，第438页。
[3]《红军手册1939—1945》，第35页。

015

举例说，在1944年1月，第307步兵师所辖各步兵连不超过50人。第333步兵师第1118团在11月下旬只有2个营（按编制是3个营），各步兵连平均也只有50人[1]。同期，第185步兵团按编制应该有3个营计9个步兵连和3个机枪连，实际却只有7个步兵连（6个连平均有76~83人，1个连58人）和1个机枪连（25人）[2]。

很多苏联步兵师的前线步兵已经减少到1000人左右，还有些师甚至远远不足1000人。苏军也不要求步兵有太高素质，或者说几乎不要求有任何素质——年龄、体质、训练——无论素质多差，全都可以凑合。苏联的军事哲学是：只有坦克和大炮（及其操作人员）是真正宝贵和需要善加对待的战争资源，步兵只是用来填充战线的"铅笔"。只需要数量不需要质量。苏联方面军作战日志的记录员，每天都认真写下坦克的数量变化，对步兵战力的多寡却漠不关心。对步兵素质的低要求，倒成了俄国人的某种优势：即使在后方人力逐渐枯竭的情况下，至少还能保证步兵的补充速度。反正无论什么人都可以立刻弄来当步兵。

苏军的火炮也不算足额。前述近卫第49师只有95门火炮和迫击炮（不含45毫米反坦克炮），而按编制应该有148~152门；第307师只有30门45~57毫米炮、13门120毫米迫击炮、40门82毫米迫击炮。在一个火力强化地段，苏军的2个师辖炮兵团、一个军直辖炮团、三个步兵团，加在一起只有17门122毫米炮和37门76毫米炮[3]。

苏军还缺少机枪。1943年底到1944年初，很多苏联步兵连只有6~9挺机枪。而德军步兵连有12~22挺机枪。比如前述苏近卫第49师只有155挺轻重机枪；第307师有175挺。同期德国师有200~1200挺机枪。缺少轻武器是苏军一个奇特现象，作战部队通常只有60%~70%的人员有长枪。相对来说，德国步兵师往往人人都有长枪。所以德军即使编制步兵不多，潜在

---

[1]《苏军伟大卫国战争战例选编·步兵分队和步兵团战例》，第130页。
[2]《苏联伟大卫国战争步兵团战例汇编》，第73页。
[3]《伟大卫国战争步兵师战例汇编》，第241页。

参加基辅反击战的德军"黑豹"坦克

可以当步兵用的人员却不少。

4. 战力：乌克兰战区

虽然德军的总体实力已经劣于苏军，但俄国军队的种种弱点，还是能让德国人感到自信满满。曼施坦因的南方集团军群仍保持着强大战力。1943年春季，他手下只有近55万名德国陆军兵员。库尔斯克会战时，曼施坦因的部队增加到80多万人。到10月，退守到乌克兰的南方集团军群还有70多万（详见下表）陆军部队。

1943年 南方集团军群实力变化[①]

	步兵师(个)	机动师(个)	兵员数(人)	坦克(辆)	野战炮(辆)
4月1日	26	13	548000	887	928
7月20日	29	13	822000	1161	1601
10月	43(14日)	15(14日)	700000(1日)	1338(1日)	2263(9月1日)

[①] 南方集团军群实力数据引自德军统帅部的三份兵力概数表影印件。刊于《库尔斯克之战》，第75页；《德国陆军的武器和秘密武器》卷二，第243页。

注：1. 此处"机动师"指装甲师和装甲步兵师。

2. 上述统计不包括警卫师（南方集团军群在 10 月有 3 个警卫师[①]）和预备队（南方集团军群在 10 月 14 日有 1 个步兵师、1 个机动师计 19000 人的预备队）。

3. 10 月 1 日的坦克数包括强击火炮。

4. 德军所谓野战炮一般指师炮兵团和统帅部直辖炮兵营团的 105～150 毫米榴弹炮、加农炮或更大口径火炮等。一般不包括步兵炮、反坦克炮、高射炮、迫击炮、火箭炮等。

1943 年 11 月 1 日，德国野战陆军（不含武装党卫军等）在苏德战场共有 278 万人（详见下表）。其中有 72 万人在曼施坦因指挥下。此时，在苏德战场南部战区（主要是乌克兰地区），德军除了南方集团军群外，还有克莱斯特元帅的 A 集团军群（10 月 1 日有 25 万人的德国陆军部队；11 月 1 日有 30 万人的德国野战陆军部队）、乌克兰军区（11 月 1 日有 5 万人的德国野战陆军部队）、中央集团军群南翼的第 2 集团军（约 10 万人），约 10 万人的罗马尼亚仆从军；以及大量的德国空军部队等等。

1943 年 11 月 1 日　德国野战陆军在苏德战场的兵员（人数）分布[②]

（单位：人）

北方集团军群	694027
中央集团军群	808463
南方集团军群	722376
A 集团军群	307882
东线合计	**2532748**
东方军区	53896
乌克兰军区	49243
第 20 山地集团军	150610
苏德战场总合计	**2786497**

注：以上兵数不包括武装党卫军。

希特勒还把德军最强大的装甲部队交给曼施坦因指挥。在 10 月初，全东线共有 16 个装甲师和 9 个装甲步兵师[③]，总计 2304 辆坦克和强击炮。其

[①]《德国在第二次世界大战》卷四，第 53 页。

[②]《德国与第二次世界大战》卷五，第二册，第 1045 页。

[③]《德国在第二次世界大战》卷四，第 53 页。

中在曼施坦因手下就有 8 个装甲师、7 个装甲步兵师，总计 1338 辆坦克和强击炮，相当于东线战车总数的 58%。

综合来说，在 1943 年秋季，德国集团在苏德战场南部总计有 125 万陆军兵员（德军 115 万人、罗军约 10 万人）。共装备有 1564 辆坦克和强击火炮、超过 3000 门野战炮（上述武器数量均不含第 2 集团军和仆从军）。曼施坦因和克莱斯特手握着一个庞大强力的超级野战集团。

可是曼施坦因和克莱斯特面前的苏联军队数量更多。同样在 1943 年秋季，苏军在乌克兰战区展开了 4 个方面军，总计有 221 万人（包括航空部队）、1835 辆坦克和自行火炮、3.1 万门火炮和迫击炮[①]。其中，在曼施坦因主力（第 4 装甲集团军和第 8 集团军，以及中央集团军群第 2 集团军）面前展开了实力强大的乌克兰第 1 方面军（66 万人、675 辆战车、7000 门火炮和迫击炮）。

苏德两军的兵力和装备统计范围有很大不同（比如德军一般只统计陆战部队），很难具体比较。但总体来说，在 1943 年秋的南部战场，苏军兵数优势很大；战车数量则只是略多一些（苏军坦克质量远不如德军坦克）；火炮和迫击炮数量大概是德军的两倍或三倍（苏军在重炮领域优势未必有那么大）。

不管怎么说，主动权在俄国人手里。而曼施坦因只能步步后撤。尤其是当第聂伯河防线多处被突破后，德军已经很难继续守住以基辅为中心的东乌克兰地区。

---

① 《第二次世界大战史》（以下简称《二战史》）卷七，第 451、467 页。

二、第聂伯河防线崩溃

1. 圣诞节攻势

1943年11月6日，苏联乌克兰第1方面军夺回乌克兰首都基辅，然后迅速挺进日托米尔，试图切断南方集团军群与中央集团军群的地面联系。曼施坦因手下最强大的第4装甲集团军也遭受严重威胁。

为了挽救败局，曼施坦因再次集结装甲重兵，在日托米尔—基辅方向发动反击。希特勒也期待通过这次反攻彻底扭转乌克兰战场的颓势。当曼施坦因申请再给他5个装甲师和3个步兵师时，希特勒立刻答应下来，并不惜血本加以满足。事实上，在1943年10—12月，仅从东线以外调给南方集团军群成建制装甲部队就有6个装甲师（第1、14、16、24、25装甲师，党卫军"希特勒"第1装甲师）和3个重坦克营（第509重坦克营、第31坦克团第1营、第2坦克团第1营①）。上述部队（不算新增的强击炮营）共有1099辆坦克和强击炮，包括326辆"黑豹"和72辆"虎"式坦克②。其中有几个师原本要调派给中央集团军群，却在中途转送给曼施坦因。德国陆军总参谋

---

① 《救火队》，第529页。

② 《装甲部队(2)：德国坦克部队的组建和战斗使用完全指南1943—1945》（以下简称《装甲部队(2)》），第109、117页。

"圣诞节"攻势当天,正在前线视察的曼施坦因

长蔡茨勒将军将这种做法称为对中央集团军群的"虐待"①。

受"虐待"的不仅是中央集团军群。曼施坦因还从东线其他集团得到2个装甲师,分别是:来自A集团军群的第13装甲师（11月20日转属）和第17装甲师（12月14日转属）。在南方集团军群内部,曼施坦因又从第8集团军抽出大量部队来支援第4装甲集团军。

虽然投入了强大的装甲部队,曼施坦因的反击却并不顺利。经过激战夺取日托米尔后,曼施坦因的主攻军团——拥有26个师（包括7个装甲师②）的第4装甲集团军实力有所减弱,但仍有562辆坦克和强击炮（没有算入强击炮营等的战车）,其中269辆可用。可德军却逐渐停顿下来。战后,曼施坦因在回忆录里轻描淡写地把失败归咎于"地面泥泞"③。可是结果显而易见:曼施坦因没有能够夺回基辅,更没能恢复第聂伯河防线。但他相信已经给了苏军足够沉重的打击,控制住了局面④。

---

① 《希特勒和他的将军们 军事会议1942—1945》,第375页。
② 《德国武装部队和武装党卫军在第二次世界大战的兵团与部队1939—1945》卷二,第227页。
③ 《失去的胜利》,第495页。
④ 《失去的胜利》,第502页。

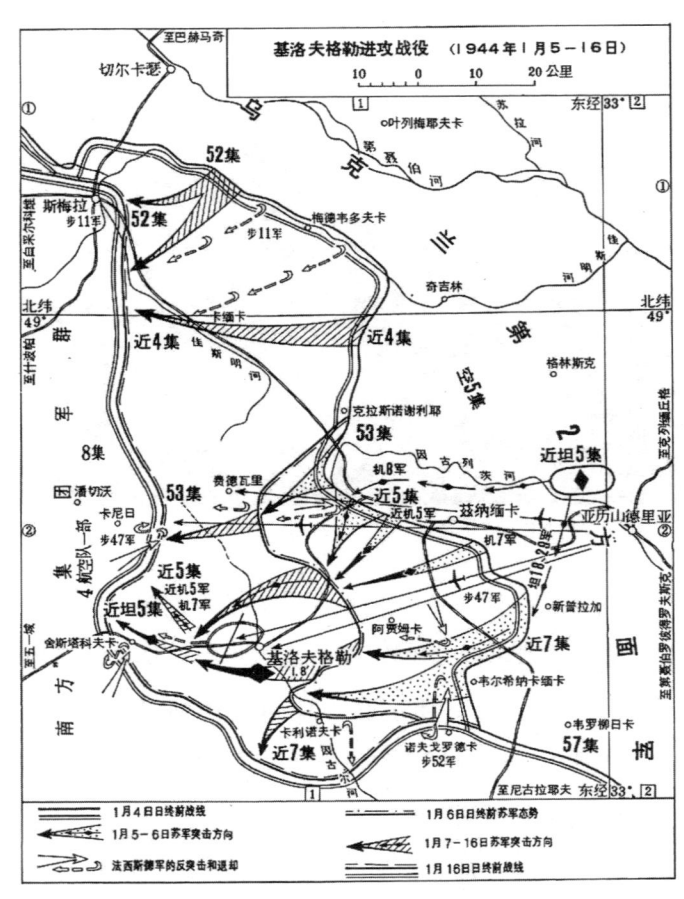

基洛夫格勒进攻战役(1944年1月5—16日)

德国第4装甲集团军装甲战力　1943年12月1日[①]

"希特勒"师：195辆坦克和强击炮（56辆可用）

"帝国"师：81辆坦克和强击炮（31辆可用）

第1装甲师：121辆坦克（88辆可用）

第7装甲师：31辆坦克（14辆可用）

第8装甲师：19辆坦克（12辆可用）

第19装甲师：19辆坦克（9辆可用）

第25装甲师：57辆坦克和强击炮（39辆可用）

第509重坦克营：39辆"虎"（20辆可用）

注：不含强击炮营等。

[①]《救火队》，第89、114、159、319、346、600、712页；《"虎"在战斗》第一册，第347、371页。

1943 年 12 月 24 日圣诞节前夕，曼施坦因头戴战斗帽（他一般只戴大盖帽或船帽），穿着毛领大衣视察前线的第 20 装甲步兵师，还打算留下来享受一顿烛光晚餐。就在这时，传来苏军发动反攻的消息。曼施坦因慌忙返回文尼察的司令部。据当时在场的德军摄影师回忆，他们甚至没来得及享用为烛光晚餐准备的肥鹅。

虽然德国人在苏军的汹汹来势下惊慌不已，但还是察觉到对手兵力枯竭的窘境。俄国人向日托米尔发起反击后不久，德军就发现跟在苏联坦克后面的步兵稀稀拉拉人数不多。抓到的苏联俘虏，约一半只有 15～18 岁，有些甚至只有 13 岁。其余俘虏不是老头儿就是凑数的中亚人，合格的青壮年寥寥无几①。某个被俘的苏联坦克军官，一个月前还是个工人，没受训练就被送来打仗。看到这样的情景，德军官兵的士气振奋起来，相信很快就能让俄国人流干鲜血。

可是这些乐观景象却无助于改善德军的战况。尤其是据说阻止了曼施坦因的泥泞，根本没能阻止俄国人。在苏军突如其来的打击下，拥挤在日托米尔的大量德军部队顿时乱成一团，纷纷丢弃装备落荒而逃。德国装甲部队的损失异常惨重。举例说，第 1 装甲师刚赶到前线时（1943 年 11 月），共有 195 辆战车。激战一个多月，从基辅战场败退下来后（1944 年 1 月 1 日），全师却只剩下 60 辆战车（包括 18 辆在修）②。

此时的斯大林雄心勃勃。他所支持的 1943 年圣诞攻势，不仅要击退日托米尔的德军，还要一举夺回整个乌克兰，然后进军波兰和德国最大天然石油来源的罗马尼亚，染指巴尔干。为此他向南方地区派出了他最信任的将领：由朱可夫协调乌克兰第 1、2 方面军；由华西列夫斯基协调乌克兰第 3、4 方面军。

4 个以"乌克兰"冠名的苏联方面军在 1944 年 1 月 1 日共有 223 万人（不含第 51 集团军），装备有：28654 门火炮和迫击炮、2015 辆坦克和自行

---

① 《坦克战》，第 343 页。
② 《救火队》，第 89 页。

火炮、2600 架作战飞机。以上不含 50 毫米轻迫击炮、火箭炮、高射炮[①]。上述部队编成为 162 个步兵师，12 个骑兵师，34 个航空师，19 个坦克和机械化军，11 个独立坦克旅。

在 4 个强大俄国方面军面前，东线南部德军的兵数变化不大。1943 年底，曼施坦因的南方集团军群由第 1、4 装甲集团军和第 8 集团军构成。总计有 15 个装甲师、7 个装甲步兵师、43 个步兵师（另外有 2 个警卫师和 2 个预备师）[②]。而克莱斯特的 A 集团军群由第 6、17 集团军构成，另有罗马尼亚第 3 集团军。总计有 8 个德国师和 10 个罗马尼亚师（另有 1 个德国野战训练师）。

南方集团军群和 A 集团军群共有 81 万名德国官兵属于陆战前线部队（包括用于陆战的空军野战师，详见下表）。此外还有 3 万名外籍人员（如"维金"师）和 11.6 万名仆从军（主要是罗马尼亚军）。加上约 20 万名战区后勤人员，德国及其仆从军在东线南部战场总计约有 115 万人。以上不包括航空部队和辅助人员等等。

苏联最高副统帅朱可夫元帅

1943 年 12 月 31 日　南方、A 集团军群陆战兵力[③]
（含仆从军，不含战区后勤）[④]

区分	兵力
兵团（师和旅）	93 个
装甲师和装甲步兵师	23 个

[①]《第二次世界大战史》卷八，上册，第 105 页。
[②]《苏德战争》，第 455 页。
[③]《德国在第二次世界大战》卷五，第 35 页。
[④]《苏德战争》，第 435 页。

续表

区分	兵力
德国兵员	810520人
陆军作战部队	691032人
武装党卫军	85924人
野战补充营	17359人
野战训练师和空军野战师	16205人
仆从军	116127人
外籍兵员	30742人
总计	957389人

曼施坦因手下的兵数不能和苏联相比。但他还有相当多的坦克。有一项统计显示，在1943年12月31日，苏军在整个苏德战场上共有5643辆坦克和自行火炮。可是其中只有2413辆处于战备状态。而在乌克兰地区，苏军的2015辆战车也只保持着40%的战备率[1]，也就是只有约800辆战车可以出战。

与之相对，全东线的24个德国装甲师（包括"装甲步兵师"名义的实质装甲师）和3300辆战车，有20个师和2200辆战车归曼施坦因和克莱斯特指挥[2]，其中有120辆"虎"和近300辆"黑豹"重型坦克（详见下表）。这20个装甲师加起来有25万人、784门野战炮和460门反坦克炮，几乎占曼施坦因和克莱斯特手下作战部队的三分之一。

可是东线南部战场的2200辆德国坦克和强击炮，有一大半正在修理。希特勒大概是怕曼施坦因继续败退，会把不能开动的坦克和强击炮都丢掉，于是在1943年12月初做出决定，要把南方集团军群的542辆长期在修战车（修复周期超过两周）运回德国。缺额将由全新坦克陆续加以填补。这些战车大致在月底前陆续运走。

---

[1]《库尔斯克 德国视野》，第414页。
[2]《德国在第二次世界大战》卷五，第35页。

1943—1944年冬,设防在房屋雪堆后的德军作战小组。包括1挺MG34机枪和2支98K步枪

可是,留下的战车仍有一半左右需要短期修理。曼施坦因手下实际只有564辆中重型坦克处于战备状态(1943年12月31日统计),包括43辆"虎",161辆"黑豹",360辆三、四号坦克[1]。这不算处于战备状态的强击炮和轻型坦克。而按1944年1月1日的统计,曼施坦因手下的装甲部队(不含强击炮营等),共有1172辆坦克和强击炮,其中仅有650辆处于战备状态。

虽然曼施坦因喜欢哭穷,希特勒还是一如既往地把最多最好的战争资源给他。1944年1月,希特勒又给东线送来大量全新战车,包括268辆重型坦克(72辆"虎"、196辆"黑豹")[2]。其中大部分又归于曼施坦因手下。比如前述丢失了大部分坦克的第1装甲师,在1月8日到25日之间就获得了76辆新坦克(48辆"黑豹"、28辆四号)[3]。

---

[1]《"黑豹"VS T-34乌克兰1943》,第74页;《德国"黑豹"坦克 对战斗霸权的追求》,第139页。
[2]《"虎"I重型坦克1942—1945》,第41页;《坦克力量18:"黑豹"在行动》,第33页。
[3]《救火队》,第74页。

1944年1月1日 南方集团军群装甲部队实力①
（不含装甲步兵师和强击炮营等。仅统计可用战车和在修战车）

部队	"虎"式（辆）	"黑豹"（辆）	四号（辆）	三号（辆）	强击炮（辆）	兵数（人）	野战炮（门）	反坦炮（门）
第1装甲师		40(27)	20(15)			14249	54	37
第3装甲师			32(10)	6(2)		12787	50	27
第6装甲师			37(27)	4(2)		12607	24	14
第7装甲师			20(8)	3(0)		9618	30	37
第8装甲师			10(9)	1(0)		8604	27	3
第9装甲师			13(12)	5(4)		10755	39	12
第11装甲师		30(3)	12(2)	5(5)		14067	25	17
第13装甲师			19(10)	4(2)		11350	46	53
第14装甲师			19(11)	12(11)	17(10)	11123	24	9
第16装甲师			68(42)	14(10)	34(25)	14166	42	20
第17装甲师		7(4)	5(0)	5(0)		11299	29	25
第19装甲师			5(3)	2(2)		9315	24	17
第23装甲师			8(8)	1(1)		12953	48	31
第24装甲师			36(24)	16(11)	26(13)	12309	42	21
第25装甲师			41(27)	7(6)	9(6)	12002	43	15
"大日耳曼"师	12(9)		19(14)	5(1)	23(18)	15826	44	31
"希特勒"师	7(2)	16(7)	19(12)	3(0)	36(9)	20072	42	10
"帝国"师	10(3)	22(10)	23(7)	4(3)	22(8)	13767	51	36
"骷髅"师	10(2)		25(6)	11(6)	17(7)	14083	48	25
"维金"师			13(11)	19(15)	4(4)	13326	52	20
第503营	25(4)							

①《科尔松口袋》，第53、335页；《救火队》，第89、114、160、183、202、268、292、319、346、370、430、498、520、546、571、600、663、684、712、825页；《"虎"在战斗》第一册，第128、270、348页；《德国"黑豹"坦克 对战斗霸权的追求》，第139页。

续表

部队	"虎"式（辆）	"黑豹"（辆）	四号（辆）	三号（辆）	强击炮（辆）	兵数（人）	野战炮（门）	反坦炮（门）
第506营	26(18)							
第509营	30(15)							
第31团1营		43(9)						
第2团1营		76(76)						
第23团2营 第51营		约60						
合计	120(53)	293(161)	444(258)	127(78)	188(100)	254278	784	460

注：1. "希特勒"师为1943年12月31日统计；"帝国"师和第25装甲师为1943年12月1日统计。

2. 括号内为战备战车数。

3. 第8装甲师欠1个装甲步兵团。

4. 第14装甲师的野战炮、重步兵炮和88毫米高炮合计有50门。

5. 各装甲师统计不含长期在修（维修周期超过两周）。希特勒在1943年12月初决定，将东线需要长期修理的坦克运回国内。

1943年底至1944年1月初，调配给曼施坦因的"黑豹"坦克部队

第31坦克团第1营：这个营原本属于中央集团军群。1943年12月1日却被调给曼施坦因，用于支援第11装甲师。12月5日以来，第31坦克团第1营被投入战斗，且蒙受惨重损失。该营自11月27日以来接受了78辆"黑豹"。可是只过了一个月，到12月31日只剩下43辆，其中仅9辆可用①。另外33辆"黑豹"完全损失。到1944年1月4日，全营仅有5辆"黑豹"处于战备状态。当天，德军统帅部命令该营撤离前线到后方休整。可是战况吃紧，该营根本没法离开。

第23坦克团第2营：1943年12月10日奉命重组。自12月30日到1944年1月3日，陆续获得65辆"黑豹"。

第2坦克团第1营：1943年12月有76辆"黑豹"（12月28日自中央集团军群调往南方集团军群）。

第51坦克营：1943年12月1日有10辆"黑豹"（1辆战备）。12月14日这个营由"大日耳曼"师所辖改为南方集团军群直辖。

---

① 《德国"黑豹"坦克　对战斗霸权的追求》，第139页。

1944年1月乌克兰地区,德军丢弃的一辆"虎"式坦克

虽然坐拥大量的重型坦克和强击炮,丢失了第聂伯河天险的曼施坦因还是处境艰难。至1943年12月底,他在右岸乌克兰地区的大部分防线,只有纵深4~6公里的薄弱阵地可供依托。在距离前沿10~15公里的后方重要地段,德国人正匆忙构筑第二防御地带。作为在更深远后方建立防御的预备措施,德国人还沿着因古列茨河、因古尔河、锡纽哈河、南布格河、德涅斯特河构筑阵地。可这些深远防线对曼施坦因来说都是远水不解近渴。

俄国人也很清楚,曼施坦因退出第聂伯河天险后修筑的临时阵地根本就是不堪一击,所以要充分利用这个机会来扩大战果。1943年底,在朱可夫和华西列夫斯基的指导下,红军不断在乌克兰战场展开攻势。形势飞速发展着,其具体态势如下（走向自西向东）[1]：

曼施坦因的第聂伯河防线西段已经完全瓦解。瓦图京指挥的乌克兰第1方面军占据了基辅以西的广大地盘,并于12月31日夺回了日托米尔（此前曼施坦因花了很大功夫才占据该城）,然后继续压迫德国第4装甲集团军退向别尔季切夫。瓦图京同时还分出一部兵力攻打南方集团军群与中央集团军

---

[1]《二战史》卷八,第100—102页;《德意志帝国与第二次世界大战》卷八,地图,第353页。

1944年初，通过木桥撤退的德第7装甲师车队

群的接合部（萨尔内地区）。德军仅在第聂伯河中游还残留一段防线，大致位于别拉雅泽尔科夫（不含）到卡涅夫一线。但苏军很快又于1944年1月4日占领了别拉雅泽尔科夫。于是曼施坦因的第聂伯河中游防线就只剩下卡涅夫地段。

在卡涅夫以东，乌克兰第2方面军（司令科涅夫）和乌克兰第3方面军（司令马利诺夫斯基）早已冲破了第聂伯河防线几乎整个东段。现在他们又不断击退德国第8集团军和第1装甲集团军，夺取自切尔卡瑟至扎波罗热一线的大片地区。德军仅在第聂伯河防线尾端的尼科波尔还保持着一个登陆场（主要地段位于对岸），但也被乌克兰第4方面军（司令托尔布欣）用主力包围着。

乌克兰第4方面军其余兵力在第聂伯河下游弯曲部（至入海口）与德国第6集团军和罗马尼亚第3集团军对峙，同时以第51集团军封锁克里米亚半岛（由德国第17集团军和罗马尼亚部队防守）的陆地出口。独立滨海集团军（彼得罗夫将军）在刻赤占据了一个登陆场。

现在，曼施坦因残留在第聂伯河上的最后两个桥头堡——卡涅夫和尼科波尔，都处在苏军的猛攻下。远在南方的尼科波尔桥头堡姑且不论，最迫切的危险来自卡涅夫地区。瓦图京在日托米尔—别尔季切夫方向的大规模进攻，正在逼退德国第 4 装甲集团军的中路部队。其与部署在卡涅夫以西的第 4 装甲集团军右翼的联系逐渐被撕裂。而在卡涅夫以东，科涅夫也在不断紧逼德国第 8 集团军。在两路苏联大军的包夹下，卡涅夫桥头堡正变成一个不断缩小的孤立大口袋，里面装着德国第 4 装甲集团军和第 8 集团军的大量精锐部队。

希特勒与曼施坦因

曼施坦因慌忙采取补救措施①。1943 年 12 月 29 日，他命令胡贝将军的第 1 装甲集团军司令部最迟于 1944 年 1 月 3 日接管被困在卡涅夫以西的第 4 装甲集团军右翼（第 24 装甲军和第 7 军）。而第 1 装甲集团军留在尼科波尔登陆场的部队，自 1 月 1 日起由第 6 集团军接管（第 6 集团军原属 A 集团军群，现在暂归曼施坦因指挥）。接到命令后，胡贝匆忙带着司令部从阿波斯托洛沃赶到乌曼（位于卡涅夫西南的后方地区）。除了接管第 4 装甲集团军右翼部队（第 24 装甲军被留给第 4 装甲集团军）外，胡贝还陆续得到很多援兵，其中包括从卡涅夫以东战场调来的第 3 装甲军指挥部，第 6、17 装甲师，第 16 装甲步兵师，第 101 歼击师。另外，曼施坦因还请求陆军总部调来第 46 装甲军指挥部和第 16 装甲师，以及第 1 步兵师和第 4 山地师，用以增援第 4 装甲集团军的中路兵团。

曼施坦因匆忙调动着援兵，可是战场形势仍在急速恶化。1 月 4 日，第 4 装甲集团军与卡涅夫突出部之间的缺口已经扩大到 110 公里。瓦图京麾下的第 1 坦克集团军和第 38、27、40 集团军沿着这个大缺口不断南下。这股苏军兵分三路，而最重要的目标是卡涅夫突出部后方乌曼以北的赫里斯季诺

---

① 《二战史》卷八，第 109 页；《大事记》，第 243 页；《失去的胜利》，第 506—514 页。

夫卡。从东面攻来的科涅夫也以赫里斯季诺夫卡为目标。一旦瓦图京和科涅夫的军队在赫里斯季诺夫卡会师，卡涅夫突出部的德军集团就将陷入包围。

2. 基洛夫格勒与"瓦图京"反攻

在1944年1月初，科涅夫大将及其麾下乌克兰第2方面军的最主要任务，还不是切断卡涅夫突出部，而是攻取位于突出部东南的重镇基洛夫格勒。为此科涅夫在1月5日展开了猛攻。科涅夫的敌人依然是沃勒尔将军的德国第8集团军。德军以凶猛炮火迎击科涅夫，仅第47装甲军两天内就打了17.7万发炮弹。尽管如此，苏军的进展还是非常顺利。1月8日，苏军解放了基洛夫格勒。德军陷入一片混乱，甚至第47装甲军司令部也在1月9日夜晚遭到苏联坦克的袭击，一度被打散[1]。

德军在基洛夫格勒投入装甲部队战力（不含强击炮营等）[2]

（单位：辆）

部队	"黑豹"	"虎"	四号	三号	强击炮
第3装甲师			32(10)	6(2)	
第14装甲师			19(8)	12(1)	17(10)
第11装甲师	30(3)		12(2)	5(5)	
第13装甲师			19(10)	4(2)	
"大日耳曼"师		12(9)	19(14)	5(1)	23(18)
"骷髅"师		10(2)	25(6)	11(3)	17(7)
合计	30(3)	22(11)	126(50)	43(14)	57(35)

注：1月1日统计，括号内为可用数。

---

[1]《苏德战争》，第458页。
[2]《救火队》，第183、202、430、498、520、825页。

攻占基洛夫格勒的同时，科涅夫对卡涅夫突出部只做了一次辅助攻击，而且第一目标还不是遥远的赫里斯季诺夫卡，而是距离比较近的什波拉。在这个方向，科涅夫只推进了40公里，甚至都没能打到什波拉，而只打到卡尼日附近（位于什波拉东南），距离瓦图京还遥远得很。

德军火速做出回应，调遣强大装甲部队在斯梅拉、卡尼日一线发起反击。参加这次战斗的部队，除了第8集团军固有的装甲兵团，还有"大日耳曼"师和党卫军"骷髅"师等著名精锐王牌。1月10—16日，德军自基洛夫格勒西北向南，依次展开了第106、320步兵师，第11、3装甲师，"骷髅"师及第13装甲师，第10装甲步兵师，第376步兵师，第14装甲师，"大日耳曼"师①。

以上单位在1月1日共有278辆坦克和强击炮（不含第10装甲步兵师和独立强击炮营），其中113辆可用（内含14辆重型坦克）。苏德两军爆发激烈的坦克战。战至1月16日前，德军暂时阻住了乌克兰第2方面军，还宣称消灭了623辆苏联坦克和自行火炮。战斗过程中，德军注意到，科涅夫的步兵也大都是从当地拉来凑数的，几乎没什么训练可言。

科涅夫向基洛夫格勒大举进攻的同时，瓦图京的进攻也在继续。1月10—11日，瓦图京手下的第38集团军，第1坦克集团军（约600辆坦克和自行火炮）和第40集团军已经逼近文尼察、日梅林卡、赫里斯季诺夫卡、乌曼和日阿什科夫东南。这样，当科涅夫从东面威胁卡涅夫突出部的同时，瓦图京也从西面迂回到卡涅夫突出部的底部，直接威胁到德国第1装甲集团军的深远后方和司令部以及后勤基地。

现在不管是卡涅夫突出部，还是曼施坦因的整个左翼战线都面临崩溃危险。但是曼施坦因在这一线拥有强力装甲部队，同时还得到大量增援（包括大量的"虎"式坦克和"黑豹"坦克）。1月24日，曼施坦因出手了。德国第3、46装甲军和第7军在文尼察和乌曼一线陆续发起强大的装甲反击。德军将这次战役称为"瓦图京行动"。连同强击炮营在内，曼施坦因一举投入

---

① 《武装党卫军史》，第178页。

约300辆可用坦克和强击炮（不含在修战车。详细参阅下表），包括108辆可用的"虎"式和"黑豹"坦克，其中78辆属于新锐的"贝克"重坦克团。德国重型坦克群势不可挡，先后重创了苏第40集团军和第1坦克集团军。在德军猛攻下，约有7~8个苏联师一度被切断后路。但德军也无力吃掉被围苏军。经过一番血战，俄国人大部分都突出了包围，却也丢弃了大量重型武器。由于这次失败，瓦图京被迫放弃此前在卡涅夫突出部夺取的地盘，后撤了25~30公里，随后稳住了阵脚。

曼施坦因宣称通过"瓦图京"行动第二阶段战斗，就击毁或缴获了700辆苏联坦克、约200门野战炮和500门反坦克炮，但抓到的俘虏却只有5500人[1]。而根据苏联的记录，乌克兰第1方面军在1月21—31日完全损失了659辆坦克和自行火炮[2]。不过这并非都损失于"瓦图京"行动。因为同一时期，乌克兰第1方面军还在别尔季切夫（日托米尔以南）以及中央、南方集团军群的接合部地带与德第4装甲集团军苦战。但不管怎么说，苏联第1坦克集团军肯定是遭到了重创，以至于一度丧失战力。为了弥补损失，自1月23日到2月3日，从苏联大后方运来400辆T-34坦克给瓦图京[3]。

德军在"瓦图京"行动投入战车[4]

第6装甲师（1月1日）：27辆四号、2辆三号

"希特勒"师（1月21日）：22辆"黑豹"、25辆四号、1辆"虎"、27辆强击炮

第16装甲师（1月28日）：48辆坦克（包括7辆"虎"）和7辆强击炮

第17装甲师（1月28日）：29辆坦克

"贝克"重坦克团（1月20日）：34辆"虎"、44辆"黑豹"

第25装甲师战斗群：实力不详

注：以上仅统计可用战车，不含在修战车。不含强击炮营等

---

[1]《德意志帝国与第二次世界大战》卷八，第393页;《失去的胜利》，第514—515页。
[2]《科尔松口袋》，第293页。
[3]《二战史》卷八，第115页。
[4]《希特勒的禁卫军 武装党卫军史1925—1945》（以下简称《武装党卫军史》），第175—178页;《地狱之门》，第125页;《救火队》，第277、292页。

通过卡尼日和文尼察—乌曼方面的装甲反击，曼施坦因暂时阻止了科涅夫和瓦图京的会合，保住了卡涅夫突出部。但曼施坦因所面临的形势仍很危险。尤其在曼施坦因顾不上的集团军群左翼地段，瓦图京取得很大突破，一举攻破了1939年老国境线。1月24日，苏军已经进抵科韦利以东，直接威胁着南方集团军群与中央集团军群之间的直达铁路。一旦这条铁路被切断，曼施坦因将很难得到友邻重兵集团的支援，甚至陷入孤立境地。至于暂时安全的卡涅夫突出部，其侧翼也依然暴露着，随时可能遭到新的打击。

曼施坦因自称在1月初就预测到集团军群左翼的险境，于是在1月4日飞到希特勒大本营，详细解释了自己的解决方案[①]：一面依托卡涅夫突出部实施前述"瓦图京"计划来遏制苏军突破，一面放弃第聂伯河下游的弯曲部、尼科波尔桥头堡和克里米亚半岛。这样曼施坦因就可以把兵力集中到左翼，同时在右翼建立一条比较短的战线。至于第聂伯河中游的卡涅夫突出部，曼施坦因暂时还要守住（他正依托这个突出部展开反击）。但按曼施坦因的长远计划，是放弃第聂伯河下流之后，中游（自然也包括卡涅夫突出部）早晚也要放弃。届时南方集团军群将退守到更西面的布格河。这样曼施坦因的战线就能更短更直。

3. 希特勒与曼施坦因的争吵

经历过一连串失败后，希特勒对曼施坦因的能力已经不再信任，甚至私下讽刺曼施坦因只会打电报说空话，还讽刺曼施坦因对苏军的行动全靠想当然的瞎猜。不过希特勒还是要依靠曼施坦因来守住乌克兰，虽然期待值并不高。俄国人发动"圣诞攻势"后几天，希特勒就表示，只要把东线南部形势稳定下来就算很大收获，他没指望能有更多战果。当曼施坦因再次大喊坦克

[①]《失去的胜利》，第508页。

不够时，希特勒就更加恼火。1943年12月29日的军事会议上，希特勒向陆军总参谋长蔡茨勒抱怨，说近期已经给了曼施坦因1000多辆坦克和强击炮。特别是为了基辅之战，一口气就给了曼施坦因全德国最好的5个装甲师。蔡茨勒也讽刺说曼施坦因几乎吃掉了一切，每个月都能得到足够的坦克补充。与之相比，中央集团军群却长期什么补充都得不到[1]。希特勒对曼施坦因的"瓦图京"计划也很冷淡，觉得不会有太大成果（曼施坦因日后承认希特勒的看法是正确的）。但希特勒还是放手让曼施坦因去实施"瓦图京"计划。

至于曼施坦因的那些撤退计划，希特勒根本不愿接受。首先，放弃第聂伯河下游和克里米亚半岛（这两件事其实是联动关系），不仅意味着德军将失去更多的乌克兰资源——曼施坦因及其拥护者喜欢把这些资源说得一钱不值，可事实是苏联正在迅速利用这些资源，还在收复地区大量征兵来充实早已空虚的步兵连以打击曼施坦因——更糟糕的是，苏联舰队和飞机将以克里米亚为基地，对罗马尼亚油田展开攻击。这意味着德国最大天然石油来源将处于严重威胁之下。

何况正如希特勒所长期担心的：曼施坦因的撤退还会让德国的国际威信一落千丈，罗马尼亚、匈牙利、保加利亚之类的"盟友"们会更加动摇，进而令德国失去更多的廉价炮灰、资源和战略要地。去年（1943年），在斯大林格勒大败和地中海颓势的连锁反应下，意大利已经带头脱离了德国阵营。现在，中东欧的一堆"盟友"更是离心离德。尤其是随着曼施坦因的败退，罗马尼亚本土即将变成前线，其国内已是暗潮汹涌，早在1943年底就开始向俄国人试探媾和条件。甚至距离战场更远的匈牙利也被苏军在乌克兰的攻势吓坏，正策划退出德国阵营，不久就将发展到必须由德军武装占领匈牙利才能压制的程度[2]。这些事不需要曼施坦因操心，却是希特勒所无法回避的难题。

---

[1]《希特勒和他的将军们 军事会议1942—1945》，第375页。
[2]《第二次世界大战史大全·第4册·希特勒的欧洲》，第1045页。

曼施坦因所谓"用撤退来缩短战线集中兵力"的建议，希特勒更是已经听腻了。去年秋季以来，曼施坦因就是用类似借口匆匆放弃中间阵地，撤退到第聂伯河。可是撤退太快，反而给了苏军穿越第聂伯河的战机。如今曼施坦因非但没有守住第聂伯河，反而被打得一败涂地。守不住第聂伯河这一巨大天然屏障的曼施坦因，又靠什么来守住布格河呢？

所谓缩短战线、充实兵力的战术，本身也令人怀疑。事实上，一旦德军缩短战线集中兵力，苏军也会跟着做同样的事情、也会缩短战线集中兵力。曼施坦因又搬出他的老理论，说他在撤退时彻底破坏了铁路网。因此当德军转移之际，苏军展开追击就会陷入后勤供应困难的局面。可是曼施坦因却忘记了：苏军不仅内线运输能力强于德国，而且道路修复能力也极强。事实上，曼施坦因自1943年下半年以来一路撤退一路破坏铁路，可俄国人还是保持着高速追击。曼施坦因为此已经吃足了亏，但总是不长记性。何况，就算短期内，苏军的运输将面临一些困境。可是德国人也很难在短期内建立坚固的新阵地。曼施坦因自己的失败就是教训：他在乌克兰不断放弃中间阵地，甚至放弃了第聂伯河天险的大部分地段，如今只能在空荡荡的雪野上临时挖掘一些粗陋的战壕。

更何况，仓促撤退就意味着要放弃大量重型武器。而放弃重型武器就意味着放弃大部分战斗力。如前所述，希特勒已经给了曼施坦因大量坦克和强击炮。如今这些战车大部分都处于待修状态，根本开不动。一旦大规模撤退，很大一部分坦克都要被炸毁或丢弃。几天前，德军自日托米尔撤退时就陷入如此窘境。如果还要丢掉更多坦克，等于要丢掉老本。希特勒曾给蔡茨勒举过例子：德国每个月生产20万条步枪，可步枪总数却从610万条减少到510万条。在东线丢失了150万条步枪。大部分枪都是在"成功撤退"时丧失的——而步枪已经是最容易带走的武器了。

整个1944年1月，围绕着诸多战略战术问题，希特勒和曼施坦因争论不休。而事实上，他俩谁也提不出解决问题的根本办法——唯一的根本办法就是尽快增强东线德军的实力。在1941/1942年和1942/1943年两次新年交替之际，德军都在东线陷入巨大危机，也都是从毫无战事的西线抽出大量军队来救援。曼施坦因在1943年的哈尔科夫大捷，靠的就是从西线调来的一批新锐满员的武装党卫军装甲师。

可是在1944年初，局势已经大为不同了。希特勒意识到随着东线战局的进一步恶化，美英在西欧登陆的风险也越来越大。因此德军必须在西线保持一定实力。为此，希特勒早在1943年11月就发布了专门命令（第51号"西线"训令）①，规定不能随便从西线调兵来增援东线，还要优先给西线提供人员和武器。

然而，第51号"西线"训令很快成了一纸空文。东线战况在继续急速恶化，迫使希特勒仍要最大限度地从后方和其他战区（包括西线）搜罗增援部队和武器装备，拿来填入东线战场。如前所述，希特勒在1943年12月10日做出决定，把东线需要修理的一半坦克和汽车运回本土。又决定把这些战车送到西线，去取代预定给西线实际却给了东线的新坦克和新汽车②。所谓"优先补充西线"，也只能采用这种"以旧换新"的苟且手法。12月20日的军事会议上，一个将军抱怨说西线的一切都被拿走了，这激怒了希特勒，反驳说东线态势太可怕，没有大量兵力是不行的。1944年1月21日，希特勒又专门下令，要求把原定配发给西线的反坦克装备，全部拉到东线③。年轻补充兵也开往东线，留下一些身体差年纪大的士兵守在西线。

但不管怎么说，希特勒现在只能偶尔从西线抽几个成建制师去东线，不能像过去两个冬天那样，动辄抽出十几个师甚至几十个师。1943年12月28日的一次军事会议上，希特勒不断询问还能从什么地方给曼施坦因搞到新炮灰。主管西线的约德尔将军答复说：整个西线已经没有一个师能适应东线作战，最多能从意大利抽出第371师④——于是第371师很快被派给曼施坦

---

① 《希特勒战争密令全集》，第182页。
② 《国防军统帅部战争日志》卷三，第1351页。
③ 《德国国防部大本营》，第416页。
④ 《希特勒和他的将军们 军事会议1942—1945》，第364页。

因[1]。希特勒已经没法填满曼施坦因无底洞般的需求。至于曼施坦因那些靠放弃地盘来集中兵力的计划，能获得的兵力其实也相当有限，本质不过是拆东墙补西墙。

而希特勒的坚守东线战略，其实就是所谓"以空间换时间"——如前所述，至少在去年（1943年）11月，希特勒还相信德军在俄国前线有足够广阔的地盘可以坚守下去，可以继续拖耗已经失血严重的苏联。即使在东线失去一些地盘，短期内也威胁不到德国本土[2]。可是到1944年1月，希特勒已意识到在东线丢失土地的速度过快。尤其在曼施坦因负责的南部战场，转眼间就丢掉了东乌克兰，在西乌克兰的占领区也越来越小。苏军甚至已经突入战前波兰国境（越过波兰就是德国本土），同时还在迅速靠近罗马尼亚和巴尔干。这意味着，希特勒对曼施坦因越来越失望的同时，能够容忍曼施坦因放弃地盘的余地也越来越小。

希特勒和曼施坦因就这样吵着吵着。他俩虽然还维持着表面的客气，实质关系却越来越僵。偏偏在这个微妙时期，曼施坦因又暗示应该让他来当东线总司令。这意味着曼施坦因将单独执掌苏联前线的近三百万德国陆军官兵——德国武装部队最大的重兵集团。就算是曼施坦因风头最盛的往昔，提出这样的要求都难免触怒大独裁者希特勒。如今曼施坦因吃了一堆败仗，居然还敢要求更大权力、甚至可以说是直接威胁希特勒地位的巨大权力——当然会惹得希特勒更加讨厌他。

当德国高层争吵猜忌之际，俄国人在1月中下旬逐渐把攻势停顿下来，以总结教训，寻找新战机。遭到德军强大反击后，苏军意识到，德军在乌曼以北和基洛夫格勒西北拥有两支强大装甲部队——第3、47装甲军。要击败这些装甲军团、打开突破口，并不容易。于是俄国人决定改变进攻方向，把突破口向北移动到更靠近第聂伯河的地方[3]。

---

[1]《希特勒的军团》，第249页。
[2]《希特勒战争密令全集》，第182页。
[3]《二战史》卷八，第114—115页。

1月11日，协调乌克兰第1、2方面军的朱可夫向斯大林汇报了下一步作战计划[①]。听取了相关情况后，斯大林于1月12日下达命令，要求乌克兰第1、2方面军分别向什波拉、兹韦尼戈罗德卡发起向心突击，合围并吃掉卡涅夫突出部内的德军集团。和此前的作战方案（在赫里斯季诺夫卡会师）相比，新作战方案大幅缩小了两个方面军的突击深度，借此来避开上述的德国装甲屏护队。但另一方面，既然进攻深度变小了，也就不能包围和歼灭更多的德军部队了。可是对兵力和战力还相当有限的苏军来说，新方案却是比较现实的选择。毕竟，自斯大林格勒战役以来，俄国人还没找到围歼德军重兵集团的更好战机。如果新作战方案能顺利执行的话，大概能吃掉德国两个军或三个军。也不算少了。

苏联官方所谓的科尔松—舍甫琴柯夫斯基战役，也就是西方所谓的切尔卡瑟口袋之战，就此拉开了序幕。

说明：本书所谓战车或装甲战车，未加特别说明的情况下，专指德军的坦克和强击炮（不含自行榴弹炮、自行步兵炮和自行反坦克炮、自行高炮等）。或苏军的坦克和Su-76、85、100、122、152自行火炮。

本书所谓野战炮，一般指步兵炮、迫击炮、反坦克炮、高射炮以外的师军级火炮。

[①]《回忆与思考》下，第894页。

第二章

切尔卡瑟突出部

一、战役准备

1. 兵力对比

被红军列为下一个攻击目标的第聂伯河中游桥头堡,在德国和西方被称之为切尔卡瑟突出部。这称谓完全名不副实。切尔卡瑟是第聂伯河中游的中心城市,也是第聂伯河河畔的重要交通站。但这座城市根本不在突出部范围内,甚至也已不由德军控制。切尔卡瑟实际位于突出部外侧以东,与突出部顶端的卡涅夫相距有45~50公里,是苏军攻打突出部的重要后勤通道。事实上,德军统帅部原本称突出部为"切尔卡瑟以西地区",可是战后"以西"却被省略掉了。苏联人更恰当地把所谓"切尔卡瑟突出部"称为卡涅夫突出部,或以突出部内的中心地区科尔松—舍甫琴柯夫斯基来命名(或称"科尔松"地区)。历史上,这个区域是乌克兰人和波兰人争夺的前沿地带。乌克兰大诗人舍甫琴柯也埋骨于此。

尽管如此,本书还是照顾多数读者的阅读习惯,使用"切尔卡瑟突出部"的称谓。

切尔卡瑟突出部(卡涅夫突出部)看上去像个口袋,但也像个突出的铲头。其西侧底部战线大致位于特诺夫卡(乌曼以北),东侧底部位于卡尼日(基洛夫格勒西北);西侧顶部战线则位于卡加尔雷克,东侧顶部在卡涅夫。

1944年1月，南方集团军群战线。两个德国士兵配备的都是战利品

有一段第聂伯河贴着东侧顶部（从卡涅夫至莫什内地段）。这是曼施坦因几乎全部丢失的第聂伯河防线最后残存的少数地段之一。

突出部底部宽（东西走向）125~140公里，顶部宽约70公里。长（南北走向）约90公里。总面积约11250平方公里[①]。

以东侧顶部的卡涅夫为分界线（自1944年1月3日起），整个突出部大致分成西半部和东半部。在西半部，胡贝将军的德国第1装甲集团军（第7、42军）对峙着瓦图京大将的乌克兰第1方面军（第27、40集团军，第6坦克集团军）。在东半部，沃勒尔的德国第8集团军（第11军和第47装甲军）对峙着科涅夫大将的乌克兰第2方面军（第52、53集团军，近卫第4集团军，近卫第5坦克集团军）。

显而易见的是，切尔卡瑟"口袋"处于德国第1装甲集团军和第8集团军的接合部。同时也如"铲头"般插入苏联乌克兰第1、2方面军的接合部。而苏军的接合部战线又正好在卡涅夫附近被第聂伯河阻断。从整个乌克兰战场的角度来看，切尔卡瑟突出部也正好处于苏德两军战线的正中央。只要这个突出部还存在，苏军在乌克兰的战线就不能算真正联为一体。曼施坦因抓着突出部，可以同时威胁乌曼以北地区（突出部以西）和基洛夫格勒地区（突出部以东）苏军的侧翼。如果德军能长期坚守突出部，那么一旦时机变化，德国人甚至可能以此为据点，夺回直至黑海的整个乌克兰地区。

为了守住至关重要的切尔卡瑟突出部，德军在1944年1月部署有第1

[①]《乌克兰之战 科尔松—舍甫琴柯夫斯基战役（苏联总参谋部研究系列）》（以下简称《乌克兰之战》），第3页；《德意志帝国与第二次世界大战》卷八，第394页。

装甲集团军和第8集团军的4个军计14个师（含3个陆军装甲师和党卫军"维金"师）。此外还有所谓"B"军级集群（实力相当于1个师。详见下文说明）、党卫军"瓦洛尼亚"旅，以及一些直辖部队。为了阅读方便，我们将这个重兵集团称为"切尔卡瑟集团"或"科尔松"集团。

切尔卡瑟地区的党卫军"维金"师官兵

"切尔卡瑟集团"各师实力参差不齐。党卫军"维金"师在1944年1月1日有13326人[1]；第3、11装甲师各有12000多人。但也有很多师只有数千人。第106步兵师就有相当代表性。如前所述，这个师在1月22日实有兵数为6028人，其中有2000余人属于步兵单位。根据格兰茨的说法，"切尔卡瑟集团"共有约13万人[2]。但他显然忽略了第11装甲师（正在战线附近进行休整补充）的12000人。连同这部分兵力，"科尔松"集团共有14万人。

"科尔松"集团的战车实力总是被低估。比如格兰茨宣称德军合计只有100辆坦克和强击火炮。其中第11军有40辆；第47装甲军有60辆[3]。实际上，根据德军的档案资料，在1944年1月，"切尔卡瑟集团"有354辆坦克和强击炮（详见下表）。但其中只有152辆处于战备状态。而且大部分战车都是中型坦克或强击火炮。只有第11装甲师（连同第31坦克团第1营）拥有86辆"黑豹"重型坦克，但在1月20日仅有19辆做好战备，其他都在修理。

[1]《救火队》，第268页。
[2] 主要依据《地狱之门 切尔卡瑟口袋战役1944年1—2月》（以下简称《地狱之门》），第403页等。
[3]《地狱之门》，第21、403页。

"切尔卡瑟集团"还装备有约 1000 门各种陆军炮（约 520 门野战炮、190 门反坦克炮、约 400 门步兵炮和迫击炮）。这是以德国造火炮为中心统计出的数据。此外，德军还有一些外国造火炮（比如第 11、42 军就有 50 多门外国火炮）。另外，这一时期德军往往只统计重型反坦克炮，而忽略中轻型反坦克炮。

说明：切尔卡瑟德军集团的步兵炮和迫击炮没有全面统计。仅知第 47 装甲军每个装甲师平均有 13 门步兵炮和 12 门迫击炮；每个步兵师平均有 12 门步兵炮和 15 门迫击炮；党卫军"华洛尼"旅（相当于 1 个加强营）有 18 门迫击炮和 6 门步兵炮。另外在战役尾声，第 42 军有 26 门步兵炮[①]。上述"约 400 门步兵炮和迫击炮"以此为依据推算得出。

切尔卡瑟地区德军的重武器配备　1944 年 1 月下旬[②]

部队	"黑豹"（辆）	四号（辆）	三号（辆）	强击炮（辆）	野战炮（门）	反坦炮（门）
B 军级集群					41	16
第 88 步兵师					22	14
第 42 军直辖						
第 198 步兵师					36	14
第 34 步兵师					33	14
第 75 步兵师					11 个炮连	7
第 7 军直辖				32+(23)	10	
"维金"师	13(11)	19(15)		4(4)	52	12
"华洛尼"旅				10(10)		9
第 57 步兵师					50	8
第 72 步兵师					33	14
第 389 步兵师					26	12
第 11 军直辖				17(6)	16	
第 3 装甲师	32(10)	6(2)			22	10

---

①《地狱之门》，第 284 页。
②《科尔松口袋》，第 53、335、337 页；《救火队》，第 183、430、520 页；《尼科拉斯·泽特林对苏联总参谋部研究 1944 年科尔松—舍甫琴柯夫斯基战役的评注》（以下简称《研究评注》），第 3 页。

续表

部队	"黑豹"（辆）	四号（辆）	三号（辆）	强击炮（辆）	野战炮（门）	反坦炮（门）
第106步兵师					31	7
第320步兵师					24	17
第282步兵师					36	10
第14装甲师		19(7)	12(4)	17(4)	24	15
第11装甲师	86(19)	12(2)	5(5)		26	11
第47装甲军直辖				70(30)	11	
合计	86(19)	76(30)	42(26)	150(77)	493～520	190

注：坦克项括号内为可用战车数。第3装甲师战车数为1月1日统计；第14装甲师战备战车数为1月25日数字；第11装甲师"黑豹"坦克（含配属的第31坦克团第1营）为1月20日统计。

野战炮数，493门为有明确记录数字（不含第75步兵师的11个炮连）。约520门则包括了第75步兵师火炮的推测数。

部分单位为1月下旬遭受重创后的数字，比战斗前数字更少。

切尔卡瑟地区德军火炮配备情况　1944年1月下旬或2月初[①]

（仅限部分单位数据）

番号	野战炮（门）
第72步兵师	33（105榴29、150榴4）
第3装甲师	22（105榴16、150榴6）
第106步兵师	31（105榴27、150榴4）
第14装甲师	24（105榴15、150榴9）
第11装甲师	26（105榴14、150榴6、105加6）

注：第11、3、14装甲师和第106步兵师为1月22日数据，第72步兵师为2月1日数据。

为了攻打切尔卡瑟突出部，苏联集中了更庞大的重兵集团。2个方面军一共出动了244638人（包括预备队）。另有1万多人的空军部队。与之相对，德军只有14万人（不包括空军部队）。苏军的人力优势显而易见。

[①]《科尔松口袋》，第335、347页。

在火力方面，俄国人集中了2677门45毫米口径或更大火炮，此外还有2222门82毫米口径或更大迫击炮。如前所述，德军只有约1000门陆军炮。但列入统计的德军火炮几乎全部都是75毫米或更大口径。而苏军却有一大堆45毫米小炮。因此，苏军的火力优势，并不像单纯数字所展现的那么强大。

装甲战力方面，红军有513～541辆坦克和自行火炮，其中377辆可用。而德军有354辆坦克和强击炮，但其中只有152辆可用。显然，苏军的战车数量优势较大。

战役初期　苏军投入兵力[①]

	总数	乌1方	乌2方
兵员(人)	254965	89206	165759
步枪(支)	112408	40548	71860
自动枪(支)	52214	18051	34163
机枪(挺)	7772	3281	4491
反坦克枪(支)	5008	1977	3031
火炮(门)	2677	1009	1668
82+迫击炮(门)	2222	762	1460
50迫击炮(门)	267	178	89
高射炮(门)	401	66	335
火箭炮(门)	754	369	385
坦克(辆)	451（443）	168(160)	283
自行火炮(辆)	62(99)	22(59)	40
装甲汽车(辆)	62	39	23
机动车(辆)	10057	2986	7071
拖拉机(辆)	397	19	378
电台(个)	2481	700	1781
马(匹)	40787	10052	30735

① 《乌克兰之战》，第151—152页。

注：1. 兵员包括 10327 人的空军部队（空军第 2 集团军有 2709 人；空军第 5 集团军有 7618 人）。

2. 乌克兰第 2 方面军的兵员包括 20258 人的预备队和后勤单位（预备队有 57 辆坦克、19 辆自行炮、187 门火炮、160 门 82 毫米或更大迫击炮、7 门 50 毫米迫击炮）。

3. 坦克和自行火炮项的括号内为不同记载数据。

空军部队方面。乌克兰第 1 方面军由空军第 2 集团军（司令克拉索夫斯基）支援。而乌克兰第 2 方面军由空军第 5 集团军（司令戈留诺夫）支援。2 个空军集团军共有 1054 架作战飞机。包括 266 架名不副实的所谓夜航轰炸机——其实就是一些老式木头飞机[1]。两个空军集团军的具体实力构成如下：

（单位：架）

飞机类型	空军第2集团军	空军第5集团军	总计
战斗机	164	241	405
强击机	92	93	185
昼间轰炸机	43	126	169
夜间轰炸机	192	74	266
侦察机	12	17	29
总计	503	551	1054

德军方面，南方集团军群和 A 集团军群由德国空军第 4 航空队提供空中支援。1944 年 1 月 20 日，第 4 航空队共有 1171 架德国飞机（其中 889 架处于战备状态）[2]。第 4 航空队还拥有强大的高炮部队，1 月装备有 2225 门高射炮（包括 515 门 88 毫米炮、212 门 37 毫米炮、143 座 20 毫米四联装高炮、1355 门 20 毫米单管炮）[3]。

此外，第 4 航空队还可以得到 132 架仆从军飞机（罗马尼亚 109 架、匈牙利 23 架）的加强。这样，轴心国在东线南部战场共有 1303 架飞机（同样

---

[1]《乌克兰之战》，第 70 页。
[2]《德意志帝国与第二次世界大战》卷八，第 389 页。
[3]《德国在第二次世界大战》卷五，第 148 页。

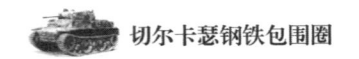

包括名不副实的夜航飞机），其中981架处于战备状态。其具体构成（不含仆从军飞机）如下：

155架昼间战斗机（Bf-109型131架、Fw-190型24架）、战备106架（Bf-109型87架、Fw-190型19架）

12架夜间战斗机、战备6架

308架攻击机和战斗轰炸机（含Fw-190型46架）、战备253架（含Fw-190型30架）

165架中型轰炸机、战备116架

116架侦察机、战备72架

93架夜航轰炸机、战备72架

20架气象侦察机、战备11架

172架运输机、战备150架

106架联络机、战备86架

24架沿海飞机、战备17架

对比空军力量，不像对比陆军兵力那么简单。1944年1月25日，苏联空军第2、5集团军的机场群分布在从日托米尔到克列缅丘格的广大地域。而德国第4航空队（以及罗马尼亚和匈牙利空军）除了对付这两个苏联空军集团军外，还要对付更南面（尼科波尔到黑海）的空军第17、8集团军（合

切尔卡瑟战役中，红军士兵推着大炮在泥泞中缓慢前进

计1333架飞机）[1]。因此在整个乌克兰战区，双方的飞机力量对比大概是苏联2400架对德国集团1300架。苏联空军居于数量优势。但受到大雾之类恶劣天气的影响，加上苏军很多前线机场还浸泡在泥潭里，双方空军在切尔卡瑟战役中的作用，都将不如以往那么显著（详见下文）。

2. 进攻计划

根据1月初及中旬斯大林拔除卡涅夫突出部的命令，苏军各级司令部不仅要集结大量军队和装备，还要根据战场的现实态势，制定出周密的作战计划。尤其是俄国军队缺乏合格的中下级军官，临场应变能力较弱，就更需要高级司令部提前把计划搞得好一些。

要发动新攻势，红军面临着众多难题。1月底以来的切尔卡瑟地区，天气有所转暖。自1月27日至2月18日，昼夜平均温度为零下5.5摄氏度至4.9摄氏度[2]。2月15日以前温度更高，有时将近8摄氏度，偶尔才会降到零下1~4摄氏度[3]。在出太阳的日子，穿军大衣都嫌热。温暖天气导致乌克兰地区的积雪过早解冻，融化为令人讨厌的春季泥泞。辽阔大地变成无边无

1944年初，德军一队步兵穿越开阔的雪原发起反击，配合他们的是一辆强击火炮

[1]《二战史》卷八，第128页。
[2]《方面军司令员笔记》，第92页。
[3]《乌克兰之战》，第6页。

际的泥浆大海。

对于进攻状态的苏军来说，这意味着无论调动部队还是运输物资，都要通过被压坏而且翻浆的道路。俄国人的轮式车辆本来就不多。乌克兰第1方面军按编制应该有6508辆运输汽车，可实际只有3554辆。其中一大半还需要修理。总体来说，乌克兰第1方面军的机动运输能力只有4964吨。乌克兰第2方面军只有4540吨。如今遇上可怕的泥浆大海，几乎所有轮式车辆都瘫痪了。俄国人没办法，只能弄一些马车和牛车运东西。可是有些地方甚至连牲口都无法通过，就只能让人背或肩扛。当时拜访过这一战区的南斯拉夫人，特别惊异于缺吃少喝的俄国士兵连续几天甚至几个星期在泥水里工作[1]。很多破衣烂衫、半饥半饱、光着脚的老头儿、小孩和妇女，也被动员起来为苏军运送弹药。在科涅夫的乌克兰第2方面军，苏联工兵用极短时间修补了600公里基本横贯路，扫清了德军留下的地雷，以确保前送和后送工作能维持运作。工兵们还冒着极大危险，为每个步兵连在雷场和铁丝网群里都预先开出一两条道路。截至1月24日，苏联工兵用6天时间挖出了41300颗反坦克地雷[2]。

曼施坦因对铁路的疯狂破坏，短期内也不能完全恢复。乌克兰第2方面军管辖的基洛夫格勒地区，有92公里被毁铁路等待修复。在乌克兰第1方面军地段，德国人毁掉了5万根铁轨。为了准备切尔卡瑟战役，仅在乌克兰第1方面军地段，就动用了3个铁道旅抢修铁路。可是大量满载服装、小麦、冻肉、白酒的车皮还是没法开到战区。大量苏联新兵连军服和鞋子都没领到。各部队都靠夺取的德军仓库吃饭。俄国人甚至用上了缴获的德国汽油。

另一方面，虽然天气偏暖，可是多数日子都有雨雪。整个战役期间，只有5天放晴。泥泞地面加上阴雨不断，造成土质机场难以使用。有些苏军机场连续三天都不能起飞一架飞机。这使得切尔卡瑟战役将成为一场空军干预

---

[1]《同斯大林的谈话》，第36页。

[2]《乌克兰之战》，第132页。

站在一辆43型T-34前的罗特米斯特罗夫，第5近卫坦克集团军司令

较少的战斗。

对处于防守状态的德军而言，恶劣天气和泥浆大海带来的负面影响要小得多。当然真要打起来，德军也很难调动援兵。

虽然后勤条件恶劣，弹药和物资储备不足[①]，俄国人还是急于要发动进攻。因为他们明白，如果给德军充足时间，他们就会修筑出一条坚固防线。而现在，德国人刚刚丢失第聂伯河天险，只能依靠一些仓促挖掘出来的简陋阵地。用坦克名将罗特米斯特罗夫的话说，不等德国兵拿铁铲挖出战壕，就把坦克开过去。兵贵神速。俄国人给自己只留了5~7个昼夜做准备。在此期间要细化作战方案、调动部队、储备物资、侦察敌情，等等。在恶劣地形和糟糕道路状况下，涉及二十多万大军的庞大任务，有无数工作要完成。尽管如此，俄国人还是竭力把计划做得周密。

战役的意图简单明了：乌克兰第2、1方面军将由两侧铲入突出部根部，截断德军的退路，然后将整个突出部包围起来，再连根拔除。为此，两个方面军建立了强大的突击集团。相对来说，瓦图京的乌克兰第1方面军在文尼察以东和乌曼以北一线，正连续遭受德军的装甲反击，能够腾出来打突出部

[①]《回忆与思考》下，第895页。

德军利用被击毁的苏联T-34坦克加固阵地

的兵力比较少，总计也不到9万人。

瓦图京大将当年43岁。即使在苏联将帅里，也算比较年轻的。他没有多少一战经验，学的是步兵和参谋专业，是个学术型将军。瓦图京的军人生涯大部分时间都在当参谋长。直到他自己感到不耐烦而主动要求当主官为止。在决定性的斯大林格勒战役，瓦图京虽然不是最大主角，但也发挥了很大作用。1943年夏季以来，瓦图京一直充当着"曼施坦因克星"的角色（瓦图京在1941年就和曼施坦因交过手）。瓦图京既是组织大纵深防御的专家，也是坦克突防和高速追击的行家。他用这套本事，把曼施坦因从库尔斯克一路驱赶到了第聂伯河，然后又赶过第聂伯河。瓦图京因此成为当时上升势头最快的苏联将军。1月中旬以来，虽然曼施坦因用一系列反击（包括即将开始的"瓦图京"行动）让瓦图京受了些局部挫折，但在切尔卡瑟，瓦图京报仇的机会就要来了。

瓦图京的作战计划是①：在卡涅夫突出部西侧底部，也就是特诺夫卡至科夏科夫卡12公里宽地段实施突破。动用的兵力包括日马琴科将军的第40集团军一部（第104、47步兵军），第6坦克集团军，特罗菲缅科的第27集团军一部（第337、180步兵师）②。坦克快速兵团最晚在战役第二日前就应该攻至兹韦尼戈罗德卡。方面军任务纵深为50公里，快速兵团预定每昼夜

---

①《军事学术史》，第487页（该书将第104军误作101军）。
②《乌克兰之战》，第8页。

推进 25 公里。进攻开始日期为 1 月 26 日。

瓦图京虽然匆忙制定了攻打切尔卡瑟桥头堡西半部的计划，但他的主要精力和大部分兵力，仍要拿来对付曼施坦因的"瓦图京"攻势，以及攻打中央、南方集团军群接合部。这就意味着，攻打桥头堡东半部的乌克兰第 2 方面军及其司令科涅夫，将更大程度充当这场战役的主角。

科涅夫大将当年 47 岁。和二战时众多年富力强的苏联将军一样，科涅夫也曾是沙皇陆军的军士，然后在苏维埃时代接受了高等军事教育，是老行伍和技术将军的混合体。但和斯大林最信任的朱可夫等人所不同的是，科涅夫不是骑兵出身，而是个老炮兵。科涅夫的仕途也不如朱可夫那么平坦，更未能跻身于苏军最高核心的总参谋部。苏德战争开始以来，科涅夫的地位摇摆不定，时而为斯大林重用，时而又被冷落甚至撤职。虽然科涅夫在莫斯科战役奠定了名将地位，但直到 1943 年初，他都远谈不上是最耀眼的苏联将星。直到库尔斯克战役以后，科涅夫才逐渐一帆风顺起来。

科涅夫作风强硬，甚至不亚于朱可夫，而且比朱可夫更冷酷，也更喜欢标榜个人勇敢（据说科涅夫曾亲手操炮击毁过德国坦克）。或许因为肝脏不好，科涅夫不像多数苏联将帅那样肥胖，反而身材消瘦，却和他技术型军事干部特有的傲慢劲头非常相称。即使在外国访客面前，科涅夫也不愿过多称赞斯大林的"军事天才"，更看不上其他将帅。但到目前为止，科涅夫还没有取得过完整歼灭德国重兵集团的战果，反而有不少在德军坚固阵地前无功而返的不堪记录。现在，切尔卡瑟战役无疑是科涅夫证明自己能力的最好机会。

科涅夫的进攻开始日期比瓦图京要早一天，为 1 月 25 日。他的作战计划是：首先以近卫第 4 集团军（司令雷若夫将军）和第 53 集团军（司令加拉宁将军）的步兵师突破德国第 11 军和第 47 装甲军的接合部（维尔博夫卡至瓦西里耶夫卡地段），然后向什波拉、兹韦尼戈罗德卡发起进攻。当第 53 集团军的步兵进入德军纵深 6~8 公里处，就把近卫第 5 坦克集团军投入战斗。坦克集团军应该在第二天抵达什波拉；第三天进抵韦尼戈罗德卡，在此与乌克兰第 1 方面军会合。近卫第 5 骑兵军成右梯阶队形随近卫第 5 坦克集团军进入突破口。方面军的任务纵深为 75 公里；快速兵团预定进攻速度为每昼夜 25 公里[①]。

以上是科涅夫的主攻方向。他管辖下的其他部队也要在同时发动辅助攻势。其中，科罗捷耶夫的第 52 集团军将攻击突出部东北部的戈罗季谢（"维金"师防区后方）。在突出部战区以外，近卫第 5、7 集团军也将在基洛夫格勒地区有所行动[②]，以牵制德国第 8 集团军的其他部队（其中有"骷髅"师和"大日耳曼"师等装甲精锐）。

为了取得最大限度的攻击效果，俄国人在主攻地段安排了密集的兵力和兵器。各集团军的进攻地带宽 9~10 公里；各步兵军为 4~6 公里；步兵师为 1.5~2 公里；步兵团为 0.7~0.9 公里。在每公里地段都部署了 90~100 门火炮迫击炮（局部地段多达 115~120 门），还有 5~7 辆直接支援步兵的坦克和自行火炮。

炮兵出身的科涅夫，特别重视火力运用和各军兵种协同。他还专门规定，当步兵部队进攻时，不仅可以得到自身炮兵的支援，还可以得到坦克集团军的炮兵支援；而当坦克部队进攻时，邻近的步兵单位也要动用炮火支援。为了提高各军兵种之间的协调能力，坦克军和步兵军之间，坦克旅和步兵师之间，要经常换阅作战文书。如果计划有变更，也要及时通知友军。

虽然天气不佳，苏联空军部队也拟定了作战计划，以配合地面部队。进攻前，俄国人将派遣一些"波-2"轰炸机，在夜间轰炸和骚扰德军阵地，以疲惫德国人的身心。当地面进攻开始时，则用 6 个轰炸机群（每群 6~9 架飞机）集中轰炸德军炮兵和迫击炮连约 15 分钟；强击机也要升空寻找并炸毁新暴露出来的火力发射点，为陆军扫清道路。然后，航空部队一面掩护地面推进，同时还要分出一些飞机对付德军的预备队和机场。

用极短的时间，俄国人制定出了作战计划，也完成了繁重的战役准备。

---

① 《军事学术史》，第 487 页。
② 《方面军司令员笔记》，第 94 页。

但一些根本性难题还是难以克服。如前所述，春季的泥泞大地限制了苏军的物资储备和弹药供应。不仅如此，一旦战斗打响，坦克和自行火炮靠履带还比较容易通过泥泞地，可是苏联步兵和炮兵却肯定跟不上坦克的速度。这将迫使科涅夫更多去依赖骑兵——马的速度比较快，在泥泞里跋涉的能力也更强一些。

总的来说，按以往标准，苏军用于切尔卡瑟战役的兵力并不是太多。充当攻击主力的2个坦克集团军战力更稀薄。为了减轻作战阻力，俄国人迫切希望能够欺瞒过德国人，隐藏真实的进攻方向。科涅夫这方面想法很多。他打算给德国人造成虚假印象，认为红军将从基洛夫格勒以西发起进攻。于是，苏联人炮制出一个虚构的坦克集团，包括166个坦克模型，80个火炮模型，几十个假军用仓库，甚至还有200个草人。为了让这些假货"活起来"，俄国人搞出了很多履带和轮胎的痕迹，用扬声器和无线电模拟坦克行动时的嘈杂声响和各种假信息，还派出了一些拖拉机和拖车。

苏联人相信德国人受到了迷惑。表面看似乎是如此。德国侦察机不断飞到假坦克集团上空。从1月22日到28日，德军还用火炮和迫击炮向科涅夫的坦克大炮模型打了1470发炮弹，摧毁了2个假炮兵连。可是战争结束后，俄国人却从缴获的德国档案中发现了一份东线战况判断通报（1944年1月21日），上面写道："今天在基洛夫格勒地域发现了敌（苏军）把主要突击方向向北转移到韦尔博夫卡地域……根据无线电侦察报告，第5近卫集团军司令部和一些工兵部队正向北转移，基洛夫格勒以西摆出了坦克模型。"

事实上，德国人一直有效监控着苏军动向[①]，并没有被几个坦克大炮模型所欺骗。战后，苏联人把伪装失败归咎于部队在转移时无线电纪律松懈，而坦克模型也不够逼真[②]。总之不管是用什么手段，到1月20—21日，德国第8集团军已经确认了苏联近卫第5坦克集团军的调动集结方位。1月23日，德国第1装甲集团军也觉察到苏军针对德国第7军和第42军接合部的

[①]《地狱之门》，第49页。
[②]《集团军战役》，第156—159页。

攻击企图，甚至还知道突破点将在特诺夫卡。

俄国人的企图暴露了。德军迅速做出回应。1月23日，德第8集团军发出预警命令，要求第11、14装甲师（位于基洛夫格勒以西）准备向北转移，集结在列别金以东，以应对苏军即将开始的新攻势。而在第1装甲集团军战区，司令官胡贝大将却有心无力。他虽然也识破了苏军的企图，而且还掌握着全德国最精锐强大的装甲部队。可是他正在执行曼施坦因的"瓦图京"计划，准备用2个军反攻文尼察以东，手里根本没有预备队可用，只能派一个步兵坦克破坏分队（装备"铁拳"长柄反坦克火箭弹之类）给第7军。除此以外，胡贝没有派出一辆坦克或强击炮去增援突出部。

德第1装甲集团军司令胡贝大将

当然，曼施坦因和胡贝也可以缩减"瓦图京"行动的规模，腾出一些坦克对付切尔卡瑟攻势。如前所述，到1月底，"瓦图京"行动已经达成基本目标：重创了苏联第1坦克集团军。1月26日，苏第1坦克集团军只剩下81辆可用坦克和自行火炮[①]，瓦图京在文尼察方面暂时不能构成较大威胁。如果曼施坦因对"瓦图京"行动的胃口小一点，确实还有机动使用兵力的余地。而曼施坦因也承认，希特勒对"瓦图京"行动没有抱什么期望。

可是曼施坦因没有收手。他的回忆录对此没做解释。也许在曼施坦因看来，苏军刚刚遭受挫折，损失了大量兵力和装备。如今时间仓促道路松软，缺少物资的俄国人就算开始新攻势，也不足以撼动德军阵地。更重要的是，和希特勒不同，曼施坦因特别急于扩大"瓦图京"行动的成果，根本不愿放手。他太想再赢得一次哈尔科夫式的胜利了。库尔斯克战役后期，曼施坦因也表现出类似的顽固投机心态。何况他此时还想当东线总司令，哈尔科夫式的胜利显然可以增加他和希特勒讨价还价的筹码。

[①]《乌克兰第1方面军作战日志1944年1月1—31日》，第227页。

虽然曼施坦因没有派出强大的装甲部队，切尔卡瑟地区的德军还是尽可能做好战斗准备，待在他们仓促构筑的阵地里，随时"恭候"红军的进攻。

3. 临战态势

1944年1月24日，切尔卡瑟地区正处于大攻势前夜。此时，苏德两军的具体部署态势如下（从西向东）[①]：

突出部西侧底部，德国第7军（25000人，装备有23辆可用强击炮，约110门105毫米或更大野炮，35门反坦克炮）自南向北顺次展开了第75、34、198步兵师。当面为苏联第40集团军（一线为第51、47步兵军。二线为

1944年初,武装党卫军的步兵小组

第104步兵军。集团军总计33726人，有445门45毫米或更大火炮，438门50毫米或更大迫击炮）。

就一线兵力而言，德军在突出部西侧底部似乎劣势不大。但瓦图京已经在第40集团军后方集结了强力坦克突破集团——说是强力坦克突破集团，其实就是个缺编严重的坦克集团军——第6坦克集团军。这是1944年1月21日（也就是切尔卡瑟战役打响前5天）才开始组建的新坦克集团军，司令是克拉夫钦科将军，所辖基干部队只有近卫第5坦克军和第5机械化军。第6坦克集团军的装备数量有多种矛盾记录。一说1月25日有160辆坦克

[①]《地狱之门》，第403页及第22页，态势地图；《乌克兰之战》，第163页，态势地图。

和59辆自行火炮（或为168辆坦克和22辆自行火炮），其中有54辆坦克和4辆76毫米自行火炮属于近卫第5坦克军，106辆坦克和46辆自行火炮属于第5机械化军，还有9辆自行火炮归属不明。而到1月26日，整个集团军只有107辆可用战车（91辆坦克和16辆自行火炮①）。可以肯定的是，这个仓促组建（实际还没组建完成）的坦克集团军，其实只有一个坦克军的实力（可能还不如一个坦克军）。

第6坦克集团军的兵员为24423人。还装备有39辆装甲汽车、96门火炮（45毫米及更大口径）、83门82毫米迫击炮、1273辆机动车、1辆拖拉机、755挺机枪。因为第6坦克集团军自身没有多少步兵部队，于是把第40集团军二线单位的第104步兵军临时配属给第6坦克集团军。

第6坦克集团军加上第40集团军，瓦图京就有一个近6万人和107辆可用战车的重兵集团来对付只有25000人和23辆可用强击炮的德国第7军。

战线继续向北延伸到突出部西侧顶部直到卡涅夫，由德国第42军（30000人，63门105毫米或更大野战炮，30门反坦克炮）防守，依次展开了第88步兵师（配属有第323师群2个营，第168步兵师第417团群，第213警卫师第318、177团）和B军级集群（第332、255、112师群。大致相当于一个步兵师的实力）。当面对手是苏第27集团军（28348人，468门45毫米或更大火炮，419门50毫米或更大迫击炮）主力。

说明："B"军级集群②。将被击溃的第112、255、332步兵师残部拼凑起来，于1943年11月2日组建而成。实力相当于一个师。具体构成为：第112、255、332师级集群（每个师级集群相当于一个团）；第112侦察营；第86炮兵团（4个营）；第112工兵营；第112通信营；第112野战补充营；第112供应队。拥有10个炮兵连（3个150榴弹炮连、5个105榴弹炮连、3个苏制76毫米炮连）和16门反坦克炮（5门重型炮、11门中型炮）。

卡涅夫以东，进入德国第11军防区（35000人，46辆可用坦克和强击炮，177门105毫米或更大野战炮，55门反坦克炮），自西向东南展开了党

---

①《乌克兰之战》，第6、96页；《二战史》卷八，第117页。
②《德国战斗序列：第二次世界大战期间的步兵》，第408页。

卫军"维金"师（包括党卫军"瓦洛尼亚"旅），第57、72、389步兵师。"维金"师（13000人）是第11军实力最强的部队，也是唯一的装甲兵团（正在改编为装甲师，但多数装备尚未抵达）。无法理解的是，这个师和"瓦洛尼亚"旅没有按照防御惯例部署在二线或者充当反击预备队，而是放到了顶部的第聂伯河一线。这样做，似乎是为了证明对希特勒最忠诚的党卫军依然坚守在第聂伯河上。但这个象征性举措却蕴含着巨大的风险：一旦红军向底部发动攻击，"维金"师不仅难以在第一时间全力应对，而且自身也难逃被围的命运。

说明："维金"师的坦克战力有相当争议。按月度报告（上面的统计以此为准），"维金"师在1944年1月1日有13辆四号，19辆三号，4辆强击火炮。总计36辆（6辆在修）。此后到战役前并无补充。《地狱之门》显示的数字与之差异较大："维金"师坦克营有25辆四号（48倍75炮），训练连约有12辆三号坦克，外加6辆强击火炮。总计43辆[①]。产生差异的原因可能在于，装甲师月度报告的战车数，有时不包括长期在修战车。再或者《地狱之门》的数据在战车型号上有些错误。

德第11军当面对手比较杂，包括苏联第27集团军侧翼一部，第52集团军全部（第73、78步兵军。总计15886人，装备167门45毫米或更大火炮，208门50毫米或更大迫击炮），近卫第4集团军全部（近卫第20、21步兵军。配备第173坦克旅。总计45653人，27辆坦克和2辆自行火炮，581门45毫米或更大火炮，502门50毫米或更大迫击炮）；第53集团军侧翼一部（近卫第26步兵军）。

战线继续向南，一直延伸到突出部东侧底部。这段阵地由德国第47装甲军防守。这个军的防区延伸到了切尔卡瑟战区以外，而在战区内的一线兵力为（自北向南）：第3装甲师，第106、320、282步兵师。在二线地区，第14装甲师集结在第11军和第47装甲军接合部后方。此外，还有一个常被西方战史地图（如《地狱之门》和《科尔松口袋》附图）忽略的部队——第11装甲师。根据德国装甲师历史，第11装甲师在1月23日集结在潘切

[①]《地狱之门》，第26页。

Su-85自行火炮

沃（卡尼日西北）[1]，大致位于第106步兵师后方。另据1月24日19时态势地图，第11装甲师大致集中在第106、320步兵师接合部后方。这个师当时由德国第8集团军司令官沃勒尔亲自掌控。

德国第47装甲军（连同二线装甲师）在突出部战区内约有5万人（83辆可用坦克和强击炮，174门105毫米或更大野战炮，70门反坦克炮）。当面对手主要是苏联第53集团军。第53集团军共下辖有3个军（近卫第26军，第75、48军），总计54043人，有21辆坦克，611门45毫米或更大火炮，483门50毫米或更大迫击炮。但如前所述，第53集团军的3个军中，近卫第26军对峙的是德国第11军，而在德第47装甲军当面，只有第75、48军等。

就一线兵力而言，德军在突出部东侧底部非但没有劣势，似乎还有些优势。但在二线，科涅夫集结了近卫第5坦克集团军。集团军司令是苏联著名坦克战专家罗特米斯特罗夫将军，手下实力比瓦图京的坦克集团军稍强一些，但缺额相当严重。尤其是战役前，近卫第5坦克集团军原有的第8机械化军被调走，由第20坦克军替代[2]。于是近卫第5坦克集团军就有了3个坦克军（18、20、29），可是协同坦克行动的步兵却变少了。为了解决这个问题，科涅夫准备动用方面军预备队——近卫第5骑兵军。

具体来说，近卫第5坦克集团军在1月21日只有247辆坦克和自行火

---

[1]《救火队》，第418页。
[2]《苏军坦克兵》，第211页；《乌克兰之战》，第7、8、112页；《方面军司令员笔记》，第94页；《军事学术史》，第487—489页。

炮，其中 156 辆可用（第 18 坦克军有 49 辆；第 29 坦克军有 42 辆；第 20 坦克军有 51 辆；还有 14 辆归属不明），另有 91 辆在修（80 辆坦克、11 辆自行火炮）①。

俄国人拼命抢修坦克。可是长达 100 多公里的调动行军，让罗特米斯特罗夫的坦克有所损耗。截至 1 月 23 日，仅第 18 坦克军就有 43 辆坦克在修②。有些书籍记载近卫第 5 坦克集团军在战役前夕有 205 辆战车③。而根据原始档案，近卫第 5 集团军在 1 月 24 日有 193 辆坦克和自行火炮"在队"（可用战车）。各单位战力如下④：

第 29 坦克军（欠第 25 坦克旅）：所辖第 31、32 坦克旅各有 23～27 辆坦克，加上第 1446 自行炮团，总计有 55 辆战车。包括 46 辆 T-34、4 辆 Su-85、1 辆 Su-76、英制坦克 4 辆⑤。

第 20 坦克军：所辖第 80、155 坦克旅，近卫第 8 坦克旅。第 1834 重自行炮团、第 1895 自行炮团。总计有 58 辆战车。包括 35 辆 T-34、10 辆 T-70、2 辆英国坦克、11 辆自行火炮（2 辆 Su-122、9 辆 Su-76）。

第 18 坦克军：所辖有第 110、170、181 坦克旅。第 1543 重自行炮团、第 1438 自行炮团。总计有 80 辆战车。包括 48 辆 T-34（另有 40 辆正在输送）、30 辆英国坦克、2 辆 Su-85 自行火炮。

根据另一份统计，近卫第 5 坦克集团军的参战兵力为 22301 人，178 辆坦克和 19 辆自行火炮（不含预备队）、6 辆装甲汽车、122 门火炮（45 毫米及更大口径）、27 门火箭炮、189 门迫击炮（82 毫米或更大口径）、1297 辆机动车、6 辆拖拉机、450 挺机枪⑥。可以认为，近卫第 5 坦克集团军所辖每个坦克军的实力，只有（或不如）坦克旅的实力水平。

加上近卫第 5 坦克集团军，苏军在突出部东侧底部就能用 270 辆战车来

---

① 《乌克兰之战》，第 112 页。
② 《第 18 坦克军战斗行动记录簿 1944 年 1 月 1 日—1 月 31 日》，第 16 页。
③ 《科尔松—舍甫琴柯夫斯基战役》，第 66 页。
④ 《近卫第 5 坦克集团军战斗行动记录簿 1944 年 1 月 1 日—1 月 31 日》，第 23—25 页。
⑤ 《第 29 坦克军作战行动记录簿 1944 年 1 月 1 日至 3 月 30 日》，第 28 页。
⑥ 《乌克兰之战》，第 151—152 页。

对付德军的83辆。但如果暂不考虑科涅夫的预备队——近卫第5骑兵军的话，苏军在兵数上并无明显优势。而德军在这一区部署的3个装甲师却都是老牌精锐。有必要详细介绍一下这些装甲师的情况。

首先是第3装甲师，德国陆军资格最老的装甲师之一。1943年8月底，刚刚结束库尔斯克战役的第3装甲师虽然蒙受了很大损失，却还有88辆坦克（其中30辆可用）和149门各种炮（内含31门野战炮和40门反坦克炮）[1]。

此后又经过5个月激战，第3装甲师到1944年1月22日只保有3个步兵营（按编制为4个营计算），剩下的其他重武器包括：9辆自行榴弹炮、10门105毫米榴弹炮、3门150毫米榴弹炮、5门88毫米高炮、5门自行75毫米反坦克炮、4门75毫米反坦克炮和150毫米步兵炮。迫击炮等情况不明。

然后是第11装甲师。这个师号称德军最强悍精锐的装甲兵团，被誉为所谓"幽灵"师。库尔斯克战役开始时，第11装甲师齐装满员，有17151人和109辆坦克，还有6门自行榴弹炮。其他重武器也很齐备。此后不到半年时间内，除了补充坦克外，第11师还得到了两个"黑豹"坦克营。可是经过几个月的血腥鏖战，第11师的战力还是不可避免地衰退了。在1944年1月下旬到2月初，全师拥有103辆坦克（86辆"黑豹"坦克和17辆三号或四号坦克）。可是大部分坦克都在修理，只有极少坦克能作战。第11装甲师在1月22日掌握的重型火炮包括：14门105毫米榴弹炮、6门150毫米榴弹炮、6门105毫米加农炮、4门88毫米高炮。没有步兵炮、反坦克炮、迫击炮的统计数字。

第14装甲师主力原本已在斯大林格勒被歼灭，但德国人又组建了一个新的第14装甲师，于1943年10月重返东线，当时有109辆战车（49辆长管四号、44辆强击火炮、16辆指挥坦克和喷火坦克）[2]。第14装甲师随即

---

[1]《库尔斯克数据研究》，第192页。

[2]《装甲部队(2)1943—1945》，第109页。

参加了一系列反扑战并蒙受重大损失，战力几乎耗尽。1943 年 11 月 20 日，第 14 装甲师只剩下 52 辆坦克，其中 37 辆可用。随着战斗的深入，第 14 师战力越来越弱。1944 年 1 月 25 日，全师只有 15 辆战车可用（7 辆四号坦克、4 辆强击炮、4 辆喷火坦克）。在修战车数量不详。

对德军还有一个有利因素是，除了上述已经部署在东侧底部的 3 个装甲师外，在更偏南的"大日耳曼"师防区，集结了一个全新满员的"黑豹"坦克营，其坦克战力超过 3 个装甲师的总和（细节后述）。一旦战役开始，即使"大日耳曼"师本身不能前来增援（"大日耳曼"师和"骷髅"师等部队被苏近卫第 5 集团军牵制），也可以迅速派出这些"黑豹"坦克，从而改变东侧底部战场的战车力量对比。

二、进　　攻

1. 科涅夫攻势

1944 年 1 月 24 日。星期一。寒冷但天空清澈的日子。科涅夫的乌克兰第 2 方面军按照惯例，首先发起所谓"威力侦察"。为此，近卫第 4 集团军和第 53 集团军第一梯队的步兵师将各派出一个先遣营，每个营都伴随有 1 门马拉的 76 毫米炮。此外，近卫第 5 坦克

乌克兰第 2 方面军司令科涅夫(上将时代)

集团军每个坦克旅还要派出 2~3 辆坦克和 1 辆自行火炮参战。这不仅是为了支援先遣营，也为坦克部队本身提供战斗侦察。

俄国人没有提前进行猛烈的炮火准备，也没出动飞机（苏军机场区域起了大雾）。各先遣营突然跃出战壕，冲向德第 11 军和第 47 装甲军阵地。针对德第 389 步兵师地段的攻击最为激烈。战斗非常顺利。到日终时分，沿着德第 389 步兵师（第 546 团地段）和第 3 装甲师接合部约 16 公里宽正面，苏军击溃了德军几个连，一举突破主要防御地带（第一防区）的第一道阵

地，在局部地段甚至深入到第二道阵地，突破深度达 2~6 公里。这已经形成为一个相当可观的战术缺口，迫使德第 389 步兵师退入中间阵地。通过这次战斗，俄国人还探察了德军的虚实。当俄国坦克和步兵冲锋时，必然会有一些隐蔽的德军火力点和火炮开火射击。苏军借此搞清德军的部分火力配系。科涅夫利用这些成果，可以完善他的炮兵和工兵的使用计划。当主攻开始时，就能缩短炮火准备时间，节省大量弹药[1]。

战斗过程中，苏联先遣营屡屡遭到德军俯冲轰炸机的痛击，却基本没有得到己方飞机的帮助。拖到当天下午，随着大雾消散，苏联空军才勉强出动了一些飞机，但直到深夜也只有 75 个架次。包括 39 个架次战斗机和 23 个架次的夜航飞机。

战斗侦察让苏军蒙受了一些损失。第 53 集团军在 1 月 24 日的战斗中有 67 人阵亡、152 人负伤。第 20 坦克军投入侦察战斗后，损失了 12 辆战车（部分可以修复），于是只剩下 39 辆战车（21 辆 T-34、8 辆 T-70、7 辆 Su-76、1 辆 Su-122、2 辆其他坦克[2]）。

另一方面，科涅夫的威力侦察也暴露了苏军的主攻方向。战斗打响后，德国第 11 军军长施特默尔曼立刻向第 8 集团军司令沃勒尔将军告急，请求从第 47 装甲军抽出第 14 装甲师进行增援。施特默尔曼还命令第 57 步兵师抽出一个团南下支援第 389 师，同时把第 228 强击炮营投入战斗，协助第 389 师收复了左翼部分阵地。14 时 50 分，"维金"师装甲战斗群（以坦克营为基干）也赶到战场，从苏军手中夺回了据点

德第 8 集团军司令沃勒尔将军

---

[1]《军事学术史》，第 488—490 页；《地狱之门》，第 56—57 页；《巴巴罗萨到柏林》卷二，第 148 页；《乌克兰之战》，第 15 页；《方面军司令员笔记》（科涅夫称 1 月 24 日实施了短促的炮火准备，可能是把 1 月 25 日的情况给记混了）。

[2]《第 20 坦克军作战行动记录簿 1943 年 12 月 30 日至 1944 年 2 月 27 日》，第 11 页。

布勒特基（同样位于第 389 师左翼）。德国将军们明白，科涅夫随时可能发动更大规模进攻。

1 月 25 日早晨 6 时，科涅夫的主力攻势开始！和以往动辄一个到数个小时的凶猛炮击不同，这次苏联炮兵只打了 10 分钟炮火急袭。虽然这被归功于侦察战斗的成果，但更重要的原因还是科涅夫的弹药不够。

如前所述，科涅夫的突破地段，选择在德国第 11 军和第 47 装甲军的分界区。具体说在维尔博夫卡至瓦西里耶夫卡 19 公里宽地段，科涅夫展开了 14 个步兵师和 3 个坦克军，总计 270 辆坦克和自行火炮、1787 门火炮和迫击炮[1]。具体态势如下：

自北向南，苏军第一梯队展开了 12 个师：近卫第 4 集团军（加强有第 173 坦克旅）的近卫第 7、62、5 空降师，第 31 步兵师，近卫第 69 步兵师；第 53 集团军的近卫第 25、1、66、14 步兵师，第 138、213、233 步兵师。第二梯队展开了第 252、214 步兵师。

近卫第 5 坦克集团军预定跟在第 53 集团军步兵师后方前进，坦克集团军的攻击阵形也由两个梯队构成：第一梯队为第 20、29 坦克军（94 辆坦克和自行火炮），第二梯队为第 18 坦克军（102 辆坦克和自行火炮）。预备队为第 25 坦克旅。

在科涅夫的突破地段，德国守军有 4 个半师和 76 辆可用坦克或强击炮。自北向南态势为[2]：第 72 步兵师右翼（第 57 步兵师一个团正在经过，将于 1 月 25 日下午抵达第 389 师地段）；第 389 步兵师（加强有"维金"师坦克营和第 228 强击炮营）；第 3 装甲师和第 106 步兵师。德军第二梯队有第 14 装甲师。

和"威力侦察"时一样，科涅夫把最大压力放在德第 389 步兵师，为此使用了 7 个步兵师。在第 389 师左翼（第 545 团），科涅夫放了 4 个师（近卫第 62、5 师，第 31 师，近卫第 69 师）；在第 389 师右翼（第 546 团和师

---

[1]《乌克兰之战》，第 7—11 页。
[2]《科尔松口袋》，第 56 页，态势地图。

侦察营地段），放上了3个师（近卫第25、1、66师）。虽然一般论，苏联步兵师人数寡少，但德第389师也只有1500名步兵作战人员（6个步兵营，每个营约200～300人）。因此苏军至少有三倍以上的兵力优势。"威力侦察"时形成的战术缺口对苏军也非常有利。

苏军的T-34坦克

炮击停止后战场陷入短暂寂静，随后就有大量苏联士兵爬出临时挖的散兵坑，喊着乌拉直接冲向德军阵地。德军再度用凶猛炮火迎击，侧翼展开的几个装甲师也调动包括坦克在内的所有火炮不断射击。可是苏军不顾重大伤亡，直接顶着火网前进。身临其境的德第47装甲军军长福尔曼形容战场情景如同洪水冲垮堤坝。当俄国人更加逼近之际，德军的迫击炮、机枪和步枪相继开火。在有些地段，德军打退了苏军的冲锋。可是重点地段却大事不妙。德第389师左翼得到2个战车营（"维金"师坦克营和第228强击炮营）增援，还能抵挡一阵，可是右翼则完全无法阻挡苏联步兵的密集冲击，阵地不断丢失。南侧的德国第47装甲军第3装甲师和第106步兵师也承受了极大压力，所幸当面只有苏军4个师（近卫第14师，第138、213、233师），还能勉强应付。

经过2～3个小时的短促激战，苏第53集团军的第26、75步兵军已突入约6～8公里，完全击破德第389师的第一防区。苏军也一度突入第3装甲师侦察营阵地，但德军聚集起包括坦克在内的反击集群，击退了俄国人。尽管如此，战斗到当天下午，苏联步兵打开的突破口已经足够让近卫第5坦克集团军进入战斗了。第53集团军为此付出血的代价，全天共阵亡226人、负伤 577 人[1]。

近卫第 5 坦克集团军司令罗特米斯特罗夫戴着圆眼镜，相貌神态完全没有将军的派头，却像个十足的中学老师。但他是苏联最好的坦克战专家。在他的督导下，14 时，坦克集团军第一梯队以第 29 坦克军为左翼，第 20 坦克军为右翼，轰轰隆隆地开入突破口。尚未投入战斗的第 18 坦克军也位于左翼。罗特米斯特罗夫之所以把主力集中在左翼，有两个理由：一是预防德国装甲师的反击，毕竟第 47 装甲军就在突破口以南；二是便于迅速形成对外包围圈。不过，按照惯例，首先建立的应该是对内包围圈，而且巩固包围圈也该由步兵来完成。看来，科涅夫担心步兵不能及时跟上来，决定先让坦克部队建立对外包围圈再说。

罗特米斯特罗夫的坦克军团排成长长的纵队。以第 20 坦克军来说，该军沿着两条道路开进。道路宽度只有 3 公里，可是坦克军的战斗队形却长达 25～30 公里。罗特米斯特罗夫这么做的目的是：一旦坦克兵团进入纵深，可以逐渐加强突破力量。而且队形比较长的话，就算遭到德军坦克袭击，损失也不会太大。与坦克部队开进的同时，此前配属给步兵的战车也回到老部队参战。

第 20 坦克军战斗队形

第 1 梯队：近卫第 8 坦克旅（11 辆 T-34 坦克、7 辆 Su-76、1 辆 Su-122），第 155 坦克旅（7 辆 T-34 坦克、5 辆 T-70、2 辆其他坦克），第 1834、1795 自行火炮团，第 1505 反坦克歼击炮团 1 个营

第 2 梯队：近卫第 7 摩托化步兵旅，第 291 迫击炮团

军预备队：第 80 坦克旅（3 辆 T-34 坦克、3 辆 T-70），第 1505 反坦克歼击炮团 1 个营，第 406 独立火箭炮营

第 29 坦克军战斗队形

第 1 梯队：第 32 坦克旅为基干。有 23 辆 T-34 坦克、4 辆英国坦克、2 辆 Su-85

第 2 梯队：第 31 坦克旅为基干。有 20 辆 T-34 坦克、2 辆 Su-85

---

[1]《第 53 集团军战斗行动日志 1944 年 1 月 1—31 日》，第 26 页。

罗特米斯特罗夫的坦克前进速度很快，只用5~6个小时就深入了18~20公里。沿途的德军火力点不是被炮火击毁，就是被坦克直接压碎。可是苏联步兵却没有跟上来。坦克群和步兵师彼此间的距离拉大到了6~8公里。苏军的攻势给德军造成了严重损失。19时，德第11军报告称，第389步兵师各步兵营平均只剩下40~50人，还有几个炮兵连被歼灭[1]。也就是说，第389师经过十几个小时战斗，就损失约1200名步兵，只剩下200~300个步兵。德军残余部队（连同第57师增援的一个团）被迫退至第二防区（沿一条无名小河展开），但在苏联坦克猛攻下，他们显然支撑不了多久。

为了挽救败局，预先调集的德国第11、14装甲师火速赶往突破地段。他们有两个重要目标：首先要保住第389师阵地纵深内的重要通道据点卡皮塔诺夫卡。同时还要保住卡皮塔诺夫卡东南的拉索哈瓦特卡，以确保第3装甲师侧翼安全。

13时，第14装甲师冲向战场。首先抵达的是先头"冯·布雷塞"战斗群（第108装甲步兵团、第4装甲炮兵团第2营、第14装甲侦察营一部、第276高炮营一部[2]），他们于15时45分在卡皮塔诺夫卡与苏联坦克和步兵展开激战。第14装甲师主力（11辆四号坦克和三号强击炮，以及第103装甲步兵团等）开向拉索哈瓦特卡，乘夜与苏军展开激烈的争夺战。装备"黑豹"坦克的第11装甲师则在卡皮塔诺夫卡以南的扎托波尔集结，准备出击。

1月25日至1月26日，德军在苏军突破口两侧集结了强大兵力：南面，是全力来援的德第47装甲军。在福尔曼将军指挥下，展开了第3、11、14装甲师，并以第106步兵师保护侧翼。北面，是"维金"师坦克团第1营和第389步兵师左翼残部，还有赶来增援的第676步兵团（由第57步兵师分派）。德国两支装甲铁钳之间，是科涅夫的先锋——第20、29坦克军的5个坦克旅，以及全力跟进的第53集团军各步兵师。

不算原有的强击炮营，4个德国装甲师共有约70辆战车可用。其中战

---

[1]《地狱之门》，第62页。
[2]《救火队》，第508页。

德军装甲师的105自行榴弹炮

力最强的第11装甲师开来了20辆令人生畏的"黑豹"重型坦克和几辆三号、四号坦克[1]。而苏军的5个坦克旅在开战之日也只有不满100辆战车，突破阵地之际又有所消耗，到1月26日只剩下53辆战车可用（其中有37辆T-34、1辆Su-122、4辆Su-85。余为轻型坦克[2]），平均每个旅只有10辆战车可用。显然，战车数量和质量优势都在德军一边。

德军力图向突破口南北两侧展开反击，以截断突入苏军的后路。但在第11装甲师实际进入战斗之前，形势对德国人并不太有利。在突破口北侧，"维金"师坦克营为主的战斗群原定目标是皮萨里夫卡，试图在此地与第14装甲师建立联系。可他们在1月25日下午撞上了有51辆战车的苏联第29坦克军。"维金"师的四号坦克对T-34优势不够大。在苏军的强力还击下，"维金"师战斗群败下阵来。1月25日以来，近卫第4集团军强化了对德第72师与第389师接合部的攻击，所辖第31步兵师在第173坦克旅协同下，夺取了重要支撑点特勒皮洛，其先头营继续向西推进。这迫使原本支援第389师的"维金"师坦克营被迫掉头向北，去支援第72师。德军在突破口北侧没有了足够坦克，只能让新增援上来的第676团协助第389师左翼转入

[1]《科尔松口袋》，第67页。
[2]《近卫第5坦克集团军战斗行动记录簿1944年1月1日—1月31日》，第26页。

防御。

突破口以南，第14装甲师的"冯·布雷塞"战斗群奋力杀开一条血路，冲到卡皮塔诺夫卡与苏军先头展开激战，试图在突破口中心地带建立一条走廊，把两侧德军再度连接起来。这次突击取得初步胜利，冯·布雷塞一举夺取了卡皮塔诺夫卡东部。

可是冯·布雷塞很快就大难临头了。1月26日晨7时，苏联近卫第5坦克集团军不等步兵跟上来，就单独展开第二轮攻势，轻轻松松突破了德第389师脆弱的第二防区。第20坦克军冲在前面。8时，近卫第8坦克旅率先攻入卡皮塔诺夫卡中段。另外几个坦克旅也从南面冲向卡皮塔诺夫卡。很快，第20坦克军的3个旅（第8、80、155坦克旅）都杀到了卡皮塔诺夫卡。第20坦克军先头第155旅开足马力继续向西开进，中午时分就逼近到朱拉沃卡东郊，15时攻占此地。南侧的苏联第29坦克军也前进了5~6公里，冲到了卡皮塔诺夫卡西南的图里亚。

就这样，苏军坦克部队从多路穿透并迂回了卡皮塔诺夫卡。1月26日早上，"冯·布雷塞"战斗群已经发觉自身处境危险，几乎被苏军包围在卡皮塔诺夫卡。冯·布雷塞害怕遭到全歼，被迫向西北突围。也因此与第14装甲师主力逐渐失去联系。

此时，第14装甲师主力（包括坦克营）在卡皮塔诺夫卡以东以南战线与苏军交战，勉强维持与第3装甲师的联系。第14装甲师坦克营本想展开一次进攻，可他们首先遭遇了苏军的反坦克炮阻击。随后，苏第29坦克军也分出一些坦克杀了过来。1辆德军先头坦克直接挨了3发炮弹，车内的连长也被打死。其余的德国坦克和强击炮开火还击，据称击毁了1辆T-34和3门反坦克炮。苏军随即向第14装甲师据守的关键据点拉索哈瓦特卡展开进攻，第14装甲师只得被动应战。经过36小时激战，第14装甲师损失了310人，仅剩6辆坦克和强击火炮还可以使用。宣称的战果是击中了14辆苏联坦克。显然，第14装甲师战力已经所剩无几，而第3装甲师原本战力就很弱，又处于被动防御状态，根本指望不上。福尔曼的第47装甲军几乎处处都陷入苦战，根本无力吃掉苏军突击集团。

福尔曼的上司沃勒尔决心投入最大撒手锏——第 11 装甲师。他们相信这次致命打击将遏制住俄国人的攻势。当天中午

乌克兰第 1 方面军的 T-34 坦克部队

13 时，第 11 装甲师终于打破沉默，从南面向季什科夫卡（卡皮塔诺夫卡以南）展开凶猛攻击。几乎同时，第 14 装甲师坦克队也向突入拉索哈瓦特卡的苏军发起反击。德军第 11、14 装甲师的打击集中在苏联第 29 坦克军（第 31、32 坦克旅[①]）。这个军当天只有 20 辆 T-34 坦克和 4 辆 Su-85 自行火炮可用。而德军投入了 40 辆坦克和强击炮（包括 20 辆"黑豹"坦克）。这还不包括伴随第 11 装甲师行动的第 8 坦克营（装备强击炮，数量不详）。苏军坦克比德军要少，T-34 也根本挡不住"黑豹"坦克群的犀利攻势。激战到黄昏时分（苏方记录为 21 时），第 11 装甲师右翼的坦克群突入到皮萨里夫卡以西，左翼的第 111 装甲步兵团也夺取了季什科夫卡南半部。晚上，第 11 装甲师又得到一批强击炮的增援（据第二天统计有 15 辆可用强击炮）。与之相对，德第 14 装甲师的成果不大，经过苦战，只夺回了拉索哈瓦特卡东南一角。

第 11 装甲师的突然进攻令苏军阵脚大乱。特别是当德国坦克突破到皮萨里夫卡以西，几乎封闭了突破口。这让近卫第 5 坦克集团军陷入一片混乱。集团军司令部与第 20、29 坦克军所辖各旅的联系中断。战场上，两个坦克军不断遭到德军坦克和步兵的袭击，战斗队形被打乱。他们不但与方面军、集团军之间失去了联系，自身一些部队也遭到了分割，彼此只能用无线

[①]《地狱之门》，第 60 页。

电保持联络。战况紧急，罗特米斯特罗夫急忙出动第二梯队的第 18 坦克军（第 110、170、181 坦克旅）前去救援。

尽管如此，红军也不甘示弱，不断以坦克发起反击。两军顿时犬牙交错，在突破口各处乱战成一团。苏联第 20 坦克军（军长拉扎列夫坦克兵中将）尤其临危不乱。拉扎列夫将军决心不理睬德军的反击，也不管后路被切断的危险局面，只管继续加快进军，力争尽早推进到什波拉和兹韦尼戈罗德卡。遭到打击的第 29 坦克军则就地转入防御，与新开上来的第 18 坦克军一道与德军装甲部队交战，从南面掩护第 20 坦克军的挺进。

俄国人的动作很快。就在德第 11 装甲师突入皮萨里夫卡以西约 2 个小时（23 时），苏第 20 坦克军已经冲到了列别金和茹罗夫卡。苏军宣称很快荡平了守军一个营（实际上，德军在这些地区可能没多少像样的战斗部队）。第 20 坦克军的下一个目标是交通枢纽什波拉。此时，瓦图京已经在西面展开了进攻。科涅夫也要加速前进，尽快和瓦图京会师。

2. 瓦图京攻势

1944 年 1 月 26 日早晨，瓦图京的乌克兰第 1 方面军发起了强大攻势。在主攻突破地段，自北向南，瓦图京展开了 7 个步兵师和 2 个机动军：第 27 集团军第 337、180 步兵师，第 40 集团军的第 47 军（第 167、359 步兵师），第 104 军（第 58、133、74 步兵师）。在第 104 军后方跟进的是第 6 坦克集团军（第 5 机械化军和近卫第 5 坦克军）。

突破地段的德国守军，主要是第 7

乌克兰第 1 方面军司令瓦图京大将

军右翼的第 34、198 步兵师，以及第 42 军左翼的第 88 步兵师（加强有第 168 师和第 213 警卫师各一部）。德军仓促构筑的防御阵地非常薄弱，只修建了少量工事。但纵深内有一些经过伪装的发射点。此时，曼施坦因和胡贝还醉心于"瓦图京"行动，没有派什么装甲部队来支援第 7、42 军。第 7 军（军长赫尔步兵上将）仅有的装甲部队是第 202、239 强击炮营。两个营在 1 月 25 日合计有 23 辆可用强击炮[1]，另有一些强击炮在修。可是第 239 强击炮营（8 辆可用强击炮）在 1 月 26 日稍后又被派去支援第 42 军（第 42 军自身没有强击炮）。临战前不久，第 7 军还得到了第 471 反坦克歼击营（装备情况不详。可能有一些"铁拳"反坦克弹之类），用以强化第 34 师。另外，德军还有大致完好的野战炮部队。

瓦图京的处境也不太有利。特别是他的中路集团正承受着曼施坦因"瓦图京"行动的沉重打击，也难以调动太多军队攻打切尔卡瑟地区。而且瓦图京的攻势还比科涅夫晚了一天。要迅速突破并赶上科涅夫进度，瓦图京仍需要强化他的一线攻击力量。于是他把第 6 坦克集团军直接部署到第一攻击梯队，与第 40、27 集团军的步兵一道突破德军阵地。瓦图京这一安排很不寻常。以往，俄国人忌惮于德国重型反坦克炮的威力，通常都是先派步兵突破德军阵地并尽最大努力消灭火力点，然后再出动大型坦克集团。否则坦克部队就可能因为损失过大而丧失向纵深推进的能力。何况第 6 坦克集团军是几天前才仓促组建的部队，多数坦克手都毫无实战经验，也没受过多少训练。

瓦图京还是决心把他的冒险战术付诸实施。第 6 坦克集团军集中了 107 辆坦克和自行火炮，沿着 4.2 公里正面展开攻击队形。以第 5 机械化军为第一梯队，近卫第 5 坦克军为第二梯队。集团军预备队为第 233 坦克旅和第 1228 自行火炮团。

坦克和步兵进攻之前，苏军首先实施了 35 分钟炮击，每公里正面有 52 门 76 毫米以上火炮，部分遮蔽阵地上的自行火炮也参加了炮击。主攻的第

---

[1]《科尔松口袋》，第 356—357 页。

40集团军全天发射了 1211 发 152 毫米炮弹、7700 发 122 毫米炮弹、13125 发 76 毫米炮弹、3314 发 45 毫米反坦克弹①。

各种口径的炮弹和火箭弹雨点般落入德军阵地，德国士兵们慌忙拿起武器和衣服，跳进窄沟和掩蔽部躲避。他们眼看着处于战线上的小村被炮火荡平，只留下几根孤零零的烟囱和几棵光秃秃的树，地面上布满了弹坑，仿佛是月球的风景。

炮火刚刚停止，苏第 5 机械化军就在小编队强击机群掩护下发起进攻。苏军坦克在第 104 军配合下试图突破德军第 34、198 师在特诺夫卡地区的接合部。可是德军早有防备，躲过炮击的德国兵很快重新进入战位。经过前沿的一番激战，第 198 师主力和第 34 师右翼逐渐退守到第二道防线。苏军紧随其后，可是接下来战斗出乎意料的艰苦。德军步兵不断反击，把苏军赶出一些关键据点。特别是苏第 58 步兵师在特诺夫卡附近受阻于德第 10、253 团（第 34 师右翼）的顽强抵抗，甚至无力完全穿透第一道防线。这迫使苏近卫第 5 坦克军直接参战，却在 232 集市地区遭到强大火力阻击。在纵深约 2 公里的铁路路堤沿线，苏军落入德军设下的陷阱，被猛烈炮火所覆盖。德军藏在隐蔽工事里的反坦克炮、强击炮、野战炮不断开火射击，打中了一辆接一辆的苏联坦克。苦战到日终时分，瓦图京只前进了区区 2~5 公里，却损失了 59 辆坦克和自行火炮（德国第 7 军宣称击毁了 82 辆）。他那个本来就很弱的坦克集团军，战斗力正在迅速衰退②。

与此同时，北侧的苏联第 27 集团军（由第 5 机械军分出的 40 辆战车支援队）却以第 337、180 步兵师在德第 198 师和第 88 师的接合部取得较大突破。俄国人在突破地段拥有约 5 倍的兵力优势。突破点在小杨卢卡附近，由配属给第 88 师的第 168 师第 417 团群（实力相当于一个营）防守（苏联战史因此误以为遭遇了德第 168 师主力）。激战到 17 时，苏军已经把突破点扩大为 10 公里宽的大口子。通过这次进攻，俄国人开始逐渐撕裂德国第 7 军

---

① 《第 40 集团军炮兵战斗活动记录簿 1944 年 1 月 1—31 日》，第 25 页。
② 《坦克突击》，第 186—187 页；《地狱之门》，第 54 页；《二战史》卷八，第 117 页。

和第 42 军之间的联系。德军虽然向第 88 师增援了第 239 强击炮营（参见前述），但在强大的俄国攻势面前却显得软弱无力。苏军损失也很大。第 27 集团军当天有 127 人阵亡、214 人负伤[①]。宣称战果为消灭德军 850 名，俘虏 23 人。

在乌克兰第 2 方面军战区，科涅夫的先头部队正展开更大胆的行动。1 月 26/27 日深夜，第 20 坦克军留下近卫第 7 摩托化步兵旅的 1 个营留守列别金，摩步旅主力和第 80 坦克旅留守茹罗夫卡。而坦克军的先锋——近卫第 8 坦克旅和第 155 坦克旅（两个旅合计只有 11 辆战车，包括 6 辆 T-34），则迅速扑向下一个重要目标：德军后方的重要交通枢纽什波拉。战斗出乎意料地顺利。2 个坦克旅于凌晨 4 时 30 分抵近什波拉东南边缘，开始侦察敌情。1 个小时后，坦克和自行火炮开到城郊，随后发起冲击。6 时 30 分，红军占领了什波拉全城。对德国人的反应，苏方的记录是："陷于惊慌失措的

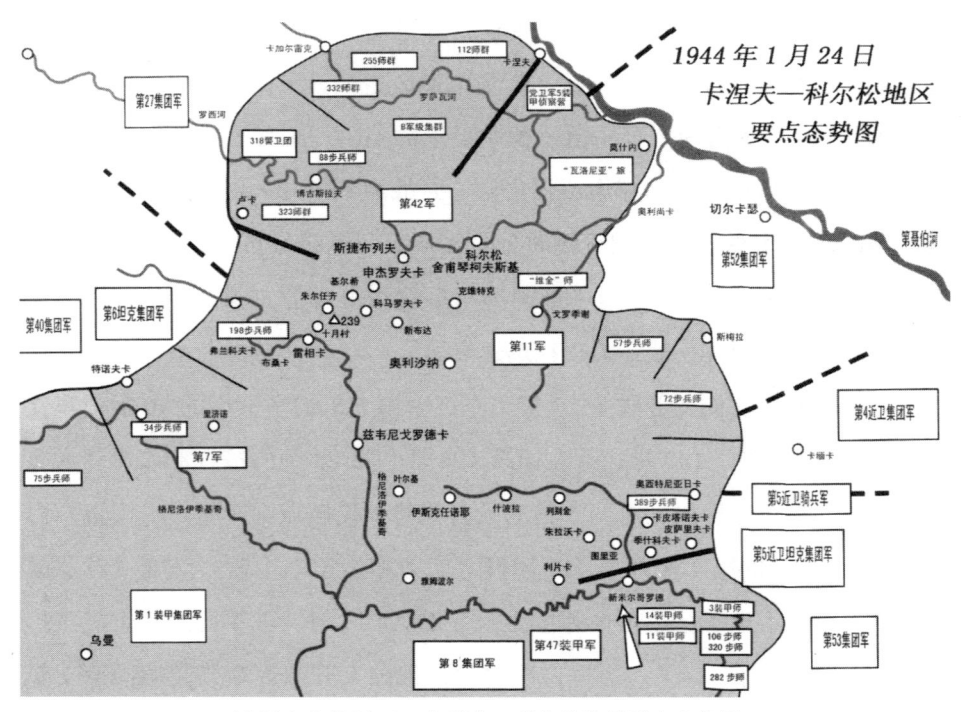

1944 年 1 月 24 日　卡涅夫—科尔松地区要点态势图

[①]《第 27 集团军战斗行动记录簿 1943 年 12 月 28 日至 1944 年 2 月 29 日》，第 33 页。

敌军，未能进行有组织的抵抗，就被迫自城内狼狈逃窜。"①

对此，德国人也留下了一份侧面记录："维金"师无线电情报小组截听到了一个苏联坦克指挥官和上级的通话。坦克指挥官问："我在什波拉，哪里都没看见德国人。我该怎么办？"上级的回答是："继续前进！继续前进！（后面省略一句骂人的话）"

德军对丢失什波拉的反应非常迟钝。晨6时，第11军才向第8集团军报告说有苏联坦克出现在什波拉郊外，9时35分又报告有4~5辆苏联坦克出现在什波拉。此时，德军战斗部队几乎全在前沿，而在后方只有一些后勤单位，根本无力组织反击。"维金"师只能派出一队军事警察去什波拉查看虚实。他们看到越来越多的苏联坦克正通过什波拉，一路开往兹韦尼戈罗德卡（两地相距只有33~35公里）。德第11军的纵深空虚如斯，对苏联坦克的快速推进根本无计可施。德国人只能把全部希望寄托于装甲部队的反击，期待能够彻底切断苏军后路。

3. 季什科夫卡坦克战——第18坦克军VS第11装甲师

1月27日，德国第11军和第47装甲军继续自南北两面挤压突破口。在突破口南侧以季什科夫卡为中心的地区，福尔曼将军手下的第3、11、14装甲师虽然新得到第8、905、911强击火炮营加强②，可是战力却急速衰减。各部队状况如下：

第14装甲师经过1月25—26日的反击战斗，蒙受了很大损失，到1月27日只有3辆四号坦克和2辆强击炮可用，打头阵的"冯·布雷塞"战斗群又与主力失去联系。第3装甲师此时的坦克数量没有准确统计。但根据1月初到2月初的数据推测，第3装甲师在1月下旬约有30辆坦克，其中只

---

①《军事学术史》，第493页。
②《研究评注》，第4页；《乌克兰之战》，第112页。

德国第11装甲师的履带卡车

有约10~20辆处于战备状态。自1月27日早晨开始,孱弱的第3、14装甲师就不断遭到苏军新锐步兵和坦克(当为第18坦克军和第53集团军的部队)攻击,早已自顾不暇。

沃勒尔和福尔曼只能把希望寄托于第11装甲师,这个师的指挥权实际上还在第8集团军司令沃勒尔大将手中。可是经过1月26日的初次战斗,第11装甲师到1月27日也只有12辆"黑豹"和3辆四号坦克可用。此外还有临时配备的15辆强击炮(分别来自3个强击炮营①)。而且第11装甲师此前一路冲得太猛,侧后缺乏掩护,所处态势险象环生。

但在1月27日当天,第11装甲师又得到了一支超强新锐部队的加强。这就是第26坦克团第1营。这个营是1月16日才抵达东线的新部队,总计有76辆全新的"黑豹"战斗坦克、1227人②。这个营原本配属给"大日耳曼"师。切尔卡瑟战役爆发后,第26团第1营(此时有75辆"黑豹"③)连同"大日耳曼"师坦克团第3营一部赶来支援。1月26日,第26坦克团

①《"幽灵"师 第11装甲师》第二十一章。
②《装甲部队(2)1943—1945》,第130页;《救火队》,第806页。
③《装甲部队(2)1943—1945》,第212页。

第 1 营的全部 75 辆"黑豹"里有 67 辆处于战备状态。到 1 月 27 日中午也还有 63 辆"黑豹"可用。虽然这只是一个营，装甲实力却大大超过第 11 装甲师甚至整个第 47 装甲军固有部队。沃勒尔和福尔曼对这个新锐重型坦克营寄予了很大希望。可是第 26 团第 1 营主力经过 75 公里运输，当天入夜才真正抵达，还来不及发动大规模进攻。

综上所述，不算在修坦克和强击炮，福尔曼将军的第 47 装甲军在 1 月 27 日有 108～118 辆坦克和强击炮可以投入战斗。充当主力的第 11 装甲师连同第 26 坦克团第 1 营，有 78 辆战备坦克（不包括在修坦克）。其中有 75 辆"黑豹"坦克（第 11 装甲师有 12 辆）、3 辆四号坦克。这是战役开始以来，福尔曼手下坦克实力最强的时刻。

在突破口北侧，"维金"师装甲战斗群协助第 72 师暂时遏制住了苏第 31 师的突破，也掉头回来，准备再次攻打皮萨里夫卡。按《地狱之门》以及"维金"师坦克团历史的说法，战斗群在 1 月 26 日有 25 辆四号坦克[1]。此外，原本在北面设防的德国第 57 步兵师主力也于 1 月 26 日南下，帮助被重创的第 72、389 师重整防线，并堵住接合部的缺口。原本与第 57 师对峙的苏第 52 集团军没有采取什么牵制行动。这个集团军当天只死了 1 个人伤 8 人[2]。于是，德军在突破口两侧就有了 130～140 辆坦克和强击炮（不含在修坦克），其中一半是重型坦克。而且还新增了一个步兵师。

有趣的是，苏军对德军在突破口的强大战力保持着蔑视态度。第 20 坦克军早就完全不管福尔曼，只管自己向西远去，留下第 29 坦克军和新开上来的第 18 坦克军应对德国装甲部队的挑战。第 29 坦克军在 1 月 26 日还有 24 辆战车，到 1 月 27 日只剩下 10 辆 T-34 和 2 辆 Su-85 可用[3]。但这个军当天也将跟随第 20 坦克军向西进攻。幸运的是，刚加入战斗的第 18 坦克军战力特别强大，在 1 月 26 日有 109 辆战车可用，其中有 76 辆 T-34 和 1 辆

---

[1]《地狱之门》，第 80 页；《维金装甲：德国党卫军第 5 坦克团在二战东线》（以下简称《维金装甲》），第 226 页。

[2]《第 52 集团军作战行动记录簿 1944 年 1 月 1—31 日》，第 19 页。

[3]《第 29 坦克军作战行动记录簿》，第 31 页。

展开追击的苏军

自行火炮，其余全部都是英国轻型坦克。

总的来说，当苏德两军都追加援兵后（苏联追加了第 18 坦克军，德国追加了满编"黑豹"坦克营和 3 个强击炮营），苏军在突破口仍处于数量和质量劣势。可是"黑豹"坦克营尚未投入战斗，苏军在局部地段倒还有些优势。于是在苏第 26 步兵军协同下，第 18 坦克军迅速转入战斗，企图击退德国第 11 装甲师，救出被困部队。第 11 装甲师号称德军最精锐兵团，而苏第 18 坦克军也是参加过普罗霍夫卡坦克大战的苏联最精锐兵团。苏德两军最精锐坦克部队就这样正面对撞起来。

俄国坦克虽然不断冲击，但德军的攻击更为有效。1 月 27 日早晨，第 14 装甲师和第 11 装甲师（苏联人误以为这股德军也是第 14 装甲师）联手猛攻之下，苏联人再次丢掉了卡皮塔诺夫卡和季什科夫卡。俄国人的 T-34/76 坦克毕竟已经过时，装甲和火力都严重不足。在德军"黑豹"坦克的致命射击下，苏军损失惨重，无法完成任务[①]。第 18 坦克军有 10 辆 T-34 和 6 辆"瓦伦丁"被烧毁，另有 14 辆战车受损（可以修复），包括 4 辆 T-34、9

[①]《地狱之门》，第 60 页；《军事学术史》，第 492 页。

辆"瓦伦丁"、1辆自行火炮。战至1月27日，第18坦克军只剩下62辆战车（51辆T-34、1辆Su-85、10辆"瓦伦丁"轻型坦克[①]）。

经过连续两天的较量，德国第11装甲师依然占据着战术优势。可是自参加反击以来，这个装甲师也有至少8辆"黑豹"坦克退出战斗，战力折损了一半左右。更糟糕的是，第11装甲师发现自身已经陷入一场大混战。当德军试图切断苏军退路之际，自身后方也遭到攻击，而且有被孤立的危险。当天18时，沃勒尔终于把第11装甲师的指挥权也交给福尔曼，期待福尔曼的统一指挥能让3个装甲师更协调一致地展开行动。可是战场上的混乱还是不可收拾。

这种决不出胜负的混战局面，对苏联人也非常不利。科涅夫意识到光靠有限的坦克部队守不住这两个要冲。更糟糕的是，因为地面泥泞难行，行动缓慢的苏军步兵和炮兵主力一时还很难跟上来。科涅夫对这种情况早有预料，决心投入骑兵部队。科涅夫深知，虽然苏联骑兵师在1943年按斯大林的要求做了强化，有3个骑兵团（每团1000人左右）和1个炮团（8门76毫米炮和18门120毫米迫击炮），有时还配备坦克。可是骑兵师依然火力薄弱战力不强，还被运输饲料的大量役马和车辆所拖累。战马在火力战面前容易受惊，一旦遭受空袭就会乱成一团。可是，骑兵师虽然有种种弱点，但与步兵和炮兵相比，骑兵部队通过泥泞道路的能力却更强，能较快抵达战场。

1月27日夜间，科涅夫命令近卫顿河第5骑兵军（军长谢利瓦诺夫）投入战斗。除了帮助坦克部队夺回卡皮塔诺夫卡和季什科夫卡，科涅夫还希望骑兵部队随后攻向兹韦尼戈罗德卡以北的奥利沙纳。只要拿下奥利沙纳，骑兵部队就可以在坦克部队和乌克兰第1方面军第27集团军左翼兵团配合下，切断德军向南撤退的道路，进而建立起对内包围圈。

顿河哥萨克骑兵部队的行动的确很快。当晚19时，近卫第11骑兵师抵达卡皮塔诺夫卡东郊，第63骑兵师抵达季什科夫卡东郊。他们很快遭到德军的强大反击。因为能见度太差，德国坦克迫近到100~150米距离才开火。

[①]《近卫第5坦克集团军战斗行动记录簿1944年1月1日—1月31日》，第28页。

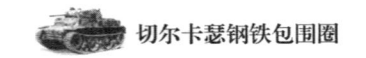

德军炮兵则猛烈轰击周边道路，试图封锁苏军的补给通道。

科涅夫对骑兵部队的表现大为失望。最让他恼火的是，顽固的哥萨克们不愿下马徒步作战，总想骑在马上冲杀，结果遭到德军火力的严重杀伤。科涅夫只好亲临指导，还给骑兵部队派去一个由炮兵和航空技术军官组成的作战小组，让他们帮助骑兵们学会协同作战[1]。但临阵磨枪的效果毕竟有限。突破口的胜负，还是要由两军的坦克部队来决定。

4. 季什科夫卡坦克战——第18坦克军VS"黑豹"坦克营

1月28日来临。此时战场态势仍错综复杂。苏军的坦克先遣队即将切断德军在切尔卡瑟地区的退路，可是主力部队却还远远没有跟上。

在乌克兰第1方面军战区，为了提高进攻速度，瓦图京已经改变了主攻方向。早在1月27日，他就把第40集团军的第47步兵军（第167、359步兵师）配属给第6坦克集团军，以利用第27集团军在1月26日取得的突破。接下来，第47军奉命攻击维诺格勒居民地的抵抗枢纽。红军以2个快速集群从南面和北面迂回居民地。到1月28日，瓦图京终于突破德军的战术防御，在德第42军和第7军之间打开了一个大口子。

顺着这个大口子，瓦图京兵分三路。第27集团军以第337师向北，指向博古斯拉夫；中路的第180师指向奥利沙纳（也就是科涅夫希望骑兵攻占的据点）。这两路苏军的任务是把德国第42军赶到北面，并尝试分割第42军。瓦图京最重要的攻势在南路，由第6坦克集团军指向兹韦尼戈罗德卡。此时第6坦克集团军已经残缺不全。为了提高进军速度，俄国人把能用的战车集中起来编入先遣快速支队。快速支队由第5机械化军副军长萨维尔耶夫将军指挥，管辖着第233坦克旅、第1228自行火炮团、1个摩托化步兵营、

---

[1]《方面军司令员笔记》，第97—99页。

1个反坦克炮连。总计有39辆坦克和16辆自行火炮,还有200名乘坐汽车的冲锋枪手。快速支队行动神速,一路绕过德军的支撑点,一口气前进了65公里[1],深深迂回到了德军第198师主力第305、326团的位置。这两个团几乎陷入包围,慌忙逃离战场。瓦图京乘势全面推进,德第198师其他部队和第34师右翼也被迫放弃阵地,向南撤退。德国第7军的防御就此土崩瓦解。尽管如此,瓦图京的第27集团军和第6坦克集团军主力,距离兹韦尼戈罗德卡还有15~20公里。而且随着进攻方向的北移和德国第7军的逃离,俄国人原计划包围的德国3个军,如今还剩下2个军。而能不能真正包围住这两个军,还要看科涅夫在东面的攻势进展。

在科涅夫的战区,第20坦克军继续一马当先,第29坦克军也紧随其后,向前推进到利片卡和麦日果尔卡一线。可是科涅夫的主力部队,包括近卫第4集团军、第53集团军、第18坦克军,还有刚刚投入的近卫第5骑兵军,仍滞留在突破口(卡皮塔诺夫卡、季什科夫卡一线)附近,距离第20坦克军先遣队有45~50公里之遥。

突破口形势因此变得对德军更有利。尤其是在卡皮塔诺夫卡和季什科夫卡地区,苏联坦克部队只剩下第18坦克军[2]。德军用强大装甲部队击溃苏军,一举扭转战局的时刻,似乎已经到来了。可是经过1月27日的混战,战场态势却另有微妙之处。苏联坦克和骑兵部队虽然处境不利,却不断发起反击,死活不肯退后。结果,卡皮塔诺夫卡—季什科夫卡—皮萨利夫卡(季什科夫卡以东)这三个呈三角状的要点,苏德两军几乎都是各占一半。

尤其在季什科夫卡中北部和皮萨利夫卡北部,俄国士兵已经就地抢修了防御阵地。1月27/28日夜,科涅夫还派出了一个混成集群,由1个反坦克炮旅和4个战斗工兵营组成[3]。他们用最短时间构筑了反坦克炮阵地,还埋下了9450颗反坦克地雷和1000颗反步兵地雷。这样一来,不仅德第14装

---

[1]《苏军坦克兵》,第213页;《坦克突击》,第186—187页。
[2]《乌克兰之战》,第116页。
[3]《乌克兰之战》,第134页。

甲师先头"冯·布雷塞"战斗群被孤立在卡皮塔诺夫卡北部,主攻的第11装甲师也逐渐困在卡皮塔诺夫卡和季什科夫卡之间,后方联系有被切断的危险。实际上,第11装甲师的装甲侦察营和工兵营已经在季什科夫卡地区被苏军切断了联络[1],冲在前面的"黑豹"坦克连弹药和油料供应都发生困难,不得不停下来转入防御。

福尔曼对战况大为失望。连续投入3个装甲师和几个强击炮营之后,他仍未能击退科涅夫的突击集团。于是福尔曼决心投入更大更重也是最后的筹码:新锐的第26坦克团第1营("黑豹"坦克营),将自南向北对季什科夫卡方向展开猛攻,然后与第11装甲师协力全歼卡皮塔诺夫卡—季什科夫卡地区的苏军。为此,第26团第1营还将接受第11装甲师的战术控制。

苏联战史称当天的战斗"特别猛烈"。他们观察到德军投入了70辆坦克、30辆自行火炮、20辆装甲车和2个步兵营。如前所述,按德方记录,第11装甲师连同第26坦克团第1营,在1月27日有78辆可用坦克和15辆可用强击炮。

德军第26坦克团第1营(1月28日晨6时有61辆"黑豹"可投入战斗)的行动计划非常简单:以第2连为先导,第1、4连自两翼跟进,第3连殿后。"黑豹"坦克群将开往季什科夫卡和卡皮塔诺夫卡,夺取两地并通过两地之间的谷地向北推进,争取与第11装甲师主力和第14装甲师"冯·布雷塞"战斗群会合。

德军这次投入了大量"黑豹"坦克,坚信能够大获全胜。官兵的情绪都相当高涨。"黑豹"营长格拉伊斯根亲率第2连打头阵,逐渐穿过苏军阵地。突然,他们遭到苏联反坦克炮侧射。"黑豹"坦克迅速把装甲最厚的正面转过来,同时调转炮口轰掉反坦克炮。正当"黑豹"坦克不可一世高速开进时,又遭到苏联坦克更致命的攻击。根据苏方记录,20辆德国坦克冒冒失失地闯入了苏第181坦克旅第3营的伏击阵地。俄国坦克把"黑豹"放到200～250米距离才开火射击。众所周知,T-34坦克从正面根本无法击毁

---

[1]《"幽灵"师 第11装甲师》第二十一章。

"黑豹"，但近距离打"黑豹"较薄弱的侧面却绰绰有余。很快，一些"黑豹"被击中起火。营长格拉伊斯根和第2连连长可能在第一波射击下就送了命。

眼见先头连被伏击，德军后续的第1、4连急忙加入战斗，迎面而来的是苏联坦克的致命射击。德军后续部队也遭到伏击。第1连的"黑豹"指挥坦克被击毁，连长弃车而逃。第3连试图前往救援，遭到强大火力阻击。显然，苏军提前组织了相当严密的火力网。侥幸生还的"黑豹"坦克被迫后撤。利用这次胜利，苏联步兵趁机夺取了新阵地。

泥泞季节的俄国前线

令德国人大感震惊的是，被视为决胜关键的第26团第1营蒙受了毁灭性打击。截至11时就有15辆"黑豹"被击毁，战果却只有12辆T-34（依据德军战报）[1]。傲慢的德国人不甘心失败，又重整旗鼓再度进攻。"黑豹"坦克攻击前，德军还动用野战炮和Ju-87飞机猛烈轰击和轰炸苏联阵地。可是"黑豹"营还是屡屡陷入苏联坦克和反坦克炮的联合打击。经过24小时激战，第26团第1营投入战斗的61辆"黑豹"只剩下17辆还能用，其他44辆不是全毁就是丧失战力。德军被打得灰头土脸，甚至来不及拖回全部受损坦克就狼狈后撤，以至于一度有20辆"黑豹"被丢弃而算作全毁。当德军逃离战场后，一些德国坦克手被迫爬出受损的"黑豹"坦克向俄国人投降。伴随着德国坦克部队的败退，到1月28日夜，苏第63骑兵师成功夺回了季什科夫卡。近卫第11骑兵师也占据了卡皮塔诺夫卡东部。第53集团军

[1]《地狱之门》，第89页。

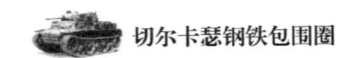

的步兵师已经跟了上来，与德军第389、57师和第3、14装甲师展开激烈恶战，当天就死伤了866人。

苏联第18坦克军为胜利也付出很大代价。原本在1月27日还有62辆战车可用。至1月29日就只剩下28辆可用（21辆T-34坦克、7辆英国轻型坦克[①]）。但他们打败了近乎满员的"黑豹"坦克营，已经立下大功。德军通过后续进攻，好不容易抢回了一些受损的"黑豹"坦克。但还是有10辆"黑豹"彻底损失，其中有9辆毁于苏军炮火（4辆被彻底摧毁，5辆被炮火击中后丧失行动能力且无法回收），1辆损失原因不明。营指挥车的"黑豹"也被击毁，不仅营长格拉伊斯根少校送了命，他手下的4个连长，1个被打死、1个被打伤、1个被解职。季什科夫卡坦克战就此落幕。德军战力最强的第26团第1营"黑豹"坦克群被击溃，有名无实的3个装甲师的反击也失败了。尤其是在苏军的不断冲击下，第3、14装甲师之间的联系也被撕裂。

战斗结束后，德国人千方百计为自己辩护。比如福尔曼就宣称，在这次反击战中，德军的重反坦克炮和"黑豹"都能在直射距离击穿T-34。这当然不是吹牛。但德军的损失也清楚地证明，对经验丰富的苏联坦克手来说，即使是正面装甲坚不可摧的"黑豹"坦克，也不再是不可战胜[②]。而一个新锐满编营的"黑豹"被并无数量优势的苏联坦克部队打败，更是德国装甲部队的耻辱。一些西方作者（如泽特林）将这次失败归咎于"黑豹"营缺乏经验。但无论原因如何，德军就此丧失了扭转战局的最佳时机。切尔卡瑟突出部的命运已不可挽回。

5. 合　　拢

事实上，苏军的坦克先锋几乎没有理睬德军的反击，一直在不断向前推

[①]《第18坦克军战斗行动记录簿1944年1月1日—1月31日》，第21页。
[②]《大日耳曼装甲步兵师》，第113页;《地狱之门》，第84页;《苏德战争》，第459页。

进。夺取什波拉后，苏第 20 坦克军为了巩固后方，将近卫第 7 摩步旅和第 80 坦克旅调到什波拉；在北侧翼，展开得到迫击炮和反坦克炮加强的近卫摩托化步兵；南部侧翼，继续由第 29 坦克军提供保障。第 18 坦克军则抵挡德军 3 个装甲师的攻击。

1 月 28 日早晨，第 20 坦克军的三个旅——近卫第 8 坦克旅，第 155、80 坦克旅，总计 25 辆坦克和自行火炮履带飞转，一路上几乎没有遭遇什么抵抗。12 时，红军坦克即由东和东南面闯入目的地——兹韦尼戈罗德卡城。第 155 坦克旅（战力恢复到 12 辆坦克，包括 6 辆 T-34、4 辆 T-70、2 辆其他坦克）率先闯入城内。

第 6 坦克集团军的快速支队向同一目标疾驶。他们在齐哈诺夫卡遇到了一个特殊群体：1 月中旬攻势期间，突入德军阵地后被反包围的苏军残部，分别来自第 136 步兵师，第 167 步兵师 1 个团和第 6 摩步旅等。此前，德军专门成立"兰茨"战斗群（第 168 步兵师 1 个步兵营和第 82 步兵师 1 个炮兵营）来消灭这股苏军。可是激战了 10~12 个昼夜，被围苏军非但没被消灭，反而和东面打过来的坦克部队会合。随后，第 233 坦克旅在获救的第 6 摩步旅配合下，由西面突进兹韦尼戈罗德卡城。

1944 年 1 月 28 日 13 时，两支坦克先遣队分别从东西两面展开夹击，兹韦尼戈罗德卡被红军收复。乌克兰第 1、2 方面军在此会师。被他们封闭的"口袋"形阵地内，"装着"德国陆军的第 11、42 军。战后，为纪念这次胜利会师，第 155 坦克旅的 1 辆 T-34 被安放在兹韦尼戈罗德卡市中心的台座上[①]。

此时，德国人却乱成一团。后方部队不断报告遭到苏联坦克袭击、守备队队长被击毙等噩耗。到了 18 时，德国第 11 军军长施特默尔曼终于承认，他向南的通道在兹韦尼戈罗德卡被切断。这不仅意味着德军被包围，也意味着丧失了地面后勤补给通道。施特默尔曼知道物资储备很快就会出现短缺，于是请求第 8 集团军尽快组织空运。德国第 42 军（现在也转归第 8 集团军

---

① 《军事学术史》，第 494 页；《乌克兰之战》，第 20 页；《方面军司令员笔记》，第 100 页。

指挥）军长利布将军当天也在私人日记里写道："通往后方的联系已经沿着什波拉—兹韦尼戈罗德卡公路被切断。我们被包围了[1]。"

随着合围圈的形成，德军在突破口附近已经失败的装甲反击也变得更加没有意义。更糟糕的是，苏联近卫第5坦克集团军在1月28日夜间投入了预备队第25坦克旅。这个旅有30辆T-34坦克可用。第25旅自集团军右翼出击，很快推进到了列别金，与第18坦克军等部队一道，对季什科夫卡和卡皮塔诺夫卡地区的德军形成包围态势。德国第47装甲军在突破口的战线被彻底动摇。福尔曼也挨不下去了。

1月29日早晨，德军开始放弃季什科夫卡和卡皮塔诺夫卡一线战场。包围圈外的第47装甲军拖着受损坦克向西南撤退，包围圈内的部队则向西北收缩。而为了掩护撤退，能开动的德国坦克直到夜间还在不断反扑。20时，苏近卫第5骑兵军指挥部才得以进驻卡皮塔诺夫卡西北部。当天，德第26团第1营又有2辆"黑豹"彻底损毁。虽然德国机械师们拼命抢修受损战车，但到2月1日早晨，第26团第1营的战力还是折损大半。原有的75辆"黑豹"，已经有13辆彻底损失，还有20辆需要长期修理，10辆需要短期修理，剩下能用的只有32辆。败退下来的德第47装甲军军长福尔曼悲叹说："在俄国打防御战就意味着失败。"

随着外围德军的撤退，苏联近卫第4集团军，第53集团军，近卫第5骑兵军也由东发起攻势。他们将尽力跟上坦克部队，共同构筑对德军的内外双层包围圈。而跟随近卫第5坦克集团军前进的第5突击工兵旅（4个营），自1月30日开始，已经开始沿着外围地段布设地雷。此时，战斗对俄国人来说变得轻松起来。第53集团军在1月30日只死伤了250人[2]，不到突破阶段的三分之一。第二天（1月31日），第53集团军死伤了211人。

---

[1]《地狱之门》，第91、93页。
[2]《第53集团军战斗行动日志1944年1月1—31日》，第35页。

第三章

双层包围圈

一、加固包围圈

1. 曼施坦因的雄心

1944年1月底，红军即将打通突出部，切断德国南方集团军群所辖两个军的退路。在这紧要关头，南方集团军群司令曼施坦因元帅又在干什么呢？

事实上，在战役最初几天，曼施坦因并不认为战况会过于恶化。这或许是因为他已经向东侧突破口派出了装甲部队（对西侧突破口却完全无视），也或许是他低估了苏军的攻势强度，抑或是他还陶醉于"瓦图京"行动的有限胜利。总之，在战斗进入高潮的1月27日，曼施坦因并不在自己的司令部，而是被希特勒召去听取政治报告。在此期间，两人还发生了新冲突。他们原本已经很紧张的个人关系因此进一步恶化。

> **曼施坦因和希特勒的冲突**[①]
> 1944年1月27日，东线德军各集团军群和集团军司令——当然也包括曼施坦因，被召集到"狼穴"（希特勒设在东普鲁士的大本营），由希特勒向他们做"对军队进行国家社会主义教育的必要性"的演讲报告。会场设在距希特勒掩蔽部500米的军官

[①]《失去的胜利》，第517—518页；《希特勒副官的回忆》，第388页。

食堂①。

演讲中发生的戏剧性事件，折射出德国陆军高层与希特勒之间裂痕的加剧。对此，当事人曼施坦因的说法是：希特勒对他此前提出的种种意见耿耿于怀，在演讲时故意借题发挥，说："假使有一天末日来临，最后保护国旗的应该真正是这些元帅和将军们"，曼施坦因认为这是一种侮辱，忍不住冲口顶撞："他们会这样的，我的元首。"被打断的希特勒冷冷回复了一句："谢谢你，曼施坦因元帅。"

但希特勒的随从：日后被苏联俘虏的林格和京舍，还有去往西方的空军副官贝洛，记录下的希特勒原话，却不是要军官团"保护国旗"，而是希望军官团拿着佩剑站在希特勒身边。随从和副官们还觉得曼施坦因插嘴也不是顶撞元首，而是向希特勒表忠心，可是希特勒却将此视为虚情假意。此后还发生了一场滑稽戏：国防军统帅部长官凯特尔带着元帅将军们三呼"元首万岁"，然后唱起了德国国歌和纳粹党歌，可元帅和将军们大都不会唱纳粹党歌，调子乱成一片。听不下去的希特勒匆匆离开了会场。

事后，希特勒把曼施坦因叫去，斥责他随便插嘴不礼貌，还指责曼施坦因此前一封信的动机不纯。是为了在战争日记中证明自己的正确。曼施坦因宣称自己再次驳倒了希特勒，还再次赢得了希特勒的温和态度。希特勒的副官却回忆说曼施坦因被痛骂了10分钟，出来时像个挨了整的小学生。

在希特勒大本营，最初对切尔卡瑟战事也并不特别重视。插嘴事件后，曼施坦因在1月27日晚些时候出席了希特勒的军事会议。这次会议的记录似乎未能保存下来。曼施坦因在回忆录里说在会上讨论了克里米亚战事，没提到切尔卡瑟。会议的整体气氛据说还很乐观②。然后曼施坦因就回自己的司令部了。

1月28日下午1时开始的大本营午间形势报告会上③，希特勒和德国陆军总参谋长蔡茨勒倒是讨论了切尔卡瑟战况。蔡茨勒似乎有些漫不经心，只是偶然提及苏联坦克正开往兹韦尼戈罗德卡。希特勒表示这消息令人不快。蔡茨勒却强调这不是什么大问题（虽然他不确定苏军投入的力量有多强），因为德军正展开反击。希特勒则担心反击力量还不够。

形势发展比蔡茨勒估计的更快也更糟。17时，蔡茨勒打电话告知希特

---

① 《第二次世界大战大事记》（以下简称《大事记》），第247页；《希特勒档案》，第166页。
② 《希特勒与战争》下，第744页。
③ 《希特勒和他的将军们 军事会议1942—1945》，第403页。

勒①："突破第 8 集团军和第 1 装甲集团军的（俄国）坦克在兹韦尼戈罗德卡会合"。希特勒问苏军有多少坦克，蔡茨勒说不太清楚，但可以确认自什波拉突入的苏联坦克"不太多"。这让希特勒感觉苏军尚未完全包围住德军。但希特勒依然视这次失败为满盘皆输的奇耻大辱，在电话里和蔡茨勒讨论可以调用哪些部队来救援。希特勒还特别强调，如果没有坦克和强击炮支援，德国步兵没法守住阵地。

包围圈里的德军官兵

也是在 1 月 28 日，曼施坦因回到司令部。等待他的却是 2 个军被围的噩耗！这对曼施坦因和南方集团军群是一个重大打击。尤其是自斯大林格勒战役和库尔斯克战役以来，德军虽然屡屡败北，却一直竭力避免遭到合围，尤其是还没有多达 2 个军的重兵集团被包围。一旦这股德军被歼灭，不仅将丧失大量经验丰富的作战部队，导致乌克兰战场局势更加恶化，还会严重打击全体东线德军官兵的士气。更会危及曼施坦因已经摇摇欲坠的个人威望。

震惊之余，曼施坦因赶紧调兵遣将。自斯大林格勒合围战以来，这已经是他第二次组织救援大军了。这可不是什么令人愉快的经验，但却非常有用。曼施坦因非常清楚，救援行动必须尽快开始，如果动作太慢，形势将会进一步恶化。

---

① 《希特勒和他的将军们　军事会议 1942—1945》，第 416 页。

曼施坦因很快制定出救援计划，将大致分为两个方向实施[①]：

在包围圈西侧，胡贝的第1装甲集团军要立刻中止在左翼打击红军第1坦克集团军的战斗（所谓"瓦图京"行动），调出第3装甲军自西南面攻打包围圈。预定使用的兵力有：首先将投入第16、17装甲师，"希特勒"师，"贝克"重型坦克团；然后再投入第1装甲师。为了支援第3装甲军，将使用第7军的第75、34、198步兵师。

"贝克"重坦克团指挥官贝克等人

包围圈东南面，沃勒尔的第8集团军应该让败退下来的第47装甲军恢复攻击。除了第47装甲军已有的第3、11、14装甲师外，曼施坦因还将增派第13装甲师。另外，他要从第聂伯河弯曲部的第6集团军抽出第24装甲师。掩护第47装甲军的步兵部队有第320、376、106步兵师。

综上所述。为了救出被围困的2个军，曼施坦因总计将动用15个师，包括9个老牌精锐装甲师和6个步兵师。配合作战的各种直辖作战部队有4个独立团、25个独立营和一些战斗群。直辖战斗单位具体构成为：

4个独立重坦克营（2个"虎"式坦克营和2个"黑豹"坦克营）；5个强击炮营和另外2个强击炮营部分兵力；配属给第3装甲军3个火箭炮团、7个炮营计102门火箭炮和43门野战炮，还有3个战斗工兵营；"兰茨"战斗群有1个炮营9门炮；第47装甲军配属有1个火箭炮团和2个炮营，但火炮数量不详；第7军配属有1个170毫米重炮连和1个反坦克歼击营。

按2月1日统计，预定参加救援战斗的德军各部队总计约18万人（不包括集团军后勤、战区后勤以及空军部队），其中约有12万人属于各装甲兵

[①]《失去的胜利》，第521页；《地狱之门》，第100页（1月29—31日态势地图）。

投入救援战斗的德军第1装甲师"黑豹"坦克和车队

团和独立坦克营等。也就是说，整个救援军团有三分之二是装甲机动部队。这些部队共装备有942辆坦克和强击炮（包括在修战车），内有437辆重型坦克（95辆"虎"式和342辆"黑豹"）。其中可用战车为487辆，包括185辆重型坦克。救援部队还拥有约120门火箭炮、600门野战炮和近300门反坦克炮（内含至少82辆自行反坦克炮）。德军的步兵炮和迫击炮数量没有全面统计。仅知第16装甲师在2月1日有7门150毫米口径重步兵炮；第17装甲师同日有11门重步兵炮。德军救援部队的具体兵数和装备情况，参阅以下诸列表。

1944年2月1日 救援部队的装甲战力[①]

部队	实兵数（人）	"虎"式（辆）	"黑豹"（辆）	四号（辆）	三号（辆）	强击炮（辆）	野战炮（门）	反坦炮（门）
"希特勒"师	17656	6(2)	49(22)	34(15)	1(0)	32(29)	36	18(10)
第1装甲师	14691		36(29)	40(39)			54	40(11)
第3装甲师	12286			28(18)	5(2)		47	23(13)
第11装甲师	12464		72(19)	10(2)	7(0)		26	16(13)
第13装甲师	11221			12(11)	12(8)		53	49(19)
第14装甲师	8942			9(5)	14(14)	7(5)	24	7(5)

①《"虎"在战斗》第一册，第270页；《德意志帝国与第二次世界大战》卷八，第400页；《科尔松口袋》，332、335、340、350、352、353、358、359、360页；《救火队》，第89、114、183、430、498、520、546、571、684页。

续表

部队	实兵数（人）	"虎"式（辆）	"黑豹"（辆）	四号（辆）	三号（辆）	强击炮（辆）	野战炮（门）	反坦炮（门）
第16装甲师	13803		53(38)	54(24)	12(2)	30(18)	35	12
第17装甲师	10098		2(0)	24(13)	5(0)		36	30(11)
第24装甲师	11895			22(17)	9(6)	20(14)	42	21
"贝克"团			66(18)	68(15)				
第506重坦克营		23(10)						
第26坦克团第1营	1051		62(32)					
第228强击炮营						5(5)		
第202强击炮营						15(15)		
第203强击炮营						18(6)		
第249强击炮营						27(6)		
第905强击炮营						22(14)		
第911强击炮营						13(6)		
第8坦克营						18(8)		
合计	114107	95(30)	342(155)	233(144)	65(32)	207(126)	353	216(82)

注：1. "贝克"团、"希特勒"师和第203、249、905强击炮营为1月31日统计；第202强击炮营为1月25日统计；第14装甲师野战炮数为1月22日统计。2月1日，第14装甲师野战炮、重步炮、88炮合计41门。

2. 战车项括号内为可用数；反坦炮项括号内为自行炮数。

3. 第8坦克营实质是强击炮营。

4. 兵数仅统计部分单位（主要是装甲师）。

1944年2月1日 救援部队各步兵师战力

部队	实兵数（人）	野战炮（门）	反坦克炮（门）
第34步兵师	?	约30	约10
第75步兵师	?	约30	约7
第106步兵师	8057	37	约6
第198步兵师	?	约30	约14
第320步兵师	9211	约24	约17
第376步兵师	9567	?	?
合计（推算）	约5万	约150～180	约50～70

德军救援部队的直辖炮兵单位

第3装甲军

第1重型火箭团：24门300毫米超重型火箭炮、8门150毫米火箭炮

第54火箭团：34门150毫米火箭炮

第57火箭团：36门150毫米火箭炮

第34炮团：23门105毫米榴弹炮、3门150毫米榴弹炮（分给第16、17装甲师）

第62炮团第2营：6门105毫米加农炮

第67炮团第2营：6门150毫米榴弹炮

第84炮团第1营：2门170毫米加农炮

第628炮团第1营：3门210毫米榴弹炮

（"伦茨"战斗群）第182炮团第2营：9门105毫米榴弹炮

第47装甲军

第55火箭团：装备数量不详。主要支援第11装甲师。后支援"哈克"战斗群

第140炮团第3营：数量不详（装备210毫米榴弹炮、150毫米榴弹炮、105毫米加农炮）

第818炮团第2、3营：数量不详

第7军

第625炮兵连：数量不详（装备170毫米加农炮）

德军救援部队的强击炮营（部分）

第7军配属有第202强击火炮营（1月25日有15辆可用强击火炮，在修数等不详）；

第47装甲军配属有第203强击火炮营（1月31日有18辆强击火炮，其中6辆可用）；

第3装甲军配属有第249强击火炮营（1月31日有27辆强击火炮，其中6辆可用）。

曼施坦因以他固有风格，又一次把德国陆军的装甲精华和南方集团军群的命运放到了赌桌之上。用他自己的话说，是动用了"相当巨大"的部队。庞大救援军团囊括了他手下一半多的机动部队，更几乎汇聚了整个德国陆军的大部分装甲精英兵团。相比之下，等待救援的德军不过只有5万人而已。

当年在斯大林格勒，曼施坦因用7万人和300辆战车，去救德国第6集团军近30万官兵。如今在切尔卡瑟，曼施坦因却要用18万人和近1000辆战车，去拯救6万人和几十辆战车。曼施坦因下这么大的本钱，当然不会只满足于保住两个军。重兵精锐在手，他的雄心又燃烧起来，要用强大装甲部队杀入苏军后方，把大量俄军夹在德军救援军团和被围部队之间，然后用向

心突击加以全歼①。如果成功，曼施坦因就能吃掉朱可夫的主力部队，一举扭转乌克兰战场大半年来的败局。曼施坦因同时也确信，面前的苏军部队虽然番号众多，但基本都"不足额"②。总之，胜利是有保障的。

基于这一设想，曼施坦因倒不需要被围部队突围，反而要他们待在原地牵制住朱可夫，等待救援军团到来。曼施坦因的参谋长却没这么大的信心。他认为救援部队未必能打到那么远，于是建议让被围德军提前做好准备，一旦时机有利就自行突围③。可是曼施坦因却坚持按原计划执行。曼施坦因还向第8集团军司令沃勒尔放风，说按照希特勒的意思，德军下一步应该继续向北攻打基辅。切尔卡瑟战役期间的希特勒大本营会议内容，除了1月28日的记录，多数没能保存下来，所以也无从得知曼施坦因传达的"圣旨"是真是假。但曼施坦因对这样的"远大目标"，显然是有心理预期的。

虽然曼施坦因还是如此"豪气"，可在德军普遍缺兵少将的今天，即使"希特勒"师这样备受宠爱的精锐师团也变得残缺不全。加上恶劣地形的影响，大量部队的调动——特别是第3装甲军的调动，还需要一些时间。可是苏军却还在战场上横冲直撞，巩固着包围圈。曼施坦因要阻扰俄国人的行动，暂时还只能依靠福尔曼的第47装甲军。

2. 加固对外包围圈

事实上，瓦图京和科涅夫所要建立的包围圈，不是一层，而是内外两层。在兹韦尼戈罗德卡会师的苏联坦克部队——近卫第5坦克集团军和第6坦克集团军，很快就转向南面去建立对外包围圈。当然，单纯依靠坦克，根本就无法建立强固的防御阵地。于是瓦图京和科涅夫又给2个坦克集团军各

---

① 《失去的胜利》，第521页。
② 《失去的胜利》，第521页。
③ 《陆军历史系列 斯大林格勒到柏林 德国陆军在东线的失败》，第228页。

60多个德国步兵挤在几辆强击炮上

加强了1个步兵军。第53集团军也紧跟近卫第5坦克集团军，构成对外包围圈的东壁。

而曼施坦因目前的唯一依靠——败退下来的德国第47装甲军，原本面对着苏军对外包围圈的最东端。但在曼施坦因的大计划框架下，第8集团军司令沃勒尔又制订了一个先期救援计划[1]，要求福尔曼率领第47装甲军向西移动，先把2个装甲师集结在什波拉西南，随之向北攻击，夺取伊斯克任诺耶（什波拉以西约10公里）并渡河建立桥头堡，然后继续向西打到兹韦尼戈罗德卡，与被围德军建立联系。然后，德军将把攻击矛头转向东面，此时将投入后续抵达的另外三个装甲师。

沃勒尔对自己的计划当然充满信心，可是福尔曼认为这不过是纸上谈兵。首先，计划规定他将陆续使用5个装甲师，而目前他手上只有3个装甲师（第3、11、14装甲师）。预定增援的第13、24装甲师还在路上。

福尔曼在1月31日终于得到第一支援军：当天，第13装甲师到达包围圈外部。第13装甲师在1943年8月初有55辆坦克。在米乌斯河战役中，该师被苏军围困，一度打得只剩下7辆坦克[2]，几乎被全歼。9月1日，第13装甲师连同在修车在内，也只有26辆坦克。此后该师得到一些休整和补

[1]《地狱之门》，第100、126、127、130页。
[2]《装甲军团》，第113页。

1944年初,东线战场的"黑豹"坦克

充,但实力还是很贫弱,编制上也只有一个坦克营。1944年2月1日,第13装甲师共有23辆坦克,其中只有19辆(11辆四号、7辆三号、1辆二号)能够作战。此外,第13师还有19门"黄鼠狼"自行反坦克炮(相当于低配置的强击火炮,但不会列入强击炮统计),其中17门可战、2门在修。

在1944年2月初,第13师的兵员也不算太多,只有11221人。但有1400名装甲步兵战斗员(配备105辆半履带装甲车等),战力还算不错。该师的炮兵也很强,甚至远超一个德国装甲师的正常水平。除了前述的自行反坦克炮外,第13师还有18门自行榴弹炮(8门150毫米、10门105毫米)、35门普通野战炮、30门牵引型反坦克炮(不含前述的"黄鼠狼")。但是步兵炮、迫击炮等装备数量不详。

总的来说,第13装甲师的到来,虽然加强了第47装甲军的步兵和炮兵战力,但对坦克战力的贡献并不显著。2月1日,残缺不全的第3、13、14装甲师加在一起,只有63辆可用坦克和强击炮。战力最强的第11装甲师(连同第26坦克团第1营)倒是有53辆可用坦克(51辆"黑豹"和2辆四号)。除了第13装甲师外,福尔曼手下各师具体状况如下:

第3装甲师实力严重衰退,在1944年2月1日只剩下33辆坦克。其中20辆可用(18辆四号、2辆三号),13辆需短期修理(10辆四号、3辆三号)。同一天,第3装甲师还有47门野战炮和23门反坦克炮。此时,该师只有700多名"装甲步兵战斗员"(所谓Inf kampfstärken。正常编制下一个装甲师应该有2000名装甲步兵战斗员),配备79辆半履带装甲车等。因为坦克和步兵数量太少，这个师被评估为仅有三成战力。

2月1日，第11装甲师和第26坦克团第1营共有151辆坦克，其中53辆处于战备状态（51辆"黑豹"和2辆四号）。同一天，第11装甲师的实有兵员减少到12464人，其中包括2个装甲步兵团合计约2300人（编制额为3800人左右）。1943年底以来，第11装甲师有约3000名"作战人员"（Gefechtsstärke），包括1130名装甲步兵战斗员（配备92辆半履带装甲车等）[1]。1944年2月初，第11装甲师仍维持有1100名装甲步兵战斗员，相当于编制战力的一半。

2月1日，第14装甲师包括在修战车也有30辆。第14师此时有8831人，包括2个装甲步兵团合计2139人，但其中只有551人是步兵战斗员，却有184辆装甲车。第14师掌握的炮兵武器有：8门自行榴弹炮、10门105毫米榴弹炮、6门150毫米榴弹炮、3门88毫米高炮、12门重型反坦克炮、3门中型反坦克炮。迫击炮等照例很难找到统计数字。

虽然福尔曼缺乏信心，但还是按沃勒尔的计划调兵遣将[2]。他把第13、11装甲师集中到左翼（伊斯克任诺耶以南）充当突击集团。第3装甲师也在2月1日向西移动，靠拢第13、11装甲师。第14装甲师则在第11装甲师东侧提供掩护。

在4个德国装甲师（合计116辆可用战车，包括51辆"黑豹"）当面，是苏联第29、18坦克军（合计111辆可用战车，主要是T-34和英国轻型坦克，另有2辆Su-85自行火炮）和第49步兵军（近卫第84、6师），以及第53集团军右翼的近卫第66师和第6师。

福尔曼的左翼突击集团战车数量与苏军相当，而且有一大半是"黑豹"重型坦克。战力不容小觑。曼施坦因还专门给福尔曼调来第55火箭炮团（欠一个营）。这个团要到2月1日中午才能赶到，但其编成内有一个装甲火箭炮连，能直接跟随第11装甲师行动。对德军更有利的是，苏军还立足未

---

[1]《"幽灵"师 第11装甲师》第二十章。
[2]《乌克兰之战》，第168—171页。

安装在履带装甲车上的德国火箭炮

稳。近卫第 84 师在 1 月 31 日日终时分才仓促抵达什波拉,分出一些人马抢占伊斯克任诺耶地段的阵地①。苏第 29 坦克军在 2 月 1 日还远在什波拉西北,第 18 坦克军则位于什波拉东南。这两个坦克军处于防御部队的第二梯队,彼此相距也很远,难以相互支援。从各方面看,福尔曼有很大胜算。

在所谓次要地段,福尔曼留在右翼的掩护部队主要是第 320、106 步兵师。此外还调来第 376 步兵师,以接替第 3 装甲师原本在右翼的防区。福尔曼右翼集团当面对手是苏联第 53 集团军主力,自西向东展开了近卫第 1（空降）、89 师,第 214 师,近卫第 14 师,第 138、213、233 师。但在这个区域,苏德两军的战线已经逐渐稳定了下来,只能互相对峙。

2 月 1 日早晨,福尔曼的装甲突击集团发起进攻。最初进展还比较顺利。第 11 装甲师在第 14 装甲师掩护下②,首先自 6 时发起突击,很快冲垮了苏第 53 集团军右翼的两个步兵师。然后两个装甲师一起重点攻击苏第 49 军的近卫第 84 师。8 时,第 13 装甲师先头战斗群（坦克队和 100 名装甲步兵）也开始行动,同样指向近卫第 84 师。但第 11 装甲师先头战斗群更是一马当先,很快冲到伊斯克任诺耶附近,从仓促设防的近卫第 84 师手中夺取了一座横跨什波拉卡河的桥梁。德军大喜过望。第 11、13 装甲师的主力逐

① 《乌克兰之战》,第 117 页。
② 《幽灵师 第 11 装甲师》第二十一章。

渐聚拢至此。可当第 4 辆坦克过桥之后，桥却突然坍塌了，据说是被近 50 吨重的"黑豹"坦克给压垮了。德国工兵匆忙赶来搭建舟桥。接下来发生的事就很尴尬了：他们只有供 24 吨坦克通过的 K 型舟桥。也就是说，最多只能把一些四号坦克和三号强击炮运过河。而整个德国第 8 集团军都没有供"黑豹"或"虎"式坦克通过的 J 型舟桥[①]。极具讽刺意味的是，福尔曼手下多数坦克都是"黑豹"。福尔曼原本指望它们展现威力。如今却没法过河了。苏联炮兵也不断轰击伊斯克任诺耶地区，阻扰德国工兵修复桥梁。

对德军来说，比较幸运的是，红军坦克部队拖到 2 月 2 日才展开反击（大概也陷入了泥泞）。但打头阵的却是苏联飞机。苏空军第 5 集团军命令近卫第 1 强击航空军自 8 时 20 分起，无须战斗侦察，就出动全部飞机，直接轰炸伊斯克任诺耶桥头堡。俄国人为此很快出击了 127 个架次。他们似乎没炸毁什么德国坦克，但至少给德军的修桥工作造成很大麻烦。

苏联坦克的行动要比飞机缓慢得多。2 月 2 日，苏第 29 坦克军（41 辆战车）自西北出击[②]，与盘踞在伊斯克任诺耶地区的德第 11、13 装甲师交战。这个军的先头第 25 坦克旅部分坦克曾于上午 6 时绕到什波拉卡河南岸，袭击了德军侧翼。第 29 军主力则于下午才开到伊斯克任诺耶以北：第 25 坦克旅于 15 时抵达，第 32 坦克旅则于 16 时 30 分抵达。随后，俄国坦克反复不断地展开攻击，却一次次被德军炮火击退。苏联坦克部队虽然未能清除伊斯克任诺耶桥头堡，但也给德军很大压力。苏军的猛烈炮击也让德军苦不堪言。第 11 装甲师先头战斗群被打得只剩 1 辆坦克和 80 名步兵[③]。第 26 团第 1 营的战力也不断减弱。2 月 1 日上午还有 32 辆"黑豹"可用，到傍晚只剩下 21 辆，到 2 月 3 日只剩下 16 辆"黑豹"可用。

苏第 18 坦克军（70 辆战车）则向南迂回攻击，撞上了正向伊斯克任诺耶东南集结的德第 3 装甲师。第 3 装甲师战力很弱，只好就地转入防御，来

[①]《科尔松口袋》，第 140—141 页。
[②]《乌克兰之战》，第 109 页。
[③]《地狱之门》，第 131 页。

正在发射的德军火箭炮

保护突击集团主力的侧翼。德第14装甲师主力前进受阻，也转入了防御，但却有一个小战斗群试图冲到什波拉以北，救出被围困的"冯·布雷塞"战斗群。这股德军也被苏军击退了。就这样，福尔曼的第47装甲军攻势才发起1~2天，就几乎全面停顿下来，而且损失不小。事实上，此后的战役期间，第47装甲军的可用战车再也没能恢复到100辆以上。但福尔曼还有最后的希望——预定集结在伊斯克任诺耶以西的第24装甲师。

第24装甲师也是在斯大林格勒覆灭后重建的部队。1943年10月重返东线时，该师有72辆坦克（包括49辆四号长管），另有44辆强击火炮。但随后该师也在不断的战斗损耗中衰落下去。11月20日，第24师还有57辆坦克，其中34辆可用[1]。切尔卡瑟战役开始时，该师部署在尼科波尔西北充当第6集团军的预备队，有60辆坦克外加一个强击火炮营[2]。但在开赴切尔卡瑟战场前夕的2月1日，仅有17辆四号和14辆强击火炮处于战备状态，另有一些指挥坦克可用[3]。

---

[1]《德国陆军1933—1945》卷三，第135页。
[2]《地狱之门》，第128页。
[3]《科尔松口袋》，第151页。

第 24 装甲师的调动过程完全是一场灾难。大量车辆陷入无边无际的泥泞而损毁。德国人吃足了苦头，甚至发出"泥泞是装甲师最大敌人"的哀叹。2 月 2 日，第 24 装甲师的战斗群终于集结在包围圈以南。晚上，第 24 装甲师师长确定了前线指挥所。但他的兵力尚未全部到达。准确些说，17 辆坦克只到了 12 辆，炮兵也只到了 1 个加强连（6 门）[①]。

2 月 3—4 日，第 24 装甲师终于聚拢起一个战斗群（1 个坦克团和 2 个装甲步兵团各一部，1 个炮兵连，工兵营一部），向雅姆波尔（兹韦尼戈罗德卡正南、伊斯克任诺耶西南）前进。他们迎面撞上了苏第 20 坦克军。第 20 坦克军（2 月 2 日有 55 辆战车可用）占领兹韦尼戈罗德卡之后，就兵分两路。一路向北，与近卫第 5 骑兵军一道赶往奥利沙纳；一路向南去扩大对外阵地。与德第 24 装甲师遭遇的，正是南路先头侦察队（装备 T-70 轻型坦克）。经过一番短促战斗，德军宣称击毁了 3 辆轻型坦克。就这样，第 24 装甲师终于算是投入战斗了。

可是就在三四天前，苏联乌克兰第 3、4 方面军向第 24 装甲师后方的尼科波尔发起强大攻势，不仅沉重打击了德国第 6 集团军，甚至还包围了第 24 装甲师留在尼科波尔地区的后勤部队。尼科波尔登陆场是德军在第聂伯

"贝克"坦克团的"黑豹"坦克，后面是一辆"虎"式

[①]《地狱之门》，第 168 页。

河弯曲部的重要据点，也是与克里米亚半岛的德军恢复地上联系的最后希望。这里的战况越来越紧迫，终于迫使希特勒亲自决定把第24装甲师调回尼科波尔实施救援。

曼施坦因日后把第24装甲师的离去归罪给希特勒，其实毫无道理。何况第24装甲师战力本身也不强，更没有1辆重型坦克，未必能发挥很大作用。第24装甲师退出后，其作战区域转由"哈克"战斗群接管。所谓"哈克"战斗群主要由第11、42军没有被包围的一些单位和休假返回人员等构成。拼拼凑凑有几千人。在2月5日拥有5辆可用强击火炮（第228强击火炮营留在包围圈外的战车。在修数等不详），还有至少3门重型反坦克炮（第389师逃出来的武器）。另外还配属有第55火箭炮团和3个炮兵营、1个工兵营。总之不是什么强力部队。

福尔曼的第47装甲军的2月初攻势就这样草草收场了。苏军取得这次胜利之后，科涅夫终于巩固了对外包围圈。与科涅夫相比，瓦图京巩固对外包围圈的战斗更为顺利，他面前的德国第7军兵力屡弱，而第3装甲军还在缓慢集结中。统率这两个军的德国第1装甲集团军暂时只能展开炮击，或发起一些小规模的战斗侦察来刺探苏军的虚实。于是到1月底，苏第6坦克集团军和第47步兵军得以在距离对内包围圈25公里处建立起对外包围圈。

就这样，科涅夫和瓦图京联手，沿着自奥赫马托夫至卡尼日，总长150公里的外部防线，展开了22个苏联步兵师，2个坦克集团军，2736门火炮迫击炮[①]。2月2日，两个苏联坦克集团军合计有306辆可用坦克和自行火炮（部分坦克用于对内包围圈）。

其中，近卫第5坦克集团军有146辆战车可用（一部兵力用于对内包围圈）。具体构成为[②]：

[①]《方面军司令员笔记》，第100—101页。
[②]《近卫第5坦克集团军作战日记1944年1月24日至2月29日》，第2—3页。

被德军突破的苏军炮兵阵地

第20坦克军：40辆T-34、5辆T-70、3辆英国坦克、7辆自行炮；第18坦克军：43辆T-34、7辆英国坦克、1辆自行炮；第29坦克军：35辆T-34

第6坦克集团军则有160辆可用战车（包括新增援的第107坦克旅）。具体构成为[1]：

近卫第5坦克军：7辆坦克、25辆自行火炮；第5机械化军：49辆坦克、24辆自行火炮；第107坦克旅：55辆坦克

如前所述，曼施坦因正在集结的救援部队，有18万人（15个师）、487辆可用坦克和强击炮（包括185辆"虎"和"黑豹"重坦克），约900门野战炮和反坦克炮（不含步兵炮和迫击炮）。德军的兵数和重炮数至少和苏军相当，甚至可能更多。坦克和强击炮数量则明显多于苏军，更不用说德国重型坦克的压倒性技术优势。不过对俄国人来说，值得庆幸的是，德军尚未集结完成。账面上的部队很多还在路上。而且如前所述，第24装甲师在2月4日后将退出救援战斗。

利用曼施坦因继续调兵遣将的短暂几天，俄国人尽量强化他们的部队和阵地。工兵在通道上埋设地雷。坦克部队则加紧抢修受损战车。总的来说，

[1]《乌克兰第1方面军作战行动日志1944年2月1—29日》，第7页。

苏军在对外包围圈的防御密度不大，平均 6.8 公里部署 1 个师，每公里正面有 18 门炮和 2 辆战车。即使在坦克军保卫的最重要阵地上，每公里也只有 5～6 辆战车，6～8 门迫击炮，3～5 门反坦克炮和 1 个摩托化步兵连（部署细节见下文）。

为了弥补兵力不足，苏军在第二防御阵地配置了大量集团军和方面军直属炮兵的反坦克防区。俄国人当时大概没有预料到，这些火炮未来要射击的不一定是坦克，而是密集的士兵。此外，科涅夫还决定调来几乎满员的近卫第 41 步兵师。但这个师距离战场很远，需要行军很长时间。

1944 年 2 月初　苏军外部包围圈构成

奥赫马托夫至兹韦尼戈罗德卡，属于乌克兰第 1 方面军防区，部署有第 40 集团军部分兵力和第 6 坦克集团军（近卫第 5 坦克军和第 5 机械化军）。

以东为乌克兰第 2 方面军防区。首先是近卫第 5 坦克集团军和第 49 步兵军（第 94、375、84 步兵师，近卫第 6 步兵师）的战线，在兹韦尼戈罗德卡—沃佳诺耶约 50 公里正面展开。具体态势为：

第 18 坦克军（第二梯队）配置在左翼，第 49 步兵军部署在中央，位于第 20、29 坦克军之间。第 20 坦克军部署在右翼。该军防御正面为 18 公里，每个旅负责 5～7 公里。全军展开为一个梯队，留下第 80 坦克旅和第 1834 自行火炮团作预备队。第 291 迫击炮团、第 1711 高射炮团、近卫第 406 迫击炮营配置在发射阵地上，随时准备炮火支援。

从沃佳诺耶到卡尼日，由第 53 集团主力防御。所辖兵力有近卫第 89、66、25、78、14 步兵师，第 80、138、6、214、213 步兵师，近卫第 1 空降师。

资料依据：《军事学术史》495—496 页、《方面军司令员笔记》100—101 页

---

3. 加固对内包围圈

1 月底以来，科涅夫和瓦图京也在加紧建立对内包围圈。为了堵住所有缺口，也为了把被围德军驱赶到更北的地方，苏联近卫第 4 集团军和近卫第 5 骑兵军一路向西再向北，指向什波拉和奥利沙纳；西侧的第 27 集团军也向东向南，同样指向奥利沙纳。与此同时，东北角的第 52 集团军则向东挤

压德军。

苏联两路大军锋芒所指的奥利沙纳（奥利尚卡河上的重要据点），原本只有"维金"师的一些后勤部队。据说早在1月28日，就有一股苏军逼近奥利沙纳。"维金"师师长吉勒少将慌忙抽出4辆强击炮前去支援[①]。傍晚时分，4辆强击炮赶到奥利沙纳，与拥有自行火炮的苏军进攻部队展开激战。德军宣称以损失1辆强击炮的代价，击毁了5辆苏联自行火炮。有些西方著作认为1月28日进攻奥利沙纳的苏军属于第136步兵师。但根据俄方档案，实际是第27集团军第180步兵师第21步兵团[②]。

此后"维金"师又向奥利沙纳增派了一些援军，包括党卫军"瓦洛尼亚"旅的强击炮连、党卫军"纳尔瓦"营等等。对德军来说，拼死保住奥利沙纳的最大意义在于：确保包围圈南部谷地之间的通道安全。奥利沙纳处于这条道路之上，又是渡河点，其重要性显而易见。尤其是被包围的德军主力可以由奥利沙纳出击，向南突围到兹韦尼戈罗德卡（苏军对外包围圈的连接点）。

但在发起突围行动前，德军首先要调整战线，也要调整指挥关系。此

德第11军军长施特默尔曼（照片可能拍摄于校官时代）　　德第42军指挥官利布中将

[①]《维金装甲》，第227页。
[②]《关于第180步兵师作战情况的说明》，第3页。

冲击包围圈的德国装甲集群

时，陷入包围的两个军，各有一位地位相当的军长：第 11 军军长施特默尔曼炮兵上将，第 42 军军长利布中将。被包围之前，第 42 军属于第 1 装甲集团军，而第 11 军属于第 8 集团军。被包围之后，两个军都被纳入第 8 集团军（司令沃勒尔大将）的作战序列。也就是说，2 个军要由身处包围圈之外的沃勒尔来统一指挥。1 月 29 日，沃勒尔批准被围德军自北面和东面收缩[1]。到晚上，原本守在突出部西侧顶部的德国第 42 军，已经向南大幅后撤到罗萨瓦河地区，距离奥利沙纳越来越近。

可是俄国人行动更快。苏联第 180 步兵师以第 21 步兵团攻打奥利沙纳的同时，又以另外两个团向北运动。1 月 30 日，17 个苏联侦察兵夺取了奥利沙纳以北一个叫克维特克的小村庄[2]。和奥利沙纳一样，克维特克村也位于包围圈南部谷地通道。苏第 180 师第 86 步兵团主力很快在村里建立起防御。这等于在德军主力和奥利沙纳守军之间打入了一个楔子，搅乱了德军的突围计划。为了夺回克维特克，德第 42 军军长利布将军命令出动第 110 团级战斗群（实力相当于一个营。属于 B 军级集群）。

利布将军亲自督阵，第 110 团群乘着暗夜发起迅猛突击，一举冲进克维特克，夺取了村子的北半部。但俄国人仍死死守住村子的其他部分。血腥拼

---

[1]《陆军历史系列　斯大林格勒到柏林　德国陆军在东线的失败》，第 231 页。
[2]《科尔松—舍甫琴柯夫斯基大会战》，第 198 页。

杀后，第 110 团群迅速减少至不到 400 人[1]。德军又不断加码，陆续投入第 112 师级战斗群和"维金"师一些分队，还有 3 辆强击炮。可苏军非但不肯退出克维特克，还不断反扑过来压缩德军的地盘。两军官兵一间房子一间房子地反复争夺着。

就这样，苏第 180 步兵师一面用第 86 团争夺克维特克，同时用第 21 团继续攻打奥利沙纳，而第 42 团则堵在克维特克和奥利沙纳之间[2]。为了打垮第 180 师，德国第 42 军和"维金"师把一切可用部队都压了上来。反复不断的争夺战血腥而残酷。苏第 180 师死伤惨重，眼看战力就要耗尽，被迫直接在克维特克村征集了 500 个男人参军[3]。约 600 名妇女和儿童则被征用来构筑阵地和运输弹药。苏联时代的官方书籍，特别喜欢宣传此事，还说 500 个男人都是自愿参军。但无论是否自愿，这些毫无训练临时上阵的乌克兰农民，战斗力只能说是略胜于无。

紧要关头，苏军的援兵抵达了。1 月 31 日 18 时，苏第 63 骑兵师（近卫第 5 骑兵军先头）的 2 个团进抵奥利沙纳中部。俄国骑兵立刻策马冲杀过来，却遭到凶猛而协调的火力打击，骑兵们连人带马死伤众多，被迫停止进攻。尽管如此，到日终时分，第 63 骑兵师还是在奥利沙纳西郊与第 180 步兵师建立联系[4]。

近卫第 5 骑兵军其他部队（加强有第 20 坦克军一个先遣支队和独立第 1 摩托车团）也陆续抵达奥利沙纳和韦尔博夫卡（位于奥利沙纳以东）。但在近卫第 4 集团军的步兵进抵奥利尚卡河之前，攻打奥利沙纳的苏军，除了单薄的第 63 骑兵师，就只有第 180 步兵师一部。两个师奋战多日，终于攻入奥利沙纳。可是德军死战不退，与苏军展开巷战。俄国人付出很大代价，只占据了奥利沙纳四分之一的地盘[5]。与此同时，近卫第 11 骑兵师也在韦尔

---

[1]《地狱之门》，第 112 页。
[2]《第 27 集团军态势地图 1944 年 1 月 24—31 日》。
[3]《苏德战争》，第 461 页。
[4]《乌克兰之战》，第 56 页。
[5]《乌克兰之战》，第 57 页。

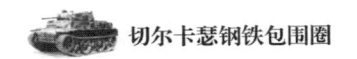

博夫卡陷入激烈战斗。

虽然俄国人暂时还没拿下奥利沙纳和韦尔博夫卡,却让南部谷地通道燃遍战火。被围德军无法据此向南突围,只能继续向北收缩。奥利沙纳的德军逐渐变成一支被主力抛弃的孤军。换言之,俄国人事实上已经在奥利沙纳封住了德军的退路。

截断德军向南退路的同时,苏军还从北正面挤压德国人。现在,德军已无必要继续死守突出部尖端一小块第聂伯河防线,于是也逐渐放弃阵地,蹚着深泥和污水向南收缩。1月30日,苏第27集团军收复卡涅夫,随即又以第206、294步兵师和少尉训练队由北面和东面,向索菲耶夫卡(位于卡涅夫以东、第聂伯河以南)发起进攻。2月1日,曼施坦因残存的第聂伯河中游防线至此不复存在。与此同时,随着合围圈的大幅缩小,红军的火炮可从任何方向轰击被包围的德国人。

2月3日,在乌克兰第2方面军战区,近卫第4集团军(当日改由斯米尔诺夫将军指挥,以接替患病的前任)终于进抵布尔迪—奥利沙纳(不含)一线。紧随其后的第52集团军,则控制住了布尔迪—索菲耶夫卡地区,构成了对内包围圈的东半部。

同一天,在乌克兰第1方面军战区,第27集团军也控制住了奥利沙纳—申杰罗夫卡—别列佐夫卡—索菲耶夫卡(不含)地区,构成了对内包围圈的西半部。当天,苏军把德国第112师群以及第213警卫师一部赶到距离第聂伯河15~20公里的地方,乌克兰第1、2方面军趁势在索菲耶夫卡会师。瓦图京和科涅夫的战线终于在第聂伯河南岸连成一体。

到2月3日,俄国人已经从内到外,把2个军的德国部队严密包围起来。苏联陆军充当了战斗的绝对主力。但苏联空军也没有完全缺席。1月29日—2月3日,苏空军第2、5集团军就冒着恶劣天气出动了2809架次(详见下表)[1]。苏方记录德国空军同期只出动了1433个架次[2]。其中在乌克兰

---

① 《二战史》卷八,第118页。

② 《乌克兰之战》,第79页。

向红军发起反击的第23坦克团"黑豹"坦克

第1方面军地段有706个架次,在乌克兰第2方面军地段有727个架次。德国空军在1月底到2月初特别活跃,出动了一些9~15架一组的俯冲轰炸机和水平轰炸机队,重点轰炸了在什波拉—列别金地区构筑对外包围圈的苏军。

1944年1月29日—2月3日 苏联空军在切尔卡瑟地区出击量

(单位:架)

型号	空军第2集团军	空军第5集团军
战斗机	517	957
强击机	457	569
昼间轰炸机	39	109
夜间轰炸机	88	73
总计	1101	1708

苏联官方资料对外部包围圈进行了详细介绍,对内部包围圈的描述却颇为简略。事实上,红军的对内兵力分布非常不平衡。包围圈的西半部由乌克兰第1方面军的第27集团军负责,这个集团军战役开始时只有不到3万人。

1月底和2月初的战斗编成仅有3个步兵师和2个筑垒地域，另外还可以得到近卫第5骑兵军的加强。第27集团军（包括近卫第5骑兵军）的对手则是整个德国第42军再加上"维金"师主力。而且在1月底，第27集团军只有2个步兵师（第337、180师）用在包围圈西南半部，在西北半部还留有1个步兵师和2个筑垒地域。2月初，由于德国第42军在包围圈西南角的斯捷布列夫突出部活跃起来，苏军才逐渐把第54筑垒地域也转移到包围圈西南半部。这个地段的战斗将具有决定性意义。

包围圈东部中段，由乌克兰第2方面军的第52集团军负责，也只有3~4个步兵师，战役初始兵力不足16000人。这个集团军承担的战斗任务很轻。自1月21日到2月1日，第52集团军只有119人阵亡、469人负伤[①]。同期取得战果据称为打死德军300人、抓获24人。东南部狭窄地段上的近卫第4集团军倒是特别强大，拥有8个步兵师，战役初期兵力有45000多人[②]。

总的来说，乌克兰第1、2方面军用于对内包围圈的部队，共有14~15个步兵师、1个骑兵军和为数不算太多的坦克和自行火炮。这些部队在战役开始时约有9万人。经过突破阶段的损耗，现存兵力可能在8万人左右，约有350~400个步兵连。当时苏军步兵连平均约有50人。总计约有2万名的步兵，再加上数千名骑兵。他们所要防守的对内包围圈战线长约250公里，每公里只有约100名前线战兵防守。

当然，斯大林格勒战役时，苏军包围德国第6集团军的步兵也不算太多，人力优势甚至可能比切尔卡瑟战役更小。但红军在斯大林格勒有充足的炮弹，歼灭战最后阶段几乎是靠大炮在屠杀，而且效果显著。而在切尔卡瑟，在厚厚软泥覆盖的乌克兰原野上，要把炮弹及时送到战场却困难重重。朱可夫日后承认，在切尔卡瑟，苏军没有足以摧毁德军阵地的火力，甚至难

---

① 《第52集团军战斗日志1944年2月1—29日》，第2页。
② 《乌克兰之战》，第146—149页。

以获得最低限度弹药保障[①]。

而从前述兵力分布看,俄国人的布局也很有问题。红军正从南面以强大攻击迫使德军向北收缩,以此扩大内外包围圈之间的距离。可是对德军从西面突围的可能性,俄国人似乎考虑不足[②]。

4. 包围圈内

在苏联乌克兰第1、2方面军联手封锁下,德国陆军第42、11军被围困在一个直径70公里、外径周长250公里的袋状地区,在1月28日面积约1500平方公里。可是,具体有多少德军官兵和武器装备受困于此,却众说纷纭。

首先要搞清楚被包围德军的具体番号。苏联战时情报判明被围德军的兵团级番号有:第112、88、168、167、82、57、72、332步兵师,党卫军"维金"师,第213警卫师,"瓦洛尼亚"旅。总计10个师1个旅。另有第14装甲师第108团("冯·布雷塞"战斗群),第198、389步兵师各一个团,以及大量加强部队[③]。

上述番号错漏甚多。比如第167、168步兵师,仅有少量兵力在包围圈内;第82步兵师根本不在作战范围内;第112、332师当时被降格为"师群",仅有团级规模的实力[④]。第389师的情况比较特殊。这个师在苏军突破阶段损失很大,只剩下200个步兵,被包围后常被拆分使用,还依附于第57师。于是被苏军误以为只有一个团在包围圈内。

战后,苏联官方战史学家,根据缴获的德国陆军总参谋部《东方局势报

[①]《回忆与思考》下,第899页。
[②]《地狱之门》,第100页。
[③]《乌克兰之战》,第33页;《方面军司令员笔记》,第102页。
[④] 判断依据:《研究评论》,第2、9页;《地狱之门》,第54、70、100页;《乌克兰之战》,第161—167页,附录地图。

告》地图，对被围部队构成做了一些修订。具体如下①：

7个步兵师，1个装甲师，1个摩托化旅，1个步兵师的个别分队。显然，这份材料剔除了一些错误番号，但依然将"师群"作为师来看待。

和苏联官史针锋相对的是，战后多数西方历史书籍，都认为在切尔卡瑟只有5~6个德国师和1个旅被包围。产生差异的最大原因在于，在苏联人看来，"师级群"就是师。而B军级集群等于1个军3个师。而德军内部却把"师级群"视为一个团，整个B军级集群则被视为一个师。

实际上，被围德军的构成非常复杂。根据德国官方记录，就在包围圈形成当天，第11、42军拥有如下作战兵团和单位②（更多细节参阅后面的序列）：

4个步兵师（第88、389、72、57师），1个装甲师（"维金"师），4个师群（第112、332、255、323师群），党卫军"瓦洛尼亚"旅。总计有10个兵团。此外还有第168步兵师一部（"兰茨"战斗群等。德国官方将这部分兵力评估为三分之一个师）、1个党卫军独立装甲步兵营。上述单位按德军的标准和划分习惯，可以折合为6个师和2个旅。

军直属单位包括：第239、228强击炮营（第228营有部分兵力在包围圈外），几个炮兵营和工兵营，还有一些建筑部队以及通信、后勤部队和警卫单位等等。

第11、42军所辖的上述单位，除了一些后方人员和零星分队外，基本全都陷入了包围圈。

除了2个军的固有部队，其编成外的一些部队和人员也被包围了。其中较大的单位有：第14装甲师的"冯·布雷塞"战斗群（一个加强团的兵力）。读者或许还记得，这个战斗群在反扑失败后，被迫撤退到突破口北面，结果也掉进了包围圈陷阱。这个战斗群一度配属给了"维金"师。最终有467人幸存，被围人数则更多。此外，还有第213警卫师一部（约2个团各

---

① 《二战史》卷八，第119页。
② 《德意志帝国与第二次世界大战》卷八，第354页。

一部）；第167步兵师2个步兵营等等。这些分队都被用以加强主要作战兵团。

实际上，由于德军野战师普遍减员严重，加上部队被拆分，"师余部"、"师群"、"团群"的称谓到处飞舞，番号的多寡已经不能说明太多问题。可是在具体兵力数字上，苏联和西方的记录也不尽一致。

战争期间，苏联情报部门估计，德第11、42军原有8万人。其中约75000人被围。俄国人对德军武器装备的数量估计过高，经过修订后的数字为：被围德军装备有1700挺机枪，650门火炮和迫击炮，还有208辆坦克或强击炮[1]。苏联人高估德军武器数量的原因之一，可能是算入了堆积在包围圈内的废弃武器。这种事情以前就有过。比如在斯大林格勒包围圈内，就有1000多辆报废坦克（多数是被摧毁或丢弃的苏联坦克）。这类坦克有时可以拿来当装甲火力点。

而根据德方资料，陷入包围的德第11、42军原有65000人。战役开始后，情况越来越复杂而混乱。苏军突防阶段，德军战损约3000人（至1月29日，包围圈内等待撤退的伤员有2000人[2]）。第11、42军有部分人员得以逃出包围圈，还有一些后勤单位本就不在包围圈内。另一方面，如前所述，又有些原本不属于第11、42军的部队和人员也跟着一起被包围。

更糟糕的是，合围之初，德军乱成一团，两个军长又各自为政，无暇也无力全面统计人数（部分原因也在于包围圈内最初不缺粮食，于是德军指挥官们似乎认为暂时不必上报人数）。直到被围半个多月后，即2月11日上午9时，获得包围圈最高指挥权的施特默尔曼（细节后述）才向第8集团军报告目前有56000人（含2000名伤员）在包围圈里[3]。这个数字被记入第8集团军作战日记。同一天，第1装甲集团军作战日记的记录则只有54000人，大概没有算伤员。此前，至少有3904名伤病员撤离包围圈[4]。

---

[1]《军事学术史》，第485页；《乌克兰之战》，第37页。
[2]《地狱之门》，第115页。
[3]《地狱之门》，第206页。
[4]《科尔松口袋》，第306页。

战役结束后不久（3月1日），德国陆军医务长又做了一份"最终机密报告"，称"施特默尔曼集群"在2月6日有53000名德国官兵[1]。另有约5000名俄国辅助人员[2]。此前的1月27日到2月4日，已经有3059名伤员被空运出包围圈[3]。

此外，还要算上此前的死者和失踪人员。包围圈在初期每天伤亡约300人[4]。到2月11日，累计损失约8000人。除去近6000名伤病员外，约有1000~2000人死亡和失踪（或被俘）。综合推算，陷入包围圈的德国官兵约有57000~58000人，另有至少5000名俄国辅助人员。合计约有62000~63000人。

德军在包围圈内的重武器数量统计并不全面。包围圈内没有重型坦克（至少没有可以开动的重型坦克），只有一些中型坦克和强击炮。据现有资料推测，被围初期总计约有50~70辆坦克和强击炮。一说为"维金"师有43辆坦克和强击炮，2个强击炮营合计有27辆强击炮[5]。另据德国官方认可的记录，包围初期有26辆坦克和14辆强击炮可用[6]。包围圈内有约460~500门陆军炮[7]，其中有196门大口径（超过100毫米）野战炮（内有16门自行榴弹炮），以及68门重型反坦克炮（内有7门自行反坦克炮）。事实上，如果把自行榴弹炮和自行反坦克炮也算上，则德军在包围圈内有近百辆战车。

被围部队已知的各种重武器细目如下：

战车："维金"师在1944年1月1日有36辆战车（四号13辆、三号19辆、强击火炮4辆）。"瓦洛尼亚"旅有10辆强击火炮。包围圈内还有第228、239强击火炮营的部分兵力。第228营在1月1日有19辆强击炮可用，1月25日晨以来支援第389步兵师，1月31日有17辆强击炮（其中6辆可用），但在2月6日却有5辆强击炮在包围圈外战斗。第239

---

[1]《德意志帝国与第二次世界大战》卷八，第397页。
[2]《德意志帝国与第二次世界大战》卷八，第416页。
[3]《科尔松口袋》，第171、175页。
[4]《地狱之门》，第135页。
[5]《进入深渊 武装党卫军的最后一年1943—1945》，第31页。
[6]《德意志帝国与第二次世界大战》卷八，第397页。
[7]《研究评注》，第3页；《地狱之门》，第28、284页。

营在1月20日有17辆强击炮。1月26日归属第42军指挥,1月28日有6辆强击炮可用,1月29日有7辆强击炮可用。两个营的在修战车可能大都在包围圈外,推测有10~20辆强击炮陷入包围。

火炮:28门150毫米普通榴弹炮、4门150毫米自行榴弹炮、141门105毫米普通榴弹炮、12门105毫米自行榴弹炮、8门105毫米加农炮、3门170毫米加农炮、1门88毫米反坦克炮、60门75毫米普通反坦克炮(德国造51门、法国造9门)、7门75毫米自行反坦克炮、44门俄国造76毫米火炮。

被围部队的步兵炮和迫击炮没有全面统计。仅知第42军在包围战最后阶段有26门步兵炮;第11军的步兵炮数量不详。另据《地狱之门》提供的一组数据推算,德军在被包围初期可能总计有38门步兵炮。据前述平均值推算,被围德军约有160门步兵炮和迫击炮。包围圈内还有一些轻中型反坦克炮,但也没有完整统计资料。

1944年1月28日　被围德军序列[1]

(部分加强单位被配属给野战师,在序列中没有列出)

施特默尔曼集群

　　第570集团军通信团

　　第108铁道运行连

　　第867守备营

　　第810亚美尼亚步兵营

　　第11军

　　　　直属:

　　　　第239强击炮营

　　　　第6炮兵司令部

　　　　第800炮兵营第2连(170毫米加农炮)

　　　　第842炮兵营(105毫米加农炮)

　　　　第108炮兵团第1营(9门105毫米榴弹炮)

　　　　第601工兵团部

　　　　第666工兵营

　　　　第410建筑工兵营

　　　　第155建筑营

　　　　第57步兵师

　　　　第72步兵师

　　　　第389步兵师(加强有第167步兵师2个营)

---

[1]《地狱之门》,第387—388页。

第42军

  直属：
  第107炮兵司令部
  第75装甲观测连
  第14轻型观测营
  第248炮兵团1营（第168步兵师）
  第4、26工兵团部
  第213建筑工兵营

  第88步兵师（加强第323师群；第213警卫师第318团，第177团第2、3营；第168步兵师第417团）
  B军级集群：第112、255、332师群
  党卫军"维金"装甲师
  （加强有党卫军"瓦洛尼亚"志愿突击旅，党卫军"纳尔瓦"志愿装甲步兵营）

  平均计算下来，包围圈内的6个德国师，每个师能分配到1万名德国官兵、6~7辆可用坦克和强击炮、约80门炮（33门口径超过100毫米的野战炮、11门重反坦克炮、7门俄国76毫米炮、20~30门步兵炮和迫击炮）。大体来说，德军的重炮火力还相当完整。

  德军在包围圈内的阵地不算特别坚固，由一些预先构筑的碉堡、连贯战壕和临时挖掘的散兵坑混合而成。比较完善的阵地主要沿着罗萨瓦河和奥利尚卡河展开。步兵重武器组（重机枪、迫击炮、反坦克炮、步兵炮等），通常设在防御前沿后方约500~1200米处。野战炮连基本都设在环形防御阵地内，有些还构筑了发射工事。通向炮兵连的天然地形，往往不适合坦克通过。除了坦克和强击炮外，德军在包围圈里还有23辆自行野战炮和自行反坦克炮。当轮式车辆行动困难之际，这些自行火炮能更及时地为反击部队提供机动火力支援。

  尽管苏军的攻击持续不断，被围德军却始终保持着强固的组织，损失也不是特别大。按照德方统计，被包围初期，其战斗部队每天损失约300人。伤亡大都集中在一些特定部队。如2月3日，第42军损失了174人，"维

金"师105人①。事实上，苏军的攻击大都是重点实施的局部行动，又受到了恶劣地形的限制。但俄国人造成德军的损失持续不断，而且大都是战斗兵员。这使德军的力量缓慢，但也不可挽回地衰弱下去。包围圈里的伤员也越来越多。

由于陆路交通被切断，撤离伤员的唯一途径，只有空运。德军要在包围圈里坚持住，首先需要的是弹药、药品，还有油料。而这一切物资，也全都要靠空运提供。对德军来说，特别值得庆幸的是，在当地德国农业组织的协助下，收缩撤退时几乎保住了所有的食品储备，并把它们顺利运送到罗萨瓦河以南的科尔松地区。所以德军非但暂时不愁吃喝，甚至还能保持高于平均标准的伙食供应②，因此暂时不需要空运粮食。

切尔卡瑟战役开始时，德国空军第4航空队有172架专业运输机。此外还有很多轰炸机可以临时充当运输机。利用这些飞机，组建了专门的运输集群（基干是第3运输航空联队）来支援切尔卡瑟包围圈里的德军。赛德曼将军的德国第8航空军（隶属于第4航空队）负责指挥和协调。多数运输机可以从设在乌曼地区的机场起飞，只需要100多公里航程就能进入包围圈。这对德国人非常有利。

赛德曼的行动很快。当苏联坦克刚刚合拢包围圈的1月29日，14架德国运输机就装载30吨弹药于午前自乌曼起飞，不久降落于包围圈内的科尔松机场。切尔卡瑟空运就此正式开始。空运的运作模式和斯大林格勒空运差不多：飞机先把补给品运入包围圈，返航时运走伤员。1月27日至2月3日，第3运输航空联队保持每天运入120～140吨物资，同期共救出2800名伤员③。

可是自2月3日以来，天气急剧变暖，机场上的积雪融为一片泥沼。恶劣的气候虽然给德国人的空运制造了麻烦，但也限制了苏联空军的活动。由

---

① 《地狱之门》，第135页。
② 《陆军历史系列 斯大林格勒到柏林 德国陆军在东线的失败》，第231页。
③ 《地狱之门》，第115页。

于地面解冻，土质机场跑道无法使用，每个苏联空军集团军只剩下 2~3 个机场还能使用，每个机场仅能容纳 50~100 架飞机[1]。有时，德国人甚至可以用 3 架 Bf-109 为 36 架运输机护航，而不必担心苏联战斗机的拦截。

但这种好运也不是每次都有。在 2 月 1 日和 3 日，苏联战斗机都升空拦截德国运输机[2]。德国的两个战斗机大队（第 51 联队第 4 大队、第 52 联队第 3 大队），还有匈牙利"普马"战斗机大队，与苏联战斗机队（包括著名的近卫第 5、3 战斗机团），不断在切尔卡瑟上空展开激烈战斗。2 月 1 日，匈牙利王牌飞行员德波迪（当时记录为 15 架战果）被击落，还掉在苏联控制区。但他很幸运，被一架冒险着陆的匈牙利战斗机救走。这是德波迪近期第二次被苏军击落。两天后，救出德波迪的肯耶利斯（保有 18 架战果）也被苏联的 La-5 击落，肯耶利斯也掉在苏控区，而且被抓住了。苏军还在德军飞行路线上展开了第 6 高射炮师。在苏军的层层阻截下，仅在空运头五天（1 月 29 日到 2 月 2 日），德军就损失了 44 架运输机[3]。

---

[1]《伟大卫国战争中的苏联空军首长及司令部》，第 351—352 页。
[2]《巴格拉季昂到柏林　最后的东线空战 1944—1945》，第 38 页。
[3]《烈焰中的鹰》，第 199 页。

二、"万达"行动

1. 第3装甲军攻势

　　1944年1月底2月初，切尔卡瑟包围圈及其周边的态势非常微妙。一方面，包围圈本身正在红军的强大压力下逐渐缩小。而在包围圈外东南地段，德国第8集团军防区内，福尔曼的第47装甲军虽然竭尽全力，却难以取得重大进展。在西南面，也就是胡贝将军的德国第1装甲集团军防区内，布赖特将军的第3装甲军正在缓慢调动中。

　　俄国人等待着曼施坦因的进攻。曼施坦因也希望早点展开大规模救援战役。他已经把救援计划命名为"万达"行动。为了督促第1装甲集团军和第8集团军，不仅南方集团军群司令部作战处的人员坐着指挥列车过来督战，曼施坦因本人也两次坐汽车去前线视察，结果却陷入了泥泞和积雪[①]。2月2日13时15分，曼施坦因又来到设在乌曼的第1装甲集团军司令部，对作战计划做最后审核。

　　曼施坦因原本希望在2月3日就发动进攻。可是2月2日突然大幅升温，加速解冻令大地完全沦为一片无边无际的泥泞海洋。曼施坦因只好下令推迟行动24小时至2月4日。德军过去总是抱怨俄国战场太冷，如今却担

[①]《失去的胜利》，第522页。

心起天气太热了。

"万达"行动开始前后，为了鼓励被包围的德军，德军各级高级司令部的电文雪片般飞入包围圈，然后拿到各连队宣读。这类电报很多都使用明语，苏联人很容易理解他们的意思。希特勒的电报说："您可以像依靠石头墙一样依靠我。您将从合围中被解救出来。而现在您应该打到最后一粒子弹"；曼施坦因也做出了承诺：第3装甲军将救出施特默尔曼。第3装甲军军长布赖特则发出呼吁："无论如何你们要坚持住，不管怎样，我们一定会来。"第1装甲集团军司令胡贝的表态比较简洁："我来救你们。胡贝。"①

胡贝本人曾在斯大林格勒陷入包围，当时他还是第14装甲军军长。这个独臂将军特别受希特勒宠爱，专门派飞机把胡贝救出包围圈。现在，胡贝所管的第3装甲军将是救援切尔卡瑟被围德军的最大希望。按照计划，第3装甲军将使用4个装甲师计6万人。首先集结起来的是第16、17装甲师和"贝克"重型坦克团。虽然第16、17装甲师的轮式车辆一路遭受恶劣道路和糟糕天气的折磨，用铁路运输的坦克到达还算及时。

最初抵达的装甲援兵之一是第17装甲师。早在1月28日，第17装甲师的侦察营就进入第7军作战地区。可是第17装甲师的战力一直比较弱。在1月29日只有12辆坦克可用。2月1日，全师也只有31辆坦克。其中13辆可用（均为四号长管坦克），另有18辆在修（包括11辆四号、5辆三号、2辆"黑豹"）。师炮兵力量包括：36门野战炮、11门150毫米步兵炮、4门88毫米高炮。第17师的轻步兵炮、迫击炮、反坦克炮等数量不详。2月2日，第17装甲师的战力增加到16辆可用坦克（15辆四号、1辆三号）。

第16装甲师的调动速度较快。1月31日开向战场，2月1日抵达集结地带。德军原有的"老"第16装甲师，在1943年2月覆灭于斯大林格勒。现在的"新"第16装甲师则是于1943年重建、年底才开到东线的新锐部队。第16装甲师原本配属给中央集团军群。但在12月28日，第16装甲师

---

① 《方面军司令员笔记》，第106页。

1944年初，希特勒师的"黑豹"坦克

（包括装备78辆"黑豹"坦克的第2坦克团第1营）被转给南方集团军群，归入第4装甲集团军序列。

在1944年初，"新"第16装甲师的人员和装备都很齐备，在1月28日有48辆可用坦克和7辆可用强击火炮。包括7辆"虎"（应该属于1月21日配属的第506重坦克营）[①]。此后几天，第16师实力又有所增强。到2月1日，第16师共有149辆战车，其中82辆可用（38辆"黑豹"、24辆四号、2辆三号、18辆强击炮），67辆短期在修（15辆"黑豹"、30辆四号、10辆三号、12辆强击炮）。

第16师的步兵战力也较强，2个装甲步兵团拥有50%以上的战力。此外还有239辆各种装甲车。全师共有13803人。其炮兵力量为：35门野战炮、7门150毫米重步兵炮、8门88毫米高射炮、12门重型反坦克炮。第16装甲师编制上还有一些75毫米步兵炮、中型反坦克炮和80~120毫米迫击炮[②]。但在切尔卡瑟战役期间，这些武器的具体数量不详。

2月1日，第506重坦克营经100公里铁路运输后抵达切尔卡瑟战场。第506重坦克营在1943年夏末投入东线，当时有满编的45辆"虎"式坦

[①]《地狱之门》，第125—129页；《"虎"在战斗》第一册，第270页。
[②]《德国战斗序列：第二次世界大战期间的装甲和炮兵》，第115—116页。

德军第506营的"虎"式坦克

克。此后，第506营在不断战斗中持续蒙受损失，到1944年1月底已彻底丧失了35辆"虎"（截至1月26日的一周强攻战斗期间，第506营就彻底损失了16辆"虎"），一度只剩下10辆"虎"[1]。所幸在1月29—30日，第506营得到了12辆新"虎"。2月1日，第506营共有23辆"虎"，其中10辆可用，其余13辆需要短期修理。该营配属给第3装甲军。

第3装甲军在1月31日又得到了新锐的"贝克"坦克团。该团是1月23日临时组建的重型坦克战斗群。以第11坦克团（来自第6装甲师）团部作为指挥机关，团长贝克上校为指挥官。他是一个经验丰富的老坦克兵。下辖有第503重坦克营（69辆"虎"式坦克，其中34辆可用）和第23坦克团第2营（72辆"黑豹"坦克，其中44辆可用[2]）。总计全团有141辆威力巨大的重型坦克（其中78辆可用）。"贝克"团还加强有1个炮兵营、1个战斗工兵营和1个山地步兵营。就实力而言，"贝克"重型坦克团的坦克数量超过曼施坦因手下大部分的装甲师，而且全团都是重型坦克，作战实力更是倍增。

---

[1]《"虎"在战斗》第一册，第289页。
[2]《救火队》，第277页。

可是在1月底前5天，"贝克"团参加了"瓦图京"行动，在乌曼方向已经陷入激烈的坦克战斗，彻底丧失了3辆"虎"和4辆"黑豹"[1]，还有更多坦克丧失战斗力。于是在赶到切尔卡瑟战场时，全团只剩下134辆坦克，其中只有33辆可用（15辆"黑豹"和18辆"虎"）。

第3装甲军还能期待得到"希特勒"师和第1装甲师。武装党卫军"阿道夫·希特勒"第1装甲师（简称"希特勒"师），是在希特勒本人卫队基础上发展起来的野战兵团，也是德军配备最强的野战师之一。1943年11月1日，"希特勒"师有2万多兵员和227辆坦克（27辆"虎"、96辆"黑豹"、95辆四号、9辆指挥坦克）。此外还有一些强击炮（10月1日统计为41辆）。实力非常强大。可是基辅反击战使"希特勒"师战力折损严重。至11月20日，全师只剩下155辆坦克[2]。兵员到年底也减少到19867人[3]。基辅战役失败后，"希特勒"师一路溃退，丢掉了大量受损坦克。仅在1943年11月15日到1944年1月2日之间，就彻底损失了19辆"虎"式坦克[4]。

到1944年1月22日，"希特勒"师只残存103辆战车。其中有8辆"虎"、45辆"黑豹"、33辆四号、17辆强击炮。而全部这些战车中，只有8辆还能使用（3辆"黑豹"、1辆四号、4辆强击炮）。幸运的是，此后几天，"希特勒"师得到了一些补充、还抢修了一批坦克。到2月2日，全师可用战车（不含在修）恢复到70辆：3辆"虎"、29辆"黑豹"、16辆四号、22辆强击火炮。算上在修装备，全师在1月31日有122辆战车（包括49辆"黑豹"和6辆"虎"）和113辆装甲车（主要是半履带装甲车）。同日，"希特勒"师还有10门自行反坦克炮、8门牵引反坦克炮、36门野战炮。总体实力虽然远不如基辅战役开始阶段那么雄厚，但与同期其他德国装甲师相比，依然算是很强的存在，被评估为有57%战力。

1月19—21日，"希特勒"师一度退出火线，但在1月25日被拖入乌

---

[1]《"虎"在战斗》第一册，第129页。
[2]《德国陆军1933—1945》卷三，第135页。
[3]《党卫军第一师历史1933—1945》，第187页。
[4]《"虎"在战斗》第二册，第111页。

开往切尔卡瑟的德军装甲部队（第 1 装甲师）

曼方向战斗。1 月 31 日，"希特勒"师受命向切尔卡瑟战场开进。

1 月 30 日，德国陆军第 1 装甲师也奉命开往切尔卡瑟。第 1 装甲师在 1943 年春季曾离开东线，在法国和希腊等地进行休整和换装。1943 年 11 月 15 日，第 1 装甲师调回东线，隶属于第 48 装甲军[①]，此时全师有约 17000 人和 195 辆坦克（包括 76 辆"黑豹"和 95 辆长管四号坦克）[②]，也是一个齐装满员的强力野战师。该师被迅速投入基辅和日托米尔等地的激战，蒙受了很大损失。

1944 年 2 月 1 日，第 1 装甲师还有 76 辆坦克（不含长期修理），其中有 68 辆坦克可用（29 辆"黑豹"、39 辆四号），另有 8 辆正在短期修理（1 辆四号、7 辆"黑豹"）。为了救出切尔卡瑟德军，第 1 装甲师在 2 月初加紧修复坦克，可能还得到一些补充。总之到 2 月 5 日，全师有 84 辆坦克可用（33 辆四号、51 辆"黑豹"）。这个师的炮兵力量非常强，在 2 月 1 日有 54 门野战炮和 40 门反坦克炮（内含 11 门自行反坦克炮）。第 1 师的步兵战力不详。但全师在 2 月 1 日有 14691 人和 260 辆半履带装甲车。此时，第 1 师被评估为拥有 88% 战力的一级师。因为集结速度太慢，2 月 6 日前，"希特勒"师主力和第 1 装甲师还不能投入战斗。

[①]《第 1 装甲师 1935—1945》，第 125 页。
[②]《装甲部队(2)1943—1945》，第 117 页。

2月2—3日，第3装甲军共有285辆战车处于战备状态（其中有137辆重型坦克），但只有132辆战车已经抵达战场（内含64辆重型坦克）。此外还有153辆战车尚在集结和行军（包括73辆重型坦克）。以上均不包括在修战车。第3装甲军具体战力构成如下：

（单位：辆）

装甲师	"虎"式	"黑豹"	四号	三号	强击火炮
已经抵达前线					
第16师		40	26	2	18
第17师			15	1	
"贝克"团	8	8			
第506重坦克营	8				
第249强击炮营					6
尚在集结或行军中					
"希特勒"师	6	29	22		19
第1师		29	39		
"贝克"团	3	6			
合计	25	112	102	3	43

注：第249强击炮营为2月5日数据。2月2—3日数据缺失。

在德国第3装甲军和第7军当面，苏军防御部队为第6坦克集团军（加强有第47步兵军）和第40集团军第104步兵军。2月4日，第6坦克集团军连同新增援的第16坦克军主力在内，共有231辆坦克和自行火炮。苏军战车比德国第3装甲军已经抵达战场的战车更多。可是第6集团军还几乎没有打过坦克战，更不用说对抗德国重型坦克了。而且直到德军进攻前夜，第6坦克集团军第二梯队的第5机械化军才仓促抵达指定区域。

陷入泥潭的德军运输车队

苏军的防御战线构成如下[①]：

第一线：左翼为近卫第 5 坦克军（63 辆坦克。第 20、21 坦克旅，第 6 摩步旅，近卫第 2 空降师）；中央为第 47 军（第 359、167 步兵师）；右翼为第 104 步兵军的第 133、58 步兵师。第二梯队为第 5 机械化军（41 辆坦克和 30 辆自行火炮。第 233 坦克旅，第 2、9、45 机械化旅，第 136 步兵师）；预备队为第 16 坦克军第 109、107 坦克旅（合计 97 辆坦克）。

德国人却也没打算碰硬。为了避开苏联第 6 坦克集团军，布赖特将攻击矛头指向苏军防线右翼（特诺夫卡地区）。原本在苏联第 104 步兵军 2 个师当面，德军部署有第 34 步兵师。2 月 3 日傍晚，布赖特把已经抵达的装甲部队全部集中到第 34 步兵师防线，编组为一个强大突击集团：第 16 装甲师（加强有第 506 重坦克营[②]）在左翼，第 17 装甲师（加强有第 249 强击炮营）在右翼；"贝克"坦克团以"虎"式坦克和"黑豹"坦克作为突破先锋。

经过一番部署，德军在 2 个苏联步兵师当面集中了 3 个师（2 个装甲师

[①]《乌克兰第 1 方面军作战行动日志 1944 年 2 月 1—29 日》，第 23 页。
[②]《"虎"在战斗》第一册，第 129 页。

和1个步兵师。再加1个重坦克团、1个重坦克营、1个强击炮营），总计132辆可用坦克和强击炮（包括16辆"虎"式坦克和48辆"黑豹"坦克）。此外，德第75步兵师部署在突击集团的左侧，牵制苏第40集团军第51军；德第198步兵师在突击集团右侧，牵制苏第6坦克集团军。

布赖特给还在集结中的部队指派了任务①。"希特勒"师一旦抵达前线，将跟随第16装甲师行动，同时以第34步兵师掩护"希特勒"师自身的左翼；第1装甲师预定在2月6—7日抵达，然后在突击集团右翼，与第17装甲师和第198步兵师一道行动。

1944年2月4日，天气依然不够冷，不足以把地面冻得很硬。但曼施坦因还是来了。德军首先对苏第133、58步兵师阵地展开猛烈炮击。曼施坦因派给布赖特的3个火箭炮团编组为第1火箭炮旅，急速发射了大量火箭弹，把俄军阵地化为一片火海。火力准备后，第3装甲军的坦克轰鸣了起来。6时，第17装甲师和"贝克"团首先行动，猛击苏第58师。6时30分，第16装甲师和第34步兵师突击了苏第133师。苏军进行了顽强抵抗，却无力阻止上百辆德国战车的推进。13时，第16装甲师夺取了特诺夫卡。战至下午，德军突击集团在苏第104军和第6坦克集团军之间打开了一条狭长通道，并使其折往东面，延伸向包围圈②。17时，第3装甲军先头沿狭窄

苏军收复申杰罗夫卡

① 《地狱之门》，第158页。
② 《研究评注》，第2、4页；《乌克兰之战》，第174页（1944年2月4日19时形势）。

申杰罗夫卡地区被摧毁的德军车队

正面抵达格尼洛伊季基奇河。

同一天,被包围的德国第42军也依托斯捷布列夫突出部向申杰罗夫卡方向发起突击。这次突击虽然被苏第27集团军打退,但俄国人察觉到德军的深远目标可能是雷相卡——正好位于德国第3装甲军抵达的格尼洛伊季基奇河。换言之,包围圈内外的德军,很可能沿着格尼洛伊季基奇河,在雷相卡会合。

实际上,曼施坦因此时还没正式决定向雷相卡展开进攻。但不管怎么说,瓦图京当然不允许布赖特继续深入。为此,位于第104步兵军左侧的第6坦克集团军必须有所行动。2月5日夜,克拉夫钦科的第6坦克集团军受命恢复阵地,将他的坦克转向西面,打击德国第3装甲军右翼。朱可夫和瓦图京还决心投入新的坦克军团——第2坦克集团军。

2. 第2坦克集团军参战

第2坦克集团军司令是波格丹诺夫将军。这个集团军此前蒙受很大损失，目前正进行休整补充，装备和人员缺额都很大，但比前线众多残缺不全的部队要强很多。1月25日，第2坦克集团军共有316辆坦克和自行火炮（278辆T-34、12辆Su-152、21辆Su-76、5辆英国坦克[①]）。

但在2月4日，第2坦克集团军只有160辆战车实际可用。构成为：第3坦克军有85辆坦克和25辆自行火炮，第16坦克军第164坦克旅有44辆坦克、6辆自行火炮。

1月1日，第2坦克集团军还在距离战场约120公里的利波维茨车站（文尼察以北）[②]，有些部队则分散在其他地区。但瓦图京早有安排，让第2坦克集团军提前向战区靠拢。先期派遣的第107坦克旅从110公里外的白教堂（白采尔科维）出发，贴着一条距德军防线约20~25公里的横贯路，以每小时8~10公里的速度前进。所有车辆都拥挤在有限的道路上，地面泥泞不堪。汽车在白天根本没法开，只能等到夜间结冻时才能前进。因为没有汽车，只好把步兵、弹药箱和燃滑油料都堆积在坦克和自行火炮上。尽管困难重重，第107坦克旅还是只用10~12小时就完成了行军。2月3日，第16坦克军主力转移完毕，2月5日日终，第2坦克集团军其他部队也基本到位。

德国人及其拥护者总是抱怨切尔卡瑟战区的道路泥泞不堪，装甲部队只能像蛇一样在地面曲折前进[③]。不仅缓慢异常，还导致大量车辆损毁。卡车则根本无法前进。德国第3装甲军就到处抓俄国平民替他们赶马车运弹药；坦克兵用桶子装运汽油；德国步兵干脆光着脚在深深的泥海里跋涉，免得回头去找被泥巴粘掉的靴子。

[①]《科尔松—舍甫琴柯夫斯基战役》，第33页。
[②]《苏军坦克兵作战经验》，第265页。
[③]《东线战场》，第223页。

可是如前所述，曼施坦因的俄国对手面临着同样的困扰。科涅夫就抱怨地面泥泞难行，常陷住苏军车辆甚至坦克。土路又承受不了碾轧，一些地方甚至连牲畜也无法通过[①]。即使如此，如第2坦克集团军等苏联部队，还是及时完成了调动。曼施坦因大概也意识到这一点，于是在回忆录里又特别强调说苏联坦克的履带比德国坦克要宽。特别亲德的英国历史学者西顿则宣称苏军有更多的履带运输车。

实际上，两个苏联方面军一共只有397台拖拉机。只能说是聊胜于无。与之相比，德军的9个装甲师除了坦克和强击炮，还有超过1000辆的装甲履带车（主要是步兵输送车）。此外，德国装甲师的野战炮和反坦克炮，以及军辖火箭炮，各有一部分也安装在履带装甲车上。德军步兵和后勤单位也有一定数量的履带车和拖拉机。总之，西顿正好说反了：拥有更多履带车的是德军。除了运送物资，这些履带车还可以保证很多德国步兵、野战炮、反坦克炮跟随坦克和强击炮行动——机动能力至少比陷在泥里完全不能动弹的轮式车辆要好。

缺乏履带车的苏联坦克部队，此时也只有一小部分单位可以在战场上机动。第2坦克集团军也是如此。由于兵力有限战事吃紧，波格丹诺夫决心打破建制，组建一些混成支队。1号混成支队包括第11坦克旅（不含后勤），集团军自行火炮团、第3坦克军部分炮兵。总计19辆坦克和12辆自行火炮、6门火炮。2号混成支队包括2个坦克旅和集团军炮兵团，共有46辆坦克、11门火炮[②]。

当苏联第2坦克集团军结束行军时，布赖特的德国第3装甲军还在狭窄走廊内继续苦战。进抵格尼洛伊季基奇河的德军先头，继续向科夏科夫卡—库奇科夫卡地段攻击前进。沿途遭到激烈抵抗。为此，德军付出很大代价，队列里的战车越来越少。2月5日，首批参战的第16、17装甲师和"贝克"团加起来也只有85辆坦克和强击炮可用。其中，第16装甲师可用坦克从2

[①]《方面军司令员笔记》，第92页。
[②]《坦克突击》，第218—219页。

月2日的68辆减少到39辆；第17装甲师从16辆减少到6辆；"贝克"团还剩16辆坦克可用，包括12辆"虎"和4辆"黑豹"。由于后勤供应困难，德军的油料和弹药也日益紧张。尤其是深陷泥潭之际，坦克的燃料消耗比平常多三倍。

不过布赖特在2月5日遇到了"好天气"。当天下了大雪，气温突然降至零下15摄氏度，地面变得容易通过。布赖特的军力也并非无以为继。当他的装甲矛头深入红军纵深的同时，后方还有更多的坦克陆续开来。2月4日，"希特勒"师大部分战斗部队抵达前线。2月5日，该师的3辆"虎"首先投入战斗。第二天即2月6日，2辆"虎"和9辆"黑豹"部署在特诺夫卡，与反击的苏联坦克展开战斗。当天，"希特勒"师进入预定的第3装甲军左翼阵地。此时，该师实力为：57辆可用坦克（含6辆"虎"和29辆"黑豹"），30辆强击炮，2个装甲步兵团，1个摩托化炮兵团，1个装甲侦察营。所辖单位满员率在50%~70%[①]。同一天，第1装甲师先期抵达的部队（包括1个四号坦克营）也开始参战。

随着"希特勒"师和第1装甲师的陆续到来，布赖特手下损耗严重的第3装甲军又恢复了活力，战力达到巅峰状态。2月6日，第3装甲军共有208辆战车可用（不含第1装甲师尚未赶到的一个坦克营。该营在2月5日有51辆可用"黑豹"坦克）。其中包括81辆重型坦克、74辆四号坦克和50辆强击火炮。其细目如下：

（单位：辆）

装甲师	"虎"式	"黑豹"	四号	三号	强击火炮
"希特勒"师	6	29	22		30
第1师			30		
第16师		18	17	2	14
第17师			5	1	

[①]《地狱之门》，第163—164页；《"虎"在战斗》第二册，第92页；《乌克兰之战》，第176页。

续表

装甲师	"虎"式	"黑豹"	四号	三号	强击火炮
"贝克"团	12	4			
第506重坦克营	12				
第249强击火炮营					6
合计	30	51	74	3	50

注：仅统计第1装甲师的1个坦克营。另一个坦克营尚在行军。

2月6日，瓦图京的反击开始了。新开到的苏第2坦克集团军迎面打击布赖特的装甲"走廊"。第2坦克集团军主力第3坦克军由西北攻击"走廊"顶部，第16坦克军和第104步兵军等由西攻击"走廊"底部。与此同时，第6坦克集团军也继续从东面打击"走廊"，自北向南展开了近卫第5坦克军、第47步兵军和第5机械化军。

于是，沿着格尼洛伊季基奇河以南的狭窄走廊，爆发了切尔卡瑟战役开始以来最大规模的坦克战。这天气温又突然升高。苏军约300辆可用坦克和自行火炮，与德军的208辆可用坦克和强击炮，在烦人的泥沼里艰难转动着履带，互相对射。对故障率高的德国重型坦克来说，这样的战斗当然很烦人。可是在另一方面，松软的泥潭地面也降低了苏联T-34坦克利用速度优势逼近并打击德国坦克侧后较薄弱部位的概率，而远距离对射则于德国重型坦克最为有利。在足够开阔的地形上，即使不能开动的德国重型坦克都具有射击和防护优势——只要炮塔还能转就行。

当天的战斗打得错综复杂。德国第1装甲师四号坦克战斗群（加强有第198师1个营和一些强击炮以及工兵）自右翼（第17装甲师方向）投入战斗，夺取了格尼洛伊季基奇河以南的维诺格拉德的西半部。在特诺夫卡，"希特勒"师和第34步兵师承受着苏第16坦克军和第104步兵军的压力，特诺夫卡以南和以北阵地都被苏军攻入一角。稍后，苏军又向这一地段投入了有名无实的近卫第11坦克军（20辆T-34）。

德军最先头的第16、17装甲师遭到苏联第3坦克军的压力。第16装甲师损失严重,可用坦克数从2月6日的51辆减少到2月8日的27辆。与之一道行动的第506重型坦克营在2月6日有12辆"虎"式坦克可用(另有11辆在修)。该营宣称当天仅用10分钟就摧毁了16辆T-34。第二天又击毁了20辆。而第506营也打得只剩下4辆"虎"还可以使用。

2月7日,经过激烈战斗,苏联第2坦克集团军与第6坦克集团军建立了联系。乌克兰第1方面军的坦克阻击队还保有323辆可用战车。具体构成如下[①]:

第2坦克集团军:第3坦克军有56辆坦克;第16坦克军第164坦克旅有31辆坦克;近卫第11坦克旅有36辆坦克。

第6坦克集团军:近卫第5坦克军有85辆坦克和7辆自行火炮;第5机械化军有20辆坦克、17辆自行火炮;第16坦克军第107、109旅有54辆坦克;第697自行炮团有17辆自行炮。

可是德军又立刻反扑过来,以第17装甲师和"贝克"团攻击沃提列夫卡、列普基。第16装甲师向北的先锋被苏军压迫着后退,却在南面扩大了地盘。苏军坦克损失很大。激战到2月8日,苏联第2坦克集团军就只剩下68辆可用坦克。瓦图京一度委托波格丹诺夫指挥德军突破地段的所有苏军。可是稍后,第2坦克集团军却被置于第40集团军控制下[②]。需要特别说明的是,第2坦克集团军的人员损失很少。自2月1—17日,第2坦克集团军加第1坦克集团军,一共只死了36人,失踪46人[③]。这从侧面也说明,苏联坦克军团只有少数部队实际抵达战场。

经过激烈的坦克大战,到2月8日,德军以惨重代价大致巩固住了沃提列夫卡、列普基、特诺夫卡、维诺格拉德。当天,第16装甲师终于跨过格尼洛伊季基奇河,在库奇科夫卡以东的波雅尔卡建立桥头堡,随即又遭到苏军的强力反击和空袭,根本没法前进。至此,德国第3装甲军已经耗尽战

[①]《乌克兰第1方面军作战行动日志1944年2月1—29日》,第33页。
[②]《乌克兰之战》,第27页。
[③]《乌克兰第1方面军作战行动日志1944年2月1—29日》,第122页。

德军第23坦克团的"黑豹"坦克

力，只能停下来守住一大堆受损战车。曼施坦因得到战报后也丧失了信心，认定在现有方向无力取得更大突破，决定改变方向。而曼施坦因的新目标，正是越来越引起苏军统帅部关注的雷相卡[①]。

于是德军很快就放弃了先头阵地，被迫离开格尼洛伊季基奇河，向南后退约15公里至沃提列夫卡、列普基一线。布赖特持续了几天的坦克攻势就这样劳而无功地结束了。用西顿的话说："（第3装甲军）在血泊和泥淖中停了下来[②]。"

强攻再次失败使德军付出惨重代价。至2月9日，第3装甲军可用战力跌落到62辆坦克和强击火炮。配合第16装甲师的第506重坦克营，到2月9日只剩下2辆可用"虎"式坦克，另有25辆"虎"需要修理。此后的战役期间，第506营一蹶不振。德军其他部队状况也很悲惨。第17装甲师仅有4辆可用坦克。"希特勒"师残余战力尤其薄弱，至2月10日只剩180名值班步兵[③]。这个师在2月6日还有87辆可用战车（内有6辆"虎"、29辆"黑豹"、22辆四号），到2月9日只剩下13辆（内有1辆"虎"、3辆"黑豹"、3辆四号）。

3. 第47装甲军攻势

当德国第3装甲军展开攻击的同时，福尔曼的第47装甲军也试图再度

[①]《德意志帝国与第二次世界大战》卷八，第402页。
[②]《军事学术史》，第408页；《苏德战争》，第460页。
[③]《地狱之门》，第176—227页。

有所作为。由于失去了第 24 装甲师,而第 11、13 装甲师又被困于伊斯克任诺耶桥头堡,福尔曼只好把攻击矛头向西移动,指向列别金(什波拉以西)。

可是自 2 月 1 日以来,福尔曼的作战实力已经大幅衰退。除了几个薄弱的装甲师外,曾被寄予厚望的第 26 团第 1 营因为在反突破战斗中严重失利,战力折损大半。这使整个第 47 装甲军都处于贫弱状态。

2 月 4 日,福尔曼上报第一线战力有[①]:第 3、11、13、14 装甲师合计只有 59 辆可用战车(21 辆"黑豹"、22 辆四号长管、1 辆三号长管、3 辆指挥坦克、12 辆强击火炮)、3795 名步兵战斗员。具体细目如下:

装甲师	"黑豹"坦克（辆）	四号坦克(长管)(辆)	三号坦克(长管)(辆)	强击炮（辆）	指挥坦克等（辆）	步兵战斗员（人）
第3师		12			2	724
第11师	21			8		1100
第13师		5	1		1	1420
第14师		5		4		551

注:第 26 坦克团第 1 营包括在第 11 装甲师统计内。

福尔曼的主要对手还是苏联第 18、29 坦克军。这两个军在 2 月 4 日共有 111 辆可用坦克[②]。具体构成为:第 18 坦克军有 64 辆 T-34 坦克和 2 辆英国轻型坦克;第 29 坦克军有 45 辆 T-34 坦克。苏军的战车几乎比德军多一倍。但德军有 21 辆"黑豹",苏军却没有任何 1 辆坦克可以与之正面抗衡。

2 月 4 日,福尔曼开始了新一轮攻势。他把第 13 装甲师留在伊斯克任诺耶桥头堡以牵制苏第 29 坦克军,同时以第 11、3 装甲师(合计 43 辆可用战车)攻打列别金以南的两个苏军据点:沃佳诺耶(北)和里皮安卡(南)。第 11 装甲师自西北,第 3 装甲师自西南,联合攻击一举拿下沃佳诺耶。第 3 装甲师随后南下攻打里皮安卡,苏军则依托雷场展开顽强抵抗。福尔曼又

---

① 《第 8 集团军致南方集团军群电传报告 1944 年 2 月 4 日 12 时 20 分》。
② 《近卫第 5 坦克集团军作战日记 1944 年 1 月 24 日至 2 月 29 日》,第 6 页。

命令第 14 装甲师也向里皮安卡展开进攻，经过激战夺取了里皮安卡村大部分地盘。同一天，苏第 29 坦克军主力开到沃佳诺耶以北，与第 18 坦克军联手阻止德军向北攻击。但福尔曼的装甲师还是逐渐逼近了列别金。此时，被围德军从第 389 师残部和第 57 师里拼凑了一个 350 名步兵的小突击群，在 3 个炮兵连支援下，试图向南通过马图索夫（列别金以北）—列别金一线突围。两支德军的距离缩短到 30 公里。科涅夫顿时紧张起来，于 2 月 5 日晚命令从近卫第 5、7 集团军抽调一些坦克和步兵来支援近卫第 5 坦克集团军。其中除了前述近卫第 41 师外，自 2 月 4—14 日，科涅夫还向阻击部队增调了第 110、116 步兵师。这几个师一路与泥泞搏斗，缓慢地开往战场。

就在瓦图京和科涅夫拼命阻挡德军救援部队的同时，也在尽力打击被围德军。苏第 27、52 集团军，近卫第 4 集团军和近卫第 5 骑兵军的大批步兵和骑兵投入战斗，由东、南、西三个方向压缩包围圈。红军的最重要目标，仍是内部包围圈接合点上的奥利沙纳。他们担心德国人利用这个据点向外突围，或者在此接应救援部队[①]。

最后清除奥利沙纳的任务还是由近卫第 5 骑兵军承担。此前对奥利沙纳的攻击，苏联骑兵执着于骑马冲锋，结果当然是碰得头破血流。骑兵军被迫改变战术。决定由近卫第 12 骑兵师从侧翼迂回，然后骑马由北面冲击，吸引住德军的火力。与此同时，第 63 骑兵师下马徒步由南面发起主攻。第 180 步兵师则由西面冲击。

2 月 4 日夜间，苏军向奥利沙纳展开新一轮进攻，却再次遭到失败。可是德军迫于压力，也放弃了东面的韦尔博夫卡，苏近卫第 11 骑兵师乘机冲到韦尔博夫卡，进一步孤立了奥利沙纳的守军。2 月 5 日夜 23 时，德军下达了放弃奥利沙纳的命令。2 月 5—6 日，苏军继续由三面展开攻击，最终夺取了奥利沙纳和韦尔博夫卡[②]。也是在 2 月 5 日，德军 B 军级集群放弃了对克维特克村的攻击。成功夺取了奥利沙纳和克维特克村之后，红军的包围

[①]《地狱之门》，第 137 页。
[②]《乌克兰之战》，第 57—58 页；《军事学术史》，第 496—497 页。

圈变得更加密不透风。

德军从奥利沙纳突围的威胁被消除了。可是如前所述,在奥利沙纳东南的列别金地区,德国第47装甲军正在接近包围圈。于是在2月5日晚,科涅夫又命令近卫第4集团军和近卫第5骑兵军,以戈罗季谢(德国第42军司令部所在)为目标,把企图冲到马图索夫的德国第11军驱赶到北面,并将其歼灭在戈罗季谢地区。于是,刚刚攻占奥利沙纳的苏联近卫第5骑兵军,又立刻向东展开攻击,逐渐逼近戈罗季谢。与此同时,近卫第4集团军也向西挺进戈罗季谢。第52集团军则试图在北面截断由戈罗季谢退往科尔松的道路。可是俄国人还是慢了一步。2月4日以来,沿着戈罗季谢—科尔松之间长约20公里、泥泞而坑坑洼洼的糟糕道路,数千辆德国军车排成三列缓慢北上。苏联飞机不断袭来,扫射轰炸。到晚上,整条道路被燃烧的数百辆军车照亮,尸体随处可见。但德军仍在坚定地撤退。

在对外包围圈,2月6—7日,德国第47装甲军再次进攻。除了用装甲师继续攻打列别金外,福尔曼在西侧的小部队——"哈克"战斗群,也试图在兹韦尼戈罗德卡东南渡过什波拉卡河。可是福尔曼当面的苏军还是相当强大。2月6日,苏第18坦克军保有62辆可用坦克(含57辆T-34),第29坦克军则有48辆T-34。利用这些坦克,苏军建立了强大的阻击线。战至2月7日,科涅夫终于遏制住了福尔曼。

福尔曼虽然失败了,但他的攻势却给科涅夫留下了深刻印象。尤其有趣的是,最触动科涅夫神经的,并非福尔曼主力部队在列别金的攻势,而是"哈克"战斗群在兹韦尼戈罗德卡方向的行动。"哈克"战斗群的攻势软弱无力,可是它却连接着第3装甲军和第47装甲军主力,并且指向兹韦尼戈罗德卡西北面格尼洛伊季基奇河上的要点——雷相卡。

此时,苏军正按科涅夫的命令在戈罗季谢地区压缩被围德军,可是德国人不顾重大伤亡,将部队逐渐向北移动到科尔松,再向西移动到斯捷布列夫突出部。而斯捷布列夫和雷相卡距离很短。换言之,如果德国装甲部队把攻击矛头转到雷相卡—申杰罗夫卡,那么这将是最短的一条救援路线。

朱可夫和科涅夫越来越重视雷相卡方向。2月6—7日，已经把第20坦克军一部（近卫第8坦克旅和第1895自行火炮团）转移到雷相卡地段。2月8—9日，由于德军的压力加大，朱可夫和科涅夫又决定把第20坦克军主力也转到兹韦尼戈罗德卡—雷相卡方向[1]。为了同一目的，还从第40集团军抽出第340步兵师以强化克尼亚日耶—洛佐瓦特卡地段的防御。

2月10日，苏军统帅部下定决心，把近卫第5坦克集团军主力，从对外包围圈陆续调到雷相卡或靠近雷相卡的地区，留下老防区则用几个得到炮兵加强的步兵师填补。此时，德国救援部队正要展开新一轮强大的装甲攻势。在这样的紧要关头调走坦克部队，当然要冒很大风险。但科涅夫做过计算：德国装甲师深陷没有道路的软泥地，每天最多只能推进4公里。即使苏联步兵挡不住德国坦克，德军也还需要10个昼夜才能和被围部队会合[2]。苏联坦克部队有充足的机动时间。

科涅夫当然也明白，光用坦克守不住新防区。稍后，近卫第4集团军也奉命把5个步兵师（近卫第7空降师，近卫第41师，第69、110、375师）部署到格尼洛伊季基奇河地区（十月村—雷相卡—兹韦尼戈罗德卡）。如前所述，其中有些师是科涅夫在2月初从其他地段抽调，此时尚未开到。但不管怎么说，一旦这些部队抵达，苏军就能在对内包围圈和对外包围圈之间，再建立起一条中间防线。

值得一提的是，科涅夫后来宣称，上述兵力调动全是他自己在拿主意。可是根据朱可夫回忆录转述的文件，应该说是朱可夫和科涅夫共同做出的决定[3]。可是，阻止德国救援部队，只是朱可夫、科涅夫还有瓦图京的一半任务，他们的另一半任务更为重要：尽快全歼包围圈内的德军。此前，近卫第4集团军在近卫第5骑兵军配合下，向北攻击戈罗季谢—科尔松地区，遭到被围德军的顽强抵抗，伤亡非常严重。如今又要调遣大量部队南下，被围德

---

[1]《乌克兰之战》，第28、109页；《军事学术史》，第499页。
[2]《方面军司令员笔记》，第111页。
[3]《方面军司令员笔记》，第112页；《回忆与思考》，第904页。

军所遭受的压力就大大减轻了。

4. 包围圈内的战斗

包围圈内，德军为了响应曼施坦因的"万达"救援行动，对兵力做了重新编组（详见以下序列）。可是2月4日以来的"万达"行动逐渐趋于失败，被围德军承受的压力却日益沉重。物资供应也逐渐有了困难。温暖天气下积雪解冻加速。到2月5日，包围圈内原有的两个简易机场都瘫痪了。德国人只好在科尔松附近又找了一个地势较高较干燥的地方修建新机场[①]。但在空运得到恢复前，弹药可能在3~4天内耗尽。

防守在包围圈内的德军官兵

1944年2月3日　被围德军序列

第42军
　　"维金"师（含"瓦洛尼亚"旅）
　　B军级集群
　　第88步兵师（加强有第213警卫师2个营，第168步兵师1个营）
　　第107炮兵指挥部，第239强击炮营，第26工兵团部，第213工兵营

[①]《东线战场》，第222页。

开进中的武装党卫军第251半履带装甲车队，前方已是硝烟弥漫

第11军
  第57步兵师
  第72步兵师
  第389步兵师
  第411炮兵指挥部，第842炮兵营，第108炮兵团第1营，第800炮兵营第2连，第228强击炮营，第601工兵团部，第666工兵营，第155、410建筑营

  在包围圈外，到2月6日，曼施坦因、胡贝和沃勒尔，都清楚地意识到，救援部队根本无力单独突破。德军司令部里笼罩着不祥的气氛。此前的2月5日，沃勒尔曾建议曼施坦因，给被围困的两位军长授予骑士铁十字勋章以"提振士气"。曼施坦因却小心翼翼地表示，最好等到下达突围命令时才授勋，否则两位军长可能会有不好的联想：1943年1月的斯大林格勒，被围困的将军们也得到了勋章和提升，然后这些人都当了俘虏或者送了命。

  同一天，沃勒尔通知被围部队做好2月10日后突围的准备，但措辞很谨慎：被围部队可能需要自己开辟"部分道路"，以争取与救援部队会合。西顿暗示这个举动是瞒着希特勒的，因为"元首"直到2月15日才批准突围①。但实际上，希特勒早在 2 月 6 日夜就已经批准了允许突围的预备命令②。当然，预备命令毕竟只是预备命令。希特勒和曼施坦因还是期待装甲部队能够打进去。

包围圈内，两个德国军长——施特默尔曼和利布彼此之间互不买账，为了分配物资和部队控制权之类问题而争执不休。举例说，前述的奥利沙纳战斗，第 42 军使用了"维金"师的部队，可是"维金"师在作战序列上却属于第 11 军。这引起了施特默尔曼的不满。2 月 6 日，施特默尔曼发了一份密电给沃勒尔，建议由一个现场最高指挥官来掌管包围圈内的一切。第二天也就是 2 月 7 日早晨，第 8 集团军正式发布命令，由资格比较老的施特默尔曼担任被围部队的统一最高长官，利布也必须听命于施特默尔曼。从此，被围部队被称为"施特默尔曼集群"③。

威廉·施特默尔曼，1888 年 10 月 23 日生人，是个参加过第一次世界大战的老炮兵军官。苏德战争开始后，他以第 296 步兵师师长身份参加东线战争，经历了德军向莫斯科的进军和失败，以及稍后的艰苦冬季防御战。施特默尔曼于 1942 年 3 月 1 日身负重伤。经过休养后，他于 1943 年 12 月 5 日被任命为第 11 军军长。施特默尔曼大体属于经验丰富但又无功无过的指挥官，作风很老派，据说深得部下信任。利布其实只比施特默尔曼小一岁，在东线当师长的经历甚至比施特默尔曼更久一些，也更亲近纳粹主义。可是受到整体履历的限制，利布也只能屈居施特默尔曼之下。

施特默尔曼接管全权的同一天，包围圈里的弹药和油料供应更加紧张，甚至连原本还算充裕的食品也开始有所短缺④。幸运的是，在 2 月 8 日晚上，德国飞机紧急空投了 100 吨弹药，算是解了燃眉之急。与此同时，施特默尔曼开始紧锣密鼓地调整部署，为突围做准备。2 月 7 日，"维金"师受命逐

---

① 《苏德战争》，第 461 页。
② 《陆军历史系列 斯大林格勒到柏林 德国陆军在东线的失败》，第 232 页。
③ 《苏德战争》，第 460 页；《地狱之门》，第 177 页。
④ 《地狱之门》，第 155 页。

在切尔卡瑟向苏军投降的几个德国军官

渐从包围圈东部转向西部①。这个方向距离第3装甲军比较近。而且如前所述，这个地段的苏军防守部队，实力非常薄弱。

2月8日，由于苏军从南面的挤压，也是为了收缩战线，施特默尔曼最终放弃了设在戈罗季谢的司令部，迁向北面的科尔松。当天，苏军的进攻并不仅限于南面，而是沿着整个包围圈的所有方向。全天激战下来，德军损失了350人，另有1100名伤员等待撤离②。2月9日，苏近卫第5骑兵军自西南，第294步兵师（第52集团军）自东北面，一齐攻向戈罗季谢以北的扎沃多沃卡，试图在此截断德军退路。但德军后卫还是在扎沃多沃卡坚守到2月10日早晨，得以保证"维金"师和第57步兵师撤离。

此前，近卫第4集团军和第11骑兵师联手进占戈罗季谢。德军丢下一些伤员。苏联老兵宣称这些伤员被德军自己杀掉了。而德国士兵却说伤员一定是被俄国人杀害了，还说曾截获斯大林的命令，要求枪毙德军重伤员和俄

---

① 《党卫军装甲》，第43页。
② 《地狱之门》，第186页。

国辅助人员，只能抓轻伤员①。这种事情各执一词，争论不出什么结果来。

红军除了加紧攻击外，也尝试用非战斗手段瓦解被围德军。此时，在斯大林格勒投降的塞德利茨炮兵上将，已经组织了所谓的德国（战俘）军官联合会，专门从事诱降工作。德军在切尔卡瑟被包围的最初几天，就由德国战俘军官签署了大量劝降传单，号召德军官兵不要为希特勒送死，而应该保存性命来重建德国。苏军架起的高音喇叭也不断向德国人喊话，希望以此招徕投诚者。2月，塞德利茨本人也被送到乌克兰第1方面军，亲自通过广播向德军喊话②。斯大林希望利用塞德利茨的影响力，不仅招引德国士兵，还要诱导德国将军们率部投降。

塞德利茨对招降工作相当积极。就在曼施坦因发动"万达"行动的同一天，也就是2月4日，塞德利茨再次向苏联提交报告，要求建立"德意志解放军"，赋予他们的任务是"推翻希特勒政府，建立新的民主德国的基础并捍卫民主德国"③。不过，塞德利茨也承认，目前为止招降工作成效还不大，尤其是尚未有成建制的大型兵团主动向苏军投降。塞德利茨认为近期暂时没有这种可能性。

在切尔卡瑟战场，苏联的各种宣传和塞德利茨的广播一样没有产生什么特别效果。2月7日，乌克兰第2方面军战斗行动日志用一大堆"尽管"来形容这一无奈的事实："尽管德寇在几天之内就完全被合围，尽管我们的部队的不间断进攻正在缓慢地但毫不放松地紧缩钢铁般的合围圈，尽管从南面经过什波拉和列别金援救被围者遭到了失败，尽管从这个火圈突围显然是不可能的，尽管被围者的有生力量和技术兵器每天都在遭到巨大损失。但是，在被围敌军中，还没有出现士气沮丧和部队瓦解的事。只有极少数人投降被俘，抵抗是顽强的，反冲击也从未停止过④。"

当德军面临物资困难和放弃科尔松之际，俄国人又进一步强化了宣传攻

① 《地狱之门》，第200页。
② 《苏联历史档案汇编》第16卷，第446页。
③ 《苏联历史档案选编》第16卷，第423—425页。
④ 《方面军司令员笔记》，第108页。

势，还拟定了最后通牒①。这份文件由朱可夫、科涅夫和瓦图京联合签署，针对包围圈内的全体德国将军和军官（包括误认被围的几个番号）开出了优厚条件：投降部队不仅有饭吃，还可以保留军服、识别标志、勋章、个人私财和贵重物品。高级军官可以留下冷兵器。伤病员将得到救助。如果德军拒绝，则将遭到毁灭。如果接受上述条件，则应该在莫斯科时间2月9日上午11时前做出答复。

2月8日15时50分（德军记录为11时），苏联军使萨维尔耶夫中校、翻译斯米尔诺夫中尉和一个号手，乘坐美国吉普开向位于斯捷布列夫的德军防线（第112师群第258团群地段）②。当时，德军以B军级集群为基干，加上第42军其他一些单位以及"维金"师训练营，编组为"福凯上校阻击部队"，负责防守以斯捷布列夫为中心的整个包围圈西南角。经过一番周折，福凯上校派副手接待了苏联使者，并将最后通牒的内容报告给利布将军。利布当然不肯投降，战斗还将进行下去。

俄国人没有放弃诱降的努力。2月10日，苏联飞机将一封信投到利布的指挥部顶上。这是塞德利茨写给他的劝降信。稍后，又有50名德国战俘带着类似的信件回到第42军③。第二天，又有苏联军官带着劝降信来到德军阵地前，再度无功而返。总之，虽然苏军宣传部门和德国（战俘）军官联合会异常活跃，发动了各种各样的劝降攻势，却没有召来太多的投诚者，更没有引起大规模的集体投降。

这并不奇怪。就德国陆军的指挥结构和权力体系来说，无论施特默尔曼还是利布，甚至是包围圈外的曼施坦因，都无权下令投降。有权批准投降的只有最高统帅希特勒。当然，如果真正到了弹尽援绝的境地，德军官兵也会不顾军令而放下武器。甚至将军和军官们也可能率领部下集体投降。在斯大林格勒就是如此。

---

① 《方面军司令员笔记》，第109—110页。
② 《回忆与思考》，第902页；《地狱之门》，第196—197页。
③ 《地狱之门》，第194页。

从战场被押走的切尔卡瑟德军战俘。照片上警卫红军显得比较严谨

可是在切尔卡瑟包围圈里,德军的处境远远谈不上绝望。他们保有大部分的兵员和武器装备,部队建制和组织也大体完整。阵地虽然不断被压缩,却没遭到分割,依然保持着完整战线。部队成块成堆地聚集在一起。德军在切尔卡瑟的物资供应状况也比斯大林格勒围困好太多。当年,有近30万德军官兵被包围在斯大林格勒,人数是德军在切尔卡瑟的4倍多。而为斯大林格勒组织的空运,却连每天100吨(包括食品)的供应都难以维持。在切尔卡瑟,德军拥有充足的食品储备和空运弹药。虽然在空运中止后,在2月7日一度有过物资紧张,但第二天就得到了大量空投补充。

尤其让德军感到振奋的是,就在拒绝苏军劝降后的第二天,即2月9日,科尔松地区坚硬地面上的新机场终于完工,得以恢复空运。虽然在同一天,苏联空军也强化了战斗机拦截,但在2月10日,德国空军还是运出了431名伤员,运入近250吨物资,创造救援空运开始以来的最高纪录[1]。

---

[1]《地狱之门》,第115、116页。

而且和斯大林格勒不同的是，在切尔卡瑟被围困的6万名德军官兵，有不少于15000名武装党卫军。他们中很多人是非德国籍的狂热纳粹或极右分子。比如"维金"师（13000人）基干为北欧和西欧的日耳曼裔纳粹；"瓦洛尼亚"旅（2000人）基干是狂热反共反俄的比利时雷克斯党分子，被比利时漫画家、《丁丁历险记》作者埃尔热形容为一群反面类型的"丁丁"[1]；"纳尔瓦"志愿营则是最痛恨俄国的爱沙尼亚纳粹分子。这些外籍武装党卫军也把自己视为纳粹精英战斗集团的一分子而高人一等，基于各种意识形态理由又特别狂热，甚至比德国纳粹分子更狂热。他们当然更不会轻易投降，而且还要监视陆军官兵的行动。

　　总之，被围德军战力完整组织健全，有吃有喝、有弹药有油料，又有大量武装党卫军督阵，基本还是铁板一块。就算有些人心生动摇，慑于严酷军法也不敢轻举妄动。何况在1944年初，多数德军官兵还是把斯大林格勒的全军覆没视为不幸的偶然事件，尤其是曼施坦因当年救援斯大林格勒的装甲部队数量不多，更没有"虎"和"黑豹"。如今曼施坦因却开来了很多的装甲部队，有大量的"虎"和"黑豹"，甚至比库尔斯克大会战时还要多。

　　包围圈里的德军官兵虽然情绪沮丧，有些人还私藏甚至出售俄国传单和通行证，但大体都相信希特勒和曼施坦因的保证和鼓励，更相信德国装甲部队的强大，坚信自己能够获救。施特默尔曼和利布这样的高级将领，更知道曼施坦因派来的装甲援军货真价实，也熟知苏军的种种弱点，当然不会被塞德利茨的劝降信所打动。利布就在日记里直言搞不懂塞德利茨为什么要给朱可夫卖命。"维金"师师长吉勒还把塞德利茨署名的传单和信件送回德国，借此向元首表白自己的忠诚。苏联人的最后通牒更是毫无说服力，因为写错了德军番号，反而还暴露了苏军情报工作的缺点。

　　德国人不肯投降。苏军由于大量兵力被牵制在对外包围圈，加上道路泥泞难行，弹药不足，也无力展开大规模攻击。但他们还是尽量把德军的阵地越挤越小。对经验丰富的施特默尔曼来说，这未必都是坏事。因为随着包围

---

[1]《丁丁与我——埃尔热访谈录》，第51页。

圈的缩小，他的兵力也在收缩集中，尤其是主力正向西移动。如前所述，科涅夫为了建立中间防线，又从对内包围圈抽走了几个步兵师，施特默尔曼集群所承受的压力骤然减轻，也就有了更大的活动空间。

可是施特默尔曼的战力也在衰退。2月9日，施特默尔曼报告说他手下各步兵团平均只有不到150名步兵[1]。也就是说，包围圈内总计还有约3000名步兵。但施特默尔曼手下仍有近6万人，也还继续抓着大量火炮并且有空投弹药维持。他依然有决心也有力量把科尔松城变成坚固要塞，以掩护德军主力进一步向西转移。当天，"维金"师全部的坦克和强击炮都被集中到科尔松城。第二天，德军拼命修理受损战车，"维金"师坦克营所有失去坦克的坦克手等总计224人被编成一个步兵连，所辖每个排各发了3挺机枪[2]。其他单位的勤务人员也被大量塞到步兵连里。

苏军仍在步步紧逼。2月10日，仍有11个俄国步兵师和1个骑兵军包围着施特默尔曼集群的56000余人。俄国人继续把主要压力（9个步兵师和1个骑兵军）放在包围圈东部的科尔松地区[3]。科尔松以南是近卫第4集团军的5个步兵师（第303师、近卫第5空降师、近卫第62师、第252师、第31师）和近卫第5骑兵军，以东是第52集团军的3个步兵师（第254、373、294师），以及第27集团军的第206师（2月12日转属第52集团军）。与之相对，在包围圈西部，苏军只部署了第27集团军的2个步兵师和2个筑垒地域（细节后述）。

俄国人显然没有及时察觉到德军在包围圈内的调动。于是施特默尔曼就有了很大的发挥余地。他只留第57师在包围圈东部担任后卫，而把"维金"师和第72师主力逐渐向西转移，与第88师和B军级集群共同在包围圈西部构成一个强大集团，以优势兵力面对虚弱的苏第27集团军。

不过，在调动兵力的同时，施特默尔曼暂时还只能等待时机。或者救援

---

[1]《地狱之门》，第186页。
[2]《维金装甲》，第228页。
[3]《乌克兰第2方面军战斗行动日志1944年2月1日—29日》，插入地图2月3—10日态势。

部队打进来，或者得到明确的突围命令。他的日子是很难熬的。至2月10日，被围部队蜷缩在450平方公里的地盘里，已经没有任何地方处于苏军的火力威胁之外[①]。2月11日，包围圈缩小为35公里长、22公里宽。当天，一个德国军人在日记里写道："下午，敌人从所有地段展开进攻。我们必须离开包围圈。"[②]

[①]《苏德战争》，第460页。
[②]《德国在俄国前线的防御战斗1944》，第24页。

第四章

死或生

一、最后的救援行动

1. 战力调整

为了救出施特默尔曼,包围圈外的德军也在积攒力量,准备实施最后的坦克突击。第 3 装甲军所辖的第 506 重坦克营在 2 月 9 日又得到 5 辆补充"虎"式坦克,一共有 27 辆"虎"式坦克,可是其中只有 2 辆可用。第 3 装甲军现在最大的战力是第 1 装甲师。这个师的四号坦克可用数虽然从 2 月 5 日的 33 辆减少到 2 月 10 日的 18 辆,但新赶到不久的"黑豹"营战力还很完整,有 48 辆"黑豹"可用,占整个第 3 装甲军重坦克战力的一半。得到了这支生力军,第 3 装甲军实力有所恢复。2 月 10 日,第 3 装甲军共有 157 辆战车可用,其中有 96 辆重型坦克。具体细目如下:

(单位:辆)

装甲师	"虎"式	"黑豹"	四号	三号	强击火炮
"希特勒"师	1	3	3		6
第1师		48	18		
第16师		16	15		10
第17师			4	1	

续表

装甲师	"虎"式	"黑豹"	四号	三号	强击火炮
"贝克"团	10	16			
第506重坦克营	2				
第249强击火炮营					4
合计	13	83	40	1	20

福尔曼的第47装甲军也在强化战力。这几天内，福尔曼并没有得到什么生力军，所以他只能加紧抢修此前受损的战车。也是在2月10日，福尔曼报告如下：自2月4日以来，第47装甲军可用战车从59辆增加到68辆（25辆"黑豹"、20辆四号、11辆强击炮、5辆三号、7辆指挥坦克）。可是步兵战斗员却从3795人减少到2923人[①]。平均每个装甲师只残剩730名步兵战斗员。各师战力的具体细目如下：

装甲师	"黑豹"坦克(辆)	四号坦克(长管)(辆)	三号坦克(长管)(辆)	强击火炮(辆)	指挥坦克等(辆)	步兵战斗员(人)
第3师		14	1		1	690
第11师	25	2	3	10	3	708
第13师		1	1		3	1137
第14师		3		1		388

总之，到2月10日，德国第3、47装甲军一共有225辆可用战车（不含在修战车），其中有121辆重型坦克（13辆"虎"、108辆"黑豹"）、60辆四号坦克、31辆强击火炮。

与之相对，对外包围圈的苏军共有353辆可用战车。其中基本没有重型坦克，多数都是T-34/76中型坦克。另有少量的大口径自行火炮：Su-122、

[①]《第8集团军致南方集团军群电传报告1944年2月10日19时10分》。

切尔卡瑟战役态势图（苏联观点）

Su-85 和 Su-152。

在对外包围圈右翼，2 月 11 日，第 40 集团军（指挥第 2 坦克集团军留在前线的余部）拥有 22 辆坦克和 4 辆自行火炮。第 6 坦克集团军（连同第 2 坦克集团军的配属部队）共有 171 辆战车可用。具体构成如下[1]：

第 109、107 坦克旅：20 辆坦克、5 辆自行火炮
第 5 机械化军：29 辆坦克、17 辆自行火炮
近卫第 5 坦克军：54 辆坦克、8 辆自行火炮
其他单位：38 辆自行火炮

在对外包围圈左翼，态势非常复杂。如前所述，科涅夫决心把近卫第 5 坦克集团军主力移向雷相卡。也就是把整个坦克集团军向西北转移。于是到 2 月 11 日前，近卫第 5 坦克集团军部署态势如下[2]：

---

[1]《乌克兰第 1 方面军作战行动日志 1944 年 2 月 1—29 日》，第 57 页。
[2]《近卫第 5 坦克集团军作战日记 1944 年 1 月 24 日—2 月 29 日》，第 15 页。

Su-122自行火炮

第29坦克军（52辆T-34），开往克尼亚日耶—洛佐瓦特卡；第18坦克军（57辆T-34、1辆自行火炮、1辆英国坦克），进抵米哈伊洛夫卡（位于兹韦尼戈罗德卡东北方）；第20坦克军（总计36辆T-34、9辆自行火炮）的主力开往兹韦尼戈罗德卡—雷相卡地区，所辖第80坦克旅则被调给近卫第4集团军，用以对付包围圈内的德军。

2月12日，近卫第5集团军共有156辆可用战车[1]。具体构成为[2]：

145辆T-34、2辆Su-122、1辆Su-85、7辆Su-76、1辆英国轻型坦克。

2. 2月11日攻势

1944年2月11日，曼施坦因开始了最后的救援突破战。在德国第8集团军地段，福尔曼的第47装甲军这次既然没有主攻伊斯克任诺耶，也没有

---

[1]《科尔松—舍甫琴柯夫斯基战役》，第67页。
[2]《乌克兰第2方面军战斗行动日志1944年2月1—29日》，第37页。

继续攻打列别金。而是把攻击矛头转向西北，对着叶尔基地区，企图由此直取兹韦尼戈罗德卡。

在德军的新主攻方向，苏联守军主要是第49步兵军的2个师。原本还部署了第20坦克军，但这个军正向西北移动，防备不足。德军乘机迅速夺取了防卫空虚的叶尔基，然后以第26团第1营的"黑豹"为先导，率领另外几个装甲师派出的精干战斗群，向斯卡列瓦特卡以西发展，攻入苏第375步兵师阵地。2月12日下午，德军第26团第1营，以及第11、13、14装甲师主力，都汇聚到斯卡列瓦特卡—博加切夫卡方向，形成三个坦克群。第一群约有30辆坦克。另一个先头群有23辆坦克（以第11装甲师和第26团第1营的"黑豹"坦克为主），东侧后掩护群有5辆坦克。眼看着，德军就将攻入兹韦尼戈罗德卡。

防守兹韦尼戈罗德卡的苏第20坦克军首先与德军坦克展开战斗，却很快被击毁了2辆T-34坦克和6辆自行火炮，损失惨重。此时，另一支苏联坦克部队也向叶尔基地区移动。这就是科涅夫预先部署在米哈伊洛夫卡（叶尔基以北）的第18坦克军。2月12日，第18坦克军展开反击，摆开了第170坦克旅（14辆T-34坦克）和第181坦克旅（30辆T-34坦克）。两个苏联坦克旅由东北角冲击了德军坦克群。经过一番激烈战斗，德军坦克被击退了。苏军乘势恢复了第375步兵师防线[①]。

经过这次战斗，德军的攻击势头被严重挫败。福尔曼试图再次展开进攻，可手下战力已经严重不足。到2月13日，他的第47装甲军的可用战车从2月10日的68辆减少到37辆。其中只有8辆"黑豹"坦克（2辆属于第11装甲师，6辆属于第26团第1营）。各师剩余战力如下：

[①]《方面军司令员笔记》，第114页。

(单位：辆)

装甲师	"黑豹"坦克	四号坦克	三号坦克	强击火炮	指挥坦克等
第3师		14	1		1
第11师	8	1		1	
第13师		3			2
第14师		4		2	

福尔曼在2月13日又一次发起坦克进攻，却再度被苏第18坦克军击退。福尔曼不甘心放弃，又挣扎着把攻势维持到2月15日。德国空军著名飞行员鲁德尔率领一批安装37毫米炮的俯冲轰炸机尽力支援他。除了袭击苏军坦克和火炮，鲁德尔还宣称用37炮打掉了一架苏联强击机。Ju-52运输机也为福尔曼空投燃料和弹药。更有利的是，2月13日之后，苏联第18、20坦克军突然撤离战场，赶去增援雷相卡地区（细节后述）。只留第7摩步旅守在兹韦尼戈罗德卡。苏联第49步兵军及其防区也转归第53集团军指挥。

在1944年，德军的运输航空主力依然是Ju-52

最终，福尔曼的先头到达了可以俯瞰兹韦尼戈罗德卡的204.8高地。可是主力第11装甲师（包括第26团第1营在内）只剩下3辆坦克可用，另有58辆战车需要修理。福尔曼已经如此虚弱，以至于苏军不需要什么坦克部队就能挡住他了。曼施坦因又给福尔曼调来第2伞兵师，但这个师根本无法及时赶到战场。福尔曼的第47装甲军攻势到头了。

曼施坦因对第47装甲军的攻势并不特别关注。他真正的决定性攻击，是由第 1 装甲集团军第 3 装甲军承担。为此，早在 2 月 9 日 11 时，曼施坦因就带着自己的参谋班子赶到第 1 装甲集团军司令部，亲自坐镇监督。第 3 装甲军的攻势在 2 月 11 日开始。当天这个军约有 160 辆坦克和强击火炮可用，其中约有 110 辆重型坦克（"贝克"团在前夜又修复了一些战车，期待可以投入 40 辆"虎"和"黑豹"[1]）。但"希特勒"师的 7 辆坦克和 6 辆强击火炮留在辅助方向[2]。

和上一轮攻击相比，布赖特把第 3 装甲军突击方向东移，大致集中在里济诺以北，企图通过最短的路线——格尼洛伊季基奇河一线的布桑卡和雷相卡，攻入包围圈。曼施坦因改变进攻方向，还不只是为了缩短路途，更重要的是可以让第 3 装甲军尽量避开苏第 2 坦克集团军的阻击，把压力放在苏联第 6 坦克集团军身上。

布赖特的第 3 装甲军虽然做了一系列调动和调整，在攻击前夜仍盘踞在特诺夫卡突出地带。大致态势如下[3]：德军在突出地带西部自南向北展开了第 75、34 步兵师和"希特勒"师（13 辆可用战车）。他们的任务是牵制苏第 40 集团军（第 51、104 步兵军和 26 辆战车）和第 6 坦克集团军的近卫第 5 坦克军（62 辆可用战车）。

在突出地带的东南部，布赖特摆开了他的主攻集团，自北向南展开了：第 17 装甲师（分为三个战斗群），强化有第 506 重坦克营、第 249 强击炮营、第 198 师第 305 团和 1 个炮营；第 16 装甲师（分为两个战斗群），加强有"贝克"团和"希特勒"师的 10 辆四号坦克，还有 1 个炮营；第 198 师主力（强化有 1 个坦克歼击连）；第 1 装甲师（分成两个战斗群。强化有第 198 师 1 个步兵营、1 个工兵连）。

德国第 3 装甲军主攻集团约有 140 辆可用坦克和强击炮，包括 106 辆重型坦克。受到地形和兵力调动的限制，各装甲师尽量挑选自行火炮和装甲车

---

[1]《科尔松口袋》，第 140 页。
[2]《研究评注》，第 2 页；《科尔松口袋》，第 198 页。
[3]《科尔松口袋》，第 197 页；《乌克兰之战》，第 180 页。

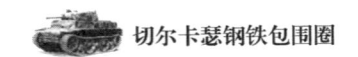

输送步兵伴随坦克一起行动。所以各战斗群的步兵和炮兵不算太多。概况如下：

第17装甲师战斗群：2个装甲步兵营、1个装甲工兵营和1个装甲侦察营；
第16装甲师战斗群：1个装甲步兵团、1个装甲炮连、1个装甲工兵连；
第1装甲师战斗群：2个装甲步兵营、1个步兵营、1个装甲侦察营。

在德国第3装甲军3个主攻师当面，苏联第6坦克集团军主力只有71辆战车：第5机械化军的46辆坦克和预备队的25辆。另有第47步兵军的第167、359师。这些部队掩护着雷相卡方向[1]。

第3装甲军的2月11日攻势以猛烈炮击开始。当天，早春的阳光普照大地，战役以来不怎么活跃的德国空军也派出Ju-87和Fw-190机队支援装甲部队前进[2]。"虎"和"黑豹"坦克更是横扫一切，势不可挡。德军的凶猛攻击使苏军陷入一片混乱。第6坦克集团军司令克拉夫钦科失去了对部队的指挥，与第47步兵军的联系也一度中断。面对第3装甲军的凌厉攻势，苏军做出了一些杂乱无章的回应。近卫第5坦克军急忙向南展开攻击，第5机械化军则指向博索夫卡，与德第17装甲师交战。第17装甲师连同配属部队也只有11辆可用战车（包括2辆"虎"），推进到博索夫卡后就止步不前，甚至在苏军压力下还有所后退。

与此同时，更强大的德国装甲部队却在南侧避开了苏联坦克的阻击。德军第16装甲师从三处突破苏联第47军防线，然后与第1装甲师一道猛扑向格尼洛伊季基奇河。10时30分，第16装甲师先头进抵弗兰科夫卡，还在偏西的卡门尼地段夺取了一座完好桥梁。第1装甲师也夺取了弗兰科夫卡东南的布桑卡。这样，德军当日突入10公里，得以在雷相卡以西的格尼洛伊季基奇河地段建立前进基地。2月12日，德军把原本配给第17装甲师的

---

[1]《乌克兰之战》，第104页。
[2]《德国在俄国前线的防御战斗1944》，第29页。

"虎"式坦克也调往弗兰科夫卡，配属给第16装甲师和"贝克"团[1]。为了支援第3装甲军，德国空军不仅出动了大量轰炸机，从2月11日开始，还直接向战斗地区空投燃料和弹药，以保证坦克部队能够持续前进。

德军的迅速突破令苏军大为惊慌。朱可夫和瓦图京慌忙用新调来的第340步兵师、向后调的第5机械化军和第85自行火炮团，沿着格尼洛伊季基奇河仓促建立起第二道防线。第40集团军所辖的第3坦克军也匆忙向东开进。近卫第5坦克军和近卫第11坦克军（16辆T-34）则继续向南突击，猛攻盘踞在维诺格拉德的"希特勒"师和第17装甲师。这使德军无法向北扩张阵地。当瓦图京的防线被突破之际，科涅夫也很忙活。他预先向兹韦尼戈罗德卡—雷相卡地区部署的第20坦克军正迅速接近战场。

2月12—13日，苏联第3坦克军和第5机械化军自弗兰科夫卡以北发动反击。德方宣称苏军投入了80辆坦克和52门反坦克炮，与德第16装甲师和"贝克"坦克团展开激战。德国人用13辆"虎"式坦克打头阵，12辆"黑豹"坦克（不含第16装甲师随后赶上来的"黑豹"坦克连）则从侧翼提供掩护，以阻止苏联坦克迂回攻击"虎"式的侧后。2月12日起了大雾，妨碍了德国空军的行动。2月13日，德国第4航空队再度出击，派出Ju-87机群到处搜索和摧毁苏联坦克和反坦克炮。在地面，凭借严密队形和精确射击，德军重型坦克再度占据上风，取得了胜利。德方宣称击毁了70辆苏联坦克，自身也有4辆"虎"和4辆"黑豹"被彻底击毁[2]。这是该团在战役开始以来损失最大的一天。但经过这场战斗，第16装甲师得以在格尼洛伊季基奇河北岸站住脚跟。

第16装甲师与苏军展开坦克大战的同时，德国第1装甲师的"黑豹"坦克战斗群在2月11—12日发动夜袭攻入雷相卡——位于格尼洛伊季基奇河的居民点。虽然苏军在"黑豹"坦克冲过来的一瞬间炸毁了雷相卡的桥梁，德军还是设法找到了新的渡河点。

---

[1]《"虎"在战斗》第一册，第270页。
[2]《"虎"在战斗》第一册，第129页。

突围的部分德军

就这样，曼施坦因的救援部队，终于到了雷相卡，这正是科涅夫所预测的德军突围点。二十多天的苦战之后，决定胜负的高潮时刻到来了。

3. 申杰罗夫卡突破

为了配合曼施坦因的救援行动，被围德军也活跃了起来。美国军史作者纳屈认为，自1月24日以来，被围部队损失约5000~8000人[1]。可是在2月11日晨，施特默尔曼集群仍有56000人，还是一个强大军团。施特默尔曼拥有这么多兵力，当然不能坐以待毙。尤其是为了靠拢解围部队，施特默尔曼必须在收缩防线的同时，向西南方面有所发展。施特默尔曼匆忙制定出作战计划。此时，包围圈出现了一个向西南突出的地带（斯捷布列夫突出部）。施特默尔曼决心把斯捷布列夫突出部变成出发阵地，向申杰罗夫卡（苏第27集团军防区）发动突击。

苏联人也终于察觉到了施特默尔曼从斯捷布列夫突围的可能性。但朱可夫在2月11日夜间发给斯大林的电报，优先关注的依然是包围圈外的态势。对斯捷布列夫突出部，朱可夫只要求科涅夫在2月12日以近卫第4集团军

---

[1]《地狱之门》，第206页；原始依据：第8集团军作战日记1944年2月11日。

和第 52 集团军从后方予以攻击。可是近卫第 4 集团军和第 52 集团军在包围圈西半部，而斯捷布列夫突出部在东面。彼此相距很远，两个集团军最多只能做些牵制性动作。朱可夫还命令两个方面军的所有夜航飞机都去轰炸斯捷布列夫突出部。但这些小型木头飞机更多只能骚扰，实际威力不大。至于直接抵御斯捷布列夫突出部的第 27 集团军，朱可夫并没有采取特别强化措施。

特罗菲缅科将军的苏联第 27 集团军的确兵力薄弱。这个集团军在战役开始时有 28348 人。其后序列有过变化。比如第 206 师先转给了第 52 集团军，后来又被调到第 40 集团军后方的皮萨利夫卡以东[①]。2 月 11 日，第 27 集团军实际只管辖第 180、337 步兵师和第 54、159 筑垒地域，却要负责大半个包围圈的防卫任务。经过十几天的激烈战斗，上述部队损失很大。特罗菲缅科只好就地补充。此外，他手下还配属了第 22 坦克旅（属于近卫第 5 坦克军）和 2 个 Su-76 自行火炮团，但加起来只有 5 辆坦克和 20 辆自行火炮。

2 月 11 日，在朱可夫安排下，特罗菲缅科的部队还做了一些调整，却主要是为了应对包围圈外的德军：2 月 12 日拂晓前，新开来的第 202 步兵师将集结在希尔基（申杰罗夫卡以西）—朱尔任齐（申杰罗夫卡西南），特罗菲缅科的第 27 集团军司令部也要转移到朱尔任齐[②]。直接防守在斯捷布列夫突出部以南的第 180 步兵师，则预定在 2 月 12 日中午转让给科涅夫手下的近卫第 4 集团军。读者朋友们或许还记得，正是这个第 180 师，因为在突破阶段损失太大兵员太少，以至于要用当地农民来凑数。在斯捷布列夫突出部西端，苏联守军只有第 337 师一部和第 54 筑垒地域。

战斗前夜搞这么多复杂调动和指挥关系变更，造成各种混乱是可想而知的，动机也是令人怀疑的。尤其第 27 集团军是瓦图京的部队，出问题也该是瓦图京负责。朱可夫却突然要把第 27 集团军的最危险地段转交给科涅夫，多少有些临阵甩锅的嫌疑。要知道，朱可夫和瓦图京都是总参谋部系统的将

[①]《乌克兰之战》，第 27 页。
[②]《回忆与思考》下，第 904 页；《乌克兰之战》，第 59 页。

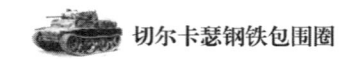

帅。他俩这么干，多少有点勾结起来打压非总参谋部出身的科涅夫的意思。

朱可夫也未必不明白第 27 集团军兵力过于单薄。可是包围部队主力（9 个师）都远在东面，短时间很难调过来。就在这个时候，科涅夫突然自作主张，于 2 月 11 日 4 时 30 分发布命令①，要求原本指向科尔松的近卫第 5 骑兵军，立刻调转 180 度奔向西面，去阻止斯捷布列夫突出部的德军集团。科涅夫这个动作非常不寻常。因为第 27 集团军不是他管辖的部队，斯捷布列夫突出部也不是他的战区——虽然朱可夫预定把突出部最危险地段转交给科涅夫——绕开副最高统帅朱可夫擅自向友邻派出援兵，更是严重越权行为。科涅夫这么干，首先当然是不当替罪羊，也很明显想证明自己本事比朱可夫更大。可是距离太远了，即使是俄国骑兵也不能及时赶到。

此时，德军已经在斯捷布列夫突出部顶端集结了三个师或团级突击群，其态势如下②：

第 72 步兵师（加强有"瓦洛尼亚"旅和"维金"师坦克营）：攻击部队左翼。目标是新布达村（申杰罗夫卡东南约 3 公里）和科马罗夫卡村（申杰罗夫卡西南）；
"维金"师的"日耳曼尼亚"团：攻击部队中路，目标是申杰罗夫卡；
B 军群战斗群：攻击部队右翼。任务是攻击希尔基，以掩护主力行动。

此外，在突击集团后方的德国第 88 师担任着后卫任务，牵制苏第 27 集团军的其他部队。

为了发起这次进攻，德军汇集了约 20 辆可用坦克和强击炮（多数属于"维金"师坦克营），另有一些自行反坦克炮和自行高射炮。为了充实前线战力，德国人还把很多卡车司机和办事员也编入步兵连。

2 月 11 日雨夜，德军官兵穿过森林，静悄悄地逼近苏军阵地。当晚几乎没有月亮，但雪地有些反光，足够让德国士兵看清道路。德军很快在苏第

---

① 《乌克兰之战》，第 63 页。
② 《科尔松口袋》，第 210 页；《地狱之门》，第 206 页。

54筑垒地域和第180步兵师之间打开口子①，直接插入苏军后方。德第72步兵师第105团充当开路先锋。这个团在被包围初期有1109名德军官兵②，经过恶战只剩下346名战勤人员③，却都是经验丰富的老兵。临战前，第105团又得到一些补充，战力恢复到689人。支援火力包括2门步兵炮、第72师炮团一个连、几辆20毫米自行高炮。第105团首先以迅猛夜袭夺取了新布达村。占领这个村以后，德军就能阻止苏军向申杰罗夫卡派出援兵。同一个晚上，"维金"师坦克营也开到新布达。加满缴获的汽油后，坦克营自新布达—申杰罗夫卡公路向西北发起攻击④。

2月12日早晨，苏军发觉大事不妙，立刻向新布达展开猛烈反击，但德军第105团得到了"瓦洛尼亚"旅的增援（6辆强击炮、4辆自行反坦克炮、约200名步兵战斗员）。赶来增援的还有第72步兵师的其他部队。经过血腥的争夺战，德军在新布达稳住阵脚。每夺取一个据点，德军都宣称打死了几百名苏军。这或许有些夸大。实际上，苏联第27集团军在2月11—12日共战死82人、负伤125人⑤。但不管怎么说，经过这番激战，施特默尔曼向西南取得了重大突破，和援军之间的距离缩短为20公里。

朱可夫自称在2月12日早晨得了流感，发烧昏睡中没有得到德军夜袭突破的消息。可是斯大林已经知道了（大概是通过安插在前线的特务眼线），而且大大地震怒了。斯大林立刻打电话叫醒朱可夫，要他赶紧核实战况。

中午时分，斯大林又打电话向科涅夫抱怨，说他斯大林已经向全世界宣布包围了德军，如今德军却要突围出去了。这无疑是很丢人的。科涅夫赶紧安慰领袖说，他已经让近卫第5骑兵军和近卫第5坦克集团军赶往德军的突破口（这越过了2个方面军的分界线）⑥。

---

① 《关于180步兵师的作战情况的说明》，第5页。
② 《德国在俄国前线的防御战斗1944》，第42页。
③ 《地狱之门》，第212页。
④ 《维金装甲》，第229页。
⑤ 《第27集团军战斗行动记录簿1943年12月28日至1944年2月29日》，第55—56页。
⑥ 《方面军司令员笔记》，第115—118页。

科涅夫的表态看来很让斯大林满意。2月12日16时，斯大林通过高频电话发布命令（随后以书面命令确认），授权科涅夫统一指挥内部包围圈的全部军队。为此，第27集团军（包括第180、337、202步兵师和第54、159筑垒地域）从2月12日24时起隶属乌克兰第2方面军（但补给仍由乌克兰第1方面军负责。斯大林还特别命令科涅夫仍必须通过瓦图京来指挥第27集团军）。同时取消朱可夫监督歼灭被围德军的任务，令其专事阻挡德军解围部队。斯大林同时还规定，空军第5集团军专门负责打击被围德军，而空军第2集团军则负责阻挡德军解围。45分钟后，斯大林又专门发了一份电报，指责朱可夫没有及时加强第27集团军，也没有按斯大林的命令优先打击斯捷布列夫突出部[①]。

就这样，斯大林剥夺了乌克兰第1方面军对内部包围圈的指挥权。朱可夫和瓦图京当然非常不满，但他们不敢向斯大林抱怨，只好把怨气都发在科涅夫身上。朱可夫甚至指责科涅夫乘人之危向斯大林进了"谗言"，抢走了消灭德国重兵集团的光荣任务（朱可夫说这是斯大林亲口告诉他的）。科涅夫却反驳说他根本不想接受第27集团军的烂摊子。而且第27集团军的后勤和通信线路都在瓦图京的地盘上，他科涅夫很难有效加以掌控。无论朱可夫和瓦图京有多么不高兴，也无论科涅夫是不是真想要第27集团军的烂摊子，斯大林的命令是不可违抗的。2月12日24时，科涅夫对第27集团军的指挥权正式生效。

实际上，且不谈作战失利的责任问题，瓦图京此前的确管得太多。他手下有11个集团军，却只有一小部分兵力在切尔卡瑟地区作战，其他部队则在西面更广阔的战场上展开进攻。在切尔卡瑟地区，瓦图京既要全力挡住德军救援部队，又要阻止被围德军突围。而在切尔卡瑟以外战区，他还要拿出更多精力向波兰展开远征，扩大德国南方集团军群和中央集团军群之间的缺口。这么多重担放在他一个人身上，根本就忙不过来。与之相比，科涅夫却没有更多任务来分心，可以在切尔卡瑟战场上全力以赴。

[①]《方面军司令员笔记》，第117页。

4. 科涅夫接手

虽然斯大林有专门指示，科涅夫还是决定彻底绕开瓦图京，把第 27 集团军实实在在抓到自己手上。于是，他先让手下的通信兵赶在 2 月 13 日拂晓前在方面军司令部和第 27 集团军之间建立了直通电信线路。科涅夫随后打电话给第 27 集团军司令特罗菲缅科，说了一堆安慰人心的话，保证已经调去大量援兵，包括 3 个军的坦克和骑兵，以后还有 2 个军的步兵。总之，德国人是跑不掉的。

科涅夫许诺的援兵此前已经陆续抵达。2 月 12 日 14 时，苏联第 29 坦克军命令第 25、32 坦克旅（合计 37 辆 T-34[①]）掉头向北，开往申杰罗夫卡。经过泥泞地带的艰难行军，日终时分，1 个坦克旅抵达申杰罗夫卡以南的科马罗夫卡村（第 63 骑兵师也开往科马罗夫卡）；另 1 个坦克旅和近卫第 5 骑兵军主力（近卫第 11、12 骑兵师）抵达新布达。

2 月 13 日，苏军增援部队展开反击。在新布达方面投入 15 辆坦克，在科马罗夫卡投入 19 辆坦克。此时，德军"维金"师坦克营（17～18 辆坦克和强击炮，基本都是三号、四号坦克和三号强击炮）也在新布达等地建立阻击阵地。他们与反扑过来的苏军坦克展开对射。据"维金"师坦克团史的记载，仅 2 月 14 日一天就有 4 辆德国坦克被击毁。德国坦克打光了穿甲弹，就继续发射爆破弹。当天，"维金"师另一队坦克在科马罗夫卡与苏联坦克展开战斗。德国步兵也用"铁拳"长柄火箭弹攻击苏联坦克。新布达的战斗尤其血腥，德军付出了 200 人战死的代价，其中包括"瓦洛尼亚"旅旅长雷普尔[②]。"瓦洛尼亚"旅随后由比利时雷克斯党头子德格雷勒亲自接管。德格雷勒是个狂热的天主教右翼分子，以"基督教文明的捍卫者"自居，比已经送命的前任旅长更狂热好战。德格雷勒和《丁丁历险记》作者埃尔热还有些

[①]《第 29 坦克军作战行动记录册 1944 年 1 月 1 日到 3 月 30 日》，第 63 页。
[②]《德国在俄国前线的防御战斗 1944》，第 31 页。

私交，也是所谓"反面丁丁"的一员。

苏方宣称在2月14日彻底摧毁了新布达的德国守军。可实际上，新布达的争夺战此后还在反复继续。"维金"师坦克营宣称在2月13—16日击毁了32辆苏联坦克，德军自身损失了5辆。在"维金"师坦克营掩护下，德军继续向申杰罗夫卡推进。可是，声名卓著的党卫军"维金"师虽然不断猛攻，却屡屡被苏军击退。反而是德国陆军的第72步兵师屡屡得手，尤其是打头阵的第105团。在3辆强击炮支援下，第105团于2月12—13日夜再度发起奇袭，突入科马罗夫卡村。2月13日7时40分，施特默尔曼电告第8集团军："自4时起，（我军）突入科马罗夫卡的南部和东部。"可是苏军再度反扑过来。德第105团宣称攻占科马罗夫卡只损失了12人。但在此后的反复拉锯战中，第105团却损失了三分之一的人员，配合作战的2辆强击炮、1门20毫米自行高炮和2门野战炮彻底损毁。2月13日下午，德军终于控制住了申杰罗夫卡。2月14—15日夜，德军又夺取了希尔基，为此彻底失去了1辆强击炮和1门自行高炮。

德军逐渐在申杰罗夫卡建立起较为稳固的突围出发阵地。为此付出了很大代价。2月13日晚，"施特默尔曼"集群减少到54000人（含伤员）[①]，比2月11日少了2000人。不久集群兵数又减少到49000~50000人。施特默尔曼得到了申杰罗夫卡，与此同时却在丧失补给。2月10日以来，包围圈内的科尔松机场化为一片泥沼，几乎无法再接受飞机降落。德国工兵拼命抢修，想把泥水排出机场，可是无济于事。2月12日，最后1架着陆的运输机冲入厚度近1米的泥浆而倾覆。德国空军再也无法运走伤员。因此可以认为，这些日子里减少的德军人员基本都被打死或者俘虏了。

但不管怎么说，在申杰罗夫卡的突破，还是给"施特默尔曼"集群带来了生机。施特默尔曼更大的幅度收缩，让主力部队逐渐靠拢申杰罗夫卡。2月12/13日夜，德第57、88步兵师和"维金"师剩余兵力开始向南面和西南面转移。德国工兵在科尔松以南的湖面修建了一条长约1公里的木桥作为

[①]《地狱之门》，第247页。

撤退通道。2月13/14日晚，德军放弃了科尔松城及其丧失作用的机场。苏联近卫第4集团军和第80坦克旅随即收复了科尔松—舍甫琴柯夫斯基[①]。

再也不能指望德国飞机在包围圈着陆了。德国运输机只好低飞到约10米高度，把各种补给品，包括食物和弹药（很多没有装在空投金属罐里），以及四十加仑油桶，直接空投下去。2月13日一天就投下39立方米燃料和25个弹药罐。为了给施特默尔曼提供补给，自1月28日到2月20日，德国第8航空军的空运集群一共出动1536个架次。包括832架次Ju-52运输机、478架次He-111轰炸机。为掩护这些运输机，还出动了58架次的Fw-190战斗攻击机、168架次的Bf-109战斗机[②]。空运集群向切尔卡瑟包围圈内运入2026.6吨物资，其中有1247吨弹药，45.4吨食品，38.3吨装备和医疗品，695立方米燃料。比较特别的是，德国飞机运走伤员的同时，还运了121名士兵进入包围圈内[③]。这是施特默尔曼得到的仅有的人员补充。

大批德军官兵向申杰罗夫卡移动。此时雨雪更加频繁、气温也逐渐下降，把泥浆地面冻硬了一些，变得比较好走。德国士兵们争先恐后地爬上还能开动的汽车，如果有小马车和牛车走起来会更顺利。一路上不时有苏军的袭击，某些德军小分队被打散。但对德国大部队威胁不大。

科涅夫当然明白德军试图从申杰罗夫卡突围。他决心以强力反击遏制住德军。2月14日日终，近卫第5骑兵军、第29坦克军以及第202、254、62步兵师进抵新布达和科马罗夫卡北缘，形成第一道阻击线，也就是对内阻击线。同一天，第18坦克军（30辆可用坦克）被派往朱尔任齐[④]，形成第二道阻击线（对外）。按科涅夫稍早的计划，近卫第4集团军的2个军也要调到朱尔任齐，但在泥泞之中，这些部队未必能及时赶到。

科涅夫意识到，不能只是一味驱赶和压缩包围圈内的德军。因为这会把

[①]《乌克兰之战》，第123页。
[②]《德意志帝国与第二次世界大战》卷八，第405页；《烈焰中的鹰》，第199页；《地狱之门》，第119—120页。
[③]《德国在俄国前线的防御战斗1944》，第34页。
[④]《乌克兰之战》，第123页。

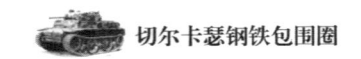

他们赶到薄弱战线——也就是第 27 集团军的战线上去。他认为正确的做法是着手牵制住德军，还要分割德军。为此他做出了分工：东北面的第 52 集团军负责拖住施特默尔曼的后腿（这一点没做到，最后还是变成了驱赶）；承受德军突围压力的第 27 集团军就地死守；分割攻击的任务交给强大的近卫第 4 集团军。该集团军应发起一次自南向北的强大进攻，把施特默尔曼撕裂开来。

但科涅夫更关心的似乎还是对外包围圈。他获悉胡贝给施特默尔曼发了明语无线电，说胡贝正亲自指挥救援战斗，一定要取得成功。这令科涅夫坐卧不安。他不能只满足于近卫第 4 集团军的对外屏护队。于是又下令在突破走廊附近配置反坦克防区。他向申杰罗夫卡派出的坦克和骑兵，既可以对付被围德军，也可以对付援军。

表面看来，科涅夫的上述计划内外兼顾。但这貌似完美的计划，却忽略了最重要的一点：斯大林赋予科涅夫的最重要任务，是全歼被围德军。所以最优先任务是防止德国人逃掉。战斗打到 2 月中旬，形势已经非常明朗，被围德军与援军之间只隔着申杰罗夫卡和雷相卡之间的狭窄走廊，施特默尔曼肯定会从这里逃跑。科涅夫却偏偏没有安排足够数量的步兵来阻挡施特默尔曼。科涅夫并不缺步兵，特别是他手下的近卫第 4 集团军，战线短兵力多。但这个集团军也被赋予了多重任务：既要分割被围德军，还要沿河建立对外阻击线（为此动用了 5 个步兵师）。结果近卫第 4 集团军根本无力完成撕裂施特默尔曼的任务。

说得更简单明白一些：科涅夫应该更多考虑的不是牵制和分割施特默尔曼，而是堵住施特默尔曼。可是，2 月 11 日遭到夜袭的第 27 集团军，虽然得到了一些坦克和骑兵的加强，步兵战力薄弱的状况却并没有根本改善，科涅夫也就依然缺少有效堵住施特默尔曼的手段。科涅夫犯下如此错误，是因为他低估了施特默尔曼的实力，还是春季泥泞限制了苏联步兵的调动能力？这就留待后话了。现在，还是让我们来关注一下外部包围圈的新进展。

二、突　　围

1. 雷相卡战斗

在包围圈外，集结在雷相卡地区的德国第 3 装甲军，正急于继续前进。但军长布赖特手下的坦克已经不多。在他的左翼，德军仍被阻挡在列普基地区，据守于此的"希特勒"师在 2 月 13 日还剩 13 辆可用战车（包括 1 辆"虎"和 3 辆"黑豹"）。自 2 月 12 日以来，"希特勒"师不断遭到苏军的强力反击，打得很苦，所辖第 2 装甲步兵团几乎被苏第 58、74 步兵师包围。同样被苏军反击所牵制的还有第 34、198 步兵师。而第 17 装甲师如今只有 1 辆四号还能用，几乎等于完全丧失战力。

布赖特手下只有第 1、16 装甲师和"贝克"重型坦克团还保持着冲劲。也是在 2 月 13 日，这三支部队加在一起仅有 59 辆坦克可用。其中"贝克"团有 13 辆"虎"和 12 辆"黑豹"；第 1 装甲师有 18 辆"黑豹"和 12 辆四号[①]。上述坦克和部队如今陷在雷相卡地区的狭窄走廊地带，所以不妨称之为"雷相卡"集团。由于地面运输近乎瘫痪，自 2 月 11 日以来，布赖特的装甲军就开始依靠空运维持补给。2 月 13 日这天，德国飞机又给布赖特空

[①]《研究评注》，第 2 页；《"虎"在战斗》第一册，第 129 页；《科尔松口袋》，第 332 页。

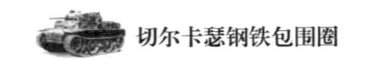

投了 61 立方米燃料和 24 吨弹药①。

在德军雷相卡集团当面，苏军部署了匆忙赶来的第 20 坦克军、第 109 坦克旅（第 16 坦克军所辖）和第 31、32 反坦克炮旅。具体态势如下②：

左翼（雷相卡地段），第 20 坦克军（第 155 坦克旅和近卫第 8 坦克旅）还在开进中。抵达后将由第 340 步兵师主力配合，占据约 4~5 公里的防御地段。每公里平均有 6~7 辆坦克，2~3 门自行火炮，5~6 门反坦克炮。

右翼（希任齐地段），第 109 坦克旅由第 340 师一部和第 31 反坦克炮旅协同，占据 5 公里正面，每公里平均部署有半个步兵营，8 辆战车，30 门火炮迫击炮（内含 6 门反坦克炮）。

和德军处境类似，苏联人也同样很难把物资运输到前线。于是从 2 月 8 日开始，由夜航轰炸第 326 师用"波-2"飞机向第 2、6 坦克集团军空运物资。在风雪交加的切尔卡瑟上空，操控"波-2"这样的小型飞机要冒极大风险。仅 2 月 16 日一天，夜航轰炸第 326 师的 55 架飞机就有 11 架在运输飞行中损失③。截至这天为止，苏联夜航飞机一共运送了 49 吨油料和 65 吨弹药。

2 月 13 日，布赖特命令第 3 装甲军所辖各装甲师"不惜一切代价"，一定要救出被围德军。围绕雷相卡附近的一小块前进阵地，两军爆发激战。下午，德第 16 装甲师和"贝克"团击退苏第 109 坦克旅，攻取了希任齐。南侧，第 1 装甲师的"黑豹"战斗群（伴随一个装甲步兵连）也在中午渡河攻击，在雷相卡北部河岸建立起桥头堡。到傍晚时分，第 1 装甲师已经把 28 辆"黑豹"（其中 22 辆可用）、第 113 装甲步兵团主力、第 37 工兵营一部，送到了桥头堡。

就在这时，苏联第 20 坦克军赶到了雷相卡西北和以北地段，然后不断发动反击，却屡屡被"黑豹"坦克的致命远射所击退。经过苦战，德国第 1

---

① 《德意志帝国与第二次世界大战》卷八，第 402 页。
② 《军事学术史》，第 500 页。
③ 《乌克兰之战》，第 84 页。

装甲师还是在 2 月 14 日守住了雷相卡桥头堡东部。他们的下一个目标是雷相卡以北的十月村。第 1 装甲师的成功让军长布赖特大为兴奋，当天就搭乘小型联络飞机赶往雷相卡督战。自 2 月 11 日攻势开始以来，布赖特的装甲军已经楔入 12~15 公里，前出至维诺格拉德、卡曼内布罗德、布然卡、查宾卡一线。与被围德军的距离只剩下 10 公里左右。胜利果实已经成熟，似乎马上就要掉落下来。

可是苏军继续死死堵住雷相卡，还不断用火炮轰击在雷相卡修桥的德国工兵。俄国人同时还向占据希任齐的德第 16 装甲师以及"贝克"团展开猛烈反击。第 16 装甲师原本计划让"贝克"团的重型坦克打头阵，通过希任齐—朱尔任齐—科马罗夫卡的路线，挺进到对内包围圈。可是苏联第 18 坦克军（30 辆战车）已经据守在朱尔任齐西南部，于 2 月 14 日一举打退了德军的进攻。2 月 15 日，"贝克"团就有 1 辆"虎"被彻底击毁，3 辆被击伤[1]。在苏军猛烈冲击下，第 16 装甲师和"贝克"团被迫于当天退守回 2 月 13 日的阵地。

2 月 15 日，切尔卡瑟地区开始降温，气温急剧跌落到零下 6~零下 8 摄氏度。此时，整个第 3 装甲军经过抢修，还有 60 辆战车可用（不含一些勉强可用战车），内含 32 辆重型坦克。被寄予厚望的第 1 装甲师在五天前还有 48 辆"黑豹"和 18 辆四号可用，现在只剩下 9 辆"黑豹"和 11 辆四号可用。另有 3 辆"黑豹"勉强可用。战役开始时有 86 辆可用战车的第 16 装甲师，现在只有 4 辆四号坦克还能用。"贝克"团还有 14 辆可用重型坦克。第 3 装甲军当日战力细目如下：

（单位：辆）

装甲师	"虎"式	"黑豹"	四号	三号	强击炮
"希特勒"师	1	4	4		5
第 1 师		9	11		
第 16 师			4		

[1]《"虎"在战斗》第一册，第 130 页。

续表

装甲师	"虎"式	"黑豹"	四号	三号	强击炮
第17师			1		
"贝克"团	6	8			
第506重坦克营	4				
第249强击火炮营					3
合计	11	21	20		8

同样在2月15日，苏第20坦克军（第155坦克旅和近卫第8坦克旅）继续阻挡从雷相卡北部出击的德军第1装甲师"黑豹"群。一度只剩下1辆坦克的第17装甲师经过一番抢修，

德军第1装甲师在雷相卡击毁的苏军T-34坦克

也将5辆坦克投入雷相卡以北，与近卫第8坦克旅展开战斗。令德军震惊的是，远在近2公里外的苏联战车，竟开火击毁了几辆"黑豹"坦克，一些德国坦克手被打死或身负重伤。德国人当然知道，苏联的T-34坦克不可能在这么远距离击毁"黑豹"。战后，有些德国老兵怀疑当时遭遇了"斯大林2"重型坦克，还评价说："这种坦克成为我们的四号和'黑豹'的危险对手。"[1]西方近年出版的《地狱之门》和德国官方战史都记录了这些说法。

确实，在1944年2月，苏军开始接受"斯大林2"坦克，但一般认为"斯大林2"初次参战是1944年4月[2]。而德军与"斯大林2"坦克首次遭遇

---

[1]《地狱之门》，第267页。
[2]《斯大林二型重坦克》，第9页。

的正式记录,则是"大日耳曼"师在1944年5月从罗马尼亚战场发回的报告。

在俄国原始档案里,也没找到切尔卡瑟战役期间投入"斯大林2"的记载。倒是确认当时第20坦克军常保有1~2辆Su-122自行火炮。第1装甲师的"黑豹"最有可能就是被Su-122从远距离击毁。整个战役期间,苏军没有一辆Su-122完全损毁,只有一辆被击伤。这证明俄国人对这种自行火炮使用得非常谨慎。

德国坦克手们想不到的是,正在进行中的切尔卡瑟战役,倒真的促进了"斯大林2"坦克的登场。就在两天前的2月13日,斯大林亲自打电话给坦克工业负责人,说德军投入了大量"黑豹"坦克,因此有必要增加"斯大林"坦克的产量①。苏联坦克兵已经厌烦了用T-34/76对抗"黑豹"坦克的艰苦而绝望的战斗。

让我们把话题转回切尔卡瑟前线。战至2月15日日终,德国第1装甲师(得到第17装甲师加强)经过3天恶战,仅向十月村(位于雷相卡和朱尔任齐之间)前进了2~3公里。此时,苏联第20坦克军也只残存下6辆坦克,但他们随即得到第181坦克旅(16辆坦克)的增援。这个旅来自刚刚在朱尔任齐展开的第18坦克军。

第1装甲师靠自身战力,也无力继续前进了。布赖特感到失望,又在2月15日坐飞机跑到"贝克"团的指挥所。第16装甲师(连同"贝克"团)也在苦战。2月16日,第16装甲师一部和"贝克"团也转到雷相卡方向,指向十月村和239高地。科涅夫早在2月14日就下令在239高地部署了一个反坦克炮团②。这是通向包围圈道路上的最后一个制高点。

此时,无论希特勒、曼施坦因还是胡贝或者布赖特,都已经很清楚:救援部队真的不可能再突入更深了。施特默尔曼必须想办法自己冲出来。

---

① 《斯大林年谱》,第631页。
② 《方面军司令员笔记》,第124页。

2. 突围前夜

包围圈内，施特默尔曼于 2 月 15 日再次进攻，把苏第 337 步兵师挤向西南方向。内部包围圈与外部包围圈的距离迅速缩短了 6~7 公里。但苏军也迅速聚集了近卫第 5 坦克集团军（第 18、29 坦克军），以及第 202、180 步兵师，在炮兵支援下阻止德军继续突围[1]。

当天早晨 8 时，苏联近卫第 5 坦克集团军向科马罗夫卡、申杰罗夫卡、斯捷布列夫方向发动反击，重创施特默尔曼的突围矛头。可是苏军能用的坦克也不多了。第 25、32 坦克旅（第 29 坦克军）用最后 15 辆可用坦克攻入科马罗夫卡中央地区，随后就受阻于泥沼而无法前进。2 个旅现在只留下了 10 辆 T-34 坦克。虽然代价很大，但经过一番激战，苏军反过来又把德国人挤回东北方向。德军充当突围先锋的第 105 团现在只剩下 255 人。

尽管受到强力阻击，施特默尔曼依然控制着申杰罗夫卡地区。申杰罗夫卡以西和以南的三个据点，希尔基还在德军手中；科马罗夫卡有一半被德军控制；新布达大部分在德军手中。更重要的是，施特默尔曼手下近 5 万人，全部都聚集到申杰罗夫卡这块只有 5 公里宽、8 公里长的地盘上。雪停的时候，利布将军从指挥所放眼望去，几乎可以看到整个包围圈。在这个全纵深都处于苏军炮火打击下的小口袋阵地里，长途跋涉而来的德军官兵们饥肠辘辘，争先恐后地闯入民房，抢走所有能吃的东西。一些士兵把牛打死，砍成几块当街烤熟即吃。一个德国士兵在日记里写道："2 月 15 日。申杰罗夫卡，突围之门……最糟的事情是口粮。我们没有更多的了，什么都没了。最后的给养已经在科尔松分掉了……'斯大林管风琴'打中了一个由集体农场改成的野战医院，几十个伤员变成一团血污。"[2]

施特默尔曼深知，如果长期待在申杰罗夫卡这块弹丸之地，他的 5 万大

---

[1]《军事学术史》，第 497 页。

[2]《德国在俄国前线的防御战斗1944》，第 32 页。

德军丢弃的105毫米榴弹炮

军必然在饥饿和炮击下土崩瓦解。他焦急等待着包围圈外的消息。曼施坦因已经下了决心,于2月15日10时40分向第8集团军下达了突围许可命令。11时05分,施特默尔曼的等待有了"结果"。从第8集团军司令部发来指示:"第3装甲军的行动能力受限于天气和供应状况,施特默尔曼集群必须依靠自己的力量突围至朱尔任齐—239高地一线,在此与第3装甲军建立联系。"[1]曼施坦因也发来电报,做出更具体的指示:"行动代号:自由。目标:雷相卡。2月16日23时启程。"

施特默尔曼迅速行动起来。他把司令部也编组为一个战斗连,然后告诉大家:"不能再留在合围圈了,我们应该自己向西突围"[2]。德军各级指挥官也向部下们宣布了事实:救援已经无望了,大家只能自行突围。所有不能带走的个人物品和武器装备以及车辆,一律就地销毁。晚些时候,一些低飞的He-111轰炸机投下金属筒,装着步枪和机枪子弹,甚至还有一些炮弹。

2月16日,施特默尔曼最后一次清点兵力。虽然已经被包围了二十多

---

[1]《地狱之门》,第258页。

[2]《方面军司令员笔记》,第126页。

德军丢弃的150毫米重榴弹炮

天，施特默尔曼手下的战力还大体完整。他仍有 45000 名官兵可以参加战斗[1]。支援火力方面，仅第 42 军（含"维金"师）就有 103 门野战炮和步兵炮（12 门 105～150 毫米自行火炮、61 门普通 105～150 毫米榴弹炮、4 门 105 毫米加农炮、26 门步兵炮）。比较麻烦的是 2100 名伤员，其中有 1450 人无法行走。

施特默尔曼经过一番考虑，决定把这类重伤员留在申杰罗夫卡，还要留下 16 名德军医护人员看管。当德军撤离后，医护人员将依照日内瓦公约把重伤员交给苏军[2]。这个计划遭到第 11 军军医主任舒尔茨的反对，他认定医护人员和伤员都会被苏军杀害。可是施特默尔曼还是坚持己见，并强调由他个人负全责。虽然施特默尔曼军令森严，各部队却默默加以抵制，还是把大部分重伤员装在俄国辅助人员驾驭的马车里。事后，德军的一份调查报告显示，实际留下的重伤员不到 600 人，护理他们的医疗人员很少。

---

[1]《地狱之门》，第 284 页。
[2]《德意志帝国与第二次世界大战》卷八，第 410 页。

施特默尔曼的上述决定和他的固执态度有些异乎寻常。施特默尔曼当然知道带着重伤员突围将极为困难。所以他有可能从纯军事角度出发，一心要抛弃这些累赘。但也不排除塞德利茨的宣传和劝降信对施特默尔曼产生了一些影响，使他坚信重伤员不至于被苏军杀害。

在包围圈外，为了尽量靠拢施特默尔曼，"贝克"团当天把最后能用的18辆坦克：9辆"虎"和9辆"黑豹"投入了战斗[1]。第1装甲师则派出了12辆"黑豹"坦克和1个装甲步兵营[2]。与之相对，封堵在雷相卡和十月村之间的苏军，仍为第20坦克军的第155坦克旅和近卫第8坦克旅，还有近卫第41步兵师（2月15日抵达的满员新锐师，有7200人）。两个旅当天共有4辆T-34坦克、2辆Su-76自行火炮。处于二线的朱尔任齐地区，则由第206步兵师和第18坦克军第181旅（18辆T-34坦克）防守。值得一提的是，第18坦克军的第170旅已经转移到对内包围圈。科涅夫已经意识到，比起阻止外面的德国坦克，防备里面的德军突围更为重要。

可是外面的德国坦克也还很强，而且数量比苏军更多。两股德军总计30辆重型坦克，在装甲炮兵团支援下击退了苏联坦克的反击，然后以迅猛突击夺取了十月村。战斗过程中，他们遭遇了科涅夫预先安排的反坦克炮团。近卫第41师打得也相当顽强。据第1装甲师历史记载，这次战斗损失惨重，参战的连排长非死即伤，"黑豹"坦克营营长也被打死，各装甲步兵连只剩下10～12人。"贝克"团这天也有1辆"虎"葬身于T-34的炮口下。德国空军及时派出了几批俯冲轰炸机，摧毁了一些俄国反坦克炮。德军这才巩固住了十月村。"贝克"团以"虎"式坦克为左队，"黑豹"坦克为右队，沿着泥泞道路艰难推进，指向239高地和朱尔任齐[3]。德国第3装甲军又乐观起来，认定"贝克"团到晚上就能抵达239高地。他们和施特默尔曼之间只剩下最后不到8公里了。

---

[1]《德意志帝国与第二次世界大战》卷八，第404页。
[2]《德国在俄国前线的防御战斗1944》，第36页。
[3]《地狱之门》，第295页；《"虎"在战斗》第一册，第130页。

布赖特认为有必要把这次胜利通知被围德军，好给他们打打气。15时，第3装甲军最后一次致电施特默尔曼，告知已经夺取了十月村①。施特默尔曼知道突围的最佳时机就在眼前，也在15时给"维金"师坦克营下达命令，要求于19时摆脱当面苏军，向申杰罗夫卡集结。

德军丢在包围圈里的俄式马车

16时，天色开始变暗。苏军的炮火也逐渐减弱。包围圈平静下来。入夜，"维金"师的士兵得到一份比平常要多的伏特加（一说是四天的份额），还获准吃光应急储备食品。近5万名德军官兵默默等待突围时刻的到来。包围圈外的乌曼，曼施坦因坐在指挥列车里，也在等待突围成功的消息。机场上的Ju-52待命准备运送逃出来的伤员，医疗列车已开到距离前线最近的车站。

此时，施特默尔曼集群的布局态势如下：

施特默尔曼把三个最强的师（合计23230人②）摆在最前方，预定充当开路先锋。

左翼（科马罗夫卡地区）的突击师最为强大。"维金"师（含"瓦洛尼亚"旅）有11400人，兵员相当充足。重型武器也很多，有13辆战备坦克和强击火炮（2辆四号、4辆三号、6辆强击火炮、1辆指挥坦克）。支援火力有47门野战炮（3辆150毫米自行榴炮、9辆105毫米自行榴炮、6门普通150毫米榴炮、25门105毫米榴炮、4门105毫米加农炮）；

中路，第72步兵师有4400人，火力配备不详；

---

① 《德国在俄国前线的防御战斗1944》，第40页。
② 《德意志帝国与第二次世界大战》卷八，第424—425页，插图。

在右翼（希尔基地区），B军级集群有7430人，火力配备不详。

施特默尔曼又以第57、88步兵师充当后卫。两个师分别有3534人和5150人，包括一些零散兵团。如第323、332师群分别有650人和500人配属给第88师（含第112师群）。第389步兵师余部被分配给第57师。

在前锋和后卫掩护下，各种军属独立部队约1万人也将跟进突围。

施特默尔曼的突围路线，预定如下[①]：

B军级集群从希尔基出发，穿过佩特罗沃斯科耶（希尔基以西）以南高地，抵达朱尔任齐以南；第72步兵师自希尔基东南约1.5公里的谷地出发，沿着朱尔任齐附近的森林—239高地以北—十月村的路线前进；"维金"师自科马罗夫卡出发，与第72师齐头并进，南下239高地。2月16日下午，苏军再次攻击，压缩了德军在科马罗夫卡的剩余地盘，迫使德第72师和"维金"师靠得更近，因此带来一些混乱。

科涅夫对施特默尔曼的实力规模严重估计不足。他事后报告说德军此时只有8000~10000人，拥有5~7个炮兵连和12~15辆坦克[②]。20世纪五十年代苏联人修订了数据，认为德军在突围时有22000人[③]。可事实是，沿着4.5公里狭窄正面陆续压过来的德军官兵，不是一万人也不是两万人，而是超过45000人（另有约1500名伤员）。也就是说，平均每公里正面有1万名德军官兵。

与之相对，苏军的防御兵力相当薄弱。从希尔基—科马罗夫卡，面对德军的三个突击师，苏军自北向南，只展开了第202、180步兵师，近卫第5空降师，还有第29坦克军。在科涅夫安排下，第29坦克军临时做了加强，从第18坦克军又得到一个旅，所以目前管辖着第170、25、32、11坦克旅，在2月16日总计有23辆T-34坦克和1辆英国轻型坦克[④]。可是毋庸置疑的是，光靠3个被削弱的苏联师加24辆坦克，很难阻挡2万多人、13辆战

[①]《德国在俄国前线的防御战斗1944》，第38页。
[②]《乌克兰之战》，第91页。
[③]《军事学术史》，第497页。
[④]《地狱之门》，第296页。

德军丢在切尔卡瑟战场的"黑豹"坦克

车、数百门火炮的德军突击集团,更不用说随后跟进的德军后卫等另外2万多人。

当然,按科涅夫的计划,他还可以动用骑兵去截断德军的突围走廊。为此在科马罗夫卡—新布达地区,集结了近卫第5骑兵军的3个师。其中近卫第11、12骑兵师准备出击申杰罗夫卡以西,攻打德军的后路。可是这两个师距离德军的突围点太远,很难及时赶到。只有第63骑兵师可以较快攻击德军自科马罗夫卡以北向西南突围的道路。

难以理解的是,此时科涅夫在申杰罗夫卡以西至少还有7个步兵师(属于第52集团军和近卫第4集团军)。如果把这些部队向东转移,足以构筑一条厚实的阻击线。可是战场老手科涅夫却没有采取什么措施。可以想到的是,因为地面过于松软,除了坦克和骑兵外,苏联步兵恐怕已经陷入瘫痪状态,短期内根本没法做战场机动。事实上,科涅夫自己也只能搭乘摇摇晃晃的"波-2"飞机去前线,有一次还遇上了德国战斗机。

苏军记者还记下过一个轶闻[①]:当德军装甲部队取得突破之际,科涅夫

---

① 《随军四年采访记(2)》,第186页。

急忙坐坦克赶往前线督战，路遇一队运炮弹的卡车，陷在泥里动不了。车队指挥官跑来求坦克把卡车拖出来，开始还用酒和香烟贿赂所谓坦克手（其实是穿着坦克服的科涅夫），后来干脆拔出手枪来威胁，还带一伙司机挡在坦克前不让走。科涅夫只好允许坦克留下来拖卡车。科涅夫急得要命，事后却还得赞扬一下车队指挥官。科涅夫素以冷酷著称，撤换或处决下属都毫不留情，在切尔卡瑟战场却向一个小小的车队指挥官让步，苏军当时在运输和调动方面的窘迫境地，也可见一斑。

3. 血战239高地

2月16日深夜23时，施特默尔曼的突围行动开始了。就在此时，早已开始的降雪突然演变为暴风雪。气温猛然降至零下5摄氏度，风速达到15米/秒，几乎能把人刮倒。狂风暴雪下，能见度只有10～20公尺[①]。突如其来的暴雪对突围德军简直是天赐良机。德国官方战史评价称："一场来自东面的暴风雪降低了苏联卫兵的观察能力。"更妙的是，原本泥泞松软的道路很快为大雪覆盖，变得比较容易通过了。

德军士兵们已经吃掉了最后一块面包或最后一个罐头，也灌足了白酒。他们遵照施特默尔曼的指示，默默地向前移动。走在最前面的德国步兵端着刺刀或冲锋枪，有些人还拿着手枪；后面是所谓"步兵重武器"组（步兵炮、迫击炮、反坦克炮等）；再后面是野战炮。一旦遭遇苏军抵抗，德军将就地摆开火炮轰击。最后是辎重车队，还有载运重伤员的马车等等。虽然施特默尔曼要求尽量轻装前进，把不必要的车辆都毁掉。可是各部队还是开了很多车辆出来。

首先"迎接"突围德军的阻击部队，又是用当地农民凑数的红军第180

[①]《回忆与思考》下，第909页。

步兵师①。漫天风雪中，俄国人完全没有察觉到德国人正在逼近。德国人还注意到，苏军在多数地段都没有严密设防，途中只遭遇到一些薄弱的哨兵警戒线。苏联第180师是因为人员太少没法设防，还是受困于风雪不能展开，这就不得而知了。

就这样，德第72师先头第105团强行冲过苏军第一道防线，又迅速穿过第二道。随后撞上了2个苏联炮兵连。俄国炮手慌忙开火，却很快被德军制服。德军另外两个先锋部队也没遇到什么大碍。B军级集群先头第258团群（300人）自希尔基以南出击，迅速穿过苏军的警戒阵地，再插入朱尔任齐和239高地之间道路，通过后又袭击了苏军的外围防线。"维金"师先头的第5装甲侦察营于23时30分开始突围，比另外两个先头部队晚了半小时，但行动也很顺利。

苏联人究竟在干什么？科涅夫后来回忆说，2月16日夜间观察到德军正在申杰罗夫卡集结车辆、坦克和步兵。但科涅夫没提及具体时间。科涅夫呈送给斯大林的正式报告则记录德军于1月27日凌晨3时开始突围，这比实际时间晚了3~4个小时。第27集团军作战日志记录的时间更晚，为凌晨4时②。后来苏联人曾公布过"维金"师1名俘虏的口供，说突围命令于1月27日凌晨2时下达。这恐怕是为了顺应科涅夫报告而做过"加工"处理。

可以肯定，德军突围的最初几个小时，苏军司令部没能及时察觉。德军先头乘势加快了突破速度。2月17日凌晨3时30分，德第105团抵达朱尔任齐东南的谷地。他们发现苏军在239高地附近展开了坦克（第18坦克军第181旅）。第105团找到一个缺口，悄悄穿过公路。据说他们遇到一队苏联坦克，德国兵就高喊"停下"。黑夜中，苏联坦克误以为是自己人，真的停下来给德军放行。当殿后的德国火炮通过时，俄国人才发现情况不对。可是第105团已经跑远了。突然，他们遇到一片面朝西南的苏军阵地。这就是所谓对外包围圈阵地，守军可能属于苏近卫第41师。德国人高兴地发现，

---

① 《乌克兰之战》，第91页。
② 《第27集团军战斗行动记录簿1943年12月28日至1944年2月29日》，第63页。

苏联兵都躲在散兵坑里睡觉，毫无戒备。拿着冲锋枪和刺刀的德军很快冲破了这道防线。4时，第105团率先抵达救援部队防线。此时全团还有220人。4时10分，第258团群也抵达十月村北端，遇到了"贝克"坦克团的"虎"式坦克（属于第503营）。

在先头团（营）引导下，约在3时30分到4时之间，德B军级集群和第72师主力大量涌向239高地。这已经是苏军的对外阵地了。利布将军和参谋们骑着马，跟在第72师后方。似乎一切都很顺利。可是先头第105团的行动已经惊动了苏军。苏第180师第21团报告德第72师和B集群主力正在突围（这两股德军实际上已经通过了第180师防线）。科涅夫得到报告，匆忙命令坦克和骑兵在2~3时展开攻击[①]，可是第29坦克军和骑兵军打击的不是正在逼近239高地的德军主力2万余人，而是留在申杰罗夫卡的德军后卫。直接防守在朱尔任齐—239高地的苏军，只有第206步兵师和近卫第41师的小部分兵力，以及盘踞在山头上的第438反坦克歼击炮团（根据科涅夫专门命令部署）。第181坦克旅（当天共有16辆T-34坦克可用）也把11辆T-34调转过来，并得到第106近卫迫击炮营5门M-13火箭炮支援。上述部队原本是负责对外阻击，现在只能仓促掉头对内。他们面前已经涌来了至少2万名德军官兵。苏军当务之急是阻挡德军突围，其他都是次要的。

科涅夫还要求立刻出动夜航飞机。他倒不太指望夜航飞机能有多大轰炸威力。他更需要让夜航飞机在战场上投下照明弹，同时投弹炸毁一些德军车辆和建筑，让它们烧起来，在暗夜里为苏联炮兵提供照明和方位物。可是在这恐怖的暴风雪之夜，科涅夫的命令等于要飞行员们去玩命！为了实现这孤注一掷般的冒险，科涅夫下令从飞行员中招募志愿者。最终，第312航空师第392团派出了18个机组[②]。他们驾驶着脆弱的"波-2"飞机陆续升空，冒着狂风大雪向德军投下炸弹和照明弹。一个德国军官看着涂着红星的黑灰色飞机掠过，留下浓烟、哭喊和炸碎的房屋车辆。申杰罗夫卡村也燃烧起来，

[①]《方面军司令员笔记》，第129页。

[②]《乌克兰之战》，第29—30页；《方面军司令员笔记》，第121页。

在申杰罗夫卡村附近被击毁的德军野战指挥车

暗夜中腾起一团团烈焰。

在239高地设防的苏联第438反坦克歼击炮团开火了。4时,利布将军听见自239高地至朱尔任齐一线传来激战之声[1]。这让德军非常惊慌,他们原以为239高地已经被救援部队夺取,现在才明白俄国人仍据守于此。事实上,负责救援的"贝克"团推迟了进攻时间。"贝克"团事后辩解说这是为了等待补给,他们的油料、弹药甚至食品都不够了。可事情没这么简单。实际上,"贝克"团和第1、16装甲师的坦克,质量和数量都强于当面的苏第20、18坦克军,可是伴随坦克的德国步兵已经打光了。苏军却展开了一个新锐的满员步兵师,反坦克炮还占据着制高点。而且苏军纵深内可能还有其他坦克部队——事实上的确还有第29坦克军,另有12辆Su-85正开往战场——"贝克"团的行动不得不谨慎些,否则重型坦克冲进去就回不来了。很致命的是,也许是苏军炮火打断或干扰了德军的通信联络,"贝克"团暂缓进攻的消息没有及时通知给施特默尔曼。

第438团的炮击逐渐加剧。第181旅的11辆T-34坦克也打开前灯开火

[1]《地狱之门》,第303页。

射击。有些坦克已经受损不能开动，只能原地射击。德军第 72 师和 B 军级集群的主力暴露在无遮无掩的谷地，陷入沉重火力打击。更糟的是，他们开出了太多的卡车和辎重，已经把自己给堵塞在路上了。德军只能硬着头皮硬闯了。4 时 30 分，"维金"师先头侦察营（配备了 1 辆三号坦克）从正面强攻 239 高地。可是地形不利，重型武器没法运上去。侦察营拼死冲击了两次，都被挡住了。随后，"瓦洛尼亚"旅和"维金"师主力陆续抵达，他们和突围失败的第 72 师主力混在了一起，顿时乱成一团。

约在 4 时 45 分，第 3 装甲军用无线电呼叫施特默尔曼，却没有得到回答。此时，施特默尔曼已经和他的电台分开了。突围刚开始时，施特默尔曼留在希尔基坐镇指挥。原定将由他亲自指挥负责后卫的第 57、88 师。听到前方的枪炮声后，施特默尔曼给后卫部队也下达了突围命令，他自己则跟在 B 军级集群后方行动，打算在朱尔任齐附近建立一个前进指挥所。稍后，德军在炮火阻击下陷入混乱。第 42 军一个通信军官看到施特默尔曼和副官上了一辆德式吉普（所谓"桶车"）。此后，德军再没什么人看见施特默尔曼。

德军不知不觉已经丧失了统一指挥。对 239 高地的冲击也杂乱无章，但冲击力量却很可怕。苏联官方后来宣称，大批德军士兵曾逼近筼 438 团一个

渡河成功的部分德军，照片上多数都是乘马者

炮组，苏联炮手用火炮和冲锋枪还击，打死了100多名德军。可是还有更多德国士兵冲上山头，苏第438团团长诺维科夫上校亲自带着炮手迎上去打肉搏战，再次把德军赶下山去。冲击239高地的混战中，德国B军级集群指挥官福凯上校负伤，被手下遗弃在战场上，后来被苏军抓获。打光了炮弹的德国火炮也只能丢弃在一边。守在239高地山下的苏第181坦克旅和近卫第41师一小队人马也承受着德军的猛烈冲击。一些德国士兵还拿着"铁拳"长柄反坦克火箭弹，这是投入战场不久的一种单兵反坦克武器，在近距离可以有效摧毁T-34坦克，暗夜里使用最合适。苏第181旅第2营营长的T-34坦克被冲上来的德军击毁，营长战死。还有1辆苏联坦克被击伤。

当第一波突围部队陷入乱斗血战之际，担任后卫的德军第57、88师还守在申杰罗夫卡等地。新布达则由"瓦洛尼亚"旅后卫防守。2月17日凌晨5时15分，第88师收到施特默尔曼的突围命令。这似乎是施特默尔曼的最后信息。但并非所有部队都及时接到了命令。尽管有所延误，6时15分，第57师也开始突围，该师所辖的1个营此时只剩下13人[1]。

正当德军后续梯队和后卫逃出申杰罗夫卡之际，苏第29坦克军的24辆坦克和骑兵部队也向申杰罗夫卡掩杀过来，试图切断剩余德军的退路。苏第27集团军放跑了德军主力，现在也匆忙调整了部署，把部队收拢起来展开进攻，竭力挤压德军后卫的通道走廊：第180师（协同近卫第5空降师）攻击科马罗夫卡；第337师攻击申杰罗夫卡；第202师攻打希尔基。第29坦克军的T-34坦克途中撞上了"维金"师坦克营及其保护下的大型车队——由大量卡车和俄式小马车组成的长达2公里、宽50米的队列。这触发了一场坦克战。"维金"师坦克营长科勒尔乘坐的18吨履带牵引车被76毫米炮弹命中，科勒尔当场死亡[2]。伴随坦克营行动的车队也陷入苏军坦克的猛烈打击下，德军的坦克、强击炮、自行火炮、野战炮、各种车辆被连续击毁。很多装载重伤员的马车，也在申杰罗夫卡以西出口遭到苏联坦克射击，有些

---

[1]《德国在俄国前线的防御战斗1944》，第67页。

[2]《维金装甲》，第235页。

还被冲上来的苏联坦克碾轧。"维金"师带着突围的 300 名伤员，最终只有 110 人获救。可是德军后卫还是进行了顽强抵抗。上午 10 时，苏军才占领申杰罗夫卡南部并继续向希尔基前进①。中午时分，苏军占据了科马罗夫卡。再晚些时候，第 32 坦克旅等部最终攻占了希尔基。

这场坦克混战过后，"维金"师几乎所有坦克都被击毁或丢弃。各种被毁德军火炮和车辆狼藉满地。第 29 坦克军宣称消灭了 20 辆德国坦克、6 辆自行火炮、15 门火炮、500 辆汽车。德军则宣称击毁了 32 辆苏联坦克。实际上，第 29 坦克军全天损失了 18 辆 T-34 坦克，其中有 8 辆完全损毁，另外 10 辆可以修复②。但在这场坦克战的掩护下，德军后卫第 57、88 师大部分人员得以避开苏联坦克的打击，沿着已经被压缩到只有 3 公里宽的通道，向西夺路而逃。

4. 死者与生者

10 时前后，"维金"师先头终于抵达 239 高地以南的一条小道，并在小道上展开了一个炮营。可是几辆苏联坦克堵住了出口，用机枪像割草一样扫倒了大批德军官兵。239 高地上的苏第 438 团和山下的坦克不停开火，打得德军失魂落魄。为了躲避炮弹，大批德军官兵慌不择路。他们无法向预定的雷相卡方向前进，就转而涌向偏离正确道路约 3 公里的更南地段（222.5 高地）。中午时分，大批德军冲到了格尼洛伊季基奇河，大致位于雷相卡以东。

这一地区的苏联守军为第 20 坦克军、近卫第 41 步兵师主力和近卫第 7 空降师。可是苏军大部分都堵在雷相卡—十月村方向，以阻挡德第 1、16 装甲师和"贝克"团（得到"希特勒"师和第 17 装甲师部分兵力加强），在以东河段没多少守军。其实，对外包围圈战线上的苏军，就算有设防地带，基

---

① 《乌克兰之战》，第 125 页。
② 《乌克兰第 2 方面军战斗行动日志 1944 年 2 月 1—29 日》，第 61 页。

本也只对外展开警戒,对内几乎完全不设防。而且这一地区在 2 月 17 日至少有 18 辆德国重型坦克(8 辆"虎"和 10 辆"黑豹"),还有一些中型坦克,而苏军只有 10 辆战车,不能轻举妄动。这对突围德军来说是不幸中的万幸。

很快,就有 2 万多名德军官兵聚集在岸边,包括利布、吉勒和第 72 师指挥官等高级长官。为了迎接成千上万的突围者,包围圈外的第 1 装甲师原本已经夺取了一座桥,所辖工兵在雷相卡附近又建了一座承重桥。可是突围德军主力抵达的河段离这些桥太远了。

格尼洛伊季基奇河宽 25 米、深 2 米,水流湍急还夹杂着冰雪,水温约零下 5 摄氏度,几乎把一些会游泳的德国士兵冻死。不会游泳的官兵就更要另外想办法了。有些人不顾死活,趴在死马上漂过河去[①]。还有些人抓着俄式马车、放倒的树木或者其他一切可以凭借的东西。甚至有些德军官兵手拉着手,想用"人体链条"强行过河,却被急流冲散。数百人淹死在彻骨寒冷的冰河中。

所谓祸不单行。突然,岸边冲出几辆苏联坦克(可能属于第 20 坦克军),一面用机枪和高爆弹射击密集人群,一面发动履带步步紧逼。一些被逼急的德军官兵不管会不会游泳,都慌忙跳进水里。就在这紧急关头,西岸的德军第 1 装甲师开来了 2 辆"黑豹"坦克,才把苏联坦克赶走。

坦克威胁暂时消除了,德国人最头疼的还是如何过河。第 1 装甲师惊讶地看到对岸的德军官兵乱成一团,大都丢光了武器装备,只管自己逃命而不管他人死活。有些人甚至跑掉了靴子[②]。稍后,突围部队才恢复平静。他们把最后剩下的拖拉机和车辆开进河里,想以此建立渡河点。可有些车辆却被急流冲走了。高级军官,如利布将军则带着他的马一起渡河。德军辎重队有不少俄式马车,乘马渡河者也不在少数。但也有一些马被急流卷走。

德军后卫的撤退和突围更顺利一些。第 57 师师长特罗维茨少将为了避

[①]《维金装甲》,第 237 页。
[②]《东线战场》,第 229 页。

开苏联坦克,下令化整为零,分散突围。他自己则带着一小队人马躲进狭窄谷地。入夜,苏军停止射击。特罗维茨等人乘机从一些原地不动的苏联坦克旁溜走,然后以燃烧着的雷相卡为目标前进。最后,他们在夜色掩护下悄悄穿过苏军对外防线的散兵坑群,竟没有遭到任何射击和拦阻。2月17日24时,第57师指挥部抵达雷相卡。第二天,他们与第16装甲师相遇,得知这个师如今只剩下2辆坦克能用。同样担任后卫的第88师穿过239高地以南的森林撤退到格尼洛伊季基奇河,然后动手搭桥。虽然在苏军炮击下一度陷入混乱,第88师还是把桥建了起来,得以顺利逃生。一片混乱中,第389师师长克鲁瑟少将也保持着冷静。第389师自战役开始以来就被重创,此后依附于第57师。包围战期间,克鲁瑟一直没什么存在感。现在,他却设法聚拢一些人马,还派出了几个军官侦察分队。其中一队人马发现格尼洛伊季基奇河河曲部有个缺口,直接通向雷相卡。到2月17日下午,渡河行动变得较为有序,还建起了临时渡桥。

包围圈外,"贝克"团依然小心翼翼。先头的3辆"虎"式坦克约在上午9时一度爬上239高地山顶。但这些坦克在苏军猛烈炮火轰击下很快又后撤了,退到山后约400码处。稍晚一些时候,"贝克"团又集结了8辆"虎"和6辆"黑豹"。但他们得不到施特默尔曼的消息,所以还是按兵不动。接近中午时分,"贝克"团的8辆"虎"终于突向239高地。此时,阻击于此的苏第181坦克旅在对外包围圈上只剩下5辆T-34坦克可用。其中3辆坦克转向南面,阻击"贝克"团,另外2辆继续阻挡德军突围。239高地上的苏第438团也打光了炮弹,活下来的炮手在团长指挥下,只能死守一小块支撑点。而当苏第27集团军冲向申杰罗夫卡之后,留守239高地的步兵单位,主要就是近卫第41师的第124步兵团一部。

就这样,"贝克"团的"虎"式坦克一度冲破苏军最后的薄弱防线,为一些德军官兵打开了逃生通道。苏第20坦克军当天还有9辆T-34坦克和1辆Su-76自行火炮可用。他们从南面袭击了盘踞在十月村的10辆"黑豹"坦克(6辆属于"贝克"团、4辆属于第1装甲师)。一场短促的坦克战之后，第20坦克军为了保存实力，被迫后退。第1装甲师和"贝克"团的混成战斗群宣称以损失1辆"黑豹"的代价击毁了7辆T-34。第17装甲师宣称击毁了另外1辆T-34坦克。可是根据苏方记录，当天只有1辆T-34彻底损失。

数万名抵达格尼洛伊季基奇河的德军，在救援部队的重型坦克配合下，猛烈冲击着苏军近卫第4集团军的警戒地段，几乎直接把苏军踩踏在脚下。近卫第41师在德军内外夹击下死伤特别惨重，共损失了2400人。但近卫第41师和近卫第7空降师也乘机抓到了很多精疲力竭的德军官兵。近卫第41师教导营的3个学员就俘虏了29名德国士兵和2个军官[1]。近卫第4集团军宣称在2月17—18日共抓获5106名德军官兵。可是更多的德国人冲破了包围。很快，通过两个方向逃生的德军官兵逐渐增加到3万人左右。消息传来，在乌曼的列车上熬了一晚的曼施坦因，总算可以放心了。

2月17日接近中午时分，科涅夫已经意识到事情不妙。第27集团军和第29坦克军只拦住了部分德军后卫，德军主力就要逃脱了。可他却没有足够的坦克去追击，而步兵又肯定追不上。于是在11时，他匆忙命令近卫第5骑兵军调转方向，向南发起追击。可是近卫第11、12骑兵师与战场相距太远，而沿途道路都被积雪覆盖。两个骑兵师艰难地策马行军了一天，拖到20时才勉强抵达指定地区。

只有第63骑兵师及时追上德军。没有逃出去的德军官兵只能任人宰割，一片片死于炮火、坦克履带和马刀之下。科涅夫后来扬扬得意地告诉南斯拉夫人，当德国兵举手投降时，手也被哥萨克马刀砍掉了[2]。

2月18日，苏军大致荡平了残余德军。近卫第5坦克集团军当天抓到了2000名俘虏[3]，整个战役期间则抓到2335人。第27集团军战役全期抓到了7558名俘虏[4]，估计多数也是最后两天所获。当然，俘虏中肯定有不少是

---

[1]《苏联空降兵 军事简史》，第310页。
[2]《同斯大林的谈话》，第40页。
[3]《乌克兰之战》，第126页。
[4]《第27集团军战斗行动记录簿1943年12月28日至1944年2月29日》，第65页。

所谓俄国辅助人员。上述两个集团军和第63骑兵师承受了最后阶段阻截德军的主要任务。但他们反应太慢太晚，实际只挡住了部分后卫。与之相比，申杰罗夫卡以东的苏第52集团军自2月17日到2月18日，只战死了55人、战伤138人[1]。这个集团军距离德军突破口太远，也没能拖住德军后卫，总之没派上多大作用。

留在申杰罗夫卡的600名德军重伤员下场不明。2月18日当天，苏联新闻局发了一个公告，说德国人根据希特勒的命令，毒杀和枪杀了自己的伤员。德国方面当然不承认这个说法。在场的苏联记者回忆说[2]，他听闻苏军在申杰罗夫卡接收了德军重伤员，还得到一封施特默尔曼的信，请求给予伤员人道待遇。可是当德军突围到朱尔任齐村时，却把一些带出来的伤员打死了，似乎是狂热的党卫军下了手。一些党卫军还躲在灌木丛里，用机枪扫射想要投降的德国士兵，最后被俄国坦克压得稀烂。后来很多书籍常把申杰罗夫卡和朱尔任齐两地的事情混为一谈。最新出版的德国官方战史只提到随军突围的伤员在途中遭到坦克截击而死伤惨重（很多德军官兵目击了这一情景）。对留在申杰罗夫卡的重伤员，德国第42军代理医务主任只能报告："无人知道他们的命运如何。"

申杰罗夫卡本身被烧成一片废墟，只有中学等少数建筑幸存。科涅夫说德军逃离前还把一些居民关到房子里一起烧掉[3]。自1943年夏季以来，德军从乌克兰逐渐撤退，一路都在执行焚烧村庄的焦土政策，本不足为奇。但在申杰罗夫卡，突围德军需要保持静默状态，搞这么大动静对他们不利。而施特默尔曼还预定要在申杰罗夫卡把重伤员转交给苏联人，似乎更不该搞这么厉害。烧掉申杰罗夫卡或许是德军后卫部队自作主张。苏联夜航飞机的猛烈轰炸可能也加大了火势。

虽然直到2月19日，还有小股德军逃出包围圈，但在2月18日，包围

---

[1]《第52集团军战斗日志1944年2月》，第18页。
[2]《随军四年采访记(2)》，第188页。
[3]《方面军司令员笔记》，第128页。

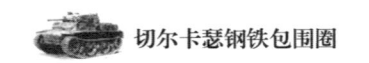

圈内的战斗已经基本结束。经过抢修，苏联近卫第5坦克集团军当天有48辆可用战车。具体构成如下[①]：

第18坦克军有20辆T-34；第20坦克军有9辆T-34、1辆自行火炮；第29坦克军有7辆T-34、11辆Su-85（新增援上来的一个自行火炮团）。

苏军新增了11辆Su-85（属于第1446自行火炮团），显然原本是想打突破进来的德国重型坦克。可是重型坦克没打进来，被围德军已经自己突围出去了。而Su-85和剩下的T-34坦克，显然不适合发动强大追击。圈外，德军救援部队也早已油干灯枯。第1装甲师还剩3辆"黑豹"可用，一个装甲步兵营还有76人；第16装甲师的一个装甲步兵营则只剩下30人。更致命的是，德国坦克部队已经耗尽了油料和弹药，甚至食品都不充足。却被夹在一个三面都是苏军的狭窄走廊里。德国人无力守住已有战线，只能掩护着3万多名突围人员，逐渐向后撤退。2月18日19时，德军放弃了十月村；2月19日5时30分，第1装甲师后卫开始撤出雷相卡[②]。此时，撤退通道已处于苏军猛烈炮火的轰击之下。对德军来说，撤退中最艰巨的工作，是把大量受损而无法开动的坦克和强击炮拖走。实在没法拖走的坦克，只能就地炸毁。很多"虎"和"黑豹"坦克就这样永远留在了切尔卡瑟战场。

5. 胜利或失败

突围开始前夜，德军在包围圈内有4.7万人，包括2100名伤员。最终有3.6万人逃出了包围圈，其中7500人负伤。换言之，2月17—18日连续两天的血腥突围战斗，导致约1.1万名德军官兵死亡或被俘，另外有不少于

[①]《近卫第5坦克集团军作战日记1944年1月24日到2月29日》，第25—26页。
[②]《德国在俄国前线的防御战斗1944》，第68页。

6000人战伤。爆发过突围战的地区，留下了大量尸体、武器、装备和俘虏。特别在申杰罗夫卡村的出口地区，德军的坦克、自行火炮、榴弹炮和各种车辆，几乎铺满了大地。他们大概属于遭到苏第29坦克军截击的后卫部队和辎重队、火力队等等（包括"维金"师坦克营等）。捡"洋落"的苏联妇女为了获得一双靴子，干脆把尸体的腿也砍了下来。在场的苏联记者波列伏依发现，押送俘虏的苏联士兵没有按规定分列两侧，而是聚在俘虏队列后面，大大咧咧地抽烟聊天，压根儿不在乎这些衣衫褴褛疲惫不堪的德国人会逃跑——事实上也无处可逃。赛德利茨穿着整洁漂亮的德国将军服，由副官陪同着"巡视"

丢弃在申杰罗夫卡村的德军105自行火炮和三号强击炮

组织被俘军官为苏联服务的赛德利茨将军

了战场，看见了原野上的德军尸体和陷在雪里的武器装备。在俄国人准备的酒宴上，赛德利茨寡言少语，只是偶尔抱怨说希特勒批准突围太晚云云。他虽然已经完全为俄国人服务，但还是与德国军官团保持着一样的固执偏见。

最关键的是，被围德军的最高指挥官——施特默尔曼炮兵上将没有生

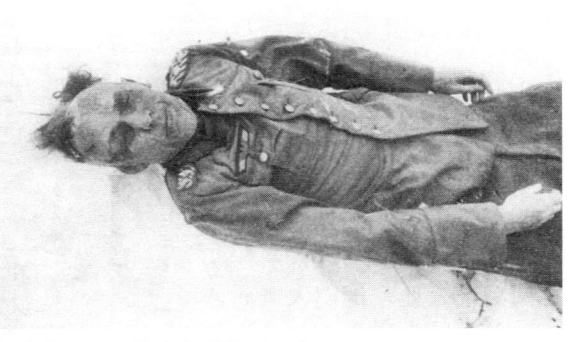

朱尔任齐村附近发现的施特默尔曼将军尸体

还。德国通行的说法是，突围开始后不久，施特默尔曼和副官就被苏军的反坦克炮弹炸死了。可是混乱中，德军部队很晚才发现他们的司令官不见了。施特默尔曼的尸体最终被俄国人发现，安置在一个谷仓的粗糙桌子上。苏联记者波列伏依描绘了这具尸体[1]，与现场照片大体一致：

"在朱尔任齐村，人们给我看了一具尸体，是刚刚在战场发现后运了回来的。死者身穿将军服，是个上了年纪的有点秃顶的人，面庞消瘦，颧骨很高，已经有好长时间没刮过胡子，头上有一道疤——也许是在战场上受的创伤，但更可能是大学时期一次决斗中被砍了一剑而留下的伤疤。死者两手消瘦，手指骨节嶙峋，身上的制服已破旧不堪，脚上那双优质羊皮靴沾满了污泥，已经破了。在制服口袋里发现了证明他是步兵上将（应为炮兵上将）施特默尔曼的身份证，一份在禁区打猎的许可证，还有几封家书和几张家人的照片。"

科涅夫下令允许德国战俘以军礼安葬施特默尔曼（有现场照片存世）。据他本人的说法，这是为了遵守战时法。特别崇拜科涅夫的记者波列伏依记录了科涅夫对施特默尔曼的评价："他没有扔下自己的部队，他死得像一名真正的战士，所以配得上这种礼遇。"从另一个角度来看，施特默尔曼的尸体也帮了科涅夫的大忙：没有比这个更能证明德军被全歼的"事实"了[2]。

---

[1]《随军四年采访记(2)》，第179页。

[2]《方面军司令员笔记》，第131页；《随军四年采访记(2)》，第180页。

德军战俘搬运施特默尔曼的尸体

科涅夫后来得知其他德国将军（比如"维金"师的吉勒）跑掉了，就自我解释说德国将军要么是坐飞机逃跑，要么是化装潜逃。总之都是些懦夫。这后来成了苏联军队内部的统一口径。甚至朱可夫也这么说。

斯大林也不愿意深究真相。斯大林当然知道科涅夫是半路才接下朱可夫和瓦图京的烂摊子。前线的内务密探或许早已证实，德军虽然有些人逃走，但包围圈内的确尸横遍野、丢弃了大量武器装备和一万名左右的活德国兵（俘虏是要交给内务部门核实的）。战果大概已经让斯大林满意了。更重要的是，斯大林格勒战役已经过去一年多，苏军虽然不断取胜，却未曾再度全歼德军重兵集团。这次在切尔卡瑟，至少也是接近于"全歼"的程度。

总之，还在 2 月 17 日深夜，战斗尚未完全停息之际，斯大林就匆匆忙忙地认可了科涅夫的成功——以及最初报上来的战果数字：打死德军 52000 人，抓获 11000 人——苏德两军都过分夸张打死对手的人数，几乎成了得到最高层默认的惯例。但俘虏人数还是比较有参考价值——发布嘉奖令的同时，也就是 2 月 18 日 1 时，莫斯科用 224 门礼炮齐鸣 20 响，以此庆祝乌克兰第 2 方面军——也就是科涅夫的胜利。斯大林还故意没有提及乌克兰第 1 方面军的功劳。朱可夫抱怨着斯大林的偏心，但还是必须遵照命令，把奖赏——元帅肩章用飞机送给科涅夫。又一颗元帅之星在红军中升起。罗特米斯特罗夫坦克兵上将，更是得到了斯大林的特别奖赏——成为苏军历史上第一批坦克兵元帅之一。数千名苏军官兵得到了勋章和奖章，其中有几十人获得了苏联英雄称号。

科涅夫对自己的成就也非常满意。战役结束后不久，他得意扬扬地告诉记者波列伏依，斯

丢弃在包围圈的德军四号坦克，属于"维金"师

大林亲自把切尔卡瑟战役誉为"第二个斯大林格勒"。几天后（2月23日），斯大林发布第16号最高统帅命令，公开将切尔卡瑟战役称为"新的斯大林格勒①"。这后来成了苏联官方的标准说法。

德军好歹救出了3万多名官兵，当然不会承认斯大林的胜利宣言。2月20日，德国武装部队最高统帅部发布了切尔卡瑟战役的最终公告，简单宣布在经过"艰苦战斗"后，德军成功突破了苏军的包围。

但是德军高层都很清楚，获救的两个军，短期内是没什么战斗价值了。"维金"师师长吉勒少将的总结是："大部分装备损失掉了，大部分人员得救了②。"他的上司利布更加直言不讳，报告说"维金"师和第72师丢掉了所有的坦克、火炮、车辆和给养③。

实际上，以"维金"师为例，虽然账面上有8000多人突围（包括"瓦洛尼亚"旅等），但其中只有300个步兵④，剩下的都是些没有坦克的坦克手、没有炮的炮兵和后勤人员之类。马腾克洛特步兵上将在波兰接管了第42军和"维金"师的幸存官兵。他宣称，"维金"师"事实上已经在切尔卡

---

① 《斯大林文选》下，第376页。
② 《维金装甲》，第238页。
③ 《地狱之门》，第325页。
④ 《德国在俄国前线的战术1944—1945》，第205页。

瑟被毁灭了"。

从地面和空中逃生出来的3万~4万人（包括1万多名伤员），身心也都极度疲惫和沮丧。第1装甲集团军派人实际视察获救人员后，报告称[1]："自1月28日以来被围的这些部队，有意无意感到斯大林格勒的命运近在眼前"、"不能不认识到，只有少数天生坚强的军人能再次承受这样的紧张情绪"。曼施坦因则早在2月17日就做出决定，把所有幸存者都送到波兰去休养。

纳粹宣传部长戈培尔却不能让生还者太悠闲。送命的"瓦洛尼亚"旅长雷普尔被宣传成大英雄。后任旅长德格雷勒也回到布鲁塞尔做演讲，站在雷普尔的巨幅照片和切尔卡瑟地图前手舞足蹈大喊大叫。突围的"英雄"们笑逐颜开、整齐列队，逐个与戈培尔握手。这些场面被拍摄成纪录电影（新闻周报第705号），于1944年3月8日在德国控制区公映[2]。戈培尔就这样把切尔卡瑟战役捧为德军的一次伟大胜利，更是武装党卫军斗志顽强的又一个胜利证明。切尔卡瑟之战后，武装党卫军更加急速地扩充部队，不能说与之无关。

宣传的喧嚣热闹背后，却是冷酷的现实。切尔卡瑟战役期间，遭受重创的不仅是德军突围部队。参加救援的德军各装甲部队，也不剩多少战力了。第3装甲军主力部队的第16装甲师经过短期休整，到2月22日只有5辆"黑豹"和2辆四号可用，另有49辆"黑豹"、52辆四号和22辆强击炮需要修理。同一天，第506营投入切尔卡瑟战斗的27辆"虎"，只剩下1辆可用，另外19辆都需要修理，还有7辆已经彻底损失。2月29日，第26坦克团第1营还有61辆"黑豹"坦克，但其中只有15辆可用。同一天，"贝克"团的第23坦克团第2营有57辆"黑豹"，其中只有3辆可用[3]。经过一番抢修后，到3月1日，第11、13、14装甲师加起来还是只有43辆战车可

---

[1]《陆军历史系列 斯大林格勒到柏林 德国陆军在东线的失败》，第238页。
[2]《德国新闻周报 第705号》1944年3月8日。
[3]《救火队》，第650、807页。

朱可夫与科涅夫

用（内含 10 辆"黑豹"），另有 88 辆需要修理（内含 64 辆"黑豹"）。

就这样，曼施坦因为了救出 2 个军残部约 3 万多人，导致手下一大半的精锐装甲部队都陷入瘫痪状态。战役结束不久的 3 月初，当苏军沿着几乎整个乌克兰战线再次发起大规模攻势时，曼施坦因根本无力抵抗。在切尔卡瑟战役中充当救援部队的第 1 装甲集团军，自身也陷入包围圈。留在乌曼等地的大量待修坦克和强击炮，全都落入苏军之手。不到一个月时间内，曼施坦因的南方集团军群就被直接驱赶到了对德国生死攸关的罗马尼亚。德军在切尔卡瑟的战术成就，就这样演变成一场战略上的巨大灾难。曼施坦因没能当上东线总司令，反而因为这一系列惨败而遭到罢官，结束了自己的军人生涯。而希特勒的第三帝国，距离最终灭亡也更近了一步。

三、大战之后

1. 结算：苏军篇

切尔卡瑟战役在苏德战争史上处于非常微妙的地位。即使不考虑战役对苏德战争全局的战略影响，即使在最亲德的西方研究者群体里，也很少有人把它视为德军的大胜利。但苏联所赢得的胜利价值更被广泛质疑。而在信息极度不透明的冷战时代，几乎不可能对切尔卡瑟战役做精确评估。

尤其在苏联时代，除了个别例外，苏联军队在二战期间历次战役的人员损失和装备消耗数据，都是保密的。切尔卡瑟战役也不例外。苏联解体后不久，俄罗斯官方才发布了红军在切尔卡瑟——或者说所谓科尔松—舍甫琴柯夫斯基战役的人员损失情况：作战期间，红军累计投入336700人。其中死亡、被俘、失踪（也许还有逃亡）总计24286人，负伤和患病55902人。合计80188人[①]。按苏联军队的标准，这是一次损失比较小的战役。

以上是包括非战斗损失在内的数字。战斗损失人数却没有被明列出来。这方面，目前所知的情况比较零散。已有的一些档案材料表明，苏军对外阻击部队的损失不算太大。2月1—17日，乌克兰第1方面军的外围阻击部队（阻挡德军救援主力的第3装甲军），战斗损失累计只有8386人。具体细目

[①]《苏联在二十世纪的损失和战斗伤亡》，第109页。

如下[1]：

	阵亡	负伤	失踪
第6坦克集团军	882	2085	1474
第40集团军	764	2480	485
第1、2坦克集团军	36	134	46
总计	1682	4699	2005

苏军在突破阶段损失很大。乌克兰第1方面军第40集团军在1月21—31日就阵亡了2353人、负伤6561人（包括切尔卡瑟战役以外损失）。对内包围圈的部队伤亡也较为严重。苏军有两个主力集团军承受了阻止德军突围的主要任务。第27集团军负责几乎整个包围圈西部，在奥利沙纳—克维特克村、申杰罗夫卡、2月17—18日突围等一系列最关键的阻击战中充当主力，共有1216人阵亡、4707人负伤、1021人失踪[2]。其中在2月1—17日的包围战期间，就阵亡793人、负伤3221人、失踪127人。

近卫第4集团军是包围圈东部的主力部队，实际上也是整个对内包围圈的最大主力，占对内包围圈总兵力的一半以上，战役末期还承担了对外阻击任务。这个集团军的人员损失更大[3]，自1月24日到2月18日，战死2326人、战伤9468人、失踪245人。

在突破、对外阻击、对内阻击，都承担了关键责任的坦克部队——近卫第5坦克集团军，则有432人阵亡、1042人负伤、15人失踪。技术装备方面，近卫第5坦克集团军被烧毁（完全损毁）了192辆战车（137辆T-34、51辆轻型坦克等、3辆Su-85、1辆Su-76），被击伤193辆（可修复。包括153辆T-34、35辆轻型坦克、1辆Su-122、2辆Su-85、2辆Su-76），地雷炸毁19辆（18辆T-34、1辆Su-76）[4]。

---

[1]《乌克兰第1方面军作战行动日志1944年2月1—29日》，第122页。
[2]《第27集团军战斗行动记录簿1943年12月28日至1944年2月29日》，第65页。
[3]《近卫第4集团军作战日志1944年2月1—29日》，第63页。
[4]《近卫第5坦克集团军作战日记1944年1月24日到2月29日》，第35页。

其中以第 29 坦克军为例。从 1 月 25 日到 2 月 18 日，共损失 81 辆 T-34。其中烧毁 26 辆、击伤（可修复）47 辆、地雷炸毁 5 辆、失踪 3 辆。同期还损失了 3 辆英国坦克（烧毁 2 辆、击伤 1 辆）和 5 辆 Su-85[①]。

西方史学家，比如泽特林，认为苏联坦克只要被击中就算全毁，战斗损耗全靠后方送来的新坦克补充。而实际上，以苏军的经验，一次持续 15～20 天的战役，平均会损失 83% 的战车，但只有 25% 属于不可恢复损失[②]，其他都可以修复。而得到修复的坦克，被视为战斗过程中补充坦克损失的"最重要来源"。

苏军剩下的 2 个参战集团军状况如下：第 52 集团军规模小而且摆在战事轻微地段，自 1 月 21 日到 2 月 18 日战斗损失约有 3800 人（根据作战日志累计）。第 53 集团军编成很大，在突破阶段（1 月 24—31 日）战斗死伤近 3700 人。但在阻击战阶段承受的压力较轻，整个 2 月也只战损了 1600 人。

综上所述，切尔卡瑟战役期间，苏联各参战集团军共蒙受约 47000 人的作战损失，其中阵亡和失踪约有 15000 人。上述数字并不完整（包括了一些切尔卡瑟战役以外的损失）。但通过这些数据，大致可以了解苏军战斗损失的细节和概貌。

2. 结算：德军篇

德军在切尔卡瑟战役的损失，一直有苏联和德国的两套数字。从斯大林时代直到苏联解体，近五十多年来，苏联官方对切尔卡瑟战役的成果始终保持统一口径，甚至还有所加码。勃列日涅夫时代官方战史的说法是：在包围圈内歼灭了 73200 名德军[③]。其中打死 55000 人，抓获 18200 人。比斯大林

[①]《第 29 坦克军作战行动记录簿》，第 72 页。
[②]《坦克突击》，第 222 页。
[③]《二战史》卷八，第 123 页；《苏联军事大百科·军事历史》下，第 554 页。

时代首次发布的数字更高。苏联官方学者显然想证明被包围的75000名德军官兵只有"一小股"突围——虽然他们的东德同行早已公开了切尔卡瑟突围3万多人的细目表。

苏联战史还宣称重创了德军救援部队，打死了2万人，击毁了600辆战车、329架飞机和500门炮。当然，俄国人公布的这些战果数字，无疑都过度夸张了。本不值得太认真对待。

曼施坦因视察从切尔卡瑟突围出来的士兵

可是，对"切尔卡瑟"包围圈内德军官兵的下落，德国军方对外也只有一些模糊说法。战后，德国第42军军长马腾克洛特应邀为美军提供战争经验，不经意提到第42军在切尔卡瑟损失了33%的军官、军士和士兵[1]，但没有任何具体数字。而在德军内部，则有两份"最终报告"。一份是1944年3月2日报告，记载共有36263人（包括35199名德国官兵和1064名俄国辅助人员）突围成功（详见下表）。加上空运出去的4161名伤员，则总计有40424人获救。

另一份是德国陆军医务长于3月1日关于被围部队损失情况的"最终报告"。这份报告只提交了一些粗略概数，记录"施特默尔曼集群"自2月6日到2月18日全体人员下落如下：2月6日共有53000名德军官兵，其中有35000人（含7000名伤员）突围成功；另有5000名伤员靠空运获救；未逃脱的德国官兵有13000人。"最终报告"推测其中有3000人阵亡，10000人失踪[2]。加上前述12000名伤员，则"施特默尔曼集群"共战损25000名德国官兵。此外还损失约4000名俄国辅助人员。

---

[1]《德国在俄国前线的战术1944—1945》，第194页。
[2]《德意志帝国与第二次世界大战》卷八，第416页;《德国陆军十日伤亡报告1944年度》。

切尔卡瑟之战的部分德军战俘

这份报告非常粗糙简陋，只有些似是而非的概数。缺漏也显而易见。首先，2月6日前的伤亡被完全忽略；其次，所谓"空运伤员5000人"（实际是4161人）中有超过3000人早在2月6日前就被送走了。

西方史学界对"切尔卡瑟包围"的损失还有其他一些估计数字。比如泽特林和弗兰克逊合著的《科尔松口袋》，推测自1月28日以来，共有19000人在包围圈内被打死或当了俘虏，加上11000名伤员，则德军在包围圈内共损失30000人[①]。泽特林和弗兰克逊主要是以他们所推测的德军兵力为计算依据。他们似乎并未见过前述的医务长"最终报告"。

如前所述，笔者通过独立研究，判断最初被围兵力为：57000~58000名德国官兵和5000名俄国辅助人员。57000~58000名德军官兵当中，有39360人突围或空运生还（内含11657名伤员）；5000名俄国辅助人员，则有1064人突围逃生。以此推算，被围德国官兵死亡和被俘约18000~19000人，负伤11657人。合计约30000人到31000人。俄国辅助人员死亡和被俘约4000人。德军和辅助人员总计损失34000人到35000人，其中约22000~

---

① 《科尔松口袋》，第277页。

23000人死亡和被俘。

如前所述，被包围的第11、42军不仅丧失了大量战斗人员，更是丢掉了几乎全部重型武器（约50～70辆战车和600门炮，包括35门150～170毫米口径重炮）。把轻武器也丢掉，空着手逃出来的官兵也不在少数。

切尔卡瑟包围圈内被击毁和遗弃的德军武器装备

"切尔卡瑟"突出部幸存人员构成[①]

第42军直属：619人（军官41人、俄国辅助者13人）
第11军直属：855人（军官34人、俄国辅助者7人）
党卫军"维金"师：8278人（军官196人、俄国辅助者25人）
（含"瓦洛尼亚"旅）
第88步兵师：3280人（军官108人、俄国辅助者117人）
第389步兵师：1932人（军官70人、俄国辅助者33人）
第72步兵师：3815人（军官91人、俄国辅助者200人）
第57步兵师：2950人（军官99人、俄国辅助者253人）
B军级集群（第112、332、255师群）：5213人（军官172人、俄国辅助者382人）
第213警卫师一部（第318、177团）：442人（军官22人、俄国辅助者2人）
第168步兵师一部：642人（军官12人、俄国辅助者29人）
第14装甲师一部：467人（军官14人、俄国辅助者2人）
第239强击炮营：150人
第14轻型观察营：124人（军官8人、俄国辅助者1人）
总计：28767人（军官867人、俄国辅助者1064人）

空运伤员：4161人
雷相卡撤离伤员：7496人

[①]《德国在第二次世界大战》卷五，第56页；《地狱之门》，第398页。

德军在包围圈外的作战损失，相关资料更为零乱。1月底的突破与反突破战斗期间，德国第7军和第47装甲军都蒙受了很大伤亡，却没有专门的统计报告。只有德国陆军的"十日报告"可以提供一些参考数字：1月最后十天战斗期间，德国第1装甲集团军和第8集团军共战损11028人（战死1659人、战伤7559人、失踪1810人）。估计其中只有一半左右是切尔卡瑟地段的损失。再去掉第11、42军的伤亡，则德国第7军和第47装甲军战损约2000人。突破战期间，德国第7军损失最大的部队是第34步兵师，在整个1月损失1626人[①]。

进入2月，曼施坦因发起救援战斗，为此动用了15个师，包括9个装甲师。机械化程度这么高的军团，实施一次为期约20天、交战双方的火力和兵力都难以机动的救援战斗，人员损失自然不会太大。第3装甲军在2月1—20日共战损3158人。其中有559人阵亡、347人失踪、2252人负伤[②]。加上第7军的几个参战师等，德国第1装甲集团军为救援战斗共战损4181人（详见下表）。

切尔卡瑟战役（救援战斗）　第1装甲集团军人员损失　1944年2月1—20日

（单位：人）

	阵亡	负伤	失踪
第1装甲师	35	212	3
"希特勒"师	82	219	17
第16装甲师	90	380	50
第17装甲师	77	225	25
第34步兵师	170	707	105
第75步兵师	23	64	6
第198步兵师	105	509	147
第1火箭炮团	17	32	0

---

① 《研究评注》，第8页。
② 《德意志帝国与第二次世界大战》卷八，第416页。

续表

	阵亡	负伤	失踪
其他单位	205	637	39
合计	804	2985	392

注：仅统计参加切尔卡瑟战役的部队。

切尔卡瑟战役结束后不久，德国战俘组织发布的传单，也把切尔卡瑟战役与斯大林格勒相比

第47装甲军没有切尔卡瑟战役损失的专门报告。只知道有几个参战师在2月各伤亡了300人或500人。根据德国陆军的"十日报告"，整个第8集团军在1944年2月1—20日共阵亡578人、负伤2619人、失踪302人[①]。但这包括了非切尔卡瑟参战部队的损失，虽然这类部队并不多。

综合上述材料，为了实施反突破和救援战斗，德军在包围圈外损失约9000人，其中战死和失踪约2500人。

救援切尔卡瑟的武器损失情况，德军的报告也相当零散。第3装甲军报

[①]《德国陆军十日伤亡报告1944年度》。

告攻打雷相卡的战斗过程中,共有217辆装甲车(包括坦克、强击炮、装甲侦察车、装甲输送车等)"完全损失"。其中75辆被苏军直接击毁;142辆受损无法撤离而被德军自行炸毁①。

另据报告,第3装甲军主力3个师和3个营(不含"希特勒"师),自2月1—20日有138辆坦克和强击炮完全损失。其中45辆被苏军直接击毁,其他大都因为无法撤离战场而被德军自行炸毁。加上"希特勒"师,则有156辆坦克和强击炮完全损失(详见下表)。

1944年2月1—20日 第3装甲军部分单位坦克与强击炮损失②

(单位:辆)

单位	炮火摧毁	地雷	自燃	自行毁弃	桥梁坍塌	淤陷
第1装甲师	16	3	2	25		5
第16装甲师	6	3	4	18	1	
第17装甲师	6			10		
第23团2营	6	2	2	15		
第503营	1	2	1	3		
第506营				7		
合计(1)	35	10	9	78	1	5
"希特勒"师	8辆坦克(内含6辆"黑豹")、10辆强击炮					
合计(2)	156辆坦克和强击炮					

注:1. 仅限彻底损失;2. 未包括强击炮营等。

上述报告在细节上还存在一些争议。比如第503营,据报告在2月1—20日彻底损失7辆"虎"式坦克。其中1辆被炮火摧毁、2辆被地雷炸毁、1辆自燃、3辆被德军自行毁弃(泽特林等人认为自行毁弃都是因为出了技术故障)。

---

① 《德意志帝国与第二次世界大战》卷八,第417页。
② 《科尔松口袋》,第286页;《德意志帝国与第二次世界大战》卷八,第417页。

可是"虎"式坦克作战史专著《"虎"在战斗》给出的数字是[①]：第503营自2月1—18日，彻底损失10辆"虎"。其中6辆被苏军击毁，4辆被德军炸毁。而被自行炸毁的"虎"，有3辆是因为中了地雷而无法撤离。另外，撤离战场回到乌曼基地后，第503营又于2月25日抛弃了8辆严重受损、无法修复的"虎"式坦克。则总损失为18辆"虎"式坦克，而且大都是因为作战原因而丧失。

两组差异数据，在一些细节上还可以商榷。但后一组数据可以证明两个关键问题：德军自行毁弃的坦克，很多也是因为战斗损伤；战斗期间遭到致命损毁的德国坦克，有一部分是战役结束后才抛弃的，没有算入战役损失。

再以第1装甲师为例。根据独立报告，该师在切尔卡瑟战役中彻底损失了27辆"黑豹"和9辆四号。其中9辆"黑豹"和4辆四号被苏军炮火击毁；3辆"黑豹"和1辆四号毁于地雷；还有14辆"黑豹"和4辆四号因无法回收而自行炸毁。另有1辆"黑豹"损失情况不明。

与第3装甲军相比，尚无第47装甲军的战车损失完整报告面世。仅知以下情况：

第26坦克团第1营自1月28日参战以来，彻底丧失了16辆"黑豹"[②]，其中12辆被苏军火力摧毁、2辆损失原因不明、2辆为技术原因等丧失。

第3装甲师为切尔卡瑟战役彻底损失了26辆坦克、8辆坦克歼击车、7门自行榴弹炮、4门88毫米高炮、8门150毫米榴弹炮、12门105毫米榴弹炮。

第11装甲师无明确损失报告。这个师在1月20日有86辆"黑豹"坦克（包括在修车），到3月1日只剩下64辆（10辆可用、43辆短期在修、11辆长期在修）。换言之，第11师同期彻底损失了22辆"黑豹"。

第14装甲师自1月26日到2月16日，彻底损失了9辆坦克和强击炮。

[①]《研究评注》，第7、10页；《"虎"在战斗》第一册，第130、187页。
[②]《科尔松口袋》，第353—354页。

第 13 装甲师无报告。

德军投入的几个强击炮营，也大都没有详细损失报告面世。

根据上述材料进行综合分析，大致可以估计德军在切尔卡瑟战役一共彻底损失了约 320 辆坦克和强击炮。其中包括 14~25 辆"虎"式坦克，约 100 辆"黑豹"坦克。以上不包括自行榴弹炮和自行反坦克炮等等。

为了执行切尔卡瑟空运任务，德国空军也付出一定代价，彻底损失了 50 架飞机，包括 32 架 Ju-52、13 架 He-111、5 架 Bf-109。另有 160 架德军飞机受损，包括 113 架 Ju-52 和 He-111、47 架战斗机[1]。上述数字似乎没有包括地面损失的运输机。德国空军的人员损失倒是没那么可观，只有 22 名机组成员阵亡，另有 56 人失踪。被击落的德国机组成员，很多都落在德军控制区域，还能搭乘其他运输机安全返回。另一方面，为运输机队担任掩护任务的战斗机部队也有一定伤亡。如第 51 战斗联队第 11 中队，原有 12~14 名飞行员。五周后只剩下 4 人[2]。

与之相对，战役期间，苏联空军（空军第 2、5 集团军和国土防空第 10 战斗机军）共出动飞机 11300 个架次[3]。包括战斗机出击 3445 个架次、强击机出动 3031 个架次。可是苏联轰炸机在白天只出动了 373 个架次，几乎是可以忽略不计的出动量。骚扰为主的胶合板飞机在夜间倒是出动了 2587 个架次。

苏方记录德国空军相应出击了 5906 个架次，其中包括 1506 个架次的战斗机和 3300 个架次的昼夜轰炸——昼间轰炸出动强度几乎与苏军相当，而德国飞机的投弹量可能更大。因为德军在白天出动的大都是双发轰炸机。还有 1100 个运输架次（德方记录为 1500 多个运输架次）——看来俄国人的观察数据有些偏低。苏联空军的具体损失情况不详。只知道为了给部队空运物资，苏联人摔掉的飞机很多。不过俄国人空运损失的大都是些小型木头飞机，和德国人失去的大型双发、三发飞机的价值不可等量齐观。

---

[1]《德国在俄国前线的防御战斗 1944》，第 34 页。
[2]《巴格拉季昂到柏林　最后的东线空战 1944—1945》，第 39 页。
[3]《二战史》卷八，第 125 页。

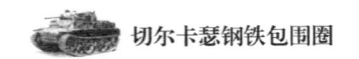

综上所述，虽然不能说已经获得了苏德两军损失情况的全面数据，但可以看出，德军的种种战术优势，未能换取昔日标准的重大战果。兵力和兵器皆无绝对优势的苏军，战术成果倒是超过了预期。

3. 余 谈

切尔卡瑟战役，是一场交战双方都没有长时间精心准备、仓促发动、地形条件还特别恶劣的战斗。双方都缺乏弹药、油料，也都很难机动和调用部队。参战部队也大都是残缺疲敝之师。战役期间，苏军投入近34万人，德军投入约24万人（德军兵数不含集团军后勤和空军单位等）。按苏德战争的宏观标准，属于"中等"规模的会战。恶劣天气导致空军经常缺席，而步兵和炮兵在泥泞中又寸步难行。这使切尔卡瑟战役更多是由坦克来决定胜负。两军维持在战场上的坦克和自行火炮（德军为强击炮），苏军约为300～500辆，德军约为100～300辆（以上均不算在修车）。

就数量规模而言，俄国人有一定优势，但没有大到德国人惯常所夸张的那种程度。更何况，切尔卡瑟战役实际上是库尔斯克会战后，德国装甲部队最大规模的一次集结，聚拢了全德国大部分的装甲精英，重型坦克的投入比率甚至远远超过了库尔斯克会战。而这些重型坦克依然占据着绝对的技术优势——这种优势仅限于装甲坚固和火力强大之类。德国重型坦克容易出故障和战场通过能力有限的劣势也暴露无遗。作为一次仓促展开的反击战，德国装甲部队的战备率低下得可怕。10个装甲师连同一些独立营团，同时能用的坦克和强击炮，战役期间竟然没能达到400辆。当然苏军的情况也同样尴尬，各坦克部队投入战斗时就已经呈严重缺额状态。

当然德国人还有其他很多战术优势：除了坦克和强击炮，有更多的装甲车（包括各种自行火炮和步兵输送车，甚至火箭炮装甲车等等）；士兵接受过更好的训练；有更多的合格军官和军士；更专业的战场侦察；更好更大的运输飞机，等等。但这些优势都没能演化为决定性的胜利因素——运输机方面可能算是例外。在斯大林格勒空运失败的德国空军，这次没有重蹈覆辙。没有他们的支援，被围德军根本没法坚持。但这也不算奇怪。早在1942年，德国空军就被证明有能力为10万人规模的被围部队提供给养。可是更多就不行了。而在切尔卡瑟，只有6万多人被围困，还在德国空军能力范围内。另一方面，这也证明苏联空军没有绝对的制空权，无力阻断德军的空运。

与德军相反，苏联军队虽然充斥了大量不合格的士兵（特别是步兵），多数下级军官依然素质低下，可是攻防两方面的战术能力都有很大提高，总能取得切实的成效。这或许更有赖于俄国高级指挥官和参谋人员的努力。苏联坦克部队在切尔卡瑟拿出了自苏德战争开始以来最好的表现。面对拥有大量重型坦克的德国最精锐装甲师，俄国坦克手还是能打得有来有回，场面上不怎么处于下风。虽然苏军已经过时的T-34/76型坦克很难彻底击毁"虎"和"黑豹"，但在坦克手的出色操控下，多次通过短促战斗就瘫痪了德军的大型坦克集群。苏联第20坦克军被切断后路，却依然奋力向前突击，一举扭转整个战局。这些壮举证明苏联坦克部队已经有了一批深谙坦克战精髓的最出色指挥官和最好的坦克手。

乘马冲锋的苏联骑兵

当然，很多负面因素都限制了俄国人在切尔卡瑟取得更大战果。除了前述的坦克质量劣势外，苏联炮兵在这场战役中表现不甚突出。这主要归咎于炮弹不足和泥泞地形下难以移动火炮。相对来说，德军的很多野战炮、反坦克炮、步兵炮甚至高射炮和火箭炮，都安装在履带车上，因此在战场上反而比俄国炮兵更活跃。俄国步兵一如既往的糟糕，甚至比1943年夏秋更糟糕。就这点而言，他们的表现反而有些高于预期。虽然他们的夜间警戒做得极差，多次被德军偷袭得手，但反复争夺据点的顽固劲头却一点都不输给对手。苏联步兵在对外对内两个包围圈（后来又搞了一条中间防线）构筑阵地的速度也不算慢。与步兵性质类似的苏联战斗工兵，12天内在乌克兰第2方面军的内外防线（长度80公里）埋下了35400个反坦克地雷和6600个反人员地雷[①]。他们还经常在火线直接布雷，给德国装甲部队造成相当毁伤。

虽然切尔卡瑟战役在松软泥泞的可怕地形条件下展开，苏德两军却还是经常改变作战方向，为此就需要尽最大限度努力，进行大幅度的战场兵力机动和调运。这既需要高级将领的敏锐战机嗅觉，也需要下级士兵们克服天然障碍的巨大努力。相对来说，苏联将军们的表现要略为逊色一些。其实俄国人对曼施坦因装甲部队的攻击方向大体算是预测正确，反应也算及时。可是对包围圈内德军的兵力调动，俄国人的反应却相当迟钝，最后让德国人成功获得了突围地段的局部优势。

俄国高级司令部的战术错误，可能更多是因为指挥关系不够协调。德国方面，切尔卡瑟战役由曼施坦因及其司令部统一指挥。斯大林虽然安排朱可夫统一调度两个方面军的行动，但朱可夫更多只是扮演协调人和监督人的角色，缺少实际指挥权限，手下也没有足够的参谋班子。一个完整的对内包围圈，却由两个高级司令部各负责一半，其中瓦图京的司令部还更关注切尔卡瑟以外的战事。两个方面军彼此难以紧密协同，也就不怎么奇怪了。斯大林拖到2月12日才让科涅夫全权负责整个对内包围圈，其实为时已晚。尤其是苏军主力早已聚集在包围圈东部，很难及时赶到西面去截击突围德军。这

[①]《乌克兰之战》，第136页。

是俄国人在整个战役中最致命的错误，科涅夫也来不及挽回了。加上最后关头的预警延误了3~4个小时，科涅夫只能用少量步兵、一个预先安排的反坦克炮团，和一些仓促掉头的坦克以及骑兵来阻击4万名德军官兵。于是德国人得以用最简单最原始的战术：人海集群的密集冲击，打破了包围圈。

俄国骑兵的表现也有些论述价值。自第一次世界大战以来，姿态过高体形过大又难以隐蔽的骑兵，在密集火力面前很快丧失了主力兵种的价值。但在苏德战场，苏联人还是保有大量骑兵。这既是因为斯大林对骑兵的个人偏爱，但更多却是因为在俄国恶劣的道路状况下，骑兵比步兵更容易穿越山林、沼泽、雪野和泥泞松软的春季大地。也正因为如此，当科涅夫发现自己在关键地段无兵可用之际，第一反应就是调动骑兵。但却很难说苏联人（包括科涅夫本人）从此就变得更加重视骑兵了。在斯大林格勒，苏联骑兵在德国空军袭扰下乱成一团，受惊的马完全失控，出了大洋相。而在切尔卡瑟战役中，德国空军较少出现，苏联骑兵也总比步兵更早赶到战场，可是攻坚能力却非常弱。这主要因为骑兵需要比步兵更多的给养辎重，所以很难再携带更多的重型武器和弹药。更因为哥萨克们不愿意下马打仗，而骑在马上冲锋却只能是送命。科涅夫对哥萨克的坏毛病头疼不已。但当德军小股人员完全溃散之际，科涅夫还是给了骑兵一次乘马冲杀的机会。

切尔卡瑟战役就实际成果而言，远远谈不上是"第二个斯大林格勒"，却是苏德战争的一个另类转折点。切尔卡瑟战役后，俄国军队的一些固有弱点将被克服。将投入真正可以和德国重型坦克正面较量的T-34/85坦克和"斯大林2"坦克，结束自1943年以来德军保持太久的坦克技术优势。苏联军队的兵力和武器数量优势也会更大（这得益于曼施坦因等人放弃的大量地盘），会有更好的通讯能力、指挥能力。甚至俄国步兵也将在1944年夏季之前接受相对凑合的训练。这样俄国人就能连续取得真正围歼德国重兵集团的重大胜利——比切尔卡瑟更货真价实的一系列胜利，并最终摧毁第三帝国。

切尔卡瑟战役的特殊价值则在于，证明当俄国人尚未克服这些弱点之

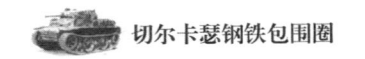

前，也有能力对德军重兵集团展开毁灭性打击——虽然是不那么彻底的打击。或者也可以这么说，俄国人在切尔卡瑟打得比以前（包括库尔斯克战役）更好，但却不如1944年夏季之后打得好。因此，也可以把切尔卡瑟战役作为评估二战苏军战斗实力的中间标准值。

特别附录

东线德军

一、高层架构

1. 统帅机构

第二次世界大战期间的德国武装部队（Wehrmacht，又译为国防军），其正规军有三个军种：陆军、海军、空军。此外还有正规军性质的武装党卫军。而德国陆军又分为野战陆军和后备陆军，彼此之间泾渭分明。结果，德国武装部队实质上由五个正规军种组成。

从广义上说，正规军还并非武装部队的全体。此外，德国还有两大类准军事力量（或可称为辅助力量）：首先是党卫军管辖的武装警察营团和治安机关情报单位等等（他们与武装党卫军是完全不同的概念），其武器装备及编制和陆军步兵单位差别不大。其次是各种随军武装劳工队，比如托特组织、运输军团、帝国劳动队等等。这些所谓劳工队往往采用军事化编制、身着军服且全副武装，实质上也是战斗部队（具体细节后述）。

二战期间，德国武装部队是全世界规模最大的军事力量之一。其正规军兵数自开战时的422万人发展到巅峰时期的近千万人（详见下表）。以1943年10月1日为例，德国武装部队总计有936万名官兵（不包括1926年出生的新兵）[1]。构成为：野战陆军409万人（其中256万人在东线战区，15万

---

[1]《德国与第二次世界大战》卷五，第二册，第1039页。

人在芬兰战区。合计 271 万人在苏德战场)、武装党卫军 30 万人和空军野战师 20 万人(两军种约 16 万人在东线)、海军 67 万人、空军 180 万人、后备军 230 万人。

除上述正规军以外，同期德军还有如下准军事武装和所谓辅助部队和人员：党卫军治安和警察部队有 60 万人；随军武装劳工队和其他辅助组织等有近 97 万人；各战区内扣押使用的战俘和外国劳工有近 32 万人。以上总计有超过 1120 万人供德军支配。这还不包括仆从军和外国附庸军等等。

德国武装部队（正规军）兵数变化[①]

(单位：千人)

年份	野战陆军	后备陆军	空军	海军	武装党卫军	总计
1939	2741	996	400	50	35	4222
1940	3650	900	1200	250	50	6050
1941	3800	1200	1680	404	150	7234
1942	4000	1800	1700	580	230	8310
1943	4250	2300	1700	780	450	9480
1944	4000	2510	1500	810	600	9420
1945	3800	1500	1000	700	830	7830

注：1. 本表不仅包括党卫军治安和警察部队，也包括武装部队的辅助人员。
2. 后备陆军人员包括其他军种的后备人员。

为了领导如此庞大的军事力量，德国人组织了庞大复杂但又强调独裁原则的军事领导机关。每个军种都有自己的总司令部（Oberkommando，也可译为总部），如陆军总部（Oberkommando des Heeres，缩写 OKH）、海军总部（Oberkommando der Kriegsmarine，缩写 OKM）、空军总部（Oberkommando der Luftwaffe，缩写 OKL）。每个总部都设有总司令和总参谋长。武装党卫军也有自己的领导机关。但在前线，武装党卫军通常依附于陆军。

[①]《德国陆军 1933—1945》卷三，第 254 页。

各军种总部之上，还设置有一个最高总指挥部——国防军最高统帅部（Oberkommando der Wehrmacht，缩写 OKW）。名义上，这是德国的最高军事权力部门。但实际上，国防军最高统帅部本身并无什么实权，只能算是希特勒（武装部队最高统帅）的个人发令机关和个人军事咨询机构。各军种的所有权力（包括指挥权、指导权、人事权、行政权等等），都直接抓在各军种总部手里。其实，除了希特勒个人掌握的最高军权以外，德国武装部队（不包括武装党卫军）的各项实质权力，完全被各总部的总司令和参谋长所操控。而各军种总部中，又数陆军总部（OKH）权力最大。

德国历史上，陆军（Heer）无论在军事上还是政治上都最为强势，不仅掌握着最大的军权、操控着国政，还对德国社会和文化有着绝对影响力。如法国人所讽刺："普鲁士是军队所拥有的国家"。德国陆军的核心，即所谓军官团，本身是一群思想狭隘、毫无战略头脑且政治见识极为粗鄙之人。但却个个野心勃勃自命不凡，把国家当成军队的玩具而随意摆布。正是德国陆军散布政治极端主义酿成世界级祸患；也是德国陆军在一战后散布犹太人"背后一剑论"来维持陆军的"不败神话"和政治特权（最新史学研究证实，希特勒的反犹思想其实主要来自陆军的政治教育①）；也正是德国陆军扶持了由退伍军人组织发端的纳粹党；还是德国陆军主动向希特勒个人宣誓效忠，才把他推到最高独裁者的地位上。

德国职业军人后来谩骂希特勒这个独裁者的专横霸道。但军官团本身也奉行着独裁原则，陆军将帅们个个都权欲熏心，渴望大权独揽。如前所述，德国的军事领导体制本身就排除了一切军政分离原则，而把所有权力集中到军种主官身上。大独裁者领导小独裁者，是纳粹德国体制的核心。而这一体制又发源于德国的军事制度。

但讽刺的是，这种分级独裁体制，领导效率却不高。原因在于，在各自部门掌握绝对权力的"小独裁者"们，彼此之间互不买账且醉心于争夺权力和资源。且不谈各军种之间的矛盾，就单以陆军总部内部来说，所领导的陆

---

① 参阅《大逆转1919希特勒反犹背后的欧洲史》。

军又分野战陆军和后备陆军。野战陆军在前线打仗,其指挥权归陆军总司令,作战指导权则在陆军总参谋长。后备陆军为野战陆军提供补充兵员、接收需长期休养的伤病员,还承担国内卫戍任务和陆军的武器装备。因而原则上说,后备陆军从属于野战陆军。但后备陆军司令却更热衷于扩大自己的权力和势力,而竭力排斥野战陆军(以及指导野战陆军的陆军总参谋长)的插手和干预。后备陆军与野战陆军各种争权夺利的斗争,并不亚于各军种司令部。

在陆军总部进行作战领导的核心部门——陆军总参谋部内,总参谋长等人也忙着揽权。整个参谋部由十多个处构成,一个总参谋长很难管得过来。因而在战前设置有5个相当于副总参谋长的"总军需长"来分管这些处。可是总参谋长哈尔德却嫌这些副职碍事,设法撤销了主管训练和组织的第2、3"总军需长"。哈尔德的后任蔡茨勒又赶走了另外3个"总军需长"。这几个"总军需长"要么是哈尔德的亲信,要么是蔡茨勒的对头。赶走这些人之后,各处都被置于蔡茨勒的直接控制下。

苏德战争初期　德国陆军总部的主干构成

陆军总部 Oberkommando des Heeres
（陆军总司令 Oberbefehlshaber des Heeres）
陆军总参谋部 Generalstab des Heeres
（陆军总参谋长 Chef des Generalstabes des Heeres）
　　第1总军需长 Oberquartiermeister I（作战）
　　第4总军需长 Oberquartiermeister IV（情报）
　　　　东线外军处 Abteilung Fremde Heere Ost
　　　　西线外军处 Abteilung Fremde Heere West
陆军人事局 Heerespersonalamt
（陆军人事局长 Chef Heerespersonalamt）
后备陆军司令部 Befehlshaber des Ersatzheeres mit Stab
（后备陆军司令 Befehlshaber des Ersatzheeres）

注：所谓"总军需长 Oberquartiermeister",实际相当于副总参谋长,负责监督几个特定的处。一度设置过5个"总军需长"。但第2、3总军需长（分管训练和组织）在苏德战争前已被撤销；第1、2、5总军需长在1942年被撤销。

德国陆军及其统帅机构如此强大，甚至塑造出了希特勒这个超级独裁者。可是另一方面，德国陆军虽然期待希特勒开辟扩军之路（也是为陆军军官们打开升官腾达之路），但又害怕希特勒的冒险战略带来灭顶之灾。因此在希特勒掌权后不久，陆军将领们又翻脸策划反对他。但随着希特勒在苏德战争前所赢得的一系列空前军事胜利，陆军的传统权威逐渐黯然失色。毕竟，一战期间德国陆军浴血苦战了四年，也没能打到巴黎。而希特勒只用一个月就征服了法国；只用了一年就征服了除俄国和英国外的几乎整个欧洲。于是希特勒的个人权力越来越凌驾于陆军之上，并用这种权力把德国推入了对苏战争的深渊。

2. 东线战区的范围与概念

德国在苏德战场投入的兵力极为庞大，隶属关系更是相当复杂。出于权谋等因素的考虑，希特勒没有设置苏德战场或东线战区的总司令，而是将其分成几块：

苏德战场的最大主体是"东线战区"，主干是几个集团军群（属于野战陆军，但也配属了一些武装党卫军）。这个战区由德国陆军总部（特别是总参谋部）进行作战指导（虽然国防军最高统帅部也试图插手）。自莫斯科会战以来，希特勒亲自接管陆军总司令的权力。结果，希特勒本人成了实际上的"东线战区"总司令。而陆军总参谋部也成了东线的专门参谋部，对东线以外的战事就管得比较少了（在1943年之前，也只有苏德战场和北非战场有大规模陆军战事）。

结果，东线以外的陆军战区，作战指导权都到了国防军最高统帅部手中。这包括：北非战区、挪威战区、东南（巴尔干）战区、西线战区。此外，属于苏德战场的"芬兰战区"，作战指导权也属于国防军最高统帅部。

"芬兰战区"的主干部队是第 20 山地集团军（也属于野战陆军）。

在"东线战区"和"芬兰战区"，除了陆军和武装党卫军部队外，还有大量空军和海军部队。他们在战术上与陆军配合，也接受陆军一定程度的作战指挥。但控制权还是属于各自的军种司令部。特别是自 1942 年以来，德国空军组建了一批所谓用于陆战的"空军野战师"，作战上被划给陆军范畴。

两个陆军战区以外，德国还在苏联设立了两个行政占领区：帝国东方专员辖区、帝国乌克兰专员辖区。两个辖区名义上归属于帝国东方占领区事务部，而实质控制权在党卫军手中。辖区部署有大量党卫军的警察和治安部队，此外也有大量陆海空正规军等等。尤其是德国陆军在两个占领区分别设立有"东方军区"和"乌克兰军区"。在德军统计资料中，两个军区往往被区分于"东线战区"之外。

苏德战争后期，苏军又攻入了德军在巴尔干的"东南战区"和"挪威战区"（均由国防军统帅部指导）；"总督辖区"（德国在波兰的占领区）；德国本土等地。这些战区或辖区的正规和非正规部队，很多也不听命于"东线战区"。

在苏德战场，还有大量外国部队和外籍人员附庸于德军。前者包括意大利、罗马尼亚、芬兰、匈牙利、斯洛伐克、克罗地亚等国派出的正规军。后者更为复杂，包括法国、西班牙等国派出的所谓志愿兵。德军自身还拥有大量"俄国志愿者"（辅助人员）、各种所谓东方军团和部队（利用战俘等组织的部队，多用于警卫任务），等等。

如前所述，"东线战区"是德军在苏德战场的最大主体，又由陆军总部指导。多数西方历史学者，包括格兰茨和西顿等人，都以陆军总部的兵数报告为依据，将其视为德军在苏德战场的全体。可实际上，陆军只是苏德战场德军总兵力的一部分而已。举例说，陆军总部上报东线野战陆军在 1943 年 10 月 1 日减少到 256.4 万人，为开战以来兵数最少。而国防军统帅部报告则显示，就在同期，德国拥有 681.5 万人的"可支配兵力"（不含后备人员等），其中有 390 万人部署在"东线战区"，另有 18 万人部署在"芬兰战区"①。在东线战区，再加上罗马尼亚和匈牙利等仆从军，则总兵力为418.3万人②。在芬兰战区，再加上45万名芬军，则有63万人。总计德国及其仆从军共有481万人部署在苏德战场，其中德军有408万人。

即使只是陆军兵数报告，统计口径也互有差异。以1943年11月1日为例：陆军总部上报东线陆军有257.9万人，包括武装党卫军，也包括并入野战陆军的所谓空军野战师。但不包括警卫部队和芬兰战区。另一份报告统计同期在苏德战场的野战陆军（不包括武装党卫军）共有2786497人，构成为：东线战区2532748人、第20山地集团军（芬兰战区）150610人、苏联占领区（德军"东方军区"和"乌克兰军区"）103139人。再加上武装党卫军，此时德国陆军在苏德战场总计有285万人（据《东线陆军补充与损失估算报告》）③。再比如按陆军总部月度报告，1942年全年东线陆军兵数都没超过300万人。可加上芬兰战区、苏联占领区、武装党卫军、空军野战师，苏德战场上的德国陆军在1942年11月1日共有310万人。到12月1日减少到303.7万人④。

---

① 《德意志帝国与第二次世界大战》卷八，第247页。
② 《国防军统帅部战争日志》卷四，第1552页。
③ 《国防军统帅部战争日志》卷三，第1482页。
④ 《国防军统帅部战争日志》卷三，第1482页。

二、东线德国陆军和武装部队

1. 构成概念和统计概念

德国陆军，尤其是野战陆军，是德国武装部队在苏德战场最大也是最重要的兵力集团。要搞清楚德军在苏联前线的实际作战力量，首先就要搞清德国陆军特有的一些构成概念和统计概念。

德国野战陆军部队（不含辅助人员和某些特殊单位），通常由五个部分组成：

（1）Verbände：可以翻译为"兵团"，也就是大型野战单位。通常指野战师，步兵师（或山地步兵）或多兵种合成师；装甲师、装甲步兵师（摩托化步兵师）、骑兵师等。有时也包括步兵旅（团）或多兵种合成旅（团）。但统计时会做折算（2个旅算一个师；3个团算一个师）。需要强调的是，所谓Verbände，往往不包括警卫师。炮兵和工兵等"辅助兵种"的师旅团单位，比如高射炮师、炮兵师、炮兵旅、工兵旅等等，一般也不被列入Verbände的范围。再比如装甲师属于Verbände，可是坦克旅和坦克团一般却不算Verbände。

一个师或其他大型作战单位内部，又分为"Fechtende truppen"（作战部队）和后勤部队两大类。师内的"作战部队"通常指：步兵团、炮兵团、侦察营、工兵营、坦克歼击（反坦克）营、坦克（强击炮）营、高炮营、通信营。有时还包括野战补充营（有时也不一定包括）。师辖后勤部队，通常包括：师供应队、师医疗队、屠宰连和面包连、给养分配所、野战邮局和野战宪兵。

（2）Fechtende Heerestruppen：独立作战部队。也就是高级司令部（军、集团军、集团军群）直辖的作战单位（套用苏联的说法，就是所谓"统帅部直辖作战部队"）。比如独立步兵（骑兵）营、连；独立机枪营；独立侦察营；独立坦克（强击炮）营、连；独立坦克歼击营、连；独立炮兵部队（包括炮兵观测部队）；独立火箭炮部队；独立战斗工兵部队，等等。缓刑的军人罪犯也被编入独立作战部队（所谓"缓刑营"）。

德军常把"兵团"和"独立作战部队"放在一起统计，直接称为Verbände und Fechtende Heerestruppen（直译为"兵团和独立作战部队"）。为方便阅读，笔者也将其统称为"作战部队"。与野战师内的"作战部队"（Fechtende truppen）概念相比，Verbände und Fechtende Heerestruppen 概念的"作战部队"要更宽泛一些，有时会包括野战师内的后勤人员（有时也不一定包括）。

（3）Heeresversorgungstruppen：也就是高级司令部所辖的后勤部队（套用苏联的说法，可以称为"统帅部直辖后勤部队"）。包括供应部队、管理部队、卫生部队、兽医部队、野战军械部队、车辆调度部队、野战邮局等。值得一提的是，一般还包括了战地军事警察（或译为野战宪兵）。

（4）Sonstige truppen：所谓"其他部队"。一般指后勤部队以外的高级司令部直辖部队。包括通信部队、铁道部队、除雪部队、技术部队、测量部队、监控和巡逻部队、监管人员、宣传人员、指挥部。还包括定罪军人和惩戒营。这些人员（还有独立作战部队范围的"缓刑营"）通常会被用于最危险场合。但他们的存在却总是被德军战报所回避。

需要注意的是：有时，一些特设的作战部队，特别是固定设防部队，还有野战补充营，也会被列入"其他部队"。

（5）Sicherungstruppen：警卫部队。德国陆军的警卫部队属于野战陆军编制，其最大战术单位是警卫师。在东线战区有10个左右的警卫师，负责保护交通线和战区后方安全。如前所述，通常情况下，警卫部队不列入"作战部队"统计，而被视为战区后方部队。但警卫师也常被投入一线野战。此种情况下，也可能被算入"作战部队"。

德国陆军还有一整套非常复杂的兵数统计概念。其概要如下：

（1）Iststärke：实际兵数（或准确兵数）。指的是编制范围内的实有兵力（包括八周内可恢复战斗值班的休假、休养人员）。与之相对的概念是Sollstärke（编制兵数），也就是编制表的理论兵数。

（2）Verpflegungsstärke：给养员额。就是部队内现有的实际兵数（所有需要粮食供应的人员）。包括编制以外人员和临时配属人员。苏德战争开始后，德军逐渐把一些俄国人（所谓"志愿者"）编入部队，充当劳役等等。这些志愿者，有时也包括在给养员额内。

以目前所知，德军战略集团的"给养员额"报告有三种形式：一种只限于德国陆军官兵；一种是德国陆军官兵加俄国志愿者；还有一种则涵盖了所有军种和辅助人员。第三种报告类型很罕见，目前仅见西线德军和东线的北方集团军群有此类报告（细节后述）。

德国各师的"给养员额"报告，有时会包括各种人员，有时只限定于德军官兵，有时还只限定于"Fechtende truppen"（作战部队）等。总之有各种不同形式。

（3）Gefechtsstärke：可以翻译为"作战人员"。通常指"作战部队"（Verbände 和 Fechtende Heerestruppen）内的步兵、装甲兵、反坦克炮兵、骑兵、炮兵、工兵、野战补充人员等。到师一级的部分指挥部人员（作战指挥部门，即所谓 Ia 部门）也包括在内。但不包括供应和维修人员、汽车司机（运输人员）、通讯人员（无线电操作员之类）、医疗人员等。一般也不包括所谓"辅助人员"。

各级后勤部队等（包括野战宪兵），一般不属于"作战人员"。但有些报告会把部分野战宪兵列入"作战人员"。如前所述,野战宪兵一般被列入后勤人员。

需要说明的是,"作战人员"是按兵种而非部队归属统计。即使同一个连的内部(甚至一个排内),也可能分"作战人员"和"非作战人员"。技术兵种类型的部队,比如坦克团和炮兵团,"非作战人员"往往占总人数的30%~50%。

(4) Kampfstärke:大致可以翻译为"战斗人员"。指持枪作战及为其提供直接支援的人员。其具体范围和 Gefechtstärke 有所区别。苏德战争后期,Kampfstärke 一般限定于步兵性质单位(Gefechtstärke 有时也只限定于步兵单位)。所以很多时候,Kampfstärke 可以理解为"步兵人员"。

德军的"步兵"概念本身也很复杂。前述所谓"步兵性质单位",在一个师的范围内,通常指步兵营、工兵营、侦察营和野战补充营。不包括坦克歼击营、坦克营(强击炮营)、炮兵团、通信营等,很多时候也不包括步兵团的重火力单位。一个德国步兵团(三营制),通常有14个战斗连,其中有9个步兵连。他们属于"前线步兵"概念。步兵团还有3个营属重火力连(装备重机枪和80毫米迫击炮)、2个团属重火力连(装备步兵炮和反坦克炮)。这5个连属于"步兵支援单位"。重机枪、80毫米(或更大口径)迫击炮、步兵炮、团属反坦克炮,被德军归类于"步兵重武器"。

有些德军报告的 Kampfstärke,指的是"前线步兵"。有时则是"前线步兵"和"步兵支援单位"的总和。

(5) Grabenstärke:直译为"战壕人员"。顾名思义,就是各营直接部署在战壕里的人员。一般不包括营指挥部、火力支援连、担架队、预备队等。据说"战壕人员"是第一次世界大战期间形成的概念。苏德战争期间德军报告有时也使用这个概念。有5000名步兵的师,可能将一半步兵部署为"战壕人员",也可能只部署数百名"战壕人员"。

总之,德国人搞出了一大堆啰唆复杂的统计概念,给战史研究带来很大混乱。举例说,在英语世界,Gefechtsstärke 和 Kampfstärke 都被翻译为 Combat strength，常被混淆。甚至德国官方战史有时也会搞混这两个概念。德军的报告本身也并不总是很严谨或标准一致。举例说，一些野战师只报告步兵性质单位（各步兵营、侦察营、战斗工兵营、野战补充营）的"作战人员"兵数（Gefechtsstärke）。而不报告步兵团重武器连、师炮团、反坦克营等的"作战人员"兵数。还有"作战部队"概念（Verbände und Fechtende Heerestruppen 或 Fechtende truppen），其内容和外延在不同报告里也往往有各种差别。

为了便于读者理解这类概念的差异和关系，笔者以德国陆军一种规模较小的7（步兵）营制步兵师（战争中期）为例做一些说明。全师编制有13463人，内含9071名"作战人员"。全师各单位的人员具体构成为[①]：

3个步兵团加1个野战补充营、1个侦察营总计7706人，其中有6502名"步兵作战人员"，又分为3297名"前线步兵"和3205名"步兵支援人员"。
炮兵团2545人，内含1526名"作战人员"；
反坦克连184人，内含164名"作战人员"；
工兵营645人，内含548名"作战人员"；
通讯营422人，内含331名"作战人员"；
师辖后勤单位等1961人，无"作战人员"。

战争初期，德军的9（步兵）营制步兵师兵额最为充裕。全师编制有16792人。而"作战人员"则有12016名，其中有5710名"前线步兵"和2320名"步兵支援人员"；还有440名侦察兵、520名战斗工兵、2240名炮兵、430名反坦克炮兵（步兵团所辖反坦克炮手属于"步兵支援人员"，不在此数内）、356名通讯战斗兵。苏德战争爆发前，有些德国师员额更多。按1940年秋的伙食供应计算标准，平均每个德国步兵师有17900人、每个装甲师有13300人、每个摩托化师有15300人、每个党卫军师有17000人、每个（步兵）军指挥部和直辖部队有3500人、每个摩托化军指挥部和直辖部队有5700人、每个装甲集群（后来的装甲集团军）的直辖部队和后勤部

[①]《德国与第二次世界大战》卷五，第二册，第1027页。

队有17700人[①]。

2. 力量变化:战争初期

苏德战争爆发前夜，德国陆军共有500万人（不包括武装党卫军），又分为两大部分：拥有380万人的野战陆军；以及120万名后备人员。为了一举摧毁苏联，希特勒决心把所有可用兵力都投入"巴巴罗萨"战役。为此德国陆军的绝对主力被集中到苏联边境附近，形成两个战区：东线战区和芬兰战区。投入东线的德国陆军部队有330万人，其中有320.6万人属于野战陆军（占野战陆军总员额的84%），其余为武装党卫军。东线陆军基干编成为144个师，另有5个武装党卫军师。而在"芬兰战区"，则另有德国"挪威"集团军所辖的4个野战陆军师和1个党卫军师级战斗群，计有67000人[②]。

在"巴巴罗萨"战役前夕，东线的德国野战师大都员额充足。如1941年6月18日的第11装甲师给养员额共有17108人（Verpflegungsstärke，仅限德军官兵），其中有13559名"作战人员"（Gefechtsstärke）。第18装甲师有17174名德国官兵。第12步兵师仅"作战人员"就有14409人[③]（全师总人数不详，如按编制则为17734人）。

这些野战师的武器也很充足。如第11装甲师有144门各种炮（不含50毫米迫击炮和高射炮），其中有36门野战炮。各野战步兵师有190～200门炮（不含50毫米迫击炮和高射炮），其中有48门野战炮（详见下表）。

[①]《德国与第二次世界大战》卷五，第一册，第973页。
[②]《当巨人冲撞》，第301页。
[③]《东线1941—1945 德国军队和野蛮化战争》，第13页。

巴巴罗萨行动　德国野战师武器数量实例[①]

番号	手枪（支）	冲锋枪（支）	步枪（支）	轻机枪（挺）	重机枪（挺）	50迫击炮（门）	80迫击炮（门）	75步兵炮（门）	150步兵炮（门）	37反坦克炮（门）	47反坦克炮（门）	50反坦克炮（门）	105榴弹炮（门）	150榴弹炮（门）
第11师	—	—	—	837	72	45	30	20	4	45	—	9	24	8
第258师	2275	800	14428	435	112	87	46	20	6	67	6	—	36	12
第131师	2229	800	14198	463	120	84	54	20	6	54	9	6	36	12
第137师	2271	800	15474	488	114	87	54	20	6	67	9	6	36	12

注：1. 第11师为装甲师。其他为步兵师。
2. 47毫米反坦克炮为法国制造。
3. 第11装甲师另外还有4门105毫米加农炮和43门高射炮。

和俄国人的做法不同，德军一般只把野战炮列入正式火炮统计。野战炮以外的各种炮，比如迫击炮、步兵炮、反坦克炮等，通常会被归类为"步兵重武器"。由于这种统计习惯，东线德军各种炮的总数不详。但从实例推算，在苏德开战时，德国东线陆军（149个师和122个独立炮营）约有3万门各种炮（不含50毫米迫击炮和高射炮等）。此时，德军在东线有7146门野战炮。包括4760门轻炮（105毫米口径榴弹炮为主）、2252门重炮（150毫米口径榴弹炮为主）、30门超重炮（210毫米臼炮为主）、104门陆军所管的88毫米口径高炮[②]。

德军火炮的具体分类方法详见下表。

德军火炮和迫击炮的种类划分（不含高炮和火箭炮）

野战炮
　　超重炮：210～800毫米口径榴弹炮、攻城炮、列车炮、臼炮
　　重炮：150毫米口径榴弹炮、105～170毫米口径加农炮
　　轻炮：105毫米口径榴弹炮、75毫米口径山炮和野炮

[①]《幽灵装甲师　第11装甲师》第七章；《德国第二次世界大战战斗序列：步兵》，第248、162、167页。

[②]《德国与第二次世界大战》卷四，第318页。

步兵重武器
　　75~150毫米口径步兵炮
　　37~128毫米口径反坦克炮
　　50~120毫米口径迫击炮

　　苏德战争的激烈程度远超预测，前线部队伤亡急剧增加，迫切需要补充。开战最初两个月（至8月底），124万名德军后备人员的月途如下：57万人被国内军区占有；20万人分给海空军；15万人因伤病等原因不适合打仗；9万人编成野战补充营开赴东线。剩下的补充兵只有32万人。其中27.5万人已经送往东线[1]。与这点可怜的补充人员相比，德国陆军同期在东线的战斗损失已接近41万人。显然，送来的补充兵根本不够填补人员缺口。

　　秋冬季的战事更为激烈。截至11月底，东线陆军的战斗损失已超过75万人，其中阵亡和失踪近19万人[2]。可是，德军后备兵几乎耗尽，9月初只剩下46600人可用。经过一番搜刮，9~11月又送了23.5万人到东线[3]。11月底，留在德国国内的后备兵减少到33000人，完全不能弥补前线的巨大伤亡。东线陆军的缺额增加到34万人，步兵战力丧失一半[4]。不久，德军攻打莫斯科的"台风"行动失败，被迫全线败退。

　　1942年1月1日，东线陆军（不含芬兰战区）员额跌落到300万人以下。各师兵员也急速减少。如第12步兵师在1941年12月20日只剩下15106人，其中有11638名"作战人员"。而第11装甲师在1942年4月12日只剩下5045名"作战人员"，包括2316名"战壕人员"（Grabenstärke）。第18装甲师在1942年1月25日共有10459人，内含5443名"作战人员"。第34步兵师在莫斯科城下蒙受重大伤亡，损失了一大半兵员。到1942年2月7日残余人员构成如下[5]：

---

[1]《德国与第二次世界大战》卷五，第一册，第984页。
[2]《德国陆军十日伤亡报告1941年度》。
[3]《德国与第二次世界大战》卷五，第一册，第1020页。
[4]《哈尔德战争日记》，第571页。
[5]《第34步兵师状态1942年2月7日—2月21日》。

全师给养员额（Verpflegungsstärke）残存有7178名（其中作战部队有5204名给养员额）。全师有3511名"作战人员"（Gefechtsstärke），包括30名野战宪兵；全师"战壕人员"只有1085名。所辖第80步兵团的人员构成为：全团"给养员额"为869名，其中有535名"作战人员"，又含有274名"战壕人员"。第34炮兵团"给养员额"有1505名、其中有1125名"作战人员"，无"战壕人员"（炮兵不需要蹲战壕）。第34工兵营有437名"给养员额"，其中有207名"作战人员"，又包含138名"战壕人员"。第34通信营有375名"给养员额"，内有221名"作战人员"，无"战壕人员"。

到2月21日，第34步兵师的"给养员额"增加到7947名（作战部队占了5700名），可是"作战人员"却减少到3153人，内含856名"战壕人员"。全师在2月底还剩下10门野战炮。

德军的物资损耗也很巨大。尤其是装甲部队。第5装甲师在12月投入战斗时有55辆二号坦克、71辆三号坦克、20辆四号坦克、6辆指挥坦克。到1942年2月就只剩下18辆二号坦克、38辆三号坦克、14辆四号坦克、7辆指挥坦克[①]。自开战以来到1942年1月，德国一共向东线投放了4801辆坦克和强击炮。其中"完全损失"了3254辆。东线的坦克和强击炮从开战时的3648辆（不含预备队）减少到1942年1月1日的1803辆（详细见下表）。而且剩下的坦克大部分还需要修理。举例说，在1941年12月22日，中央、北方集团军群只有399辆坦克处于战备状态，另有780辆坦克需要短期（一般指两周或三周内）修理。

1941—1942年　东线坦克和强击炮数变化[②]

（单位：辆）

6月22日	3648(-118)	10月1日	2044+450(-337+323)
7月1日	3530(-732+91)	11月1日	2480(-382+79)
8月1日	2889(-638+11)	12月1日	2177(-375+1)
9月1日	2262(-257+39)	1月1日	1803(-415+159)

注：（1）6—9月数据不包括战区预备队第2、5装甲师的450辆坦克。
（2）括号内的-号代表"完全损失"数、+号代表补充数。

[①]《装甲部队史(2)1942—1945》，第18页。
[②]《德国与第二次世界大战》卷四，第1129、1122页。

（3）1941年6月22日至1942年1月31日，"完全损失"战车型号构成：450辆Ⅰ号、492辆Ⅱ号等、820辆三号、823辆捷克坦克、396辆四号、157辆强击炮、116辆指挥坦克。

自开战到年底（12月31日），约半年时间内，东线野战陆军还损失了3906门反坦克炮、5136门迫击炮、1221门步兵炮、1902门野战炮、211门高炮。以上损失的1.2万门各种陆战炮约占东线陆军炮兵战力的三分之一到四分之一。损失武器的具体细目和弹药消耗量如下[①]：

武器：22332支冲锋枪、60732支步枪、21162挺机枪、3349门37毫米反坦克炮、131门47毫米反坦克炮、426门50毫米反坦克炮、3162门50毫米迫击炮、1974门80毫米迫击炮、919门75毫米步兵炮、302门150毫米步兵炮、1153门105毫米榴弹炮、554门150毫米榴弹炮、108门105毫米加农炮、9门150毫米加农炮、46门210毫米炮、2门列车炮、174门20毫米高炮、2门25毫米高炮、17门37毫米高炮、1门45毫米高炮、17门88毫米高炮、9门山炮、97门火箭炮、21门外国造火炮。

弹药：6.35亿发步枪和机枪弹、7947万发手枪弹等（冲锋枪弹也是手枪弹）、近463万颗手榴弹、277万发37毫米反坦克炮弹、30万发50毫米反坦克炮弹、近313万发步兵炮弹、近610万发迫击炮弹、近830万发105毫米榴弹、244万发150毫米榴弹、68万发105毫米加农炮弹、5.5万发150毫米加农炮弹、14万发210毫米弹、3156发240毫米弹、35发355毫米弹（以上不包括德军用外国火炮弹药消耗）。

一直恶战到1942年春季，东线形势才暂时稳定下来。苏德战争最初9个月，德军已经蒙受极大损失。德国陆军每十天对作战损失（五天前）做一次总结，即所谓"十日伤亡"报告。1942年3月25日的报告显示，自开战以来截至3月20日，东线陆军共阵亡225559人、战伤796516人、失踪50991人[②]。总计战斗损失超过107万人（确数1073066人）。此外还有78479人患病[③]。同期东线德军还失去近30万匹马。

[①]《国防军统帅部战争日志》卷一，第1115页。
[②]《德国陆军十日伤亡报告1941—1942年度》。
[③]《德意志帝国与第二次世界大战》卷六，第787页。

1941 年底至 1942 年中期　东线陆军损失和补充概况[1]

（单位：人）

日期	损失	补充	日期	损失	补充
12月	168000（77793）	81300	4月	108450（60291）	121400
1月	214900（87182）	43800	5月	134230（74700）	158900
2月	173100（88014）	124100	6月	126050（85300）	157500
3月	167900（105042）	137700	7月	156600（95800）	177800

注：1. 仅统计东线各集团军群，不包括芬兰战区等。
2. 括号内为"流血损失"（blutige verluste）。比对"十日"报告，大体指作战损失，可能不包括失踪人员。

为了弥补损失维持战力，自 1941 年 12 月到 1942 年 7 月，德国共向东线陆军提供了 100 万补充人员（确数为 1002500 人。详见上表）。因为国内后备兵员早已耗尽，希特勒被迫从西线等地抽调大量成建制部队到东线。仅仅在 1941 年 11 月到 1942 年 3 月就调去 23 个师[2]。这类师的装备和人员较为齐备（有些略低于满额；有些甚至超额）。举例说，第 205 步兵师由西线调至东线，第 385 步兵师则是由德国本土调来的新编部队（这个师用火箭炮取代步兵炮）。两个师都在 1942 年初编入中央集团军群，当时武器装备有[3]：

（第205师）8门150毫米榴弹炮、36门105毫米榴弹炮、6门75毫米步兵炮、6门50毫米反坦克炮、39门37毫米反坦克炮、54门80毫米迫击炮、81门50毫米迫击炮、521挺机枪、787支冲锋枪

（第385师）[4]12门150毫米榴弹炮、24门105毫米榴弹炮、12门150毫米火箭炮、9门105毫米火箭炮、2门76毫米反坦克炮、21门50毫米反坦克炮、17门37毫米反坦克炮、78门80毫米迫击炮、84门50毫米迫击炮、493挺机枪

1942 年春季来临，解冻后的大地或为春洪淹没或者泥泞不堪，两军战事受到恶劣环境的限制，前线暂时平静下来。但是不久，战争进入第二个夏

---

[1]《德意志帝国与第二次世界大战》卷六，第780页。
[2]《苏德战争》，第698页。
[3]《中央集团军群作战处档：第205步兵师战力区分图表》。
[4]《中央集团军群作战处档：第385步兵师战力区分图表》。

季。为了执行新一轮攻势，德国再度强化了对苏作战兵力。7月1日，苏德战场的德国陆军部队构成为：东线陆军270万人（内含野战陆军263.5万人，其余为武装党卫军）；苏联占领区的野战陆军警卫和后勤部队21.2万人；芬兰战区有野战陆军15万人[1]，另有武装党卫军1个师约2万人。合计308.2万人（参见下表）。这一时期，芬兰战区的德军也做了调整。1942年1月25日，"挪威"集团军改称"拉普兰"集团军。6月22日又改称第20山地集团军。第20山地集团军兵力长期都很恒定，有6~7个师（包括党卫军"北方"师）。12月，第20山地集团军有17.22万人[2]。

德军在苏德战场以外的兵力有所增加，但基本而言仍属少数。除北非外也基本没有大战事，多数部队只对付游击队或充当东线预备队，还有大量从东线撤下来休整重组的部队。1942年7月1日，德国陆军在苏德战场以外地区的分布如下：

西线52万人；挪威16.6万人；北非5.5万人；巴尔干8万人。

苏德战争初中期　东线德国陆军兵数（Iststärke）变化[3]
（主要基于德国陆军总部东线外军处报告）

1941/1942	陆军兵数（千人）	1942/1943	陆军兵数（千人）
6月15日	3300（野战陆军3206）	7月1日	2700（野战陆军2847）
11月1日	3100	9月1日	2800
12月1日	3000	10月1日	2900（确数2932329人）
1月1日	2900	1月1日	2900（确数2908800人）
4月1日	2850	3月1日	2800
5月1日	2800	4月1日	2700
6月1日	2750	6月1日	2900

[1]《德国陆军1933—1945》卷三，第66页。
[2]《国防军统帅部战争日志》卷二，第81页。
[3]《德国陆军1933—1945》卷三，第64—65页；《德国与第二次世界大战》卷五，第二册，第1020页；《库尔斯克数据研究》，第152页。

注：1. 不包括芬兰战区和部署在苏联占领区的兵力。
2. 原则上包括野战陆军、武装党卫军、空军野战师等。
3. 1942年7月1日的野战陆军兵数包括部署在苏联占领区的21.2万人（警卫部队和后勤部队）。减去这部分人员，则只有263.5万人的野战陆军部队。

为了让野战陆军全力在前线打仗，希特勒又在8月从后备陆军中抽出大量人员到苏德战场对付游击队。其中5个后备师进驻"东方"军区和"乌克兰"军区（规定10月15日前抵达），另有5万名后备人员进驻东线战区（规定10月底之前抵达）[1]。值得一提的是，后备陆军组建的野战补充营、后备师和野战训练师等等，在野战陆军报告中的地位很模糊。一些报告将这些部队排除在"作战部队"以外，还有些干脆将其排除在总兵力以外。

尽管希特勒竭尽全力强化东线战力。可是在1942年，德国陆军在东线的兵数还是少于1941年（详见上表）。这迫使希特勒不得不在东线多数地段（北部和中部战场）转入防御，只在南部战场发起进攻。可即便如此，兵力还是不够。于是希特勒又从所谓"盟国"拉来了大量仆从军。1942年9月，苏德战场上的仆从军超过100万人。其中，罗马尼亚、匈牙利、意大利等国有64.8万人；芬军另有40万人[2]。加上这些兵力，轴心国在1942年的苏德战场仍维持超过400万人的陆战部队。

1942年夏季，德军的部分野战师补充到足额。如第11装甲师战力恢复为：17463名给养员额，其中有13297名"作战人员"。但也有些师或难以补充损失，或本身就缩小了编制。如第52步兵师（属于中央集团军群），在1942年7月14日除师后勤部队等外，编内的作战部队只有2个步兵团（原本有3个团）、2个炮兵营（原本是3个营）、1个侦察营、1个坦克歼击营、1个战斗工兵营。上述7个单位合计有5739名给养人员，其中有3845名"作战人员"（Gefechtstärke）[3]。全师剩下的重武器只有18门105毫米榴弹炮、4门150毫米榴弹炮、8门步兵炮、35门反坦克炮、33门迫击炮。第

---

[1]《希特勒战争密令全集》，第162页。
[2]《从斯大林格勒到柏林　德国在东线的失败》，第19—20页。
[3]《第52步兵师战争日志　附件第7号1942年7月14日—11月19日》。

52 师的上述战力只相当于编制额的不到一半（细节参阅下表）。第 52 师后来又屡遭重创，干脆被缩编为"师战斗群"，直到丧失野战师地位，被改编为警卫师。

第 52 步兵师"作战部队"实力　1942 年 7 月 14 日

（单位：人）

单位	作战人员	给养员额
第 181 步兵团	1024	1464
第 205 步兵团	1055	1517
第 152 炮团	943	1420
第 152 侦察营	393	500
第 152 坦克歼击营	227	359
第 152 工兵营	203	379
总计	3845	5739

注：不包括师后勤等。

再如新参战的第 24 装甲师，在 1942 年 8 月 21 日有 14036 名给养人员（仅限德军官兵），内有 10680 人属于"作战人员"（其中又有 5467 人属于各步兵团、侦察营和工兵营）[1]。其编成规模也要小于 1941 年夏季的德军师团。

第 24 装甲师随同第 6 集团军参加了转折性的斯大林格勒战役。这是一场极为残酷激烈的战斗。德军参战部队都蒙受了惨重打击，兵数急剧减少。到 11 月中旬，第 24 装甲师只剩下 10950 名德国官兵给养人员，其中有 6160 名"作战人员"。连同该师在内的德国第 6 集团军的 16 个师（不含第 4 装甲集团军配属部队）合计有 138832 名德国官兵给养人员[2]，包括 73813 名作战人员（Gefechtstärke），又内含约 4 万名步兵（大致接近于"战壕人员"

---

[1]《跃马者之死　第 24 装甲师在斯大林格勒》，第 36 页。
[2]《德意志帝国与第二次世界大战》卷六，第 1003 页。

的概念)。折合平均一个师有 8677 名德军官兵，包括 4613 名"作战人员"或 2500 名步兵。这 16 个师每个师缺额 4000~9000 人，而"作战人员"缺额率更高。

可是，加上直辖部队等，第 6 集团军却有 24 万名德国官兵（Iststärke，实际兵力）。再加上所谓"俄国志愿人员"，整个集团军的给养员额（Verpflegungsstärke）高达 29.8 万人。此时，为了弥补人力不足，德军各师都征用了大量俄国战俘充当"辅助人员"，每个师少则有几十人，多则有数千人。第 6 集团军编入的"俄国志愿辅助者"至少有 5 万人。

1943 年 2 月，德国第 6 集团军（连同原第 4 装甲集团军一部和一个空军高炮师）在斯大林格勒全军覆灭。自 1942 年 8 月到第二年 4 月，短短 9 个月间，东线陆军损失超过 160 万人，得到的补充却不到 91 万人（详见下表）。随着损失越来越惨重且战况混乱，德军的损失统计精度也大大下降。如前所述，德军每隔十天对五天前的作战损失做总结报告，即所谓"十日报告"。但在 1942 年 11 月到 1943 年 3 月间，却有近 24 万人员损失没有上报（包括全军覆灭的第 6 集团军）。遗漏损失只能计入更晚的报告，难以反映造成损失的具体时间。此后，延迟和漏报越来越频繁，甚至发展到要隔几个月才能报告损失的程度。"十日报告"体制逐渐动摇。

1942—1943 年　东线陆军损失和补充概况[①]

（单位：人）

日期	损失	补充	日期	损失	补充
8月	256100(157400)	89750	2月	207300(90000)	91900
9月	191000(130550)	83750	3月	124952(121485)	170300
10月	130100(68150)	97200	4月	40403(35638)	142300
11月	128900(46900)	61200	另计1	第6集团军209500	
12月	145050(61000)	62000	另计2	延迟报告26179	
1月	151300(77800)	108500			

①《德意志帝国与第二次世界大战》卷六，第780页。

注：1. 仅统计东线各集团军群，不包括芬兰战区等。
2. 括号内为"流血损失"（blutige verluste）。比对"十日"报告，大体指作战损失，可能不包括失踪人员。
3. 11月1日到3月31日有26179名"流血损失"未能按时报告；在斯大林格勒覆灭的第6集团军损失（自11月23日到2月2日）也未能反映到各月统计。

德军在战争第二年还丧失了大量技术兵器。自1942年2月到1943年3月，东线陆军就"完全损失"了4050辆坦克（不含强击炮。详见下表）。另有大量坦克因为战损或故障而需要修理。7月1日，东线的2060辆坦克有1337辆处于战备状态。11月1日的2677辆坦克有1907辆战备。可到了1943年3月，东线的1686辆坦克就只有902辆战备。状况最糟的1月23日，整个东线只有495辆坦克处于战备状态[①]：A集团军群34辆；B顿河集团军群291辆；中央集团军群167辆；北方集团军群3辆。

1942—1943年　东线坦克数变化[②]

（单位：辆）

2月	1139(305)	9月	2705(298)
3月	1301(72)	10月	2731(200)
4月	1469(125)	11月	2677(169)
5月	1751(66)	12月	2758(159)
6月	1791(74)	1月	2803(456)
7月	2060(198)	2月	2422(1105)
8月	2644(232)	3月	1686(591)

注：1. 不包括输送中的坦克；不包括强击炮。1942年7月初，东线有21个强击炮营（南方集团军群13个营；中央集团军群5个营；北方集团军群3个营）[③]，按编制有651辆强击炮。实际数量不详。
2. 括号外为月初或上月底总数；括号内为"完全损失"数。

[①]《国防军统帅部战争日志》卷三，第66页。
[②]《装甲部队　德国坦克部队的组建和战斗使用完全指南1943—1945》第一册，第252页；第二册，第43页。
[③]《坦克力量在东线1941—1942》。

德军很多部队的战力远远衰退到正常水平之下。如第17装甲师参加了救援斯大林格勒的战斗，陷入激战且遭受重创，兵员和装备都损失严重。到1943年3月13日，第17装甲师除师后勤部队等，作战部队的给养员额只有4836人，内含3312名"作战人员"（Gefechtstärke）[1]。全师原本有6个步兵性质营（4个步兵营、1个摩托车营、1个战斗工兵营），此时缩编为4个营（2个步兵营、1个摩托车营、1个战斗工兵营）。4个步兵性质营合计有2722名给养员额，内含1970名"作战人员"。全师残余的重型武器包括9辆坦克、9门105毫米榴弹炮、4门150毫米榴弹炮、8门步兵炮、22门反坦克炮（含10门自行反坦克炮）、13门迫击炮。全师残余战力相当于：2个坦克排、1个步兵团、1个炮兵营。

3. 力量变化：战争中期

德国武装部队在斯大林格勒遭受空前惨败，元气大伤。但经过一系列激战，德军还是拼死把东线重新稳定了下来，随即进入惯例的泥泞休战期。希特勒乘机重振旗鼓，准备再战。1943年春季，大批德军新部队、新兵、新装备运抵东线。5—6月间，东线陆军得到20.7万人的补充，同期的损失仅有72000人[2]。到7月1日，东线德军战力已空前强大。其基干为193个师。但其中有19个师是武装党卫军和所谓空军野战师。到1943年，德国空军抽出约20万人编成22个空军野战师用于陆战，其中12个师在东线。

1943年7月1日，俄国前线的德国陆军实际兵数（Iststärke）构成为：

东线战区陆军部队有313.8万人（包括野战陆军293.9万人；武装党卫

---

[1]《第17装甲师战争日志·附件·第二卷》。
[2]《国防军统帅部战争日志》卷三，第1481页。

军和空军野战师19.9万人）[1]；野战陆军在苏联占领区另有17.6万人（主要是警卫和后勤部队）；第20山地集团军约有17万人。德国陆军部队合计有超过348万人部署在苏德战场。

此时，北非战局已告结束。而美英军尚未开辟第二战场。因此，德国陆军在苏德战场以外地区，仍以占领部队和休养休整单位为主，但人数有所增加。对巴尔干和西线的戒备也有所加强。1943年7月1日，德国陆军（包括武装党卫军和空军野战师）在各地区分布如下[2]：

西线74.6万人（野战陆军62.1万人）
东南欧29.6万人（野战陆军25万人）
地中海地区19.5万人（野战陆军19.1万人）

东线仍是德国军队绝对主力所在。按战区划分，德国陆军在苏德战场的兵力分布为（7月20日统计[3]）：A集团军群28.1万人；南方集团军群82.2万人；中央集团军群125.1万人；北方集团军群71万人；芬兰战区17万人。以上不包括警卫师等。

加上海空军和辅助部队，德军在苏德战场的总兵数更多。遗憾的是，没有找到这类总兵力报告。只有北方集团军群囊括各军种和辅助部队的"给养员额"报告（7月1日）。根据这份报告，只有69万名陆军兵员（不含短期离队人员）的北方集团军群，实际在队的总员额却有101万人。其中德国各军种正规官兵和党卫军警察部队等超过81万人。具体构成为：

陆军693597人；空军99106人；海军1553人。合计德国正规军官兵794256人。
此外还有：党卫军和警察部队19740人；俄国志愿者68672人；外国志愿者（西班牙蓝色师）14142人；外国盟军126人（可能是芬兰军的象征性分队）。

[1]《陆军总部总参谋部组织处：东线陆军实际兵数变化表1943年7月1日至1944年7月1日》。
[2]《陆军总部总参谋部组织处：F集团军群\D集团军群\C集团军 陆军实际兵数变化表1943年7月1日至1944年7月1日》。
[3]《德国与第二次世界大战》卷五，第二册，第1018页。

辅助劳动部队等；30596名德国人；133542名外国人（平民）；45648名战俘和被拘押者（此部分人数与俄国志愿者可能有一些重叠）。

东线德军的武器威力也空前强大。1943年6月30日，东线有3434辆坦克和强击炮（3060辆处于战备状态）①，包括147辆"虎"和204辆"黑豹"。再加上输送中的装备，则有3822辆坦克和强击炮②。此时，东线德国陆军拥有8063门野战炮（7月20日统计），数量超过"巴巴罗萨"战役时的规模。还在6月初，仅东线的146个德国步兵师及军辖单位（不含装甲师等），就有1389门牵引式重型反坦克炮③。而部署在主战地段的德国步兵师，每个师约有30～48门野战炮。另有50～70门反坦克炮，内含15～30门重型反坦克炮（75毫米级别）。

此时，一些装甲师在原有炮团（24门105毫米榴弹炮、8门150毫米榴弹炮、4门105毫米加农炮）基础上，又增编了自行炮营（6门150毫米自行榴弹炮、12门105毫米自行榴弹炮）。这样装甲师炮团最多有54门野战炮，比步兵师炮团（最多48门）更多。为了对抗苏军日益明显的坦克数量优势，德国人还把越来越多的反坦克炮安装在履带装甲车底盘上。举例说，第1装甲师在1943年7月1日共有44门反坦克炮，其中有20门是自行炮④。这些自行榴炮、自行反坦克炮和坦克歼击车（包括威力惊人的"费迪南德"超重型坦克歼击车）等，没有列入前述坦克和强击炮的统计数据。

尽管东线德军战力空前强大，可是苏军的兵力和战力增加得更强更快。德国陆军总部估计，德国陆军约300万人面对着苏联陆军的400万人，苏军在后方另有近170万人的战区预备队或战略预备队。希特勒也不能指望仆从军提供更多炮灰。除了芬兰军队外，罗马尼亚和匈牙利在1943年夏秋的东线只有15万到20万人。于是德军在1943年只能继续维持大部防守、局部

---

① 《库尔斯克数据研究》，第195页；《库尔斯克 德国视角》，第413页。
② 《德国陆军1933—1945》卷三，第125页。
③ 《德国陆军1933—1945》卷三，第270页。
④ 《救火队》，第89页。

进攻的战略。可即使是局部进攻，也无法达到1942年的战区规模。新的夏季攻势只能局限于更狭小的战役地段。德军选中了地形最为有利的库尔斯克草原的弧形突出部。为此制定了代号为"城堡"的装甲突破战役，集结了庞大的重兵集团。

这一时期，德军常把 Verbände（主兵种的师旅）和 Fechtende Heerestruppen（独立作战部队）放在一起统计，即所谓"作战部队"。这不包括集团军和集团军群直辖的后勤部队、通信部队和惩戒营等，通常也不包括警卫部队。"作战部队"又常以 Tagesstärke（当日值班兵力）形式上报。Tagesstärke 不包括休假休养人员（与包括短期休假休养人员的"Iststärke 实际兵数"概念相对）。有时似乎也不包括 Verbände（师旅）Fechtende Heerestruppen（独立作战部队）内的"非作战人员"。

以"城堡"战役前夕（1943年7月1日）的第4装甲集团军为例。其给养员额为223857人（包括9853名"俄国志愿者"）。这是实际在队需要粮食供应的人员总数。其具体构成为[①]：

10个师合计190893人（含7756名"俄国志愿者"）；各军直辖部队（6个炮营又1个炮连、1个强击炮营、3个火箭炮团又1个火箭炮营、1个警卫营和一些战斗工兵营等）有13184人（内含203名"俄国志愿者"）；集团军后勤部队19780人（内含1894名"俄国志愿者"）。

综上所述，去掉集团军群后勤和"俄国志愿者"之后，第4装甲集团军的"作战部队"（Verbände und Fechtende Heerestruppen）仍有19万名德军官兵实际在队。可是第4装甲集团军上报"作战部队当日值班兵力"却只有149271人。据此判断，此处"作战部队当日值班兵力"没有包括"作战部队"内的"非作战人员"。

如上所述，第4装甲集团军所辖各师的员额特别充足。如第11装甲师，在6月1日还只有15382名给养员额（包括183名"俄国志愿者"），到7

[①]《库尔斯克数据研究》，第225页。

月1日就增加到17151名。而党卫军装甲师（名义上称为"装甲步兵师"）按编制则有19806人，其中有13106名"作战人员"，包括3656名"前线步兵"、2878名"步兵支援人员"、993名坦克兵、212名强击炮兵、1793名炮兵、630名高炮兵、833名侦察兵、342名反坦克炮兵、821名战斗工兵、948名通讯战斗兵。第4装甲集团军所辖的3个党卫军师实际兵员数比编制表上还多，每个师的给养员额为2万人到2.4万人。

值得注意的是，库尔斯克战役开始前夜，德军各师报告"作战人员"（Gefechtstärke）兵数，往往仅限于步兵单位。具体说，就是只统计各步兵营、侦察营、工兵营和野战补充营的"作战人员"。不包括步兵团重武器连，但包括了步兵营的重武器连。据此，第11军的6个师总计有42955名步兵"作战人员"[1]。平均一个师有6136名步兵。其中，第167步兵师有6776名步兵（全师给养员额为17837人，包括384名"俄国志愿者"）；第3装甲师有5170名步兵（给养员额为14141人）；党卫军第2装甲师有7350名步兵（给养员额20659人。有1576名"俄国志愿者"）。

以上所述第4装甲集团军和第11军，都是曼施坦因指挥的部队。此时，曼施坦因手下各步兵师平均有17369人（含6344名步兵作战人员）[2]，装甲师或装甲步兵师平均有18410人。这些师几乎都处于齐装满员状态。自苏德战争开始以来，战力如此充实的野战师还真是相当罕见。

与曼施坦因相比，莫德尔指挥下的第9集团军缺额比较严重。他麾下各步兵师平均只有11134人（含3296名步兵作战人员），装甲师和装甲步兵师平均只有12966人。全部21个师、1个独立战斗群、2个歼击营，加起来只有75713名步兵[3]（同样只统计各步兵营、侦察营、工兵营和野战补充营的"作战人员"）。整个第9集团军的给养员额为335000人，"作战部队当日值班兵力"有223000人。

---

[1]《库尔斯克　德国视野》，第300页；《库尔斯克数据研究》，第38、225页。
[2]《库尔斯克　德国视野》，第377页。
[3]《库尔斯克　德国视野》，第409页。

参加"城堡"战役的 4 个德国集团军给养员额（Verpflegungsstärke）共有 778907 人（德国陆军官兵和俄国志愿者），其中"作战部队"（Verbände und Fechtenden Heerestruppen）的当日值班兵力（Tagesstärke）共有 518271 人[1]。这近 52 万人属于 44 个师、1 个独立步兵团、5 个歼击营、4 个独立坦克营、16 个强击炮或坦克歼击营、1 个强击炮连、37 个独立炮营、10 个独立炮连、9 个火箭炮团、2 个迫击炮营。

库尔斯克战役空前激烈，两军战斗伤亡高到可怕程度。举例说，战役开始时（7 月 4 日），德国第 11 军各营总计有 42955 名"步兵作战人员"，战役期间又补充了 7921 人。合计 50876 人。可到战役结束时（8 月 25 日），只剩下 12362 名"步兵作战人员"。希特勒号称投入"最精锐部队和最好武器"的"城堡"行动失败。战败的德军被迫自乌克兰大幅度后撤。

此时，德军的损失统计也是一笔乱账。按陆军总部的"十日报告"，自 1943 年 7 月 1 日到 11 月 30 日，苏德战场陆军（包括芬兰战区和集团军群以外部队）战斗损失总计 842665 人[2]。同期，东线陆军（仅限各集团军群，不含芬兰战区等）总损失为 99.57 万人，补充 51.95 万人。尤其在决定性的 7 月到 9 月，损失了 70.95 万人，同期只得到 29.81 万人的补充[3]。国防军统帅部却有另一套数据：7 月 1 日到 11 月 30 日，东线陆军损失 1223114 人，补充 901900 人[4]。补充人员构成为：新补充兵 271000 人；康复归队 341900 人；由其他战区调来增援 289000 人。

无论参照哪一套数据，都显示东线德军得到的补充远不足以弥补损失。从陆军总部的兵数报告看，7—9 月间，东线陆军急剧减少了 57 万人。到 10 月 1 日，东线野战陆军（不含武装党卫军、空军野战师和芬兰战区等）只剩下 256.4 万人，其中还有 32.4 万人需短期休养后才能恢复战斗值班（主要是轻伤员）。按类型划分，"作战部队"（Verbände und Fechtende Heerestruppen）

---

[1]《德意志帝国与第二次世界大战》卷八，第 100 页。
[2]《德国陆军十日伤亡报告 1943 年度》。
[3]《德国与第二次世界大战》卷五，第二册，第 1014 页。
[4]《德国在第二次世界大战》卷四，第 86 页。

有 197.8 万人，"作战人员"（Gefechtsstärke）只有 121.4 万人（Gefechtsstärke）。而"作战部队"和"作战人员"以外，还有近 10 万名警卫部队和军事警察，以及数万名用来送死的"惩戒人员"和"军事罪犯"。此时，东线每个野战陆军师（不含警卫师）平均只有 9863 人，其中有 5838 名"作战人员"。总体缺员非常严重（详见下表）。

东线德国野战陆军人员构成　1943 年 10 月 1 日[①]

（不包括武装党卫军、空军野战师、第 20 山地集团军、1926 年出生的新兵）

（单位：人）

部队类型	实际兵员（Iststärke）	作战人员（Gefechtsstärke）	非作战人员（Nicht-Gefechtsstärke）
160 个兵团（Verbände）	1578000	934000	644000
直辖战斗部队（Fechtende Heerestruppen）	400000	280000	120000
直辖后勤部队（Heeresversorgungstruppen）	249000		249000
直辖其他部队（Sonstige truppen）	241000		241000
警卫部队（Sicherungstruppen）	96000		96000
总计	2564000	1214000	1350000

注：1. 直辖战斗部队包括 4250 名缓刑人员；直辖后勤部队包括 5000 名野战宪兵。
2. 直辖其他部队包括巡逻队、惩戒营、罪犯营、看守队等总计 37500 人。

奇怪的是，德国大后方无法提供足够的补充人员，可后备部队在 10 月 1 日却膨胀到 230 万人[②]，比苏德战争爆发时增加近一倍。其中有 50 万人因伤病不能打仗；150 万人属于补充单位和训练机构；30 万人属于其他单位。按军种划分，伤亡不大而人员过剩的德国空军和海军，9 月 1 日仍占有约 40 万名后备人员；野心勃勃、急于扩张的武装党卫军另外占用了 7 万名后备人

[①]《德国陆军 1933—1945》卷三，第 217—219 页；《德意志帝国与第二次世界大战》卷八，第 252—253 页；《德国与第二次世界大战》卷五，第二册，第 1038—1039 页。

[②]《德国陆军 1933—1945》卷三，第 257 页。

员[1]。陆军所占用的上百万后备人员，也有很多人以各种理由逃避上前线，大量闲散军人躲在后方。空军将领米尔切讽刺说陆军后方（可能包括后勤部队）至少能抽出200万人到前线。

军情吃紧，军队人力却浪费无度。希特勒也按捺不住了，于11月27日下达命令，要求从后方再挤出100万人送往前线。几个月后，主管陆军人事的施蒙特将军抱怨，因为没有严格执行惩罚措施，只搞到了40万人[2]。10—11月，东线德国陆军损失了28.62万人（不含芬兰战区和集团军群以外部队），只得到22.14万人的补充。同期还开来了很多新锐师。虽然还是没法补上窟窿，却总算阻止了兵数急剧减少。11月1日，东线战区、芬兰战区、苏联占领区的德国野战陆军部队合计有2786497人。再加上武装党卫军，计有285万人（详见下表）。德军作战员额也得到一定充实。1943年10月1日，东线各野战陆军师合计只有157.8万人。3个月后（1944年1月1日）就增加到181.5万人（确数1815482人）[3]；另外有武装党卫军147196人；野战补充营41353人；野战训练师21419人；空军野战兵1181人（空军野战师自10月以来计入野战陆军，但这一千多人不知何故仍独立统计）。

1943/1944年 苏德战场 德国陆军实际兵数（Iststärke）不同报告[4]
（主要基于陆军总部陆军总参谋部组织处报告）

（单位：人）

1943/1944	东线陆军	东线野战陆军	苏德战场野战陆军	苏德战场陆军
7月1日	3138000	2939000 （3115000）		
8月1日	2985000	2786000		

---

[1]《德国与第二次世界大战》卷五,第二册,第1042页。
[2]《希特勒与战争》,第639页。
[3]《国防军统帅部战争日志》卷三,第1484页;《德国在第二次世界大战》卷五,第35页。
[4]《德国与第二次世界大战》卷五,第二册,第1045页;《德意志帝国与第二次世界大战》卷八,第252—253页;《德国陆军1933—1945》卷三,第124、145、149、174、217页;《德国在第二次世界大战》卷四,第82页;《国防军统帅部战争日志》卷三,第1482页;《陆军总部总参谋部组织处:东线陆军实际兵数变化表1943年7月1日至1944年7月1日》。

续表

1943/1944	东线陆军	东线野战陆军	苏德战场野战陆军	苏德战场陆军
9月1日	2676000	2498000		
10月1日	2568000	2409000（2564000）		
11月1日	2641000	2533000	2786497	2850000
12月1日	2619000	2525000		
1月1日	2528000	2427000		
2月1日	2366000	2314000		

注：1. 东线陆军：包括野战陆军、武装党卫军、空军野战师。不包括后方警卫部队等和第20山地集团军。

2. 东线野战陆军：不包括武装党卫军、空军野战师、第20山地集团军。括号外数字还不包括后方警卫部队等；括号内数字包括后方警卫部队等。

3. 11月1日的苏德战场野战陆军：包括东线（2532748人）、第20山地集团军（150610人）、苏联占领区（103139人）。不包括武装党卫军（10月以来，空军野战师计入野战陆军兵数）。

4. 苏德战场陆军：包括第20山地集团军（176000人）、苏联占领区、武装党卫军。

5. 1943年7月1日，东线战区陆军构成为：168个野战陆军师；6个武装党卫军师；12个空军野战师。第20山地集团军构成为：6个野战陆军师、1个武装党卫军师。

虽然投入了大量崭新的重型坦克，德军在1943年下半年的战车损失依然相当严重。自7月1日到12月31日，东线陆军有3841辆坦克和强击火炮"完全损失"[①]，包括214辆"虎"式坦克和624辆"黑豹"[②]。但同期又得到了3951辆新坦克和强击火炮[③]，其中有278辆"虎"和867辆"黑豹"（1943年全年有1071辆"黑豹"送往东线）[④]。账面上大体"收支相抵"。到1943年12月31日，在东线仍有3356辆坦克和强击炮，数量规模与夏季差不多。而且重型坦克比率更高："虎"式增加到232辆、"黑豹"有349辆。同时还有822辆长管四号和1441辆三号强击火炮。但另一方面，3356

[①]《库尔斯克数据研究》，第148页。
[②]《德国"黑豹"坦克 对战斗霸权的追求》，第139页。
[③]《库尔斯克数据研究》，第147页；《装甲部队（2）》，第109、117页。
[④]《"虎"Ⅰ重型坦克1942—1945》，第41页；《德国"黑豹"坦克 对战斗霸权的追求》，第33页。

辆战车中，只有1818辆处于战备状态（939辆坦克和879辆强击炮）[1]，其他则需要修理。

东线德军坦克和强击炮数变化　1943年[2]

（总数不含自行反坦克炮、坦克歼击车、自行榴弹炮、自行步兵炮等。

分项仅列举主力型号）

（单位：辆）

日期	PzⅣ 长管炮	PzⅤ "黑豹"	PzⅥ "虎"	Ⅲ强击炮	Ⅳ突击坦克	总数
4月10日	419	0	27	589	0	2103
6月30日	862	204	147	916	52	3434
7月20日	799	141	184	910	48	3218
8月31日	635	225	181	861	43	2798
9月30日	578	266	214	914	42	2796
10月31日	817	316	227	1160	36	3276
11月30日	872	419	278	1246	21	3460
12月20日	933	432	267	1422	0	3629
12月31日	822	349	232	1441	0	3356

注：各分项仅列主战型号；不含输送中的装备。

4. 力量变化：战争后期

1943年下半年，德军虽然在苏联战场不断败退，也蒙受了很大伤亡，却还勉强维持着能步步为营的态势，避免遭到大规模围歼。可进入1944年，形势却急转直下。先是曼施坦因手下的第42、11军近6万人被包围在切尔卡瑟地区。为了救出被围部队，曼施坦因投入全东线一半的装甲部队。约有

---

[1]《库尔斯克　德国视角》，第413页。
[2]《库尔斯克数据研究》，第195页。

4万人逃出包围圈，却丢失了全部重型装备，两个军完全丧失战斗力（详见正文）。对这次惨败，德方没有做精确统计，只是粗略判断"损失概数25000人"。

为了救援被困于切尔卡瑟的两个军，曼施坦因手下的第1装甲集团军遭受严重损失，战力急剧衰落，自身也遭到苏军的猛烈追击。3月下旬，第1装甲集团军主力也陷入包围，形成所谓"胡贝口袋"（胡贝是第1装甲集团军司令）。根据德国陆军总部的报告，困在包围圈内的德军官兵有22万人[①]。希特勒被迫将预定使用在西线的几个新锐装甲师投入救援战斗。其中包括新锐满员的党卫军第9、10装甲师（4月初两个师正好有200辆坦克和强击炮、80门野战炮、55门重反坦克炮）。

经过一番激战，第1装甲集团军才勉强得救。被围期间（3月21日至4月10日），第1装甲集团军的"十日报告"完全空白。一直拖延到5月中旬，才算出第1装甲集团军在3月11日到4月10日期间阵亡5029人、战伤17743人、失踪6100人[②]。第1装甲集团军的人员损失虽然不算太大，却丢失了大量技术装备。参加这次战斗的"希特勒"师，在3月1日还有128辆坦克和强击炮（包括18辆"虎"和58辆"黑豹"）、13门重反坦克炮、20门野战炮。到4月7日只剩下2辆"虎"式坦克、9辆强击炮、3门榴弹炮。

再如第1装甲师。被包围前的3月1日，全师有14443人、54辆坦克、32门重反坦克炮、52门野战炮[③]。突围后的4月17日，剩余兵力有：2个装甲步兵营（仅有20%兵力）；2个装甲步兵营（有50%兵力）；1个装甲工兵营（20%兵力）；1个装甲侦察营（25%兵力）；5个轻榴弹炮连（75%战力）；1个自行榴弹炮连；5门重反坦克炮。目前所见的报告没有提到坦克数量变化。

再如第7装甲师，全师在3月1日有10939人、19辆坦克、42门重反

[①]《德国与第二次世界大战》卷八，第432页。
[②]《德国陆军十日伤亡报告1944年度》。
[③]《救火队》，第89页。

坦克炮、40门野战炮。突围后的4月21日残存兵力则只有：各装甲步兵团、侦察营和工兵营合计有2800人、9辆坦克（1辆指挥坦克、7辆四号、1辆T-34）、18门105~150毫米榴弹炮、2门105毫米加农炮、11门重反坦克炮[1]。

此时，德国第17集团军正好也在克里米亚半岛覆灭。"十日报告"的"结论"是：第17集团军在4—5月阵亡和失踪了37913名德国官兵。可另一份报告却记录第17集团军自4月8日到5月13日就阵亡和失踪了53500名德国官兵[2]。

一方面人员损失太大，一方面德军也需要调整编制的战术构成。于是在1943—1944年，德国陆军发布了一系列新编制，比老编制有所缩小。如13656人的新型步兵师，有9652名"作战人员"[3]。14727人的新型装甲师，则有9307名"作战人员"。其具体构成如下[4]：

（单位：人）

单位	总员额	作战人员
坦克团	2006	1222
装甲步兵团（2个团合计）	4506	3986
侦察营	945	736
坦克歼击营	475	311
炮兵团	1451	743
高炮营	635	421
工兵营	874	640
通信营	463	348
野战补充营	973	900
师后勤	2399	0

---

[1]《救火队》，第305页。
[2]《德意志帝国与第二次世界大战》卷八，第490页。
[3]《德国步兵师手册1933—1945》，第144页。
[4]《救火队》，第30页。

自 1943 年 7 月 1 日到 1944 年 5 月 31 日，东线野战陆军损失了 189.895 万人。与之相对，得到的补充只有 123.86 万人[①]。随着兵力缺口越来越大，德军在苏德战场的战力也急速减弱。1944 年 4 月 1 日，东线陆军兵力只剩下 233.6 万人（其中 224.3 万人属于野战陆军）[②]。这是自开战以来东线兵数的最低纪录。

德军在苏德战场保有的火力也灾难性地减弱了。原本在 1943 年夏秋，东线德军还有超过 8000 门野战炮。可是到 1944 年 3 月 1 日，却只剩下 5635 门德国造野战炮[③]，包括：4 门铁道炮、15 门 240~420 毫米超大威力炮、190 门 210 毫米臼炮、88 门 170 毫米口径加农炮、32 门 150 毫米口径加农炮、412 门 105 毫米口径加农炮、1066 门 150 毫米口径榴弹炮、3634 门 105 毫米口径榴弹炮、194 门 75 毫米山野炮。

除了德国产火炮外，东线德军同期另有 1488 门外国造野战炮。其中包括：

6 门 305 毫米口径超大威力炮、72 门 280 毫米口径超大威力炮、145 门 220 毫米口径臼炮（另有 8 门 203 毫米口径）、13 门 194 毫米口径加农炮、350 门 150~155 毫米口径榴弹炮、155 门 152~155 毫米口径加农炮、79 门 122 毫米口径榴弹炮或加农炮、140 门 105 毫米口径榴炮或加农炮、7 门 87.6 毫米野战炮、513 门 75~76 毫米口径野战炮。

东线德军深陷困境的同时，自"巴巴罗萨"开战以来，德国所竭力维持的单线作战局面也摇摇欲坠。早在 1943 年夏季，美英联军已经攻入意大利。虽然德军竭力把盟军挡在意大利，却为此分出了 30 万（1943 年 9 月 1 日）到 40 万人（1943 年 12 月以来）的陆战兵力。不仅如此，希特勒也预感到美英对西欧大陆的入侵已迫在眉睫，于是不得不着手强化西线的防御。西线

---

① 《德国陆军 1933—1945》卷三，第 133 页。
② 《陆军总部总参谋部组织处：东线陆军实际兵数变化表 1943 年 7 月 1 日至 1944 年 7 月 1 日》。
③ 《德国陆军的武器与秘密武器》卷二，第 179 页。

德军陆战部队从 1943 年夏季的 70 多万人增加到 1944 年夏季的近 90 万人[①]。

但希特勒也不能坐视东线走向崩溃。毋庸置疑,斯大林一定会在夏季发起强有力的新攻势。为了挡住红军,东线德军至少要保持相当强力的防御兵力。采取一些紧急措施后,至 6 月 1 日,东线陆军兵数回升到 262 万人(内含 253.8 万名野战陆军兵员)。

德国一直竭力避免在东西两线同时陷入战争。如今这可怕的腹背受敌局面已经迫近。尽管如此,希特勒还是尽量把主力留在东线。约德尔将军制定的"春季形势"报告显示,在 1944 年 5 月 5 日,德国武装部队各军种的总兵力分布如下[②]:

东线	387.8 万人
西线	187.3 万人
东南欧	82.6 万人
意大利	96.1 万人
挪威	31.1 万人

德国陆军总部的报告则显示,在 1944 年 5 月和 6 月,德国陆军兵力(包括野战陆军、武装党卫军和空军野战师)的变化和分布情况如下[③]:

	5月1日	6月1日
东线	244 万人	262 万人
西线	89 万人	88 万人
意大利	43 万人	41 万人
东南欧	44 万人	44 万人

注:以上为概数。

[①]《陆军总部总参谋部组织处:D 集团军群实际兵数变化表 1943 年 7 月 1 日至 1944 年 7 月 1 日》。
[②]《德国与第二次世界大战》卷七,第 522 页。
[③]《陆军总部总参谋部组织处:东线\F 集团军群\D 集团军群\C 集团军 陆军实际兵数变化表 1943 年 7 月 1 日至 1944 年 7 月 1 日》。

1944 年春天过去，夏季来临。此前，德军又得到大量新武器装备。到 6 月 15 日，东线陆军共有 3050 辆坦克和强击炮（内含 2511 辆处于战备状态）。其中 2042 辆（1690 辆战备）部署在东线南部战场（南、北乌克兰集团军群），这体现了希特勒更重视保住南方资源地区和巴尔干的战略。与此同时，扼守白俄罗斯战区的中央集团军群则仅有 579 辆坦克和强击炮（489 辆战备）。此外，在中央集团军群战区进行重组的第 20 装甲师有 90 辆坦克（7 辆三号和 83 辆四号）①。如此不平衡的兵力部署蕴藏着巨大风险。如果德军失去白俄罗斯地区，等于开放了华沙—柏林这条通向德国中枢的平坦大道。

1944 年 6 月 15 日　东线坦克和强击炮数②

（单位：辆）

	Ⅱ号坦克	Ⅲ号坦克	Ⅳ号坦克	"黑豹"坦克	"虎"式坦克	强击炮	总计
战备	26	136	562	226	242	1319	2511
待修	5	58	84	66	65	261	539
合计	31	194	646	292	307	1580	3050

这一时期的德国统计材料，Kampfstärke 成为更常见的概念。如 1944 年 6 月 20 日，中央集团军群的第 4 集团军所辖 10 个师合计有 30830 人属于 Kampfstärke③。也就是说，每个师约有 3000 名步兵和战斗工兵。但其他统计概念也在继续使用。举例说，同期德国第 9 军的 11 个步兵营合计有 3774 名"作战人员"（Gefechtsstärke），平均一个营有 340 名作战人员（当然不是全营总人数）。

账面上一目了然的事实是，与 1943 年夏季相比，1944 年夏季的东线陆军兵员少了大约 50 万人。仆从军的数量倒是有所增加，但大部分都是不可靠的罗马尼亚部队。与之相比，苏军显然比 1943 年更为强大。准备两线作

---

① 《救火队》，第 609 页。
② 《装甲部队史（2）1942—1945》，第 271 页。
③ 《东线中央 1944 年 6 月》，第 35 页。

战的德国统帅部拿不出更多兵力和资源。但他们相信，虽然兵员不足，但德军处于有利的防御地位，坐拥长期经营的完善阵地和广阔的战略纵深，仍有力量挫败苏军的攻势。

1944年6月6日，美英盟军发起诺曼底登陆。德国终于完全陷入两线作战。两周后（6月22日），苏军发动雷霆万钧的"巴格拉季昂"攻势，扫荡了盘踞在白俄罗斯的中央集团军群。德军原本预料苏军将在东线南部发动主攻，如今却被出乎预料的中部攻势打得措手不及。很快，德国第4、9集团军几乎被全歼，第3装甲集团军遭受毁灭性重创。紧接着，苏军又在东线南部战场围歼了德国第13军、在罗马尼亚第二次围歼了德国第6集团军。1944年夏季战役的灾难极为可怕，甚至大大超过了斯大林格勒战役。一个又一个德国重兵集团被消灭。德军统帅部措手不及，甚至来不及对前线伤亡做准确计算，以至于拖了4个月才勉强算出中央集团军群的损失规模（详见《中央集团军群的覆灭》），但数据仍不完整。所谓"十日伤亡"报告体系实际上已经崩溃。德国陆军总部只能做粗略估计，认为在白俄罗斯战役最初三周，中央集团军群就有30万人死亡或失踪。而在东线南部遭受的歼灭战，使德军又失去了38万人[1]。德国官方战史所认可的最新研究成果显示，仅1944年6—8月间，德军就有超过74万人死亡（其中在东线死亡近59万人）[2]。与之相比，战时统计同期的东线阵亡者只有7万多人。在红军连续不断的毁灭性打击下，东线德军战力急剧衰落。6月1日时还有262万名德国陆军官兵部署在东线，到10月1日就暴减到183万人（详见下表）。

---

[1]《德意志帝国与第二次世界大战》卷八，第1188页。
[2]《德国在第二次世界大战的军事损失》，第238、276页。

1944年　东线德军实际兵数（Iststärke）变化[①]

(单位：人)

时间	东线陆军	东线野战陆军	内含作战部队	东线德军总兵力（各军种）
3月1日	2391000	2316000		
4月1日	2336000	2243000		
5月1日	2444000	2363000	1624971	3878000
6月1日	2620000	2538000	1848037	
7月1日	2235000	2160000		
8月1日	2104000			
9月1日	2022000			
10月1日	1833000（1790138）			
11月1日	2030000			
12月1日	约200万（推测）			3076016

注：1. 东线陆军不包括芬兰战区等。包括武装党卫军和空军野战师。
2. 东线野战陆军不包括芬兰战区、武装党卫军和空军野战师等。
3. 3—10月兵数依据陆军总部总参谋部组织处和东线外军处报告；东线德军（各军种）总兵力依据国防军统帅部的春季形势报告；东线德军总兵力（各军种）5月1日兵数，实际为5月5日统计；7月陆军和野战陆军兵数对中央集团军群统计不完整。
4. 10月1日东线陆军兵数括号内为各集团军群合计。具体构成为：北方集团军群420844人；中央集团军群694812人；A集团军群457679人；南方集团军群216803人。

为了堵上巨大的兵力窟窿，自1944年6月到10月，德国向东线又送去了36.3万名补充兵员[②]，还调来大量新锐部队。这样终于在11月把东线陆军兵数恢复到200万人以上，东线各军种的总兵力也得以在年底前维持在307万人（详见上表）。到1944年11月底，德国官方战时统计的东线战斗

[①]《当巨人冲突》，第304页；《陆军历史系列　斯大林格勒到柏林　德国在东线的失败》，第412页；《苏联闪电战　白俄罗斯之战1944》，第61页；《德国与第二次世界大战》卷七，第522页；《德意志帝国与第二次世界大战》卷八，第1168页；《陆军总部总参谋部组织处：东线陆军实际兵数变化表1943年7月1日至1944年7月1日》。

[②]《德意志帝国与第二次世界大战》卷八，第1169页。

损失已经超过 540 万人，其中有超过 240 万人死亡或被俘（详见下表）。而根据最新研究成果，截至 1944 年底，德军在东线已经有 309 万人死亡或被俘[①]。

德国陆军在东线的战斗损失（战时报告）[②]

（单位：人）

日期	阵亡	负伤	失踪	总计
十日伤亡报告　1941—1944年				
1941	173722	621308	35873	830903
1942	226185	840063	52087	1118335
1943	255257	976827	332649	1564733
1944	251737	1081681	696656	2030074
合计	906901	3519879	1117265	5544045
月度伤亡报告　1945年				
1—4月	119611	543882	263488	926981
国防军统帅部报告　1941年6月至1944年11月30日				
	1419728		997056	
十日伤亡报告　1941年6月至1944年11月30日				
	888478	3445373	1099782	5433633

注：1. 十日伤亡报告包括第 20 山地集团军。
2. 月度伤亡报告不包括第 20 山地集团军。
3. 阵亡一项不包括因伤死亡和非战斗死亡；但"国防军统帅部报告"包括因伤死亡和非战斗死亡。

在 1944 年，东线德军的技术装备损失也非常严重。1945 年 1 月 15 日，一份德国官方自认不甚完整的报告，列举了苏德战争开始以来历年的装甲车辆损失情况（详见下表）。根据这份报告，到 1944 年 12 月，累计已有超过

[①]《德国在第二次世界大战的军事损失》，第 282 页。
[②]《德国陆军十日伤亡报告 1941—1944 年度》《国防军统帅部战争日志》卷四，第 1510 页；《德国陆军 1933—1945》卷三，第 265 页。

3.3万辆装甲车在俄国前线彻底损失，包括近2.4万辆坦克和自行火炮。仅仅在1944年，东线德军就彻底损失了14537辆各型装甲车（数据不完整），包括近万辆坦克和自行火炮。

1941年6月22日至1944年12月31日　东线德军装甲车辆损失[①]

（单位：辆）

时间	坦克	强击炮	自行火炮	装甲运输车等	其他	总计
1941.6.22—11.30	2403	85	27	759		3274
11.30—1942.12.31	3195	219	91	972		4477
1943	5637	1459	1111	2676	153	11036
1944	4438	3468	1669	4746	216	14537
总计	15673	5231	2898	9153	369	33324

注：1944年12月数据不完整。

但恰好也是在1944年，德国军工生产达到最高峰。所以德国人不仅有能力弥补东线的战车损失，甚至还保持了装甲战力继续提升（详见下表）。特别是有越来越多的重型坦克投入战斗。1944年，德国向东线战场运去了2156辆"黑豹"坦克[②]。1945年头4个月又送去725辆"黑豹"。1944年前9个月，就向东线提供了539辆"虎"式坦克。

于是到1944年秋冬，东线装甲部队的实力反而比夏季更强大，战车数甚至比"城堡"战役时还要多。11月初，东线共有5473辆装甲战车，其具体构成如下[③]：

133辆三号、759辆四号、684辆"黑豹"、317辆"虎"。合计1893辆坦克，内有958辆处于战备状态、826辆在修、109辆调运中。

2128辆强击炮。内有1327辆战备、571辆在修、230辆调运中。

876辆自行反坦克炮。内有527辆战备、230辆在修、119辆调运中。

[①]《德国陆军的武器与秘密武器》卷二，第278页。
[②]《德国"黑豹"坦克　对战斗霸权的追求》，第143页。
[③]《德国陆军的武器与秘密武器》卷二，第267页。

576辆自行榴弹炮等。内有437辆战备、131辆在修、8辆调运中。

1944—1945年 东线陆军坦克（主力型号）数量变化[①]

(单位：辆)

日期	"虎"	"黑豹"	四号
9月15日	267	728	610
9月30日	249	721	579
10月31日	278	672	707
11月15日	276	658	687
11月30日	246	625	697
12月15日	268	737	704
12月30日	261	726	768
1月15日	199	707	736
3月15日	208	762	1239

注：1. 不包括三号坦克等"次要型号"，也不包括强击炮等。
2. 不包括调运中的装备。

与装甲部队相比，德国陆军火力的衰落更为致命。自苏德战争开始以来，到1945年2月，德国军队损失了超过12万门国产火炮、迫击炮（不含高射炮）和2768门国产火箭炮。包括445门超重炮、5877门重炮、13188门轻炮、9851门步兵炮、63620门迫击炮、27874门反坦克炮（详见下表）。随着炮兵尤其是重炮基干的丧失，德国陆军的基础被彻底动摇了。

德国的火炮损失（不含高射炮）[②]

(单位：门)

年份	超重炮	重炮	轻炮	步兵炮	迫击炮	反坦克炮	火箭炮
1941	48	671	1162	1221	5136	3906	97
1942	68	1206	1880	1618	10103	6191	432

---

① 《装甲部队（2）》，第230页。
② 《德国和第二次世界大战》卷五，第二分册，第670—671、678—679页。

续表

年份	超重炮	重炮	轻炮	步兵炮	迫击炮	反坦克炮	火箭炮
1943	74	1180	2789	2061	17748	6219	1115
1944	235	2383	6366	3980	26958	10279	1041
1945年1—2月	20	437	991	971	3675	1279	83

注：1. 本表仅限于德国自产装备，不包括德军使用的外国产武器。
2. 本表统计截至1945年2月底。无此后数据。
3. 1941年部分仅统计苏德战场上的损失。

1944年底到1945年初，东线德国陆军只能维持在200万人左右（德国野战陆军全体也只剩下360万人[①]），原有的基干部队大都被歼灭，只能用大量无经验的新兵来凑数。但北方（库尔兰）集团军群却是例外。在可怕的1944年夏季，北方集团军群历尽苦战，也遭受了重大损失，却是唯一没有遭受大规模成建制毁灭的东线集团军群，因而还保有大量基干部队。这个集团军群的兵数报告也相对完整和规范。但这些报告的具体内容和统计范围也有很大差异。自夏季到冬初，集团军群所辖陆军兵数从55万人减少到42万人（详见下表），其中作战部队从37万人减少到25万人。可是加上海空军和党卫军警察部队等等，则同期总兵力有近50万到70万人。再加上波罗的海附庸军（所谓"东方军团"），集团军群总兵数一度有近100万人（7月初有965543人）。

1944—1945年 北方（库尔兰）集团军群兵数变化[②]

（单位：人）

时期	总实际兵力（Iststärke）	陆军实际兵数（Iststärke）	作战部队（Verbände Fechtende Heerestruppen）	作战部队当日值班兵力（Tagesstärke）	步兵战斗人员（Kampfstärke）
6月1日	695527+55495	550000	376268		
7月1日	965543	500000	342742	215664	110248

[①]《德国陆军1933—1945》卷三，第174页。
[②]《武装部队在俄国 北方集团军群1941—1945》，第231、258、340、346、382页；《德意志帝国与第二次世界大战》卷八，第623、658、661、662页。

续表

时期	总实际兵力（Iststärke）	陆军实际兵数（Iststärke）	作战部队（Verbände Fechtende Heerestruppen）	作战部队当日值班兵力（Tagesstärke）	步兵战斗人员（Kampfstärke）
9月1日	571579+42833				
10月1日		420844			
12月1日	505546	428190	250000		
12月31日				200355（各师合计）	98234
1月	389500+10000	357000			
2月3日				155820（各师合计）	79880
2月28日		232000			
4月1日		229501	167909	135886（2个集团军内）	67853

注：1.6—9月"总实际兵力"为德军官兵+俄国（或东方）志愿者。
2.7月1日"总实际兵力"包括"东方部队"。
3.12月1日"总实际兵力"构成为：陆军428190人、党卫军和警察38447人、空军32719人、海军6190人；1月构成为陆军357000人、空军20500人、党卫军和警察12000人、俄国志愿者10000人。
4.4月1日的"作战部队"人数，不包括党卫军、"库尔兰"步兵师和野战补充营。
5.空缺栏为数据缺失。

再以"作战部队当日值班兵力"为例。北方（库尔兰）集团军群的报告有时只统计各师（忽略了独立作战部队），有时又只限定于各集团军编成内，还有些报告似乎减去了"作战部队"内的"非作战人员"（详见上下两表）。

"库尔兰"集团军群虽然基干还算完整，但也不断蒙受重大伤亡。希特勒又从"库尔兰"集团军群抽调大量兵力到东线其他战场。于是到1945年4月1日，"库尔兰"集团军群的陆军兵力只剩下近23万人。加上"东方军团"（波罗的海党卫军和土库曼部队等）和"俄国志愿者"，则超过27万人（详见下表）。其中，编入"作战部队"、警卫部队、党卫军、野战补充营和"库尔兰"步兵师的德国官兵总计有187144人。

1945年4月1日 "库尔兰"集团军群陆军实际兵数（Iststärke）构成[1]

（单位：人）

所辖	各师	独立战斗部队	警卫部队	直辖后勤部队	其他部队	合计	作战人员（Gefechtsstärke）	步兵战斗人员（Kampfstärke）
集团军群	470	5957	812	5783	16578	29600		
第16集团军	54369	18228	5895	6994	11491	96977	40038	30552
第18集团军	74695	14190	861	6280	6898	102924	48640	37301
合计	129534	38375	7568	19057	34967	229501 +21242 +23789		

注：1. 各项仅统计德国官兵。但合计总兵数=德国官兵+东方军团+俄国志愿者。
2. "其他部队"含各野战补充营3719人、"库尔兰"步兵师5194人、德国党卫军2754人。

在苏德战争末期，德军的供应线越来越短，对后勤部队的人力需要也不断缩小。德国本土很多步兵师就裁减了后勤单位的编制，因而步兵员额较为充实。举例说，在1945年3月17日，德国第9集团军的12个师级单位共有50511名"战斗人员"（Kampfstärke）。德国官方战史明确指出这实际是步兵人数[2]。换言之，第9集团军所辖每个师平均有4212名步兵。以新组建的"明赫贝格"装甲师来说，全师共有6836人[3]，其中有2867名"（步兵）战斗人员"。

第9集团军的上级单位是"维斯瓦"集团军群。这个集团军群在2月28日还有52.7万人。到4月初则有约39万人，其中有超过10万名"（步兵）战斗人员"（详见以下列表）。"维斯瓦"集团军群直接负责柏林方向的防务。1945年4月16日以来，这个集团军群与中央集团军群一道，参加了最后的柏林大会战。约半个月战斗期间，德军有10万人被打死、48万人被俘虏。随着柏林陷落和纳粹元首希特勒自杀身亡，"维斯瓦"集团军群基干

[1]《库尔兰集团军群司令部人事二处1945年4月1日实际兵数报告(4月13日)》。
[2]《德意志帝国与第二次世界大战》卷十，第一册，第598页。
[3]《救火队》，第877页。

第9集团军也几乎被全歼。集团军群的残余兵力则与由西线来援的第12集团军一起逃走，匆忙向美国人投降。

东线陆军兵力分布情况（1945年2月28日状态）

"库尔兰"集团军群：23.2万人

北方集团军群：32.4万人[1]

"维斯瓦"集团军群：52.7万人

中央集团军群：41.3万人[2]

南方集团军群：44.3万人

"维斯瓦"集团军群　1945年4月1日 兵力构成[3]

（单位：人）

所辖	德军+俄国志愿者	作战部队当日值班兵力	作战人员（Gefechtsstärke）	步兵战斗人员（Kampfstärke）
集团军群直辖	23803 + 2776	5418	1968	1864
第9集团军	168413 + 2765	129151 （90000+39151）	93178 （61446+31732）	74703 （49009+25694）
第3装甲集团军	69637 + 3258	51406 （46424+4982）	31456 （27909+3547）	27595 （24573+3022）
陆军兵数总计	261853 + 8799	185975 （136424+49551）	126602 （89355+37247）	104162 （73582+30580）
其他	123451			
总计	385268 + 8799			

注：1."其他"指调给陆军的野战训练师、空军、党卫军、外国志愿者、海军、国民突击队人员等。

2.作战部队以下各项括号为（各师兵力+独立作战部队兵力）。

当"维斯瓦"集团军群被歼灭和逃散之际，德军在苏德战场其他几个重兵集团军也遭到严重打击。尤其是东普鲁士地区的德军几乎被全歼，只残剩

---

[1]《陆军历史系列　德国在东线的失败》，第457页。

[2]《希特勒之死》，第13页；《希特勒与战争》，第982页。

[3]《血街：苏联突击柏林1945年4月》，第61页；《德意志帝国与第二次世界大战》卷十，第一册，第607页。

很少的兵力。德军剩下的最大重兵集团，是盘踞在捷克斯洛伐克等地的中央集团军群（约60万人）。逃往奥地利的"厄斯特马克"集团军群在匈牙利损兵折将，但还保存着基干力量。可是大势已去。在600万苏军的追击下，残存的德国重兵集团军也时日无多。全军覆灭只是时间问题。从德国陆军末代总司令舍尔纳到基层士兵，幸存下来的德军官兵完全丧失了一切希望，满心只想逃走向美国人投降。死守在库尔兰半岛的德军却完全没有逃跑通道。

1945年5月7—9日，德国分别在美英和苏联主导的投降书上签字。5月8日，德国官方对东线残存兵力做了最后一次概约估计。结论是只剩下151万人。其具体构成如下[①]：

东南战区：	180000人
"厄斯特马克"集团军群：	430000人
中央集团军群：	600000人
东普鲁士集团军：	100000人
库尔兰集团军群：	200000人

上述151万名德军官兵，还有一大批人在投降书生效前夜逃往西方控制区域，或在尾声战斗中被消灭。投降书生效后，自1945年5月9日至17日，陆续向苏军放下武器的德军共有1390978名官兵和101名将军[②]。

德军在战争最后几个月的人员和装备损失情况缺乏全面统计。尤其是最后一个月，统计几乎完全停顿。德军的司法记录也是如此。在第二次世界大战的初期阶段，具体说就是从波兰战役到法国战役结束后不久，德国军队只有500人被处以死刑。可是随着战局的不断恶化，逃亡、抗命等反叛行为在德军中蔓延开来。被处死刑者越来越多。尤其是库尔斯克战役结束后的1943年秋到1944年底，至少有4000名德军官兵被执行死刑（详见下表）。据信在1945年，被处死者更是翻倍增加。但这个阶段的官方记录严重缺失。

[①]《斯大林格勒到柏林：德国在东线的失败》，第498页。
[②]《希特勒末日》，第399—400页；《第二次世界大战史》卷十，第630页。

一般认为，德军武装部队在二战期间有 23000 名官兵被实际执行死刑。

德国武装部队被处死人员统计
（实际执行人数）

	陆军	空军	海军
1939.9.1—1940.9.1：	485 人	26 人	4 人
1940.9.1—1941.9.1：	392 人	40 人	13 人
1941.9.1—1942.9.1：	1394 人	135 人	119 人
1942.9.1—1943.9.1：	2282 人	274 人	228 人
1943.9.1—1944.12.1：	3257 人	500 人	364 人
合计：	7810 人	975 人	728 人

三、空军和辅助部队

德国空军以占用人力过多而恶名昭著。苏德战争爆发时,德国空军总计有 168 万人[1];到 1943 年秋季,却膨胀到 200 万人。与之相比,这一时期,德国空军的前线作战飞机只能维持在 5000 架左右。而在苏军或美军,拥有 5000 架作战飞机的航空部队只需要约 20 万~30 万人。

德国空军人数如此庞大,重要原因在于垄断了大部分高射炮。本该配属给陆军的大量野战高炮部队,也被德国空军占用。1944 年 1 月,德国空军拥有 3.4 万门各种高炮[2]。而且,与美军苏军不同的是,德国空军不乐意和陆军共用战区后勤,而是建立了庞大的独立后勤部队。1944 年底(12 月 15 日),德国空军总计有 230 万人,其中有 86 万名高炮人员、30 万名通讯人员(整个东线陆军也不过 10 万通讯人员)和近 11 万名供应人员[3]。但即使排除这些人员之后,德国空军的地勤和空勤人员加起来仍有近 60 万人,却只有 4000 多架飞机。同期,苏联对德作战航空部队只有约 40 万人,却有近 1.5 万架飞机。

希特勒不断迫使德国空军交出人员用于陆战,但效果一般。1943 年 9 月 1 日,除后备人员外,德国空军的人力构成是:99 万人在各战区;15 万人编为空军野战师部署在各战区(空军野战师被纳入东线陆军兵数;10 月

---

[1]《德国陆军 1933—1945》卷三,第 254 页。
[2]《德国在第二次世界大战》卷五,第 148 页。
[3]《德国空军的最后一年》,第 114 页。

以来又直接计入野战陆军兵数）；39.3万人部署在"帝国"（包括波兰）和苏联占领区（东方军区和乌克兰军区）；10.6万人配合德国海军行动。除掉空军野战师之后，德国空军还是有近149万名作战人员。

苏德战争爆发时，德国空军把70%的一线作战飞机约3000架用于苏德战场（不含第5航空队）。但自1942年以来，德军又把相当大一部分战斗机部队用于本土防空。在苏联前线的德军飞机，一般只维持在2000架左右（详见下表），只占德国空军总数的50%～60%。但在战争最后阶段，德国空军主力还是集结在苏德战场。1945年4月9日，除了担负德国本土防空的"帝国"航空队（已处于同时对东西两线作战状态），德军在东线共有2526架飞机。同一天在西线只有224架飞机。在意大利有79架[1]。此时，东线各航空队具体实力如下：

第4航空队有440架飞机。构成：78架Bf-109型战斗机、135架Fw-190和Hs-129攻击机、227架其他飞机。

第6航空队有1810架飞机。构成：711架Bf-109和Fw-190战斗机、37架He-111轰炸机、527架Fw-190攻击机、65架Ju-87俯冲轰炸机、470架其他飞机。

东普鲁士航空司令部有106架飞机。构成：53架Bf-109和Fw-190战斗机、27架Fw-190攻击机、26架其他飞机。

库尔兰航空司令部有170架飞机，构成：84架Fw-190战斗机、43架Fw-190攻击机、43架其他飞机。

东线空军　第一线力量分布[2]

（单位：架）

时间	战斗机	轰炸机	战斗攻击机	驱逐机	攻击机（昼/夜）	俯冲轰炸机	侦察机	沿岸机	运输机	总计
1941.6.24	822	893	121	96	13	273	638	27	212	3095
1942.7.27	659	829	33	85	40	251	462		440	2799
1943.5.17	459	550	83	62	59/209	422	404	38	93	2379
1944.5.31	390	426	271	104	68/285	312	324	30	182	2392

[1]《德国空军数据书》，第142—151页。
[2]《德国空军数据书》，第44—52、60—68、95—121页。

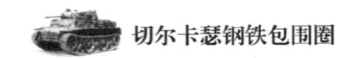

注：1. 仅统计东线战区各航空队；不包括芬兰战区的第5航空队、空军总司令部直辖远程侦察机队、预备队等。也不包括联络机等辅助飞机。

2. 战斗机项指单发战斗机（Bf-109和Fw-190）；轰炸机项指中型水平轰炸机；战斗攻击机指Fw-190对地攻击型等；驱逐机指Bf-110双发战斗机，也包括夜间战斗机；攻击机项分昼/夜，前者指昼间攻击机（Hs-129等），后者指所谓夜间轰炸机；俯冲轰炸机主要是Ju-87型；侦察机包括由战斗机和轰炸机改装的机型。

东线德国空军作战序列（1944年6月23日）

第1航空队：第3航空师①
　　　　　　"东方"高炮群，第2、6高炮师
　　　　　　第26野战航空管区"彼得堡"和"里加"
第6航空队：第4航空军，第1航空师
　　　　　　第12、18、23高炮师
　　　　　　第25野战航空管区"莫斯科"和"明斯克"
第4航空队：第1航空军，罗马尼亚航空军
　　　　　　第10、17、15高射炮师
　　　　　　第27野战航空管区"哈尔科夫"、"基辅"和"罗斯托夫"

德国空军在苏德战场也有大量地面部队。苏德战争爆发时，第4航空队有13个混成高炮营、4个轻型高炮营；第2航空队有16个混成高炮营、7个轻型高炮营；第1航空队有8个混成高炮营、3个轻型高炮营；第5航空队有1个混成高炮营②。战争中后期，德国空军在东线约有1万门高射炮，编组为高射炮师甚至高射炮军（参见以上序列）。德国东线陆军的主力集团军通常有一个空军高炮师来加强。战争尾声，德国本土的高炮部队也大量用于对苏作战。包括最强大的柏林防空部队。

苏德战场上的德国空军兵数，缺乏全面统计。仅知在1943年7月1日，东线北部的第1航空队有近10万名空军人员。此时东线有3个航空队（不含芬兰战区的第5航空队），而第1航空队规模最小，仅拥有全东线30%的高炮和17%的飞机。据此推算，此时东线空军部队（不含第5航空队和空军野战师）可能约有50万人。

---

①《空战史1910至1970》，第429页。
②《德国空军VS俄国1941》，第33—34页。

如前所述，所谓德国军事力量，除了正规陆军、海军、空军和武装党卫军以外，还有大量各种类型的辅助部队和人员。种类极其繁多而且构成复杂。以下是比较有代表性的几类：

"德国武装警察部队"（详见东线终结卷）：纳粹统治时代，德国各种警察和治安侦察机关等等，大都在党卫军的领导下。1944年5月的数据显示，德国警察部队有32.3万人在本土、25万人在本土以外[1]；党卫军保安部队（与武装党卫军区别）则有近11.6万人。在苏联战场，初期有11个德国警察营约5500人参战。后来增加为二十多个警察团。他们的任务主要是协助德国陆军的警卫部队，保卫德军后方安全，镇压各种反抗活动，协助党卫军特别行动队进行大屠杀等等。紧急状况下，警察营团也会被用于前线作战。苏军攻入波兰后，德国部署在波兰的12个德国警察团和12个"治安营"也被投入战斗。

除了德国武装警察部队外，德国在苏联等占领区，还有大量由当地人充当的辅助警察部队和治安队等等。这方面情况很复杂。东线终结卷也有详细介绍。这里就不做过多介绍了。

"党卫军特别行动队"：苏德战争初期，为了在苏联地区屠杀犹太人和共产党员，由党卫军控制的帝国保安总局牵头，组织了约3000人的特别行动队。特别行动队部分单位后来与前述的武装警察部队相结合，形成为东线中部和北部的专门反游击战部队。在1942年底有14953名德国人和近24万名俄国辅助人员[2]。德国陆军各级司令实际上都很喜欢这类部队，因为他们可以分担德军的后方保卫任务。理论上讲，这类部队和警察部队一样，都由党卫军高级领导掌控。但实际战斗中，也经常接受德国陆军的指挥。

"帝国劳工队"：附属于德军的野战建筑劳动队，主要由尚未入伍的德国青壮年组成（18～20岁）。至1942年，有427个"帝国劳工"连部署在东线（按编制每个连有214人）。其中67个连属于中央集团军群；324个连属

---

[1]《德国陆军1933—1945》卷三，第322页。

[2]《党卫队——佩骷髅标志集团》，第431页。

于 B、A 集团军群①。第 24 装甲师开始攻打斯大林格勒城区时（1942 年 9 月 11 日），全师德国官兵给养员额为 12560 人。另外还配属了 640 名"帝国劳工队"②。"帝国劳工队"队员穿着军事化制服，配发步兵武器，经常被投入战斗。举例说，德国第 9 集团军死守勒热夫突出部，就有 15 个"帝国劳工连"参加战斗。"帝国劳工队"还经常担当德军后方的警卫任务，或被派去清缴苏联游击队，甚至承担防空和反坦克任务。"帝国劳工队"实质上就是一支战斗部队。在德国领导层内部，早就有人建议干脆将"帝国劳工队"归并到德军编制内。但出于政治原因，"帝国劳工队"仍保持独立存在。

"托特组织"：另一种附属于德军的劳动建筑部队。负责构筑坚固要塞和修筑道路等等。苏德战争爆发时，有 2 万名"托特组织"成员被投入东线。到 1942 年，部署在苏德战场的"托特组织"共有 12.5 万人（包括 5 万名德国人和 7.5 万名外国人）。在"托特组织"内建立了大量战斗部队，称为"保安营"。到 1943 年 8 月 9 日，"俄国北部"有 51 个"托特组织保安营"；"俄国中部"有 61 个营；"俄国南部"有 71 个营。

"国家社会主义摩托化运输军团"：原本是纳粹党冲锋队的准军事武装。后来控制权分别落到斯佩尔和托特组织手里。其中，斯佩尔控制的"运输军团"有 6 个团在苏德战场，第 3 团第 1 营还在斯大林格勒被歼灭。另外还有所谓"国家社会主义空军运输集群"，有 5 个团（每个团有 2014 人）在苏德战场，其中第 2 旅第 6 团第 2 营在斯大林格勒当成步兵投入战斗，也全军覆灭。1944 年 6 月以后，"国家社会主义摩托化运输军团"改称为"斯佩尔国家社会主义运输军团"。不久又去掉了"国家社会主义"字眼，直接叫"斯佩尔运输军团"，计有 47727 人，包括 17000 名德国人。和其他辅助组织一样，"运输军团"也常被德军拿来当步兵和警卫部队使用。

"东方部队"：德国在苏联建立的当地人武装。到 1943 年初，德国建立的所谓"东方部队"共有 176 个步兵、炮兵、骑兵营，另有 38 个连的警戒

---

① 《武装部队辅助力量》，第 13 页。
② 《跃马者之死 第 24 装甲师在斯大林格勒》，第 149 页。

训练单位，总计有13万到15万人[①]。这类部队通常只能拿来对付苏联游击队。

除了上述组织和单位外，德国武装部队所谓辅助力量，还包括战争尾声出现的民兵性质的所谓"国民突击队"等等。"国民突击队"在东线系列丛书中已经有详细介绍。这里就不多介绍了。

[①]《德国陆军1933—1945》卷三，第114页。